唐代诗文论集

王辉斌　著

WUHAN UNIVERSITY PRESS
武汉大学出版社

图书在版编目(CIP)数据

唐代诗文论集/王辉斌著. —武汉：武汉大学出版社,2017.7
ISBN 978-7-307-19391-8

Ⅰ.唐…　Ⅱ.王…　Ⅲ.①唐诗—诗歌研究—文集　②古典散文—古典文学研究—中国—唐代—文集　Ⅳ.①I207.227.42－53
②I207.62－53

中国版本图书馆 CIP 数据核字(2017)第 132206 号

责任编辑:白绍华　　责任校对:李孟潇　　版式设计:马　佳

出版发行:**武汉大学出版社**　(430072　武昌　珞珈山)
(电子邮件: cbs22@whu.edu.cn　网址: www.wdp.com.cn)
印刷:虎彩印艺股份有限公司
开本: 720×1000　1/16　印张:27.25　字数:378 千字　插页:1
版次:2017 年 7 月第 1 版　2017 年 7 月第 1 次印刷
ISBN 978-7-307-19391-8　定价:98.00 元

自　序

我研究古代文学始于 1977 年，当时主要是研究李白，之后由李白而孟浩然而杜甫，并由盛唐诗人而全唐诗人，再之后则由“唐代文学系列”而“文学史研究打通关”，且直至于今日。1980 年，我撰写了第一部书稿(《李白乐府译评》)；1983 年，我发表了第一篇论文(《孟浩然诗之“卢明府”考略》)；1984 年，我第一次在全国性学术会议上宣读了论文(《李白〈蜀道难〉探索》，四川江油)。这三个第一，在我整 40 年的学术史上，早已是打下了一道深深的烙印的。所以，在此后数十年的学术岁月中，无论是从专精的角度出发，对唐代文学所进行的种种研究，抑或是着眼于广博的范畴，所独创的“文学史研究打通关”，都是于其有着很深的渊源的。而其直接启发之所获，则为：“研究作家年谱为先，研究作品编年为先。”正因此，考据学、文学文献学、文学史料学，以及辞章、义理等，即构成了我研究中国古代文学的不二法门。而这不二法门的最关键点，就是“有一份材料说一份话”。这九个字对于微观考证是如此，对于宏观论析亦是如此。

以我数十年的研究经历与经验言，古代文学研究的最高境界，应该是问题意识与创新意识的高度统一。之所以会有如此认识，是因为我历来认为，这两个“意识”是检验一份成果、一本著作是否具有学术价值的最有效手段。而对于一个研究者来说，其是否博览群书而又细读文本，是否具有洞幽烛微的学术眼光，是否具有敏锐的思辨能力，是否具有超前的学术悟性，以及其学术潜质与学术功底如何，等等，深谙此道的读者，是均可从其著作中的两个“意识”之有无得以管窥的。正因为我对这两个“意识”的认识是如此，所以，我在数十年的古代文学研究中，在所出版的25种、近1000万言的学术著作中，即努力地在向这方面靠拢，努力地在向这一高度拉近距离。至于所取得的成效究竟如何，读者从《王辉斌学记》(2012年版)中之《著作评论选》与《王辉斌学术研讨会论文集》(2016年版)中之《书评篇》所收录的43篇文章中，自是可以一窥其端倪的，而无须我在此饶舌赘言。

这就涉及出版在即的这本《唐代诗文论集》了。这是一本专门研究唐代诗文的论文集。全书除附录外，主要由“唐诗探论”与“唐文考论”两部分组成，所收论文各有13篇，连同附录5篇，共31篇。其写作时间，最早者为写于1988年春之《唐宋散文综述》一文，最迟者则为撰于2017年3月的《读张九龄诗札记》一文，前后凡30春秋。此则表明，收入本书的31篇论文，其时间跨度是相当大的。从研究的对象以论，本书的“唐诗探论”与“唐文考论”两个部分，虽于我的“唐代文学系列”关系密切，但也与“文学史研究打通关”不无关系。我的“唐代文学系列”，就已出版的著作言，主要有《孟浩然研究》《孟浩然新论》《王维新考论》《李白求是录》《李白史迹考索》《杜甫研究论丛》《杜甫研究新探》《唐代诗人探赜》《唐代诗人婚姻研究》等，仅就这些书名来说，作家(诗人)研究乃为其重点所在，而本书的“唐诗探论”，则属于专门研究作品(诗歌)的范畴，因之，其“补阙”之功自是不可低估的。而在“文学史研究打通关”方面，《商周逸诗辑考》《先唐诗人考论》《唐宋词史论稿》《宋金元诗通论》《四大奇书研究》《明清戏著史论》《唐后乐府诗史》等已出版著作所表明的是，我的“打通关”主要是建立在诗歌、小说、戏曲三个方面的，即从文学四分法的角度言，其中所存在之散文空白，正好由“唐文考论”予以填补。如此，则文学史上的诗歌、散文、小说、戏曲这“四大金刚”，我均进行了程度不同之涉猎。

本书的“唐诗探论”，所选择的一些研究对象，主要可分为两类：其一是属于对唐诗现象的专论，如《论唐代的诗序合一现象》《论唐诗的制题艺术》《论清词丽句在唐诗中的演进》《论唐代的佛境风物诗》等。其二则属于对唐诗题材的研究，且以诗人个案为主，如《论“初唐四杰”的乐府诗》《论王绩的婚姻诗》《论杜甫的节气、节俗诗》《论张祜的题咏诗》《论杜牧的登高诗》等。前者重在于唐诗中某种文学现象作归纳总结的同时，以对其发生、发展、影响等方面的内容进行具体阐述；后者则有选择性地选取了不为研究者所注意的虚拟边塞诗、乐府诗、婚姻诗、节令诗、题咏诗、登高诗等，以进行鸟瞰式的观照与透视，并由此及彼地涉及了诗人们的日常生活、思想行为、情感风貌等多个方面。这两种类别的“唐诗探论”，为人们深入认识唐人唐诗，以及对唐代诗人心路历程、精神世界、审美趣味等之进一步了解，均提供了一份可资参考的“数据”。而且，这些“探论”的对象，大多为本书所独家涉笔。

本书中的“唐文考论”，主要是针对初、盛唐时期(以初唐为重点)的散文所进行的“考论”。在“考”的方面，有《读骆宾王散文札记》《读张九龄散文札记》《王维“与裴迪书”辨识》等文。这些“考”文对存在于骆宾王、张九龄、王维等人散文中的相关错误，首次进行了具有个案特点的辨正，并解决了其中一些较为实实在在的问题，如对骆宾王散文题目(主要指职官)的订正，对张九龄散文关于唐代“十道”与“十五道”设置时间的考辨等，即为其例。而在“论”的方面，既有对具体作家散文的分论，如《王勃散文综观》《卢照邻散文论略》《陈子昂散文述论》等，也有如《初唐散文的发展态势》这样的综论。分论与综论的互为关联，使得初唐散文发展的脉络与特点得以较为立体之显现。其中，最值注意的是，无论是分论抑或综论，本书都是将其建立在“文学性散文”与“非文学散文”两大类别上的，且又以后者为重点。之所以作如此认识与论述，主要在于能契合初、盛唐散文发展的实况。从总的方面讲，有唐一代的散文，“非文学性散文”乃为其大端，这从一部《全唐文》中即可准确获知。根据这一实际情况，本书“唐文考论”之论，则又首次将其分为了“诏制类散文”、“书疏类散文”、“表序类散文”、“碑志类散文”、“议论类散文”等类别，并对其各自的特点作了简要述说。而不同生活经历、文化背景的作家之散文，其特点也是不尽相同的，因之，本“考论”即选择了一些具有代表性的作家作品予以观照，如具有“大手笔”之称的张说的“碑志类散文”，即为其例。而在散文成就方面与张说不相上下的李邕，“考论”除了对其逸文进行了首次辑佚之外，亦对其“碑志类散文”进行了多角度透视。凡此种种，均为本书对唐代散文“考论”之所在。

从总的方面讲，本书之于唐代诗歌与唐代散文的研究，虽然是各由13篇论文所组成，但所涉及的具体研究对象，却是相当丰富的，而其之所获，自然也是甚为可观的。不独如此，其中有些论文发表后，还产生了相当大的影响，如“唐诗探论”中的《论唐代的诗序合一现象》一文，即为其例。此文最初为我于1993年9月应山西师范大学陶本一校长邀请在该校中文系所作学术报告的一份底稿，后来稍作修改，并以《诗序合一：唐诗创作的新潮流——唐代诗序体鸟瞰》为题（参见附于文末的“说明”），发表于《西南师范大学学报》1995年2期。之后，该文不仅为中国人民大学《中国古代、近代文学研究》1995年8期、《高等学校文科学报文摘》1995年4期、《唐代文学研究年鉴》1995年辑等，或全文转载或摘载，而且还有多位博士生受其启发，以唐代诗序为题进行博士论文的撰写并获答辩通过。此外，《论唐诗的制题艺术》等文，也曾为中国人民大学《中国古代、近代文学研究》所全文转载。另有多篇为提交给国际学术会议的论文，并为大会论文集所收录出版。凡此种种，均为本书表现在质量方面的一种见证。这样说来，似乎有王婆卖瓜之嫌，但其却均为事实，故仅志之以为不忘，如此而已。

竟陵居士

2017年4月2日于古隆中求是斋

目　　录

上编　唐诗探论

下编　唐文考论

附　　录

上编　唐诗探论

论唐代的虚拟边塞诗

在中国文学史上，大唐是一个边塞诗高度繁荣发达的国度，而盛唐边塞诗则更是其中的一座艺术巅峰。据对《全唐诗》的不完全统计，大凡有一卷诗传世的唐代诗人，几乎都曾创作过数量不等的边塞诗，且其风采各具而又特点各异。这一实况表明，唐代诗人之于边塞诗的创作，乃是具有相当的热情与欲望的。而边塞诗的兴旺发达，实际上又是诗人们赴边报国与建功立业理想的一种具体反映，所谓"长策须当用，男儿莫顾身"(高适《送董判官》)，"明敕星驰封宝剑，辞君一夜取楼兰"(王昌龄《从军行》其六)等，即足可证实之。所以，边塞诗的繁荣与发展，与诗人们建功立业于边塞的欲望、对边塞生活的向往等，是均具有十分密切的关系的。而诗人们不同的行止与举措，又催生了不同类别的边塞诗，从而使得边塞诗的形式更为多种多样，内容更为丰富多彩。

对于唐代的边塞诗，我在《王维新考论》第五章第四节中，曾以王维边塞诗为个案，首次将其分为了三种类型，即亲历边塞诗、送别边塞诗、虚拟边塞诗①。所谓"亲历边塞诗"，是指这类边塞诗之所写，皆为诗人们在边塞的所见所闻，其既真实可信，又亲切感人，且现实感极为强烈，如岑参《银山碛西馆》《轮台歌奉送封大夫出师西征》等。而"送

① 具体参见拙著《王维新考论》第五章第四节《王维的边塞诗》，黄山书社2008年版，第257—270页。

别边塞诗”，是指被送者与送者之间，一欲从军边塞，一在作者家乡或他地以诗相送，并于诗中引用了与边塞相关的事典、语典(送者在边塞、被送者由边塞东归之类的边塞诗，不在此列)，如孟浩然的《送陈七赴西军》《送告八从军》等。“虚拟边塞诗”则是指诗人虽不曾到过边塞，但却依据有关资料的记载或传闻所创作的边塞诗，且多依乐府旧题而为，如王维《燕支行》《陇头吟》等。着眼于唐诗发展史的角度言，虞世南为唐代此类乐府诗的开先河者，卢照邻则继而为之，且后来者居上。对于唐诗中的这三类边塞诗，前两类多为研究者所关注，且成果甚多，本文则主要对后者进行观照与论析。

一

据对《全唐诗》的检索可知，以编辑《北堂书钞》而著称的虞世南，为唐代写作虚拟边塞诗的第一人。又据两《唐书·虞世南传》所载，知虞世南生于陈武帝永定二年(公元558年)，卒于唐太宗贞观十二年(公元638年)，是隋、唐交替之际的一位具有代表性的诗人。《全唐诗》卷三十六著录虞世南诗一卷，《全唐文》卷一三八著录其文一卷。但综勘两《唐书·虞世南传》，以及《全唐诗》《全唐文》中之虞世南诗文可知，虞世南一生并没有赴边出塞的经历，则《全唐诗·虞世南集》所著录之《从军行二首》《拟饮马长城窟》《出塞》《结客少年场行》4题5首边塞诗，乃皆为虚拟边塞诗之属，当无可怀疑。而且，这4题5首边塞诗，就其诗题言，全为乐府旧题，是典型的具有虚拟特点的“乐府边塞诗”之属。而在唐代，以乐府旧题进行边塞诗创作者，是不需要作者有赴边出塞的亲身经历的，如高适《燕歌行》即为典型的一例。据此诗“并序”的记载，高适之所以在开元年间创作了这首《燕歌行》，是因为一位“客”自边塞还后将所作《燕歌行》送给高适，高适读后“感征戍之事”，而以“和”的形式创作了这首《燕歌行》。高适“并序”中的这位“客”，经考察，知其乃为与高适关系甚笃的诗人贾至①。所以，高适这首《燕歌行》的存在表明，不曾赴边出塞的诗人，也是可以创作边塞诗的。

虚拟边塞诗在唐代，自虞世南始，便逐渐为当时的诗人们所接受与雅好，以至于成为一种创作时尚，待到“四杰”生活的时期，则形成了其“史”上的第一次高潮。从诗体形式与诗歌题材的双重角度言，“四杰”堪称为虚拟边塞诗在初唐时期的一个重要诗人群体，这不仅因为其中的卢照邻、杨炯均介入了边塞诗的创作，而且虚拟边塞诗的数量也较为可观。以卢照邻为其例，其集中即有整10首这类边塞诗，其依序为：《结客少年场行》《刘生》《陇头水》《雨雪曲》《昭君怨》《梅花落》《关山月》《上之回》《紫骝马》《战城南》②。数量之多，在初唐近百年的诗歌史上，无人可与之相比。中华书局点校本《杨炯集》收有4首边塞诗，即：《从军行》《出塞》《紫骝马》《战城南》。据傅璇琮《卢照邻杨炯简谱》、张志烈《初唐四杰年谱》可知，综卢照邻、杨炯一生，二人都不曾有过赴边出塞之行迹，则这14首边塞诗之所写所述，皆属对边塞生活之虚拟，即其皆为虚拟边塞诗之属，也就不言而喻。若将虞世南的4题5首一并算上，则已知的初唐虚拟边塞诗，已有3位诗人的18题19首。

盛唐是虚拟边塞诗的一个巅峰阶段。由于受“开元盛世”或者说“盛唐气象”的影响，当时一些年轻的诗人们，几乎都产生过欲从军边塞建功立业的念头，但据一部《唐才子传校笺》与已行世的数十种唐人年谱类著作可知，唐代真正到过边塞的诗人却并不多。虽然如此，借乐府旧题以创作虚拟边塞诗，在当时却形成了一股创作新潮，且参加创作的诗人之多，乃前所未有。据初步统计，这一时期可确证不曾赴边出塞而又创作过虚拟边塞诗的诗人，且在文学史上占有重要地位者，其数量也非少许。为便于认识，兹略举数人：崔国辅（王辉斌《唐代诗人探赜》）、

① 具体参见拙著《唐代诗人探赜》第五章第二节《高适〈燕歌行〉新探》，贵州人民出版社2005年版，第237—244页。

② 此据中华书局1980年点校本《卢照邻集》所列举。

王维(王辉斌《王维新考论》)①、李白(王辉斌《李白研究新探》)、李颀(傅璇琮《唐代诗人丛考》)、杜甫(郭沫若《李杜年表》)、储光羲(谭优学《唐诗人行年考》)、刘长卿(储仲君《刘长卿简表》)。仅就此7人而言,其所创作之虚拟边塞诗为:《从军行》(崔国辅),《燕支行》《从军行》《陇西行》《出塞作》《陇头吟》《老将行》(王维),《塞下曲六首》《塞上曲》《从军行》、又《从军行》《军行》(李白),《塞下曲》《古塞下曲》《古从军行》、又《塞下曲》(李颀),《前出塞九首》《后出塞五首》(杜甫),《从军六首》《代边将有怀》(刘长卿)。另有高适的《燕歌行》1首,共计21题、诗43首(诗人8位)。这些边塞诗,其实只是盛唐虚拟边塞诗中的一个极小部分。单就这些诗人诗作而论,可知盛唐时期一些具有代表性的诗人,都曾创作过数量不等的虚拟边塞诗。而值得注意的是,这一时期的诗人们还推出了一系列连章体组诗,如李白《塞下曲六首》、杜甫《前出塞九首》、刘长卿《从军六首》等,从诗体形式的角度言,这些组诗的问世,对于虚拟边塞诗形式发展的引领、表现领域的拓展、组织体系的建构,都是极具影响与助益的。还须指出的是,在盛唐诗人中,还存在着另外一种创作现象,即曾经赴边出塞的诗人,除了创作亲历边塞诗外,也曾创作过虚拟边塞诗,如上所举高适《燕歌行》,即为具有代表性的一例。这一实况表明,盛唐诗人之于虚拟边塞诗的创作,乃是途径多种、形式多样的。

据考察,中晚唐时期不曾赴边出塞而创作了虚拟边塞诗的诗人,亦为数非少,兹举其中的8人如次,以供讨论。其依序为:戎昱(谭优学《唐诗人行年考续编》)、郎士元、李端、司空曙(皆据傅璇琮《唐才子传校笺》)、李贺(钱仲联《李贺年谱会笺》)、姚合、薛逢(皆据傅璇琮《唐

---

① 据王维《出塞作》《使至塞上》等诗,知其曾"监察塞上",到过河西一带,但其《老将行》《燕支行》《陇头吟》等却并非写于此行,如《燕支行》题下有"时年二十一"之注者,即可证之。本文此处将王维归入"不曾赴边出塞而又创作过虚拟边塞诗的诗人"之列者,是就《燕支行》等诗而言,特此说明。

才子传校笺》)、张祜①。这8人的虚拟边塞诗则为：《塞下曲六首》《从军行》《塞下曲》《塞上曲》(戎昱)，《塞下曲》《听闻杨业者二首》(郎士元)，《关山月》《度关山》《巫山高》《雨雪曲》(李端)，《塞下曲》《关山月》(司空曙)，《塞下曲》《雁门太守行》(李贺)，《从军诗》《从军行》《塞下曲》(姚合)，《凉州词》《狼烟》《感塞》、又《凉州词二首》(薛蓬)，《塞下曲》《塞上曲》《昭君怨》《塞下》(张祜)。共25题32首，其中，诗题非乐府旧题者为3题4首，即《听闻杨业者二首》《狼烟》《感塞》。

以上通过对有关材料的爬梳与甄别，从初、盛、中、晚四唐中共选取了19位诗人的64题94首边塞诗，并且可以确定的是，这些边塞诗

---

① 张祜之于边塞诗的创作之况，傅璇琮主编《唐才子传校笺·张祜》未及，谭优学《唐诗人行年考·张祜行年考》、尹占华《张祜诗集校注·张祜系年考》虽有所涉，但却各不相同。谭考据《题宋州田大夫家乐·耿家歌》(《全唐诗》卷五一一作《听歌二首》其二)中"十二年前边塞行"之句与《冬日并州道中寄荆门舍》一诗，以及《旅次岳州呈徐员外》之"终怀函谷泥，定刻燕然石"一联，认为张祜此行乃"发自太原北行途中"，从军塞上一次，之后则是经"汾水关""平原路"返还。时间在会昌五年(公元845年)前。尹考则合勘张祜《所居即事》其五之"南穷海徼北天涯"，《耿家歌》之"十二年前边塞行"，《塞下曲》之"二十逐嫖姚"，认为张祜在22岁前后曾有过一次"边塞之游"，并认为，为谭考所据张祜此行从军北方的《冬日并州道中寄荆门舍》一诗，乃为一首伪作(按尹说是)。如此，则谭考所持之从军幽燕说("定刻燕然石")，即无以成立。据《耿家歌》"十二年前边塞行"之句，可知张祜确曾有过一次边塞之行，但其方位却非为北方的幽燕一带，而是《耿家歌》第四句所言之"西去阳关"(此方向是到西域的)。所以，《耿家歌》之所言，是张祜对其曾"西其阳关"而"边塞行"的一种"夫子自道"式的纪实。虽然如此，张祜集中的《塞下曲》《塞上曲》《昭君怨》《塞下》4首边塞诗，却又并非张祜于此行所写。这具体表现在两个方面：一是这4首诗所表明的时令皆为寒冬，且路程有"万里"之遥，其为同时之作即可以肯定；二是《塞下曲》之"分兵远征辽"与《塞下》之"西去受降城"，所标示的方位乃在北方一带(唐有东、中、西三受降城，其城址均在今内蒙古境内)，即其与"西出阳关"的方位毫无关涉。所以，《塞下曲》等4诗之所写，与《耿家歌》之所写，并非一回事。而张祜又不曾两次出塞，则《塞下曲》等4诗为虚拟边塞诗者，当可论断。张祜的这一边塞诗创作实况，与高适虽曾赴边却又创作了《燕歌行》之实况，乃完全相同。正因此，本文此处即将张祜列入不曾赴边出塞而创作了虚拟边塞诗诗人的行列。

皆为虚拟边塞诗。如此，则有唐一代虚拟边塞诗之种种，皆可藉之以窥其大概，这对于唐诗史的撰写，应是具有一定的参考价值的。

二

虚拟边塞诗作为唐代边塞诗的品类之一，其虽然与“描写边塞自然风光，反映边塞生活”的主题密切相关，但其重点却在“虚拟”二字。就是说，虚拟边塞诗所描写、所反映的一切，如战争场景、奇异风光、将士生活、军旅情思等，都是因作者的虚拟所致，但这种虚拟，却又是建立在边塞现实生活“实有”这一基础上的。这其实是一种艺术的虚拟，其虽然借有关记载或传闻而为，且与边塞的现实生活关系密切，但又高于边塞的现实生活。正因此，“虚拟”即成为这类边塞诗在艺术方面表现得最为突出的一个特点。请看戎昱《塞下曲六首》其六：

北风雕白草，胡马日骎骎。夜后戎楼月，秋来边将心。铁衣霜露重，战马岁年深。自有卢龙塞，烟尘飞至今①。

《塞下曲六首》是戎昱著名的一组边塞诗，由于作者不曾赴边出塞，故其中之所写，皆为对唐军边塞生活的虚拟。此诗的重点是“边将心”三字，即诗中所写之敌情、景物等，都是为写“边将心”服务的。诗之开首以“胡马日骎骎”五字，交待了在“北风雕白草”的秋天，前方军情之紧急与形势之严峻；继而，则用“铁衣霜露重，战马岁年深”两句，突显了前线“边将”的爱国情怀：这些“边将”之所以年复一年戍守于此者，是因为“自有卢龙塞”以来，这里的战争就不曾停止过。而“边将心”之

① 戎昱：《塞下曲六首》其二，《全唐诗》卷二七〇，中华书局1960年版，第3006页。

所思所想，则全由读者在这些述写中去领悟、去完成。全诗所写，无论是“日骎骎”的敌情，抑或为边寒“霜露重”的秋景，虽然皆为作者的虚拟，但却无不具有艺术的真实性。所以，仅就这方面而言，虚拟边塞诗较之其他类边塞诗是更具描写的形象性特点的。虽然，亲历类边塞诗也具有这方面的特点，但其更多的是一种对军旅生活的记录，如骆宾王《边庭落日》《久戍边城有怀京邑》《从军中行路难》(《骆临海集笺注》卷四)，陈子昂《观荆玉篇》《题居延古城赠乔十二知之》《居延海树闻莺同作》(《全唐诗》卷六十三)等，即无不如此。

正是由于“虚拟”是这类边塞诗的重点所在，因之，其对于边塞生活、边塞风光等方面的描写，自然就具有不受时空限制的特点，即任由作者凭借某种资料记载与传闻进行合乎情理的想象与虚构。对此，上举高适因和“客”之《燕歌行》而成的那首《燕歌行》，即堪称这方面的一篇佳构。为便于认识，兹将全诗抄录如下：

> 汉家烟尘在东北，汉将辞家破残贼。男儿本自重横行，天子非常赐颜色。摐金伐鼓下榆关，旌旆逶迤碣石间。校尉羽书飞瀚海，单于猎火照狼山。山川萧条极边土，胡骑凭陵杂风雨。战士军前半死生，美人帐下犹歌舞。大漠穷秋塞草腓，孤城落日斗兵稀。身当恩遇常轻敌，力尽关山未解围。铁衣远戍辛勤久，玉箸应啼别离后。少妇城南欲断肠，征人蓟北空回首。边庭飘飖那可度，绝域苍茫无所有。杀气三时作阵云，寒声一夜传刁斗。相看白刃血纷纷，死节从不岂顾勋。君不见沙场争战苦，至今犹忆李将军①。

全诗之所述所写，除了“汉将”惨败的这场战争为实有外②，其余皆为

① 高适：《燕歌行》，孙钦善《高适集校注》，上海古籍出版社 1984 年版，第 80—81 页。

② 这场战争为唐代历史上著名的都山之战，具体参见拙著《唐代诗人探赜》第五章第二节《高适〈燕歌行〉新探》，贵州人民出版社 2005 年版，第 237—244 页。

作者所虚拟，诸如“天子非常赐颜色”“胡骑凭陵杂风雨”“孤城落日斗兵稀”“力尽关山未解围”“少妇城南欲断肠”等，即无不如是。因为作者不仅没有参加过这场都山（今河北青龙自治县西北）之战，而且也从不曾到过都山一带，所写也与贾至的《燕歌行》大不相同（贾诗是从正面对唐军打了一场胜仗的颂扬，但二者的用韵、有关用语等，则是一致的）。虽然如此，高适此诗之所述所写，乃皆具艺术的真实性，则自不待言。不独如此，作者还通过对“力尽关山未解围”等一系列的虚拟，使“汉将”们高度的爱国热忱与坚贞不屈的民族气节，以及其英勇不屈、战斗不止的献身精神，均得以最大程度凸显。凡此一切，都是颇值得肯定的。又如王维的《燕支行》一诗：

汉家天将才且雄，来时谒帝明光宫。万乘亲推双阙下，千官出饯五陵东。誓辞甲第金门里，身作长城玉塞中。卫霍才堪一骑将，朝廷不数贰师功。赵魏燕韩多劲卒，关西侠少何咆勃。报仇只是闻尝胆，饮酒不曾妨刮骨。画戟雕戈白日寒，连旗大旆黄尘没。叠鼓遥翻瀚海波，鸣笳乱动天山月。麒麟锦带佩吴钩，飒沓青骊跃紫骝。拔剑已断天山臂，归鞍共饮月支头。汉兵大呼一当百，虏骑相看哭且愁。教战须令赴汤火，终知上将先伐谋①。

所写为一位“汉家天将”率领唐军开赴前线，“赴汤火”而与敌拼杀的故事，但其与《燕歌行》所不同的是，诗里的“汉家天将”是“拔剑已断天山臂”，而敌方则为“虏骑相看哭且愁”，即败阵以逃。此则表明，王维的这首《燕支行》，虽然以“汉家天将”为描写的重点，但诗中却是对唐军在燕支山（今甘肃永昌县西）下打了一场大胜仗的全过程描述。而且，诗中“叠鼓遥翻瀚海波，鸣笳乱动天山月”“汉兵大呼一当百，虏骑相看

① 王维：《燕支行》，赵殿成《王右丞集笺注》卷六，上海古籍出版社1961年版，第95页。

哭且愁”等之所写，皆为作者之虚拟。《燕歌行》与《燕支行》中的两场大仗，虽然是一胜一败，但二者之所述所写，均具场面宏大、情节众多、人物鲜活等特点，而所有这一切，皆属作者虚拟的结果，虚拟边塞诗的魅力之所在，仅此即可窥其一斑。

虚拟边塞诗表现在艺术方面的另一个特点，是诗人们于各自的诗中塑造了一个又一个鲜活的人物形象，如卢照邻《结客少年场行》中的那位“长安游侠”，戎昱《从军行》中的那位“昔从李都尉”者，郎士元《塞下曲》中的那位“宝刀塞下儿”等，即皆可为例。而上举《燕支行》中的那位“汉家天将”，就极具人物形象的典型特征，所以，基于这一特点审视，《燕支行》是堪称为这方面的一首代表作的。又如王维《老将行》一诗，对一位“边塞老将”的种种描写，则更是将这一特点推向了艺术的极致。全诗为：

少年十五二十岁，步行夺取胡马骑。射杀山中白额虎，肯数邺下黄须儿。一身转战三千里，一剑曾当百万师。汉兵奋迅如霹雳，虏将崩腾畏蒺藜。卫青不败由天幸，李广无功缘数奇。自从弃置便衰朽，世事蹉跎成白首。昔时飞箭无全目，今日垂杨生左肘。路傍时卖故侯瓜，门前学种先生柳。苍茫古木边穷巷，寥落寒山对虚牖。誓令苏勒出飞泉，不似颍川空使酒。贺兰山下阵如云，羽檄交驰日夕闻。使节三河募年少，诏书五道出将军。试拂铁衣如雪色，聊持宝剑动星文。愿得燕弓射大将，耻令越甲鸣吾君。莫嫌旧日云中守，尤堪一战立功勋①。

这位“老将”在“少年十五二十岁”时，即加入戍守边塞前线的行列，且既曾“一身转战三千里”，又曾“一剑曾当百万师”，即便是被无辜弃用

① 王维：《老将行》，赵殿成《王右丞集笺注》卷六，上海古籍出版社 1961 年版，第 93 页。

后，其爱国热情也丝毫未减，以至于晚年在“诏书五道出将军”的情况下，还“愿得燕弓射大将”。正因此，作者用了较《燕支行》更大的篇幅，对这位“老将”予以热情颂扬。还值得注意的是，王维在《陇头吟》一诗中，同时塑造出了几个人物形象，且皆具栩栩如生之特点。其中，既有“夜上戍楼看太白”的长城少年，又有“夜吹笛”于陇上的征人，还有“驻马听之泪双流”的关西老将，作者于诗中所着力刻画的这三个人物形象，分别代表的是长年戍守在边塞前线的老、中、青三代征人的不同情怀，则其极具典型意义，也就不言而喻。

虚拟边塞诗表现在艺术方面的又一个特点，是古体与近体互为关联，并于古体中融入了诸多有关近体的格律学要素，其典型者如对偶、用韵等。众所周知，五言律诗是近体诗中最先成熟的一种新诗体，其时则在“四杰”生活的初唐中期之际，并因王勃、骆宾王、杜审言等人的不懈努力而确立，所以，出现于这一时期的《送杜少府之任蜀州》(王勃)、《在狱咏蝉》(骆宾王)、《和晋陵陆丞早春游望》(杜审言)、《题大庾岭北驿》(宋之问)、《杂诗》(沈佺期)等诗，就皆为五言律诗的精品之作。正因此，上所例举之卢照邻、杨炯二人的14首虚拟边塞诗，即皆属以五言律诗而为的成果。作为一种新兴的诗体，近体诗最大的特点，是讲究四声平仄，要求对仗工整，不押重韵邻韵，注重声律技巧等，从而使诗歌的语言更具音乐性美，也更便于配乐吟唱。而此，也是卢照邻等人的虚拟边塞诗多以近体而为的原因所在。至若以近体之方法进行古体的虚拟边塞诗之创作者，主要表现在对偶等方面，且于有唐一代比比皆是，如上举高适《燕歌行》之“战士军前半死生，美人帐下犹歌舞”“杀气三时作阵云，寒声一夜传刁斗”，王维《燕支行》之“麒麟锦带佩吴钩，飒沓青骊跃紫骝”，《老将行》之“卫青不败由天幸，李广无功缘数奇”等，即皆属融入了近体诗“格律学要素”的产物。类此者，还有杜甫《前出塞九首》其六、《后出塞五首》其四等，兹不具引。

三

虚拟边塞诗在初唐的悄然兴起，以至于盛、中、晚时期的蔚为壮观，不仅是唐诗史上值得称颂的一件大事，而且也为今天的唐诗研究者提供了一些可资参考的依据。以后者言，对唐代诗人的生平研究即为其一。众所周知，考察诗人的生平，行踪乃其重点所在，但有许多诗人的行踪，特别是赴边出塞，研究者大多是以其边塞诗为依据而作出同一结论的，如王昌龄即属如此。对于王昌龄的生平考察，谭优学《唐诗人行年考·王昌龄行年考》、傅璇琮《唐代诗人丛考·王昌龄事迹考略》、李云逸《王昌龄诗注·前言》等，即都以王昌龄的《塞下曲四首》《从军行二首》等诗为依据，认为王昌龄在年轻时曾一度赴边出塞，其此行不仅“到过玉门关一带的地方”，而且还“有可能到过李白的出生地碎叶”。按，碎叶之于唐代，据郭沫若《李白与杜甫》之《关于李白》的考察，所指者主要有二，一为焉耆碎叶，一为中亚碎叶，前者在今新疆，后者在今中亚细亚伊塞克湖西北(今哈萨克斯坦境内)，就王昌龄当时各方面的条件(如语言、经济、交通等)来说，他是绝不可能到过“李白的出生地碎叶”的。即使如“玉门关一带”，也是不可能的。这是因为：第一，王昌龄现所存见的作品，除了这些边塞诗外，其余皆无其曾赴边出塞之所涉；第二，与王昌龄同时并具有交游关系的盛唐诗人，如刘慎虚、孟浩然、张九龄、李白、李颀等人的诗文中，均无王昌龄赴边出塞的只字记载；第三，现所存见的各种各类有关王昌龄生平的资料，皆不曾记载王昌龄到过边塞这一行迹。综此三者，是知王昌龄不曾赴边出塞。既如是，则《全唐诗·王昌龄集》中之《塞下曲四首》《塞上曲》《从军行二首》《少年行二首》《胡笳曲》《从军行》《从军行七首》《出塞二首》，乃皆为虚拟边塞诗之属，即可论断。而如上所述，虚拟边塞诗的重点是“虚拟”二字，则其不能作为考察王昌龄行止的依据，也就甚为明白。

在对唐代诗人生平的研究中，情况与王昌龄相类者并非少许，如王之涣、王翰即为其例。王之涣有《凉州词二首》，犹以第一首最为著名："黄河远上白云间，一片孤城万仞山。羌笛何须怨杨柳，春风不度玉门关。"①由于诗中"黄河远上""玉门关"等语词的存在，而有研究者据之认为王之涣曾赴边出塞一次。但据靳能《唐故文安郡文安县太原王府君（之涣）墓志铭并序》（岑仲逸《续贞石证史》）所载，王之涣生前仅"尝歌从军，吟出塞"而已，并非真的到过玉门关一带。所以，王之涣的《凉州词二首》，可认定为一组虚拟边塞诗。而王翰的情况，亦属如此。《全唐诗·王翰集》著录王翰诗一卷，凡14首，属于边塞诗者，则有《饮马长城窟行》《凉州词二首》，因之，有研究者即据《凉州词》二首，认为王翰曾赴边出塞一次，如谭优学《唐诗人行年考·王翰行年考》即作如此认识。谭《考》在抄引了王翰《凉州词二首》其二后说：

> 不用说，此诗人身在凉州（今甘肃武威）之证。翰究以何时客游凉州、或从军边塞，已不可考。兹臆定为自今年（指唐中宗神龙二年，是年王翰20岁——引者注）至二十五岁成进士之前，或不至大误②。

而事实上，这首《凉州词》是不能证实王翰曾"身在凉州"的。这是因为，此诗中的"塞外风沙""夜听胡笳"等之所写，乃皆为作者的想象之辞。合勘《凉州词》二首，可知一写诗中主人在长安辞亲友远赴边塞，一写这位赴边者于第二年春在边塞前线对长安及亲友的忆恋，因此，其之不

---

① 王之涣：《凉州词二首》其一的文本颇为复杂，具体参见拙著《唐代诗人探赜》第五章之《王之涣〈凉州词〉讨论》一文，贵州人民出版社2005年版，第244—251页。此处所引王之涣《凉州词二首》其一，所据为《全唐诗》卷二五三，第2849页，特此说明。

② 谭优学：《王翰行年考》，《唐诗人行年考》，四川人民出版社1981年版，第2页。

能作为“诗人身在凉州之证”者，也就甚为清楚。而傅璇琮《唐代诗人丛考·王翰考》无王翰从军边塞之行迹者，又可为之佐证。此则表明，王翰的这两首《凉州词》与王之涣的两首《凉州词》完全一样，皆为诗人“歌从军，吟出塞”之作，并非表明其曾有过赴边出塞之行。所以，王翰的《凉州词二首》，也是一组虚拟边塞诗。

虚拟边塞诗不仅在有唐一代甚为流行，而且于后人也多有影响，如南宋的陆游即为典型的一例。检读《剑南诗稿》卷四、卷十八、卷十九等，其中收有多首边塞诗，如《昆仑行》《赛神曲》《凉州行》《焉耆行》《雪歌》《塞上曲》《夜大雪歌》等，其或描绘凉州一带的自然风光与风土人情，或述写边地的一些敌情与战况，既形象又生动。请看下面的这首《焉耆行二首》其一：

焉耆山头暮烟紫，牛羊声断行人止。平沙风急卷寒蓬，天似穹庐月如水。大胡太息小胡悲，投鞍为眠且复起。汉家诏用李轻车，万丈战云来压叠①。

诗题中的“焉耆”，据《汉书·西域传》等之所载，知其又称乌夷、阿耆尼，古国名(即焉耆国)，其址在今新疆焉耆回族自治县一带。此诗前四句是对西域风物的勾勒，后四句为对前线敌情的描写，综而观之，似非亲临其境者而不能为。但据欧小牧《陆游年谱》可知，综陆游一生，其虽曾“四十从戎驻南郑”，足迹却只限于今四川成都一带，而不曾到过今甘肃兰州以西，所以，陆游的这些边塞诗，皆为虚拟边塞诗者，乃无可怀疑。度其原因，存在于《剑南诗稿》中的这些虚拟边塞诗，显然是受到了上举王维、李白、杜甫等人虚拟边塞诗的影响。这是因为，陆游在诗歌创作方面之于唐人的师学，主要是以王维、李白等盛唐诗人为

① 陆游：《焉耆行二首》其一，《陆放翁全集·剑南诗稿》卷十八，中国书店1986年影印本，第314页。

其对象的，对此，拙著《宋金元诗通论》第一章《宗唐论》、第二章《变唐论》已有专门考察与论析，读者自可参看，此不具述。

唐代诗人之于边塞诗的虚拟，应当还影响到了清代一些诗人对异域竹枝词的创作。或者说，清代一些诗人以虚拟的表现形式进行异域竹枝词之创作者，着眼于渊源的角度，应与唐代的虚拟边塞诗不无关系。清代以异域竹枝词著称的诗人，主要有尤侗、福庆等人。以尤侗为例，其《海外竹枝词百首》即为这方面的代表作。这组大型竹枝词所涉之“海外”国家，依序有今朝鲜、日本、缅甸、泰国、马来西亚、斯里兰卡、印度等，在诗中，作者不仅对这些国家的风土人情进行了详略不一的描写，而且于其历史概貌、地理特征等，也都作了简要勾勒，但据其自序所言，可知乃皆系据有关资料的记载而为。与尤侗一样，福庆(清末人)一生也不曾到过今亚欧的一些国家，但其《异域竹枝词百首》，却将今阿富汗、俄罗斯等国的民俗风情进行了一一描述，而所有这一切，亦皆系据有关资料而为，对此，附于卷首的自序已说得甚为清楚①。

由唐初虚拟边塞诗的兴起，到清末虚拟竹枝词的问世，表明了“虚拟”作为一种特殊的表现形式，乃是深受历代诗人喜爱的，因而才使得中国古代诗歌的世界，更加色彩缤纷，一片灿烂！

---

① 关于尤侗《海外竹枝词百首》与福庆《异域竹枝词百首》之所述所写，具体参见拙著《唐后乐府诗史》第七章第二节，黄山书社 2010 年版，第 331—350 页。

论唐代的诗序体创作

在李唐王朝三百年的诗坛上，历史地存在着一种十分值得重视而又不曾为古今研究者所注意的文学现象，这就是备受诗人们喜爱的诗序合一。所谓“诗序合一”，是指诗人们在进行诗歌创作时，有意识地在诗歌前附上一篇序文。这是一种在《诗经》《楚辞》甚至乐府时代都不曾有过的新型诗体，我们姑称为“诗序体”。诗序体的诞生，不仅拓展了诗歌的形式领域，使诗歌所表现的内容更为丰富、更贴近现实，而且融散文与韵语为一体，使两种形式美在同一作品中互为辉映，开创了诗歌创作的新格局。同时，这也体现出诗人们审美品位的提高与追求美的形式的创新意识。后来的弹词、宝卷、话本等讲唱文学表现在文本上的韵散相兼，无不与此有着密切的关联。从这种意义上讲，诗序合一的诞生，实在是中国文学史上值得重视的一件大事。

一

有唐一代，诗人们表现在诗歌创作宏观层面上的主体特征，质而言之，是既善于汲取前人的创作养分以为己用，又敢于通过不断之实践进行创新、突破和超越，二者之相辅相成，是导致唐诗成为中国文学史上诗歌巅峰的决定性因素。而此，在诗序合一的创作中表现得尤为明显，也倍加惹人注目。

唐代最早涉足诗序体创作的诗人是唐太宗李世民，但其流传下来的作品仅为《全唐诗》在开篇著录的五言组诗《帝京篇十首并序》①。这篇“并序”在形式上骈散相兼，气势雄健高昂，内容上则反映了唐太宗作为一个政治家对文学艺术特征与审美功能的重视，如所谓“述《帝京篇》以明雅志”云云，就是这位皇帝诗人赞赏与承袭前人“诗以言志”的具体表现。诗的首章，总写帝京与帝宫的壮丽，以显示大唐威势；中间八章，直述宫中的种种活动，从中表现出严谨的生活内容与雅正的艺术趣味；末章直接抒写敬慎从政的情怀以结束全诗。语言繁丽，风格典雅，诗与序的互为配合，具体而鲜明地反映了李世民作为一代创业君王的文学观点、生活内容与思想情感。

如果说李世民以《帝京篇十首并序》拉开了唐代诗序体创作的大幕，那么，唐明皇李隆基的大量诗序体之作，则表明这位皇帝诗人在诗序合一创作中所富有的奋勇精神。《全唐诗》著录唐玄宗诗歌共为 63 首，其中，属于诗序体的有 13 首，如果再加上被《全唐文》载入《送李含光赴金坛诗序》，以及两篇《送李含光还广陵诗序》②，则共为 16 首。其数量之多，居初、盛唐同类诗人作品的第一位。李隆基的这些诗序体作品，诗全为五言，“并序”则多散行单句，文字简练，语言朴实。在内容上，这些作品或述写作者登基后躬身事国、励精图治的概况，如《春晚宴两相及礼官丽正殿学士探得风字并序》；或抒发作者对臣僚的真挚情感，如《送贺知章归四明并序》；或记载当时的某些历史事项，如《赐诸州刺史以题座右并序》等，全部都与时事直接关联。而诗与序的配合，又很好地使作者对这些时事的情感与看法如实反映与传达。

其后的武则天、唐德宗、南唐后主李煜等，亦不同程度创作了一些诗序体作品。

帝王们对诗序体创作的直接参与与介入，不仅是对诗序合一体式的

① 《全唐诗》卷一，中华书局 1960 年版。
② 《全唐文》卷二十，中华书局 1983 年影印本。

提倡与张扬，而且极大程度地激励了诗人们对诗序体的创作热情，所以，仅在初唐时期，就出现了如王勃《滕王阁诗并序》那样诗序俱佳的名篇。王勃这首诗的“并序”，一般被称为《滕王阁序》，其造境宏伟，色彩浓郁，写景牢笼百态，抒情浑浩流转，虽为骈体，却具有很高的审美价值。诗为七言古体，气势奔放，格调高雅，完全摆脱了六朝以来空洞华丽、纤巧淫靡的气息，亦属上乘之作。诗歌本体与序文的结合，使这一作品无论在形式还是在内容乃至艺术上，都浑然一体，珠联璧合，代表着初唐诗序合一的最高成就。同时，这首诗又是唐人在七言古诗前附序的滥觞，在唐代诗序体的发展史上占有重要的地位。

与王勃同为“初唐四杰”的骆宾王、卢照邻、杨炯三人，亦创作了不少诗序体作品。如卢照邻的《宴梓州南亭诗序》《宴凤泉石翁神祠诗序》，杨炯的《送徐录事诗序》《送并州旻上人诗序》，骆宾王的《饯李八骑曹诗序》《扬州看竞渡并序》等，大多以能各自成篇的显著特点，而与诗歌本体互为辉映，故而，这些序文皆被《文苑英华》《全唐文》以散文予以收录。

被称为“唐代诗歌革新运动旗手”的诗人陈子昂，其在诗序体的创作中，堪称大家，这不仅因为他集中的此类作品有11首之多，而且还由于他在这方面的创获乃是独树一帜的。如著名的《与东方左史虬修竹篇并序》，历来被公认为是作者诗歌理论的一个纲领，而在诗序体作品中表现这方面的内容者，此序文又是第一篇。其他如《观荆玉篇并序》《送著作佐郎崔融等从梁王东征并序》《登蓟城西北楼送崔著作融入都并序》等，作者不仅在大笔勾勒塞外风光的同时，抒写了自己报效国家建功立业的豪情壮志，而且开边塞诗附序之先河，影响深远。

初唐时期进行诗序体创作的诗人，除了上述诸人之外，还有李峤、沈佺期、阎朝隐、韦嗣立、吴少微、崔知贤、长孙正隐、蔡孚等大批诗人。其中阎朝隐的《鹦鹉猫儿篇并序》，蔡孚的《打毬篇并序》，张说的《玄武门侍射并序》等，亦颇具特色。阎诗的“并序”以鹦鹉与猫儿之间的以强凌弱，暗喻宫闱中的明争暗斗，立题新颖，寓意深刻，匠心独运，而诗又为三五七言的长短句式，作者附序于前者，是以杂言体进行诗序合一创作的一种成功尝试。蔡孚与张说的诗序体之作，一为七言排律，一为五言排律，这两首诗的存在，分别填补了初唐在五、七排两类近体诗附序的空白。

二

与初唐诗坛相比，盛唐时期的诗序体更是群芳争艳，蔚为壮观。这一时期投入到诗序合一创作行列的诗人，不仅数量众多，而且名家辈出，如高适、岑参、王维、储光羲等人的诗文集中，就都有不少诗序体作品。此外，这一时期表现在诗序体创作上的特点，仍如初唐一样以创新与突破为主旋律，而且较初唐尤甚。如高适在《燕歌行》的创作中，以 32 字的“并序”，不仅结束了乐府诗长期以来无序的历史，而且有唐一代在七言歌行前附序亦肇始于此。高适表现在文学上的这一创举，国内研究者很少有人注目，而海外学者则多所称道，如日本学人川口喜治的《关于高适的〈燕歌行〉》①、入谷仙介的《关于〈琵琶行〉的创作》等文，就对高适在《燕歌行》前附序的评价甚高。如后者的文章曾这样写道：“乐府歌行的诗原为虚构，主张附序，使诗的内容具有现实性，看来是从高适的《燕歌行》开始的，是盛唐以后的新潮流。”②可见，高适在诗序体创作上的贡献是颇不一般的。此外，高适的诗序体还具有“清秀的诗的小品文”③的特点，如《陪窦侍御灵云南亭诗序》④即是这方面

① 川口喜治：《关于高适的〈燕歌行〉》，续山女子大学文学部《纪要》创刊号，1992 年 3 月。

② 入谷仙介：《关于〈琵琶行〉的创作》（译文），《漳州师范学院学报》1992 年第 3 期。

③ 贺昌群：《论唐代的边塞诗》，《黄钟》第四卷第六期。

④ 孙钦善：《高适集校注 · 诗》，上海古籍出版社 1984 年版。

的代表作。此诗序文共154字，语辞清丽，音节徐缓，景物的描绘与人物言行的叙写互为交融，意境美妙和谐，风韵天成。

李白与杜甫也创作了不少诗序体作品。以创作不拘常规的李白为例，其集中现存的诗序体虽然全为五言古体，但在数量上则仅次于唐玄宗而名列盛唐诗人第二（13首），且其中亦不乏精要者。如《赠武十七谔并序》①一诗，其“并序”全文仅61字，诗人却于其中既对武谔的品格和风范进行了赞美，又勾勒出他在安史战乱中对爱子的关怀与挂念，而诗与序在内容上的水乳交融，对安史之乱给人民造成的深重灾难进行了反映，具有很强的现实性。杜甫集中的诗序体在数量上虽然不及李白，然其内容的丰富与创获却令人瞩目。如《课伐木并序》反映了诗人当时的农耕生活与管理上的才干，《追酬故高蜀州人日见寄并序》述写了诗人与高适间的真挚友情，而《同元使君舂陵行并序》《苏大侍御访江浦赋八韵纪异并序》，以及组诗《八哀诗并序》等，则充分体现了诗人悯世爱民的思想与文学批评的观点。但杜甫诗序体作品中最值得称道的，还是诗人写于夔州的《观公孙大娘弟子舞剑器行并序》。这首诗在内容上，诗歌本体与序文的扣合，真实地反映了大唐在开元五年至大历初年“五十年间”由盛而衰的转折性变化，艺术上则诚如清代评论家李因笃所言“序以错落妙，诗以整妙；错落中有悠扬之致，整中有跌宕之风”。思想性与艺术性的完美结合，使这首诗卓立于盛唐诗序体的百花园中而久艳不衰。

另外，杜甫在进行诗序体创作时，还有意识地进行了一次以序为题的创作尝试，其集中的《假山》诗便为一例。这首诗的原题为：

《天宝初，南曹小司寇舅于我太夫人堂下垒土为山，一匮盈尺，以代彼配朽木，承诸焚香交瓷瓯，瓯甚安矣。旁植慈竹，盖兹

① 王琦辑注本《李太白全集》卷十一，中华书局1977年版。

数峰，嵚岑婵娟，宛有尘外致，乃不知兴之所至，而作是诗》①

诗题全长76字，为盛唐诗题之最，以致注家黄鹤、仇兆鳌等人怀疑这诗题原本为序，后人板刻时漏掉了诗题即自作主张以“假山”二字代之。以序为题的作用，在于“题序合一”后能直接服务于诗的内容。杜甫的这一尝试，深深影响着当时的李白与后来的刘禹锡、白居易、元稹、皮日休、郑谷等人。如刘禹锡在闻令狐楚卒后所写的一首五言排律的诗题即有113字，元稹的七绝“春野醉吟十里程”诗题则为122字，而白居易的“三月草萋萋”一诗诗题竟长达253字，一举摘取了唐代长诗题的桂冠。

以“隐逸诗人”著称的卢鸿（又作卢鸿一），其组诗《嵩山十志十首》②，以每诗一序的新格局，突破了自晋代束皙、陶渊明以来组诗仅为一序的藩篱。“十志”作为组诗，分别歌咏了包括作者居住的草堂在内的十处嵩山景观，而十首诗每诗所附的一序，又详细介绍了这十处景观的地理方位、命名缘由等概况，诗与序在内容上的互补，融说明与述写于一体，使作者笔下所描绘的十处景观，如高明画师的山水工笔，更具线条的鲜明感与形象的立体感。卢鸿的这一创获，为中、晚唐诗人们纷纷仿效，以致元稹在创作《虫豸诗》时，既仿《嵩山十志十首》在每首诗前附序，又承前人之例在诗题上附了一篇“并序”。这种总序与分序的有机结合，将诗序中的组诗形式，推向了更为完美的艺术境地。

除以上诸人外，盛唐从事诗序体创作的其他诗人也不无成就，如王维《辋川集并序》即为唐人在五绝组诗前附序的先例。又如萧颖士不仅以《江有枫十章并序》《菊荣五章并序》《有竹七章并序》等诗的创作，使行将的四言组诗的诗序体在盛唐回光返照，而且其《江有归舟三章》长达736字的“并序”，一举成为盛唐第一长序。所有这一切，都表现了

① 仇兆鳌：《杜诗详注》卷一，中华书局1979年版。

② 《全唐诗》卷一二三。

诗序合一的创作在盛唐诗坛上的繁荣景象。

三

中唐表现在诗序体创作上的特点，是各体兼备，全面发展。这一时期从事诗序体创作的主要诗人有权德舆、李益、卢仝、欧阳詹、李贺、柳宗元、韩愈、张籍、樊宗师、刘禹锡、元稹、白居易等。我们仅从这份名单中就可获知，支撑中唐诗坛大厦的一批著名诗人，已全部加入了诗序合一的创作行列，而且他们的创作也是各具特色的。

以诗风瑰丽凄恻而称雄于中唐诗坛的李贺，在他现存的 8 首诗序体作品中，属于七言歌行的就有 6 首之多，这一数量说明他在诗序合一的创作中是以七言歌行见长的。其中，《公莫舞歌》为乐府古题，李贺附序于前显然是受了高适《燕歌行》的影响。《金铜仙人辞汉歌并序》是一首久负盛名的佳作，李贺在这首诗的本体与序文中，均采用了拟人化的表现手法，赋予铜人以丰富的感情。表现手法的独特、构思的奇妙、情感的强烈与人物形象的鲜明，是这首诗有别于其他诗序体的一个明显标志。总的说来，李贺的诗序体虽然在形式上无突破可言，但作者通过诗序合一这一新型的诗歌体式所塑造出来的人物形象，所倾注的思想感情与艺术力量，则具有较高的成就。

韩愈的《琴操十首》在中唐诗序体中可以称得上别具一格。这十首诗作为组诗，不仅皆以分序为之，而且其之为四言体，又可与盛唐萧颖士的《江有枫十章并序》等作遥相呼应。十首诗前所附的十篇序文，皆起着对诗题的解说与交待史实的作用，因此具有较高的认识价值，而文字的简练与全部的散行单句，又是作者提倡复古在诗序体创作实践中的一种艺术体现。与韩愈一样，柳宗元也是在诗歌与散文两个方面均取得很高成就的一位文学家，故他集中的《贞符并序》这首诗序体也负有盛名。如成书于北宋的《景文笔录》有云："柳子厚《贞符》……虽模写前人体式，然自有新意，可谓文矣。”①这里既说“前人体式”，又认为“可谓文矣”，实则是作者将《贞符并序》提到柳宗元散文的高度进行比观后所作出的一种结论。而这篇“并序”长达1200字，又使其成为唐代诗序体中的第一篇大序。

在中唐也是整个有唐一代的诗人中，刘禹锡是唯一称得上集诗序体创作大成的一位诗人。刘禹锡集中的诗序体共有43首，这一数量不仅居“四唐”同类诗人之冠，而且在形式上是五古、五绝、五律、五排、七古、七绝、七律、七排，以及各种类型的组诗，应有尽有。不仅如此，刘禹锡还另创新格，“化序为引”，如他集中的《九华山歌》《泰娘歌》等，均附的是“并引”而不是“并序”。“序”与“引”的区别，有人认为序的篇幅较大而引的篇幅简短，并举出王勃《滕王阁序》中的“恭疏短引”以为证据。② 但从唐玄宗的《千秋节宴并序》只有16字看来，简短之说是很难令人信服的，因为刘禹锡集中的所有“并引”，在字数上都比唐玄宗的《千秋节宴并序》多。与刘禹锡的诗序体数量相上下的元稹，其诗歌本体虽多为五言，但序文则以形式多样、内容丰赡而自成特色。如著名的《乐府古题序》，可以称得上是一篇优秀的文论作品；《赠毛仙翁并序》《卢头陀诗并序》等，则直可以传奇视之。又如《酬东川李相公十六韵》《献荥阳公诗五十韵》二诗，所附者皆为书信体的“启”而非序，亦可见出作者在诗序合一中的创新意识。其他如《酬乐天南行诗一百韵并序》《桐孙诗并序》等作品，多述写诗人的遭遇及与友人的交谊，大多具有词简义约、感情真挚、风格朴实等特点。

白居易也是中唐大量创作诗序体的一位诗人，其表现在诗序体创作上的特点，除了前面已言及的“以序为题”外，另外还有两点值得注意：一是多在组诗前附序；二是《琵琶行》与《长恨歌》的附序，使之成为唐代长篇七言歌行诗序体的双璧。就第一个特点而言，其数量既多，形式

① 转引自中华书局1979年校点本《柳宗元集》卷一。

② 参见新版《辞海》第二册“引”字条，商务印书馆1984年版。

亦众，诸如五言、七言、古体、近体等组诗中，均有不少诗序体作品，其中较为著名的有《秦中吟十首并序》《新乐府五十首并序》《赠友五首并序》等。《琵琶行》与《长恨歌》历来脍炙人口，传播极广。但白居易在《琵琶行》中附序，则是明显地受了杜甫《观公孙大娘弟子舞剑器行并序》的影响所致，对此，清代批评家田雯早就有所论及，兹罢论。《长恨歌》的各种国内《白居易集》或《白香山集》刻本中，均无序文，然据日本学者近藤春雄的《长恨歌、琵琶行研究》一书①，知白居易在创作此诗时是附有序文的。据该书介绍，在白居易74岁的唐武宗会昌四年夏，当时的日本留学僧惠萼曾抄携一部白集而归，其中的《长恨歌》不仅有“并序”，而且序文还长达372字。其全文为：

> 长恨者杨贵妃也，既瘗于马嵬矣，玄宗却复宫阙，思悼之。至今方士求其魂魄，升天入地求之不得。乃于蓬莱山仙宫忽见，素貌惨然，流泪语使者曰：“我本上界诸仙，先与玄宗有恩爱之故，谪居于下界得为夫妻。既死之后，恩爱已绝，今汝来求我，恩爱又生，不久即于人世得为配偶，以此为长恨耳。”使者曰：“天子使我至此，既得相见，愿得平生所玩之物以明不谬。”乃授钿合一扇、金钗一股与之，曰：“将此为验。”使者曰：“此常用之物也，不足为信。曾与至尊平生有何密契，愿得以闻。”答曰：“但七月七日长生殿，夜半无人私语时，曾复记否?”使者还，因以钿合金钗奏之。玄宗笑曰：“此世所有，岂得相怡?”使者因以贵妃密契以闻，玄宗流泪恸绝。良久，语使者曰：“方不谬矣!”今世人犹言玄宗与贵妃埏世为夫妻，至矣。

这篇“并序”与陈鸿的《长恨歌传》大相径庭，而于《长恨歌》的精神则一脉相承，诗与序的扣合告知我们，《长恨歌》所选取的人物原型与故事

---

① 近滕春雄：《长恨歌、琵琶行研究》，日本国东京明治书院1981年版。

情节，乃是来自于民间传说，而不是两《唐书》中杨贵妃与唐玄宗的历史事实。

白居易在这两首以写人为主的七言歌行中附序，其取得的成功，直接推动了诗序合一发展史上一个新的创作格局的到来，这就是晚唐序体中变“并序”为人物传记的创作范式。

四

初、盛、中三唐诗人们表现在诗序合一创作中的争奇斗艳，已使诗序体体式的开拓与完备达到极限，因此，晚唐诗人们如果要想继续在诗序体的创作中取得成就，就只有新开他途。于是，以在内容上述写人物为主的传记式“并序”，便在这一时期应运而生。晚唐诗序体着意在“并序”中述写人物的现象，一方面是受了中唐白居易《长恨歌》等作品的影响，另一方面也与这一时期火热的传奇、笔记创作有着密切的关系。众所周知，晚唐是传奇与杂俎丛生的时代，如《玄怪录》《杜阳杂编》《唐阙史》《酉阳杂俎》《独异志》《宣室志》《因话录》《干膜子》等，就都是这一时期颇有影响的作品。而其中，有些作品的作者如段成式、温庭筠等，其本身又是诗序体的作者。正是由于以上两个方面的原因，晚唐“并序”中的人物述写尤多，构成了这一时期诗序合一创作中的一个明显特点。

晚唐诗人在诗序体中所述写的人物，一般说来，主要为歌妓、商女、隐士、方士、处士等。如张祜《孟才人叹并序》中的孟才人，杜牧《杜秋娘并序》中的杜秋娘，李商隐《柳枝五首并序》中的柳枝，罗虬《比红儿歌并序》中的杜红儿等，就是当时的一些著名歌妓(其中柳枝为商女)。在作者的笔下，这些歌妓或貌美艺绝，或备受坎坷，而作者在述写她们时，又或截取其生活的片断，或勾勒其生平之大概，虽手法不一，但一个个人物形象都各具个性，血肉丰满，栩栩如生。其中，李商隐的《柳枝五首并序》，完全可以称得上是现代概念中的一篇短篇小说。在这篇序文中，作者较为详细地叙写了他与柳枝相爱的全过程，情节跌宕，故事完整，人物形象鲜明。而五首绝句又将序文的内容作了进一步的深化，章法精严，在内容上逐章承递，使人物心理活动与序文中的外部描写互为统一，相得益彰。方士、隐士与处士，实际上是同一阵营中的一些“现实”人物，因为这些人在晚唐特定的社会环境里，大多不愿与朝廷为伍而甘居于草泽山野之中，如许浑笔下的萧炼师(《赠萧炼师并序》)、郑薰笔下的巩畴(《赠巩畴并序》)等，便属此类人物。陆龟蒙是晚唐在诗序体创作中述写隐士等最多的一位诗人，如果我们将他的《和张祜处士丹阳故居并序》《丁隐君歌并序》《江湖散人歌并序》《白欧歌并序》等作品中的人物串联起来，便可组成一幅色彩鲜明、个性各异的“众士隐居图”。在这幅图中，作者对人物的述写诗序互关，或工笔，或白描，使张祜的嗜石成癖，丁飞举的淡泊事稼，江湖散人的傲岸不羁，乐安任君的以鸥为伴等，皆生动传神。而诗人对归隐的向往与企慕之情，于此亦可窥其一斑。

晚唐诗序体的另一个特点，是扩大了题材的表现领域，使诗序合一所反映的内容具有史料上的价值。如皮日休的组诗《茶中杂咏并序》，就具有这样的特点。首先，作者在序文中对先唐的茶的演变史作了简要钩稽，继而，又于诗歌本体中对唐代的茶坞等从十个方面进行了歌咏，诗与序从纵与横两个方面，对唐以前与唐代的茶的制作工艺、茶具等作了全方位的述写，成为研究唐代乃至中国茶文化必不可少的一份重要资料。又如卢肇的《汉堤诗并序》，① 此诗虽意在歌颂当时的襄阳太守“范阳公”的政绩，但诗歌本体与序文二者对唐肃宗“上元年秋”的“汉北大溢”，及其所造成的襄阳地区“陷为大涂”、死者“十之六七”的惨重水灾，进行了如实记录，可补两《唐书》之阙。又于濆《富农诗并序》对唐代尧山(今河北尧山县)一带鲜为人知的民俗，作了这样的披露：“尧山

---

① 《全唐诗》卷五五一。

南六十里，里有富民，得氏琅琊，人指其貌，此多藏者也。和粟万庾，马牛无算，血属星居于里土，生不遗，死不赠，环顾妻孥，意与天地等。"①这篇"并序"对今天研究河北的民俗史，无疑是颇资参考的。诸如此类之作，在晚唐的诗序体作品中还有很多，这当是斯时的一种创作风气所使然。

总而言之，晚唐诗人们在诗序体的创作中，也是有其自身特色的。他们通过不断努力与探索所取得的成就，与初、盛、中三唐的各自成就互为融合，汇成了一股具有强烈时代气息的创作潮流，将有唐三百年的诗序体推向了历史的最高峰。

五

以上，我们采用传统的唐诗四期说的时限，从总体上对初、盛、中、晚四唐的诗序体创作进行了较为详细的观照，尽管无法避免遗珠的缺憾，但大而言之，有唐一代之诗序体规模，已基本呈现出来。在观照的过程中，我们还有意识地对每一个时期诗序合一的创作特点，及其所取得的成就，进行了粗略归纳与总结。从中不难看出，诗序体作为唐代诗歌创作中的一种潮流，无论在哪一个阶段，都有广泛的作者，而每一个阶段的诗人们，又都力图在其创作中获得超越与突破，从而形成了诗序体在唐诗中的鲜明特色。因此，我们认为，与其他诗歌体式相比，诗序合一的创作在唐代，更具活力，更能体现出诗人们表现在文学上的创造力。而此，又是导致唐诗繁荣的一个重要原因。

---

① 《全唐诗》卷五五九。

论唐诗的制题艺术

在中国文学史上，任何一种形式的作品都是由题目与正文两部分组成，因之，题目便自然成为作品不可缺少的一个重要部分。一个时代，有着一个时代的文学特点，而一个时代的文学作品之题目，在制题上也显示着其自身的特点与艺术的规律。就诗歌而言，楚辞与乐府的制题艺术有别，而唐诗则又与这二者多不相同。概而言之，唐代诗人的制题艺术大约可用十六个字进行涵盖，这就是：方法多种，形式多样，内容丰富，千姿百态。这十六个字，可以说既是唐代诗人们创造力的一种独特体现，又是导致唐诗成为诗国巅峰的一个重要因素。然而，千百年来，人们对唐人如何写诗作了许多许多的研究，而于唐人如何制题则言之甚微，以致使这一具有很高审美价值与借鉴价值的文学遗产，至今仍“养在深闺人未识”。

一

一般说来，唐代的诗题，大致可以分为两种类型，即“正格”与“非正格”。所谓“正格”，是指诗题简洁明了，直切内容，读者一看便知意之所在，如王勃《送杜少府之任蜀州》、杜甫《登岳阳楼》即属此类。在结构上，前者属“诗人行为+动词+名词”式，后者为“动词+动词”式。这两种制题，均为前人所有而在唐代不曾变化，故为“正格”。“非正格”则是指前人所无或唐人在“正格”的基础上进行变化的一种诗题。其题或切内容，或与内容无涉，如李商隐的《无题》即是。简而言之，“正格”为传统诗题，“非正格”为发展与变化了的诗题。

众所周知，中国古代的诗歌原本是没有诗题的，我们现在在《诗经》中所见到的《关雎》《静女》《硕鼠》等，均属后人取诗之首二字以代为诗题。后人的此举，用白居易在《新乐府诗序》中的话来说，就是“首句标其目”①。在中国诗歌史上，最早“首句标其目”者，当推周朝的采诗官，他们当时大约出于对所采诗登记或分类的缘故，因而便自行取诗之首二字以为其题，于是，一种新的诗歌制题法，便由此而诞生。此法至唐，即成为三百年间诗人们的一种制题时尚。如初唐杨炯的《骢马》、盛唐王昌龄的《初月》、李白的《西施》、晚唐李商隐的《锦瑟》、郑谷的《端居》、温庭筠的《海榴》等，便均属此类制题之作。

唐代的诗人们尽管接受与承袭了前人的这种制题方法，但他们又不满足于这种单一的“首二字”形式，于是，便有意识地对其加以改造，如张籍的《患眼》便是以三四字为题，李商隐的《晓起》即是取的四五两字。而于七言诗中，则出现了以五六字、六七字为题的，前者如郑谷的《巴江》，后者则有李商隐的《荆山》。更有甚者，竟将首句改为第二句、三句、四句，甚至五句、六句，如王昌龄的《独游》便属于第二句首二字之例，张籍《学仙》则是以第三句的三四字为题。李白的《独酌》虽属首二字，所取则是第五句。如此等等，真可谓林林总总，不一而足。这种制题法，实际上已是诗人们在命题的实践中，将“首句标其目”变化为“诗中嵌其题”了。这是一种别出心裁的制题法，它虽然构建在“首句标其目”的基础之上，但较之这种旧有的方法更为新颖，更富于变化，所以，《全唐诗》中采用此法制题者，仅作者就在200人以上。而其中，杜甫的这类诗题尤见特色。

杜甫诗歌在体裁上历来有“众体兼备”之称，而其以“首句标其目”

---

① 《白居易》卷四十五，中华书局1979年版。

与“诗中嵌其题”进行制题的诗题，也是如此。就数量而言，杜诗此类制题共为92首，其中，五言诗69首，七言诗23首，居有唐一代诗人之最。以体裁论之，五古、七古、五绝、七绝、七律，应有尽有，亦可以“集大成”者目之。如果我们再对其进行具体分类，则又可知，五言诗的形式为17种，七言诗也有6种，二者共为23种(三字及三字以上的诗题未计)，在唐代诗人中亦可称之为最。下面先看其五言诗的17种形式：

1. 首句一二字：龙门横野断(《龙门》)
2. 首句一五字：江发蛮飞涨(《江涨》)
3. 首句二五字：春江不可渡(《江渡》)
4. 首句三四字：京洛云山外(《云山》)
5. 首句四五字：旅食惊双燕(《双燕》)
6. 二句一二字：中宵步倚疏(《中宵》)
7. 二句三四字：气待北风苏(《北风》)
8. 三句三四字：云山薄暮时(《薄暮》)
9. 三句四五字：杜子将北征(《北征》)
10. 四句三四字：终目子规啼(《子规》)
11. 五句一二字：畏人成小筑(《畏人》)
12. 五句三四字：老病南征归(《南征》)
13. 八句四五字：不觉自长吟(《长吟》)
14. 十五句一二字：客堂序节改(《客堂》)
15. 一二句各一字：雨时山不改，晴罢峡如新(《雨晴》)
16. 一二句各一二字：牵牛出河西，织女处河东(《牵牛织女》)
17. 首四句四五字且重叠：西川有杜鹃，东川无杜鹃；涪万无杜鹃，云安有杜鹃。(《杜鹃》)

由以二字为题的五言诗中的这 17 种形式不难看出，杜甫在此类制题中，是何等“惨淡经营”的。再看其七言诗中的 6 种形式：

1. 首句一二字：腊日常年暖尚遥(《腊日》)
2. 首句一三字：夜半归来冲虎过(《夜归》)
3. 首句三四字：卜居赤甲迁居新(《赤甲》)
4. 首句二六字：清江一曲抱村流(《江村》)
5. 三句一二字：返照入江翻石壁(《返照》)
6. 六句三四字：接简引水唯不干(《引水》)

如此千姿百态的制题形式，足可见出杜甫对“首句标其目”与“诗中嵌其题”之制题艺术的运用，是何等的得心应手。而五言诗中的第 13、15、16、17 这四种形式，又更具典型性，虽属“惨淡经营”之必然，实则为别具匠心之所得。如第 13 式中的《长吟》为五律，而唐人以五律末二字为题者乃属杜甫首创，且其集中也仅此一例。其他三式，不仅在杜集中亦只有一例，就是在有唐三百年的诗坛上，也是“后不见来者”的。后人称杜甫为“诗圣”，仅从此即可见出其是当之无愧的。

除杜甫之外，李商隐也是采用此法制题的一位大家，他集中的这类制题诗，据我对人民文学出版社版《李商隐诗集疏注》①的检索，可知共有 74 首之多，名列唐代诗人之第二。与杜甫相比，其在数量上虽略次，但七言诗之制题则比杜甫更富于变化。下面所列举的七绝，即可帮助我们窥其端倪：

1. 首句一二字：残花啼露莫留春(《残花》)
2. 首句三四字：此夜西亭月正圆(《西亭》)

---

① 叶葱奇：《李商隐诗集疏注》，人民文学出版社 1985 年版。

3. 二句一二字：贾生才调更无伦(《贾生》)
4. 三句一二字：常娥应悔偷灵药(《常娥》)
5. 三句五六字：日西千绕池边树(《池边》)
6. 四句一二字：莫愁还有自愁时(《莫愁》)
7. 四句六七字：可能全是为荆山(《荆山》)

在只有四句诗的绝句中，作如此变化之制题者，有唐一代也只有李商隐一人。如果我们再从数量与类别着眼，则可知李商隐又多是在近体的七绝与七律中进行此类制题，这与杜甫的擅长五言，又正好是不同的。换言之，在“首句标其目”与“诗中嵌其题”的制题中，杜甫主要是以五言诗见长，李商隐则多在七言诗中下功夫。

此外，李商隐在制作此类诗题时，还在杜甫《八阵图》等作的基础上，使首句的三字式与二字式一样富于变化，从而使三字题在形式上发展为下列5种：

1. 五言首句前三字：洞庭渔可拾(《洞庭渔》)
2. 五言首句后三字：竟日小桃园(《小桃园》)
3. 七言首句前三字：青陵台畔月光斜(《青陵台》)
4. 七言二句前三字：乐游原上有西风(《乐游原》)
5. 七言二句后三字：洞庭湖上岳阳楼(《岳阳楼》)

更有甚者，李商隐还独创了此类制题的首句分取四字式，如《银河吹笙》这一诗题，即是取首句中的三四字(银河)与六七字(吹笙)合为之。这种形式，既与白居易在其新乐府诗中全取首句为题有所不同，亦有别于杜甫《牵牛织女》的分取前两句之各一二字式，充分体现了李商隐在此类制题艺术中的创新精神。

知晓了唐代诗人的这一制题艺术，不仅有利于加深我们对“首句标其目”的全过程之认识，而且也可帮助我们澄清李商隐诗歌研究中存在的一个问题，这就是诸多论者长期以来将其《锦瑟》诗当作“无题”看待的错误。事实上，“无题”亦为唐人制题的一种艺术，它虽然在内容上“无题”，于形式上则实为有题，且其始于李商隐之前的中唐而非李商隐所创，《全唐诗》中载有卢纶、李德裕之《无题》即可为证。而明代的胡应麟、清代之纪昀等人，不曾对唐诗之制题艺术进行考察，竟然擅作斯说，以致无端引出一桩讼案来，实属文学史上的一件荒唐事。

二

唐代诗人表现在诗歌制题上的另一种艺术形式，就是着意于乐府古题的变革与创新。一提到乐府古题，人们自然会联系到乐府新题，也就是白居易、元稹所说的“新乐府”。中唐乐府既以“新”称之，其题目自当全为诗人所自创。然据郭茂倩《乐府诗集》①可知，在白居易以前的初、盛唐时期，以新乐府为题进行创作的诗人，共有 23 人之多，他们分别是：长孙无忌、李义府、李百药、李峤、杜审言、郭元振、李景伯、刘希夷、崔液、张说、王翰、王维、王昌龄、崔融、岑参、高适、陶翰、崔国辅、李白、杜甫、毕耀、刘长卿、元结。其诗则共有 111 首（初唐 24 首，盛唐 87 首）。这一数据表明，李唐代杨隋未久，新乐府的创作即成为当时诗坛上的一种时尚，则其诗题全为前人所无也就不言而喻。但我们在这里所要讨论的则是以变化或改制乐府古题为主的一种制题艺术，其中当然也包含诗人们自制的一些新题。

两汉时期的乐府古题或曰旧题乐府，据郭茂倩《乐府诗集》可知，

① 郭茂倩：《乐府诗集》，中华书局 1979 年版。

约有近千种之多，但唐代诗人对其进行改制者，主要表现在歌、行、曲、词四个方面，其中又尤以歌、行令人瞩目。众所周知，乐府时期的歌，最初只是用于祭祀的一种乐章，曲与词则分别为乐府的唱词与变体(这里指的主要为其文本)，而《史记索隐》又认为“行者曲也”，这样看来，可知我国早期的歌、行、曲、词，是与音乐有着密切之关联的。而唐代又是一个音乐高度繁荣与发达的国度，且当时的诗人们大多精通音乐或具有很强的音乐鉴赏力，因之，在这种文化背景下，歌、行、曲、词自然就会得以长足发展，进而便成为诗人们改制诗题的一种制题新潮流。下面的这份图表，即可帮助我们对此有一个清楚之认识：

诗人 类别	骆宾王	王维	王昌龄	李白	杜甫	李贺	刘禹锡	张籍	白居易	陆龟蒙
歌	6	31	2	64	39	32	36	2	3	29
行	2	10	16	39	43	7	22	20	4	4
曲、词	1	19	21	48	3	17	67	22	41	15
合计	9	60	39	151	85	56	125	44	48	48

图表中的10位诗人，以其生活的年代为限，分别代表着唐代初、盛、中、晚四个时期。其中，初唐一人(骆宾王)，盛唐四人(王维、王昌龄、李白、杜甫)，中唐四人(李贺、刘禹锡、张籍、白居易)，晚唐一人(陆龟蒙)。通过这份图表我们可知：(1)以歌、行、曲、词为题进行制作的高潮，主要表现在盛唐；(2)中唐的制题已明显向曲、词倾斜，(3)此类制题在晚唐已基本呈下坡态势(陆龟蒙的此类制题为晚唐诗人之最多者)。综此三点即可获知，“歌行体”在有唐一代，只是盛唐与中唐时期诗人的最爱。下面，我们以李白的此类诗歌为例，对其表现在制题上的艺术作一具体透视，以便管窥唐代诗人们的这一类制题的某

些特点与成就。

上面的图表已明确告诉我们，李白的“歌”题诗，在10人中是名列第一的，其“行”与“曲(词)”虽然分别次于杜甫与刘禹锡，但四者的总数则是居有唐一代诗人之冠的。李白集中以“歌”制题的诗，大致说来，主要有下列四类：

(一)袭用乐府古题而内容一仍其旧。如《阳春歌》《荆州歌》便属此类。

(二)题目不变而内容全新。如《丁都护歌》即是。

(三)诗题和内容与乐府诗(主要指乐府古题的内容)全不相涉。如《襄阳歌》《元丹丘歌》《白毫子歌》《怀仙歌》《临路歌》等。此类制题在李白集中数量最多。

(四)在送人之作中冠“歌”于题前。如《白雪歌送刘十六归山》《金陵歌送别范宣》等即属这一类。

在这四种类型的“歌”题诗中，前面的两种属于“正格”，后面的两种则属于“非正格”。若就“非正格”的结构方式而言，则其又可以分为以下的几种形式：

1. 歌本题。上举之前三类均属此种结构形式，其具体又可分为三种：

(1)地名十歌，如《襄阳歌》。

(2)人名+歌，如《扶风豪士歌》。

(3)诗人行为+歌，如《临终歌》。

2. 本题+动词+人物宾语(或再加人物宾语的行为)。如《峨眉山月歌送蜀僧晏入中京》《金陵歌送别范宣》等，均在“歌本题”后面附加了施与对象。

3. 本题+动词送别。这在李白集中只有《赤壁歌送别》一例。

单就制题形式而言，李白集中的“歌”题诗显然突破了乐府古题的藩篱，从而成为一种声情激荡、意义全新的浩歌。在盛唐诗人中，如此变化乐府诗以进行制题者，尚有王维、岑参、杜甫等人，但他们的这类制题在数量与形式上则“稍逊”于李白。中唐与晚唐时期的李贺、陆龟蒙等人如此制题的数量虽多，但形式又不及李白的丰富多变。所以，在这一制题艺术上，李白可以说是在唐代诗坛上独领风骚，无人可与之比肩的一位诗人。

李白的“行”题诗也别具一格。如被清代注家王琦在《李太白全集》中编入“古近体诗”内的《南都行》《清溪行》等，作为“行本题”，不仅具有“地名+行”的结构特点，而且还使名词“曲也”的行，具有活用为动词的功能。而在结构方式上，李白的“行”题诗则又具体表现为以下几种：

(一)乐府诗中的行本题。此类形式主要指李白袭用乐府古题而言，与他的“歌本题”类似，均属“正格”。

(二)地名+行。这种样式除了“正格”外，“非正格”另有两种情况：一种为上举之属“古近体诗”的《南都行》，一种为李白自创的新题如《江夏行》等。

(三)方位名词+动词+行，也可称之为“诗人行为+行”。如《北上行》。此类制题当是从乐府古题的《出自蓟北门行》变化而来。

(四)本题+动词送别。如《灞陵行送别》。此类制题，在李白集中也只有这一首。

(五)歌本题+行本题+动词+人物宾语。此类制题在结构上最为复杂，如《邠歌行上新平长史兄粲》即是。这种制题，当是受乐府古题《长歌行》之类的影响而改制。

总之，无论是以“歌”制题还是以“行”制题，在李白的作品中其形式均为五花八门、丰富多彩，令人大有眼花缭乱之慨。由承袭乐府古题到跳出其窠臼，是唐代诗人表现在诗歌制题上的一种重大变革，李白集中大量而且形式多样的“歌”题诗与“行”题诗的存在，即是这一重大变革的最好证明。这种变革，不仅扩大与拓展了唐诗制题的范围，开创了唐诗制题的新格局，而且使诗歌所表现与反映的内容，更具有社会性与现实性。

三

在唐代诗人林林总总的制题艺术中，还有一种“标体于题”的制题法，在当时亦颇受诗人们的喜爱与青睐。所谓“标体于题”，是指诗人们在制题时，将诗歌的体裁、句式，乃至篇幅等，都在诗题中明确标出。这种制题的优点在于，可使作者在动笔创作之前，对所咏物象于材料剪裁、结构布局等方面，都有一个事先的合理安排。这种创作的形式，实属诗人们呈现才华的产物，因为它要求作者当场或者即席赋诗而无须腹稿，所以最初一般只有四句。如孟浩然的《初下浙江舟中口号》一诗，就是作者初游“浙江”时在船上因景触情而写的一首绝句。尽管孟浩然在这首诗的诗题中没有明确写明其体裁为绝句，但我们从“口号”二字即可获知其必为四句，因为只有四句的诗，一般说来，是基本上可肯定为绝句的。

由只标注绝句于诗题到逐渐扩展至各种诗体之中，是唐诗表现在制题艺术上的又一大特色。这种类型的制题，就《全唐诗》而言，中唐虽为其高潮，然晚唐诗人诗作之数量也颇为壮观。下面列举出杜牧的此类制题，以见出其形式多样化之一斑。

1. 五绝：《送卢秀才一绝》
2. 六绝：《代人寄远六言》
3. 七绝：《途中一绝》
4. 五律：《忆游朱坡四韵》
5. 七律：《赠李处士长句四韵》
6. 五排：《华清宫三十韵》
7. 七排：《东兵长句十韵》

杜牧集中的此类制题为整60首，形式则为上举之7种。在这7种形式中，除了第1、3两类均只标“一绝”外，其他在诗题上都极为明白地标署了体裁，如六绝所标为“六言”(若为律诗则应作“六言四韵”)，律诗与排律分别以“四韵”“十韵”相标(四韵以上者均为排律)，而于七言则又特标“长句”(在唐诗中，“长句”一般指“七言歌行”而言，但于近体诗中，“长句”如与“韵”相结合，所指则为七言近体)，皆一目了然，十分清楚。

从以上杜牧“标体于题”的制题形式上，我们又不难看出，此类制题法虽肇始于“口占”或“口号”，实则是与近体诗的诞生具有密切关系的。换句话说，喜欢以“近体”形式进行创作的诗人，大多擅长此种制题艺术。近体诗的平仄格式虽确立于初唐时期，但真正使其成为一种完美的艺术形式，则实得力于杜甫,①，故杜甫以后，“标体于题”便成为诗人们制题的又一种新潮。

白居易既是中唐也是整个唐代诗坛上的一位大家，且其又特别擅长近体诗的创作，故而，其集中以此类制题的诗歌之数量竟有209首之多，居有唐三百年诗人之冠。在形式上，白居易的此类制题比杜牧还要多出五古、七古两种。五、七古二体的“标体于题”，是否为白居易首创，我们不曾考察，但在中晚唐诗人中只有白居易、陆龟蒙二人以此法制题则可肯定。一般说来，唐诗的所谓“众体兼备”，就其形式而言，实则只有五古、六古、七古、五绝、六绝、七绝、五律、六律、七律、五排、七排11种(在《全唐诗》中未见六排)，而白居易的“标体于题”除六古外，余均以此为之，亦可称得上是“众体兼备”的。

为便于从总体上把握中唐、晚唐诗人对“标体于题”制题艺术之概况，兹于这两个时期的诗人中各选具有代表性的三人，制图表如下，以供参考。

---

① 具体参见拙作《杜甫诗歌：中国古代学者诗的范本——以其近体诗为研究的中心》一文，载《首都师范大学学报》1994年第3期，又收入著者《杜甫研究丛稿》一书，中国文联出版社1999年版。

	体裁 诗人	五古	七古	五绝	五律	六绝	六律	七绝	七律	五排	七排	合计
中唐	白居易	5	2	5	2	2		97	25	61	10	209
	刘禹锡						1	4	13	19		38
	元　稹				3			19	4	39		65
晚唐	李商隐							7	1	15		23
	杜　牧			3	3	2		15	21	15	1	60
	陆龟蒙	8			10			10	1	1		30

在上述六人中，李商隐的此类制题无论就数量抑或形式而言，都较五人为少，这当与他喜用“首句标其目”与“诗中嵌其题”大相关联。而杜牧在数量上虽较元稹为少，然形式则比其丰富得多，所以，他与白居易的“标体于题”，不仅为其各自所生活时期的代表，而且也是有唐一代以此类制题进行创作的典范诗人。他们与杜甫、李商隐之于“首句标其目”与“诗中嵌其题”，以及李白在改制与变化乐府古题的制题艺术上所取得的成就一样，均为唐诗的制题艺术谱写了光辉的一页。而其表现在这方面的成就，又是与其诗歌创作等同的。

唐诗中的制题艺术，除了以上表现在“非正格”诗题中的三大类外，还有“以序为题”“以代为题”“以和为题”“以赋得为题”等十数种之多，且亦各具特色。如“以序为题”首创于杜甫，且在盛、中唐颇为流行，对此，拙作《诗序合一：唐诗创作的新潮流》①一文已详述之，读者可自行参看。“以代为题”虽始于六朝前期，且在汉末文人的乐府诗中已有人为之，然唐诗中的此类制题更是内容丰富、色彩艳丽，其不仅代友人，代闺思，而且也代物象、代时令等。“以赋得为题”一般说来有两

① 载《西南师范大学学报》1995 年第 2 期，又载《中国古代、近代文学研究》1996 年第 8 期。

种情况，一为参加科举应试时的“赋得”，一为友人相聚以赋诗为乐所分“得”的题目，所以，“赋得”又称“分得”。这种制题，因科举应试而产生，故其亦应属唐代诗人的“专利”。“以和为题”虽是应酬时的产物，且唐以前早已有之，但其中的“次韵”制题则为元稹所首创①，这是唐诗的诗题由“正格”发展为“非正格”的又一显证。而陆龟蒙集中现存的155首“以和为题”的诗作，不仅将这一制题艺术推上了有唐一代之最高峰，而且也反映了晚唐诗人们在制题与创作上的一种心态与风气，而或此或彼，对于后人了解当时诗人们的思想及其创作活动等，都是不无助益的。

四

总的说来，唐诗中的“非正格”诗题，主要是由变化与自创两大类构成的，而这两大类诗题又是导致唐诗制题艺术蔚为壮观的根源。其形式的五花八门与千姿百态，又历史地反映了唐代诗人表现在制题艺术上的一种新的趋向与新的追求。从以上我们对这一艺术中有代表性的个案分析与归纳又可知，这种新的趋向与新的追求，是建立在不同时期与诗歌发展之不同阶段的。即是说，不同时期的诗人们，对制题艺术的追求也是不尽相同的。比如，作为近体诗中的排律一体，几乎在初唐与五律同时确立而颇受当时诗人们的青睐，然“标体于题”直至白居易生活的中唐才广为诗人们所运用，而“以和为题”到陆龟蒙时期才成为历史的高潮。其间固然有一个形成与发展的历程，但也不能不说与诗人们的审美观念、情趣爱好密切相关。这在制题艺术上是如此，表现在诗歌创作上也是这样，否则，就很难显示出二者表现在形式方面的丰富性与多样性。

---

① 参见卞孝萱：《元稹年谱》，齐鲁书社1980年版。

制题艺术在唐代如此的异彩纷呈，无疑对活跃当时的创作风气，促使唐诗创作的空前繁荣，都具有不可估量的作用与价值。这是因为，二者既是一件作品即一首诗的两个主要部件，而又具有相互制约与相辅相成的功能。写作学上所谓“好的题目就意味着作品成功了一半”的说法，正好道出唐诗的制题艺术与诗歌本文之间的内在关系。所以，唐代诗人们对制题艺术的执著追求，就理所当然地会使这个时代的诗歌创作春天呈现出一种繁花似锦的新格局来。从这个意义上讲，对唐诗制题艺术的研究，也就显得尤为重要了。

论清词丽句在唐诗中的演进

唐人诗文中的"清词丽句",既是一个审美概念,又属于诗学的范畴。正因此,我曾在《杜甫研究丛稿》(下卷)一书中,针对有论者认为杜甫诗中"清词丽句"指的是"象翡翠集于兰苕那样的清丽之作",以及视其为"齐梁文学中的'采丽竞繁'的代名词"的认识,进行了较为详细之辨析,认为这些说法都与"清词丽句"的实况相去甚远。并指出,在唐代诗人特别是杜甫的审美认识中,"清词丽句"是"一种艺术特征,一种审美境界,一种诗歌风格"①。从接受史的角度进行审视,可知杜甫等人对"清词丽句"的这一审美认识,并非一开始就是如此,而是在不断的艺术实践与长时期的理性思考互为关联的情况下,才逐步形成的。即是说,将"清词丽句"作为"一种艺术特征,一种审美境界,一种诗歌风格"进行认识者,实际上是唐代诗人通过不断的艺术实践而总结出的一种审美结果。若将这种艺术实践与理性总结具体到几位诗人,则孟浩然、杜甫、韦庄即为其当然的代表。这是因为,这三位诗人分别代表的是唐代诗人对"清词丽句"认识的三个阶段,即盛唐前期(孟浩然)、盛唐末期(杜甫)与晚唐时期(韦庄)。这三个阶段或者说三个时期,作为有唐一代三百年这条时间链上的三个关键点,清晰地展现了"清词丽句"在唐诗中由艺术实践而嬗变为"一种艺术特征,一种审美境界,一种诗歌风格"的演进轨迹。本文主要就这种"演进轨迹"进行具体

① 王辉斌:《杜甫研究丛稿》下卷,中国文联出版社1999年版,第175页。

论析。

一、孟浩然："清词丽句"的艺术实践者

与任何理论都是从实践中所获得一样，唐代诗人之于"清词丽句"的认识，也属如此。而最早提出"清词丽句"这一审美概念者，是杜甫《戏为六绝句》其五之"清词丽句必为邻"。前此，在诗人们的审美认识中，要么只有"清词"，要么只有"丽句"，二者从不曾结合在一起。而最早从艺术实践的角度与"清词""丽句"大量关联者，就现有的材料看，则非有"山水田园诗派"诗人之称的孟浩然莫属。综孟浩然一生，其主要的创作活动，乃在唐玄宗开元二十八年(公元740年)前，而这一时期，即为唐诗史上所谓的"盛唐前期"。这一时期的诗坛上，虽然活跃着王之涣、王翰、张若虚、王冷然、张潮、殷遥、刘昚虚、贺知章、张旭、崔国辅、王湾、崔颢、祖咏、綦毋潜等一批"河岳英灵"诗人，但其诗歌与"清"或"丽"相涉者，孟浩然则为其中的第一人。这是因为，在孟浩然现存的260余首诗歌中，属于"清"者约有200首之多，这一数量在整个初盛唐诗坛上，都是无人能与之比肩的。如其《万山谭》一诗："垂钓坐盘石，水清心益闲。鱼行潭树下，猿挂岛藤间。游女昔解佩，传闻于此山。求之不可得，沿月棹歌回。"这是一首具有典型"孟浩然式"的"清"诗。所谓"孟浩然式"诗，就是如闻一多所说的"甚至淡到令你疑心到底有诗没有"①的诗。又如《宿桐庐江寄广陵旧游》："山暝闻猿愁，沧江急夜流。风鸣两岸叶，月照一孤舟。建德非吾土，维扬忆旧游。还将两行泪，遥寄海西头。"清人沈德潜在《唐诗别裁》中以此诗为孟集中"清而不寒"的代表作，则其之为"清"诗乃是显而易见的。其他如《夜归鹿门歌》《高阳池送朱二》《早发渔浦潭》《耶溪泛舟》《宿业师

① 闻一多：《孟浩然》，《唐诗杂论》，上海古籍出版社1998年版，第31页。

山房期丁大不至》《秋登兰山寄张五》《湖中旅泊寄阎九司户防》等诗，皆为孟集中“清”的精品之作。

正因为孟浩然的诗歌具有“清”的特点，所以时人与后人在评及孟浩然诗时，多以“清”称誉之。如王士源《孟浩然诗集序》：“五言诗天下称其尽美矣。间游秘省，秋月新霁，诸英华赋诗作会。浩然句曰：‘微云淡河汉，疏雨滴梧桐。’举座嗟其清绝，咸搁笔不为其继。”①又如白居易《游襄阳怀孟浩然》：“今我讽遗文，思人至其乡。清风无人继，日暮空襄阳。”而杜甫《解闷十二首》其六中的“清诗句句尽堪传”，更是为人所共知。云“清绝”、云“清风”、云“清诗”，其重点皆在一个“清”字。所以此后，诗选家、诗论家如高棅《唐诗品汇》、胡震亨《唐音癸签》、胡应麟《诗薮》、谢榛《四溟诗话》等，在论及孟浩然诗歌时，或曰“清雅”、或曰“清远”、或曰“清空”、或曰“清新”等，其说法虽有所不同，但都认为“清”为孟诗艺术审美之内核。孟浩然诗之所以具有“清”的审美特点，且为众所公认，度其原因，应主要表现在两个方面：一是孟浩然的品格与“清”有关，二是孟浩然对“清”的雅好。就前者言，李白《赠孟浩然》一诗中的“徒此揖清芬”，即足以说明。后者则可从孟集中找出若干诗例以为证，如“江清月近人”(《宿建德江》)、“风泉满清听”(《宿业师山房》)、“鹤唳清露垂”(《宿天台桐柏观》)、“风泉有清音”(《题终南山翠微寺空上人房》)、“落景余清晖”(《耶溪泛舟》)、“清晓因兴来”(《登鹿门山怀古》)等，即皆有“清”字。这些诗句表明，在孟浩然的审美观照中，不仅江河、晨露、落日等是“清”的，而且“风泉”的声音也是“清”的，更有甚者，则是“晓”之“清”竟然还能引发诗人的“兴来”！存在于孟集中的这些“清”，正是诗人雅好“清”的一种具体体现。

然而除了“清”之外，孟浩然诗还具有“丽”的一面。对于孟浩然诗

---

① 王士源：《孟浩然集序》，《孟浩然集》，四库唐人文集丛刊本，上海古籍出版社 1992 年影印本，第 2 页。

中的“丽”，历代的诗论家多不予关注，唯明季胡应麟独具慧眼，乃于其《诗薮·内编》卷四中特地指出：“孟诗淡而不幽，时杂流丽。”所谓“不幽”，是“清”的另一种说法，而“流丽”的核心，即为“丽”。在这里，胡应麟将孟浩然诗歌中的审美特征，用“清”与“丽”进行了关联，其认识虽然在杜甫之后(详下)，但其对于具体认识与把握“清词丽句”在唐诗中的嬗变轨迹，则是极具助益的。而孟集中既具“清”又具“丽”之特点的诗，则可以《夏日南亭怀辛大》为其代表：“山光忽西落，池月渐东上。散发乘夕凉，开轩卧闲敞。荷风送香气，竹露滴清响。欲取鸣琴弹，恨无知音赏。感此怀故人，中宵劳梦想。”刘辰翁《王孟诗评》评此诗云：“起处似陶，清景幽情，洒洒楮墨间。”其之所指乃为“清”。而《唐贤清雅集》则谓：“清旷，与右丞《送宇文太守》同调，气色较华丽。”这里指出的则是“丽”。可见，这首诗确实是融“清”与“丽”两种审美特点于一体的。而在孟浩然之前的唐代诗人中，进行如此诗歌创作者，就现有的材料言，也只有宋之问一人，且所存诗只有一首(详下)，因之，其无论从哪方面言，都是无以与孟浩然相提并论的。

孟浩然于诗歌创作中对“清”与“丽”的大量艺术实践，以及由此而形成的“清”“丽”之风，在唐诗史上不仅是独树一帜的，而且也属于一种创举。而正是因为有了这种独树一帜的创举，才使得“清”与“丽”同时存在于一首诗之中，从而为唐诗的审美趋向开辟出了一条全新的路径，并深深影响着其后的诗人与诗坛。

二、杜甫：“清词丽句”的理论总结者

尽管孟浩然对“清”与“丽”的艺术实践独树一帜、卓有成就，但他却不曾从理论的角度对其进行总结与归纳。而从诗学史的角度进行审视，首次对“清”进行思考与探讨者，是与孟浩然同时而稍后的边塞派诗人岑参。《全唐诗》卷一九八著录岑参《酬成少尹骆谷行见呈》一诗，

其中有云："高价振台阁，清词出应徐。"据我对《全唐诗》的手工检索可知，这是"清词"一词在唐人诗歌中的首次出现。岑参对"清词"这一概念的提出，显然是受了孟浩然"清"的影响所致，对此，闻一多《岑嘉州系年考证》可佐证之。据《系年考证》之所考，岑参是诗之作乃在永泰元年(公元765年)①，其时距孟浩然开元二十八年(公元740年)之卒，已有近30年之隔，则岑参的"清词"说系受孟浩然"清"影响的结果，也就甚为清楚。而更为重要的是，岑参于《酬成少尹骆谷行见呈》一诗中，不仅首次提出了"清词"之说，而且还告诉其好友"成少尹"要"出应徐"，而"出应徐"三字，则可视为岑参在诗歌创作中就如何营造"清词"这一问题而展开的经验之谈。

岑参之后，将"清"与"丽"合而为一并正式提出"清词丽句"这一诗学概念的，是具有"反潮流精神"(陈贻焮《杜甫评传》语)的"诗圣"杜甫。其写于寓居成都时期的《戏为六绝句》其五云："不薄今人爱古人，清词丽句必为邻。窃攀屈宋宜方驾，恐与齐梁作后尘。"其中的"清词丽句"，即为杜甫首次提出。而"清词丽句"自杜甫提出之后，自宋以降的历代注家、诗论家均对其进行了广泛讨论，对此，郭绍虞《杜甫戏为六绝句集解》引了十余家的评论②，从中可以管窥一斑。结合《戏为六绝句》全诗而言，可知杜甫"戏为"第五首的主要目的，在于欲帮助那些"才力应难跨数公"者跳出"翡翠兰苕"的圈子。究竟如何才能跳出这一圈子呢？在杜甫看来，最有效的途径，就是"不薄今人爱古人，清词丽句必为邻"。这两句诗，在其五这首诗中是一个"独立体"，它与后面的"窃攀屈宋宜方驾，恐与齐梁作后尘"构成因果关系，即前者为因，后者为果，这一因一果，既是杜甫针对那些"才力"不济者欲跳出"翡翠兰苕"圈子所开出的一剂药方，又为其艺术审美或者说其诗歌美学思想中

① 闻一多：《岑嘉州系年考证》，《唐诗杂论》，上海古籍出版社1998年版，第120页。

② 郭绍虞：《杜甫戏为六绝句集解》，人民文学出版社1978年版，第36—41页。

的一个重要组成部分。

前已言之，在唐诗史上，孟浩然是第一个将“清”与“丽”两个审美概念同时烹炼于一首诗中的诗人，而杜甫又是十分赞赏孟浩然诗歌的，因之，孟浩然“句句尽堪传”的“清诗”与那些“时杂流丽”之作，时时对杜甫产生着影响，也就势所必然。正因此，杜甫才站在诗学理论的高度，首次对孟浩然诗歌的“清”与“丽”进行了综合观照，并在此基础上提出了“清词丽句”这一对后世诗人（词人）影响深远的诗学概念。不仅如此，杜甫还对自己的创作法门也进行了夫子自道，即“清词丽句必为邻”。就是说，杜甫不仅对孟浩然的“清”“丽”类诗歌进行了艺术总结，在此基础上提出了“清词丽句”之说，而且还以之进行过艺术实践，并取得了极为理想的审美效果，所以他才说“必为邻”。后人论杜甫此一句者，认为“清词丽句，极力模仿，与为比肩”者，本为正确，但其却又认为“所云清丽者，必拟屈宋”①，则不的，这是因为，此说纯因解杜诗者为“穷源”所致，而屈宋之作，是否有“清丽者”，杜甫则无只字言之。总之，所谓“必拟屈宋”云云，是未可据信的。

杜甫的“清词丽句”一经提出，即为时人与后人广泛接受，因之，以其作为一种诗学法门并进行艺术实践者，成为一时之风气，如大历诗坛的“清”诗创作即为其例。检读一部《全唐诗》可知，大历诗人之雅好“清”者，比比皆是，如刘长卿诗中即有“清论含九流”（《送裴四判官赴河西军试》）、“清文颇垂示”（《李侍御河北使回至东京相访》）、“风霜清吏事”（《和中丞奉使承恩还终南旧居》）、“夜泉发清响”（《水东流》）、“风泉清道心”（《石楼》）、“金天有清庙”（《关门望华山》）、“清流数千丈”（《送杜位江左觐省往新安江》）等。仅从这些诗句看，可知在刘长卿中的审美观照中，不仅文“清”、论“清”，而且大自然中的风霜、泉水声，以至于坐落在华山下的华岳庙等，也都是“清”的。在其他诗

---

①　吴见思：《杜诗论文》，转引自《杜甫戏为六绝句集解》，人民文学出版社1978年版，第43页。

人中，如卢纶有“莹然冰玉是清词”（《酬崔侍御早秋卧病书情见寄》），韩翃有“兴清湖见底”（《家兄自山南罢归献诗叙事》）等，即皆为其例。大历诗人在其诗歌创作中如此大量地运用“清”字的举措，充分反映了其对“清诗”“清风”的极力追求，以至于使这种“清风”之美在当时诗坛上形成了一种主体风格，这就是为卞孝萱先生所称道的“大历诗风”①。由对“清”的雅好，而使之成为代表一种时代诗歌的诗风，这种情况在中国诗歌史上是并不多见的。正因此，胡应麟乃于所著《诗薮》中，既用“淘洗清空，写送流亮”八字对中唐诗风进行总结，又指出这一时期之后的五七言律诗，乃“清空流畅，时有可观”，其所言均认为“清”是此类诗歌的主要审美特征。

而开中唐“浅切”一派的元稹与白居易，在对“清词丽句”的师学方面，却又与大历诗人颇具区别，即其所钟情者乃为其中之“丽”。对此，白居易《酬微之》一诗，已曾明言之，其云：“满袭填箱唱和诗，少年为戏志成悲。声声丽曲敲寒玉，句句妍辞缀色丝。”其中的“丽曲”“妍辞”，即为“丽句”之谓。这四句诗表明，元稹与白居易这两位曾以“浅切”著称的中唐诗人，都是将杜甫的“清词丽句”之“丽”，作为一种审美趣味与艺术境界而进行追求的，以至于从“少年”而老年。所以，白居易才在这首《酬微之》中进行了回忆。而宋人谢迈《书元稹遗书》中的“然多纤艳”之“纤艳”，《旧唐书·白居易传》中的“居易文辞富艳”之“富艳”，又可为之佐证。以白居易的具体作品言，其集中著名的《长恨歌》《琵琶行》二诗，皆属于“丽”的典型代表，对此，我们从《唐诗选脉会通评林》以“词颇娇艳”②评《长恨歌》，《唐宋诗醇》以“其词丽以则”③评《琵琶行》，即可准确获知。其实，对这两首诗特别是《长恨歌》之“丽”的评说，还有很多，如《载酒园诗话又编》认为“《长恨歌》婉丽”，《养一斋

① 卞孝萱、乔长阜：《大历诗风浅探》，霍松林、林从龙主编《唐诗探胜》，中州古籍出版社1984年版，第194—200页。

② 转引自《唐诗汇评》(中册)，浙江教育出版社1995年版，第2104页。

③ 转引自《唐诗汇评》(中册)，浙江教育出版社1995年版，第2109页。

诗话》之"艳《长恨》而亚《连昌》"，即皆为其例。再如元稹的古题乐府，亦多有属于"丽"者，这从陈寅恪《元白诗笺证稿》以"文采艳发"四字对其之称誉，即略可知之。

大历诗人与元、白二人(实际上可称为"元白"一派)，由于各自的文学素养、艺术观念、诗学追求、审美趣味等方面的不同，因而于"清词丽句"的接受，形成了一种各取所需的师学格局，即前者重在主"清"，后者则倾向于尚"丽"。尽管如此，"清词丽句"在杜甫之时与之后深为诗人们所雅好，则是唐诗史上一桩不争的事实，而以下的论述，又可为之佐证。

三、韦庄："清词丽句"的集大成者

经过了大历与元和诗人们的推波助澜，作为"一种艺术特征，一种审美境界，一种诗歌风格"的"清词丽句"，便于中晚唐时期形成了一种审美新潮，而在创作中以之"必为邻"的诗人则数以百计。于是，一批具有"清词丽句"特色的诗歌，因此而成为当时诗坛上一道耀眼的风景线。其中，最具代表性的诗人，是被时人称为"诗谶"的韦庄。综韦庄一生，可知其雅好"清词丽句"者，乃自少年而始，对此，吴任臣《十国春秋・韦庄传》略有所载："庄疏旷，不拘小节。幼能诗，以艳语见长。"①而最能体现韦庄"清词丽句"之审美思想特质的，是他在唐昭宗光化三年(公元900年)所编的《又玄集》一书。是年，据夏承焘《唐宋词人年谱》之《韦端己年谱》，韦庄65岁，翌年，"奉为西蜀掌书记，自此终身仕蜀"②。藉此可知，韦庄选编《又玄集》一书，乃是在其"终身仕蜀"之前所居的长安。即是说，韦庄对"清词丽句"，自"幼"开始喜好，

① 吴任臣：《十国春秋・韦庄传》，中华书局1983年版，第592页。

② 夏承焘：《韦端己年谱》，《唐宋词人年谱》，上海古籍出版社1979年版，第21—23页。

65 岁时仍一如既往地崇尚，以其一生精力于诗歌创作中追求“清词丽句”，这种情况在中国诗歌史上，实为绝无仅有。

韦庄诗集名《浣花集》，为其弟韦蔼所编。今本《浣花集》凡十卷，收诗 271 首，又补遗 74 首，共 345 首①，其中与“清丽”相关者，亦不在少许。以“清”为例，如“玉音闲澹入神清”（《听赵秀才弹琴》）、“十亩莲花晚镜清”（《三堂东湖作》）、“玉山射雨和人清”（《寄薛先辈》）、“自吐清谈护汉储”（《寄从兄遵》）、“清带露华澄”（《渔塘十六韵》）、“清风乍远襟”（《和薛先辈见寄》）、“清光渐惹襟”（《同旧韵》）、“子夜歌清月满楼”（《忆昔》）、“翠簟初清署半消”（《早秋夜作》）等，即皆为其例。从这些诗例中可以看出，在韦庄的审美视野之中，由于大自然的一切都是“清”的，因此人的谈吐、精神乃至在子夜所唱之歌，也均为之“清”。而所有这一切，使得其诗中之“清”，如春风般拂面而来，给人以一种愉悦的审美感受。《浣花集》中的“丽”，虽不可与韦庄《浣花词》相提并论，但也自成特色，如《三堂东湖作》《三堂早春》《村居书事》《早秋夜作》《中渡晚眺》《立春》《山墅闲题》等作，或写景，或状物，均具“明丽”的艺术特质。而如《江上逢故人》《梦入关》《闻春鸟》等诗，则又或多或少地带有几分“清丽”之美。总之，作为诗人的韦庄，其对“清词丽句”的接受与师学，以及因此而获得的种种有关这方面的成就，在中晚唐诗坛上是无人可与之并肩的。

不仅如此，韦庄对于当时雅好“清词丽句”的诗人极力称誉，因而成为时人与后人的一种美谈。这在数以千计的唐代诗人中，也是极为罕见的。其中最典型的例子，就是光化三年韦庄在任左补阙时，对孟郊、李贺、皇甫湜、皇甫松、陆龟蒙、赵光远、李甘、温庭皓、刘得仁、陆逵、傅锡、平曾、贾岛、刘稚珪、顾邵孙、沈珮、顾蒙、方干等十八位“不及第”者，上表朝廷请求对其进行追赠，而其理由，则是这十八人

---

① 李谊：《浣花集》，《韦庄集校注》（第一部分 · 诗），四川省社会科学院出版社 1986 年版，第 1—495 页。

的“丽句清辞，遍在时人之口”。对此，《唐摭言》卷十“韦庄奏请追赠不及第人近代者”，乃有专载。其在书写了十八人的简要生平后云：“前件人俱无显遇，皆有奇才，丽句清辞，遍在时人之口，衔冤抱恨，竟为冥路之尘。但恐愤气未消，上冲穹昊，伏乞宣赐中书门下，追赠进士及第，各赠补阙、拾遗，见存明代。”①以“丽句清辞”作为标准，对“不及第”者上表奏请追赠，此事诚如清人叶矫然《龙性堂诗话》之言，“未免为识者所笑”，原因是“科第非褒封之物”，但韦庄对他人“清词丽句”之作的称道与赞扬之情，由此可见一斑。

韦庄以“清词丽句”为标准所选编的《又玄集》一书，今存最早也是最好的版本，为上海古籍出版社 1953 年出版的《唐人选唐诗》十种本。这种“十种本”《又玄集》分上中下三卷，共收 142 人的 293 首诗，另为目录漏载者有 3 人 3 诗，合计为 145 人，诗 296 首。其具体为：卷上 52 人，诗 99 首；卷中 37 人，诗 97 首；卷下 53 人，诗 97 首。目录漏载 3 人 3 诗为：宋若昭 1 首，宋若茵 1 首，田娥 1 首。卷首附韦庄所撰《又玄集序》一文，其中有云；“自国朝大手名人，以至今之作者，或百篇之内，时记一章，或全集之中，唯征数首。但掇其清词丽句，录在西斋。莫穷其巨派洪澜，任归东海，总其记得者，才子一百五十人，诵得者，名诗三百首。……昔姚合撰《极玄集》一卷，传于当代，已尽精微，今更采其玄者，勒成《又玄集》三卷。”这是现存十种《唐人选唐诗》本中，唯一的一种以“清词丽句”为选诗标准的唐诗选本。其中所云“才子一百五十人”“名诗三百首”者，与南宋计有功《唐诗纪事》卷八十六《韦庄》中的记载同，而与今存本的实际情况略有差异，此则表明，《唐人选唐诗》十种本之《又玄集》，并非据韦庄《又玄集》之原本刻印以流传。又辛文房《唐才子传 · 韦庄》云：“弟蔼，撰庄诗为《浣花集六卷》，及庄尝选杜甫、王维等五十二人诗为《又玄集》，以继姚合之《极玄》，今并传

① 王定保：《唐摭言》卷十，上海古籍出版社 1978 年版，第 118—119 页。

世。”这里所言“尝选杜甫、王维等五十二人诗为《又玄集》”者，显然是就今本《又玄集》之卷上所收杜甫等 52 人的诗而言的，如此，则可知《又玄集》在辛文房生活的元代，乃有几种刻本传世，而所收“杜甫、王维等五十二人诗”本，即为其中之一。

而值得注意的是，在《又玄集》卷上所著录的 52 人中，首次提出“清词丽句”说的杜甫，不仅被排在第一位，而且所收其诗为 7 首，数量之多乃居全书诸诗人之冠，这一实况的存在，表明韦庄的“掇其清词丽句”之选诗标准，完全是受杜甫《戏为六绝句》其五“清诗丽句”影响的结果。此为其一。其二，《又玄集》所收杜甫 7 诗，依序分别为《西郊》《春望》《禹庙》《山寺》《遣兴》《送韩十四东归觐省》《南邻》，据清人浦起龙《少陵编年诗目谱》，这 7 首诗的作年均在安史乱期，则其受孟浩然“清”“丽”之诗的影响，乃甚为明显。其三，卷上所著录的 52 位诗人，就其生活的时代而言，主要是初唐（如宋之问）、盛唐（如孟浩然、王维、李白）、中唐（如陈羽、章孝标、杨虞卿）三个时期。这一实况表明，在孟浩然从事“清”“丽”之诗的艺术实践之前，已有诗人在对“清”“丽”之诗进行创作上的尝试，而初唐的宋之问即为其中之一。《又玄集》所收宋之问诗为《题梧州司马山斋》，其全文为：“南国无霜霰，连季对物华。青林暗换叶，红蕊续开花。春至闻山鸟，秋来见海槎。流芳虽可玩，会自立长沙。”宋之问诗之“丽”，《新唐书》本传已曾言之：“及之问、沈佺期又加靡丽，回忌心病，约句准篇，如锦绣成文”；而称其“清”者，则未之见，《又玄集》收《题梧州司马山斋》诗者，正可补此之阙。若以《又玄集》为准，则宋之问即成为唐诗史上“清”“丽”之诗的始作俑者。《又玄集》的中、下两卷，所著录者主要为中晚唐的整 90 位诗人，其中，又以晚唐诗人诗作为多。综合全书三卷而言，可知“清词丽句”类诗歌的创作在有唐一代，乃是由初盛唐而中晚唐的，且晚唐又成为其发展史上一个最为繁荣昌盛的阶段。而此，即是《又玄集》的价值之所在。

四、结　　语

以上，我们采用“三点一线”的勾勒之法，使唐代诗人对“清词丽句”的艺术实践、审美追求、理论总结，以及分期创作的实况等，均一一得以展现与突显。“清词丽句”作为“一种艺术特征，一种审美境界，一种诗歌风格”，不仅丰富了中国古代诗学的内容，拓展了唐代诗学的表现领域，而且也开阔了唐代诗人的审美视野，增添了唐诗创作的无限活力，从而使得唐诗的风格更加多样化。这对于唐诗的发展与繁荣，显然是具有不可低估的影响与作用的。而孟浩然、杜甫、韦庄三人，则是使“清词丽句”在唐代成为“一种艺术特征，一种审美境界，一种诗歌风格”的最具代表性的三位诗人。其中，孟浩然是“清”“丽”诗风最重要也最典型的艺术实践者；杜甫既是“清词丽句”的一位艺术实践者，更是“清词丽句”说的理论总结者与提出者；而韦庄则因集创作、选编“清词丽句”诗歌与奖掖“清词丽句”诗歌的创作者于一身，而成为“清词丽句”诗歌史上的一位集大成者。这三位诗人，各以其非凡的艺术才华与勇于开拓的艺术精神，为“清词丽句”类诗歌在唐代的兴旺发达，作出了重要的贡献。而正是由于孟浩然等人的努力，才使得有唐一代的“清词丽句”类诗歌蔚为壮观，并对后世诗人特别是词人产生了深远的影响。以词人为例，韦庄《浣花词》“清丽”之风的形成，即与其特重诗歌中的“清词丽句”密切相关，对此，拙著《唐宋词史论稿》第三章在论及此一问题时，已言之甚详①。而以“结北开南”著称的周邦彦之清真词，化用了78位唐代诗人的270首诗，其中绝大部分诗人如宋之问、孟浩然、王

---

① 王辉斌：《唐宋词史论稿》第三章第三节，吉林文史出版社2006年版，第67—79页。

维、李白、杜甫、李贺、元稹、白居易、孟郊、韦庄等①，都是“清词丽句”类诗歌的重要艺术实践者，且《又玄集》都收有其诗，则清真词受其之影响，也就不言而喻。

① 王辉斌：《唐宋词史论稿》第六章第一节，吉林文史出版社 2006 年版，第 153—166 页。

论唐代的佛境风物诗

历史上的李唐王朝，既是一个诗歌的国度，又是一个崇信佛教的国度，诗歌与佛教的相互融合、渗透，构成了在唐诗史上占有重要地位的佛教诗。说其重要，是因为唐代佛教诗的数量之多，乃数以千计，而佛境风物诗，则大约占其总数的三分之二①。所谓佛境风物诗，简而言之，就是指佛教诗中一些以景物描写为创作主体的诗。虽然这类诗在景物描写方面与山水诗并无二致，但就诗题或诗中所描写的内容，以及意境、韵致等方面而言，则其具有一种较为明显的“禅韵”“禅味”“禅悦”之类的“禅趣”，因而其所创造的艺术境界，也就自然是与佛教大相关联的。换言之，佛境风物诗的最大特点，就是诗中所描写的各类自然景物与人文景观，乃全部与佛教建筑物相关，也即其所描写的景物，均为一些特定环境中的特定景物，如寺院、禅林、佛塔、僧房、精舍等。这类诗歌，从文学类型学的角度而言，也属于山水诗的范畴，但若以佛教诗为切点进行审视，则其又与传统意义上的山水诗有着明显之不同，所以，本文特将其称之为“佛境风物诗”。如孟浩然的《夏日辨玉法师茅斋》一诗：“夏日茅斋里，无风坐亦凉。竹林深笋穊，藤架引稍长。燕觅巢窠处，蜂来造蜜房。物华皆可玩，花蕊四时芳。”如果不看诗题，这首诗就是一首以景物描写见长的山水诗，但正是因为有了诗题中的

① 据我对《全唐诗》《全唐诗补编》的手工检索与统计，二书中的佛教诗约为3000首，其中属于佛境风物诗者，则有2000首左右，正好占其总数的三分之二。因系手工检索，所得数据或不够准确，但可资参考，特此说明。

“辨玉法师茅斋”六字，我们才可知其中的景物描写，虽然是由“竹林”“深笋”“藤架”“巢窠”“蜜房”“花蕊”等意象排列组合而成的，但均只局限在一座僧房的四周环境之中，且其在意境的创造上颇具“禅”的意蕴。所以，这是一首典型的佛境风物诗。而本文所要讨论的，正是存在于唐诗中的这类带有典型性的佛境风物诗。

一

佛境风物诗的关键虽然在“佛境”二字，但诗中之“佛境”，则是因佛教的传入中土而导致。一般认为，佛教传入中土是在东汉时期，所以，任继愈《中国佛教史》①等类似著作，均作如是认识。从诗歌史的角度而言，佛教诗在晋宋时期即已悄然出现，且其后的发展势头颇为迅速，而佛教诗史上真正意义上的鼎盛期在李唐一代，则殆无疑义。唐代佛教诗的高度繁荣，自然也表明了佛境风物诗在这一时期的兴旺发达，这是因为，佛境风物诗不仅为唐代佛教诗的重要组成部分，而且加入到这一创作行列的诗人之多，乃前所未见，后亦无可比。据以《全唐诗》为据进行统计的结果可知，凡存诗一卷以上的唐代诗人，其集中没有佛境风物诗者，乃为数极少。即是说，唐代诗人中只要在文学史或诗歌史上占有一席之地者，其集中就都有着程度不同、数量不等的佛境风物诗。此则表明，佛境风物诗在三百年的唐代诗坛上，形成了一种创作的时尚与潮流，而这种局面的形成，是诗人们几乎普遍向佛礼佛的结果。唐代诗人崇尚佛教，大而言之，初盛唐是佛、道兼为，中唐是以佛为主，晚唐则是佛、道、隐三者互关(少数诗人以隐为主)，这一崇佛实况，使得初、盛、中、晚四唐的佛境风物诗，既异彩纷呈而又风采

① 任继愈：《中国佛教史·序》(第一卷)，中国社会科学出版社 1981 年版，第 4 页。

独具。

以初唐诗坛为例，这一时期为各种文学史著作所必论及的诗人，如王勃、卢照邻、杨炯、沈佺期、宋之问、陈子昂等，就都曾创作过数量不等的佛境风物诗，而骆宾王的《同章簿简仰酬思玄上人林泉四首》，还开创了唐代佛境风物诗之连章体的先河，并对后世诗人特别是中晚唐诗人如白居易、薛能、许浑、温庭筠、皮日休、陆龟蒙等，产生了极为明显之影响。作为组诗，骆宾王的这四首诗，对思玄上人“林泉”的幽雅环境，以及主人的高逸超然，均进行了赞美与颂扬，但由于林泉的主人思玄上人是一位释家人物，故又使这幽雅的环境平添了几许“禅趣”与“禅韵”。又如卢照邻的《石镜寺》一诗：

古墓芙蓉塔，神铭松柏烟。鸾沉仙镜底，花没梵轮前。钵衣千古佛，宝月两重悬。隐隐香台夜，钟声彻九天。

此诗为作者于永徽六年（公元655年）奉使益州时所写①。石镜寺，在唐成都府成都县之武担山，寺因石镜而名。石镜，其实就是一块充满着神话色彩的巨石。全诗八句，虽然主要是围绕着石镜（“古墓”）与石镜寺的浮图（“芙蓉塔”）着笔，但却句句关联着石镜寺的风物描写。最后的“隐隐香台夜，钟声彻九天”两句，采用以动衬静之法，使“香台”（佛寺）之夜，较白天更显幽寂与静谧。再如陈子昂《酬晖上人秋夜山亭有赠》一诗：

皎皎白林秋，微微翠山静。禅居感物变，独坐开轩屏。风泉夜声杂，月露宵光冷。多谢忘机人，尘忧未能整。

---

① 任国绪：《卢照邻诗文系年及生平行迹》，《卢照邻集编年笺注》，黑龙江人民出版社1989年版，第515页。

这首诗虽然也涉及了夜（“月露霄光冷”），但就写景而言，其在用笔、着色等方面，较上诗更注意画面效果，如开首的“皎皎白林秋，微微翠山静”两句，即足以说明。所以，有论者评此诗说：“此篇写秋夜幽景，宛然如画，实开王孟诗派之先声。”①这一评说，虽然是就“王孟诗派”的山水田园诗而言的，但王维与孟浩然的佛境风物诗，也确实具有这一特点，如上举孟浩然《夏日辨玉法师茅斋》一诗，即为其例。

由初唐而盛唐，不仅出现了如孟浩然、王维、刘长卿、韦应物等擅长佛境风物诗创作的著名射雕手，而且一生与道教打得火热的李白，以世代“奉儒守官”为准则的杜甫，曾数次出边赴塞的高适、岑参等人，也都进行过程度不同、数量不等的佛境风物诗创作。除了这些人外，加入到这一创作行列的盛唐诗人，还有张说、张九龄、王昌龄、崔颢、崔国辅、綦毋潜、李颀、储光羲、孙逖、李嘉祐、张谓、皇甫曾等数十人，正因此，盛唐佛境风物诗的数量，乃数十倍于初唐。而综盛唐一代诗人之行踪，其足迹几乎踏遍了当时大唐帝国的整个版图，因此，其佛境风物诗所描绘的佛境类风物，自然也就遍布于大江南北，甚至远及西北边陲与南国之隅。此类诗的诗题有《自衡阳至韶州谒能禅师》（张九龄）、《安州般若寺水阁纳凉》《题江夏修静寺》（李白）、《登凉州尹台寺》《临洮龙兴寺玄上人房同咏》（岑参）、《冬夜宿扬州开元寺》《题虎丘寺》《登东海龙兴寺高顶》（刘长卿）、《游龙门奉先寺》《岳麓山道林二寺行》（杜甫）等，仅从其中所标明的地名或寺名，即可对佛境窥知一斑。而如岑参《登凉州尹台寺》一诗：“胡地三月半，梨花今始开。因从老僧饭，更上夫人台。清唱云不去，弹弦风飒来。应须一倒载，还似山公回。”其所写之“胡地”风光，是此前所有佛境风物诗都不曾有过的。由是而观，这一时期佛境风物诗之“风物”内容的丰富性，远非初唐乃至中晚唐时期的同类诗可比。而此，构成了盛唐佛境风物诗的一个特点。

---

① 彭庆生：《陈子昂诗注》，四川人民出版社1981年版，第107页。

盛唐佛境风物诗的另一个特点，就是诗中的景物描写，无论是采用工笔还是白描，大多形神兼备，宛然如画，并且出现了许多为后人所称道的写景名句。仅以杜甫的这类诗为例，即有“阴壑生虚籁，月林散清影”(《游龙门奉先寺》)、“夜深殿突兀，风动金琅珰”(《大云寺赞公房四首》其二)、“野寺江天豁，山菲花竹阴”(《游修觉寺》)、“霏霏云气重，闪闪浪花翻”(《望兜率寺》)、“花浓春寺静，竹细野地幽”(《上牛头寺》)、“春色浮山外，天河宿殿阴”(《望牛头寺》)等。这些诗句，或一句一幅画，或一联一幅画，皆画面清新，构图雅致，又由于其均因佛寺所致，而能给人以或幽、或静、或空、或寂等的审美感受。如韦应物《神静师院》一诗：

> 青苔幽巷遍，新林露气微。经声在竹林，高斋独掩扉。憩树爱岚岭，听禽悦朝晖。方耽静中趣，自与尘事违。

这首诗的前六句所写，全为神静师院内的佛境风物，而诗人由此排列组合而成的，则是一种幽冷、空寂的艺术境界，而其中，静寂又为关键，所以诗人于最后说：“方耽静中趣，自与尘事违”。韦应物诗中的这种“静中趣”，在刘长卿《惠福寺与陈留诸官茶会》一诗中，又得到了进一步升华，该诗将佛境风物与茶会雅集互为关联，而使得一座惠福寺充满了“禅趣”与“禅悦”。是诗为：

> 到此机事遣，自嫌尘网迷。因知万法幻，尽与浮云齐。疏竹映高枕，空花随杖藜。香飘诸天外，日隐双林西。傲吏方见狎，真僧幸相携。能令归客意，不复还东溪。

全诗写诗人与“陈留诸官”于某天雅集惠福寺举行“茶会”之情事，而实际上，除诗人外，那些“诸官”是利用休沐之日在惠福寺品茗休闲。之所以选择惠福寺，是因为这里“疏竹映高枕，空花随杖藜”，环境幽雅而清静，正因此，乃有“香飘诸天外，日隐双林西”之景象的出现，以至于包括刘长卿在内的雅集者们，都打算“不复还东溪”了。而这一切所反映的，正是惠福寺佛境风物之魅力。类似的例子，还有王昌龄《洛阳尉刘晏与府县诸公茶集天宫寺岸道上人房》等。这类佛境风物诗，由于是融人、物于一体的，因而更具艺术欣赏特质与审美价值。

二

在经历了安史战乱的李唐王朝，于唐武宗时期，虽然曾一度“毁佛”，但人们对于佛教的崇信却并没有因此有所衰减，反倒是日愈一日。作为诗人的韩愈，则可视为这一时期崇佛的一位特殊代表。众所周知，韩愈是中唐特别是元和时期最具典型性的反佛者，他不仅曾就佛教问题与柳宗元进行过针锋相对的论辩，而且还因此写了一篇《论佛骨表》而被贬岭外，但尽管如此，他也与一些僧人打得火热，其集中的《赠僧澄观》《广宣上人频见过》《题秀禅师房》《赠译经僧》等作，即为此之明证。不仅如此，韩愈还曾继大历诗人之后，或者说在创作上述诗歌的同时，还创作了《游青龙寺》《题临泷寺》《游西林寺》等具有“佛境风物”特征的诗。韩愈这种既反佛又亲佛的行为，以及热衷于佛教诗创作的举措，对于中唐诗坛佛境风物诗的创作而言，显然具有不可低估的影响。

而事实也正是如此。综观中唐(含大历时期)一代之诗坛，曾参与创作过佛境风物诗的诗人，乃数以百计，其中之著名者，即有钱起、戴叔伦、卢纶、李益、李端、司空曙、王建、孟郊、刘商、权德舆、杨巨源、羊士谔、卢仝、吕温、张籍、韩愈、柳宗元、刘禹锡、元稹、白居易、李绅、鲍溶、姚合、朱余庆、贾岛等数十人之多。而在这些诗人中，除李益、武元衡、吕温、刘商、羊士谔、卢仝 6 人外，其余诸人的佛境风物诗之数量均在 15 首以上，最多的如白居易则有近 80 首①。仅此，即可管窥中唐诗人创作佛境风物诗之端倪。这一实况表明，中唐时期参与佛境风物诗创作的诗人之数量与诗作之数量，均明显多于盛唐诗人。这一时期的佛境风物诗，成就之众，创获之多，在唐代佛教诗史上均属空前。其所表现出来的特点，除了内容上加强“佛家语”的运用之外，形式上还有三个方面值得注意：其一是以近体诗中的五绝、五律、七绝、七律为主；其二是“诗序合一”的悄然兴起；其三是宏篇巨制的诞生。而后二者，实际上是对佛境风物诗空白的填补。下面主要就这三个进行论析。

先看第一个特点。据对《全唐诗》的检索与统计可知，中唐诗人之于佛境风物诗的创作，在体式的选择方面，杜绝了不讲究平仄音韵的传统古体诗体式，而以近体诗中的五绝、五律、七绝、七律为其首选。以白居易为例，其佛教诗为 161 首，佛境风物诗者则有 79 首之多，而据中华书局版《白居易集》可知，其中属于“古调诗”与“古体”者仅 18 首，其余 61 首皆被编集者著录于“律诗”内，其近体诗的比例之大，乃是三倍于古体诗还多的。其他如权德舆、刘禹锡、姚合等人，亦大体如此。这种创作格局的形成，既是近体诗这一新的诗歌体式为中唐诗人所普遍接受的一种必然结果，又是当时诗人们注重佛境风物诗审美效果的最好见证。一般来说，近体诗因讲究平仄对仗、注重音律音韵等艺术技巧，而能增添或增强作品的音乐性效果，因之，从审美的角度讲，其显然是较古体诗更受诗人与读者的欢迎的。所以，白居易等中唐诗人在创作佛境风物诗时，以便于吟咏诵读的绝句、律诗等体式为主，也就势所必然。

再看第二个特点。以目前所见存的材料而言，初盛唐的佛境风物诗似乎尚不曾有“诗序合一”的情况存在。所谓“诗序合一”，就是指诗人

---

① 本文以下所列举的各种数据，皆系我据《全唐诗》与有关诗人的别集手工检索、统计的结果，如白居易此处之“有近 80 首”者，即系据中华书局版《白居易集》而为。这些数据或有不够准确者，但可资参考。

在进行诗歌创作时，有意识地于诗歌本文前加上一段属于散文体性质的序文，如“并序”“并引”等，旨在对诗中的内容进行补充，或于作者的创作动因等进行交待。而据拙作《诗序合一：唐诗创作的新潮流》①一文的考察，唐代最早进行“诗序合一”创作的诗人与诗作，是唐太宗的《帝京篇十首并序》，其后，这种新的诗歌形式即广为诗人们接受，并最终形成了一种创作潮流。中唐诗人以这种“诗序合一”形式创作佛境风物诗的第一人为谁，我们没有进行具体考察，但最具代表性的诗人为刘禹锡，则是可以肯定的。因为据《全唐诗·刘禹锡集》可知，刘禹锡现存佛境风物诗有近 30 首，数量之多仅次于白居易，其中属于“诗序合一”者，则有 10 余首，如《送义舟师却还黔南并引》《送景玄师东归并引》《送僧元暠东游并序》《海阳湖别浩初师并引》《送鸿举游江西并引》《秋日过鸿举法师寺院便送归江陵并引》等，即皆为其例。而这些诗的“并序”文字，一般为 250 字左右，最长者则为《送僧元暠东游并序》，凡 345 字。在这篇“并序”中，作者不仅自述了其于“策名二十年”后“深入智地，静通还源”的大致经过，而且对僧元暠的生平简况、当时“万姓归佛，尽为释种”的社会现象，以及对僧元暠“因为诗以送之”②的缘由等，一一进行了交待。而在《秋日过鸿举法师寺院便送归江陵并引》一诗中，作者于“并序”中重点介绍了鸿举法师“今年初”由荆郢而至武陵为“二千石始奇之”的事况，以及同年“闰八月”赋此诗以送鸿举法师归江陵的原因；诗歌本文则主要对鸿举法师在武陵的“宝山”之景观进行了如下描写：

看画长廊遍，寻僧一径幽。小池兼鹤净，古木带蝉秋。客至茶

① 王辉斌：《诗序合一：唐诗创作的新潮流——唐代诗序体鸟瞰》，载《西南师范大学学报》1995 年第 2 期，第 66—71 页。

② 刘禹锡：《送僧元暠东游并序》，《全唐诗》卷三五九，中华书局 1962 年影印本，第 4057 页。

烟起，禽归讲席收。浮杯明日去，相望水悠悠。

仅就写景而言，诗中所描摹者，俨然为一幅山水画。而高僧因有这山水画般的“宝山”之栖，声名愈隆，“宝山”则因高僧的到来，而更具禅境之韵致，因之，二者既各有所获，又相得益彰。“诗序合一”在佛境风物诗中的妙处之所在，此诗即可比较典型地体现出来。

最后看第三个特点。由短制而长篇，既是为了适应诗歌内容的需要，又是诗歌体制发展的一种必然，而中唐诗人的长篇佛境风物诗，则正好印证了这一点。这一时期佛境风物诗的宏篇巨制，可以柳宗元《法华寺石门精室三十韵》、白居易《游悟真诗一百三十韵》二诗为代表，前者为一首五言排律，凡60句，后者为一首五言古调，凡1300字。从内容方面言，这两首诗都具有很强的纪游性质。前诗主要写柳宗元谪居永州时，曾与“道同”者于某日一同探寻法华寺石门精室的经过，以及在石门室之所见与所感；后诗则是对白居易于“元和九年秋”只身游王顺山悟真诗之经历的艺术再现。在写景状物方面，两首诗都将作者一路之所见，进行了形象而逼真之描摹，给人以身临其境的审美感觉。如《法华寺石门精室三十韵》写通往石门精室的“石栈”之途：

松溪窈窕入，石栈夤缘上。萝葛绵层甍，莓苔侵标榜。密林互对声，绝壁俨双敞。堑峭出蒙笼，墟险临滉瀁。稍疑地脉断，悠若天柱往。

冷寂得近似于阴森，幽静中又略显荒凉。又如《游悟真诗一百三十韵》写白居易进了寺院后之所见：

入门无平地，地窄虚空宽。房廊与台殿，高下随峰峦。岩崿无撮土，树木多瘦坚。根株抱石长，屈曲虫蛇蟠。松桂乱无行，四时郁芊芊。枝梢袅清吹，韵若风中弦。日月光不透，绿阴相交延。幽鸟时一声，闻之似寒蝉。

单就抄引的这些写景诗句而言，直可与杜甫写于由秦州至成都期间的系列山水诗并读，但若就全篇以论，则二者又有着明显的区别。其中最重要的一点，就是柳宗元、白居易的这两首诗，均运用了许多“佛家语”，而杜甫的诸山水之作则无，柳诗如“小劫不逾瞬，大千若在掌”之“小劫”“大千”，白诗如“诵此莲花偈，数满百亿千”之“莲花偈”“百亿千”，即为其例。正是这些“佛家语”的运用，才使得全诗的意境创造与境界开拓具有了“禅”的韵味。柳宗元、白居易的这两首长篇之作，直接影响了晚唐诗人对佛境风物诗的创作，如皮日休《初夏游楞伽精舍》、陆龟蒙《奉和袭美初夏游楞伽精舍次韵》(二诗均为五言，74 句)等诗，即皆为受其影响的结果。

三

文学史上的晚唐，是一个战争频仍、社会动乱的时代，因此，当时的诗人们几乎都在寻找各种精神出路，以至于佛、道、隐互为关联，而成为一道风景线。但有论者认为，晚唐诗人对于佛教而言，所采取的态度乃是“普遍接受”①。如果这种说法不误，就表明生活于这一时期诗人们的信仰天平，都在向佛教的“彼岸世界”倾斜。然而当我们在检读一部《全唐诗》时，却发现在晚唐诗人的诗集中，并非每人都有与佛教相关联的佛教诗之作，如胡曾、于濆、罗虬、曹邺、薛逢等人，即皆为其例。在这五人中，除曹邺为《全唐诗》收诗两卷外，余则皆为一卷，即每人存诗都在百首左右，却无与佛教相涉者。这种情况的存在表明，“普遍接受”之说是应该进行重新考虑的。尽管如此，晚唐诗人大多与

① 胡遂：《佛教与晚唐诗·前言》，东方出版社 2005 年版，第 11 页。

佛教关系密切，则为事实。即是说，在佛、道、隐三者中，晚唐诗人选择以佛教作为精神寄托的诗人，从总体上讲，是远比选择道、隐为多的，而此，即是一部《全唐诗》为我们给出的准确答案。

正因为晚唐诗人大多结缘于佛，这一时期的佛境风物诗创作不仅繁花似锦，而且参与创作的诗人也较中唐更多，其中如张祜、李群玉、马戴、薛能、杜牧、许浑、皮日休、陆龟蒙、李频、赵嘏、李商隐、温庭筠、韦庄等，便都是这一时期具有代表性的诗人。而许浑则以 61 首的佛境风物诗之量，居晚唐诗人之第一。紧随许浑之后的是张祜。张祜现存佛教诗 64 首，虽较许浑的 72 首佛教诗少 7 首，但其中的佛境风物诗却有 49 首之多。而值得注意的是，在张祜的 49 首佛境风物诗中，除 10 首诗外，其余 39 首全部为题咏寺院之作，这在全部的唐代诗人中，都没有诗人可与之比肩。这一题咏寺院诗的数据表明，无论是在现实生活中，抑或在佛境风物诗的创作中，张祜都弥留着一种挥之不去的佛寺情结。之所以如此，应与其"性爱山水"(《唐才子传》语)大相关联。葛立方《韵语阳秋》有云："张祜喜游山而多苦吟，凡历僧寺，往往题咏，如《题僧壁》……如杭之灵隐、天竺，苏之灵岩、楞伽，常之惠山、善卷，润之甘露、招隐，皆有佳作。"①这段文字，有助于我们对张祜佛寺情结的认识与把握。请看其《题灵岩寺》一诗：

> 北寺三年别，西湖十里程。山门桥上转，石路阁中行。地入千重险，江分一面平。引藤闻鼠乱，窥洞见龙惊。嶂月排檐出，屏风倚槛成。猿寻青壁过，树绕碧崖生。小殿灵云影，高廊下水声。何当还梦谢，尽我一诗情。

诗题中的"灵岩寺"，或认为乃"杭州灵隐寺"②之误，可从。此诗一开

---

① 葛立方：《韵语阳秋》卷四，《历代诗话》本，中华书局 1981 年版，第 517 页。

② 尹占华：《张祜集校注》卷八，巴蜀书社 2007 年版，第 403 页。

始，就介绍了诗人此次之于“灵岩寺”者，乃是故地重游；之后的 12 句，则全为对“灵岩寺”的景物描写，且远近相兼，动静互关，画面清晰，意境幽远，虽不及王维山水诗的空灵，却也极具特点。又如《题天竺寺》诗：

台殿耸高标，钟声下界遥。路分松到寺，山断石为桥。引水穿廊去，呼猿绕槛跳。海明初上月，江白正来潮。夏雨莲苞破，秋风桂子凋。乱云没行脚，欹树过低腰。嫩绿茶新焙，乾黄竹旋烧。唯思闲事了，长此卧烟霄。

在结构上，此诗与上诗并无区别，即二者的写景都是放在中间 12 句进行的，但就各自的境界而言，前诗给人以幽清之感，此诗则较为开阔。特别是“海明初上月，江白正来潮”两句，一写海月初升，一写钱江潮水，很容易使人联想到张九龄的“海上生明月”与孟浩然的“惊涛来似雪”，因为这两首诗之所写，皆被张祜浓缩在一联之中。然而就这三首诗的意境、气韵等方面言，张祜诗却又显然“隔”了许多。但从总的方面讲，张祜这类以题咏僧寺为主体的佛境风物诗，在晚唐诗坛上却是独树一帜的。类此者，尚有杜牧的《题敬爱寺楼》《寄题宣州开元寺》《题水西寺》《题扬州禅智寺》《题禅院》《题安州浮云寺》等，温庭筠的《题西明寺僧院》《题造微禅师院》《题中南佛塔寺》等，薛能的《题开元寺阁》《题龙兴寺》《题大云寺西阁》等，马戴的《题庐山寺》《题石瓮寺》《题青龙寺》等，这些为数众多的佛寺题咏诗的存在，构成了晚唐佛境风物诗的一大亮点。

以互为酬唱而为时人与后人所称道的皮日休、陆龟蒙，二人的佛境风物诗也具有明显的“唱和”特点，而这一特点之于晚唐诗坛来说，也堪称为独树一帜。这是因为，以“唱和”方式进行佛境风物诗创作者，在有唐一代三百年的诗歌史上，也只有皮日休与陆龟蒙二人。皮日休现存佛境风物诗 25 首，陆龟蒙则为 21 首，其中，诗题冠有“奉和”“追和”“和”“同”等字样者，皮日休只有3首，而陆龟蒙则多达18首，此则表明，皮日休对佛境风物诗的创作是以原唱为主的，而陆龟蒙则以“奉和”居多。陆龟蒙集中如《奉和袭美初冬章上人院》《奉和袭美开元寺客省早景即事次韵》《奉和袭美宿报恩寺水阁》《同袭美游北禅院》《和袭美天竺寺八月十五日夜桂子》等，即皆为“奉和”皮日休原唱的结果。而《奉和袭美初夏游楞伽寺精舍次韵》一诗，则可视为陆龟蒙这类佛教风物诗的代表。此诗与皮日休的《初夏游楞伽寺精舍次韵》，均为五言，三十七韵，为晚唐佛境风物诗篇幅之最长者。皮诗大致由三部分组成：首先交待其游楞伽寺精舍的缘由，继而是对楞伽寺精舍景物的详细描写，最后则为作者借此抒发的感慨，其中，对楞伽寺精舍的景物描写，是全诗的重点所在。陆诗亦大抵如此。除了这些“奉和”之作外，陆龟蒙集中还有一首很独特的佛境风物诗，即《纪梦游甘露寺》一诗。说这首诗很独特，是因为全诗对甘露寺之佛境风物的描写，与李白的《梦游天姥吟留别》之写天姥山的景观一样，都是靠作者的“纪梦”或“梦游”来完成的，而在篇幅上，这首长达64句的五言排律，则是李白的《梦游天姥吟留别》所难以相比的。仅此，即可窥知陆龟蒙佛境风物诗的特色之一斑。

曾“昼梦登山”而性“乐林泉”的许浑，不仅雅好天下山水，更崇尚佛境风物，因之而创作了61首佛境风物诗。元季辛文房《唐才子传》载云，许浑“早岁尝游天台，仰看旁眺赤城，辨方广于非烟，蹑石桥于悬壁，登陟兼晨，穷览幽胜”①，并写了《早发天台中严寺度关岭至天姥岑》《早发中严寺别契直上人》二诗。尽管如此，许浑的许多佛境风物诗，却是与诗人的种种情感连在一起的，从而升华了这类诗作的主题，如《甘露寺感怀贻同志》《晨自竹径至龙兴寺崇隐上人院》《登虎寺精舍》《游楞伽寺》等，即皆具有这一特点。请看《游楞伽寺》一诗：

---

① 辛文房：《唐才子传》卷七，中州古籍出版社1987年版，第293页。

碧烟秋寺泛潮来，水浸城根古堞摧。尽日伤心人不见，石榴花满旧琴台。

其中的“尽日伤心人不见”，既因“碧烟秋寺泛潮来，水浸城根古堞摧”之景而产生，又与“石榴花开旧琴台”相关联，情景相融，物我一体，而作为佛境风物诗创作主体的“寺”，反倒成为诗人抒发情感的一种“陪衬物”。再如《题苏州虎丘寺僧院》一诗：

暂引寒泉濯远尘，此身多是异乡人。荆溪夜雨花开疾，吴苑秋风月满频。万里高低门外客，百年荣辰梦中身。世间谁似西林客，一卧烟霞四十春。

秋思秋愁，溢于言表。若着眼于佛教义理进行审视，许浑的这类佛境风物诗所反映的，不是如初盛唐时期的那种“禅趣”“禅悦”，而是一种“苦谛”。“苦谛”为佛教“四谛”的第一谛，佛学认为，人要解脱这种“苦”(或曰“生苦”)，就只能学“无生”之法以为，对此，许浑《闻释子栖玄欲奉道因寄》已有载：“今日劝师师莫惑，长生难学证无生。”而这一佛家的“无生”说，孟浩然早在其幼年之时就曾习学过，其《还山赠湛法师》一诗中的“幼闻无生理”五字，即为明证。所以，许浑这类诗所代表的，实际上就是佛境风物诗由盛唐、中唐而晚唐的一种嬗变轨迹。而这种轨迹的存在，构成了晚唐佛风物诗的又一个特点，也是文学发展的一种必然。

四

三百年的唐代佛境风物诗，既千姿百态，繁花似锦，又争奇斗艳，蔚为壮观，而有唐一代诗人的佛学信仰、禅门情结，以及其崇佛心态等，藉此亦可获其大概。文学与佛教，在各自发展史的王国里，都曾辉煌灿烂，二者之间的相互影响、相互作用，不仅始终未曾停止过，而且是一日愈一日的密切，并因此而成就了一部内容厚重而丰富的佛教文学史。而唐代三百年间的佛境风物诗，既为这部佛教文学史书写了最为光辉的一章，同时又为繁荣唐代诗歌与推动中国山水文学的发展，起到了不可替代的作用，对于后者，我们仅从本文所列举的一份份诗人名单，即可证实之。然而令人遗憾的是，迄今为止，却没有任何一种文学史著作曾涉笔唐代的佛境风物诗，更遑论对其进行专题研究。本文的撰写，旨在引起文学史家们的注意，以期将唐代佛境风物诗乃至自东晋以降的历代佛境风物诗，纳入到文学史的范畴进行观照，并给其以一定的文学史地位。唯有如此，文学史著作才能更加接近文学发展的历史真实。

初盛唐诗歌新笺

对唐人诗歌的具体把握，大而言之，首先应从文献学或者文学史的角度，对其进行或系年或笺释或校勘等方面的工作，然后才可作宏观上的透视与论析。否则，就有可能适得其反。有鉴于此，本文特对王勃、孟浩然、李白、杜甫等初盛唐诗人的相关作品，就读书之所及，提出一些与前哲时贤相佐的看法，是为“新笺”。

一、王勃《滕王阁》

《滕王阁》既是王勃的一首名作，也是初唐诗人七言古诗的上乘篇什。全诗气势雄放，格调高雅，一扫六朝以来空洞华丽、纤巧淫靡的文学气息，与附于诗前的序文，无论在形式抑或内容上，均浑然一体，珠联璧合，代表着初唐诗序体的最高成就。但此诗的作年，自五代王定保《唐摭言》首倡十四岁说以来，即为各种唐诗选本与王勃诗选等从之不疑。如聂文郁《王勃诗解·王勃年谱》，在《唐摭言》的基础上，又列举了“十四岁”说的十项“证据”。① 而王天海《〈滕王阁〉写于何时》一文，竟然写下了如此咄咄逼人的一段文字：“若论定《滕王阁序》为王勃上元二年所写，当时王勃已二十七岁，怎么可以在文中自称‘童子’呢？除

① 王定保：《唐摭言》，上海古籍出版社1978年版。

非谁能找出成年人自称‘童子’的例证。”①仅从这两例即可知，研究者论定《滕王阁》的作年，是以其序文所载内容为核心的，而其中的“童子”“三尺”，又为其权威性证据。

无可置疑，仅从《滕王阁》的八句诗中，确实难以考知其作年，而序文中的“童子何知”“三尺微命”，也不能证明此诗的作年乃在王勃十四岁之时。按“童子”一词，为唐人对出身贫寒、地位低微者的一种称谓，自称则为一种谦词，意犹“小人”“不才”等。考之《王子安集》，可知王勃除在《滕王阁》诗序中自称“童子”外，于其《上刘右相书》中亦使用了“童子”一词。其云：“虽国有大名，不资童子之言，而恭此小心，敢进狂夫之说。伏见辽阳未靖，大军频进，有识寒心，群黎破胆。”②在这里，“伏见”以下文字为“狂夫”之“敢进”，而其“敢进”者盖为“辽阳未靖，大军频进”，故乃令“有识寒心”。很显然，这里的“狂夫”即为王勃自称。而王勃既自称“狂夫”，那么，“不资童子之言”的“童子”，非为王勃自称也就甚明。所谓“不资童子之言”，等于说“不问谋于童子”，则此“童子”非为未满十五岁的小孩，即可论断。又，王勃《上绛州上官司马书》云：“五尺微童，所以固穷而不为也。”这里在“童”前加一“微”字，若仅着眼于字面，“微童”是肯定要比“童子”为少的，但年少的“微童”身长“五尺”，而长于“微童”的“童子”却只是“三尺微命”，这显然是不合乎逻辑的。而“微童”与“童子”均为王勃自称，“三尺”与“五尺”又皆出自王勃的手笔，则“童子”非指王勃写《滕王阁》时为十四岁，便毫无疑义。

以上属于“童子”不是“未成年人”专称的内证，下面再看外证。稍后于王勃的陈子昂有《上薛令文章启》一文，云：“某实鄙能……长为童子之群，无望壮夫之列，岂图曲蒙荣奖，躬奉德音，以小人浅才，承令

① 王天海：《〈滕王阁〉写于何时》，载《贵州大学学报》1991年第3期。
② 王勃：《王子安集》，四部丛刊本。

君之嘉惠，岂不幸甚。”①陈子昂固然在文中已明白地自称为“小人”，但“长为童子之群”的“童子”亦包含他自己在内。据罗庸《陈子昂年谱》②、岑仲勉《陈子昂及其文集之事迹》③可知，题中的“薛令”为薛元超，陈子昂是文写于其二十二岁之时。二十二岁的陈子昂自称为“童子”的事实，使“童子”不指“未成年人”即十四岁之孩童，又得到了有力的证实。所以，“童子何知”也好，“三尺微命”也罢，均不能用来证实《滕王阁》一诗的作年。

事实上，《滕王阁》诗乃写于上元二年秋九月。对此，王勃《过淮阴谒汉高祖庙祭文》《秋日楚州郝司户宅遇饯崔使君序》，以及罗振玉《王勃佚文集》附载王承烈致王勃父子书三文乃可证实。《过淮阴》与《秋日楚州》二文，分别有“大唐上元二年岁次乙亥八月壬申朔十六日丁巳”“上元二载，高秋八月”这样确切的时间记载，而此又可与王承烈致王勃父子书中的“乙亥年仲秋二十有九日”互为印证。又，王承烈的致书中有“闻吾宗粤自中州，随任南徼”语，若将其中的中州与上二文中的淮阴、楚州连缀起来，即可知王勃此行乃是自汴梁经淮阴、楚州而南下的，其起程时间则在王承烈书中的八月十一日。按唐人由长安至今南昌，所取路线为长安、洛阳、汴州、江宁、九江而至洪州，张九龄开元年间贬洪州刺史时即取此道，王勃父子此行亦如是。据《元和郡县图志》④卷二十八，唐洪州“西北至东都(洛阳)二千二百七十五里”，以此减去汴州“西去东都四百二十里”之程，可知汴州至洪州在唐为一千八百五十五里。又据《唐六典》《唐会要》等材料，知唐制规定，使者赴程须日行七十里，以此计之，由汴州至洪州的全程只需二十七天。王勃父

---

① 陈子昂：《上薛令文章启》，《全唐文》卷二一四，中华书局 1983 年影印本。

② 罗庸：《陈子昂年谱》，载《国学季刊》1936 年第 2 期。

③ 岑仲勉：《陈子昂及其文集之事迹》，载《辅仁杂志》1946 年第 1、2 期合刊本。

④ 李吉甫：《元和郡县图志》，中华书局 1983 年版。

子从汴州起程既在上元二年八月十一日，历二十七天为是年的九月初八日，正可赶上洪州都督阎某在“旬假”九月九日于滕王阁举办的宴会。这就是说，仅从时间上考察，《滕王阁》写于上元二年秋九月乃是毫无问题的。持十四岁说者认为王勃此行在时间上无法到达洪州之说，既未着眼于汴州至洪州的里程，又未获知唐制对赴任者须日行七十里“王程”的规定，实属不的之举。

此外，《滕王阁》诗序中的述写，也可表明此诗应写于王勃晚年。其中有云：“老当益壮，宁移白首之心，穷且益坚，不坠青云之志。”又云：“北海虽赊，扶摇可接；东隅已失，桑榆非晚。”这里说得非常明白，《滕王阁》之作，乃在王勃“东隅已失”之时。“东隅”，本指日出处，用以喻早年的时光，而“桑榆非晚”，正道出了王勃当时的境况。若此诗写于王勃十四岁时，则“东隅”“桑榆”就皆不可理喻，更不要说“老当益壮”“穷且益坚”了。这一组文字，正是王勃对他此前生活、经历等方面的总结，其与杜甫晚年在夔州写的《壮游》《遣怀》等一系列自传体作品一样，寄寓了诗人的反思与自省。

二、崔国辅《九日》

崔国辅在盛唐是与王昌龄、王之涣齐名的一位诗人。对此，《白居易集》中之《故滁州刺史赠刑部尚书荥阳郑公墓志铭》乃有载：“公尤善五言诗，与王昌龄、王之涣、崔国辅辈联唱迭和，名动一时。”①崔国辅的诗歌，主要以短小精悍的乐府见长，但也有一些与他的宦途、生活密切相关的篇什，写得情真意切，凄婉缠绵，如其集中的《九日》诗即属此类。是诗为七言绝句，云：“江边枫落菊花黄，少长登高一望乡。九日陶家虽载酒，三年楚客泪沾裳。”

① 白居易：《白居易集》，中华书局1979年版。

对于这首小诗的作年，历来无人讨论，而其作地，万竞君《崔国辅诗注》则认为是楚州，并注释第四句中的“楚客”说：“在楚州作客。唐楚州治所在山阳(今江苏淮安)。”①《崔国辅诗注》注释崔诗，多以意为之，《九日》即其典型的一例。按先秦之“楚”，固然包括今安徽、江苏部分地区在内，但唐人诗中的“楚”，一般说来，主要是指今湖北、湖南。对此，我们只要将《九日》中的“楚”与第一句中的“江边”联系起来考察，即可获知。这里的“江”指长江，而淮安距长江几有千里之遥，其“楚”不指楚州甚明。退一步说，即使这里的“江”不指长江而为其他江，“楚州”之说也难以成立，因为淮安附近古今只有淮水、运河而无任何“江”可言，且淮水与运河，唐人皆不曾将其目之为江。

实际的情况是，《九日》诗的作地在江陵，作年则为天宝十四载(唐代纪年中，自“天宝三载”至“至德二载”共十四年均改“年”曰“载”)秋，《诗注》作者因不明崔国辅的生平，而产生了上述错误。按《新唐书·艺文志》于《崔国辅集》有注云：“应县会举，授许昌令，集贤直学士，礼部员外郎。坐王鉷近亲，贬竟陵司马。”②崔国辅“坐王鉷近亲，贬竟陵司马”，事在天宝十一载。据《旧唐书·玄宗纪》，知王鉷以罪被杀在天宝十一载四月，则崔国辅“贬竟陵司马”即在是时。唐竟陵即今湖北天门，乃茶圣陆羽的故乡，崔国辅贬竟陵后，与陆羽过从甚密。对此，《文苑英华》卷七九三陆羽《陆文学自传》乃有载，云：“礼部郎中崔公国辅出竟陵，因与之游，处凡三年，赠白驴、乌帮牛一头，文槐书函一枚。白驴、帮牛襄阳太守李憕见遗，文槐函故卢黄门侍郎所与，此物皆己之所惜也。宜野人乘蓄，故特以相赠。”③后来的辛文房撰《唐才子传》时，即将陆羽此文写进了《崔国辅传》中。陆羽文中提到的“处凡三年”，是指崔国辅在竟陵为司马乃为三年。如前所述，崔国辅“坐王鉷近亲”而“贬竟陵司马”，事在天宝十一载四月稍后，历三年即为天宝十

① 万竞君：《崔国辅诗注》，上海古籍出版社1982年版。
② 欧阳修等：《新唐书》，中华书局1975年版。
③ 李昉等：《文苑英华》，中华书局1966年影印本。

四载夏。至此，我们即可获知，《九日》诗中的“三年楚客”，正是陆羽《陆文学自传》中的“处凡三年”。也就是说，“三年楚客”，是指崔国辅在竟陵任了三年司马。

崔国辅所任司马的竟陵在古今虽均属楚，但是地据“江”则甚远，而江陵不仅坐落在长江的“江边”，且距竟陵亦甚远，据此，可知《九日》诗当写于古城荆州。又江陵城北十余里处有龙山，山上有落帽台，相传为东晋孟嘉落帽处，唐代诗人于九月九日重阳节多在此登高览胜，赋诗抒怀，如李白《九日龙山饮》、张九龄《九月九日登龙山》等诗，便均写于是地，崔国辅此诗亦然。明乎此，则我们可知，《竟陵县志》与闻一多《唐诗大系》皆认为崔国辅卒于天宝十四年之竟陵的说法，是不可相信的。

三、李颀《寄綦毋三》

《全唐诗》卷一三四有李颀《寄綦毋三》七律一首，为李颀诗之名作。全诗为：“新加大邑绶仍黄，近与单车去洛阳。顾眄一过丞相府，风流三接令公香。南川粳稻花侵县，西岭云霞色满堂。共道进贤蒙上赏，看君几岁作台郎。”诗题中的“綦毋三”，即盛唐著名诗人綦毋潜。对于此诗的作年，也就是綦毋潜“新加大邑绶仍黄”的时间，傅璇琮《唐代诗人丛考·李颀考》认为是开元十三年至十四年期间。文章说：“(綦毋潜)在开元十三四年间登进士第，授宜寿尉。据《新唐书》卷三十七《地理》一，宜寿在(今陕西)周至，本畿县，因此李颀诗中称大邑。‘绶指黄’，黄绶指县尉之职。‘去洛阳’，玄宗于开元十三四年在洛阳，十五年十月才返长安。这是说，綦毋潜于开元十三四年进士登第后授宜寿尉，离洛阳赴职。”据此段文字，知《丛考》不仅认为这首诗写于开元十三四年，而且还认为綦毋三此行赴任宜寿尉乃因登第后所授职，即宜寿尉为綦毋潜平生的第一次供职。其后，《唐才子传校笺·綦毋潜》即全盘接受了傅文的这一结论。此外，持开元十三四年说者，尚有谭优学《唐诗人行年考・李颀行年考》等。其实，这种说法是颇为错误的。

考《元和郡县图志》卷一《关内道・京兆府县》云："盩厔县，汉旧县，武帝置，属于右扶风。山曲曰盩，水曲曰厔。后汉省，晋复立。武德三年属稷州，贞观元年废稷州复属雍州。天宝中改名宜寿，后复名。"宜寿县既于"天宝中"由盩厔县改名，则綦毋潜供职宜寿县尉非在开元十三四年即可遽断。又《旧唐书・地理志》一云："盩厔，隋县。武德三年，属稷州。贞观三年，还雍州。天授二年，属稷州。大足元年，还雍州。天宝元年，改为宜寿县。至德二年三月十八日，复为盩厔。"①同此者，另有《通典》卷一七三。

上述材料既可确证綦毋潜任宜寿县尉不在开元年间，则李颀《寄綦毋三》的作年不在开元年间也就毫无疑义。那么，这首诗又究竟作于何时何地呢？按《寄綦毋三》诗中的"顾眄一过丞相府"颇可注意。这七字表明，綦毋潜在授宜寿尉前，曾投谒于当时的"丞相"。此"丞相"为谁？考《四库全书》本《李颀集》有《送綦毋三谒房给事》诗，云："夫子大名下，家无钟石储。惜哉湖海上，曾校蓬莱书。……晚景南路别，炎云中伏初。此行傥不遂，归食芦洲鱼。"诗题中的"房给事"即为房琯，据《旧唐书・房琯传》，其为给事中在天宝五载正月，翌年正月即被贬为宜春太守。给事中在唐属门下省，故李颀《寄綦毋三》中有"丞相"云云。这就是说，綦毋潜始程至京师谒房琯，其时间必在天宝五载夏天，也即李颀《送綦毋三谒房给事》中的"炎云中伏初"之际。届时，李颀在有"芦洲鱼"的"南路"为其饯行，并以诗相送。待綦毋潜入京谒房琯获得成功后，即被授为宜寿尉，时在南国的李颀闻之即写了《寄綦毋三》诗，以表示祝贺。而李颀诗中又有"南川粳稻花侵县"一句，表明其时乃在初秋时节。合勘之，知綦毋潜干谒房琯被授宜寿尉当在天宝五载七月，而李颀的《寄綦毋三》则应写于是年的八月前后，其作地乃在"南路"即江东。

① 刘昫等：《旧唐书》，中华书局1975年版。

弄清楚了《寄綦毋三》诗的作年与作地，又可据之使诗中的第五六句获得确解。傅璇琮《唐代诗人丛考·李颀考》在解释这两句诗时，引清人姚鼐《今体诗钞》卷二说："'南川即南江，章、贡水也。西岭即洪州西山也。张曲江有《洪州答綦毋学士》诗，足证其归。'姚说大致不差。"按，姚氏之说并非"大致不差"，而是为误。据徐浩《唐尚书左丞相中书令张公(九龄)神道碑》、两《唐书·张九龄传》，以及张九龄集所附录之诸诰命可知，张九龄牧守洪州，事在开元十五年至开元十八年，斯时距天宝五载七月已有二十余年，且张九龄又卒于开元二十八年，其《洪州答綦毋学士》诗是不可用来笺释李颀《寄綦毋三》的。傅文不察，以成其误，不无遗憾。《寄綦毋三》诗中的"南川粳稻花侵县，西岭云霞色满堂"，已清楚地告知我们当时李颀与綦毋潜各自的所在地。"南川"即《送綦毋三谒房给事》中的"南路"，也就是李颀当时的所在处，"西岭"则为綦毋潜的处所，"西""南"对举，一指京洛，一指江南，其意甚明。而"川"与"岭"的相对运用，又准确勾勒出了李颀与綦毋潜当时所在地不同方位的地理特征。如此，诗中所述之意也就豁然开朗。诗的前四句，写綦毋潜在天宝五载七月，因于长安干谒房琯而被授宜寿尉，这是他一生中的第三次入仕；后四句则分为两层，第一层即五六句，为李颀以"南川粳稻花"遥想綦毋潜在宜寿的"云霞色满堂"，第二层为李颀希望綦毋潜仕途顺畅，不日即可被擢升为"台郎"。二人交往的情感之深、之诚、之殷，于此诗中皆可窥获之。

四、岑参《送魏升卿擢第归东都因怀魏校书陆浑乔潭》

《全唐诗》卷一九九著录是诗，并于题中魏升卿下注云："一作叔虹。"徐松《登科记考》卷二十七《附考·进士科》同①。据岑仲勉《元和姓

① 徐松：《登科记考》卷二十七《附考·进士科》，中华书局1984年版，第1043页。

纂四校记》，知叔虹乃叔虬之讹。是诗作年，闻一多《岑嘉州系年考证》①未及。李嘉言《岑诗系年》②则定于天宝十三载秋二赴北庭之前。也就是说，《岑诗系年》认为此诗系岑参写于天宝十三载秋的长安，乃误。

按，是诗之题所涉魏升卿、魏校书、乔潭三人，唯乔潭的生平大致可考。《唐摭言》卷四云："乔潭，天宝十三载及第，任陆浑尉。时元鲁山客死是邑，潭减俸礼葬之，复恤其孤。李华《三贤论》曰：'潭，昂之孙，有古人风。'李华称元德秀、张友略：'志如道德，行如经术。'"③元德秀客死陆浑县并为乔潭所葬，《新唐书·元德秀传》有记载，不具引。《岑诗系年》订是诗为天宝十三载者，即据上述材料。然是诗有云："乔生作尉别来久，因君为问平安否。魏侯校理复何如，前日人来不得书。陆浑山下佳可赏，蓬莱闲时日应往。自料青云未有期，谁知白发偏能长。"据此可知，魏校书当时乃在洛阳"校理"，而陆浑县又隶属河南府，故魏升卿擢第东归洛阳时，岑参才托其代向二人问候。魏升卿何年擢第，《岑诗系年》未考，《登科记考》虽载其名却无具体时间。但据上引岑诗，知当在天宝十三载后。"乔生作尉别来久"七字，表明从乔潭天宝十三载及第后授陆浑县尉到岑参写是诗时，其间至少已有三年以上的时间，否则，就与"久"不相符。即以三年计之，斯时也应在至德元载。而是年，据闻一多《岑嘉州系年考证》，岑参已东归长安为左补阙，于乾元二年始出为虢州长史。因此，《送魏升卿擢第归东都因怀魏校书陆浑乔潭》诗的正确作年，应在至德元载与乾元二年之间。而这一时间，也即魏升卿进士及第东归的时间。又岑参集中有《送魏四落第还乡》一诗，题中的魏四，《岑诗系年》认为即魏升卿，并认为此诗的作年乃在天宝二三年之前的数年间。若魏四确为魏升卿，则《岑诗系年》对

① 闻一多：《岑嘉州系年考证》，《唐诗杂论》，上海古籍出版社1998年版。

② 李嘉言：《岑诗系年》，《李嘉言古典文学论文集》，上海古籍出版社1987年版。

③ 王定保：《唐摭言》卷四，上海古籍出版社1978年版，第48页。

此诗的系年又误。

五、李白《邺中赠王大劝入高凤石门山幽居》

李白在安陆期间，曾写下了一首与其行踪密切相关的五言古诗，这就是被注家王琦编在《李太白全集》卷九的《邺中赠王大劝入高凤石门山幽居》。诗题中"赠"字，瞿蜕园、朱金城《李白集校注》①认为乃衍，即这诗题应作《邺中王大劝入高凤石门山幽居》，良是。又诗题中的"王大"，拙作《李白与王昌龄交游考索》②一文，考证为诗人王昌龄。是诗有云："相知同一己，岂唯弟与兄。抱子弄白云，琴歌发清声。临别意难尽，各希存令名。"其中的"抱子弄白云"一句，注家历来不注，揣度之，若非明白易懂，即是深奥难测。单就"弄白云"而言，可知其乃唐人游览名山大川风景所在之雅兴的代名词，如李白在《江夏送蔡十六还云梦序》中即云："无使耶川白云，不得复弄耳。"这是李白视"弄白云"为一种雅兴的绝好注脚。但"抱子"指什么，"抱子弄白云"又当作如何笺释？对此，古今研治李白诗者涉笔甚鲜。然近年詹锳《李白〈邺中赠王大劝入高凤石门山幽居〉探微》③一文，首次对"抱子弄白云"进行了笺释，认为是指许氏夫人卒后，李白抱着孩子经南阳高凤石门山而北上。换言之，"抱子弄白云"这五个字，詹文认为乃是表明李白写此诗时，其夫人许氏已卒。这就是说，"抱子"是指李白抱着孩子。其实，这种解释是颇为错误的。试想，李白在他的妻子死后未久，于安陆失去了赖以生活的基点后，能有雅兴抱着孩子北上去"弄白云"吗？

按，"抱子"非李白自指，而是李白借"抱子"喻指王大，即"抱子弄

① 瞿蜕园、朱金城：《李白集校注》，上海古籍出版社1988年版。

② 王辉斌：《李白与王昌龄交游考索》，载《天府新论》1986年第3期。

③ 詹锳：《〈李白邺中赠王大劝入高凤石门山幽居〉探微》，载《文学遗产》1992年第1期。

白云”五字，是李白对王昌龄隐居于高凤石门山的赞誉。这就是说，“抱子”指的是王昌龄而不是李白。那么，“抱子”又当作何解释呢？这就涉及唐人作品中一个极普遍的用典现象了，此处的“抱子”，乃李白所用的人名省称的典故，詹文不察，以致成误。“抱子”即抱朴子的省称。据《晋书·葛洪传》，知葛洪“自号抱朴子，因此名书”。葛洪于晋，是一个著名的道教徒，曾著《抱朴子》一书，《晋书》所谓“因以名书”即指此。李白在《邺中赠王大》诗中，以“抱子弄白云”喻比王昌龄者，是说王昌龄在高凤石门山的隐居，有如当年葛洪一样。而是诗为五言，故李白将“抱朴子”省作“抱子”。作如是省称者，在李白集中比比皆是，如《古风》其十有云：“齐有倜傥生，鲁连特高妙。”这里的“鲁连”，即为鲁仲连的省称。再如《妾薄命》中的“汉帝重阿娇”，《对酒行》中的“松子栖金华”，其“汉帝”“松子”，分别为汉武帝、赤松子的省称。李白如此，唐代其他诗人亦然。王勃《滕王阁》诗序有云：“杨意不逢，抚凌云而自惜；钟期既遇，奏流水以何渐。”这里的“杨意”即汉武帝的狗监杨得意，“钟期”则为与伯牙结为知音的钟子期，《滕王阁》的序文为骈体，其对字、词亦如诗歌一样要求严格，故王勃亦采用了人名省称典故的表现手法。

弄清楚了“抱子弄白云”的真正含义，对于理解《邺中赠王大》全诗是大有裨益的。全诗所述写的主体内容为：李白在安陆期间，曾经南阳北上漫游，于高凤石门山结识了隐居此地的王昌龄，二人相见恨晚。李白对王昌龄的隐居大加赞赏，并借晋代著名道学家葛洪以称誉之。而王昌龄则劝李白与他一道在石门山“幽居”，但李白认为，一个人的“春荣”时代是建功立业的最佳时期，因而谢绝了王昌龄的挽留。临别之际，王昌龄以“发清声”之“琴歌”为李白送行，李白则寄言王昌龄“各希存令名”，并以诗的形式，对此行与王昌龄结识之境况进行了如实记载。根据这一诗意，我们又可从中获得这样两点：(1)李白写《邺中赠王大》诗时，许氏夫人并不曾谢世，或者说这首诗根本不能实证许氏夫人斯时已卒；(2)李白既在诗中借葛洪称赞王昌龄，表明王昌龄早期与道教是有颇为密切之关联的，这对全面认识王昌龄其人其作，无疑提供了一份极好的材料。

六、杜甫《送孔巢父谢病归游江东兼呈李白》

此诗的作年，清代诸家杜集注本如杨伦《杜诗镜铨》、钱谦益《钱注杜诗》、仇兆鳌《杜诗详注》、浦起龙《读杜心解》等，均未署明确切时间，而只是作“天宝中”。陈贻焮《杜甫评传》上卷则认为：“大概作于杜甫初入长安不久，或即天宝六载的春天。”①陈文还根据杜甫的《杂述》，另提出了如下意见：(1)《杂述》一文的写作地点在泰山下泗水旁；(2)杜甫希望二人在山东别后能再会于京师长安；(3)杜甫跟孔巢父的关系很密切。大约根据这三点，文章便作出结论说：“李白和杜甫在山东分别后不久就到吴越求仙访道了。孔巢父闻讯辞官南游，准备随李白归隐，杜甫就写了这首诗送他，并托他问候李白。”杜甫的这篇《杂述》，上举四种清代集注本，唯《读杜心解》将其附于《送孔巢父》诗后，揣度其意，似浦起龙认为此一诗一文乃写于同时。按《杂述》有云：“虽岑子参，薛子据引知名之士，月数十百，填尔逆旅，请诵诗，浮名耳。”岑参与薛据二人能“引知名士，月数十百”，表明杜甫写《杂述》及孔巢父至长安时，二人已各在长安任较高之官衔，且孔巢父前往投谒求荐引不果。据闻一多《岑嘉州系年考证》、傅璇琮主编《唐才子传校笺・岑参》，可知岑参天宝五载始进士及第，旋解褐授右内率府兵曹参军；天宝八载至安西幕府，天宝十载还长安为右补阙，天宝十三载为大理评事，摄监察御史，再赴安西，于唐肃宗至德二载始还。薛据在天宝年间的仕履，据徐松《登科记考》及《岑嘉州系年考证》，其天宝六载风雅古调科及第，天宝十一载前后在长安仕大理司直。根据二人的生平简况，可知其“引

---

① 陈贻焮：《杜甫评传》上册，上海古籍出版社 1988 年版。

知名之士，月数十百”，以及孔巢父投谒岑、薛二人，至早亦应在天宝十载，因为此前二人均不在长安供职。那么，杜甫以诗送孔巢父就必在天宝十载以后。此为其一。

其二，《册府元龟》卷六五八有云：“李季卿，代宗永泰中为吏部侍郎兼御史大夫，奉命江南，江淮宣尉，振拔幽滞，进用忠廉，时人称之。时孔巢父隐于徂徕山，季卿荐授左卫兵曹参军。”①这条材料足以说明，孔巢父在唐玄宗天宝年间根本不曾入仕，则《评传》所持天宝六载孔巢父辞官南游、杜甫以诗相送并托问讯李白之说，也就不能成立了。而此，又可佐证，孔巢父在天宝末年的长安之行，乃是无果而归。

根据以上两点，可知杜甫《送孔巢父谢病归游江东兼呈李白》一诗的作年，乃在天宝十载至十三载之间。如此，就涉及诗的一稿两存问题了。这诗的第一稿，也就是各家杜诗注本所编入之“正稿”，全文为：“巢父掉头不肯住，东将入海随烟雾。诗卷长留天地间，钓竿欲拂珊瑚树。深山大泽龙蛇远，春寒野阴风景暮。蓬莱织女回云车，指点虚无是征路。自是君身有仙骨，世人哪得知其故。惜君只欲苦死留，富贵何如草头露。蔡侯静者意有余，清夜置酒临前除。罢吟惆怅月照席，几岁寄我空中书。南寻禹穴见李白，道甫问信今何如。”诗凡十八句。“另稿”则为十二句，在上举四家清代杜诗注本中，唯《钱注杜诗》附录之。全文为：“巢父掉头不肯住，东将入海随烟雾。书卷长携天地间，钩竿欲拂珊瑚树。我拟把袂苦留君，富贵何如草头露。深山大泽龙蛇远，花繁草青风景暮。仙人玉女回云车，指点虚无引归路。若逢李白骑鲸鱼，道甫问信今何如。”

两相比较，可知后诗除了少前诗“自是君身”“蔡侯静者”“吟罢惆怅”六句外，最值得注意的是两首诗倒数两句的不同：“南寻禹穴见李白”一句，表明李白于杜甫写这首诗时乃在会稽；而“若逢李白骑鲸鱼”七字，则针对李白当时的生活境况进行了勾勒。单就李白的行踪而言，

---

① 王应钦：《册府元龟》，中华书局1986年影印本。

他天宝十三载前后并不在剡越，而是在金陵、梁园乃至幽州一线，如此，“南寻禹穴见李白”也就成了缘木求鱼。天宝四载的秋天，李白与杜甫分别于“鲁东门”时，他固然可将南下剡越的计划告知杜甫，但杜甫以为李白在斯地一直呆到天宝十三载之事实，则乃不的。换言之，杜甫在诗中之所述，与李白行踪的实况差距过大。此外，“正稿”所多的六句，共增加了三项内容：(1)称赞孔巢父有“仙骨”；(2)杜甫夜晚置酒为孔巢父饯行；(3)“蔡侯”其人在场作陪。这些内容的真实性如何，现已无法考知，但第一项认为孔巢父有“仙骨”云云，则与《杂述》所载其之“贤”是明显不符的。

综上而观，似清代各种杜诗注本所著录之《送孔巢父谢病归游江东兼呈李白》当为后人作伪。但“另稿”《送孔巢父谢病归游江东兼呈李白》诗，也不无问题，这就是杜甫当时对“李白骑鲸鱼”消息的获知。按，李白骑鲸鱼之逸事，首载者为《唐摭言》：“李白著宫锦袍，游采石江中，傲然自得，旁若无人，因醉入水中捉月而死。”而其材料来源，则是以李白的《玩月金陵城西孙楚酒楼达曙歌吹日晚乘醉著紫绮裘乌纱巾与酒客数人棹歌秦淮往石头访崔四侍御》诗为本而加以渲染。詹锳《李白诗文系年》系是诗于天宝十三载。这就是说，天宝十三载在长安的杜甫，若要知道李白当时的情况，就表明他与李白斯时仍有书信往来，或者为李白友人所告知。然而在现存的李、杜集中，却并无此类信息可觅。如此，则杜甫《送孔巢父谢病归游江东兼呈李白》一诗二稿之孰是孰非，尚难论断，故只能以“存疑”视之。而《杜甫评传》认为是诗作于天宝六载，以及《杂述》作地在山东等之认识，则均属不的。

论“初唐四杰”的乐府诗

公元608年，李唐代杨隋之后，在初唐100年左右的时间里，乐府诗作为一种与音乐关系密切的诗歌品类，得到了相当程度的繁荣发展，这与作为皇帝的李世民、武则天是颇具关联的。据《全唐诗》卷一可知，李世民现存诗69首，其中属于乐府诗者，有《唐功成庆善乐舞辞》《饮马长城窟行》2首；《全唐诗》同时收录了武则天诗46首，其中属于乐府诗者为5题38首，即：《唐大享拜洛乐章十四首》《唐明堂乐章十一首》《唐享昊天乐十二首》《唐武氏享先庙乐章》《如意娘》①。武则天的这38首乐府诗，使其成为初唐创作乐府诗最多的一位诗人。这一实况表明，李世民与武则天对于具有音乐特点的乐府诗，是相当喜爱与雅好的。而二人的这种喜爱与雅好，对于当时诗人们之于乐府诗的创作，显然起到了应有的表率作用。正因此，初唐诗人中介入乐府诗创作者，乃有数十位之多，其中创作最活跃、成果最丰硕的诗人，则非“初唐四杰”莫属。有鉴于此，本文特对“四杰”的乐府诗作一综合论述。

---

① 本文对所涉初唐诗人乐府诗的认定，除特殊情况外，一律以郭茂倩《乐府诗集》所收之乐府诗题为准。所谓特殊情况，一般有二：一是指诗人自制的乐府题，如武则天《如意娘》(此诗之为乐府诗，具体参见《全唐诗》卷五于此诗题下之注)；一是指诗人据《乐府诗集》之乐府题进行改制者，如骆宾王《行军军中行路难》，明人颜文选于此诗题下有注云“《行路难》，古曲名”(具体参见《四库全书》第1065册，第436页)。

一、“四杰”乐府诗的实况

综观郭茂倩《乐府诗集》与“四杰”之诗文集可知，“四杰”是初唐时期创作乐府诗最多的一个诗人群体。对于“四杰”的排名，在唐代即存在着认识上的差异，如张鷟《朝野佥载》卷六载为“王杨卢骆”①，而杜甫于《戏为六绝句》其二则作“杨王卢骆”②。对于“四杰”的乐府诗，《四库全书》本《骆丞集》《卢昇之集》《王子安集》《盈川集》均有所载，共计45首。其依序具体为：

1. 骆宾王3首：《王昭君》《棹歌行》《行军军中行路难》。其中，《行军军中行路难》这一诗题，虽被作者在“行路难”前加了“行军军中”四字，但却仍属一首《行路难》乐府旧题，对此，明人颜文选于此诗题下的“《行路难》，古曲名”之注（具体参见《四库全书》第1065册，第436页），即可准确证明。事实上，后人于乐府旧题前或“行”“引”“歌”等前（或后）加上“×××”仍为乐府诗者，乃比比皆是，如杨维桢《铁崖古乐府》卷六所收之《奉歌行美理答麻氏也》《医师行赠袁练师》等，即皆可为例（另详下）。

2. 卢照邻25首：《结客少年场行》《行路难》《明月引》《怀仙引》《刘生》《陇头水》《巫山高》《芳树》《雨雪曲》《昭君怨》《折杨柳》《梅花落》《关山月》《上之回》《紫骝马》《战城南》《中和乐九章》（9首）。其中，《怀仙引》虽然不属于乐府旧题，但却是一首乐府诗，且为一首新乐府辞。对此，胡震亨《唐音癸签》卷一《体凡》之所载，即可证之：诗题凡“有曰引者，曰曲者，曰谣者，曰辞者，曰篇者”者，即为新乐府。依此而论，则卢照邻《怀仙引》为一首新乐府，乃无可怀疑。而据《乐府诗

① 具体参见中华书局1980年版《卢照邻集》之《附录·遗事》，第103页。
② 浦起龙：《读杜心解》卷六之下，中华书局1961年版，第841页。

集》卷五十七《琴曲歌辞序》注引梁武帝《纂要》又可知，《怀仙引》这一诗题，应是模仿古琴曲名所制，其云：“古琴曲名有清角，黄帝之琴也。……而其曲有畅、有操、有引、有弄。”①，二者明显不同。但究竟是“王”在“杨”前，抑或“杨”在“王”前，后人对此亦多争论。若从诗人齿序的角度言，其排名则应为：骆宾王(公元619—684年)、卢照邻(公元630—686年)、王勃(公元649—684年)、杨炯(公元650—693年)。②

3. 王勃8首：《秋夜长》《采莲曲》(一作《采莲归》)、《临高台》《江南弄》《梅花落》《铜雀妓》(二首)、《杂曲》。

4. 杨炯9首：《从军行》《刘生》《骢马》《出塞》《有所思》《梅花落》《折杨柳》《紫骝马》《战城南》。

这45首乐府诗的存在(另有2首待计入，具体详下)，是乐府诗在初唐前期深受“四杰”喜爱的一种历史显证。乐府诗(这里所指主要为乐府旧题)之于初唐而言，虽然主要是对前朝乐府文学的一种继承，但其无疑助推了乐府诗在这一时期的兴盛与繁荣，因之，“四杰”的这些乐府诗，也自然是值得重视的，因为这些乐府诗的存在，所反映的是“四杰”之于“音乐文学”的接受程度。但“四杰”的这些乐府诗，校之以郭茂倩《乐府诗集》，却又出现了如下几种值得注意的情况：

其一，《乐府诗集》未收王勃的《秋夜长》。这一实况的存在，表明郭茂倩在编撰《乐府诗集》时，对于唐人的乐府诗并非是全部收录的。

其二，杨炯的9首乐府诗均为《乐府诗集》所未收。杨炯是武则天

---

① 以上所列“四杰”的生卒年，骆宾王之生年据骆祥发《骆宾王生年考辨》一文(载《唐代文学论丛》1982年第2期，第282—295页)，卒年据三秦出版社1989年版《中国文学辞典·古代卷》(第257页)；王勃生卒年据何林天《重订新校王子安集·前言·关于王勃的生卒年问题》(山西人民出版社1990年版，第1—4页)；卢照邻、杨炯生卒年，则皆据傅璇琮《卢照邻杨炯简谱》(中华书局1980年版《卢照邻集杨炯集》附，第195—233页)，特此说明。

② 郭茂倩：《乐府诗集》卷五十七，中华书局1979年版，第821—822页。

政权的反叛者，郭茂倩编撰《乐府诗集》未录其乐府诗者，实应是郭氏的正统思想所使然，对此，其将《郊庙歌辞》排在十二类歌辞之首的举措，又可为之佐证。

其三，卢照邻除《怀仙引》外，另有《雨雪曲》与《中和乐九章》亦为《乐府诗集》所未收。《中和乐》之乐府曲名，据《汉书》卷八十六《何武传》所载，知为汉宣帝时所制雅乐，王褒曾以之作《中和诗》一篇，而《乐府诗集》卷五十六收录唐德宗《唐中和乐舞辞》一诗者，又可为之佐证。而《四库全书》本《卢昇之集》卷三于《中和乐九章》题前所标示之“乐府”二字，则更是一种显证①。

其四，骆宾王《行军军中行路难》一诗，《乐府诗集》卷七十一作《从军中行路难二首》，且该书卷三十三另有《从军行》一首。就诗题所标示之内容言，“从军中”与“行军军中”乃完全相同，此则表明，《文苑英华》卷二〇〇作《行路难》者当误。又，《文苑英华》于第二首有注云：“同心常伯军中作。”可见，这是一首和人之作，其所“和”者，即“心常伯军中作”之《行路难》，但作“心常伯”者，则当误。按陈熙晋《骆临海集笺注》卷四有《军中行路难同辛常伯作》一诗，可知“心常伯”乃为辛常伯之误。此诗为《乐府诗集》卷七十一《从军中行路难二首》其二，而《从军中行路难二首》其一，即《骆临海集笺注》卷四《从军中行路难》一诗。仅就此而言，《四库全书》本《骆丞集》与陈熙晋《骆临海集笺注》是颇具区别的。

以上之所述表明，“四杰”现所存见的乐府诗，实际上为47首。这一数量虽然尚不及李白旧题乐府的一半②，但其在李唐开国后之数十年内出现，所反映的是一种颇值得注意的文学史现象，即当时诗人们之于

① 中华书局1980年点校本《卢照邻集》、黑龙江人民出版社1989年版《卢照邻集编年笺注》，均未将《中和乐九章》作乐府诗者，乃误。

② 李白的乐府诗，据中华书局1977年版王琦笺注本《李太白全集》可知，仅乐府旧题即有149首之多。

乐府诗(主要指旧题乐府)的创作，是与对新兴的近体诗之创作相向而行的，有的甚至是合而为之。而此，也是导致乐府诗与近体诗在李唐一代相当繁荣发达的一个重要原因。

二、"四杰"乐府诗的意旨

据一部《乐府诗集》可知，初唐时期的乐府诗人，大致可分为两种类型，一为"宫廷型"，二为"社会型"。所谓"宫廷型"诗人，主要是指专门针对朝廷各种雅乐的制辞者，如魏徵、褚亮、武则天等(具体参见《乐府诗集》卷四至卷十之《郊庙歌辞》)，其辞旨皆以"颂"为主，如上举武则天《唐大享拜洛乐章十四首》《唐明堂乐章十一首》《唐享昊天乐十二首》《唐武氏享先庙乐章》诸诗，即为其例。而"社会型"诗人，是指其乐府诗专以各种社会现象与现实生活为题，诸如咏史喻今、指斥时政、从军出塞、仕宦失意、诗酒宴乐、男女恋情，等等，因之，这类诗人的乐府诗，其题材既宽广，认识亦较深刻。而"四杰"理所当然是属于这一类型的诗人的。虽然其中的卢照邻曾创作了《中和乐九章》，但其更多的则是为展现边塞风光、抒写仕宦失意等而作，所以，卢照邻不是如褚亮、武则天那样专为朝廷雅乐制曲的一位乐府诗人。

在卢照邻另外的 16 首乐府诗中，其题材内容是相当丰富的，如《行路难》写作者仕途上的坎坷，《明月引》抒游子思妇之忧愁，《上之回》颂扬唐军胜利之战，《芳树》自伤年华日衰等，即皆可为例。而且，这些乐府诗由于皆属对汉魏旧题的拟作，故其"本题""本事""本义"等，基本上与之相契合。如属于《鼓吹曲辞》的《上之回》，郭茂倩《乐府诗集》卷十六引沈建《广题》云："汉曲皆美当时之事。"①从古辞《上之

① 郭茂倩：《乐府诗集》卷十六，中华书局 1979 年版，第 227 页。

回》之“月支臣，匈奴服。今从百官急驱驰，千秋万岁乐无极”诸句可知，沈建《乐府广题》“汉曲皆美当时之事”的“事”，实乃“战事”之谓，而卢照邻《上之回》之所“美”者，则恰为唐军胜利之战事，由是而观，可知二者的“本事”“本义”，乃是甚为相同的。其他如《行路难》《明月引》等，在“本事”与“本义”方面，亦大抵如此。另外值得注意的是，以《结客少年场行》为代表的一组边塞诗。这一组极具“军旅”特点的乐府诗，除了《结客少年场行》外，其余则有《刘生》《陇头水》《巫山高》《雨雪曲》《折杨柳》《梅花落》《关山月》《紫骝马》《战城南》，共整10首。以整10首乐府诗的篇幅描写边塞生活，这在初唐乐府诗中乃属绝无仅有。仅此，即可见出卢照邻乐府诗之与众不同。而这些乐府诗又似可表明，在卢照邻一生的行迹之中，曾有过一次从军出塞的“军旅”经历。但据两《唐书·卢照邻传》、傅璇琮《卢照邻杨炯年谱》、张志烈《初唐四杰年谱》可知，综卢照邻一生，其确实不曾有过边塞之行，如此，则《结客少年场行》等之所写，乃皆为“虚拟边塞诗”者，即可论断。所谓“虚拟边塞诗”，是指诗人虽不曾到过边塞，但却据有关资料的记载与传闻所创作的边塞诗，而以乐府旧题为之者，即为“虚拟边塞乐府诗”，如王维《王右丞集》中的《燕支行》《陇头吟》，陆游《剑南诗稿》中的《关山月》等，即皆为此类诗之属①。着眼于渊源的角度，虞世南为唐代此类乐府诗的开先河者②，卢照邻则继而为之，且是后来者居上。

卢照邻不曾从军出塞而创作了整10首“边塞乐府诗”的实况，其实是其欲建功立业、报效李唐的功名思想的一种具体反映。而此，即为卢照邻这一组“边塞乐府诗”的意旨所在。而事实上，卢照邻的这种欲建

① 关于王维集中的“虚拟边塞诗”，可具体参见拙著《王维新考论》第五章第四节，黄山书社2008年版，第257—270页；而陆游集中的此类乐府诗，则可参见拙著《宋金元诗通论》第三章第二节，黄山书社2011年版，第104—112页。

② 《全唐诗》卷三十六著录虞世南《从军行二首》《拟饮马长城窟》《出塞》《结客少年场行》4题5诗，皆为“虚拟边塞乐府诗”之属。

功立业的思想，在另外的“三杰”之中，也不同程度之存在，如杨炯“宁为百夫长，胜作一书生”，即为其例。这是杨炯著名的《从军行》中的两句诗。其全文为：

烽火照西京，心中自不平。牙璋辞凤阙，铁骑绕龙城。雪暗凋旗画，风多杂鼓声。宁为百夫长，胜作一书生①。

这首《从军行》，笔力雄健，气势轩昂，且以极简练之笔墨，述写出了人物的价值认识与精神境界，是“四杰”又一首著名的“虚拟边塞乐府诗”。这是因为，据傅璇琮《卢照邻杨炯年谱》、张志烈《初唐四杰年谱》可知，杨炯与卢照邻一样，也是不曾有过边塞之行的。除此诗外，《盈川集》中的《刘生》《骢马》《出塞》《紫骝马》《战城南》5 首诗，亦皆属以乐府旧题而为的“虚拟边塞诗”，正因此，其从方法到形式乃至意旨，几乎与卢照邻《结客少年场行》等诗完全相同。

“四杰”乐府诗意旨的另一个方面，是如王勃集中的《深夜长》《临高台》《梅花落》等之所述所涉，重在对人物进行情感描写。王勃的这类乐府诗，以极尽对忧愁的抒发描写为能事，如《深夜长》即可作其代表。此诗在形式上以三、五、七言交错而成，并以“月明”“露白”“南雁”“时菊”“鸳鸯”诸意象互为组合，最大程度地将“为君秋夜捣衣裳”之思妇的心理活动，进行了细致刻画，而可与曹丕《燕歌行》并读。《采莲曲》也是写一位思妇在“又值徘徊江上月”之际，对“远在寒山千里外”的“征客”的思念。而《临高台》则是写一位女子对“君”的思念，所以，诗乃以“君看旧日高台处，柏梁铜雀生黄尘”作结，真切地反映出女子对“旧日”之思的一片愁绪。王勃的 8 首乐府诗，其意旨大抵如此。同此

---

① 杨炯：《从军行》，《盈川集》卷二，《四库全书》本（第 1065 册），上海古籍出版社 1988 年版，第 203 页。

者，另有杨炯的《有所思》《梅花落》(一作《落花落》，误)、《折杨柳》等诗。据《乐府诗集》可知，《有所思》属“鼓吹曲辞”，《梅花落》《折杨柳》属“横吹曲辞”，即二者皆为“军乐”之属。正因此，杨炯的这3首诗之所写，乃皆为征人妇在家对“征夫”的思念。思念的环境虽然有别，思念的对象也不尽相同，但思念之情之义则是相同的，而此，即为“四杰”这类乐府诗的意旨所在。

三、“四杰”乐府诗的新变

据杜佑《通典·职官典》《旧唐书·职官志》等之所载，李唐建国伊始，一切乃“承隋制”，因而各种典章制度，基本上与隋朝无异。在这种“国策”的指导下，时人之于乐府诗的创作，除了朝廷的雅乐歌辞外，也就几乎都是对旧题乐府的一种仿制。正因此，在上述“四杰”的近50首乐府诗中，除卢照邻《怀仙引》外，其余全部为乐府旧题。虽然如此，“四杰”的这近50首乐府诗，也向时人与后人透露出了诸多对旧题乐府“新变”的信息，而这些新变信息的存在，反映出了“四杰”对于初唐乐府诗所作出的应有贡献，有的较为重要，且影响甚大。要而言之，“四杰”乐府诗所表现之新变，主要为以下几个方面：

首先是拓展了乐府题“虚拟边塞诗”的疆域。一般而言，唐代的边塞诗，主要可分别为三种类型，即“亲历边塞诗”“送别边塞诗”“虚拟边塞诗”。所谓“亲历边塞诗”，是指作者以其赴边出塞之所见所闻而创作的边塞诗，如高适、岑参的一系列边塞诗，即属此类；而“送别边塞诗”，则是谓作者不赴边而所送对象赴边，因而诗中涉及了诸多有关从军边塞的典故与语词，如孟浩然《送陈七从军》、王维《送张判官赴河西》等。“虚拟边塞诗”则如上述之所言，主要指的是作者不曾赴边而所创作的边塞诗，若以乐府旧题而为者，即为“虚拟边塞乐府诗”。唐人最早创作这类边塞诗或者说乐府诗者，据一部《乐府诗集》可知，虞世南乃肇其始，但虞世南之所为者，仅有《从军行》《拟饮马长城窟》《出塞》《结客少年场行》4 题，而“四杰”则将其扩大了近 20 题之多，即除《从军行》《出塞》《结客少年场行》外，“四杰”还新增加了《刘生》《骢马》《有所思》《梅花落》《折杨柳》《紫骝马》《战城南》《陇头水》《芳树》《雨雪曲》《昭君怨》《折杨柳》《关山月》《上之回》《紫骝马》等题，从而使得其所虚拟的“边塞乐府诗”，在题材内容的表现方面更为宽广，其“本题”“本事”也更为丰富多彩。换而言之，在初唐以乐府旧题大力创作“虚拟边塞诗”者，“四杰”既是第一个诗人群体，也是唯一的一个诗人群体。

其次是对乐府旧题的改制与对乐府新题的创制。先看对乐府旧题的改制。唐代的所谓乐府旧题，又称乐府古题，主要是指问世于汉魏时期的一些乐府诗题，而以之创作的乐府诗则称为“古乐府”，或者旧题乐府，如李白的《将进酒》《君马黄》等，即皆属此类。从诗歌制题的角度审视，这类乐府诗题一般称之为正格，而于正格的基础上予以改制者，则称之为变格①。变格之于诗人而言，是其创造力在制题上的一种具体反映。“四杰”之于乐府旧题所变之“格”，主要有上所列举之骆宾王《行军军中行路难》。《行军军中行路难》虽然一作《从军中行路难》，但从制题的角度而论，二者其实是没有区别的，即其都属于《行路难》之变格。也就是说，无论在《行路难》前加上“行军军中”或者“从军中”，其所结构而成的乐府诗题，都为变格，而不能称之为正格。虽然如此，其仍属于乐府诗题《行路难》的范畴，郭茂倩《乐府诗集》之所以将其予以收录者，原因亦即在于此。正是因为《行军军中行路难》属于变格的乐府诗题，故其篇幅乃数倍于古题《行路难》，对此，我们只要将《乐府诗集》

① 关于唐诗制题的正格与变格，可具体参见拙著《唐代文学探论》之《别具匠心：得失寸心见精神——论唐诗的制题艺术》一文，黄山书社 2009 年版，第 16—19 页。

卷七十一所收录的骆宾王此诗，较之同书卷七十所收鲍照、卢照邻、高适、李白、李颀等人的《行路难》，情况即甚为清楚。篇幅的扩大，使得容量更多，内容更丰富，也就自不待言，而此，即为变格的优长之所在。“四杰”之乐府诗类此者，另有王勃《采莲归》等①。再看对乐府新题的创制。《怀仙引》之所以为乐府诗题，其关键就在于一个“引”字。如上引胡震亨《唐音癸签》卷一《体凡》之所言，诗题后凡“有曰引者，曰曲者，曰谣者，曰辞者，曰篇者”等，即为新乐府之属，藉此而论，则《怀仙引》就自然是一首新题乐府了，而且应是唐代的第一首新题乐府②。郭茂倩《乐府诗集》卷九十至卷一〇〇，共收录了两大类新乐府诗，其一为白居易《新乐府五十首》之类的新乐府，其二为所涉甚广的“乐府杂题”，前者以关注社会现实、民间疾苦为主，具有很强的现实性；后者则以男女恋情、离愁别恨、感叹人生苦短等为主，因而极具抒情色彩。就《怀仙引》之意旨言，其理所当然地属于一首以“怀仙”（“游仙”）为主题的新乐府。

再次是对诗体形式的革新。乐府诗自诞生之日始，虽然与音乐密切相关，但却并不讲究声律如四声平仄等基本要素，所以，唐以前各种各类的乐府诗，如郊庙歌辞、燕射歌辞等，无论是五言、七言，抑或长短句等，均属以古体而为。这主要是因为兴起于刘宋时期的“永明体”，于斯时尚不曾演变为具有严格格律学特点的近体诗。但这种局面到了“四杰”生活的初唐时期，即发生了很大的变化，如五言律诗之被确立

---

① 《乐府诗集》卷五十所收录之王勃《采莲归》，《四库全书》本《王子安集》卷二、《全唐诗·王勃集》《四部丛刊》本《王子安集》卷二，皆作《采莲曲》，当是因《采莲曲》为古乐府题而使然（如智匠《古今乐录》即载有《采莲曲》），但《乐府诗集》成书于北宋初期，其收录王勃是诗作《采莲归》而不作《采莲曲》者，表明此诗题在北宋初期或其前并非为《采莲曲》。所以，此诗之题当以《采莲归》为是。而《采莲归》，显然是由本题古《采莲曲》变化而来的。

② 武则天《武媚娘》亦为一首新乐府，具体参见《全唐诗》卷五于此诗题下之注。

便为其例，因之，也就出现了王勃《送杜少府之任蜀州》、骆宾王《在狱咏蝉》、杜审言《和晋陵陆丞早春游望》等五律佳构。而正因此，“四杰”的乐府诗有很多是以近体而为的，如卢照邻的《刘生》《陇头水》《巫山高》《芳树》《雨雪曲》《昭君怨》《折杨柳》《梅花落》《关山月》《上之回》《紫骝马》《战城南》，杨炯的《从军行》《刘生》《骢马》《出塞》《有所思》《梅花落》《折杨柳》《紫骝马》《战城南》，王勃的《铜雀妓二首》等，即皆属其例。近体诗的最大特点是讲究平仄对仗，注重声律技巧，从而使得本与音乐关系密切的乐府诗更具音乐美。不独如此，以近体进行乐府诗的创作，还打破了古体一统乐府诗天下的格局，从而使乐府诗在形式方面更为丰富多彩，也更具有时代的特征。

上述三个方面之新变，不仅是“四杰”文学主张在乐府诗创作方面的一种具体反映，而且对盛行于当时的“江左遗风”“梁陈旧习”的弱化，以及对以上官仪为代表的“绮错婉媚”诗风的抨击，等等，都具有不可低估的作用。更何况，“四杰”的这些乐府诗在题材内容方面，乃是以着力表现“边塞”为最大特点的(在“四杰”的47首乐府诗中，有28首为“边塞乐府诗”，占其总数的一半以上)。因之，形式上的新变与内容上的特色互为交融，使得“四杰”的这些乐府诗更具个性与风采！

四、“四杰”乐府诗的影响

立足于乐府诗发展史的角度而言，唐代乐府诗的繁荣昌盛期并不在初唐，但“四杰”对于乐府诗的上述之新变，为迎接这种繁荣昌盛局面的到来，作出了其应有的贡献，则是可以肯定的。因之，其之于后世诗人创作乐府诗的影响，也就自然是不可小觑的。“四杰”乐府诗对于后世的影响，既是多方面的，也是互为关联的，比如，以近体创作乐府诗者，即为其一。就初、盛唐的乐府诗以论，“四杰”后以近体创作乐府诗之最多者，乃非王维莫属。据粗略统计，王维现存乐府诗103首，其中近体诗69首，且五绝、七绝、五律各体均有，王维的这一近体乐府诗之量，在数以百计的初唐、盛唐诗人中，乃是无可与之相比的①。这一实况表明，以讲究四声平仄的近体从事乐府诗的创作，至王维时期已形成了一座艺术的高峰。这不仅是乐府诗的骄傲，而且也为近体诗添加了一份荣光。而生活在“四杰”与王维之间的初、盛唐诗人，如沈佺期、宋之问、崔颢、王昌龄、崔国辅、高适等，亦都曾以近体创作过数量不等的乐府诗，并均取得了不小的成就。如王昌龄集中的《朝来曲》《胡笳曲》《从军行七首》《出塞二首》《塞下曲五首》《浣沙女》《采莲曲二首》《青楼曲二》《长信秋词五首》②《春怨》等，即皆属以近体而为的乐府诗。而崔国辅集中的《从军行》《怨词二首》(《乐府诗集》卷四十二作《怨诗》)、《子夜冬歌》《中流曲》《襄阳曲二首》《丽人曲》《长信草》(《乐府诗集》卷四十三作《婕妤怨)等，亦皆如是。正是在这些诗人们的努力下，乐府诗“近体化”的趋势，即成为了一种文学史事实。

“四杰”对乐府旧题的改制与对乐府新题的创制，于初、盛唐的乐府诗亦产生了较大影响。以对乐府旧题的改制为例，即有李峤《拟古东飞伯劳西飞燕》(本题为《东飞伯劳歌》)、崔颢《古游侠呈军中诸将》(本题为《游侠篇》)、崔国辅《少年行》(本题为《长安少年行》)、孟浩然《大堤行寄万七》(本题为《大堤行》)、王昌龄《变行路难》(本题为《行路难》)、杜甫《丽人行》(本题为《丽人曲》)等。存在于初、盛唐乐府诗中的这些诗题(变格)，即是这一时期诗人们对乐府旧题(正格)进行变革的最有力见证。而对于乐府新题的创制，在“四杰”现所存见的乐府诗中，尽管目前所知者只有上述卢照邻《怀仙引》一例，但这一例的问世，

---

① 关于王维现所存见的乐府诗的数量，以及其以近体所创作之乐府诗，具体参见拙著《王维新考论》第五章第一节，黄山书社2008年版，第219—231页。

② 《全唐诗·王昌龄集》之《长信秋词五首》，《乐府诗集》卷四十三作《长信怨》，当以《乐府诗集》为是。

所表明的则是唐代新乐府肇始于“四杰”时期。也正是因了这一例的问世，才引发了初、盛诗人们对新乐府题创制的兴趣。自此之后，新乐府题便日愈一日地兴盛于初、盛唐之际。对此，郭茂倩《乐府诗集》所收11卷(卷九十至卷一〇〇)新乐府辞的实况，又可为之佐证。

文学史家们大多认为，近体诗中的五言律诗之所以在初唐得以成熟与确立，主要得力于“四杰”与沈佺期、宋之问等人不断的艺术实践。而从发展的眼光审视，“四杰”之于乐府诗所取得的成就，是完全可以与其之于近体诗的成就比美的。虽然在李唐乐府诗发展的历史长河里，“四杰”的乐府诗只是其源头阶段的一个起步点，但其之于时人与后人所产生的影响，之于乐府诗在盛、中唐时期的繁荣与昌盛，都作出了一些实质性的贡献。而“四杰”乐府诗的文学史意义，也正在于此。

论王绩的婚姻诗

向有“斗酒学士”之称的初唐诗人王绩(公元585—644年)，以他非凡的艺术才华，独立于唐诗发展史的文学源头，并用多项第一之创获，引领着唐诗的繁荣发展。这些创获，实际上是王绩在当时诗坛上的最杰出成就。如果我们对一部五卷本的《王无功文集》略作检视，并将其与九百卷的《全唐诗》进行对读，就不难从中发现，王绩是唐诗史上第一个将山水诗与田园诗相结合进行创作的诗人，他的这一艺术实践，对于盛唐山水田园诗的发展与繁荣，以及这一诗歌流派的确立等，无疑都产生了较大的影响。又如其集中那些以描绘塞垣风光、倾吐出塞将士思乡盼归见长的《在边三首》《登陇坂二首》等作，自是唐诗史上最早的边塞诗之一，其对于初盛唐边塞诗的发展与“高岑诗派”的形成乃至确立，也是不无影响的。而其集中数量不少的婚姻诗(或曰婚恋诗)的存在，不仅充分反映了诗人自身爱情意识的高度觉醒，而且极大程度地开拓了唐代爱情诗的疆界，使传统爱情诗中的爱情对象，由他(她)人一跃而变成诗人自己或其妻子。还值得注意的是，存在于《全唐诗》中约2000首左右的婚姻诗①，若着眼于渊源的角度，也应与王绩集中的那些婚姻诗不无关系。换句话说，王绩在唐代首开婚姻诗创作之先河，引发了其后大批唐代诗人将自己的妻子或恋人作为描写的主体，并由此而创作出了《全唐诗》中数以千计的既属于爱情诗又不仅仅同于爱情诗的诗作。

---

① 王辉斌:《唐代诗人婚姻研究》，北京群言出版社2004年版，第1页。

从另一个角度进行审视，这些数量众多的婚姻诗的存在，又成为唐代诗人将传统的"诗言志"变为"诗言情"的一种历史显证。而作为诗人的王绩，对于当时与其后文学的影响之大，仅此即可窥其一斑。至于永瑢《四库全书简明目录》称颂王绩五古"实为陈(子昂)、张(九龄)《感遇》之先导"①，杨慎《升庵诗话》赞誉王绩近体为"王(勃)、杨(炯)卢(照邻)、骆(宾王)之滥觞，陈(子昂)、杜(审言)、沈(佺期)、宋(之问)之先鞭"②等，更是揭示出了王绩诗歌表现在艺术方面的成就与影响。

一

在诗歌中将诗人的妻子或者恋人、情侣等作为创作的主体，因此在隋、唐易代之际乃至整个初唐时期，王绩都可称得上是一位敢开先河、独领风骚的诗人。仅由此而观，可知潜藏于王绩骨子里的，乃是一种对女性美的追求，一种歇斯底里式的浪漫，正因此，处在弱冠之龄的王绩，即因青春的萌动而产生了对异性的渴求，并因此写下了《自答》《未婚山中言志》等诗。王绩的这类诗，较之现存的50000多首唐诗而言，名列婚姻题材之第一，即以此类题材为描写对象，王绩是唐诗史上的第一人。王绩之后，由盛唐而晚唐，大批的诗人加入了这一诗歌创作的行列，对此，拙著《唐代诗人婚姻研究》(北京群言出版社2004年3月出版)已曾论及，读者自可参看，此不具述。下面请看王绩的《未婚山中言志》一诗：

物外知何事，山中无所有。风鸣静夜琴，月照芳樽酒。直置百

---

① 永瑢：《四库全书简明目录》卷十五，上海古籍出版社1985年版，第584页。

② 杨慎：《升庵诗话》卷二，《历代诗话续编》本，中华书局1983年版，第667页。

年内，谁论千载后。张奉聘贤妻，老莱藉嘉偶。孟光傥未嫁，梁鸿正须妇。

就其内容言，这首诗主要由两部分构成：前六句写诗人在“山中”的隐居生活，后四句则为诗人欲婚的一种自白。青年时期生活在家乡“山中”的王绩，面对着其“夜生活”中的鸣琴、皓月、美酒这些美好的事物，不由得浮想联翩，激情澎湃，以至于热血沸腾，因而毫无顾忌地写下了“孟光傥未嫁，梁鸿正须妇”这样大胆而又直白的诗句，以希望能在现实生活中获得一位异性芳心的垂青。这十个字，赤裸裸地写出了诗人在青年时期对女性的爱慕与渴求。而在数以千计的唐代诗人中，能如此地表白自己欲婚的真实心情者，出身于儒学世家的“斗酒学士”王绩，实乃为李唐三百年的第一人。王绩的这种表白，其实是一种自我爱情意识觉醒后的情感张扬，它所充分反映的是青年诗人对于女性美与情爱美的追求，而不是如后来的柳宗元那样，结婚只是为了延续柳家的宗嗣而已①。同时，王绩的这种表白，又是他向往的美好生活的一种真实反映。试想，如果在夜静、月明、琴声、美酒“四美具”的“夜生活”中，有一位如孟光般的红颜在场，而这位红颜又一如李白《杨叛儿》诗中的那位女郎那样，一边唱着优美的歌曲，一边则向诗人频频劝酒以示爱，那诗人当时的心情该是何等的愉悦与惬意！而此，正是导致诗人在其“山中”所居处，于“月照”之下高唱着“梁鸿正须妇”的原动力之所在！

大约在此后之未久，王绩便与他理想中的一位“孟光”结为了伉俪（王绩的《北山赋》有“对新婚之伯莺”云云，涉及了其新婚之事，读者可参读之，此不具述）。对于这位现实生活中的“孟光”，其姓甚名谁，何方人氏，与王绩结婚时芳龄多少，等等，由于资料的缺乏，我们均一无所知。但尽管如此，这位“孟光”却是一位极为贤惠的女性，她自从与王绩结为夫妻后，两人不仅甚为恩爱，而且感情日笃，以至于如鱼似

① 王辉斌：《唐代诗人婚姻研究》，北京群言出版社2004年版，第108页。

水，形影不离，更有甚者，则是这位“孟光”还极具操持家计之才干。对此，王绩在《初春》一诗中有所载：

> 前旦出园游，林花都未有。今朝下堂望，池冰开已久。雪避南轩梅，风催北庭柳。遥呼灶前妾，却报机中妇。年光恰恰来，满瓮营春酒。

此诗一开始，便以“前旦”与“今朝”进行时间上的对比，以反映王绩企盼“池冰开”即春暖花开的急切心情，当他一旦见到堂外“雪避南轩梅，风催北庭柳”的初春美景时，就既“遥呼灶前妾”，又“却报机中妇”，即让正在从事家务劳作的妻子也前来一同观赏。全诗用语简洁，基调明快，字里行间洋溢着一片欢快活泼的节奏感，使王绩与其妻子一道共享春天到来的喜悦心情，得到准确、生动之表现与传达。同时，“遥呼灶前妾，却报机中妇”十字，又以互文的表现手法，使王绩妻子贤惠、勤劳、善良的形象与美德，得到恰到好处的艺术凸显。王绩妻子之所以织布机杼，其实与韩愈妻卢氏在阳山养蚕织丝一样①，都是出于为丈夫分忧家计的考虑。这样看来，可知婚后的王绩家，虽然是“满瓮营春酒”，却并非当地的殷实富庶之户。

二

综观王绩一生，可知在他 55 年的人生之旅中，曾三仕三隐。王绩三仕的具体情况为：隋炀帝大业八年至十年(公元 612—614 年)，以秘书省正字除扬州六合丞，未久以风疾辞官；唐高祖武德五年至唐太宗贞观四年(公元 622—630 年)，以前六合丞待诏于门下省，之后再次以风

---

① 王辉斌：《唐代诗人婚姻研究》，北京群言出版社 2004 年版，第 3 页。

疾辞官；唐太宗贞观十一年至十三年(公元637—639年)，赴选入仕为太乐丞，两年后挂冠归里①。任职期间的王绩，虽然是身在官场，但对故乡却思之甚殷，这从他所写的《在京思故园见乡人问》一诗中，即可准确获知。诗云：

> 旅泊多年岁，老云不知回。忽逢门前客，道发故乡来。敛眉互握手，破涕共衔杯。殷勤访朋旧，屈曲问童孩。衰宗多弟侄，若全赏池台。旧园今在否，新树也应栽……行当驱下泽，去剪故园莱。

此诗为王绩第三次入仕后为太乐丞时写于长安。诗人于某一日，忽然在自己门前遇到了一位多年不见的故乡友人，相互间情不自禁地握住对方的手，之后是置酒以待，询问孩童与弟侄的消息，打听旧园的概况，继而便欲“行当驱下泽，去剪故园莱”，决定再次辞职归隐。王绩在这首诗中，既然是“屈曲问童孩”，且其又心系“旧园今在否，新树也应栽”，似乎表明其妻子当时并不在长安，而其“童孩”当时乃在故乡的家中，故而诗中才有新栽树于“旧园”云云，而或此或彼，均表明了王绩对故乡的思念之情。

王绩一生虽然三次入仕为官，但其时间前后合计也不足13年，所以他一生“隐”的时间，是明显要比“仕”的时间长的。大约在写上诗之未久，王绩就再一次辞职还乡，回到他故里的一个小山村“去剪故园莱”了。而王绩的“三仕”，也因此而结束。对于几次辞官回到故乡后的王绩来说，隐居乃为其生活的主要部分，所以他在诗中曾经多次戏称自己为“野人”“逸人”“野客”等。如《九月九日赠崔使君善为》诗开篇即写道：“野人迷节侯，端坐隔尘埃。”又如《被征谢病》之开篇：“汉朝征隐士，唐年访逸人。”这两首诗中的“山人”与“逸人”，皆为王绩之自称。

---

① 韩理洲：《王无功文集前言》，《王无功文集五卷本会校》，上海古籍出版社1987年版，第2页。

更有甚者，是王绩在一些诗中，还公然地称其妻子为“野妻”或者“野妇”。如《春庄走笔》诗：

> 野客元图静，田家本恶喧。枕山通箘阁，临硐创茅轩。约略栽新柳，随宜作小园。草依三径合，花接四邻繁。野妇调中馈，山朋促上樽。晓羹犹未糁，春酒不须温。卖药开东铺，租田向北村。梦中逢栎社，醉里觅桃园。猪肝时入馔，犊鼻即裁裈。自觉勋名薄，方知道义遵。所嗟同志少，无处可忘言。

这首诗不仅是王绩集中写得最好的田园诗之一，而且也是整个初唐诗坛上不可多得的一首田园诗，因此即使将其放在盛唐“王孟诗派”的同类诗作之中，也很难分其甲乙。全诗以疏淡的笔触，为我们勾勒出了一幅北方的“春日山村图”，而洋溢其间的，则是伴随着春天而来的一股浓浓的“野”味与盎然的“野”趣，使正在调食“中馈”招待客人的主人之妻，也充满了一身的“野”性。而此，即是王绩在诗中戏谑其妻为“野妇调中馈”的原因之所在。在王绩集中，《春庄酒后》一诗，与《春庄走笔》相类，也是颇值得称道的。诗云：

> 郊扉乘晓辟，山酝及年开。柏枝投新酿，松花泼旧醅。野妻临瓮倚，村竖捧瓶来。竹瘤还作杓，树瘿即成杯。北潭因醉往，南亩带星回。田家多酒伴，谁怪玉山颓。

此诗主要围绕“春庄酒后”着笔，写王绩夫妇受邀到某一村子参加“酿酒大会”的全过程。从诗中可知，该村的酿酒工作是“乘晓”而始的，王绩夫妻自然也是“乘晓”而到场的。之后，便是“柏枝投新酿，松花泼旧醅”，即进行酒的具体酿制，而作为“斗酒学士”王绩的妻子，当酒香扑鼻之际，竟然在众目睽睽之下“临瓮”而倚。一个“倚”字，活画出其“野”性之十足与“野”味之强烈。从另一角度讲，王绩妻子的“临瓮倚”，也有可能是因为她嗜酒所致，而一个女人嗜酒到这种程度，其实也是一种“野”的具体表现。而王绩之“野”，也并不亚于其妻：“北潭因醉往，南亩带星回。”其醉后之态，较之当年山简镇守襄阳时的“酩酊无所知”①而言，可以说是有过之而无不及的。由是而观，可知这一对“野”夫“野”妻，不仅是“野”味相投，“野”性十足，而且是相互尊重，恩爱无比，否则，自称“野人”的王绩，是不会让他的这位“野妻”，去参加当地“及年开”的这种大众性的“酒文化”活动的。而据“竹瘤还作杓，树瘿即成杯”两句之所写，又可知当时凡参加“及年开”活动者，都是可以开怀畅饮，一醉方休的，所以当时喝得“酩酊无所知”者，并非为王绩与其“野妻”二人，而是“田家多酒伴”，即在场者几乎都成为了“玉山颓”！李白《襄阳歌》有云“玉山自倒非人推”，其酒后的情景与这首诗中的王绩相比，实在是别无异样的。

两个“野”人，结成了一对“野”夫妻，组成了一个“野”性十足的家庭，他(她)们不仅互爱互敬，而且均与酒关系密切，这在有唐一代的诗人中，据我对唐代诗人婚姻的专题考察之成果(此指拙著《唐代诗人婚姻研究》一书)可知，其乃是绝无仅有的一例。

三

王绩与其妻子的相亲相爱，以及双方间的互敬互重，从王绩在其一系列婚姻诗中的述写可知，乃是由青年而老年的，而且是愈老情更浓，愈老意更密。因此，步入人生之旅晚景的王绩夫妻，在性格与情感方面，虽然较年轻时少了几许“野”趣与几分“野”性，但二人表现在感情上的亲密度，并没有因此而有所减弱，而是随着年岁的增加，有如陈酿

① 余嘉锡：《世说新语笺疏》任诞第二十三，上海古籍出版社 1993 年版，第 723 页。

老酒一般，其浓度愈大，纯度愈高。如《田家三首》其一之所写：

> 阮籍生年懒，嵇康意气疏。相逢一饱醉，独坐数行书。小池聊养鹤，闲田且牧猪。草生元亮径，花暗子云居。倚杖看妇织，登垅课儿锄。回头寻仙事，并是一空虚。

在上引《初春》一诗中，王绩妻子为了分忧家计，曾织布机杼，而此诗中又有“倚杖看妇织”之述写，表明王绩的妻子自嫁入王家之后，已将织布机杼作为了她永久性的一项劳作，以至于她从青年而中年，甚至是直到晚年，都未曾将其改变或终止。王绩妻子数十年如一日织布机杼的这一事实，所折射与反映的，实际上是中国传统社会家庭女性的一种品格与美德。而值得注意的是，劳作有时还能给人带来某种快乐，如此诗中的“登垅课儿锄”五字，即多少透露出了这一方面的信息。同时，这五字还告诉我们，王绩写这首诗时已有“儿”能锄禾垅亩，则其年龄自当在50岁上下，而“倚杖看妇织”的“倚杖”一词，又可为之佐证。这就表明，这首诗的作年在王绩的晚年当可肯定。而王绩的晚年，也即为其妻子的晚年。这是因为，据我在《唐代诗人婚姻研究》一书中的考察可知，唐代诗人结婚时男女双方的年龄相差并非很大。晚年的王绩夫妻，一在织布机杼，一在“课儿”锄草，且后者还不时“倚杖看妇织”，这一家人因劳动而导致的其乐融融之境况，皆因王绩白描手法之运用，而跃然纸上。正因此，王绩以“回头寻仙事，并是一空虚”两句，来作为此诗的结束。这两句诗的意思是说，回想起自己平时的寻仙访道之举，现在看来那完全是一场骗人的勾当，哪里比得上一家人在一起共享生活的快乐幸福呢？仅此，即可见出王绩夫妻晚年的恩爱之一斑。

晚年的王绩辞官归隐后，终日生活在以夫妻情、天伦乐、书卷气、园林韵、琴酒魂而构建的一片精神家园里，对外面的事情则一概不闻不问，其乐融融，无与伦比。所以，他在《田家三首》其三中说：“家住箕山下，门枕颍川滨。不知今有汉，唯有言避秦。琴伴前庭月，酒劝后园春。自得中林士，何忝上皇人。”从“何忝上皇人”这五个字可知，王绩归隐后的生活是十分惬意的，他对这种生活也是十分满意的。因此，诗人便经常性地在诗中对这种生活进行如实描述与反映，如可与《春庄走笔》媲美的《春晚园林》一诗，即为其例。全诗为：

> 不道嫌朝隐，无情受陆沉。忽逢今旦乐，还逐少时心。卷书藏箧笥，移榻就园林。老妻能劝酒，少子解弹琴。落花随处下，春鸟自须鸣。兀然成一醉，谁知怀抱深。

诗中的“老妻能劝酒”，其实就是范晔《后汉书》记载孟光与梁鸿夫妇“举案齐眉”①的另一种说法，这从青年时期的王绩曾高唱“孟光傥未嫁，梁鸿正须妇”诗句之举措，即可大体获知，而“还逐少时心”五字，又可对此佐证。读王绩此诗，我们不能不想起杜甫写于成都的《进艇》一诗中的两句：“昼引老妻乘小艇，晴看稚子浴清口。”这十四个字所反映的，是漂泊西南、暂寓成都的杜甫，在暇日也曾与其“老妻”泛舟锦江，共享人间的谐美之乐。合勘王绩《春晚园林》与杜甫《进艇》诗，可知唐代诗人在情爱方面，乃是熔谐美与浪漫于一炉的。而作为“斗酒学士”的王绩，由于性格、心态与审美之使然，其较之“诗圣”杜甫而言，则更是多了几分“野”性与“野”趣，而此，即是王绩与杜甫表现在爱情和婚姻方面的最大不同。

四

婚姻诗之于唐代，较之边塞诗、山水诗等品类而言，其成就特点，都是颇为令人瞩目的。而参与创作的诗人，历经初、盛、中、晚四唐而

① 范晔：《后汉书》卷八十三《梁鸿传》，岳麓书社 1994 年版，第 1208 页。

不衰，诸如陈子昂、孟浩然、王维、李白、杜甫、刘禹锡、柳宗元、韩愈、元稹、白居易、李商隐、杜牧等，都曾创作了数量不等的婚姻诗。而就婚姻诗的影响而论，其于唐传奇与晚唐五代花间词的兴盛与繁荣，也起到了不可低估的作用。从以上的简略论述可知，生当隋唐易代之际的王绩，则历史地成为了唐代婚姻诗这一新兴诗歌品类的创始人。或者说在一部《全唐诗》中，自"斗酒学士"王绩始，诗人的妻子及其恋人或者情侣，便成为唐代爱情诗中所描写的另一类女性对象，而其向时人或后人所展示的，则是一个色彩斑斓的诗人妻子的艺术世界。从这一角度讲，研究与品鉴王绩的婚姻诗，不仅具有诗歌史方面的意义，而且还能把玩其婚姻诗的特点，从中获得一份具有特殊意义的审美享受。

在艺术方面，王绩的婚姻诗，大而言之，主要表现在以下三个方面。

其一是"野"性鲜明，"野"趣盎然。这是王绩婚姻诗有别于唐代其他诗人同类之作的一个最为明显的特点。这一特点的形成，与王绩"性本爱丘山"（陶渊明诗句）的隐居生活特性，以及其对在诗中自称"野人""逸人""野客""山人"之雅好，乃是关系甚为密切的。这其实是王绩"野性"（王绩有"野性本规闲"的诗句，见《山家夏日九首》其四）性格的一种具体表现。正是因为王绩有着这样的一种表现，或者说王绩喜"野"与爱"野"，他才在婚姻诗中，经常性地对其妻子以"野妻""野妇"进行戏称。由于这两种"野"的存在，使得王绩的婚姻诗充满了"野"性、"野"味与"野"趣，从而增强了作品的生活气息，并给人以强烈的审美感受。

其二为刻画人物，善作白描。这里所说的刻画人物之"人物"，主要指的是诗中那位与王绩相谐至老的"野妻"。王绩的这位"野妻"，容貌如何，高矮怎样，等等，王绩在诗中均无只字相及。即是说，王绩在诗中对其妻子的描写，所采用的纯系白描手法，且极为简洁，如"却报机中妇""野妇调中馈""野妻临瓮倚""老妻能劝酒"等等，即皆属如此。而在白描的过程中，诗人又极善于配以动词对人物进行刻画，如"报"

“调”“倚”“劝”等词的运用，均能恰到好处地对人物性格进行勾勒，并使之具有“情节”上的特点。如“野妇调中馈”之“调”，即将“野妇”置备菜肴以招待客人的情节进行了述写，但“野妇”究竟是如何“调中馈”的，以及“中馈”所包含的具体内容又如何，诗中皆未交待，一切任由读者去想象，去发挥。尽管如此，“野妇”的勤劳、贤惠与干练，却因一个“调”字而得以充分展现。再如“野妻临瓮倚”的“倚”字之用，使得诗人对“野妻”的“野”性之刻画，入木三分，令人称绝。

其三即风格清新，语言质朴。从总的方面讲，王绩的诗歌以风格疏野淡朴、自然清新，以及语言的平淡质朴见长。王绩诗歌所表现出来的这一总的特点，自然会在其婚姻诗中得以体现，比如上举《春庄走笔》《春庄酒后》《春晚园林》等诗，就无不具有风格清新自然、语言平淡质朴的特点。正因此，其皆能给读者以真切、生动的感受与印象。

尽管王绩的婚姻诗具有如上所述之特点，但其也存在着一些明显的不足之处，如“有句无篇”即为其一。所谓“有句无篇”，是指在王绩现存的所有婚姻诗中，没有一首严格意义上的完整婚姻诗，即没有一首诗在内容上是全部以描写其“婚姻”为对象的。这种情况的存在，就有如谢灵运的山水诗一般①。此则表明，无论是从形式抑或内容的角度讲，王绩的婚姻诗还处在婚姻诗发展史上并非成熟的阶段。而婚姻诗的完全成熟，则是始自李白等诗人对这类诗的创作之介入，其时距王绩已有近百年的时间。对此，拙著《唐代诗人婚姻研究》已进行了具体考察与论析，故罢论之。

---

① 具体参见王辉斌《先唐诗人考论》第六章第四节，吉林文史出版社 2007 年版，第 193—205 页。

读张九龄诗札记

《四库全书》本《曲江集》二十卷，其中赋一卷，文十五卷，诗四卷。1992年，上海古籍出版社影印出版《四库唐人文集丛刊》，又将《曲江集》收入，使之成为一种颇为流行的《四库全书》本。是本之诗四卷(卷二至卷六)，凡179题192首，这一数量在名家辈出的盛唐并不算多，但于曾任职宰相的张九龄来说，已是相当之不易。《曲江集》的唐宋抄本与刻本，由于在宋末即已佚亡，而今所见存之各种《曲江集》刻本或排印本，乃皆始于明"成化本"，因而错讹颇多，即如新出版的中华书局版《张九龄集校注》(以下简称《校注》)，也是如此。本文就读《四库唐人文集丛刊》(以下简称《丛刊》)本《曲江集·诗》之所及，以"札记"的形式条陈如次，以供参考。

一、《奉和圣制南郊礼毕酺宴》(卷二)

按：据杜佑《通典》卷一〇九《礼六十九》、卷一一〇《礼七十》、卷一一一《礼七十一》之所载可知，唐代皇帝遵"古礼"而成常制之祭祀日，依序为：冬至祀圆丘、立春祀青帝于东郊、立夏祀赤帝于南郊、季夏土王日祀黄帝于南郊、立秋祀白帝于西郊、立冬祀黑帝于北郊、立春后丑日祀风师、立春后申日祀雨师、立秋后辰日祀灵星、立冬后亥日祀司中司命司人司禄、夏至祭方丘①。此则表明，张九龄诗题中的“圣制南郊”之祀，乃非《通典·开元礼纂类》所规定的常制之祭祀日。又，宋敏求《唐大诏令集》卷六十八《南郊二》著录张九龄《开元十一年南郊赦》有云：“门下。朕获主三灵，于今一纪。……可大赦天下：自开元十一年十一月十六日昧爽已前，罪无轻重，已发觉，未发觉，已结正，未结正，系囚见徒，大辟罪已下，咸赦除之。其十恶死罪，造伪头首，劫贼动杀事主，不在赦例。……天下州府，赐酺三日，京城五日。”②据此，知此诗的所作之确时，乃在开元十一年十一月十七日，即京城赐酺五日的第一日。

又，《旧唐书·玄宗纪上》于开元十一年内云：“十一月戊寅，亲祀南郊，大赦天下，见禁因徒死罪至徒流已下免除之。”同此者，另有《新唐书·玄宗纪》。其中的“十一月戊寅”，为十一月七日，与上引《唐大诏令集》著录《开元十一年南郊赦》所署“十一月十六日”之具体时间不合，乃误。《校注》卷一于此诗之“注①”中，认为“南郊，每年冬至日，皇帝于京城南郊祭天，称南郊或郊祀”者，不仅未交待出处，而且为误，原因是此之所言与上引杜佑《通典》之所载完全相悖。又《校注》“注②”说：“唐代南郊祭天施教之时，常以祖宗相配祭祀，称为配天。”按，唐代南郊之祭，主要是“祀赤帝”“祀黄帝”，且一在“立夏”，一在“季夏”，对此，上引杜佑《通典》已说得非常清楚，此作“祭天”者，不确。

二、《奉和圣制同二相南出雀鼠谷》(同卷)

按：诗题中的“雀鼠谷”，即汾津之俗称。所谓“汾津”，指的是汾

---

① 杜佑：《通典》卷一〇九至卷一一一，中华书局 1988 年影印本，第 2821—2889 页。

② 宋敏求：《唐大诏令集》卷六十八《南郊二》，商务印书馆 1959 年影印本，第 380—381 页。

水的一个渡口，这里具体则为冠爵津。《水经·汾水》有云："(汾水)又南过冠爵津。"郦道元《水经注》卷六"又南过冠爵津"下注云："汾津名也。在界休县之西南，俗谓之雀鼠谷，数十里间道险隘，水左右悉结偏梁阁道。"①界休县，治所在今山西省介休县东南。《旧唐书·玄宗纪上》云："(开元)十一年春正月……己巳，北都巡狩，敕所至处存问高年……壬子，祠后土于汾阴之脽上(今山西阴脽)……三月庚午，车驾至京师。"②合勘之，知此诗乃为作者随唐玄宗"北都巡狩"后于回京师"出雀鼠谷"时所作。考《丛刊》本《张燕公集》卷四所著录之《扈从南出雀鼠谷》一诗，其后依序附有唐玄宗、宋璟、苏颋、王丘、袁晖、崔翘、张九龄、席豫、染升卿、赵冬曦十人之诗，其中，除唐玄宗诗为《答张说南出雀鼠谷》外，宋璟等九人诗皆作《奉和圣制答张说南出雀鼠谷》③。值得注意的是，附于《张燕公集》中的张九龄《奉和圣制答张说南出雀鼠谷》，经比对，可知其正是《曲江集》中的《奉和圣制同二相南出雀鼠谷》一诗。这一实况表明：《曲江集》中的《奉和圣制同二相南出雀鼠谷》这一诗题，显然为后人重编《曲江集》时所擅自更改。据万曼《唐集叙录·曲江集》所载，各种唐宋《曲江集》抄本、刻本于明前均已佚亡，今所存见之最早《曲江集》刊本，乃系明人编刻于宪宗成化九年(公元1473年)④，则将张九龄原题《奉和圣制答张说南出雀鼠谷》改作《奉和圣制同二相南出雀鼠谷》者，当即此编刻者妄为所致。而《文苑英华》卷一七一著录张九龄是诗之题作《奉贺(和)圣制答张说南出雀鼠谷》者，又可为之佐证。为恢复历史的本来面目，故此诗题应以《张燕公集》卷四所附之《奉和圣制答张说南出雀鼠谷》为是。

至若有据《奉和圣制同二相南出雀鼠谷》这一诗题，而认为其中"二

---

① 郦道元：《水经注》卷六，巴蜀书社1985年影印本，第146页。

② 刘昫等：《旧唐书·玄宗纪上》，中华书局1975年版，第185页。

③ 张说：《张燕公集》卷四，《四库唐人文集丛刊》本，上海古籍出版社1992年影印本，第21—23页。

④ 万曼：《唐集叙录·曲江集》，中华书局1981年版，第46—48页。

相”之所指，或为张说、张嘉贞(何格恩《张九龄诗文系年考》)，或为宋璟、苏颋(《校注》卷一)者，实乃皆误，盖因其皆不明此诗题应以《奉和圣制答张说南出雀鼠谷》为准故也。

三、《奉和圣制温泉歌》《奉和圣制初出洛城》(同卷)

按：前诗有云：“今兹十月自东归，羽旆逶迤上翠微。……浴日温泉复在兹，群仙洞府那相及。吾君利物心，玄泽浸苍黔。渐渍神汤无疾苦，熏歌一曲感人深。”后诗则谓：“东上淹龙驾，西入望翠华。山川只徇物，宫观岂为家。十月回星斗，千官捧日车。洛阳无怨思，巡幸更非赊。”从这两首诗中均有“东归”(“东上”)“十月”等语词而言，二者当为同时之作。考《旧唐书·玄宗纪上》有云：“二十二年春正月……己丑，至东都。……开元二十四年……冬十月戊申，车驾发东都，还西京。甲子，至华州，曲赦行在系囚。丁丑，至自东都。”①则二诗之作年，当在开元二十四年冬十月“甲子，至华州”之后。又《全唐诗·明皇帝集》有《唯此温泉是称愈疾岂予独受其福思与兆人共之乘暇巡游乃言其志》一诗，其中有云：“桂殿与山连，兰汤涌自然。阴崖含秀色，汤谷吐潺湲。绩为蠲邪著，功因养正宜。愿言将亿兆，同此共昌延。”②就张九龄上举二诗之“温泉”“无疾苦”“巡幸”诸语词度之，其与唐玄宗此诗题之“温泉”“愈疾”“巡游”等，正相一致。而值得注意的是，《张燕公集》卷三亦载有唐玄宗是诗，其后则为张说《应制奉和》诗，云：“温泉媚新叠，骊山横半空。汤池薰水殿，翠木暖烟宫。起疾愈仙药，无私合圣

① 刘昫等：《旧唐书·玄宗纪》，中华书局1975年版，第200—203页。

② 唐玄宗：《唯此温泉是称愈疾岂予独受其福思与兆人共之乘暇巡游乃言其志》诗，《全唐诗》卷三，中华书局1960年版，第30页。

功。始知舜尧德，心与万人同。”①综而观之，知张九龄《奉和圣制温泉歌》《奉和圣制初出洛城》、张说《应制奉和》、唐玄宗《唯此温泉是称愈疾岂予独受其福思与兆人共之乘暇巡游乃言其志》四诗，乃皆作于开元二十四年十月期间。

四、《奉和圣制送十道采访使及朝集使》(同卷)

按：此诗题应改为《奉和圣制送十五道采访使及朝集使》。诗题中的“道”，为唐代三级行政区划中的最高一级(县、州、道)。李唐立国后，其行政区划在“承隋制”的基础上，主要进行了两次大的调整，第一次在唐太宗贞观元年(公元627年)，第二次在唐玄宗开元二十一年(公元733年)，对此，《旧唐书·地理志一》乃有专门记载。其云：

> 贞观元年，悉令并省，始于山河形便，分为十道：一曰关内道，二曰河南道，三曰河东道，四曰河北道，五曰山南道，六曰陇右道，七曰淮南道，八曰江南道，九曰剑南道，十曰岭南道。……开元二十一年，分天下为十五道，每道置采访使，检察非法，如汉刺史之职：京畿采访使(理京畿城内)、都畿(理东都城内)、关内(以京官遥领)、河南(理汴州)、河东(理蒲州)、河北(理魏州)、陇右(理鄯州)、山南东道(理襄州)、山南西道(理梁州)、剑南(理益州)、江南东道(理苏州)、江南西道(理洪州)、黔中道(理黔州)、岭南(理广州)。又于边境置节度、经略使，式遏四夷。凡节度使十，经略守捉使三②。

---

① 张说：《奉和应制》，《张燕公集》卷三，《四库唐人文集丛刊》本，第18页。又，《全唐诗·张说集三》著录此诗作《奉和圣制温泉言志应制》。

② 刘昫等：《旧唐书·地理志一》，中华书局1975年版，第1384—1385页。

这里已说得非常清楚。同此者，另有《新唐书・地理志》。经考察，可知两《唐书・地理志》的这一记载，乃皆据杜佑《通典》卷一七二《州郡二》而为。《通典》卷一七二《州郡二》载此云：

> 贞观初，并省州县，始于山河形便，分为十道：曰关内道，二曰河南道，三曰河东道，四曰河北道，五曰山南道，六曰陇右道，七曰淮南道，八曰江南道，九曰剑南道，十曰岭南道。既北殄突厥颉利，西平高昌，东西九千五百里，南北万六千九百十八里。……开元二十一年，分为十五道，置采访使，以检察非法：京畿（理西京城内）、都畿（理东都）、关内（多以京官遥领）、河南（理陈留郡）、河东（理河东郡）、河北（理魏郡）、陇右（理西平郡）、山南东（理襄阳郡）、山南西（理汉中郡）、剑南（理蜀郡）、淮南（理广陵郡）、江南东（理吴郡）、江南西（理豫章郡）、黔中（理黔中郡）、岭南（理南海郡）①。

杜佑为中唐人，且曾任职司空、同平章事，并进拜司徒、度支盐铁使，封岐国公（两《唐书・杜佑传》），其于《通典》中之所言，自当是据御府所藏前朝或当朝的各种典章制度文书而为，所以，其可信度是无须怀疑的。如此，则可知《校注》据《旧唐书》卷八、《唐会要》卷七十八、《册府元龟》卷一六二之所载，认为采访使设置于十道，时间在开元二十二年二月，张九龄此诗题为《奉和圣制送十道采访使及朝集使》者，乃皆误。

五、《奉和吏部崔尚书雨后大明堂望南山》（同卷）

按：此诗题中的“崔尚书”，为吏部尚书崔日用。《旧唐书・崔日用

① 杜佑：《通典》卷一七二《州郡二》，中华书局 1988 年版，第 4478—4479 页。

传》云："出为扬州长史，历婺、汴二州刺史、兖州都督、荆州长史。因入奏事……寻拜吏部尚书。……寻出为常州刺史，削实封三百户，转汝州刺史。"①《新唐书·崔日用传》云："由荆州长史入奏计，因言太平公主逆节有萌……及讨逆……以功益封二百户，进吏部尚书……坐兄累出为常州刺史。"②综此二传之所载，知崔日用因讨伐太平公主谋反有功，而"进吏部尚书"，之后，则坐兄累出为常州刺史。《资治通鉴·开元三年》载此云："京兆尹崔日知贪暴不法，御史大夫李杰将纠之，日知反构杰罪。十二月，侍御史杨玚廷奏曰……上遽命杰视事如故，贬日知为歙县丞。"③《通鉴》此之所载以何为据，无可考知，但其既云"上遽命"御史大夫李杰在"十二月"期间"视事如故"，则李杰之所"视"，就当在十二月末或者第二年的春初。而待李杰将崔日知的"贪暴不法"案与其"反构杰罪"彻底弄清楚，并呈送唐玄宗(因此案为"上遽命"，属御案)批阅，而唐玄宗之御批经由宫中传送至御史台，其间至少也得三个月左右④，这样，就有可能到了秋七月之后。而崔日用的"坐兄累"及御史台对其之验按处理，以常理揆之，其时就自当在开元四年的九、十月间了。如此，则其"坐兄累出为常州刺史"，就应在开元四年的十月或其后。对此，无名氏《大唐义丰县开国男四郎墓志并序》一文之所载，又可为之佐证。其云："君讳宜之……父日用，吏部尚书、常州刺史、齐国公；星台曳履，声一彻九重；水乡洗帻。……以开元五年五月十日终。"⑤《唐刺史考》正是据此文系崔日用开元五年刺牧常州的。九龄《奉和吏部崔尚书雨后大明堂望南山》一诗有云："夜雨尘初灭，秋空月正

---

① 刘昫等：《旧唐书·崔日用传》，中华书局1975年版，第3088—3089页。

② 欧阳修等：《新唐书·崔日用传》，中华书局1976年版，第4330页。

③ 司马光：《资治通鉴》卷二一一《唐纪》卷二十七，上海古籍出版社1987年影印本，第1430页。

④ 具体参见拙作《李白长流夜郎新探》《李白长流夜郎的历史真实考述》二文，载《李白研究新探》上编《李白生平求是》，黄山书社2013年版，第76—97页。

⑤ 无名氏：《大唐义丰县开国男四郎墓志并序》，周一良《唐代墓志汇编·开元〇四五》，上海古籍出版社1992年版，第1191页。

悬。诡容纷入望，霁色宛成妍。”时令在秋。合勘之，则是诗之作年，就当在开元四年秋七月前后。

六、《和黄门卢侍郎咏竹》(同卷)

按：是诗云：“清切紫庭垂，葳蕤防露枝。色无玄月变，声有惠风吹。高节人相重，虚心世所知。凤凰佳可食，一去一来仪。”诗当写于夏秋之际。诗题中的“黄门卢侍郎”，所指为黄门侍郎卢某；黄门侍郎，门下省属官。李林甫等《唐六典》卷八云：“黄门侍郎二人，正四品上。……掌贰侍中之职，凡政之弛张，事之与夺，皆参议焉。……凡元正、冬至天子视朝，则以天下祥瑞奏闻。”并云：“《晋书·职官志》云：‘黄门侍郎，秦官也，无常员，掌侍从左右。汉因之，秩六百石。’……皇朝因之。龙朔二年改为东台侍郎，咸亨元年复旧。光宅元年改为莺台侍郎，神龙元年复旧。”①又杜佑《通典》卷二十一于门下侍郎内云：“秦官有黄门侍郎，汉因之，与侍中俱管门下众事，无员。……天宝元年，改为门下侍郎。员二人，掌侍从，署奏抄，驳正违失，通判省事。”②据《唐大诏令集》卷四十四《卢怀慎平章事制》之所载，知张九龄此诗题中的“黄门卢侍郎”，乃为黄门侍郎卢怀慎。是《制》有云：“黄门侍郎卢怀慎，贞良敦朴，孝悌仁厚，度量深于江海，坚清迈于冰雪，事皆体大……可同紫微黄门平章事。开元元年十二月。”③又《旧唐书·玄宗纪上》于开元三年内云：“春正月……黄门侍郎卢怀慎为检校黄门监。……四年……十一月(辛丑)，黄门监兼吏部尚书卢怀慎卒。”④这

---

① 李林甫等：《唐六典》卷八，中华书局1992年版，第243—244页。

② 杜佑：《通典》卷二十一，中华书局1988年版，第549—530页。

③ 无名氏：《卢怀慎平章事制》，宋敏求《唐大诏令集》卷四十八《命相一》，商务印书馆1959年影印本，第219页。

④ 刘昫等：《旧唐书·玄宗纪上》，中华书局1975年版，第174—177页。

两起材料表明，卢怀慎之任黄门侍郎，至迟是在开元元年至开元三年期间。又据《新唐书·卢怀慎传》所载，卢怀慎任黄门侍郎之前的职官，乃为御史中丞(正四品下)，其时则在“神龙中，迁侍御史”之后。神龙为唐中宗年号，凡两年(公元705—706年)，“神龙中”以“神龙二年”计，其至开元元年(公元713年)亦有八年之隔。以唐代四年一任期的常制论，卢怀慎任职黄门侍郎之始年，当在唐中宗景龙三年(公元710年)，由景龙三年至唐玄宗开元三年(公元715年)，其间凡五整年，则张九龄是诗之作年，即在此之际，但确年则难以考知。

七、《和姚令公从幸温汤喜雪》(同卷)

按：诗题中的“姚令公”即姚崇，因其曾任紫微令(即中书令)而有此称。姚崇《从幸温汤喜雪》诗已佚亡。张九龄是诗为：万乘飞黄马，千金狐白裘。正逢银霰积，如向玉京游。瑞色铺驰道，花文佛彩旒。还闻吉甫颂，不共郢歌俦。”据诗中“银霰积”云云，知时为冬腊之际。又《文苑英华》卷一七一张九龄是诗之后，另有苏颋《扈从温泉奉和姚令公喜雪》一诗，云：“清道丰人望，乘时汉主游。恩晖随霰下，庆泽与云浮。泉暖惊银碛，花寒爱玉楼。鼎臣今有问，河伯且应留。”①其中的“花寒”，是指花在“泉暖”这种特殊的环境下，已呈干枯萎谢状。《全唐诗·苏颋集》亦载此诗。又《全唐诗·苏绾集》有《奉和姚令公驾幸温汤喜雪应制》一诗，云：“汉主新丰邑，周王尚父师。云符沛童唱，雪应海神期。林变惊春早，山明讶夕迟。况逢温液隔，恩重御裘诗。”《校注》认为苏绾此诗是与张九龄《和姚令公从幸温汤喜雪》同时之作，实则不的。这是因为，一则张九龄所“和”者为姚崇的《从幸温汤喜雪》，而

---

① 苏颋：《扈从温泉奉和姚令公喜雪》，《文苑英华》卷一七一，中华书局1966年影印本，第830页。

苏绾所“和”则为《驾幸温汤喜雪应制》，即“应制”二字的存在，表明当时“驾幸”的主人唐玄宗也作了一首“温汤喜雪”诗，但张九龄、苏颋二人的“和”诗却无只字及之。此为其一。其二，张九龄、苏颋二人的“和”诗时令为冬，而苏绾诗则明显为春(据“林变惊春早”句可知)。其三，《文苑英华·诗》虽然收录了大量的“奉和”与“和”诗，但却独无苏绾此诗。综此三者，知苏绾是诗，与张九龄、苏颋“和”姚崇的《从幸温汤喜雪》绝非同时之作。

又据《旧唐书·玄宗纪上》、同书《姚崇传》可知，姚崇一生两为“令公”，一为唐睿宗即位的景云元年(公元710年)，一为唐玄宗开元二年(公元714年)，前者为中书令(《旧唐书·姚崇传》)，后者为紫微令(《旧唐书·玄宗纪上》)。又据《旧唐书·玄宗纪上》，在姚崇为“令公”的开元二年至四年(姚崇是年十二月“罢知政事”)这三年中，唐玄宗于开元二年九月、开元三年十一月、开元四年十二月，均曾“幸新丰温汤”。而姚崇既曾“罢知政事”于开元四年十二月，且开元二年的“幸温汤”又在是年九月，则其扈从玄宗“幸新丰温汤”者，就必为开元三年十一月的那一次无疑。所以，张九龄与苏颋的“和”姚之诗，均作于开元三年十一月者，即可论断之。

八、《酬宋使君作》《酬宋使君见贻》(同卷)

按：此二诗题中的“宋使君”，均为宋鼎。前诗云：“时来不自意，宿昔谬枢衡。翊圣负明主，妨贤愧友生。罢归犹右职，待罪尚南荆。政有留棠旧，风因继组清。高轩问疾苦，蒸庶荷仁明。衰废时所薄，只言僚故情。”后诗为：“陟邻初禀训，献策幸逢时。朝列且云忝，君恩复若兹。庭闱际海曲，轺传荷天慈。顾己欢乌鸟，闻君泣素丝。才明应主召，福善岂神欺。但愿白心在，终然涅不缁。”宋鼎，开元二十三年为潞州刺史(《册府元龟》卷一二八)，开元二十四年十月，继韩朝宗之任为山南东道采访使，驻节襄州，兼襄州刺史，向朝廷奏置“随州唐城县”(《元和郡县图志》卷二十一)。开元二十五年，张九龄因“坐引非人，左迁荆州大都督府长史”(《册府元龟》卷九二九)，宋鼎则自襄州移牧汉阳(淮南道沔州)，以“按察使”身份，巡至荆州，与张九龄相晤，并赠诗张九龄，对此，《唐诗纪事》卷二十二著录宋鼎《赠张丞相并序》乃有载。其云：“张丞相与余有孝廉校理之旧，又代余为荆州。余改汉阳，仍兼按使，巡至荆州，故赠之。诗曰：‘汉上登飞幰，荆南历旧居。已尝临砌橘，更睹跃鱼池。盛德继微渺，深衷能卷舒。义申蓬阁际，情切庙堂初。郡挹文章美，人怀燮理余。皇恩傥照亮，岂厌承明庐。”①(同此者，另有《全唐诗》卷一一三)而张九龄当时即向宋鼎回赠了此二诗。宋鼎《赠张丞相》一诗之所写，主要是对张九龄被贬荆州的一种安慰，而张九龄的两首《酬》诗，一属对“待罪尚南荆”的陈情与自责，一为对自己心迹的表白，即虽受人诬，亦无所惧。这两诗互为关联，将张九龄遭受“坐引非人”的打击与心中之委曲，向有“孝廉校理之旧”的宋鼎进行了尽情倾诉。而此，则是这两首诗为张九龄同时(开元二十五年夏)同地(荆州长史府)之作的最好见证。或以为《酬宋使君见贻》中之“宋使君”为宋璟或宋之逊者，乃皆误。

九、《祭南岳事毕谒司马道士》(卷三)

按：张九龄“祭南岳”事，乃属奉命而为，对此，《唐大诏令集》卷七十四《命卢从愿等祭岳渎诏》一文已有专载。是《诏》有云：“敕。五岳视三公之位，四渎当诸侯之秩。载于祀典，抑唯国章。方属农功，颇增旱暵……宜令工部尚书卢从愿祭东岳，河南尹张敬忠祭中岳，御史中丞

---

① 宋鼎：《赠张承相并序》，《唐诗纪事》卷二十二，上海古籍出版社1965年版，第333页。

兼户部侍郎宇文融祭西岳及西海河渎，太常少卿张九龄祭南岳及南海，黄门侍郎李暠祭北岳，右庶子何鸾祭东海……且润成物者，莫先乎雨，动万物者，莫疾乎风。宗正卿郑繇祭淮渎，少詹事张昭祭江渎，河南少尹李晕祭北海及济渎。令光禄卿孟温祭风伯，右庶子吴兢祭雨师。各就坛场，务加诚敬。……开元十四年正月。"①所奉诏祭祀者，共有 11 人之多。此则表明，这是一次具有全国性特点的大型祭祀活动。张九龄因奉命"祭南岳及南海"，故在出长安后即写了《奉使自蓝田玉山南行》一诗以纪其行，其时则当在正月下旬或二月上旬之际。《校注》认为诗中"是节署云炽"之"是节"为夏至者，实则不的。这是因为：其一，这次全国性的祭祀活动，乃由朝廷诏令所致，任何人都不可能抗旨而行，因之，张九龄没有任何理由在长安独自停留数月之久，更何况，两《唐书·张九龄传》与《曲江集》对此均无只字言及。其二，据《元和郡县图志》卷一可知，蓝田"东北至(京兆)府八十里"②，这一里程之于奉命南下的张九龄而言，最多两天即可到达。所以，"是节"只能是指"惊蛰"或者"春分"，而此一时节的蓝田之所以"署云炽"者，关键就在于《命卢从愿等祭岳渎诏》中所言之(去冬今春)"颇增旱暵"故也。又，南岳衡山在衡州所辖衡山县，据《元和郡县图志》卷二十九所载，衡山"在(衡山)县西三十里"，衡山县"西南至(衡)州一百二十里"，而衡州"西北至上都(长安)二千九百五十里"③，三者合勘，可知从长安到衡山全程为 3100 里，以唐制规定的"马(日)行七十里"言，由蓝田至衡山只需一个半月即可到达，斯时，当在夏四月上旬。而这一时间又可证实，《祭南岳事毕谒司马道士》诗中的"是节"一词，所指绝非夏至。而《曲江集》卷末所附《授冀州刺史制》中之"五月十四日"之具体时间，又可为之佐证。

---

① 宋敏求：《唐大诏令集》卷七十四《岳渎山川》，商务印书馆 1959 年影印本，第 418 页。

② 李吉甫：《元和郡且图志》卷一，中华书局 1983 年版，第 15 页。

③ 李吉甫：《元和郡且图志》卷二十九，中华书局 1983 年版，第 704—706 页。

即是说，据《授冀州刺史制》一文可知，张九龄待这次祭祀活动结束后，即于五月十四日调任为冀州刺史了。或有认为《命卢从愿等祭岳渎诏》一文末尾“开元十四年正月”之“正月”为误者，更不的，因为据上引《通典》卷一〇九所载，知唐代之于风师、雨师的祭祀，均乃钦定为“立春后丑日”与“立春后申日”。这一“钦定”的实况表明，《命卢从愿等祭岳渎诏》一文末“开元十四年正月”之“正月”，乃不误。既如是，则张九龄此行之于蓝田，就只能是在正月末或二月初了。

如此，就涉及《册府元龟》之所载了。对于唐玄宗时期的这次大型祭祀活动，《册府元龟》共有三处进行了记载，其依序为卷二十六、卷一〇二、卷一四四，且三处所记时间与事由，皆为“开元十四年六月丁未，以久旱”云云。其实，《册府元龟》的这一记载乃为错误，因为其于“以久旱”后之所载，不仅互为抵牾，而且无一处与上引《命卢从愿等祭岳渎诏》之记载相符。以前者言，如卷二十六作“分命公卿祭山川”，卷一〇二作“命百官及州县长上封事”，卷一四四作“分命六卿祭山川”，此则表明，编者的随意性之强，直可令人咋舌。就后者论，《诏》文之所“敕”，既非专指“公卿”“六卿”，也不是“百官及州县长”，而是京官与地方职守兼有。所以，《册府元龟》的这三处记载，是不能用以作为考察张九龄南岳祭祀时间之依据的。

十、《登襄阳恨岘山》(同卷)

按：是诗为：“昔年亟攀践，征马复来过。信若山川旧，认如岁月何。蜀相吟安在，羊公碑已磨。令图犹寂寞，嘉会亦蹉跎。宛宛樊城岸，悠悠汉水波。逶迤春日远，感寄客情多。地本原林秀，朝来烟影和。同心不同赏，留叹此岩阿。”据诗中“逶迤春日远”句，知其时在春。考张九龄生平，其一生曾多次往返途经襄阳，如景龙三年奉使南归，开元六年北上赴京，开元十四年奉命南下祭岳，开元二十五年夏赴任荆州等，即皆为其例。但在张九龄途经襄阳的这些行迹中，只有开元十四年正月奉命祭南岳之时令与“逶迤春日远”合，故此诗之作，当即为开元十四年春。诗题中的“恨岘山”，虽为对岘山之“恨”，实则为作者自恨。据习凿齿《襄阳耆旧记》卷五所载，羊祜在“都督荆州诸军事”并牧守襄阳时，“每风景，必造岘山，置酒谈咏，终日不倦”①，极具诗情雅意。张九龄登岘山所自“恨”者，是他晚生羊祜数百年，而不能与其“必造岘山”而“置酒谈咏”也。要而言之，“恨岘山”者，是张九龄自“恨”其生不逢时，未能与羊祜同“造岘山”，而诗末“同心不同赏，留叹此岩阿”两句，又可为之佐证。所以，张九龄的“恨岘山”，其实是从另一个角度对羊祜的一种赞美。此则表明，张九龄之于羊祜，乃是相当崇敬的。

① 习凿齿：《襄阳耆旧记》卷五，中州古籍出版社 1987 年版，第 77 页。

王昌龄诗中的几个问题

王昌龄的诗集，明代以前或称《王江宁集》，或作《王昌龄集》，或曰《王昌龄诗》等，今均已亡佚。现所存见之最早的王昌龄诗集，为明人朱警辑刻于嘉靖十九年(公元1540年)的《唐百家诗》本《王昌龄诗三卷》，而收诗最多的则为《全唐诗·王昌龄集》，是集凡四卷(卷一四〇至卷一四三)，计诗111题134首(残句未计)。正因此，《全唐诗·王昌龄集》即成为王昌龄诗集的一种通行本。《全唐诗》所收王昌龄的这134首诗，核之有关材料，虽然大多可以据信，但也有少许存在着真伪问题，有的则与王昌龄的行踪密切相关，因之，本文特就其中有关诗作之或真或伪，以及其作年与所关涉王昌龄的行踪等问题，就材料之所及，作一具体考察，意在还其历史之真实。

一、有关诗作真伪考略

《全唐诗》卷一四〇所撰王昌龄小传有云："诗六卷，今编诗四卷。"其中所云"诗六卷"者，当是指晁公武《郡斋读书志》卷十七所著录《王昌龄诗六卷》而言，但此本至明已亡佚，则《全唐诗》之"今编诗四卷"，显然不是据之以为，而是另有所本。其所本为何，不得而知。但为《全唐诗》所编之四卷诗中，却偶有杂入他人之诗者，兹略为之辨。

(一)《酬鸿胪裴主簿雨后北楼见赠》(卷一四〇)

此诗题下有注云:“一作高适诗。”①而《全唐诗》卷二一一《高适一》确收此诗,但题作《酬鸿胪裴主簿雨后睢阳北楼见赠》,且题下亦有注云:“一作王昌龄诗。”②《文苑英华》卷一五五作王昌龄诗,诗题与《全唐诗》卷一四〇《王昌龄一》同,只是无“睢阳”二字。二者孰是?孙钦善《高适集校注》认为,“《全唐诗》题下注云‘一作王昌龄诗’,非”。③ 虽然认为“‘一作王昌龄诗’,非”,但却并未提供只字之依据。刘开扬《高适诗集编年笺注》著录此诗,题与《高适集校注》同,即作《酬鸿胪裴主簿雨后睢阳北楼见赠之作》,认为此诗为高适诗,理由是“王昌龄无睢阳作诗”④。此说实则不确。按唐睢阳即宋州,天宝元年改为睢阳郡(今河南商丘)。是诗有云:“地久微子封,台余孝王筑。”据《史记·宋微子世家》所载,微子后来“国于宋”,而李吉甫《元和郡县图志》卷七于宋城县则有云:“汉睢阳县,属宋国……隋开皇……十六年,于此置宋州,睢阳属焉。十八年改为宋城。”又于虞城县内载云:“平台,县西四十里。《左传》宋皇国父为宋平公所筑。汉梁孝王大治宫室,为复道,自宫连属于平台,三十余里,与邹、枚、相如之徒,并游其上,即此也。”⑤合勘之,知诗之作地当在宋州虞城县(今商丘市中心城区),即诗中所涉之“台”,乃为虞城古平台,如此,则诗题当以《文苑英华》为是。又据傅璇琮《王昌龄事迹考略》所考,知王昌龄“约于开元二十八、九年间,曾(由长安)受任为江宁丞”,其“天宝二、三年间一度在长安”

---

① 《全唐诗》卷一四〇,中华书局1960年版,第1426页。
② 《全唐诗》卷二一一,中华书局1960年版,第2194页。
③ 孙钦善:《高适集校注》,上海古籍出版社1984年版,第99页。
④ 刘开扬:《高适诗集编年笺注》,中华书局1981年版,第106页。
⑤ 李吉甫:《元和郡县图志》卷七,中华书局1983年版,第181页。

者①，当是由江宁还长安一次，而这一去一还，均需经过宋州。又，王昌龄“天宝二、三年”至长安后，勘之其后来左迁龙标始程于江宁的实况(参见《王昌龄事迹考略》)，知其又曾由长安经宋州东下一次，如此，则《酬鸿胪裴主簿雨后北楼见赠》为其写于此三次途经宋州(睢阳)中之某一次，当无可怀疑。而其集中之《梁苑》《大梁途中作》诸诗，又可为之佐证，盖因梁苑(今河南商丘)与大梁(今河南开封)乃近在咫尺。所以，《文苑英华》系《酬鸿胪裴主簿雨后北楼见赠》于王昌龄者，乃为正确。

又，《文苑英华》卷二四二著录王昌龄《奉酬睢阳路太守见贻之作》一诗，可证其确曾在睢阳(宋州)停留一时，但明、清时期的几种《王昌龄集》或《王昌龄诗》均未收录此诗，《全唐诗》则将其归入高适之作(题为《奉酬睢阳路太守见赠之作》，有注云：“赠，一作贻。”字词与《文苑英华》本略有出入)。现将其抄录如次，以供整理王昌龄集者参考。诗为：

盛才膺命世，高价动良时。帝简登藩翰，人和发咏思。神仙去华省，鸳鸯忆丹墀。清净能无事，优游即赋诗。江山纷想像，云物动葳蕤。逸气刘公干，玄言向子期。多惭汲引速，翻愧激昂迟。相马如何恨，登龙返自疑。风尘吏道迫，行迈旅心衰。拙疾徒为尔，穷愁欲问谁。秋风一片叶，朝镜数茎丝。州县甘无取，邱园悔莫追。琼瑶生箧笥，光景借茅茨。他日青霄里，犹应访所知②。

就诗的内容言，此诗当与《酬鸿胪裴主簿雨后北楼见赠》为前后之作。此诗与上举《梁苑》《大梁途中作》二诗表明，刘开扬《高适诗集编年笺

---

① 傅璇琮：《王昌龄事迹考略》，《唐代诗人丛考》，中华书局1980年版，第106页、128页。

② 王昌龄：《奉酬睢阳路太守见贻之作》，《文苑英华》卷二四二，中华书局1966年影印本，第1218—1219页。

注》认为"王昌龄无睢阳作诗"者，实属一种错误。

(二)《淇上酬薛据兼寄郭微》(同卷)

是诗题下有注云："一作高适诗。"①按，此诗确为高适诗，这不仅在于现所存见之各种高适集均收录了此诗，而且诗中所写乃与高适行踪甚为一致。固然，《文苑英华》卷二四二著录此诗作王昌龄，实则为误，因为综王昌龄一生可知，其既不曾至淇上，也不曾与薛据交游。而高适则不然。综高适一生，其既曾与薛据颇具交谊，又曾涉足淇上，对此，刘开扬《高适诗集编年笺注》乃考之颇详，可参看，此罢论。

(三)《赠宇文中丞》(卷一四一)

是诗题下有注云："本畅当诗。"②此注不说"一作"而作"本"者，表明《全唐诗》编者是认定此诗为畅当诗的，而《全唐诗》卷二八七确将此诗收入畅当集者，又可为之佐证。但《全唐诗·畅当集》所收之此诗，其诗题却作《南充谢郡客游沣州留赠宇文中丞》，并有注云："一作王昌龄诗。误。"③岑仲勉《读全唐诗札记》则据《全唐诗·畅当小传》明确指出，畅当一生不曾官果州(南充)刺史，"然南充谢郡诗固有题王昌龄者，则安保非他人诗而误入畅当，此余所疑而未明者也"④。认为此诗非畅当诗。如此，则《全唐诗》于此诗题下的"本畅当诗"之注，即乃为误。对于此诗的真正作者，岑仲勉则认为乃李端："今考《广记》六六引《集仙记》谢自然云：'父寰，居果州南充，举孝廉，乡里器重。建中

① 《全唐诗》卷一四〇，中华书局1960年版，第1429页。
② 《全唐诗》卷一四一，中华书局1960年版，第1436页。
③ 《全唐诗》卷二八七，中华书局1960年版，第3283页。
④ 岑仲勉：《读全唐诗札记》，《唐人行第录》"外三种"之一，上海古籍出版社1962年版，第234页。

初，刺史李端以试秘书省校书郎表为从事。'岂李端诗而误收畅当欤?"(《唐史余渖》卷二)岑说可从。按《全唐诗》编李端诗三卷(卷二八四至卷二八六)，其后即为畅当诗(卷二八七)，则编者或抄工将上卷(卷二八六)之李端诗误入下卷(卷二八七)之畅当诗者，乃是极有可能的。而且，李端与畅当交游甚笃，其集中的《寄畅当》《书志赠畅当》(《全唐诗》卷二八五)诸诗，即可证之。又据杜佑《通典》卷二十四《职官典》卷六可知，此诗题中的"中丞"，即御史中丞，"旧持书侍御史也"，唐高宗即位，"以国讳故，改持书侍御史为御史中丞。龙朔二年，改为司宪大夫，咸亨元年复为中丞，二人"。① 检《新唐书》卷七十一下《宰相世系表》一下，"宇文氏"内有"邈，御史中丞"之载，邈为隋介公宇文洛五世孙，其生活时代与中唐前期(李端为大历诗人，故"宇文中丞"亦当为斯时人)的这位"宇文中丞"甚为相合，或宇文邈即此诗中之"宇文中丞"否？兹拈出以俟淹贯者。

(四)《驾出长安》(卷一四二)

是诗云："圣德超千古，皇风扇九围。天回万象出，驾动六龙飞。淑气来皇道，祥云覆紫微。太平多扈从，文物有光辉。"《全唐诗》于此诗题下有注云："一作宋之问诗。"②《全唐诗》卷五十二《宋之问二》著录此诗，于题下亦有注云："一作王昌龄诗。"③此诗或王昌龄或宋之问，据此尚难下断。检《文苑英华》卷一六七《诗十七·帝德》著录此诗，作者明确署为王昌龄，且无"一作"之注，而据《文苑英华》所附之《作者姓名索引》又可知，《文苑英华》之"宋之问集"中并无此诗，则其非宋之问之作者，当可论断。所以，此诗题下"一作宋之问诗"之注，应删。

---

① 杜佑：《通典》卷二十四《职官六》，中华书局1988年版，第669页。
② 《全唐诗》卷一四二，中华书局1960年版，第1438页。
③ 《全唐诗》卷五十二，中华书局1960年版，第644页。

又，上举《王昌龄行年考》认为此诗为王昌龄作于开元十一年者，当误，原因是王昌龄此年尚未解褐。据此诗题目之意可知，王昌龄写此诗时，应为随“驾出长安”者之一，否则，一个置身“驾出长安”队伍之外的未解褐者，是很难写出“皇风扇九围”“驾动六龙飞”等如此威仪之景观的。而且，王昌龄开元十一年是否在长安，迄今为止无任何材料可证。而据《唐才子传·王昌龄》之“开元十五年李嶷榜进士，授汜水尉”所载可知，王昌龄虽然在开元十五年进士及第，但也是不可能随“驾出长安”的，因为其很快就“授汜水尉”了。辛文房《唐才子传·王昌龄》又有云：“又中宏辞，迁校书郎。”①徐松《登科记考》卷七据此将王昌龄“中宏辞，迁校书郎”考订为开元十九年②，且其后几年王昌龄亦主要在长安③，则其之随“驾出长安”者，当在此际。所以，王昌龄此诗之作年，应在开元十九年至开元二十三年之间④。

(五)《遇薛明府谒聪上人》(同卷)

是诗云：“欣逢柏梁故，共谒聪公禅。石室无人到，绳床见虎眠。阴崖常抱雪，枯涧为生泉。出处虽云异，同欢在法筵。”按，此为孟浩然诗误入《全唐诗·王昌龄集》者。考宋蜀刻本《孟浩然诗集》卷上著录此诗，题作《陪柏台友共访聪上人禅居》，其中的“聪上人”，即南朝襄阳景空寺僧法聪(公元468—559年)，俗姓梅，南阳新野人，释道宣《续高僧传》卷十六有其传。孟浩然此诗的作年虽不可确考，但系其于

---

① 傅璇琮主编：《唐才子传校笺》卷二，中华书局1987年版，第253页。

② 徐松：《登科记考》卷七，中华书局1984年版，第259页。

③ 具体参见拙著《李白研究新探》上编《李白生平求是》之《李白与王昌龄交游考索》一文，黄山书社2013年版，第121—131页。

④ 按《孟浩然诗集》中有《初出关旅亭夜坐怀王大校书》一诗，写于开元二十二年秋，其中的“王大校书”即王昌龄，表明其是年秋尚在长安供职校书郎。对此，拙著《孟浩然研究》第一章第三节(第5—14页)、第二章第二节(第57—65页)均有详考，可参看。该书由甘肃人民出版社2012年出版。

开元二十年(公元732年)前后，则大抵不误，而斯时距法聪之卒已有近200年之隔，故知孟浩然与其友人只能是“共访聪上人禅居”，而不能“谒聪上人”。所以，是诗之题应以宋蜀刻本《孟浩然诗集》为是。又，《文苑英华》卷二一九著录此诗作《遇薛明府谒聪上人》，《四库全书》本、《四部丛刊》本《孟浩然集》卷三作《陪李侍御谒聪上人》，而《全唐诗》卷一六〇《孟浩然二》则作《陪李侍御访聪上人禅居》，校之宋蜀刻本《孟浩然诗集》，知其均误。孟浩然是诗首句为“欣逢柏台故”，与诗题之“柏台友”正相吻合。“柏台”即汉御史府，因“府中列柏树，常有野鸟数千栖宿其中”而得名，对此，《汉书》卷三十八《朱博传》乃有专载，可参看，此不具引。

二、关于边塞诗的问题

毋庸置疑，王昌龄是盛唐边塞诗中的一位重要诗人。因为据《全唐诗·王昌龄集》可知，在其111题134首诗中，属于边塞诗者，乃有12题24首，这一数量虽然无法与高适、岑参的同类之作相比，但在王昌龄以前的初、盛唐诗人中，已是非常可观。王昌龄的这些边塞诗，依序为:《变行路难》《塞下曲四首》《塞上曲》《从军行二首》《少年行二首》《代扶风主人答》《乌栖曲》《邯郸少年行》《胡笳曲》《从军行》《从军行七首》《出塞二首》。其中，不乏名篇佳构，如《塞下曲四首》《从军行七首》《出塞二首》等。而正是因为这些边塞诗的存在，有研究者认为，王昌龄在开元十一年(公元723年)前后，曾经远赴边塞一次，如傅璇琮《王昌龄事迹考略》、谭优学《王昌龄行年考》①等，皆作如是认为。更有甚者，则据《从军行七首》等诗，认为王昌龄此行，不仅到过玉门关

① 傅璇琮:《王昌龄事迹考略》，收入《唐代诗人丛考》，中华书局1980年版，第103—141页；谭优学《王昌龄行年考》，收入《唐代诗人行年考》，四川人民出版社1981年版，第90—118页。

一带，而且还曾到过“葱岭以西的碎叶”①。那么，历史的真实又究竟如何呢？这就涉及两个方面的问题了，即一为王昌龄的生平行止，一为对唐代边塞诗的认识。

先看第一个问题。对于王昌龄生平行止的考察，傅璇琮《王昌龄事迹考略》、谭优学《王昌龄行年考》二文，均有所建树与创获，但唯独于王昌龄的“赴边出塞”之行，留下了一些遗憾，甚至是一种错误。如傅文说，“在王昌龄的有关记载中，没有说他到过边塞，不过我们还可以从他的诗篇中考索出他的行迹”，于是，即认为王昌龄在“开元十五年进士登第之前”，不仅到过“今甘肃固原一带”（固原属今之宁夏，此作甘肃者，乃误——引者注），而且还经玉门关“到过李白的出生地碎叶”。而谭文则认为，王昌龄自开元十一年“客河东并州、潞州”后，曾经由是地“赴河陇，出玉门”而“至西域者”，并还曾“去过一趟今新疆境内的碎叶”。傅、谭二文所依之材料，由于主要是上述王昌龄之边塞诗，所以其结论基本相同。从历史学与文献学的双重角度言，作为文学作品的诗歌，除了被人们称之为“诗史”的部分诗作外，其所言之“史”，很难经得住材料的检验，原因是诗中想象与虚构的成分太多。所以，傅、谭二文用王昌龄边塞诗以证其曾有过边塞之行的举措，以及藉之对王昌龄开元十一年行踪的考察，显然都是难以令人相信的。更何况，现所存见的各种有关王昌龄生平的材料，的确都没有记载他曾到过今新疆一带，更没记载他曾到过“今新疆境内的碎叶”，这既是一种事实，也是一种历史的真实。

再来看第二个问题。对于唐代边塞诗的认识，我曾以王维的边塞诗为个案，将其分为三种类型，即“亲历边塞诗”“送别边塞诗”“虚拟边塞诗”，并对每一类边塞诗进行了简略定义。所谓“亲历边塞诗”，是诗中之所述所写，皆属诗人在边塞期间的亲身所历与亲眼所见，因之，其既

① 按王昌龄《从军行七首》其六有“胡瓶落膊紫薄汗，碎叶城西秋月团”之句，乃为持此说者的主要依据。

真实可信，又亲切感人，如岑参《走马川行奉送封大夫出师西征》《轮台歌奉送封大夫出师西征》等诗，即属于此类。而“送别边塞诗”，则如孟浩然《送陈七赴西军》、王维《送元二使安西》等，这类边塞诗的最大特点，是诗中所送对象皆为赴边出塞者，而送者即诗的作者，则非在边塞前线。“虚拟边塞诗”是指诗人不曾到过边塞，诗中之所述所写，主要是据有关资料的记载传闻而为，且多以乐府旧题而为，如王维《燕支行》《陇头吟》等，即皆为此类边塞诗之属①。要而言之，“亲历边塞诗”与“送别边塞诗”为“实”，“虚拟边塞诗”则为“虚”。着眼于渊源的角度，生活于隋、唐交替之际的虞世南，为唐代此类边塞诗的开先河者，因为其《从军行二首》《拟饮马长城窟》《出塞》《结客少年场行》(《全唐诗》卷三十六)诸诗，乃是唐代现存最早的5首“虚拟边塞诗”②。自虞世南之后，这类“虚拟边塞诗”即广为诗人们所仿作，如卢照邻、骆宾王、杨炯、王维等初、盛唐诗人，就都曾创作过数量不等的这类边塞诗。以一生不曾赴边出塞的卢照邻为例，《四库全书》本《卢昇之集》中的《结客少年场行》《刘生》《陇头水》《芳树》《雨雪曲》《折杨柳》《梅花落》《关山月》《上之回》《紫骝马》《战城南》等旧题乐府，即皆为作者所“虚拟”之边塞诗。而尤其值得注意的是，这类以“虚拟”为主要特点的边塞诗，发展到了清代后，即被诗人们演变为一组组大型的“虚拟竹枝词”，如一生不曾到过今朝鲜、日本、缅甸、泰国、马来西亚等国的尤侗的《外国竹枝词百首》，一生不曾到过今甘肃、新疆、阿富汗、俄罗斯等欧亚国家的福庆的《异域竹枝词百首》，即皆为其例③。凡此，均

---

① 关于王维集中的这三类边塞诗，可具体参见拙著《王维新考论》第五章第四节，黄山书社2008年版，第257—270页。

② 《旧唐书》卷七十二、《新唐书》卷一〇二皆有《虞世南传》，但其均未载虞世南曾赴边出塞，故知其《从军行二首》等乃为“虚拟边塞诗”，而《全唐诗》《全唐文》无虞世南有关这方面的诗文，又可为之佐证。

③ 关于尤侗《外国竹枝词百首》、福庆《异域竹枝词百首》之所写，以及尤、福二人皆不曾到过欧亚诸国之史况，具体参见拙著《唐后乐府诗史》第七章第二节(第331—350页)，该书由黄山书社2010年出版。

足以表明，具有“虚拟”特点的文学作品，特别是一些“虚拟边塞诗”与“虚拟竹枝词”，是不能用作证据来考察其作者的生平行事的。

以肇始于虞世南而兴盛于初、盛唐的“虚拟边塞诗”，合勘王昌龄集中的《从军行七首》《出塞二首》等作，可知其皆为“虚拟边塞诗”之属，乃无可怀疑。这是因为，在现所存见的各种各类有关王昌龄生平事迹的材料中，根本就没有其曾赴边出塞之只字记载。如此，则《从军行七首》其六之“胡瓶落膊紫薄汗，碎叶城西秋月团”两句之所写，不能证实王昌龄曾“到过李白的出生地碎叶”，或者“今新疆境内的碎叶”，也就甚为清楚。

三、关于“李十二”的问题

王昌龄既是一位著名的边塞诗人，又是一位可与李白媲美的七绝圣手。对于后者，明人胡震亨《唐音癸签》卷五乃有云：“徐献忠曰：少伯天才流丽，音唱疏越。七言绝句，几与太白比肩，当时乐府采录，无出其右。”①而另一位明人胡应麟于《诗薮》中则认为：“杜陵、太白七言律绝，独步词场；然杜陵律多险拗，太白绝间率露，大家故宜有此。若神韵干云，绝无烟火，深衷隐厚，妙协箫韶，李颀、王昌龄，故是千秋绝调。”②二人都对王昌龄七言绝句予以称美。虽然如此，后人之于王昌龄七绝的笺解，却时有错误，如《巴陵送李十二》即是具有典型性的一例。是诗为：

摇曳巴陵洲渚分，清江传语便风闻。山长不见秋城色，日暮蒹

---

① 胡震亨：《唐音癸签》卷五，上海古籍出版社 1987 年版，第 47 页。

② 胡应麟：《诗薮》内编卷六，《明诗话全编》，凤凰出版社 1997 年版，第 5528 页。

葭空水云①。

这是王昌龄集中很有名的一首七言绝句。对于诗题中的那位“李十二”，论者多认为即诗人李白，如撰写于1943年、出版于1958年的詹锳《李白诗文系年》，即作如是认为。故其于开元二十七年内，乃如是写道：

> (李白)秋至巴陵。王昌龄谪岭南。王有巴陵别李十二(按今本王昌龄集作巴陵送李十二，今从敦煌写本唐诗选)。李十二即太白，贾至有初至巴陵与李十二白裴九同泛洞庭湖三首及洞庭湖送李十二赴零陵诗，可以为证。诗云：“山长不见秋城色，日暮蒹葭空水云。”
>
> 附考：王昌龄于开元年间谪岭南事，不见史籍。按王士源孟浩然集序：“开元二十八年王昌龄游襄阳……”(详见开元十六年下)孟浩然有送王昌龄之岭南诗：“洞庭去远近，枫叶早惊秋。岘首羊公碑，长沙贾谊愁。……已抱沉痼疾，更贻魑魅忧。数年同笔墨，兹夕间衾裯。”王昌龄有奉赠张荆州诗。据徐浩张九龄碑铭：“开元二十八年拜扫南归，五月七日遘疾薨于韶州曲江之私第。”则王赠诗必在开元二十八年以前九龄方为荆州长史时，以此知孟浩然赠王诗当是开元二十七年秋作。昌龄赠白诗亦在是时。……以此知昌龄之初谪岭南，盖在开元二十七年。翌年北归，又游襄阳，访孟浩然，时孟浩然疾疹且愈，食鲜疾动，遂致暴卒②。

在詹著出版四年后的1962年，岑仲勉《唐人行第录》亦作如是认为。《唐人行第录》在“李十二白”条与“又李十二白”条中，分别例举杜甫、

---

① 王昌龄：《巴陵送李十二》，《全唐诗》卷一四三，中华书局1960年版，第1449页。

② 岑仲勉：《唐人行第录》“李十二条”，上海古籍出版社1962年版，第50页。

王昌龄、贾至、刘长卿四人与“李十二”相关之诗篇，而认为其中的“李十二”，乃皆为李白。如其于“李十二白”条说：

> 李太白，旧一九〇下、新二〇二有传。少陵集一《与李十二白同寻范十隐居》。此外以李十二为李白者有全诗二函王昌龄《巴陵送李十二白》，四函贾至《初至巴陵与李十二白裴九迪同泛洞庭湖》，又《洞庭湖送李十二赴零陵》。①

自詹说与岑著之后，王昌龄《巴陵送李十二》诗中之“李十二”为李白，即成为李白研究界与王昌龄研究界的一种定论。而且，上引《李白诗文系年》中的那段文字，还曾广为研究者所引用，如陈贻焮《孟浩然事迹考辨》②、傅璇琮《王昌龄事迹考略》等，即皆为其例。虽然，陈、傅二文的重点并非在《巴陵送李十二》之“李十二”，但其于詹著所考之结论，却几乎是全盘接受。而谭优学《王昌龄行年考》，则重在“李十二”其人，故于开元二十八年内认为：

> 是年秋，在巴陵，有《巴陵送李十二》诗：“摇曳巴陵洲渚分，清江传语便风闻。山长不见秋城色，日暮蒹葭空水云。”李十二即李白。今人詹锳《李白诗文系年》以是年秋，白在巴陵，故王有是作。据敦煌写本《唐诗选》，王诗题作《巴陵别李十二》，亦通③。

其后，安旗等《李白年谱》、日本国筧久美子《李白年谱》、吕华明等《李太白年谱补正》等，也均持王昌龄此诗中之“李十二”为李白说。如安

---

① 詹锳：《李白诗文系年》，人民文学出版社 1958 年版，第 22—23 页。

② 陈贻焮：《孟浩然事迹考辨》，收入《唐诗论丛》，湖南人民出版社 1980 年版，第 1—62 页。

③ 谭优学：《王昌龄行年考》，收入《唐代诗人行年考》一书，四川人民出版社 1981 年版，第 106 页。

旗、薛天纬《李白年谱》于开元二十七年内写道："舟行巴陵，适遇王昌龄初谪岭南，二人相晤。见王昌龄《巴陵送李十二诗》，白亦当有酬诗，今不传。"①又如吕华明、程安庸、刘金平《李太白年谱补正》于开元二十七年之"补正"为："是年二月己巳，玄宗加尊号，大赦天下，左降官量移近处。王昌龄贬岭南。王有《巴陵别李十二诗》(按今本王昌龄集作《巴陵送李十二》诗，今从敦煌写本唐诗选)。李十二即太白。"②凡此种种，均是受《李白诗文系年》的影响所致。

而事实上，王昌龄此诗中的"李十二"并非李白，即王昌龄与李白于开元二十七年相晤于巴陵云云，其实是不能成立的。这是因为，王昌龄《巴陵送李十二》(或者《巴陵别李十二》)中的"李十二"，并非诗人李白，而是另外一人。对此，是诗第二句"清江传语便风闻"之"清江"，已作出了明确的回答。按，唐代的清江，乃地处长江上游，为江南道之施州的州治所在地(即今湖北恩施)。考李吉甫《元和郡县图志》卷三十《江南道·施州》有云："管县二：清江、建始。清江始，本汉南巫县地，吴沙渠县，隋开皇五年置清江县，属施州，置在清江之西，因以为名。"③施州(清江)地处长江上游，若从江夏(今湖北武汉)等地逆江而上，巴陵为必经之地，故王昌龄此诗乃有"清江传语便风闻"之句。所谓"便风"，即顺风，而正因为是顺风，故在上游的清江"传语"时，下游的巴陵即可"闻"之。其实，这是王昌龄在巴陵送别"李十二"时，对其此行溯江西上的一种关心，其所反映的是二人关系之笃密。考李白生平，其无论是开元、天宝时期，抑或长流夜郎之际，都不曾涉足施州或者清江，所以，王昌龄此诗中的"李十二"，必非李白无疑。由于《李白诗文系年》与《唐人行第录》所持此诗之"李十二"为李白之故，致使凡涉及王昌龄是诗与王、李二人之交游者，乃皆作如是认为，实则大误。

---

① 安旗、薛天纬：《李白年谱》，齐鲁书社1982年版，第50页。

② 吕华明、程安庸、刘金平：《李太白年谱补正》，中华书局2012年版，第220页。

③ 李吉甫：《元和郡县图志》卷三十，中华书局1983年版，第753页。

对于王昌龄此诗及此“李十二”，拙著《李白求是录》中编《李白作品索解》之《〈邺中赠王大〉旧说质疑——兼论是诗的作年问题》①一文，另从版本学的角度，对其进行了较翔实之考察，读者自可参读，此不具述。

① 王辉斌：《李白求是录》，江西人民出版社 2000 年版，第 101—108 页。

论杜甫的节气、节俗诗

在中国古代的传统文化中，节气与节俗既各自独立，又互为关联，并与人们的日常生活息息相关。所谓节气，主要指的是如唐人《艺文类聚·岁时部》中的“二十四节气”①，据《淮南子·天文训》等书所载，知其属于天文学的范畴；而节俗，则为“岁时”之演变所致，其虽源起于周时(或更早)②，但蔚为壮观则在秦汉之际，对此，宗懔《荆楚岁时记》已言之甚详。天文学(节气)与民俗学(节俗)，在现当代虽然属于两种各自独立的学科，但在古代却因其皆与“岁时”“物候”等相关，而成为诗人们歌咏与描写的对象。比如，“诗圣”杜甫一生之为人行事，即大多与此关系密切，因而也就有了《立春》《清明》《冬至》(节气)《腊日》《人日二首》《九日》(节俗)等诗。对杜甫的这些节气、节俗诗略作梳理与透视，既有助于对唐人“岁时”观的了解，更有助于对杜甫思想作更进一步之认识。

---

① 唐人之重“岁时”，主要是因“岁时”可“与集会”，对此，元稹《告赠皇祖妣文》一文乃有所载，可参看，不具引。

② 关于“岁时”，最早对其予以记载者，当首推《周礼·春官宗伯·占梦》：“掌其岁时，观天地之会，辨阴阳之气。”郑玄注云：“其岁时，今岁四时也。”《十三经注疏》本《周礼注疏》卷二十五，上海古籍出版社 1997 年影印本，第 807 页。

一、杜甫的节气诗

关于二十四节气的名目，在现所存见之典籍中，当首推刘安《淮南子》中的《天文训》一章，其依次为：冬至、小寒、大寒、立春、雨水、惊蛰、春分、清明、谷雨、立夏、小满、芒种、夏至、小暑、大暑、立秋、处暑、白露、秋分、寒露、霜降、立冬、小雪、大雪①。待至汉武帝刘彻太初元年（公元前 104 年），邓平、唐都、落下闳等人奉命制定《太初历》（又称《汉历》）时，首次将二十四节气纳入了历法的范畴，从而使二十四节气的天文学地位得以正式确立，对此，班固《汉书·律历志》已有专门的记载②。李唐立国后，执政者对于二十四节气亦甚为重视，这从问世于唐初的《北堂书抄》《艺文类聚》《初学记》三部类书的《岁时部》等名目中，即可准确获知。正因此，当时的诗人们对于二十四节气的述写与歌咏，也就成为了一种时尚，其中较为引人注目的诗人，乃数以百计，而杜甫则为盛唐此类诗最多的一位诗人（说详下）。杜甫的二十四节气诗（以下简称"节气诗"），不仅多与当时的形势相关联，而且还寄托着诗人的种种情愫，成为其忧国忧民思想的一种重要反映。

据仇兆鳌《杜诗详注》可知，杜甫现所存见之节气诗，共 9 题 11 首，其主要者则有《立春》《立秋两院中作》《立秋后题》《冬至》《清明二首》《清明》等，其中除《立秋两院中作》一诗外，其余则皆作于西南漂泊时期。这些节气诗，既属于杜甫流寓期间心灵历程的自我写照，又为其恋阙情结的一种具体反映，因此颇具认识价值与文学意义。如《冬至》一诗：

---

① 具体参见《诸子集成》本《淮南子》卷三，岳麓书社 1996 年版，第 43 页。

② 具体参见班固《汉书》卷二十一上《律历志上》，岳麓书社 1993 年版，第 436—450 页。

年年至日长为客，忽忽穷愁泥杀人。江上形容吾独老，天涯风俗自相亲。杖藜雪后临丹壑，鸣玉朝来散紫宸。心折此时无一寸，路迷何处是三秦①。

浦起龙《读杜心解·少陵编年诗目谱》编此诗于大历元年(公元766年)之夔州。是时，杜甫由于“年年至日长为客”的缘故，而写了这首《冬至》诗。据《淮南子·天文训》所载，古人称“冬至”为“德”日，原因是“日冬至则斗北中绳，阴气极，阳气萌”，所谓“冬至阳气起”“冬至阳气生”者，即是就此而言。由于“冬至”之后“阳气生”的岁时实况，杜甫即于夔州想到了帝阙长安之种种，诗末“心折此时无一寸，路迷何处是三秦”两句，即为其当时心情的一种真实写照。由夔州冬至而忆及长安的冬至，是杜甫恋阙情结的一种具体反映，所以，仇兆鳌笺此诗说：“身临丹壑，而意想紫宸，故有心折路迷之慨。心折则穷愁转甚，路迷则久客难归矣。”所言甚是。那么，夔州的冬至日又为什么会使杜甫联想到长安的冬至日，以至于“心折此时无一寸，路迷何处是三秦”呢？这是因为，唐廷为冬至日赋予了一项特殊的使命，即祭祀昊天上帝，对此，王溥《唐会要》乃有专载：“开元二十年，萧嵩为中书令，改撰新礼，祀天，一岁有四，冬至祀昊天上帝于园丘。”②原来冬至这一天，是李唐王朝专门设立的一个“公祭日”，杜甫如果仍如其前在长安任职拾遗的话，自然就会参加这样的“公祭”活动。明乎此，对杜甫于此诗中说“心折此时无一寸”，也就有了更进一步之理解。

而值得注意的是，杜甫于大历元年的夔州写这首《冬至》之前，还写了一首《小至》(参见仇兆鳌《杜诗详注》卷十八注此诗引“鹤注”)，而且也属七言律诗。全诗为：

---

① 杜甫：《冬至》，仇兆鳌《杜诗详注》卷二十一，中华书局1979年版，第1823页。

② 王溥：《唐会要》卷九上，中华书局1955年影印本，第164页。

> 天时人事日相催，冬至阳生春又来。刺绣五纹添弱线，吹葭六琯动飞灰。岸容待腊将舒柳，山意冲寒欲放梅。云物不殊乡国异，教儿且复掌中杯①。

小至，又称“小冬日”(浦起龙《读杜心解》卷四之二)，注家黄鹤、朱鹤龄等认为即冬至的前一天。唐人之所以重视小至，是因为这一天为“视朝”日。仇兆鳌《杜诗详注》卷十八注“小至”引黄鹤注云：“《唐会要》云：开元八年，中书门下奏《开元新格》，冬至日祀园丘，遂用小至日视朝。相传小至是冬至前一日。”其中“视朝”一词，语出《礼记·曾子问》：“孔子曰：诸侯适天子，必告于祖，奠于祢，冕而出视朝。”郑玄注云：“听国事也。”②此之所言，意谓临朝听政。因冬至日要“祀昊天上帝于园丘”，文武百官不能上朝听政，故乃以“小至”日替代之。但也有人认为“小至”非冬至前一天，如王嗣奭《杜臆》卷八、浦起龙《读杜心解》卷四等。浦起龙《读杜心解》并认为：“玩诗意，当指至后一日，更以卷后《小寒食》诗证之，益信。”③但无论是“前一日”或者“后一日”，均为代冬至日临时上朝听政则可肯定。以诗中“冬至阳生春又来”句审视，似黄鹤的“相传小至是冬至前一日”说当误。即是说，因冬至日的到来，杜甫才于第二天的《小至》中有了“冬至阳生春又来”的诗句，这与李白在江陵于先一天写《九日龙山饮》、第二天写《九月十日即事》，乃为同一创作实况④。正因此，《小至》诗中所写杜甫当日之心情，即

---

① 杜甫：《小至》，仇兆鳌《杜诗详注》卷十八，中华书局1979年版，第1567页。

② 郑玄注、孔颖疏：《礼记正义》卷十八，《十三经注疏》本，上海古籍出版社1997年影印本，第1389页。

③ 浦起龙：《读杜心解》卷四之二，中华书局1961年版，第662页。

④ 关于李白写作此二诗之况，可具体参见拙著《李白研究新探》中编《李白作品索解》之《李白诗中之“龙山”考》《再谈李白〈九日龙山饮〉》二文，第217—235页，该书由黄山书社2013年出版。

明显地好于《冬至》一诗，这从此诗前六句全写“冬至景事”(仇兆鳌笺释语)者，即略可获知。

据《淮南子·天文训》载云：“冬至四十六日而立春，阳气冻解，音比南吕。”而《唐会要》卷十上“亲迎气”则载云：“开元二十五年十月一日，制自今已后，每年立春之日，朕当帅公卿，新迎春于东郊。”①以诏令的形式，将“新迎春于东郊”作为一种常制而执行，充分显示了立春日的重要性。正因此，于“冬至四十六日”后的立春这一天，杜甫在夔州又写了一首《立春》诗，其云：

> 春日春盘细生菜，忽忆两京全盛时。盘出高门行白玉，菜传纤手送青丝。巫峡寒江那对眼，杜陵远客不胜悲。此身未知归定处，呼儿觅纸一题诗②。

朱鹤龄系此诗于大历二年(公元767年)③，其时令与上二诗正相接。时在夔州的杜甫，因立春日的到来，而联想到“两京全盛时”的长安立春日，并将二者进行了对比，将欲还长安而不能的那种“不胜悲”情，和盘托出。据王嗣奭《杜臆》所言，在此诗之“不胜悲”中，还包含着诗人对京洛萧条的一腔惋惜之情。其云：“此诗只是一个悲，人但知其悲身世之飘泊，而不知其悲两京之萧条也。”并说：“开元、天宝间，两京全盛，俗尚华侈，于立春日，其大家将青丝细菜，出自纤手，盛以玉盘，互相馈送，此眼中所亲见者。至今日而巫峡寒江，何故对眼！盖巫峡所以入眼，正因安、史陷两京，避乱奔走，以至巫峡。忽逢立春，独

---

① 王溥：《唐会要》卷十上，中华书局1955年影印本，第211页。

② 杜甫：《立春》，仇兆鳌《杜诗详注》卷十八，中华书局1979年版，第1597页。

③ 据仇兆鳌《杜诗详注》卷十八注《立春》诗之所引，知朱鹤龄认为此诗为杜甫作于大历二年之夔州，但河北大学出版社2009年版朱鹤龄《杜工部诗集辑注》卷十六于《立春》之注，却并未系年，而是仅有“大历中，公居夔州作”之载，似仇氏所见之朱鹤龄“辑注”本，当另为一种。本文此处仍从仇注引朱注之说，特此说明。

与寒江相对，则两京失其盛而身亦失其居；只以‘那’字该之，何等笔力。”①而此，即为杜甫于立春日写这首《立春》诗的意蕴所在。

由立春经雨水、惊蛰、春分，“加十五日指乙则清明风至，音比仲吕”(《淮南子·天文训》)，也即为清明日。据宗懔《荆楚岁时记》所载，“去冬节一百五日……谓之寒食”，“又二日则为清明”。开元二十四年二月十一日，唐玄宗曾下诏令“寒食清明，四日为假”(《唐会要》卷八十二)，这一诏令表明，清明属于唐朝的一种法定假日。而杜甫即因这法定假日，连写了三首《清明》诗，其中《清明二首》其一为：

> 此身飘泊苦西东，右臂偏枯半耳聋。寂寞系舟双下泪，悠悠伏枕左书空。十年蹴踘将雏远，万里秋千习俗同。旅雁上云归紫塞，家人钻火用青枫。秦城楼阁烟花里，汉主山河锦绣中。春水春来洞庭阔，白蘋愁杀白头翁②。

仇兆鳌《杜诗详注》卷二十二引黄鹤之注，系此诗于大历四年(公元769年)的长沙。并认为，此诗之所写，“先慨飘流之迹，后叹清明景事”，“系舟，承飘泊。左书空，应右臂枯。将雏远，远在楚中。习俗同，同于长安。紫塞雁，仍经长安。青枫火，又指楚中。秦城、汉主，思长安而不见也。洞庭，白蘋，叹楚中之淹滞也”③。杜甫当时漂泊潭州，又因染疾在身，所以在清明日到来之际，便很自然地想起了长安，想起了在长安过“清明节”的美好时光，但欲北返也非易事，故诗即以“春水春来洞庭阔，白蘋愁杀白头翁”作结。杜甫斯时之心境，于此可见一斑。或以为此诗为赝作者，实属不确之论④。

---

① 王嗣奭：《杜臆》卷七，上海古籍出版社1982年版，第229页。

② 杜甫：《清明二首》其二，仇兆鳌《杜诗详注》卷二十二，中华书局1979年版，第1970页。

③ 仇兆鳌：《杜诗详注》卷二十二，中华书局1979年版，第1971页。

④ 具体参见施鸿保《读杜诗说》卷二十二，中华书局1962年版，第219页。

二、杜甫的节俗诗

杜甫的节俗诗，仇兆鳌《杜诗详注》共载有21题27首①，为其节气诗的一倍有余，这一实况表明，杜甫对于当时的民俗之节，乃是相当注重的。所谓“节俗”，主要是指源起于民间的一些岁时活动，如祭祀、辟邪、礼拜、农事庆典等，后因约定俗成而演变成了一个个节日。宗懔《荆楚岁时记》一书，共记载了古代荆楚地区的近30个节俗之日，其主要者有：过腊、小岁、元日、人日、正月十五日、正月末日、晦日、社日、寒食、三月三、五月五日、伏日、七月七日、七月十五日、八月十四日、九月九日、朔日、十月一日、腊日、岁暮。此外，还有与二十四节气相关联的立春日、春分日、夏至日等。合勘《艺文类聚》《北堂书钞》《初学记》之《岁时部》等的记载，知唐人所遵循的一些民间节俗，实际上与《荆楚岁时记》所载大体一致(只有少许名目相异，如“九月九日”作“九日”等)，这一实况所反映的是，唐代的民间节俗，主要是对前朝之沿袭。而杜甫集中的近30首节俗诗，则又可对这种沿袭予以佐证。虽然如此，杜甫节俗诗的认识价值却并不在此，而在于对诗人生活窘况、心灵历程、爱国情怀等方面的如实记载。

据浦起龙《读杜心解·少陵编年诗目谱》，杜甫的27首节俗诗，除《九日曲江》《九日寄岑参》等少许作品外，其余乃皆写于漂泊西南之际，这与其节气诗的作年、作地是甚为一致的。在这些节俗诗中，最值得注意的是写于重阳节的“九日诗”，共9题13首，其依序为：《九日曲江》《九日寄岑参》《九日杨奉先会白水崔明府》《九日蓝田崔氏庄》《九日登

① 仇兆鳌：《杜诗详注》卷二十二有《太岁日》一首，太岁日为正月初三，亦为节俗之属，但此乃始于唐人(参见《杜诗详注》卷二十二对此诗之题解)，故此处未将其列入，特此说明。

梓州城》《九日奉寄严大夫》《九日》《九日诸人集于林》《九日五首》。杜甫为何如此喜欢写“九日诗”？这是因为，古人认为，九日作为一种节俗(重阳)，具有两个方面的功能，其一是折茱萸以避邪，其二为登高而望远。宗懔《荆楚岁时记》第31条对此有载，云：

> 九月九日，四民并籍野饮宴。按：杜公瞻云：“九月九日宴会，未知起于何代。然自汉至宋未改。今北人亦重此节。佩茱萸，食饵，饮菊花酒，云令人长寿。近代皆宴设于台榭。”又，《续齐谐记》云：“汝南桓景随费长房游学。长房谓之曰：‘九月九日，汝南当有大灾厄，急令家人缝囊盛茱萸系臂上，登山饮菊花酒，此祸可消。’景如言，举家登山……”今世人九日登高饮酒，盖始于此①。

这种登高饮酒以避邪的习俗，随着时间的推移，又被后人赋予了一种望远思乡、思亲的情怀，如王维《九月九日忆山东兄弟》一诗，即属如此：“独在异乡为异客，每逢佳节倍思亲。遥知兄弟登高处，遍插茱萸少一人。”其中的“每逢佳节倍思亲”七字，由于更能唤起游子对家乡、对亲人的忆念，以及对前人“九日登高饮酒”的遐想，因而成为千古名句。

杜甫的13首“九日诗”，则又别具特点。其不仅于对家乡、对亲人的忆念更加深化、细化，而且还大多与家、国的命运紧密关联，如其写于广德元年(公元763年)梓州的《九日》一诗，即为其例。诗云：

> 去年登高郪县北，今日重在涪江滨。苦遇白发不相放，羞见黄花无数新。世乱郁郁久为客，路难悠悠常傍人。酒栏却忆十年事，肠断骊山清路尘②。

---

① 谭麟：《荆楚岁时记译注》，湖北人民出版社1985年版，第122页。

② 杜甫：《九日》，仇兆鳌《杜诗详注》卷十二，中华书局1979年版，第1034页。

诗中的“去年”“今日”，表明杜甫自华州弃官经秦州入蜀后，年年的“九月九日”都在登高北望，但由于“世乱”“路难”等原因，而使之“肠断骊山清路尘”。应注意的是，“肠断骊山”在此诗中，所代表的是杜甫于安史之乱时期的一种家国情怀，因为一则“骊山”为长安即李唐王朝的代名词，另则长安近郊的杜陵为其祖籍所在地，而此，皆为诗人的“肠断”之所在。又组诗《九日五首》，也为杜甫“九日诗”的代表作。此组诗虽名曰“五首”，实际上只有四首，阙第五首(或有以《登高》补之)，且是五律、五排、七律互为，为便于认识，兹抄录其中的第一首、第四首如次：

重阳独酌杯中酒，抱病起登江上台。竹叶于人既无份，菊花从此不须开。殊方日落玄猿哭，旧国霜前白雁来。弟妹萧条各何在，干戈衰谢两相催。(其一)

故里樊川菊，登高素浐源。他时一笑后，今日几人存。巫峡蟠江路，终南对国门。系舟身万里，伏枕泪双痕。为客裁为帽，从儿具绿樽。佳辰对群盗，悉绝更堪论。(其四)①

黄鹤等人据第一首“干戈”句、第四首“群盗”句，认为《九日五首》写于大历二年秋九月的夔州，甚是。斯时，“吐蕃寇邠州，京师戒严”，故诗乃有“干戈衰谢两相催”“佳辰对群盗”云云②，仅此，即可见出杜甫于重九日登高忧国伤时的情怀之一斑。而第一首的“弟妹萧条各何在”句、第四首的“故里樊川菊”句之所写，则是对王维“每逢佳节倍思亲”

① 杜甫：《九日五首》其一、其四，仇兆鳌：《杜诗详注》卷二十二，中华书局1979年版，第1764—1765页。

② 具体参见仇兆鳌《杜诗详注》卷二十笺注此组诗所引“鹤注”“顾注”，中华书局1979年版，第1764页。

的一种深化与细化，因为杜甫当时之所思所念，既有属于“亲”人关系的“弟妹”，又有“故里樊川”的一些友朋。正因此，杜甫于“九月九日”之忧国与思亲，很好地在这两首诗中得以反映。若就《九日五首》这一组诗而言，其之忧国与思亲情怀，则更为强烈①。此则表明，杜甫《九日五首》与王维的《九月九日忆山东兄弟》，虽均写于九月重阳日之际，但二者的思乡、思亲情怀，却是大有区别的。

杜甫的其他节俗诗，如“寒食诗”“人日诗”等，也都各有优长，以“元日诗”为例，其《元日寄韦氏妹》《元日示宗武》二首，即颇具特点。元日，即正月的第一天，也即新年的开始。上引《荆楚岁时记》第一条云：“正月一日，是三元之日也。”所谓“三元之日”，是指岁之元，时之元，月之元，也即年、季、月之始。俗称大年初一。而且，唐代的元日，还被赋予了一项具有政治性色彩的使命，即自天宝六载始，“诸道应贺正使，并取元日，随京官吏，序立便见”(参见《杜诗详注》卷四引《唐会要》)。杜甫的这两首“元日诗”，据浦起龙《读杜心解·少陵编年诗目谱》，知其一写于至德二载(公元757年)，一写于大历三年(公元768年)。前者云：

> 近闻韦氏妹，迎在汉钟离。郎伯殊方镇，京华旧国移。秦城回北斗，郢树发南枝。不见朝正使，啼痕满面垂②。

杜甫在“正月一日”寄此诗于“韦氏妹”，表明了“韦氏妹”在其心中是占有相当重要的地位的。虽然如此，由于“京华旧国移”的原因，杜甫只

---

① 《九日五首》所阙一首，赵次公“杜诗解”以《登高》一首“足之”，施鸿保《读杜诗说》认为“足之”乃可，但其与原四首则非“一时之作”，此处之所言，即包含《登高》一诗在内，特说明之。

② 杜甫：《元日寄韦氏妹》，仇兆鳌《杜诗详注》卷四，中华书局1979年版，第319页。

得随唐肃宗等人暂居灵武(今为宁夏银川所辖)，是时，因两京尚为安史乱军所占，其既不能与家人团聚，又难觅“朝正使”的身影，故于诗末乃有“啼痕满面垂”之谓。针对此诗之所写，仇兆鳌笺曰：“此公在乱而思妹也。钟离无恙，京国已非，有世事沧桑之感。秦城，公所居。郢树，妹所在。斗回枝发，此元日春景。朝使路梗，伤音信莫通也。郎伯作镇，盖仕于钟离，故慨朝正使而并及之。”所言甚是。又《元日示宗武》云：

汝啼吾手战，吾笑汝身长。处处逢正日，迢迢滞远方。飘零还柏酒，衰病只藜床。训谕青衿子，名惭白首郎。赋诗犹落笔，献寿更称觞。不见江东弟，高歌泪数行①。

大历三年的“正月一日”，时在孤城夔州的杜甫，既“迢迢滞远方”“衰病只藜床”，又“笑”宗武日渐“身长”，因之，于“逢正日”之际，乃写了这首被仇兆赘称之为“悲喜并言”的“元日诗”。但从诗中不难看出，杜甫虽然将此诗之题作《元日示宗武》，且是“吾笑汝身长”，但杜甫当时之心情，却主要是由“迢迢滞远方”五字所凸显，对此，诗中的“手战”“飘零”“衰病”等语词，又可为之佐证。由于安史之乱的缘故，杜甫长时间地漂泊西南，并先后滞留秦州、成都、夔州等地，而使得兄弟东西相隔，音信杳无，故其在“元月一日”写此诗时，即乃“高歌泪数行”。虽然是“元日”“高歌”，但“泪数行”三字，却将杜甫当时的悲苦心境和盘托出。故而，诗中之“还柏酒”“赋诗犹落笔”云云，其实为杜甫暂时的一种自我调节与慰藉。

① 杜甫：《元日示宗武》，仇兆鳌《杜诗详注》卷二十一，中华书局1979年版，第1849页。

三、不同凡响的意旨

根据以上之所述所论可知，杜甫现所存见的节气、节俗诗（以下二者合论时称"二节诗"），共有整 30 题 38 首，在数以百计的盛唐诗人中，能创作如此之多的"二节诗"者，杜甫实乃为第一人（说详下）。杜甫之所以能写出这么多的"二节诗"，究其原因，主要有二：一是令人揪心的时局。史载，乾元二年（公元 759 年）三月，九节度使因大旱饥馑，兵溃相州，杜甫旋即弃官华州（郭沫若《李杜年表》），未久，便带着家人背井离乡，漂泊西南，欲与弟妹团聚又不能，只得于节气、节俗之际，以诗寄托哀思。二是强烈的恋阙情结。杜甫在漂泊西南期间，生活虽然时好时坏，但其"每依北斗望京华"之心则不变，而计划中的"便下襄阳向洛阳"却又始终难以成行，在这种情况下，借节气、节俗诗以强作解颐，即成为其最好的一种心灵解脱方式。正是由于这两个方面的原因，杜甫才在异地他乡的节气、节俗期间，写出了一首又一首既具有思乡、思亲情愫，又充溢着家国情怀的"二节诗"。

在杜甫现存的约 1500 首诗中，"二节诗"实际上是一种特殊的类别诗，因为其所咏写的对象，是每年都存在的节气与节俗。而因时局的变化与诗人经历的不同，这类诗又往往会被打上时代的烙印，成为作者生活方式与思想嬗变的一种见证，这在古人是如此，于唐人亦然。正因此，杜甫的 38 首"二节诗"，从总的方面讲，是既具有明显的传统性（如登高、思亲），又兼有鲜明的写实特点（如某节俗）与当代意识（如家国情怀）的。所以，当时人与后人在品读杜甫的这些"二节诗"时，无不从中感受到作者蕴含其中的那种深深的思亲情愫与家国情怀。即便是一些具有喜庆特点的节俗诗，也无不如此。如《人日二首》其二，即为其例："此日此时人共得，一谈一笑俗相看。樽前柏叶休随酒，胜里金花巧耐寒。佩剑冲星聊暂拔，匣琴流水自须弹。早春重引江湖兴，直道无忧行路难。”仇兆鳌笺释此诗时认为：“当人日而思出峡也。”(《杜诗详注》卷二十一) 杜甫在人日(正月七日)这一“此日此时人共得”的喜庆节俗里，之所以会“思出峡也”，思亲情愫与家国情怀，乃为其最重要的动因所在。此则表明，即使是一首看似平常的节气诗或者节俗诗，其所表现出来的意旨，也自有其不同凡响之特点。而蕴含于杜甫“二节诗”中的这种思亲情愫与家国情怀，即构成了其意旨最本质的内核所在。

从节气、节俗的角度进行诗歌创作，唐代诗人多所为之。以盛唐诗人为例，如崔颢、崔国辅、孟浩然、张子容、王维、王缙、王昌龄、李白、高适、岑参、李颀、丘为、卢象等人，其集中即皆有数量不等的节气诗与节俗诗。一般而言，这些诗人大多经历过安史战乱，或者受到过战乱某些方面的影响，或者遭遇着某种政治上的不幸，但其诗之意旨所反映的，却主要为诗人的自身感受。为便于认识，兹举崔国辅的“九日诗”略作例说。《全唐诗·崔国辅集》共收录了两首“九日诗”，即《九日侍宴应制》与《九日》，前者写于天宝十载前任集贤直学士期间，后者则为天宝十四载所作。诗云：“江边枫落菊花黄，少长登高一望乡。九日陶家虽载酒，三年楚客已沾裳。”据陆羽《陆文学自传》(《文苑英华》卷七九三)、《旧唐书·玄宗纪下》《新唐书·艺文志四》《唐才子传·崔国辅》之所载，可知崔国辅在天宝十一载夏因“坐王鉷近亲”，而贬竟陵(今湖北天门)司马，三年后的天宝十四载秋，自竟陵还吴郡①。诗中的“三年楚客已沾裳”所指，即为崔国辅贬竟陵司马三年之事。但将此诗与上引杜甫诸“九日诗”相较，可知其与杜诗中的家国情怀，乃是相去甚远的。又如王昌龄《九日登高》一诗：

① 以上所言，具体参见拙著《唐代诗人探赜》第五章第一节，贵州人民出版社2005年版，第213—224页。

青山远近带皇州，霁景重阳上北楼。雨歇亭皋仙菊润，霜飞天苑御梨秋。茱萸插鬓花宜寿，翡翠横钗舞作愁。谩说陶潜篱下醉，何曾得见此风流①。

全诗所写，所表现的虽然为重九登高而饮，但重点却是对“陶潜篱下醉”的向往，故其既无家国情怀可言，亦乏思乡、思亲之述写，有的只是对“风流”的雅慕，而其所反映的，是作者的一种消极的人生态度。由是而观，王昌龄的这首“九日诗”，显然也是难以与上举杜甫《九日五首》等并论的。再如高适的《人日寄杜二拾遗》：

人日题诗寄草堂，遥怜故人思故乡。柳条弄色不忍见，梅花满枝空断肠。身在南蕃无所预，心怀百忧复千虑。今年人日空相忆，明年人日知何处。一卧东山三十春，岂知书剑老风尘。龙钟还忝二千石，愧尔东西南北人②。

全诗由两部分组成，前者是对杜甫漂泊西南的“遥怜”，后者则述己之“身在南蕃无所预”，即不能回长安为官，唯有最后一句又于杜甫有所关涉：“有愧于尔之栖栖遑遑志在君国也。”③尽管如此，但较之上述杜甫的诸“二节”诗，其于意旨方面已是隔了许多。

总体而言，杜甫集中的近40首节气、节俗诗，是其漂泊西南时所获取的一份独特的文学产物。其虽发端于具有民俗学特质的节气、节俗，但由于主客观(主观指杜甫的恋阙情结，客观指时局风云)双方面

---

① 王昌龄：《九日登高》，《全唐诗》卷一四二，中华书局1966年版，第1440页。

② 高适：《人日寄杜二拾遗》，孙钦善《高适集校注·诗》，上海古籍出版社1981年版，第264页。

③ 刘开扬：《高适诗集编年笺注》，中华书局1981年版，第319页。

的原因，而使得其极具思乡、思亲情愫与忧国伤时的家国情怀。而此，即成为杜甫这类诗有别于他人同类之作的一个重要的关键点。而存在于唐代的一些民间习俗与节令，即因这些诗的流传而得以广泛传播。

论张祜的题咏诗

在唐代诗人中，一生以浪游为乐事，并以布衣终身的张祜，是中晚唐交替之际最著名的一位诗家射雕手。但与其同时期的诗人如元稹、白居易、杜牧、许浑、李群玉、李涉等人相比，学术界对于张祜其人其诗的研究，却是很难与其声誉、诗名相符合的。辛文房《唐才子传·张祜》云："祜能以处士自终其身，声华不藉钟鼎，而高视当代，至今称之。"①徐献忠《唐诗品》评张祜诗谓："处士诗长于模写，不离本色，故览物品游，往往超绝，所谓五言之匠也。其宫体小诗，声唱流美，颇谐和音调。"②而王士禛《带经堂诗话》卷二十八则云："唐张祜，长庆、宝历间诗人之翘楚。"③凡此种种，均是张祜文学成就与人格魅力的最好见证。作为诗人，张祜现存诗歌 516 首（以《张祜集校注》统计，含"集外诗"），其数量之多，为这一时期诗人所少有。从类别言，张祜诗歌题材广泛，内容丰富，举凡投寄、送别、赠答、酬唱、游宴、登览、纪游、闺情、怀古、咏史，以及乐府、奉和等，几乎无所不包含。但张祜诗写得最多也是最好的，却是很少为研究者所关注的题咏诗，即使如《唐诗分类研究》这样专门研究唐代类别诗的著作，也无只字言及其人

---

① 辛文房：《唐才子传》卷六，中州古籍出版社 1987 年版，第 281 页。

② 徐献忠：《唐诗品》，《张祜集校注》附录一《张祜研究资料》，巴蜀书社 2007 年版，第 588 页。

③ 王士禛：《带经堂诗话》卷二十八（下册），人民文学出版社 1998 年版，第 817 页。

其诗。而实际上，张祜的题咏诗，不仅是晚唐最优秀的类别诗之一，而且在唐诗史上也有着较重要的地位。

一、张祜与唐代的题咏诗

所谓“题咏诗”，是指诗人将其所创作之诗，根据不同的吟咏对象，题写在不同的建筑物或者其他物品上的一类诗歌。一般而言，这类诗歌大多是诗人即兴的产物，即诗人的创作与题写大多是在同一时间内完成的，正因此，其诗题的开首大多冠有一个“题”字，如崔国辅《题豫章馆》、刘长卿《题虎丘寺》、张祜《题酸枣驿前碑》等，即皆为其例。唐代的题咏诗，肇始于何人，现已不可确考，但其兴盛于李白、杜甫生活的唐玄宗时期，则是大致可以论断的。这是因为，据王琦辑注本《李太白全集》可知，“诗仙”李白现存的题咏诗为 15 首，而浦起龙《读杜心解》则著录了“诗圣”杜甫的 21 首题咏诗（含 4 首“戏题”诗，下同）。此外，在这一时期参与创作题咏诗的诗人，还有苏颋（1 首）、张九龄（1 首）、孟浩然（7 首）、綦毋潜（5 首）、崔国辅（1 首）、王昌龄（2 首）、崔颢（2 首）、常建（2 首）、王维（3 首）、祖咏（2 首）、高适（2 首）、岑参（12 首）、李颀（8 首）、储光羲（9 首）、张谓（1 首）、韦应物（2 首）、刘长卿（11 首）、李嘉祐（5 首）等①。包括李白、杜甫在内，共 20 位诗人 110 首诗。这一具体数据，所代表的是盛唐时期诗人们对题咏诗的创作之况。换言之，盛唐诗人对题咏诗的创作，通过这 20 位诗人的 110 首

① 以上所统计诸人题咏诗之数，除李白与杜甫题咏诗数的出处署明外，其余依次出自《全唐诗·苏颋集》、《四库全书》本《曲江集》、《四部丛刊》本《孟浩然诗集》《全唐诗·綦毋潜集》《全唐诗·崔国辅集》、李云逸《王昌龄诗注》《全唐诗·崔颢集》、《四库全书》本《常建诗》、赵殿成《王右丞集笺注》《全唐诗·祖咏集》、孙钦善《高适集校注》《全唐诗·岑参集》《全唐诗·李颀集》《全唐诗·储光羲集》《全唐诗·张谓集》《全唐诗·韦应物集》、储仲君《刘长卿集编年笺注》《全唐诗·李嘉祐集》，共 20 人，特此说明。

诗之具体数据，已得到了最大程度之凸显。

而在与张九龄同时或之前的20位初唐诗人中，曾创作过题咏诗的诗人，却是寥寥无几。这20位诗人，分别是张说、李邕、徐彦伯、刘希夷、乔知之、陈子昂、骆宾王、卢照邻、王勃、苏味道、李峤、杜审言、沈佺期、宋之问、杨炯、李义府、虞世南、许敬宗、上官仪、王绩，其诗集中有题咏诗者，仅为王绩(2首)、宋之问(3首)、徐彦伯(2首)、陈子昂(4首)①，凡4人10首诗。这10首题咏诗具体为：《题黄颊山壁》《题酒店壁》(王绩)、《题张老松树》《题鉴上人房二首》(宋之问)、《题东山子李适碑阴二首》(徐彦伯)、《题祀山烽树赠乔十二侍御》《题居延古城赠乔十二》《题田洗马游岩桔槔》(陈子昂)。其中，宋之问的《题鉴上人房二首》，在唐代题咏诗"史"的王国里，开时人与后人连章体之先河，故颇值得注意。

唐诗史上的中唐，是一个较初唐与盛唐诗人更多的诗歌时代，为了把握与认识这一时期诗人对题咏诗的创作实况，我们以"元和五诗人"为例，对其略作透视。这5位诗人，即刘禹锡、韩愈、柳宗元、元稹、白居易。以这5人的题咏诗之量，用以考察中唐诗人对题咏诗的创作之况，虽然不够准确，但也并无大碍，原因是这5人及其诗作，历来被文学史家目之为中唐诗坛的代表。5人现存题咏诗的具体数量为：刘禹锡5首(《全唐诗·刘禹锡集》)、韩愈10首(《全唐诗·韩愈集》)、柳宗元3首(中华书局版《柳宗元集》)、元稹4首(《全唐诗·元稹集》)、白居易73首(中华书局版《白居易集》)。共计95首。

以上，是以"四唐"说为时限，分别对张祜以前的初唐、盛唐、中唐三个时期具有代表性的45位诗人的题咏诗，所进行的首次检索与统计之所获。从这一检索结果中，我们可以获得如下一些信息：(1)就现有资料看，有"斗酒学士"之称的初唐诗人王绩，是唐代第一位进行题

① 以上对王绩等4人题咏诗的统计，除王绩诗据韩理洲《五卷本汇校王无功文集》外，其余均据《全唐诗》；又，对张说等16人题咏诗的检索，所据亦为《全唐诗》，特此说明。

咏诗创作的诗人，而其《题黄颏山壁》一诗，则为唐代的第一首题咏诗；(2)从发展史的角度言，在唐玄宗执政的开元、天宝时期(即所谓"盛唐")，毫无疑问为唐代题咏诗的繁荣期；(3)陈子昂、杜甫、白居易三人，以各自的创作之量，而分别成为初盛唐、中唐三个时期题咏诗的代表诗人；(4)在张祜之前的唐代诗人中，白居易是创作题咏诗最多的一位诗人。综合这四个方面的信息，我们对张祜以前唐代题咏诗的创作概貌，有了基本的认识与把握。

诗论家们一般认为，"晚唐六家"是最能代表晚唐诗歌成就的，这6位诗人即杜牧、温庭筠、李商隐、陆龟蒙、皮日休、韦庄。检索与统计这6人的诗集后可知，其现存题咏诗的情况分别为：杜牧32首、温庭筠27首、李商隐12首、陆龟蒙2首、皮日休6首、韦庄12首①。而未被诗论家列入"晚唐六家"的诗人张祜，其一生所创作的题咏诗，据尹占华《张祜诗集校注》可知，乃有82首之多。张祜集中的这一题咏诗数量，不仅可与杜牧等"晚唐六家"题咏诗的总数基本持平，而且还较数量居初、盛、中三唐之冠的白居易(73首)多出了9首。由是而观，张祜为唐代大量创作题咏诗的第一人，乃殆无疑义。

二、张祜题咏诗的概貌

综张祜一生，虽以布衣终生，但其足迹却遍布大江南北，并与数以百计的各色人等交游，且尤喜与僧侣往来，而此，即构成了他雅好题咏诗创作的一个重要条件。从总的方面讲，张祜的题咏诗，不仅数量多，而且内容丰富多彩，形式多种多样，极具个性与风采。若从题咏的对象以言，张祜的题咏诗则大致可分为五类，下面分述之。

---

① 对"晚唐六家"题咏诗的统计，所依诗集分别为中华书局版《杜牧集系年校注》、中华书局版《温庭筠全集校注》、叶葱奇《李商隐诗集疏注》《全唐诗·陆龟蒙集》《全唐诗·皮日休集》、李谊《韦庄集校注》，特此说明。

其一为寺院禅林类。此为张祜题咏诗之大端。张祜集中的这类题咏诗，共41首，正好占其总数的一半。其具体为：《题僧壁》《题赠仲仪上人院》《题造微禅师院》《题万道人禅房》《题赠志凝上人》《题润州金山寺》《题润州甘露寺》《题杭州孤山寺》《题余姚龙泉寺》《题径山大觉禅师影堂》《题濠州钟离寺》《题杭州天竺寺》《题杭州灵隐寺》《题苏州灵岩寺》《题苏州楞伽寺》《题苏州思益寺》《题重居寺》《题善权寺》《题南陵隐静寺》《题丘山寺》《题道光上人山院》《题惠山寺》《题虎丘寺》《题普贤寺》《题虎丘东寺》《题苏州虎丘西寺》《题招隐寺》《题惠昌上人院》《题秀师影堂》《题灵彻上人旧房》《题青龙寺》《题润州鹤林寺》《题胜上人山居》《题峰顶寺》《题惟真上人影堂》《题赠盐官池安禅师》《题扬州法云寺双桧》《题重悬寺阁八韵》《题徐州流沟寺》《题灵岩寺》《题天竺寺》。数量之多，在唐代诗人中几无可比，即使是有"诗佛"之称的王维，也是难以与之媲美的①。这类题咏诗，既是张祜"南穷海徼北天涯"②行迹的见证，又是研究其结缘佛道、交游僧侣的最直接材料(张祜集中与佛教相关的诗还有很多)。葛立方《韵语阳秋》卷四云："张祜喜游山而多苦吟，凡历僧寺，往往题咏。……如杭之灵隐、天竺，苏之灵岩、楞伽，常之惠山善卷(当为"善权"，因张祜集中有《题善权寺》而无《题善卷寺》——笔者注)，润之甘露招隐，皆有佳作。李涉在岳阳尝赠其诗曰：'岳阳西南湖上寺，水阁松房遍文字。新订张生一首诗，自馀吟著皆无味。'信知僧房佛寺赖其诗以标榜者多矣。"③所言正道出了张祜与此类题咏诗之关系。还值得注意的是，张祜的这类题咏诗，往往具有较强的

---

①　王辉斌：《论王维的佛教诗》，《王维新考论》第五章第二节，黄山书社2008年版，第231—243页。

②　张祜：《所居即事六首》其五，《张祜集校注》卷七，巴蜀书社2007年版，第324页。

③　葛立方：《韵语阳秋》卷四，《历代诗话》本，中华书局1981年版，第516页。

佛理色彩。如《题赠志凝上人》①一诗：

悟色身无染，观空事不生。道心长日笑，觉路几年行。片月山林静，孤云海棹轻。愿为尘外契，一就智珠明。

这首诗的佛学核心是“色”与“空”，其乃属于佛教般若性空理论中的“色空观”，诗人以此来“题赠”志凝上人者，实际上是对其“悟色”而“身无染”，“观空”而“事不生”的称颂。综而言之，全诗八句，前六句重在赞美志凝上人的佛学修养，最后两句则为张祜“题赠”的目的所在，即希望与志凝上人“一就智珠明”，其意即欲加入佛教的行列，与志凝上人一同礼佛事佛。张祜之所以“愿为尘外契，一就智珠明”者，虽然与佛家“片月山林静，孤云海棹轻”的生活环境相关，但更重要的应是由于求仕无门，对此，其于《题青龙寺》一诗已略有所言：“二十年沉沧海间，一游京国也因闲。人人尽到求名处，独向青龙寺看山。”因功名无着，而转向佛禅世界，这正是构成晚唐诗人较普遍崇佛的一个重要因素，而张祜即其中之一者。所以，张祜在《石头城寺》一诗中说：“徒悲宦游意，尽日老僧房。”在“宦游”“徒悲”的情况下，于“尽日老僧房”中讨生活，这与其说是作者的一种选择，毋宁说是作者的一种无奈，而一个“老”字，即道出了这种无奈中的些许玄机。

其二为楼台亭阁类。这类题咏诗共有21首，在数量上仅次于上一类诗。其中，最具有代表性者，有《题上饶亭》《题樟亭》《题丹阳永泰寺练湖亭》《题平望驿》《题润州李尚书北固新楼》《题河阳新鼓角楼》《题彭泽卢明府新楼》《题江陵崔兵曹林亭》《题泗州刘中丞郡中新楼》《题海盐南馆》《题干越亭》《题临平驿亭》等。这类题咏诗最大的特点，就是除了纪诗人之游外，更具山水诗的审美特质。请看《题上饶亭》一诗：

① 《张祜集校注》卷一此诗题作《赠志凝上人》，宋蜀刻本《张承吉文集》卷一、《全唐诗》卷五一〇均作《题赠志凝上人》，本文从后者。

溪亭拂一琴，促轸坐披衿。夜月水南寺，秋风城外砧。早霜红叶静，新雨碧潭深。唯是壶中物，忧来且自斟。

大约在大和九年(公元 835 年)前后，张祜从岭南归来东游吴越时，曾于上饶小作停留，先后写下了《江西道中作三首》《信州水亭》《旅次上饶溪》等诗，这首《题上饶亭》诗即为当时所作。诗中二、三两联，采用白描的手法，将上饶深秋的夜月、早霜的红叶，以及雨后的碧潭，描绘得如同一幅色彩明丽的丹青，给人以无限美感。又如《题越干亭》：

扁舟亭下驻烟波，十五年游重此过。洲觜露沙人渡浅，树梢藏竹鸟啼多。山衔落阳欹红盖，水蹙斜纹卷绿波。肠断中秋正圆月，夜来谁唱异乡歌。

据乐史《太平寰宇记》卷一〇七，越干亭在饶州(即今江西鄱阳)，因亭所在之地为“大越故界”，故多为唐诗人所吟咏，如施肩吾《宿越干亭》、罗隐《越干亭》二诗，即为其例。这首《题越干亭》，以夕阳西下为画面背景，将秋高气爽下的越干亭四周景象，用 28 字进行了形象而生动的描绘：“洲觜露沙人渡浅，树梢藏竹鸟啼多。山衔落阳欹红盖，水蹙斜纹卷绿波。”既牢笼百态，又个性突出，颇可称道。类此者，张祜集中尚有《题海陵监李端公后亭十韵》《题宿州城西宋征君林亭》《题岳州徐员外云梦新亭十韵》等。而《题池州杜员外弄水新亭》一诗，则尤值注意：

广厦光奇辈，恢材卓不群。夏天平岸水，春雨近山云。蜿衍榱甍揭，端完柱石分。孤帆惊乍驻，一叶动初闻。晚槛余清景，凉轩启碧氛。宾延刁主簿，诗版鲍将军。露洒新篁滴，风含秀草薰。何劳思岘岭，虚望汉江滨。

此诗虽然以羊祜喻比“杜员外”杜牧，对杜牧镇守池州大加称颂，但全诗却用了整10句的篇幅在描写景物，以至于将“弄水新亭”所在地的地理环境、建筑结构等，都进行了一一勾勒，特别是“露洒新篁滴，风含秀草薰”两句，融视觉、听觉、感觉于一体，使春夏之交的“新亭”四周景色，得以立体之艺术展现。

其三是凭吊历史类。怀古咏史，是晚唐诗歌表现在题材内容方面的一大优长，并因此涌现出了一大批脍炙人口的佳构，而张祜则别出心裁地用题咏诗的形式，尽情地抒发他对历史人物的缅怀与凭吊之情。与时人的同类之作所不同的是，在张祜的这类题咏诗中，作者所题咏所凭吊者，并非一些叱咤风云或者建功立业的英雄，而大多属于一些命运不济者，如《题苏小小墓》《题真娘墓》等之所题咏者，即皆属如此。张祜对苏小小、真娘的题咏与凭吊，一方面含有为其“伤心”身世鸣不平的因素在内，一方面则是由此及彼地联想到自己，而借以抒发对现实的不满，原因是作者与苏小小、真娘的命运并无本质的区别。正是因为同病相怜的缘故，张祜写作这类题咏诗的灵感被激发了出来：“佛地葬罗衣，孤魂此是归。舞为蝴蝶梦，歌谢伯劳飞。翠发朝云在，青娥夜月微。伤心一花落，无复怨春晖。”曰“孤魂”，曰“伤心”，既明指埋骨九泉的死者，又暗含生活于现实的作者本人，二者的互为关联，构成了张祜这类题咏诗艺术精神的内核所在。又如《题孟浩然宅》：

高才何必贵，下位不妨贤。孟简虽持节，襄阳属浩然。

又是一个命运不济者。在盛唐诗人中，孟浩然是一位以布衣终身的著名诗人，因其经历、身世、命运等均与张祜有着相似之处，故张祜在途经襄阳时，曾专门去拜谒了这位布衣诗人的故居，并写下了这首五言绝句。这首小诗，虽然对孟浩然的文学成就进行了高度颂扬，但从“高才何必贵，下位不妨贤”两句中，我们仍可见出作者对现实的不平之慨。所以，清人宋俊《柳亭诗话》卷五说：“张承吉题孟处士宅：‘高才何必贵，下位不妨贤。孟简虽持节，襄阳属浩然。’陆务观读许浑诗：‘裴相功名冠四朝，许浑身世落渔樵。若喻风月江山主，丁卯桥应胜午桥。’处士见弃于明主，郢州沉默于下僚，读张、陆二诗，足以豁才人之愤。”①其中的一个“愤”字，正道出了张祜题写“孟浩然宅”之真谛。

其四是园林山居类。这类题咏诗之所题咏者，主要指的是张祜友人各种形式的居处，或者其居处某种具有典型特征的人文景观与自然景观。若就诗歌类别而言，这类题咏诗是颇类似于“山水田园诗派”之田园诗的，如《题曾氏园林》：“十亩长堤宅，萧疏半老槐。醉眠风卷簟，棋罢日移阶。斫树遗桑斧，浇花湿笋鞋。还将齐物论，终岁自安排。”一组田园风光，一派农家景象，若身临其境，是足可令人陶醉的。再如《题李戡山居》：“三亩溪田竹径通，道情交态只渔翁。青山夜入孤帆远，碧水秋澄一槛空。自以蛙声为鼓乐，聊将草色当屏风。莫言酷学无知己，未必王音不荐雄。”诗题中的李戡，为唐宗室，举进士后，曾“归晋陵羡里，得山水居之”②，张祜所咏之“山居”，就是李戡坐落于“晋陵羡里”的“山水居”。此诗的颔联与颈联，以青山、孤帆、碧水、蛙声、草色等意象进行排列组合，不仅恰到好处地突出了山居的典型特征与个性风采，而且极具田园诗的审美特质。其他如《题李渎山居绿潭》《题陆墉金沙洞居》《题陆敦礼山居伏牛潭》《题李庠郊居》《题李山人园林》等，亦皆具此类特点。

其五是题画类。这类题咏诗，主要指的是作者对障子上图画类作品的题咏。据考，开题画诗之先河者为杜甫，其集中的《题李尊师松树障子歌》《戏题王宰画山水图歌》《题壁上韦偃画马歌》等，即皆为其代表。这类题咏诗的最大特点，就是使诗歌、书法、绘画三者互为结合，给人以一种全新的视觉冲击与审美愉悦。张祜集中的这类题咏诗，可以《题

---

① 宋俊：《柳亭诗话》卷五，《张祜集校注》卷六，巴蜀书社 2007 年版，第 257 页。

② 杜牧：《李戡墓志铭》，《杜牧集系年校注》卷九，中华书局 2008 年版，第 743—750 页。

王右丞山水障子二首》为代表。为便于认识，兹将这两首诗抄录如次：

精华在笔端，咫尺匠心难。日月中堂见，江湖满坐看。夜凝岚影湿，秋浸壁光寒。料得昔人意，平生诗思残。(其一)

右丞今已殁，遗画世间稀。咫尺江湖尽，寻常鸥鸟飞。山光全在掌，云气欲生衣。以此长为玩，平生沧海机。(其二)

王维的这幅“山水障子”画，今已不存。第一首诗的前四句，意在说明，画家要在尺幅之内表现天地山川之美，是很困难的，而王维的这幅“山水障子”不仅做到了，并且还因做得很好而让“满坐”的看客大饱眼福。王维的这幅“山水障子”究竟如何好，第一首的“夜凝岚影湿，秋浸壁光寒 ”与第二首“山光全在掌，云气欲生衣”，对此进行了回答，简而言之，就是气韵生动，造妙入微。正因此，张祜才觉得自己难以用诗歌的形式对其进行表达(“料得昔人意，平生诗思残”)。继而又说，“障子”所表现出的那种隐逸情趣，对于长期赏玩者来说，是能从中受到感染而引起共鸣的。

三、张祜题咏诗的成就及影响

辛文房《唐才子传》卷六《张祜》云：“祜字承吉……性爱山水，多游名寺，如杭之灵隐、天竺，苏之灵岩、楞伽，常之惠山、善权，润之甘露、招隐，往往题咏唱绝。同时崔涯亦工诗，与祜齐名，颇自放行乐。或乘兴北里，每题诗倡肆，誉之则声价顿增。”其中的“性爱山水，多游名寺”与“或乘兴百里，每题诗倡肆”云云，即是导致张祜大量创作题咏诗的最关键之原因。题咏诗作为张祜集中数量最多的一种诗歌品类，不仅题材广泛(主要指所题咏对象言)，内容丰富，更重要的是其中的山水景物之描写，为中晚唐之际山水诗的繁荣与发展，起到了几乎无可替代的作用。文学史家一般认为，以孟浩然、王维为代表的“盛唐山水田园诗派”，其创作活动在经历了长达近十年的安史战乱之后，于大历时期即已自行消歇衰退，而张祜与杜牧等人，则以题咏诗的形式，使山水田园诗的创作在中晚唐之际形成了唐诗史上的又一次高潮。以张祜的题咏诗言，由于作者“性爱山水”的缘故，其除了“题画”与“凭吊历史”两类外，其余大多与山水风物关系密切，所以，在他的“寺院禅林”“亭台楼阁”“园林山居”三类诗中，几乎每一首都有对山川河流等自然景观的描写，也即每一首都是可目之为山水诗或田园诗的。如上举“园林山居”类的《题曾氏园林》《题李戡山居》，“亭台楼阁”类的《题池州杜员外弄水新亭》《题越干亭》等诗，即无不具有此特性。所以，在“张祜笔下，无论楼台庙宇、名胜古迹，也无论是江南的名山秀水，还是北方的浩瀚山河，无不引人入胜，各具特色。”①张祜笔下的各类景物描写，之所以能引人入胜，关键就在于他能于“牢宠百态”之中，既突出重点而又不离本色。对此，徐献忠《唐诗品》已曾言之：“处士诗长于模写，不离本色，故览物品游，往往超绝。”用“超绝”二字品评张祜诗的写景艺术成就，实属的见。

而张祜“寺院禅林”类的题咏诗，在山水景物的描写方面，则又洞天别具。如《题天竺寺》：“ 台殿耸高标，钟声下界遥。路分松到寺，山断石为桥。引水穿廊去，呼猿绕槛跳。海明初上月，江白正来潮。夏雨莲苞破，秋风桂子凋。乱去行没脚，欹树过低腰。嫩绿茶新焙，乾黄竹旋烧。唯思闲事了，长此卧烟霄。”全诗 16 句，除诗题与最后两句外，竟有 14 句是在写景，且其所写之景，又极具个性与特点，如以“山断石为桥”写寺路的曲径通幽，用“江白正来潮”写钱塘江的潮涨等，即皆为其例。而开首两句，一以高显其幽，一用动衬其静，各得其妙；

① 尹占华：《论张祜及其诗》（代前言），《张祜诗校注》，巴蜀书社 2007 年版，第 21 页。

之后则由密集的审美意象，构成了一个个意象群，而使得诗人笔下的“天竺寺”，俨然成为了一处佛家法境。由是而观，可知这是一首典型的“佛境风物诗”。其他如《题余姚县龙泉寺》《题杭州天竺寺》等，亦无不具有这一写景方面的特点。正因此，时人与后人才对张祜的这类写景之作大加称道。如《南唐书·孙鲂传》载云：“金山寺题咏，众因称道唐张祜有‘僧归夜船月，龙出晓堂云’之句，欲和，众皆搁笔。”李怀民《重订中晚唐诗主客图说》则认为：“常游金山寺，流览古今人题什，无如二句之高妙。”所称誉者即为“僧归夜船月，龙出晓堂云”两句。这两句为《题润州金山寺》的颔联，而其颈联“树影中流见，钟声两岸闻”两句，因直可与盛唐诗人綦毋潜《灵隐寺禅院》之“塔影挂河汉，钟声和白云”媲美，更是成为了诗论家所品鉴的重点(此类评论甚多，不具引)。所以，从总的方面讲，张祜的这三类题咏诗，综而观之，是完全可称为中晚唐之际山水诗史上的一座艺术高标的，其对于当时及其后诗坛所产生的重大影响，也就自不待言。

张祜题咏诗另一个方面的成就与影响，是其中的“寺院禅林”类诗，与其集中的那些不属于题咏诗范畴的“僧寺诗”等互为配合，不仅为诗人构筑了一个属于“彼岸”范畴的心灵世界，还导致了佛教诗创作在中晚唐之际的高潮迭起并成为一种创作时尚。所谓佛教诗，用拙著《王维新考论》第五章第二节《论王维的佛教诗》中的话来说，就是凡与佛教相关的诗歌，即可称为佛教诗。从这一认识意义上讲，张祜题咏诗中的42首“寺院禅林”类诗，就自然属于佛教诗之列。除此之外，张祜集中还有整20首的“僧寺诗”“交游僧人诗”等，二者合计，共有62首之多。张祜的这一佛教诗数量，不仅超过了“诗佛”王维的佛教诗(42首)，而且几乎等同于孟浩然与王维这两位盛唐诗人的同类诗之总和①。仅此，即可见出张祜对佛教诗创作的热衷程度，而张祜与佛教的关系，亦可藉

---

① 关于孟浩然的佛教诗，可具体参见拙作《孟浩然与佛教及其佛教诗》一文，载《汉江大学学报》2009年第2期。

此知其大概。张祜的这一佛教诗数量，就整个唐诗史而言，只有被后人称为“广大教化主”的白居易可与之比肩。即是说，在唐代诗歌史上，只有白居易的佛教诗与张祜的佛教诗，才可称得上是双峰并峙的，其他则不然。这一事实表明，张祜对于佛教诗或者说“寺院禅林”类题咏诗的创作，乃是极为热情的。正因此，张祜才有意无意地和白居易各以其艺术才华，为中晚唐之际的诗坛拓展了佛教诗的一方新天地。张祜的这种创作热情及其所获得的丰硕成果，一面与他因仕途不畅而转向佛家世界求解脱关系密切，一方面则给当时与后世的诗坛以极大程度之影响，对此，我们从晚唐诗人较普遍向佛的事实之中，即可大体获知。

从艺术的角度言，张祜的题咏诗有两个方面是值得特别注意的，其一是全部为近体诗，其二是独特的艺术境界。就前者言，上举五类题咏诗在体式方面，主要是由五绝、五律、五排、七绝、七律所构成的，而其中，又以五言律诗的平仄与对仗最值得称道。如“寺门山外入，石壁地中开”(《题虎丘东寺》)、“地盘江岸绝，天映海门空”(《题樟亭》)、“树影中流见，钟声两岸闻”(《题润州金山寺》)、“竹径深开院，松门远对山”(《题重居寺》)“不雨山长润，无云水自阴”(《题杭州孤山寺》)、“夜凝岚影湿，秋浸壁光寒”(《题王右丞山水障子二首》其一)等，即皆具对仗精工之特点。所以，清人李怀民《重订中晚唐诗主客图说》在论及张祜诗时说：“(其)五言近体，刻入处太逼阆仙，或亦私淑贾氏者也，断为及门一人。”认为张祜在五言律诗方面师学贾岛，并“断为及门一人”者的认识，是颇具见地的。张祜的题咏诗不仅讲究平仄与对仗，而且更注重对艺术境界的追求与创造。在张祜题咏诗的前三类作品中，其所题写的对象既多，所创造的境界亦各有所别。如“早霜红叶静，新雨碧潭深”(《题上饶亭》)、“尽日草深映，无风舟自闲”(《题常州水西馆》)，境界清幽疏淡；“日月光先到，山河势必来”(《题润州甘露寺》)、“海明先见日，江白迥闻风”(《题松汀驿》)，境界空旷开阔；“重廊标板榜，高殿锁金环”“树影中流见，钟声两岸闻”(《题润州金山寺》)，境界空寂幽静，凡此种种，均是张祜题咏诗艺术特性与审美价值的具体所在。

总的说来，张祜由于“性爱山水”，而成为唐代大量创作题咏诗的第一人。张祜的题咏诗，为丰富与拓展唐诗的题材领域，为近体诗艺术的精益求精，为中晚唐之际山水诗与佛教诗的发展与繁荣，作出了无可替代的贡献。而其题咏诗的文学史意义，也正在于此！

论杜牧的登高诗

杜牧(公元803—852年)，是晚唐著名的诗人之一。杜牧的诗歌，不仅以七绝、七律等近体诗为最佳，而且从题材的角度言，其咏史、怀古、登高、送别、寄赠诸作，在当时及其后也是享有很高声誉的，对此，吴在庆《杜牧集系年校注》附于各诗之后的“集评”，以及“附录一”《杜牧研究资料·历代评述》等材料，即足以证实之。此则表明，杜牧的诗歌无论是分体抑或分类，在有唐一代的诗歌之中，都是占有较为重要的地位的。然而值得注意的是，以“类别”著称的方回的《瀛奎律髓》一书，虽然将唐宋诗人的3000首五、七言律诗分为了49类，但其中的怀古、登览、送别、寄赠(该书无“咏史”一类)诸类之中，却均未选收杜牧的同类近体诗之作。方回是宋末元初人，为江西诗派之余绪，其此举究属何种原因，实则有待作进一步之考察与探求。本文旨在从辨正与品鉴的角度，针对杜牧登高(《瀛奎律髓》作“登览”)诗的真伪问题、类别与特点，以及其艺术精神等，作一具体观照。

一、关于三首登高诗的真伪问题

在晚唐诗人中，杜牧诗的真伪是最为复杂者之一，这从刘克庄《后村诗话》认为“樊川有《续别集》三卷，十八九是许浑诗”之认识，即可见其端倪。在诸多的真伪混杂的杜牧诗中，有三首诗是与本文所要讨论的内容密切相关的，即《登澧州楼寄京兆韦尹》《题白云楼》《登九华山》①。这三首登高之作，究竟是出自杜牧之手，还是他人之诗，这是在讨论杜牧的登高诗之前，首先要弄清楚的一个问题。

先看《登澧州楼寄京兆韦尹》。诗云："一话涔阳旧使君，郡人回首望青云。政声长与江声在，自到津楼日夜闻。"此诗最早见于《樊川外集》，《全唐诗》卷五二四著录之。但凡论杜牧诗真伪者，大多认为此诗为李群玉所作，然检羊春秋辑注本《李群玉诗集》②，其中的"正集"与"补遗"均未收此诗，《全唐诗·李群玉集》亦然。此为其一。其二，认为此诗为李群玉所作者，大多以《舆地纪胜》卷七十收有《澧州》二首为证，而认为《登澧州楼寄京兆韦尹》一诗，即"《澧州》二首其一"。按，据晁公武《郡斋读书志》、陈振孙《直斋书录解题》均著录《樊川外集》的事实，知《樊川外集》当系北宋人或其前人所辑刻，而《舆地纪胜》则为南宋王象之所撰，从版本学的角度言，《樊川外集》收录《登澧州楼寄京兆韦尹》一诗者，是更可令人据信的。其三，据是诗最后两句之所写，其中所谓"政声"者，显系指第一句中的"旧使君"，而这位"旧使君"，勘之诗题中的"京兆韦尹"其人，可知二者实一，即"京兆韦尹"曾一度刺牧澧州，对此，该诗题下的"尹曾典此郡"之自注，又可确证之。如此，则《舆地纪胜》诗题作《澧州》者，即与《登澧州楼寄京兆韦尹》之诗意及诗题下的自注，均明显不符。其四，从"一话涔阳旧使君"七字又可知，当时在"澧州楼"上"一话"者，除诗作者之外，还应有陪同诗人一道登楼者，而这位(或几位)与诗人一道登楼的人，非为第二句中的"郡人"莫属，如此，则认为"李群玉为澧州人，正与'郡人回首望青云'相合"云云，也就难以成立了。即是说，"回首望青云"的那位"郡人"，据"一话"句可知，其乃为诗人与之一同登楼的友人，而并非如持"李群

① 本文所涉及的杜牧诗，均出自吴在庆《杜牧集系年校注》一书，以下不另注，特此说明。该书由中华书局 2008 年 10 月出版，此处所言二诗，分别见该书第 1263 页、第 1399 页。

② 羊春秋辑注本《李群玉诗集》，岳麓书社 1987 年版。

玉说”者所言为李群玉。综此四者，可知《登澧州楼寄京兆韦尹》一诗的作者，并非李群玉，则认为“此诗必是他人作品误入杜集”之说为误，也就甚为清楚。换言之，《李群玉诗集》不据《舆地纪胜》收录是诗者，乃为正确。所以，此诗的作者，还是应以缪钺《杜牧年谱》所系为是，即其为杜牧诗而非李群玉或者他人之诗。

再看《题白云楼》。诗云：“西北楼开四望通，残霞成绮月悬弓。江村夜涨浮天水，泽国秋生动地风。高下绿苗千顷尽，新陈红粟万箱空。才微分薄忧何益，却欲回心学塞翁。”此诗为《杜牧集系年校注》编在《集外诗一》内。所谓“集外诗”，据《校注·前言》的解释是：“为了尽量保存文献，以供进一步研究之需，尽管前人视为杜牧诗文而收为杜牧之作中，其实尚存在不少非杜牧作，但仍予以收入本书中，这就是本书所编成的《集外诗一》《集外诗二》……”《校注》的这种处理，应该说是极为审慎的，但《题白云楼》一诗，却并不属于杜牧“集外诗”的范畴。

按，持《题白云楼》为杜牧集中之伪作者，主要是认为《四部丛刊》景宋本《丁卯集》收有此诗，而其中的“江村夜涨浮天水，泽国秋生动地风”一联，又与许浑《酬郭少府先奉使巡涝见寄兼呈裴明府》颈联全同，因而认为其乃许浑诗之“坚证”。按，此说实疑窦丛生，乃可商兑。首先，这首诗在许浑《丁卯集》中，其诗题虽作《汉水伤稼》，但据第一联“西北楼开四望通，残霞成绮月悬弓”两句，可知是诗实为诗人在傍晚时分登楼而“四望通”的产物，这样看来，则《题白云楼》这一诗题较《汉水伤稼》切题许多，也就不言而喻。其次，至于“江村夜涨浮天水，泽国秋生动地风”一联，既存在于许浑《汉水伤稼》又存在于其《酬郭少府先奉使巡涝见寄兼呈裴明府》的事实，不仅不是所谓的“坚证”，而且其所反映的，却恰恰是诗的作者非为许浑。这是因为，作为晚唐著名诗人之一的许浑，是绝对不可能使“江村”这两句重复于其诗之中的，更何况，后者之诗还是“兼呈裴明府”的。所以，“江村”两句诗重复的事实，只能表明其乃为编集者所混，而并不能用以作为《题白云楼》诗为许浑所作的“坚证”。再次，持是诗为许浑说者，几乎均认为“许浑曾为郢州刺史，滨临汉水”，即许浑具有写作是诗的天时与地理等条件，而杜牧则非。然据缪钺《杜牧年谱》等考察杜牧生平的研究成果可知，杜牧一生取道江夏(今湖北武汉)舟行汉水经襄阳而至长安者，去来乃有四次之多，且亦有时在秋天者，即其在“滨临汉水”的郢州作《题白云楼》一诗，并非没有可能。最后，是诗最后的两句，写诗人面对着“江村夜涨浮天水”，不是如唐玄宗时期任职济州的刺史裴耀卿那样，积极组织当地官民抗涝救灾并以身示范①，而是“却欲回心学塞翁”，若这诗的作者为许浑，则显然与其时任郢州刺史之职务身份迥不相及。而换作杜牧，则情况就大不相同。其原因在于，杜牧作为一位途经郢州的旅行者，因汉江“涨浮”所阻而滞留于斯地，并于雨停天晴的夕阳西下之际，登楼面对“江村夜涨浮天水”之境况，发出“却欲回心学塞翁”的感慨，乃自在情理之中。所以，《题白云楼》一诗的作者是不可能为许浑的，而诗题被编者作《汉水伤稼》者，也就自然未可据信。

尽管《题白云楼》一诗并非许浑所作，但这诗也还存在着两个问题，其一是诗序，其二为诗题。其之诗序，是指《丁卯集》之《汉水伤稼》题下共38字的“并序”。此诗之题作《汉水伤稼》者乃非，则“并序”就当为编诗者据“汉水伤稼”者所自为，对此，万曼《唐集叙录》之“总之，许浑诗编帙混乱，续集尤甚”②云云，又可为之佐证。至于诗题，主要是指《题白云楼》中的“白云楼”三字，即“白云楼”应为白雪楼之误，对此，白居易集中有《登郢州白雪楼》一诗乃可证之。又，胡曾《石城》诗有云：“古郢云开白雪楼，汉江还绕石城流”，亦可证之。另检读乐史《太平寰宇记》、王存《元丰九域志》、王象之《舆地纪胜》等地志丛书，可知唐代的郢州只有白雪楼而无白云楼，则是诗之题就当以《题白雪楼》为正。

最后看《登九华山》。诗云：“昔年幽赏怏疏慵，每喜佳山在邑封。

---

① 王维：《裴仆射济州遗爱碑》，《王右丞集笺注》卷二十一，上海古籍出版社1984年版，第382—392页。

② 万曼：《唐集叙录·丁卯集》，中华书局1980年版，第281页。

江上重来六七载，云间略见两三峰。凌空瘦骨寒如削，照水清光翠且重。却忆谪仙才格俊，解吟秀出九芙蓉。”此诗最早见于《舆地纪胜·池州》，其后嘉庆《池州府志》卷八、《全唐诗续补遗》卷七，均著录之。《杜牧集系年校注》编入《集外诗三》。持此诗为伪作说者，主要认为诗中第三句“江上重来六七载”之所言，与首句“昔年幽赏快疏慵”之“昔年”相计，表明杜牧前后两次的池州之行相隔六七年，而杜牧“在会昌四年九月至六年九月”任池州刺史的之前与之后，乃“别无到池州之迹，亦无游九华山之作”。因此“疑此诗非杜牧所作”。按，以杜牧始任池州刺史的会昌四年计，后推“江上重来六七载”所言之七个年头，为唐文宗开成三年，是年，据吴在庆《杜牧诗文系年目录》①可知，杜牧乃在宣州，翌年春，杜牧自宣州北上还京师赴任，写有《自宣州赴官上京》等诗以纪其行。而据《元和郡县图志》卷二十八《池州》可知，在唐代由池州至长安，不仅必须途经宣州(此为当时驿道)，而且池州“东北陆路至宣州”仅“三百四十里”②的路程，则杜牧在宣州期间至池州登游九华山，乃是极有可能的。如此，《登九华山》为杜牧所作，也就可以论断之。所以，是诗非为伪诗。

二、杜牧登高诗的类别与特点

作为登高诗，上述三诗表明了诗的作者乃是雅好登楼、登山的，这从诗题中的“澧州楼”“白雪楼”与“九华山”，即可准确获知，这似乎表明，登楼与登山，成为了杜牧生活中一个不可或缺的组成部分。而事实也正是如此。检读杜牧诗集，可知除了此二诗外，其以“登楼”为题的登高诗乃有10余首之多，如《登池州九峰楼寄张祜》《题齐安城楼》《题

---

① 吴在庆：《杜牧诗文系年目录》，《杜牧集系年校注》附录二，中华书局2008年版，第1526页。

② 李吉甫：《元和郡县图志》卷二十八，中华书局1983年版，第688页。

敬爱寺楼》《题吴兴消暑楼十二韵》《宣州开元寺南楼》《登九峰楼》《冬日题智门寺北楼》《江楼》《江楼晓望》等，即皆为其例。而这些登楼诗中的楼，或在池州，或在黄州，或在宣州，或在吴兴，以此勘之杜牧的行止与宦历，可知其大多与杜牧的任职之所关系密切。这一事实的存在，表明杜牧在任地方州守或者途经某地时，该地凡有楼、阁、馆之类的建筑物者，他几乎都曾登临过，并赋诗以纪之。而此，则构成了杜牧登高诗的一个特点。而综观杜牧的这类登高诗，既有描写自然风物之佳景者，亦有抒发诗人怀古之幽情者，更有反映诗人对故乡之殷切思念者，其题材广泛，内容丰富，感情真挚，形式多样，极具艺术特质与审美价值。如《题青云馆》一诗：

虬蟠千仞剧羊肠，天府由来百二强。四皓有知轻汉祖，张仪无地与怀王。云连帐影萝阴合，枕边泉声客梦凉。深处会容高尚者，水苗三顷百株桑。

这是一首典型的登高怀古之作，且诗中对“名山大川绝景”①之描摹，亦堪称道。青云馆，在今陕西商南县的商山之麓。是地虽山路崎岖，险如羊肠，但其不仅为秦末汉初东方园、绮里季、夏黄公等“四皓”的隐居之地，而且还曾演绎出了一段“张仪无地与怀王”的历史故事，更兼山清水秀，风光旖旎，魅力独具。大约在唐武宗会昌元年（公元841年），杜牧自浔阳赴京任左补阙时，因途经商山，而登上了矗立于“虬蟠千仞”之间的青云馆，诗人置身其中，一边追忆着数百年前的历史陈迹，一边则面对如画的山水风物，兴会所致，写下了这首著名的登高诗佳构。仅就景物描写而言，其中的“云连帐影萝阴合，枕边泉声客梦凉”两句，因为采用动静相宜的手法，生动而形象地勾勒出了青云馆四周的山水“绝景”，而成为被后人称作“不可以力争者”的范例（王寿昌

① 方回：《瀛奎律髓》卷一《登览类》，中国书店1990年影印本，第1页。

《小清华园诗谈》卷下）。再如《江楼晚照》一诗：

湖山翠欲结蒙笼，汗漫谁游夕照中。初语燕雏知社日，习飞鹰隼识秋风。波摇珠树千寻拔，山凿金陵万仞空。不欲登楼更怀古，斜阳江上正飞鸿。

诗题中的“江楼”在何处，不得而知。此诗八句，虽然是以思归为其述写的主旨，但其中的景物描写却颇为精彩，特别是“初语燕雏知社日，习飞鹰隼识秋风”两句，观察细致，描写逼真，直可与杜甫成都诗中的《卜居》《绝句四首》等写景名篇媲美。而这些景物描写，又都是为诗人的思归作铺垫的，因之极具特点。所以，朱三锡《东岩草堂评订唐诗鼓吹》卷三评此诗说：“此必杜公当秋思归，故因望而有感也。首二句是江楼晚景，三、四是江楼所望之物，以见物尚知时，况于人乎？五是江楼所望之水，六是江楼所望之山，山与水长存，人与时代谢，此固登楼之所必望，亦登楼之所必怀也。七、八用反言作结，愈见其思归之切。”①所言良是。

登高远望，赋诗以纪，自古而然②。所以，登高之于唐代，不仅成为当时诗人们的一种普遍雅好，而且还因此产生了许多脍炙人口的名篇，其中如陈子昂《登幽州台歌》、王之涣《登鹳雀楼》、孟浩然《与诸子登岘山》、储光羲《登戏马台作》、王维《九月九日忆山东兄弟》、李白《黄鹤楼送孟浩然之广陵》、杜甫《登高》《登岳阳楼》、柳宗元《登柳州城楼寄漳汀封连四州》等诗，即皆为流传千古的佳构。正因此，历代的诗论家对这些登高诗均大加称颂，好评如潮。而杜牧写于其任池州刺史时期的《九日齐山登高》一诗，正是这样的一首登高诗精品。全诗为：

---

① 转引自吴在庆：《杜牧集系年校注 · 集外诗二》，中华书局2008年版，第1414页。

② 王辉斌：《论王维的登览诗》，《王维新考论》，黄山书社2008年版，第244—256页。

江涵秋影雁初飞，与客携壶上翠微。尘世难逢开笑口，菊花须插满头归。但将酩酊酬佳节，不用登临恨落晖。古往今来只如此，牛山何必独沾衣。

就诗题而言，可知这是杜牧登高诗中的又一种类型，即诗人所登之“高”，并非如上所述为楼、阁之类的建筑物，而是一座风光秀美的山。齐山，在今安徽贵池县东南六里处，与境内的九华山，俱为江南名胜。《九华山录》载其云：“池州齐山，山脚插入清溪，石色青苍可画，洞穴半出水中，清溪直接大江，眼界豁然。又其旁，拔起数峰，奇甚，谓之小九华，皆齐山最胜处也。又其上，即翠微亭，是为山颠。杜牧之云，‘江涵秋影雁初飞’，此地此时也。”大约在会昌五年(公元 845 年)的秋天，诗人张祜至池州相访，恰逢重九佳节，杜牧即与张祜同登齐山，而写下了这首著名的登高诗。诗中“与客携壶上翠微”之“客”，即为张祜。当杜牧“与客携壶上翠微”后，于极目远眺之余，俯瞰江水，从碧波如画的清溪中，看到了南飞鸿雁与齐山的倒影，即随口吟出了“江涵秋影雁初飞”这一千古佳句。继而，作者采用夹叙夹议的手法，写出了他登上翠微绝顶后的种种矛盾心情，并以“不用登临恨落晖”七字以进行自我解嘲。最后两句，于总结全诗之际，用齐景公登游牛山的典故，将作者当时的复杂心情作了进一步表述。全诗因登高所至，先乐后忧，由乐及愁，并以旷达出之，委婉而含蓄地抒发了作者内心的不平与感慨。

当杜牧即兴写下这首《九日齐山登高》后，张祜即步其韵而和了一首，这就是《全唐诗》卷五一一所著录的《和杜牧之齐山登高》一诗。是诗之题又一作《奉和池州杜员外重阳日齐山登高》，其意更为显豁。张祜全诗为：“秋溪南岸菊菲菲，急管烦弦对落晖。红叶树深山径断，碧云江静浦帆稀。不堪孙盛嘲时笑，愿送王弘醉夜归。流落正怜芳意在，砧声徒促授寒衣。”诗中运用“孙盛设宴龙山”与“王弘醉酒夜归”两个典故，将二人“携壶上翠微”的全过程进行了艺术再现。当张祜告别杜牧后，杜牧于登九峰楼（又作九华楼）之际，又写了一首《登池州九峰楼寄张祜》诗，以寄给当时正在“北游河阳”①的张祜，而张祜在收读了杜牧的这首诗后，又唱和了《和杜使君九华楼见寄》一诗。仅此，即可窥知杜牧与张祜的交谊之一斑。而值得注意的是，杜牧的《九日齐山登高》一诗，因张祜的步韵相和之故，而引起了后世诸多诗人学者的关注，仅据《嘉靖池州府志》卷八的记载，就有孔平仲（宋）、王守仁、许宗鲁（明）等30余人之多。而诗选家、诗论家对此诗的关注则更多，如胡仔《苕溪渔隐丛话・后集》卷三十、刘克庄《后村诗话・新集》卷二、魏庆之《诗人玉屑》卷三、胡应麟《诗薮・内编》卷五、毛先舒《诗辩坻》卷三、胡以梅《唐诗贯珠笺》卷五十一、沈德潜《唐诗别裁集》卷十五、潘德舆《养一斋诗话》卷四等，即皆对《九日齐山登高》一诗进行了不同程度之评价，而使之成为了杜牧诗歌接受史上的一道风景线。

除了以上所述两类诗外，在杜牧的登高诗中，还有一类以登游历史遗址为创作主体的登高诗，如《登乐游原》即属此类。这类登高诗，由于作者所登游的是一些历史遗址之类的“高”，所以诗中之所写，大多以怀古为主，并具以古喻今之特点。如《将赴吴兴登乐游原一绝》一诗，即是与陈子昂《登幽州台歌》为同一主旨的登高之作。此诗由古及今，反映的是包括作者在内的唐代知识分子怀才不遇的重大主题，因而具有普遍的意义。所以，马永卿《懒真子》卷四说：“（此诗为）杜牧之自尚书郎出为郡守之作，其意深矣。盖乐游原者，汉宣帝之寝庙在焉；昭陵即唐太宗之陵也。牧之之意，盖自伤不遇宣帝、太宗之时，而远为郡守也。”所言堪称的见。而杜牧的《登乐游原》，则是站在时空的高度，对历史“盛衰无常，兴废有时”所发出的感慨：“长空澹澹孤鸟没，万古销沉向此中。看取汉家何事业，五陵无树起秋风。”宇宙感、历史感、现实感三者的叠加，是这首登高诗最为鲜明的特点。由是而观，可知在杜

① 尹占华：《张祜系年考》，《张祜诗集校注》附录二，巴蜀书社2007年版，第634页。

牧的三类登高诗中，这一类的现实性应是最为强烈的。

三、杜牧登高诗的艺术精神

如上所述，杜牧的登高诗，主要是由登楼(馆、阁)诗、登山诗、登遗址诗三类所构成的，而不同的“高”，对于诗人当时的思想情绪、创作心态、审美趣味，以及主题的表达等方面来说，也会产生不同的变化。以登楼诗为例，《题齐安城楼》《登九峰楼》等作，虽然于“名山大川绝景”有所描绘，但这两首诗的重心之所在，却是诗人对长安的眷念与盼归。杜牧虽为今陕西西安(唐京兆万年)人，但他站在齐安城楼(今湖北黄冈)与九华楼(今安徽贵池)上所盼归的，却并不是他的故里京兆万年县(与长安近在咫尺)，而是希望能尽快结束地方郡守的生活，任职于京师长安。即是说，在杜牧的这类登高诗中，盼归故里乃是一种表象，其真正的目的则是要任职京师，以一展自己的才华与抱负。正因此，其诗中乃有“为君异乡徒泥酒，杜陵芳草岂无家”(《登九峰楼》)、“不用凭栏苦回首，故乡七十五长亭”(《题齐安城楼》)等之述写。所以，这两首登楼所描述与所抒发的，实质上就是杜牧作为地方郡守时的一种“恋阙”之情。而这种“恋阙”之情，实属一种更深层次的意蕴之所在。将“恋阙”之情借登楼以进行表达，乃为杜牧登高诗所表现出来的一个最突出的特点。请看《题池州贵池亭》一诗：

势比凌歊宋武台，分明百里远帆开。蜀江雪浪西江满，强半春寒去却来。

从表面上看，这首绝句主要是写作者登高之所见，故全诗境界开阔，气势宏远，但其之实质上，却是与苏轼在惠州写《凤栖梧》(花褪残红青杏小)异曲同工，即二者都是抱怨时间过得太快。就苏轼而言，时间虽然是一春又一春（“天涯何处无芳草”），但朝廷的赦书却始终难以见到；而时在池州的杜牧，固然不是如苏轼那样遭受打击，但他盼归长安的急切心情，却是与苏轼完全等同的，诗中所谓“强半春寒去却来”，所言即为此意。由是而观，可知杜牧在这类登高诗中，所委婉曲折表达的，乃是他因壮志不得施展而产生的一腔激愤之情。换言之，以登楼远眺作为表象，用以反复抒发与表达诗人的“恋阙”之情，是杜牧登高诗艺术精神的一种具体表现。而正是这种“恋阙情结”的存在，才使得杜牧的登高诗更具艺术精神与审美价值。

所谓“艺术精神”，说到底，就是德国古典哲学家康德在《判断力批判》里所说的艺术作品的精神。这种精神是作品的灵魂，因为“它在审美的意义里就是那心意赋予对象以生命的原理”，即指创作主体使创作题材获得的一种艺术生命，它可体现某种精神价值。因此，又有人将“艺术精神”理解为“艺术特征”①。而杜牧登高诗之灵魂所显现的，就正是这种“赋予对象以生命原理”的艺术精神。

如上所言，杜牧的登高诗，尽管有登楼诗、登山诗、登遗址诗三者之别，但无论在哪一类诗中，都充溢着诗人强烈的“恋阙情结”，这既是杜牧三类登高诗的共性之所在，也是杜牧登高诗的个性之所在。而这种共性或者个性，在杜牧的登高诗中，又是通过不同的形式、不同的手法来反映与表达的，如《九日齐山登高》《题青云馆》二诗，即可视为这方面的代表。这两首诗虽然是一登“山”一登“馆”，但其却有一个共同点，即二者都与“古”相关。前诗最后的两句为“古往今来只如此，牛山何必独沾衣”，其中“古往今来”与“牛山”典故的运用，使诗人潜藏于心灵深处的“恋阙情结”，不仅油然而生，而且得以形象外化；而后诗因“四皓”与“张仪无地与怀王”所产生的种种幽思，归结到底，亦皆为诗人的“恋阙情结”所导致。所以，这两首诗在艺术技巧与表现方法上，

① 龙建国：《唐宋词艺术精神》（序），山西高校联合出版社 1996 年版，第 4 页。

虽然各不相同，但其所达到与所获得的艺术效果，却是甚为一致的。再如《宣州开元寺南楼》一诗：

小楼才受一床横，终日看山酒满倾。可惜和风夜来雨，醉中虚度打窗声。

这首小诗，表面上看起来似乎写得很平实，其实不然，这从“终日看山酒满倾”“醉中虚度打窗声”两句中，即可准确获知。作者在只有“一床横”的小楼上，不仅是“终日看山酒满倾”，而且是“醉中虚度打窗声”，则其在宣州时期的孤独、凄凉、无奈、忧郁等种种感受，即皆寓其中。而导致这些感受产生的直接原因，便是经常萦绕在诗人心头的那份浓浓的“恋阙情结”。而同样是在宣州“终日看山”的李白，由于在他当时的心底里没有任何形式的“恋阙情结”存在，所以出现于他笔下的乃是：“众鸟高飞尽，孤云独去闲。相看两不厌，只有敬亭山。”(《独坐敬亭山》)一样的登高，一样的看山，一样的孤寂，但融入二人诗里的思想和情感，却竟然是如此的不同！

从总的方面讲，杜牧的登高诗，与其咏史诗一样，其中均程度不同地存在着诗人的“恋阙情结”，因此在艺术精神方面，二者实际是相通的。一般来说，杜牧以前的唐代登高诗，特别是盛唐诗人的登高诗，其题旨大多表现在两个方面，一是如方回《瀛奎律髓》卷一所言对“名山大川绝景”的艺术描摹，一是借“重九”以对亲人进行思念，如孟浩然、王维、李白的登高诗，便大多如此(只有少许例外)。尽管王维的某些登高诗，也曾抒发了他的“恋阙”之情，但其不如杜牧登高诗那么浓烈。盛唐登高诗与晚唐登高诗表现在艺术精神方面之不同，仅此即可窥其端倪。

下编　唐文考论

初唐散文的发展态势

公元618年，李渊取代杨隋而即皇帝位，并改元武德，历史上的大唐王朝，因此而拉开序幕。由武德元年至唐玄宗先天元年(公元712年)，历史学家一般称之为初唐。而这一时期的文学，也就自然属于初唐文学。据杜佑《通典·职官典》《旧唐书·职官志》《新唐书·百官志》等记载，由于“唐承隋制”的历史原因，李唐建国之初的各种典章制度，基本上与杨隋类似，而表现在文学方面的散文创作①，虽然“沿袭梁陈”之风甚烈，但于唐太宗时期却出现了另外的一番景象，其后的“四杰”时期，特别是陈子昂时期，尤其令时人与后人刮目相看。这一文坛实况的存在，表明初唐时期的散文创作与其后的盛、中、晚三唐之散文创作相比，也是自有其成就与特点的。而此，则和这一时期作家们“求变”“求新”的思想大相关联。

在初唐104年的散文领域，究竟活跃着多少散文作家，这是迄今为止，任何文学史家都未能解决的一道文学难题。究其原因，大致有三：一是由于历史久远，有些散文家之名之文未能流传后世；二为现所存见之文献资料，不足以复原初唐散文创作的历史真实；三即生活于初唐之末与盛唐之初的一批散文家，人们很难将其绝然归类于前者(初唐末)或者后者(盛唐初)。有鉴于此，本文以下对“初唐散文”之划界与讨论，

---

① 本文所言之散文，指的是“文学四分法”中的散文，即前人所言之古文、骈文等，乃皆包含其内。又，由于赋为有汉一代文学之代表，故暂未将其列入，特此说明。

主要是依《全唐文》所收之作家作品而为，故先此说明。

一、初唐散文三大作家群

文学史家们一般认为，被时人称之为“燕许大手笔”之一的燕国公张说，为盛唐前期最具影响的一位散文家与诗人，原因是张说为“开元四贤相”之一，即其一生的政治业绩与文学创作活动，均主要表现在唐玄宗开元时期①。如果这种认识不误，则《全唐文》中排名在张说之前的作家，大体上即可以认定为初唐散文家。以此为准，合勘中华书局版《全唐文篇名目录及作者索引》，则可知初唐散文作家乃有 255 人之多②。又，《全唐文篇名目录及作者索引》于张说之后，可确定为初唐作家者，另有 28 人，即：崔神庆、刘宪、愈文俊、富嘉谟、沈佺期、吴少微、韦嗣立、赵凯、苏安恒、于知微、魏知古、祝钦明、卢藏用、武三思、贺兰敏之、张易之、薛曜、宋之问、李峤、王璿、贾膺福、李审几、颜唯真、张元琮、辛怡谏、邱愔、司马锽、张丕耀。二者合计 283 人③。通观《全唐文》卷一至卷二六〇之“作者小传”可知，这 283 位散文作家有着一个极为明显的特点，即其皆为官吏之属，而无一为布衣之人，这种情况，相对于其后的盛、中、晚三唐的散文作家而言，乃属

---

① 张说卒于开元十八年(公元 730 年)，在唐玄宗执政时期共生活了 19 年(含先天元年)，具体参见拙著《唐人生卒年录》张说条，贵州人民出版社 1989 年版，第 102 页。

② 这一数量，乃系笔者据中华书局 1985 年版《全唐文篇名目录及作者索引》手工统计所获，其中只有赋而无文者，如蒋王李恽、崔敦礼、杨誉、张神安、杨师道、刘允济、郑唯忠、王勉、韦展、张泰、苏珣、东文虬等 12 人，则未计入其内，特此说明。

③ 这里所言之 283 人，其中或有非初唐作家者，如被称为“开元四贤相”之的姚崇、宋璟，即为其例，此 2 人既为“开元贤相”，自当计以“开元人”为是，但《全唐文篇名目录及作者索引》却将其编排于张说之前。虽然如此，但从总体上讲，《全唐文篇名目录及作者索引》之作者次序的编排，则是可供参考的。

绝无仅有。而且，在这些“官吏散文家”中，上至皇帝、宰相，下至录事、参军等，乃应有尽有。而此，是导致初唐散文以“非文学性散文”为主的一个最重要的原因。

所谓“非文学性散文”，是指初唐散文大多由疏、奏、判、启、表、书、记、论、议、说、碑、铭、墓志等构成，且其皆具有很强的正统观念色彩。这实际上是一种有着“公牍性”“应用性”“即时性”特质的散文，其虽然与具有审美特质的“文学性散文”一道，代表着初唐散文的两种发展方向，但前者却以压倒性的绝对优势，占据着初唐散文的份额。这就是初唐散文发展的实况。正因此，这一时期的散文家们，也就大多是在“非文学性散文”中讨生活，而少有着眼于“文学性”的角度进行散文创作的。虽然如此，这一时期的散文作家也是颇具文学业绩的，其中最引人注目者，即推出了一批风格清新、气舒而力劲的“非文学性散文”，对“体备法严”(程杲《识孙梅四六丛话》语)的骈体文进行了有力冲击，且收获甚众，影响甚大。从散文发展史的角度言，这一时期的散文作家队伍，大致经历了三个散文作家群体的兴盛与变迁，即“太宗作家群”“四杰作家群”“陈子昂作家群”。这三大作家群体的存在，不仅极大程度地扭转了初唐散文受“江左遗风”影响的不利局面，推动与繁荣了当时的散文创作，而且对盛、中唐散文以直接影响，促进了“文学性散文”的健康发展。

(一)太宗作家群。在唐代文学史上，唐太宗李世民(公元598—649年)既是一位英明的君主，又是一位在散文创作中具有重要影响的文学家。据《全唐文》之著录可知，李世民现存各类散文凡7卷(卷四—卷十)，274篇(赋未计，下同)，其数量之多，在初唐散文作家中乃无可与之相比。在唐太宗生活之前与之时，表现在散文创作中的“江左遗风”虽然很盛，但即皇帝位后的李世民，则率先推出了一系列去浮华、少矫饰的散文之作，如《王羲之传论》《答魏徵手诏》《民可畏论》《政本论》《指法论》《征高丽誓师文》《自鉴录》等文，即皆为其例。这些文章最大的特点，是内容充实，用笔简练，且运散入骈，旋转自如，纡徐有度。这是一篇篇告别“梁陈旧习”而开初唐气象的新散文，因此，本文特称其为“新散文”。受唐太宗李世民的影响，当时的一批朝廷重臣，如长孙无忌、魏徵、房玄龄、虞世南、虞志宁、颜师古等人，亦皆创作了数量不等的这类新散文，其中，又以魏徵《遗表稿》《谏太宗十思疏》《十渐不克终疏》等文，尤为后人所称道。如高步瀛《唐宋文举要》于《十渐不克终疏》一文即有评云：

> 郑公之文虽用偶句，而词旨剀切，气势雄骏，与六朝骈文俪黄妃白者迥然殊途，陆宣公献纳之文即出于此，后来欧、苏皆用其体，应用之文，以此为宜①。

其他如长孙无忌《甥舅服制议》、房玄龄《谏伐高丽表》、虞世南《劝学篇》、颜师古《论封建表》等，即大多具有与《十渐不克终疏》类似之特点。一般而言，这些人主要生活于京师长安，虽与唐太宗为君臣关系，但在“应用之文”的创作方面，却是互为一致的，从而形成了一个具有“京城派”特点的散文作家群。受其影响，如王绩、杜之松、杜淹等非“京城派”散文家，亦皆创作了数量不等的新散文。

（二）“四杰”作家群。对“初唐四杰”的排序，人们大多据杜甫《戏为六绝句》其二之“王杨卢骆当时体”而为，但从年齿的角度言，依序则为骆宾王（公元 619—684 年后）、卢照邻（公元 636？—695 年后）、王勃（公元 650—684 年）、杨炯（650—693 年）②。由此不难看出，“四杰”所生活的年代（公元 619—693 年），主要在唐高宗、唐中宗、唐睿宗三

---

① 高步瀛：《唐宋文举要》上册，上海古籍出版社 1980 年版，第 16 页。

② 以上所列举“初唐四杰”之生卒年，除骆宾王的生年据骆祥发《骆宾王生年考辨》（载《唐代文学论丛》1982 年第 2 期，第 282—295 页），王勃生卒年据何林天《重订新校王子安集·前言·关于王勃的生卒年问题》（山西人民出版社 1990 年版，第 1—4 页）外，其余全部依据唐富龄等主编《中国文学辞典·古代卷》（三秦出版社 1989 年版，第 257—259 页）而为，特此说明。

朝与武则天朝之前期。这一时期的散文创作，由于“四杰”等人的共同努力，使得当时的散文新变与创作互为关联，形成了初唐散文创作又一次高潮的到来，且响应者众。对此，杨炯《王勃集序》已有载，其云：

思革其弊，用光志业。薛令公朝右文宗，托末契而推一变；卢照邻人间才杰，览青规而辍九攻。知音与之矣，知己从之矣。于是鼓舞其心，发泄其用，八弦驰骋于思绪，万代出没于豪端①。

其中的“知音与之矣，知己从之矣”云云，藉之即可窥其一斑。而这些“知音”与“知己”，皆为当时的一批散文作家，当无可怀疑。《序》又有云：

长风一振，众萌自偃，遂使繁综浅术，无藩篱之固；纷绘小才，失金汤之险。积年绮碎，一朝清廓，翰苑豁如，词林增峻。反诸宏博，君之力焉；矫枉过正，文之权也。后进之士，翕然景慕，久倦樊笼，咸思自释。近则面受而心服，远则言发而响应，教之者逾于激电，传之者速于置邮②。

所谓“积年绮碎，一朝清廓”“反诸宏博，君之力焉”云云，即是指以王勃为首的“四杰”诸人③，对盛行当时的绮靡风气的抗击与变革，因其“长风一振，众萌自偃”，以至于“后进之士，翕然景慕”，其影响之大，已甚为清楚。这些“后进之士”与王勃等“四杰”一道，形成了初唐散文史上的又一个作家群体。这一作家群体，不仅于当时的文风多所改变，

① 杨炯：《王勃集序》，《杨炯集》卷三，中华书局1980年版，第36页。
② 杨炯：《王勃集序》，《杨炯集》卷三，中华书局1980年版，第36—37页。
③ 杨炯：《王勃集序》中的“长风一振”云云，并非专指王勃一人，而是包括杨炯等人在内，此处独标王勃者，其实是杨炯的一种自谦之词，对此，何林天《重订新校王子安集·前言·王勃的文学成就》已曾言之，可参看。

而且还推出了一批“文学性散文”，如王勃的《春日送沈大虞三入洛诗序》《秋日饯别序》《春日送沈大虞三入洛诗序》，杨炯的《群官寻杨隐居诗序》《晦日药园诗序》、卢照邻《杨明府过访诗序》《释疾文并序》等，即为其例，其中，又以王勃《滕王阁诗序》最负盛名。这些“文学性散文”的问世，标志着这一时期作家们对于散文的审美性、抒情性等之认识，已上升到了一个新的高度。

（三）陈子昂作家群。这是一个在初唐诗文革新方面最为成功的作家群体。以陈子昂为例，据《四库全集》本《陈拾遗集》可知，陈子昂现存散文凡八卷，114 篇，其数量之多，在初唐仅次于唐太宗（274 篇）、唐高宗（153 篇），而名列第三。《陈拾遗集》中的《与东方左史虬修竹篇序》一文，虽重在提倡重建诗歌的“汉魏风骨”，但于散文的复古也不无影响，这从高步瀛《唐宋文举要》认为“韩公以前，文章复古之功，不能不推原伯玉已”①的评价，即略可获知。此则表明，陈子昂之于散文的“复古”，也是功莫大焉的。在散文创作方面，陈子昂则以《谏灵驾入京书》最为知名，卢藏用《陈子昂别传》所谓“时洛中传写其书，市肆闾巷，吟讽相属。乃至转相货鬻，飞驰远迩”云云②，所指即为此文在当时的影响。正因此，两《唐书·陈子昂传》即均将其移而录之。陈子昂的文学主张与在散文创作方面所获之成就，使得当时不少散文家皆集聚于其周围，从而形成了初唐时期的又一个作家群体，其中如卢藏用、宋之问、李峤、杜审言、崔融等人，即为这一群体中的中坚人物。这一作家群体的影响所至，盛唐初期以张说为代表的一批散文家，无不与之关系密切。在这些散文作家中，如苏瑰、苏颋、苏珦、薛稷、郭振、宋璟、席豫、赵冬曦、张嘉贞、韩休、苏晋、徐坚等人，于生卒年或者说年岁方面，乃有与陈子昂作家群相重合处，如陈子昂仅大张说 6 岁

① 高步瀛：《唐宋文举要》卷一，上海古籍出版社 1980 年版，第 18 页。

② 卢藏用：《陈子昂别传》，《全唐文》卷二三八，中华书局 1983 年影印本，第 2412 页。

者，即为其例①。而从“史”的角度审视，陈子昂作家群之诞生与形成，既前接“四杰”作家群，又开启了张说作家群，从而成为了一条关联初、盛唐散文发展的纽带，因而在唐代散文史上，意义重大，影响深远。

二、初唐散文的基本类别

据《全唐文篇名目录及作者索引》的粗略统计可知，283 位已知的初唐散文作家之散文数量，总计为 2233 篇②，人均约 8 篇。而无论是人均 8 篇之数，抑或 2233 篇之总量，皆表明了一个值得注意的文学史事实：即初唐的散文作者、作品数量，在有唐一代乃是无法与盛、中、晚三唐相比的。这是因为，据《全唐文》附于卷首的《出版说明》可知，《全唐文》共“衮辑唐五代文一万八千四百八十八篇，作者三千零四十二人”③。由是而观，现已知的初唐散文作家作品，在一部《全唐文》中所占比例，与其发展状况还是颇相符合的。而且，在 283 人的 2233 篇散文中，拥有 100 篇以上散文的作家则有 6 人之多，其依序为：唐高祖(102 篇)、唐太宗(274 篇)、李峤(157 篇)、唐高宗(153 篇)、王勃(125 篇)④、陈子昂(114 篇)。这一数量表明，初唐的高产散文家也是不乏其人的。而且，这种数量实况(指 7 人的 925 篇散文)较之盛唐散

① 关于陈子昂与张说生卒年，具体参见拙著《唐人生卒年录》“陈子昂”与“张说”条，贵州人民出版社 1989 年版，第 102 页(张说)、第 114 页(陈子昂)。

② 这一数量有两点需加说明，一是初唐时期所有的赋均未计入其内，二是因系笔者手工检索所致，恐有不确。

③ 具体参见中华书局 1983 年影印本《全唐文·出版说明》第 1 页。

④ 王勃散文的 125 篇之量，乃系据山西人民出版社 1990 年版何林天《重订新校王子安集》统计所得，特此说明。

文作家作品(超过 100 篇者凡 4 人，散文总数为 1613 篇)而言①，虽于作品数量上明显不及，但在作家数量上却是较其为多的。这就是初唐散文的一种历史真实。

着眼于文学类型的角度，初唐的 2233 篇散文，主要可分为两大类，即“文学性散文”与“非文学性散文”。“文学性散文”的衡量标准，一般而言，主要有三，即审美性、抒情性与描写性。换言之，审美性、抒情性、描写性构成了散文的“文学性”，故而，“文学性散文”之文之名，即因此而始。凡不符合此“文学三性”者，即为“非文学性散文”。“非文学性散文”的核心点，也主要表现在三个方面，即一为公牍性，二为应用性，三为即时性。而此，也是导致唐代“非文学性散文”数量众多的一个重要原因。初唐的“文学性散文”，主要表现在一些“序”类散文方面，如诗序、宴序、别序等，其中，最具典范性者，即为王勃的《滕王阁诗序》。王勃此文的“文学三性”之强，在有唐一代几无可比。其他如王勃的《秋日游莲池序》《晚秋游武担山寺序》《秋日饯别序》，陈子昂的《送吉州杜司户审言序》《晖上人房饯齐少府使入京府序》等，即皆为“文学性散文”之属。总体而言，初唐时期虽然出现了《滕王阁诗序》这样的“文学性散文”名篇，但“文学性散文”的数量既少，文体样式亦甚单一(指主要为“序”类散文)。这种实况表明，初唐“文学性散文”之于有唐一代，乃属于其“史”的初始期。着眼于散文史的角度，在唐代“文学性散文”的发展方面，盛唐时期虽有张嘉贞《古桥铭并序》、李白《春夜宴从弟桃花园序》、王维《与山中裴迪秀才书》等文的问世，但其真正成为一种创作风气者，则得力于盛、中唐之际元结的一系列“记”类与“铭类”散文，如《元次山集》中的《茅阁记》《寒亭记》《浯溪铭》《东崖铭》等，即皆为“文学性散文”之属。由元结而柳宗元，“文学性散文”之于

① 据《全唐文篇名目录及作者索引》可知，盛唐散文家之散文数量超过 100 篇者，仅有 4 人，即唐玄宗(903 篇)、苏颋(290 篇)、张九龄(247 篇)、张说(173 篇)。

唐代，才得以蓬勃发展，蔚为壮观。

“非文学性散文”是初唐散文的主流。这一事实的存在，主要由两大因素所决定，其一是作者几乎全为“官吏散文家”；其二即这类散文所特有的公牍性与应用性等。就文体样式而言，这类散文主要包括教、令、敕、诰、册、赦、批、疏、奏、书、表、记、叙、启、录、判、论、议、说、答、露布、弹文、序、赞、传、状、对、铭、颂、祭、碑、碑铭、墓志、行状等，有近百种之多。对于这些文体样式的功能与作用，明人吴讷《文章辨体序说》、徐师曾《文体明辨序说》均有较详细之论述，可参看，此不具述。而据《全唐文篇名目录及作者索引》可知，初唐“非文学散文”的文学样式中主要者为：授、诏、制、令、敕、诰、册、赦、论、赞、序、书、表、启、状、铭、颂、祭、碑、碑铭、墓志、行状。这些文体样式，就其功能与述写的内容言，又大致可分为以下诸种：

（一）“诏制类散文”。这类散文，除诏、制二者外，还包括教、诏、制、令、敕、诰、册、赦、批等，其作者主要为皇帝，篇短而语简，如唐高祖李渊《授老人等官教》、唐太宗李世民《加李靖特进制》、唐高宗李治《监国求贤令》、唐中宗李显《贬敬晖等诏》等。一般而言，这类“非文学性散文”，不仅与“国事”及人事任免等密切相关，而且还具有很强的即时性与威慑力，因而又有“圣旨”之称，如杜甫《江陵望幸》中之“甲兵分圣旨”之“圣旨”，所指即为此类“诏”类散文。至盛唐，这种“诏制类散文”，则可由宰相代而为之，如张九龄《诸王实封制》《敕置十道使》等文，即为其例。

（二）“书疏类散文”。这类散文以书为主，疏、启、奏、状等亦属其内，其中，又以“书”类散文与“启”类散文的数量为多。一般而言，以书、启为文者，必与“上”“献”“与”等相关联，其所反映的，则是作者多有求于某权贵或者上司，如王勃《上刘右相书》《上明员外启》，骆宾王《与陈将军书》《上兖州刺史启》等。所以，这类散文之于初唐，大多属于干谒之作。但也有一些“书”“启”类散文，属于作者对某种事物、现象之认识或者陈述的。而“疏”类散文与“奏”类散文，则主要为臣子向皇帝所上之奏章，如郭震《论去四镇兵疏》、姚崇《请东都别立义宗庙奏》等。

（三）“表序类散文”。这类散文，主要包括表、序、记等，其中，“表”类散文则为其核心所在。徐师曾《文体明辨序说》认为，“表”作为一种文体，主要是用来“陈情”的，正因此，初唐时期的许多“表”类散文，几乎都具有这一特点。以陈子昂的此类散文为例，如《为义兴公求拜扫表》《为宗舍人谢赠衣物表》《为建安王贺破贼表》等，即无不与“陈情”相关。而《为人陈情表》一文，仅就题目言，其“陈情”的特点已相当清楚。“序”则情况有二，一是初唐时期的“文学性散文”几乎都以此为载体，二即作为“非文学性散文”的“序”，主要是一些书序，如陆元朗《经典释文序》、贾公彦《周礼正义序》、裴孝源《贞观公私画史序》、吕才《东皋子集后序》等。

（四）“碑志类散文”。这类散文，主要包括碑、祭、碑铭、墓志、行状等，除德政碑、行状外，其所述写的内容，一般为死者的世系、生平事迹与婚姻状况，颇具“三段式”之特点。而有些“碑志类散文”，则分为“碑”与“铭”两部分，有的则仅有“碑”而无“铭”。“铭”一般作“铭曰”，由四言韵语构成，具有较强的抒情色彩。但也有“碑”类散文或“碑铭”类散文，并非是写人的，如魏徵《九成宫醴泉碑铭》一文，即为其例。

（五）“议论类散文”。这是一种具有理性特点的“非文学性散文”，主要包括议、论、赞、说等文体样式。初唐时期的这类散文，最多者为议，其次为赞，论则又次之。以“议”类散文言，如房玄龄、魏徵、颜师古、岑文本、许敬宗、韦挺、敬播、徐有功、吴扬昊等数十人，就都为其之作者。而“赞”类散文，则以杨炯为最，《全唐文》收录其此类散文整30篇，数量之多，初唐无人可与之相比。杨炯的“赞”类散文，所涉对象多为地方官吏，如刺史、长史、参军、县令、县丞、主簿等，乃应有尽有。“论”类散文虽然数量较少，但却多有名篇佳构，如唐太宗

《王羲之传论》、朱敬则《陈后主论》等“人物论”，因各具鲜明特点，而成为选家所必选之文。

总体而言，初唐“非文学性散文”，大致由此五类构成，其数量既多，作者亦众，成为这一时期散文史上的一大亮点。后人大凡论说初唐散文者，之所以多在此类散文中着墨者，其原因即在于此。

三、初唐散文的创作特点

作为唐代散文史的一个重要组成部分，初唐散文与其后的盛、中、晚三唐散文相比，在作家队伍、作品数量、题材内容等方面，虽然要相差许多，但其自身之种种特点，却是甚为鲜明的。而且，这些特点既风采独具，又互为交融，从而构成了这一时期散文的一大闪光点。初唐散文的繁荣与发展，即因了这一闪光点的存在，而迥异于南朝散文，并迸发出一种强烈的时代气息。所以，从总的方面讲，初唐散文也是自有其个性与风采的。

初唐散文的“文学性散文”虽然数量较少，但其发展的势头却并不亚于盛唐，而且，王勃《滕王阁诗序》这样的佳构，还一直为当时与之后的散文家所雅慕，如后王勃约 200 年的韩愈，即为具有代表性的一例①。所以，无论从何种角度审视，王勃《滕王阁诗序》存在于初唐的实况，都成为这一时期“文学性散文”的一个亮点。虽然如此，“非文学性散文”为这一时期散文的主流，则为事实。这是因为，王勃等人的“文学性散文”，主要是这类散文中之“表序类散文”分化所致。这其实是一种文学上的“旁逸斜出”。而正是这种“旁逸斜出”，使得初唐散文的大厦，乃由“文学性散文”与“非文学性散文”所共同支撑。仅就这一

① 关于韩愈对王勃《滕王阁诗序》之雅慕，具体参见其《重修滕王阁记》一文，该文载中华书局 1983 年影印本《全唐文》卷五五七，第 5635 页。

方面言，初唐“文学性散文”的数量虽少，但其所存在的文学史意义，却是不可等闲而视的。此为其一。

其二是对“梁陈旧习”的新变。在初唐104年的散文发展史上，作家们首先面对的，即是深受“江左遗风”的影响，后人所谓“沿袭梁陈旧习”者，便是就此而言。而受这股“旧习”之影响最大的，则是“非文学性散文”中的“诏制类散文”与“书疏类散文”，对此，《全唐文》卷首之唐高祖李渊102篇此类之文，即可为例。李渊的这102篇散文，共由教(7篇)、令(3篇)、制(8篇)、诏(71篇)、敕(1篇)、诰(3篇)、誓文(1篇)、册文(3篇)、疏(1篇)、书(4篇)所组成。这一实况表明，“制”类散文乃为李渊“非文学性散文”之大端，而此，与其皇帝的身份正相契合。李渊的71篇制文，虽然具有很强的“应用性”与“即时性”特质，但却多以骈体而为(兼有少量散体)，且以四言相对为主，这自然是受“梁陈旧习”影响的结果。其后的唐太宗李世民之“诏制类散文”等，亦大抵如此。但李世民的“非文学性散文”，又毕竟与乃父的同类之作有别，其中最具代表性者，即为其之“论”类散文，如《民可畏论》《政本论》《笔法论》《指法论》《笔意论》等，不仅皆属运散入骈(基本上是散多骈少)之作，而且用笔简练，风格朴实，而自成特色。这是一批具有新变特点的“论”类散文，也即上所言之“新散文”。这些新散文的存在，表明作为皇帝的李世民，在“诏制类散文”之外，于其他散文的创作中，对“梁陈旧习”曾大加变革。故而，以魏徵为代表的一批“京城派”散文家，即力主仿效之，并最终使得这一时期的“非文学性散文”，极具骈散相兼、以散为主的新散文特点。如上举魏徵《论时政第二疏》一文，即为此类新散文之翘首。在这篇新散文中，由于魏徵提出了著名的“十思”，故其又名《谏太宗十思疏》。“十思”的具体内容，依序为：“思知足以自戒”，“思知止以安人”，“思谦冲而自牧”，“思江河而是上百川”，“思三驱以为度”，“思慎始而敬忠”，“思虚心以纳下”，“思正身以黜恶”，“思无因喜以谬赏”，“思无因怒而滥刑”。而值得注意的是，魏徵对此“十思”的提出，全部是建立在“散行单句”之基础上的，故成为改变“梁陈旧习”的一种样本散文。

其三即讲究即时性，内容充实恳切。与南朝散文的“无病呻吟”相比，初唐散文无论是“文学性散文”抑或“非文学性散文”，大多内容充实恳切，具有很强的实用性。以“文学性散文”言，这类散文不仅有着切切实实的内容，而且感情充沛，意境清新，语言较为通俗，用典也较为自然，这在“陈子昂作家群”的一批“序”类散文中，表现得尤为明显。而“非文学性散文”中之“书疏类散文”“碑志类散文”“议论类散文“等，亦皆与“无病呻吟”相去甚远。不独如此，这类散文的有些篇什，还充分反映了作者的政治识见、理想志向等方面的内容，如魏徵《谏太宗十思疏》、王勃《上刘右相书》、骆宾王《代李敬业传檄天下文》、陈子昂《谏灵驾入京书》等，即为一些具有代表性的例子。陈子昂的《谏灵驾入京书》一文，据《资治通鉴》卷二〇三所载，乃写于弘道元年(公元683年)，是年，唐高宗驾崩于洛阳，灵驾将西归长安，陈子昂即上此书以谏之，武则天虽未准其奏，但却对是文称赞有加。对此，卢藏用《陈氏别陈据传》乃有载，云：

> 属唐高宗大帝崩于洛阳宫，灵驾将西归，子昂乃献书阙下。时皇上以太后居摄，览其书而壮之，召见问状。子昂貌寝寡，然言霸大略、君臣之际，甚慷慨焉。上壮其言而未深知也。乃敕曰：“梓州人陈子昂，地藉英灵，文称伟晔，拜台正字。”时洛中传写其书，市肆闾巷，吟讽相属。乃至转相货鬻，飞驰远迩①。

其中的“时皇上”(即武则天)“览其书而壮之”云云，即是对陈子昂政治识见的一种称许。正因此，陈子昂此文在当时不仅名动洛中，而且是“市肆闾巷，吟讽相属。乃至转相货鬻，飞驰远迩”。再如骆宾王《代李

① 卢藏用:《陈氏别传》,《全唐文》卷二三八，中华书局1983年影印本，第2412页。

敬业传檄天下文》，则更是一篇宏文。全文以“拥唐讨武”为基点，历数武则天的种种罪状，并号召天下，起而讨之，而当武则天读了此文后，不仅不加指责，反而于作者大加赞赏，以至于认为“宰相安得失此人”！对此，《新唐书·骆宾王传》乃有详载，兹不具引。这两例足以表明，初唐时期的“非文学性散文”，是极具即时性之特点的。

其四为娴熟的作法技巧。唐人无论是写诗还是作文，均极讲究“作法”之道，这从杜甫的“佳句法如何”“法自儒家有”等诗句中①，即略可窥之。据陆游《老学庵笔记》卷八所载，唐代有“《文选》烂，秀才半”之谚语，表明《文选》之与唐代的“秀才”考试，乃是颇具关联的，考生通过学习《文选》后之所获，即为其中各体之作法。而杜甫《宗武生日》一诗中的“精熟《文选》理”，又可为之佐证。所谓“《文选》理”，实即《文选》所涵括的各种前人文体的作法。初唐人之所以特重《文选》者②，其原因即与作法关系密切。而上述“太宗作家群”等三个散文作家群体，对于“作法”之道自是极为精熟的，因而其无论是于“文学性散文”抑或“非文学性散文”，都可谓得心应手、挥洒自如。更有甚者，则是匠心独运，而有似于写诗那样“语不惊人死不休”，如魏徵《谏太宗十思疏》、王勃《滕王阁诗序》、骆宾王《代李敬业传檄天下文》诸文，以及王绩《答刺史杜之松书》、李善《进文选表》（一作《上文选注表》）、陈子昂《堂弟孜墓志铭》等文，即皆为这方面的代表作。王绩《答刺史杜之松书》一文，主要是针对绛州刺史杜之松邀请其到绛州刺史府“讲学”的回信。在这封回信中，王绩对于杜之松的邀请，乃进行了明确拒绝，理由则是：

> 下走意疏体放，性有由然，并弃俗遗名，为日已久。………兄

---

① 所引两句杜诗，分别出自《寄高三十五书记》《偶题》二诗，具体参见中华书局 1961 年版浦起龙《读杜心解》卷三之一、卷五之三，第 355、761 页。

② 唐人注《文选》者，乃始于初唐学者李善，对此，《全唐文》所著录之李善《进文选表》（第 1896 页）、《两唐书·李善传》均有记载，可参看，此不具引。

> 弟以俗外相期，乡闾以狂生见待。歌去来之作，不觉情亲；咏招隐之诗，唯忧句尽。………高吟朗啸，挈榼携壶，直与同志者为群，不知老之将至①。

即认为自己任性率真，习惯了放达不羁的隐居生活，不仅无意于功名富贵，而且极厌恶官场的应酬。全文层次分明，条理清晰，语言平淡自然，虽偶有骈句，但却极具质朴清新之特点。所用典故(指事典)，如“渊明对酒”“叔夜携琴”“罗含宅内”“孙绰庭前”，既皆属明典，又如若己出。凡此，均表明王绩之于散文作法技巧的精熟与挥洒自如。至于王勃《滕王阁诗序》与骆宾王《代李敬业传檄天下文》，更是初唐新散文的两篇佳构，前人对其作法技巧多所解析，此不述。

总而言之，初唐散文特别是一些新散文表现在创作方面的特点，与盛、中、晚三唐时期的散文一样，是丰富多彩的。而“文学类散文”藉此所获得的一系列艺术成就，自然就足以引人注目了。但文学史家们在论及初唐文学时，却很少有涉及初唐散文者，这不能不说是一种遗憾。

---

① 王绩:《答刺史杜之松书》,《东皋子集》卷上,《四库全书》本(第 1065 册),上海古籍出版社 1988 年影印本,第 20 页。

王勃散文综观

“初唐四杰”中的王勃，既是诗人，更是散文家。作为散文家，王勃流传下来的散文作品，《全唐文》载为101篇，这一数量在初唐散文史上，仅次于唐高祖(103篇)、唐太宗(274篇)、唐高宗(153篇)三人，而名列第四。《全唐文》所著录的这一数量，与王勃散文创作的实况，乃相去甚远，故自明人张燮始，即多有辑录其散文佚失者。而正是因了辑录者的努力，才使得王勃现所存见之散文乃有125篇之多(具体详下)，即其仅次于唐太宗、唐高宗而排名第三。王勃散文的这一数量，较其诗歌之88首乃明显为多。而且，在王勃的这些散文中，名篇佳构也并非少许，如《滕王阁序》《秋日游莲花池序》《晚秋游武担山寺序》等，即皆为其例。而更重要的是，王勃的这些散文，还真实地反映了其政治理念、文学思想，以及对初唐社会的种种认识，因而具有极高的文献价值与史学意义。本文则着眼于文学的角度，对王勃的这些散文首次作一较全面之观照。

一、王勃的散文实况

据《四库全书》本附于《王子安集》卷首之杨炯《原序》所载，王勃死后未久，杨炯为之整理遗著，“缀其存者，才数百篇”，将其“分为二十卷，具诸篇目”①，而编为一集。但刘昫、欧阳修、辛文房等编撰之《旧唐书》《新唐书》《唐才子传》，则均著为三十卷，此三十卷是否为杨编之旧，不得而知。然则无论是二十卷本抑或三十卷本，于明皆未之见。正因此，崇祯时福建人张燮(字绍和)即将所辑录之王勃诗文，编成《王子安集》十六卷，入清，永瑢等馆臣编《四库全书》时，即据以收入。此种《王子安集》共有散文 13 卷(卷三至卷十六)，凡 85 篇。1990 年，山西人民出版社出版了何林天整理本《重订新校王子安集》(本文以下对王勃散文的论述，即以此本为主，为便于行文，将其简称为“王集”，特此说明)，则著录散文 15 卷(含佚文一卷、补遗一卷)，凡 125 篇②，是目前收文最多的一个王勃集本③。但何本虽署名为“何天林校注”，实则无只字之注。

“王集”所收录的 125 篇散文，就其文体形式言，主要有序、表、启、论、颂、赞、碑、行状、记、碑铭等，以初、盛唐散文的发展概貌论，则大致可分为“表序类散文”“书疏类散文”“碑志类散文”“议论类散文”四大类，而“表序类散文”则又为其精华所在。“王集”中的“表序类散文”，主要由表与序组成，其中，表为 1 卷，4 篇；序凡 6 卷，64 篇(卷四 8 篇、卷五 10 篇、卷六 13 篇、卷七 12 篇、卷十七 21 篇)，二者共计 68 篇。据中华书局 1988 年版《全唐文篇名目录及作者索引》可知，“王集”中“序”类散文的 64 篇之量，在初、盛唐时期乃无人可与之相比。而且，王勃散文中的一些名篇，几乎都出自这类“序”文，此则表明，“表序类散文”(主要为“序”类散文)在王勃现所存见的散文中，

---

① 杨炯：《王子安集原序》，《王子安集》卷首，《四库唐人文集丛刊》本，上海古籍出版社 1992 年影印本，第 6 页。

② 何本“王集”之 125 篇散文，包括卷十《平台秘略论十首》、卷十二《平台秘略赞十首》，即其各以 10 篇共 20 篇散文计，特此说明。

③ 据“王集”附于书末的《校勘后记》可知，“王集”所用底本，为明人张燮所辑录编刻之《王子安集》十六卷本，即与《四库全书》本《王子安集》为同一系统，二者所不同者，是“王集”在其十六卷的基础上增加了佚文一卷，而使之成为第十七卷。

乃是占有相当重要的地位的。而事实也正是如此，这从王勃最著名的《滕王阁诗序》乃属于此类散文者，即可准确获知。

《滕王阁诗序》一文，其题一作《滕王阁序》(如王定保《唐摭言》卷五)，又作《秋日登洪府滕王阁饯别序》(如蒋翊《王子安集注》卷八)，所名非一，这一实况表明，此文在流传的过程中，人们于其题乃是多所修改的。从文学的审美性、抒情性、描写性言，王勃此文，不仅堪称其集中"文学性散文"的第一文，而且也是初、盛唐"文学性散文"中一篇具有代表性的佳构。由于此文在写景与抒情方面，几乎均达到了审美之极致，因而产生了许多为时人与后人所传诵的名句。以写景为例，如"潦水尽而寒潭清，烟光凝而暮山紫"，"层台耸翠，上出重霄；飞阁翔丹，下临无地"，"山原旷其盈视，川泽纡其骇瞩"，"落霞与孤鹜齐飞，秋水共长天一色"等，即皆如是。而在抒情方面，则有"关山难越，谁悲失路之人；萍水相逢，尽是他乡之客"，"屈贾谊于长沙，非无圣主；窜梁鸿于海曲，岂乏明时"，"老当益壮，宁移白首之心；穷且益坚，不坠青云之志"，"无路请缨，等终军之弱冠；有怀投笔，爱宗悫之长风"，"杨意不逢，抚凌云而自惜；钟期相遇，奏流水以何渐"等。写景与抒情的互为结合，使得全文情景交融，浑然一体。唐宪宗元和十五年(公元820年)，韩愈"承公命"写《新修滕王阁记》时，曾对此文(以及王绪《滕王阁赋》，王仲舒《重修滕王阁记》)大加赞赏，并说"益欲往一观而读之，以忘吾忧"，当其写完《新修滕王阁记》后则又认为，"窃喜载名其上，词列三王之次，有荣耀焉"①。此文在唐人心目中所占之地位，仅此可窥其一斑。

"王集"中的《晚秋游武担山寺序》《秋日游莲花池序》《宇文德阳宅秋夜山亭宴序》《秋日宴季处士宅序》等文，在写景与抒情方面亦颇具特点。如《晚秋游武担山寺序》写武担山及山寺之景有云："蜀夫人之葬

---

① 韩愈：《重修滕王阁记》，《全唐文》卷五五七，中华书局1983年影印本，第5635页。

迹，任文公之死所。岗峦隐隐，化为阇崛之峰；松柏苍苍，即入园祇之树。引星垣于沓嶂，下布金沙；栖日观于长崖，旁临石镜。瑶台玉甃，尚控霞宫；宝刹香坛，犹芬仙阙。雕珑接映，台凝梦渚之云；壁题相辉，殿写长门之月。美人虹影，下缀虬幡；少女风吟，遥喧风铎。"①武担山，在今四川成都北郊，据范晔《后汉书》、常璩《华阳国志》记载，古蜀王爱妃开明氏、汉哀帝时以"占术驰名"的任文公，均葬于此山，文中"蜀夫人""任文公"两句，所写即此。之后，则是对武担山及山寺之景的描述。作者极目而眺，所见如岗峦、松柏、沓嶂、金沙、玉甃、霞宫、香坛、壁题等，皆由远而近，一一写来，使人读之如亲临其境一般，心旷而神怡。文章最后则以"昔者登高能赋，胜事仍存，登岳长谣，清标未远"一段文字，抒发了作者的"秋游"感慨，使得情、景互关，并收束全篇。《新唐书·王勃传》所谓"旷望慨然"者，即与此关系密切。从此文的体式、形制、结构等方面以论，其与《滕王阁诗序》几乎毫无轩轾，但《滕王阁诗序》内容之深广，语言之精练，境界之开阔，则又皆较此文为胜。虽然如此，将此文目之为初唐早期的"文学性散文"，还是较符合唐代散文发展之实况的。而且，"王集"中的这类散文，对于陈子昂之同类散文，如《送吉州杜司户审言序》《晖上人房饯齐少府使入京府序》等，不无影响，因为二者在写景状物、"旷望慨然"等方面，均具有较强的相似性。

"书疏类散文"也为"王集"散文之大端。此类散文主要包括书、疏、启、奏等，但"王集"无疏、奏，而以启为多(10 篇)，书则次之(6 篇)。从文章属性的角度言，"书疏类散文"虽然具有一定的"公牍"特征，但王勃集中的此类散文所反映的，或为作者对某一方面之认识，或为求人汲引以陈辞等，大多蕴含着一种"论辩"思致，因而具有较强的理论色彩，"王集"中的《上吏部裴侍郎启》《上郎都督启》《上绛州上官

---

① 王勃:《晚秋游武担山寺序》，何林天《重订新校王子安集》卷六，山西人民出版社 1990 年版，第 98 页。

司马书》等文，即皆属此类散文的代表。如《上吏部裴侍郎启》一文，开首即着眼于“猥承衡镜”四字，夹叙述夹议，将“小人”(作者自喻)的种种情事及对其之认识，一一道来，以希望裴侍郎能“暂停左右，少察胸襟，观述作之所存，知用心之有地”。全文逻辑严密，说理透彻，而作者态度之不卑不亢，亦尽寓其中。而且，《启》中“自微言既绝”至“天下之文，靡不坏矣”一段文字，还反映出了王勃对自屈宋以来文风的认识，而成为研究王勃文学思想的一份重要材料(具体详下)。又如为作者“童子”之时所作《上刘右相书》一文，亦颇具此等特点。此《书》首以“盖闻圣人以四海为家”切入，和盘托出作者之志，继引《书》《易》《语》《诗》等先秦典籍，以作进一步之申明，最后则落实到“伏愿辟东阁，开北堂，持之以上宾，期之以国士”的意愿上来，以结束全篇。此文通篇“理论”，而又通篇与“志”相关，且层层递进，章法严谨，论说恰到好处，是“王集”中一篇比较特别的上乘之作。而此，也是王勃“书疏类散文”有别于他人同类之作的一个重要方面。

“碑志类散文”在“王集”中也占有相当分量(包括卷十八补遗中的4篇，共15篇)，表明了王勃对于碑(10篇)、墓志(3篇)、碑铭(1篇)、行状(1篇)之类的散文，也是十分雅好的。这些“碑志类散文”所述写的内容，大致由三部分构成，即一为佛寺类(10篇)，一为人物类(含“行状”1篇，共3篇)，一为儒学类(1篇)，而前者又为其之主要者。这一实况的存在表明，王勃生前之于佛教的关系乃是甚为密切的。综而观之，王勃的这类碑文呈现出一个较为明显的特点，即其写佛寺时亦重在写人，也即重在对地方官吏损资修缮佛寺或者参加有关佛事活动的追忆与述写，所以，这类碑文实际上又成为了一种与佛教相关的“功德碑”。如《彭州九陇县龙怀寺碑》中的“县令柳公，讳明献，字太初，河东人也”一段文字，即是对彭州九陇县令柳明献等人于“贞观年中”在龙怀寺“遗址”上“发挥精舍”的追述，言词恳切，用语自然。又如《梓州玄武县福会寺碑》对“县令柳边”“县丞裴休”等行事之记载，《梓州飞乌县白鹤寺碑》对“县令独孤俭等”等涉佛之关联，即均属如此。“王集”中专写人的碑文，皆编于卷十八的“补遗”中，依序为《达奚员外郎墓志并序》《当仁县主墓志并序》《唐故河东处士卫某夫人贺拔氏墓志并序》，且均为“校注者”辑录于哈佛大学燕京图书馆所藏《唐王勃集残卷》①。从结构的角度言，这三篇碑文基本上采用的是“三段式”，即每篇均以“勾勒碑主世系”“述写碑主宦历”“介绍碑主配偶与子嗣”的程式为主，纯为叙事之作，而与抒情无涉。“四杰”时期写人的“碑”类散文，大抵如此。“儒学类”碑文，主要是指“王集”卷十三《益州夫子庙碑》一文。此文虽然对“圣人之大业”进行了多方面渲染，但落笔的重点则在“夫子”身上，故文末乃有“自生人以来，未有如夫子者也”云云。全篇体制宏大，结构严谨，上下古今，纵横开阖，而成为“王集”中“碑志类散文”另一种风格的代表作。

“王集”中的“议论类散文”，主要分为“论”与“赞”两大部分，除“论”类散文中的《三国论》《八卦卜大演论》二文外，《平台秘略论》与《平台秘略赞》之各 10 篇，就其体制以论，乃皆具“专著”之特色。杨炯《王勃集序》云：“所注《周易》，穷乎晋卦，又注《黄帝八十一难》，幸就其功，撰合论十篇，见行于代。”②其中之“撰合论十篇”，所指当即《平台秘略论》，而《平台秘略赞》则应是仿太史公之“赞曰”所致，因为二者各 10 篇之目录乃完全相同。又，《新唐书·王勃传》云：“沛王闻其名，召署府修撰论次《平台秘略》。书成，王甚爱之。”《平台秘略论》与《平台秘略赞》，即均与“修撰论次《平台秘略》”相关，此则表明，这 20 篇“论”“赞”散文，乃皆属王勃的早期之作。

二、王勃散文的特点

如果将《全唐文》与《全唐诗》略作比较，即可较为准确获知，初唐

---

① 具体参见何林天《重订新校王子安集》卷十八之《新辑子安佚著小说》一文，山西人民出版社 1990 年版，第 283—284 页。

② 杨炯：《王勃集序》，《杨炯集》卷三，中华书局 1980 年版，第 38 页。

虽然是一个以诗为主的国度，但散文创作也相当可观，如王勃现存 125 篇的散文之量，即是一个具有典范性的例证。仅就王勃这一“作家个案”言，其散文数量超出诗歌数量(“王集”含辑佚共收诗 78 题 93 首)近三分之一的实况，表明了王勃对于散文创作的极度雅好。王勃诗歌的特点，从总的方面讲，主要表现在内容与形式两个方面，前者具有较强的社会性与现实性，后者则被文学史家称誉为“开创了一种(古近体诗的)新局面”，而其散文亦大体如是。以王勃散文的思想内容言，鲜明的时代性与现实性则为其特点之一，如《上刘右相书》一文，即为这方面的一篇代表作。其有云：

> 伏见辽阳未靖，大军频进，有识寒心，群黎破胆。昔明王之制国也，自近而及远，先仁而后罚。……辟土数千里，无益神封；勤兵十八万，空疲帝卒。惊烽走传，骇秦略之甿；飞刍輓粟，竭淮海之费。于是乘奸放命者，出绳缧以生威；因公挟私者，入闾阎而竞法。虽一物失所，泰阶延旰食之忧；而百战方雄，中国鲜终年之乐。图得而不图失，知利而不知害，移手足之病，成腹心之疾。征税屈于东西，威信蹇于表里①。

在这段引文中，王勃面对“辽阳未靖，大军频进”的初唐社会现实，明确提出了反战争、反扩张的思想认识，因而对李唐王朝出兵讨伐高丽的行径进行了严厉批评。而斯时，写这篇《上刘右相书》的王勃只有 15 岁②。不独如此，王勃还于文中如是写道：“伏见皇明远烛，帝采遐宣。……惜哉！群英雾散，名侯招蔽善之嫌；天下雷同，君子鲜长鸣之地。而欲招绝足，致真龙，难矣。”指出朝廷因选才之弊端种种，而使得一些真正有才之士“鲜长鸣之地”，其最终的结果，则是导致了“群英

① 王勃：《上刘右相书》，何林天《重订新校王子安集》卷九，山西人民出版社 1990 年版，第 144 页。

② 张志烈：《初唐四杰年谱》，巴蜀书社 1993 年版，第 93 页。

雾散，名侯招蔽善之嫌”，以至于“致真龙，难矣”。15 岁的王勃之于社会现实的关注，仅此即可窥其一斑。类似者，“王集”中另有《上吏部裴侍郎启》《与人为蜀城父老书》等，兹不具引。

还值得注意的是，王勃散文鲜明的时代性与现实性，还反映在一些“表序类散文”之中，而又以序具有一定的代表性。“王集”中的“序”类散文，计有书序、诗序、宴序、别序、游序等多种类型，但无论哪一种，都不同程度地抒发了作者对现实不满的愤懑。以著名的《滕王阁诗序》为例，其中的“勃，三尺微命，一介书生，无路请缨”“杨意不逢，抚凌云而自惜”云云，即托出了王勃对现实的不满情绪。又如《越州永兴李明府宅送萧三还齐州序》一文有云：“况乎泣穷途于白首，白首非临别之秋；嗟歧路于他乡，他乡岂送归之地。”其中所谓“穷途”，所谓“歧路”，皆为作者对现实认识的一种真实反映。“王集”中的表，也不乏与现实相关联者，如《为原州赵长史请为亡父度人表》中之“于时元洛未清，双崤尚梗”云云，即为其例。

王勃散文的特点之二，是如实反映了其希望革新的文学主张。王勃生于唐高宗永徽元年（公元 650 年），斯时，距唐高祖李渊开国的武德元年（公元 618 年），仅 32 年之隔。这时的初唐散文界，由于经受了唐太宗“贞观之治”的洗礼，以及唐太宗之于散文创作躬身亲为的典范性影响，而推出了一批有别于六朝的佳构，如魏徵《谏太宗十思疏》、王绩《答刺史杜之松书》、杜之松《答王绩书》、房玄龄《谏伐高丽表》、杜淹《文中子世家》、虞世南《劝学篇》、颜师古《论封建表》等，即皆为其例。而生当此际的王勃，在经历了“龙朔初载，文场变体，争构纤微，竞为雕刻”①的“文场”现实后，其意欲改革当时文风与文章流弊之认识，即乃甚为明显，对此，“王集”中的《平台秘方府论 · 艺文三》《平台秘府赞 · 艺文第三》《上吏部裴侍郎启》等文，即多有所载。如《平台秘方府论 · 艺文三》：

① 杨炯：《王勃集序》，《杨炯集》卷三，中华书局 1980 年版，第 39 页。

> 论曰：《易》称："观乎天文，以察时变。"《传》称："言而无文，行之不远。"故文章经国之大业，不朽之能事。而君子所役心劳神，宜于大者远者，非缘情体物，雕虫小技而已。是故思王抗言词赋，耻为君子；武皇裁敕篇章，仅称往事，不其然乎？至若身处魏阙之下，心存江湖之上，诗以见志，文宣王有焉①。

不仅完全继承了曹丕《典论·论文》的观点，而且还针对现实提出了自己的看法，认为那些"君子"所谓的"役心劳神"，只不过属于"雕虫小技"而已，其与具有"经国之大业"特点的"文章"，简直无法相比。又如在《上吏部裴侍郎启》一文中，王勃则公然指出：

> 夫文章之道，自古称雄，圣人以开物成务，君子以立言成志。遗雅背训，孟子不为，劝百讽一，扬雄所耻。苟非可以甄明大义，矫正末流，俗化资以兴衰，家国由其轻重，古人未尝留心也。自微言既绝，斯文不振，屈宋导浇源于前，枚马张淫风于后。谈人主者，以宫室苑囿为雄；叙名流者，以沉酗骄奢为达。故魏文用之而中国衰，宋武贵之而江东乱。虽沈谢争鹜，适先兆齐梁之危；徐庾并驰，不能免周陈之祸。于是识其道者，卷舌而不言；明其弊者，拂衣而轻遁。潜夫昌言之论，作之而有逆于时，周公孔子之教，存之而不行于代，天下之文，靡不坏矣②。

这段文字所反映的，其实就是王勃的文学史观。从这一文学史观中不难看出，王勃是力主文学回到"周公孔子之教"的时代，也即"诗三百"的

① 王勃：《平台秘方府论·艺文三》，何林天《重订新校王子安集》卷十，山西人民出版社1990年版，第165页。

② 王勃：《上吏部裴侍郎启》，何林天：《重订新校王子安集》卷八，山西人民出版社1990年版，第135页。

时代的，正因此，其于文中对“枚马”“沈谢”“徐庾”等人之绮靡文风，皆提出了严厉批评。

王勃散文的第三个特点，是具有较强的抒情色彩。这一特点主要表现在64篇“序”类散文中，而其最具典范性者，即为《滕王阁诗序》一文。此文之抒情，情感真挚而又曲折多变，使得全文充溢着一股抑扬调畅之气，从而增强了文章的感染力，特别是后面部分一连串典故的运用，将作者胸中隐含着的对时政之不满，乃和盘托出。而“北海虽赊，扶摇可接；东隅已失，桑榆非晚。孟尝高洁，空余报国之情；阮籍猖狂，岂效穷途之哭”诸句，则属以“激昂语”以自作慰藉，因而其抒情的色彩更浓，也更强烈。又如《春日送沈大虞三入洛诗序》一文，作者于开首即抒发了其与友人的离别之情：“无鸟散背飞，尚有悲鸣之思；兽分驰骛，犹怀狂顾之心。况在乎人，能无别恨者也？”正因为作者于此文中所抒为与友人离别之情，故其笔下的景物描写亦充满了离愁别绪：“万物回薄，四野苍茫，云异色而伤远离，风杂响而飘别路。”作者之于友人分离时的伤感，藉此即可窥其大概。再如《秋日饯别序》一文，也是于开首抒发了与友人的离别之情：“黯然别之销魂，悲哉！秋之为气，人之精也，伤如之何？”其中“黯然”“销魂”“悲哉”“伤”等语词的运用，使得本文之抒情较《春日送沈大虞三入洛诗序》更甚，因而也更具特点。

王勃散文的第四个特点，是通篇虽以骈体而为，但却于“守旧”中刻意创新。无可否认，王勃现存的125篇散文，乃全用骈体写成，因此有迳称其为骈文者，但若将王勃的这类“骈文”与六朝同类之作相比，则又是大有区别的。而这种区别，即成为王勃“骈文”的重要特征。这大致表现在三个方面。首先是内容充实，感情真挚，不作无病呻吟。一般而言，六朝的散文(骈文)，由于受“江左之风”的影响，大多具有内容空虚、专事雕饰之弊端，而王勃散文，无论是序、表、启、论，抑或颂、赞、碑、记等，皆言之有物，内容恳切而又充实，且具有相当的时代特性(说详上)。其次是多鸿篇巨制，体大思深，而自成一格。“王集”中如《滕王阁诗序》《上刘右相书》《上吏部裴侍郎启》《九成宫颂》《益州夫子庙碑》等文，即皆为此类特点的代表作。再次为艺术上的创获。骈文的最大特点是注重对偶，讲究用典，堆砌词藻，而王勃的上述之四类散文，语言渐趋通俗，用典较为自然，感情真挚而饶有骨气，给人一种清新刚劲的审美享受。有此三者，王勃散文之在初唐自成特色者，也就不言而喻。

三、王勃散文的影响

王勃散文的影响，与其诗歌一样，即主要表现在两个方面，一为对时人的影响，一为对后人的影响。王勃散文对时人的影响，本文第一节言及陈子昂“序”类散文多与其关联者，即可为例(具体详上)。又，杨炯《王勃集序》有云：“思革其弊，用光志业。薛令公朝右文宗，托末契而推一变，卢照邻人间才杰，览青规而辍九攻。知音与之矣，知已从之矣。于是鼓舞其心，发泄其用，八弦驰骋于思绪。”其中的“知音与之矣，知已从之矣”云云，便是时人受王勃影响之证。而从“知音”“知已”诸词推敲，则又可知当时受王勃之影响者，当包括“初唐四杰”中的“三杰”于其内，即杨炯本人也有可能受到过王勃的这种“鼓舞其心”的影响。《序》又云：

> 长风一振，众萌自偃，遂使繁综浅术，无藩篱之固；纷绘小才，失金汤之险。积年绮碎，一朝清廓，翰苑豁如，词林增峻。反诸宏博，君之力焉；矫枉过正，文之权也。后进之士，翕然景慕，久倦樊笼，咸思自释。近则面受而心服，远则言发而响应，教之者逾于激电，传之者速于置邮①。

---

① 杨炯：《王勃集序》，《杨炯集》卷三，中华书局1980年版，第36—37页。

这段文字所谓“积年绮碎，一朝清廓”“反诸宏博，君之力焉”云云，是指王勃对盛行当时的绮靡风气之抗击与变革，因其“长风一振，众萌自偃”，以至于“后进之士，翕然景慕”，影响之大，藉之即可窥其一斑。其中所言，虽然重在“词林”，但从“文之权也”的角度言，散文也应是包含其中的。更何况，初唐“词林”中人，都是擅长于散文创作的里手，如长孙无忌、于志宁、颜师古、杜淹、杨师道、岑文本、李义府、杜之松、虞世南、王绩、骆宾王、卢照邻、杨炯等，即皆可为证。

正是因为王勃的“长风一振”，才导致了“后进之士，翕然景慕，久倦樊笼，咸思自释”局面的产生，这种“翕然景慕”的盛况，实则为唐代文学史所少有。又，辛文房《唐才子传》卷一《王勃》有云：“勃属文绮丽，读者甚多，金帛盈积，心织而衣，笔耕而食。”①其中的“读者甚多”，所表明的亦是影响甚大。若从具体散文篇名言，从卢照邻《释疾文》、骆宾王《与博昌父老书》、杨炯《群官寻杨隐士诗序》等文中，均可见王勃散文的影子。凡此，均表明王勃散文对于时人的影响，乃是甚为明显的。

王勃散文对于后人的影响，永瑢等编《四库全书总目》卷一四八所撰之《王子安集》“提要”，已略有所载。为便于认识，兹抄录部分如下：

> 段成式《酉阳杂俎》曰：张燕公尝读勃《夫子学堂碑颂》“帝车南指，遁七曜于中阶；华盖西临，高五云于太甲”四句，悉不解，访之一公，一公言：“北斗建午，七曜在南方，有是之祥，无位圣人当出，华盖以下卒不可悉。”《容斋随笔》亦曰：“王勃等四子之文，皆精切有本原，其用骈俪作记序碑碣，盖一时体格如此。”而后来颇议之。杜诗云：“王杨卢骆当时体，轻薄为文哂未休。尔曹身与

① 傅璇琮主编：《唐才子传校笺》卷一，中华书局1987年版，第32页。

名俱灭，不废江河万古流。”正谓此耳。身名俱灭以指轻薄子，江河万古指四子也①。

在这段“提要”中，《四库全书总目》的编者先后引了段成式《酉阳杂俎》、洪迈《容斋随笔》、杜甫《戏为六绝句》其二，所载张说、一公(即僧人一行)、洪迈、杜甫诸人于王勃散文或解读或称颂的事实，乃属王勃散文对张说等人之影响，当乃无疑。而还应注意的是，在初、盛唐之际有“大手笔”之称的张说，一生创作散文173篇，其中属于“碑志类散文”者则有77篇之多②，这一实况表明，张说之于此类散文的创作也是相当雅好的，正因此，其才于王勃《夫子学堂碑颂》(“王集”题作《益州夫子庙碑》)甚感兴趣，并对其进行了文本细读。此则表明，张说的“碑志类散文”，在创作经验方面之于王勃散文特别是《益州夫子庙碑》一文，应是多有借鉴或者参考的。

又，上举韩愈“承公命”所写之《新修滕王阁记》一文，亦是王勃散文影响后人的一则很好的例证。在此文中，韩愈不仅针对王勃《滕王阁诗序》记述了他“欲往一观而读之，以忘吾忧”的急迫心情，而且还“窃喜载名其上，词列三王之次，有荣耀焉”，即认为其名能与王勃同列滕王阁而感到非常高兴，则王勃其人其文之于韩愈的影响，仅此即可窥其端倪。若仅就这方面言，一生以“复古”为己任的韩愈，之所以在《劝学记》等文中多以骈句而为者，应是与受王勃《滕王阁诗序》之“骈文通俗化”的影响不无关系的。

---

① 永瑢等：《四库全书总目》卷一四八《王子安集》提要，中华书局1965年影印本，第1277页。

② 关于张说散文的数量与其“碑志类散文”的数量，具体参见《四库全书》本《张燕公集》，此不具述，特此说明。

卢照邻散文论略

在“初唐四杰”中，卢照邻散文的数量是最少的。明人张燮《幽忧子集》，《四库全书》本《卢昇之集》之卷六、卷七，均著录了序、书、赞、碑、对问等14篇(前者8篇，后者6篇)；卷四、卷五则有“骚文”3篇，即《五悲》1篇、《狱中学骚体》1篇、《释疾文》1篇(亦有称《五悲》为“五篇”、《释疾文》为“三篇”者，本文概以一篇计，特此说明)，共17篇。中华书局1980年点校本《卢照邻集》，则据《文苑英华》《全唐文》辑补2篇，即《三国论》与《郑太子碑铭》，合计19篇。卢照邻的这19篇散文，较之王勃散文(含补遗共125篇)少了整106篇，较之杨炯散文(含补遗共46篇)少了27篇，较之骆宾王散文(36篇)则少了7篇。这一实况似可表明，卢照邻作为一位文学家，主要是以诗歌擅长而以散文为其次。虽然如此，卢照邻的散文，却具有内容充实、感情真挚、语言朴实、骈散相兼而以散为主等特点，其中一些著名篇什，如《五悲》《释疾文》诸文与一些“集序”“诗序”等，多为散文选家所必选，如高步瀛《唐宋文举要》即为一例。所以，作为散文家的卢照邻，之于唐代散文的发展与繁荣，也作出了应有的贡献。

一、独具一格的“骚体”文

所谓“骚体”，又称“楚辞体”，而以“楚辞体”为文者，则当首推汉初贾谊《吊屈原文》一文①。对于贾谊是文，昭明太子萧统编《文选》时，既未将其目之以诗，也未将其视之为赋，而是编于卷六十之“吊文”内，朱熹编撰《楚辞集注》时，则在该书卷八中将其编于“楚辞”类。从文体学的角度言，《吊屈原文》显非辞赋之属，故《文选》之所编为是。朱熹于《楚辞集注》之归类，虽然是考虑到了《吊屈原文》的“骚体”特性，但唐人以“骚体”为文者，乃并非少许，如元结、柳宗元、韩愈等人，即皆曾为之。而卢照邻的《五悲》《释疾文》《狱中学骚体》诸文，亦均属如此。所以，从渊源的角度审视，卢照邻《五悲》《释疾文》等文，乃是与贾谊《吊屈原文》不无关联的。《吊屈原文》以屈原为“吊”的主要对象，而《释疾文》等文之“释”之“悲”的对象，则主要为卢照邻本人，这是二者最大之不同。

从初唐散文的类别言，《五悲》与《释疾文》，理应为两篇“文学性散文”，因为其之于“文学三要素”(指审美性、抒情性、描写性)，乃皆具备。卢照邻以“骚体”而为的举措，则又使得这两篇散文更是别具一格。据《旧唐书·卢照邻传》所载，《五悲》与《释疾文》皆为卢照邻晚年所作，其云：“后疾转笃，徒居阳翟之具茨山。著《释疾文》《五悲》等诵，颇有骚人之风，甚为文士所重。”②而《释疾文并序》则谓：“余羸卧不起，行已十年。”按卢照邻“羸卧”之始年，其《与洛阳名流朝士乞药直书》一文略有所载，云：

昔在关西太白山下，一隐士多玄明膏，中有丹砂八两，予时居贫，不得好上砂，但取马牙颜色微光净者充用。自尔丁府君忧，每

---

① 与贾谊(公元前200—前168年)相前后者，虽有淮南王刘安(公元前179—前122年)所作之《招隐士》，但其乃为赋而非文，故本文此处乃言以“楚辞体”作文者，“当首推贾谊《吊屈原文》一文”。刘安《招隐士》为赋，其序已明言之，具体参见《文选》卷三十三，中华书局1977年影印本，第476页。

② 刘昫等：《旧唐书·文苑传·卢照邻传》，中华书局1975年版，第5000页。

一号哭，涕泗中皆药气流出，三四年卧羸苦嗽，几至于不免①。

据此，则卢照邻“羸卧”之初，自当在其“丁府君忧”期间因吞食“玄明膏”而中毒之际。对于卢照邻的“中毒”等事况，傅璇琮《唐才子传校笺·卢照邻传》系于“上元二年中或三年初”，合勘之，则“余羸卧不起，行已十年”，就应在唐睿宗文明元年(公元684年)或者武则天垂拱元年(公元685年)，而此二文之作，也自应在此之时。又据《狱中学骚体》一文可知，卢照邻之雅好于“骚体”者，乃始自“狱中”之时，其后，即作《五悲》《释疾文》二文。卢照邻因事下狱，其集中之《穷鱼赋并序》已有言：“余曾有横事被拘，为群小所使，将致之深议，友人救护得免。”但“有横事被拘”于何时，其“横事”又所指为何，因资料所限，皆难确考。

《狱中学骚体》凡18句，全文以“骚体”所特有的抒情语辞(主要指句中、句末的“兮”字之用)与句式，重点述写了作者在“圜户”中“心思君兮君不将”的感慨，以及急切盼“归”(昭雪出狱)的心情。约在此文之后数年，卢照邻分别撰写了《五悲》与《释疾文》二文②。《五悲》依序由“悲才难”“悲穷通”“悲昔游”“悲今日”“悲人生”五部分组成，分则各自独立，合则为一文。作者之所以作“五悲”而非“六悲”“七悲”者，主要是认为“天有五星，地有五岳，人有五章，礼有五礼，乐有五声”，因而仿之，“以申成物之情，传之好事耳”。作为一篇“骚体”散文，“五悲”关键的思想点，在于较为全面地反映出了卢照邻对“古往今来”的社会认识，以及其不甘于现状而又无可奈何的那种凄苦心情。正因此，作

① 卢照邻：《与洛阳名流朝士乞药直书》，《卢昇之集》卷七，《四库全书》本，上海古籍出版社1988年影印本(第1065册)，第334页。

② 就《狱中学骚体》一文而言，其作年显然在《五悲》《释疾文》之后，但现存之各种版本的卢照邻集，如明刊本《幽忧子集》《四库全书》本《卢昇之集》，以及中华书局点校本《卢照邻集》等，均将《狱中学骚体》置入《五悲》之后，当是有违卢照邻生前所自编集之原意的。卢照邻生前所自编集之实况，参见其《穷鱼赋并序》。

者即如是写道：

> 若夫管仲不遇齐桓，则城阳之赘婿；太公不遭姬伯，亦荆棘之渔夫。一仁一义，柴也来兮由也醢；一忠一孝，微子之去箕子奴。圣人百虑而一致，君子同归而殊途。……变化与屈伸交逐，穷达与存亡并驱。因其所有而有之，则万物无不有；就其所无而无之，则万物无不无。有窍而生，宁唯混沌；无用而饱，何独侏儒。是以蘧伯玉卷兮长卷，宁武子愚兮更愚①。

文中依序次例举了管仲、太公、高荣、仲由、微子、箕子、蘧伯玉、宁武子等历史人物，以旨在揭示“遇”与“不遇”的重要性：如果当年管仲不遇齐桓公，吕尚不遇周文王，二人就有可能永远地一为“城阳之赘婿”，一为“荆棘之渔夫”了。卢照邻虽然自称满腹经纶，博学多才，但却始终遇不到一位知音，而此，即为其撰著《五悲》之“悲”的原因所在。

《释疾文》是一篇较《五悲》要豁达得多的“骚体”文。其并序有云：“余羸卧不起，行已十年，宛转匡床，婆娑小室，未攀偃蹇桂，一臂连踡。……赋命如此，几何可凭。今为《释疾文》三篇，以贻诸好事。虽盖作《易》者其有忧患乎？删《书》者其有栖遑乎？《国语》之作，非瞽叟之事乎？《骚》文之兴，非怀沙之痛乎？”②交待了因“羸卧不起”而作“《释疾文》三篇”的缘由。继之，则于“粤若”“悲夫”“命曰”这“三篇”之中，仿效屈原《离骚》，对其一生之行事进行了回顾与总结，并从中悟出了一些新的人生认识，如“有才无时，亦命也；有时无命，亦命也。时也命也，自前而痛诸”云云，即为其例。而且，作者在进行回顾与总结时，还不乏套用《离骚》的句式，如“皇考庆余以弄璋兮，肇余以

---

① 卢照邻：《五悲》，《卢昇之集》卷四，《四库全书》本，上海古籍出版社1988年影印本(第1065册)，第315页。

② 卢照邻：《释疾文》，《卢昇之集》卷五，《四库全书》本，上海古籍出版社1988年影印本(第1065册)，第320页。

嘉词，名余以照邻，字余以昇之。余幼服此殊惠兮，遂阅礼而闻诗”等语，即是完全仿效的结果。不独如此，卢照邻还于文中多与《天问》等篇相涉，以表明其之于屈原其人其作，乃是相当尊崇与钦服的。值得注意的是，卢照邻于“《释疾文》三篇”之末，均以“歌曰”的形式结束该篇，以呈现出作者对古今、生死等方面之认识。如在第三篇“命曰”之后的“歌曰”中，卢照邻则作出了如此观点：

茨山有薇兮，颍水有漪。夷为柏兮秋为实，叔为柳兮春雨飞。倏尔而笑，泛沧浪兮不归①。

由是而观，可知卢照邻在“行已十年”的病中之际，不仅表现出了欲追慕伯夷、叔齐、许由、巢父等上古高士之意，而且还要如渔父那样“倏尔而笑”，以至于“泛沧浪兮不归”，则其“羸卧”时豁达、乐观的人生态度，仅此即可见其一斑。而此，也是作者在文章题目“疾文”前加上一个“释”字的原因所在。所谓“释疾”，就字面而言，即为对“疾”的解释，而其实际上所反映的，则是卢照邻对自己“羸卧十年”的一种辩证认识。“羸卧”虽然时时威胁着卢照邻的生命，但卢照邻却能于这“威胁”中“倏尔而笑”，并且还欲“泛沧浪兮不归”，这种不为“羸卧”所屈服的豁达态度，即成为作者“释疾”的最终结果。

由《五悲》的极度之悲，到《释疾文》的豁达、开朗情怀，充分反映了病中的卢照邻对于古与今、生与死的认识态度，以及其思想发展过程中的某些细微变化。而《新唐书·隐逸·孙思邈传》载卢照邻先向孙思邈问“医”、继之问“人事”、再继之问“养性之要”云云，又可为之佐证。总之，《五悲》与《释病文》二文，无论从以“骚体”创作“文学性散文”的角度言，抑或自卢照邻思想发展历程的立足点审视，其之于初唐

---

① 卢照邻：《释疾文》，《卢昇之集》卷五，《四库全书》本，上海古籍出版社1988年影印本(第1065册)，第326页。

散文都可称之为独标一格。而此，也正是这两篇散文的价值所在。

二、并非寻常的序书类散文

《卢昇之集》中的另一类较为重要的散文，即为属于“非文学性散文”范畴的“序”“书”“碑”类散文，其中，又以“序”类散文最为后人所称道。卢照邻的这类散文，有着一个较为明显的特点，即其全部由“集序”与“诗序”所构成，这在初唐有别集传世的数十位散文家中，乃是并不多见的。仅此，即足以表明，卢照邻的“序”类散文在题材内容方面是与众不同的，而作者的文学主张与文学史观等，亦皆可从中窥之一斑。

卢照邻现存的“集序”类散文，凡三篇，即《驸马都尉乔君集序》《南阳公集序》《乐府杂诗序》。前二者为“别集序”，后一篇则为“诗集序”。《驸马都尉乔君集序》中之“乔君集”，所指为驸马都尉乔师望之集，乔师望为陈子昂友人乔知之的父亲，事迹略载于《旧唐书·乔知之传》。是序之末有云：“凡所著述，多以适意为宗；雅爱清灵，不以繁词为贵。足以传诸好事，贻厥孙谋，故撰而存之，凡为若干卷云。”其中的“雅爱清灵，不以繁词为贵”，为卢照邻对“乔师望集”的最早评价，但考诸《旧唐书·经籍志》与《新唐书·艺文志》，均无是集之录载，则其在唐当已亡佚。《南阳公集序》一文，是卢照邻为“南阳公”来济的“文集三十卷”所写之序①。此《序》所涉甚广，既勾勒先唐文学流变于前，又

---

① 《南阳公集序》一文，并未指明此序乃为来济“文集三十卷”所撰，而是据《序》之所言而勘得。《序》有云：“虞、李、岑、许之俦以文章进，王、魏、来、褚之辈以材术显。”其中所言八人，据《旧唐书》卷七十、卷七十一、卷七十二、卷八十、卷八十二，知其依序为虞世南、李百药、岑文本、许敬宗、王珪、魏徵、来济、褚亮。但在接下来的一段文字中，《序》文只对虞世南、李百药、岑文本、许敬宗、王珪、魏徵、褚亮进行了介绍，如“虞博通万句”“李长于五方”等，而独缺来济，是知来济必为《南阳公集》之作者。而《旧唐书·来济传》载来济永徽五年封“南阳县男”，《新唐书·艺文志》载“《来济集》三十卷”之史况，又可为之佐证。

综观初唐文学概貌于后，并对作者本人与来济之交往、《来济集》之编辑概况等，均进行了回忆与交待，最后则以“遂抽短翰，为之序云”作结。全文述评关联，对“南阳公集”所处时代的文化背景与其之大致内容，均进行了粗线条介绍，极有利于时人与后人对《来济集》的具体把握。《乐府杂诗序》是为侍御史贾言忠《乐府杂诗》一书而撰①。据《序》文所载，《乐府杂诗》是一部在长安九成宫(即万年宫)的唱和诗集。斯时，唐高宗驾幸万年宫②，侍御史贾忠言“恭闻首唱，遂属洛阳之才”，“平恩公(即许圉师——引者注)当朝旧相，一顾增荣”，凡“一百一篇”，最后则为郎余令“撰而集之，命余作序”，卢照邻即因此写了此序。而其中的“于是怀文之士，莫不向风靡然”云云，表明贾、许的九成宫之唱和诗“一百一篇”，在当时乃是产生了相当大的影响的。

这三篇散文，虽皆属为他人别集所作之序，但也较鲜明地反映了卢照邻的文学主张、审美趣味，以及其对当时文坛的种种关注，而其文学地位与文学影响，亦因此得以凸显。其中，值得特别称道的是《乐府杂诗序》一文。此文在论及乐府诗的渊源与发展之概况时，由“庭坚有歌虞之曲”直至于“任(昉)、沈(约)、江(淹)、刘(孝绰)”生活的南朝，均进行了粗线条的纵向勾勒，这实际上是对一部“先唐乐府诗史”的简要论述。其中所言“庭坚”，即上古时期的陶皋(皋字庭坚，见《左氏春秋传·文公十八年》杜预注)。卢照邻认为，贾言忠、许圉师二人所唱和之“乐府杂诗”，乃肇始于上古时期陶皋的“歌虞之曲”，而非时人所言之“始于汉武”(如颜师古注《汉书·礼乐志》之于汉武帝“乃立乐府”有云：“乐府之名，盖始于此。”)。在这里，卢照邻认为乐府诗始于陶皋“歌虞之曲”者，无疑是对“《汉书》注”之“乐府之名，盖始于此”的一种反叛。此则表明，兼诗人与散文家于一身的卢照邻，对于“前乐府”

① 《乐府杂诗》的作者为贾忠言，具体参见高步瀛《唐宋文举要》乙编卷一，上海古籍出版社 1982 年版，第 1254 页。

② 具体见卢照邻《赠许左丞从驾万年宫》一诗，《卢昇之集》卷三，《四库全书》本，上海古籍出版社 1988 年影印本(第 1065 册)，第 309 页。

乃是相当重视的①。由初唐而中唐，元稹在《乐府古题序》中认为乐府诗不始于汉魏而始于上古时期的认识②，即是对卢照邻此说的一种有力支持。

卢照邻的“诗序”类散文，则又是一番面目。就题材内容言，这些“诗序”几乎都是对作者“与宴和诗”盛况的记录，而其所反映的，乃为作者与友人之间笃密的情谊。如《宴梓州南亭诗序》《宴凤泉石翁神祠诗序》《七日绵州泛舟诗序》《杨明府过访诗序》等文，即皆可为例。这些“诗序”类散文，大多篇幅短小，语言简练，而其行文，又多骈散相兼，有的则几乎全以散句而为，极具清新朴实之特点。为便于认识，兹抄录《七日绵州泛舟诗序》一文如次：

> 诸公迹寓市朝，心游江湖，访奇交于千里，惜良辰于寸阴。常恐辜负琴书，荒凉山水，于是脱屣人事，鸣棹川隅，言追挂犊之才，用卜牵牛之赏。边生经笥，送炎气以濯缨；郝氏书囊，临秋光而曝背。似遇缑山之客，还疑星汉之游。愿驻景于高天，想乘霓于缩地。繁丝乱响，凉酎时斟。戏翔羽于平沙，钓潜鳞于曲浦。乘流则逝，不觉忘归。咸可赋诗，探韵成作③。

全文不足140字，却将作者与“诸公”之“泛舟”“赋诗”，一一写来，并于叙事与写景之中，以极省净的笔墨，为读者勾勒出了一幅“心游江湖”图。而文中的典故之用，虽语典、事典皆有，但无论是前者抑或后者，均了无痕迹，如同己出。以语典为例，如开首的“迹寓市朝，心游

---

① 所谓“前乐府”，主要是指汉武帝“乃立乐府”之前的乐府诗，具体参见拙著《商周逸诗辑考·自序》，黄山书社2014年版，第3页。

② 关于元稹对“乐府不始于汉魏”而“始于上古”的认识，拙作《夏商周“乐府”考论》一文乃有极翔实之考察，可参看。该文载《学术论坛》2013年8期，第45—51页。

③ 卢照邻：《七日绵州泛舟诗序》，《卢昇之集》卷六，《四库全书》本，上海古籍出版社1988年影印本(第1065册)，第331页。

江湖”，所化用的是王融《为竟陵王与隐士刘虬书》中之“尘迹珪组，心逸江湖”，但其却较王《书》更具口语化特点。而事典中的“边生经笥”“郝氏书囊”等，则皆为当时文人墨客所知之熟典。凡此，均表明卢照邻的这类“诗序”类散文，乃皆为“文学性散文”之属，即其均具有审美性、抒情性、描写性之“文学三要素”的特点。

卢照邻现所存见的“书”类散文，主要为《与在朝诸贤书》《与洛阳名流朝士乞药直书》《寄裴舍人诸公遗衣药直书》三文，且皆为卢照邻“羸卧”洛阳东龙门山时所作，对此，《与在朝诸贤书》中的“抱疹东山”云云，即以为之证。《与在朝诸贤书》一文的重点，主要在于作者向“在朝诸贤”进行了“不干时事，借人唱和，何损朋党”的自我表白。据“何损朋党”四字可知，卢照邻当时有可能为非议所累，故乃致此书于朝中“诸贤”而辩之。《与洛阳名流朝士乞药直书》一文，诚如题目之所示，写的是作者向洛阳城中的一些“名流朝士乞药”之事，此则表明，卢照邻当时既病得很重，生活也相当拮据、窘迫。《寄裴舍人诸公遗衣药直书》一文，则是对“在朝诸贤”回复并“遗衣药”的一封答谢之书。这三篇“书”类散文，皆具感情真挚、内容充实、言词恳切等特点。尤其是《与洛阳名流朝士乞药直书》《寄裴舍人诸公遗衣药直书》二文，或抒写作者因服食“玄明膏”而中毒的过程，或表述家道中落的感慨，或反映其为病所困的痛苦，皆情真意切，感人至深。

除上述诸文外，《卢昇之集》中的《相乐夫人檀龛赞》《益州长史胡树礼为亡女造画像》《益州至真观主黎君碑》三文，也是颇可注意的。这虽然是三篇“非文学性散文”，但因其在作法、可读性等方面均具特点，而多为后人所首肯，如高步瀛《唐宋文举要》即为其一。《唐宋文举要》共选录了卢照邻三文，即《乐府杂诗序》《相乐夫人檀龛赞》《益州至真观主黎君碑》，且均进行了极详细之笺注。就后两篇言，其一与佛相涉，一于道为尊，所反映的是卢照邻与佛、道之间的密切关系(特别是后者)。《益州至真观主黎君碑》由“碑”与“词”两部分组成，“碑”在历述至真观变迁始末的同时，还对时任益州刺史乔师望“表请”至真观主的举措予以了表彰，而“词”则以韵语的形式，对至真观及至真观主进行了多方面颂扬，二者珠联璧合，极具规模与气象。正因此，高步瀛在评此文时乃云：“瑰丽之词，排傲之气，直轶子安而上之，乃知盈川愧在卢前，耻居王后，非无因也。”①。仅就此文的“词”“气”而言，卢照邻是确乎在王勃等人之上的。

三、卢照邻散文的文学史意义

杜甫《戏为六绝句》其二云：“杨王卢骆当时体，轻薄为文哂未休。尔曹身与名俱灭，不废江河万古流。”②杜甫在此诗中将卢照邻之于“四杰”的排名居第三。杜甫的这一排名，其实属于对“四杰”的一种“品第式批评”，且出自张鷟《朝野佥载》卷六之所载：“卢照邻……放旷诗酒，故世称‘王杨卢骆’。”但从年齿的角度言，“四杰”之排名则应为：骆宾王(公元619—684年后)、卢照邻(公元630—686年后)、王勃(公元649—)杨炯(公元650—693年后)③。这一序位表明，卢照邻乃生于唐太宗贞观年间。而斯时，正是“太宗作家群”的兴起与繁盛之际。即在这一时期，以唐太宗李世民为代表的一批散文家，如魏徵、房玄龄、虞

① 高步瀛：《唐宋文举要》乙编卷一，上海古籍出版社1989年版，第1308页。

② 杜甫：《戏为六绝句》其二，浦起龙《读杜心解》卷六之下，中华书局1961年版，第841页。

③ 以上所列“四杰”之生卒年，骆宾王的生年据骆祥发《骆宾王生年考辨》(载《唐代文学论丛》1982年2期，第282—295页)，卒年据三秦出版社1989年版《中国文学辞典·古代卷》(第257页)；王勃生卒年据何林天《重订新校王子安集·前言·关于王勃的生卒年问题》(山西人民出版社1990年版，第1—4页)；卢照邻、杨炯生卒年，皆据傅璇琮《卢照邻杨炯简谱》(中华书局1980年版《卢照邻集杨炯集》附，第195—233页)，特此说明。

世南、虞志宁、颜师古等，大多以创作了一系列新散文①的实绩，对影响于当时的“江左遗风”予以变革。这些新散文的最大特点，是内容充实，运散入骈，用笔简练，如李世民《民可畏论》《政本论》《指法论》《自鉴录》等文，魏徵《遗表稿》《十渐不克终疏》等文，即皆为其例。而据傅璇琮《卢照邻杨炯年谱》则可知，卢照邻在贞观二十三年(公元649年)前即已为“邓王元裕典籤”②，则其当时于长安受“太宗作家群”之影响，也就无可怀疑。而正是因此，卢照邻即在其“序”“书”类散文的创作实践中，不仅将运散入骈一变而为以散为主，并且还直接影响着同时代的王勃、杨炯等人，从而使得沿袭于当时的“梁陈旧习”，在“四杰作家群”的努力下，得到很大程度之扭转。对此，杨炯《王子安集序》已言之甚详，兹不具引。

由是而观，可知着眼于创作实践的角度，使得运散入骈一变而为以散为主，乃为卢照邻散文之文学史意义的第一个方面。而其另一个方面的文学史意义，则是继王绩之后，对“文学性散文”的有意识推出，使之与“非文学性散文”相向并行，推动了“文学性散文”在初唐的发展，并且丰富了初唐散文的品类。

衡量一篇散文是否属于“文学性散文”，如上所言，“文学三要素”为其主要的检验标准。虽然如此，但这一标准用之于有唐一代，也并非很严格，故而即使符合者，也只能称之为“文学性散文”，而不是“文学散文”。以这种认识综观初唐散文，则王绩应是这一时期“文学性散文”的开创者，这不仅在于其生活于隋唐易代之际，更在于其集中的《醉乡记》《五斗先生传》《负苓者传》等文，乃皆与“文学三要素”关系密切。而卢照邻则紧随其后，推出了如《七日绵州泛舟诗序》等多篇“序”类散

---

① 此处所谓新散文，主要是相对于隋末唐初以骈体所为之文而言，特此说明。

② 傅璇琮：《卢照邻杨炯年谱》，《卢照邻集杨炯集》，中华书局1980年版，第205页。

文，以及如《五悲》《释疾文》这样的长篇大作。就二人此类散文的文体样式言，虽然一为“记”“传”(王绩)，一属“序”“骚”(卢照邻)，但在审美性、抒情性与描写性方面，二者则是甚为一致的。从渊源的角度审视，王绩的“记”“传”类散文，主要是根植于《列子》华胥国、《史记》人物列传的结果，而卢照邻的“序”“骚”类散文，则是明显地受《楚辞》《史记·太史公自序》的影响所致。由是而观，可知初唐“文学性散文”之肇始，其实是与当时作家们复古的创作实况大相关联的。而事实也正是如此，这从王绩《醉乡记》《五斗先生传》《负苓者传》等文，卢照邻《七日绵州泛舟诗序》《杨明府过访诗序》等文皆属“散行单句”之产物者，即可准确获知。在“江左遗风”盛行的初唐前期，王绩与卢照邻不以骈体进行“传”“序”类散文创作的实况，是二人之于“文学性散文”有意而为的一种最好反映。特别是卢照邻的这种“散行单句”的创作举措，以及由此而推出的《杨明府过访诗序》等文，对于当时的一些散文家而言，应是不无影响的，如王勃、杨炯二人即为其例。王勃集中的“文学性散文”，除了既著名而又特殊(指以骈体而为)的《滕王阁诗序》外，其他诸如《晚秋游武担山寺序》《秋日游莲花池序》《宇文德阳宅秋夜山亭宴序》等文，在写景与抒情方面亦颇具特点。而杨炯集中的《晦日药园诗序》《群官寻杨隐居诗序》等文，则亦如是。至若较王勃、杨炯稍后的陈子昂的此类散文，则更是有过之而无不及。凡此，均可表明，卢照邻“序”类散文中的“非文学性散文”，不仅于时人产生着相当程度的影响，而且对初唐“文学性散文”的稳步健康发展，也是起到了应有的推动作用的。

卢照邻散文的文学史意义的第三个方面，是其“非文学性散文”亦颇重视作法特点，从而增强了这类散文的可读性。《卢昇之集》中的“非文学性散文”，主要为一些“书”“碑”“赞”“论”类散文，如《与在朝诸贤书》《益州至真观主黎君碑》《相乐夫人檀龛赞》《三国论》等。“非文学性散文”历来为中国散文的主流，故唐代散文亦属如此，这从一部《全唐文》中可获得准确答案。而且，从文体样式与属性的角度言，“非文学性散文”乃是数十倍于“文学性散文”①的。一般而言，“文学性散文”的文体样式，主要为序、记、传，而“非文学性散文”则有数十种之多，即如常用常见者，也有近30种左右，如诏、制、诰、令、册、批、判、对、书、教、表、疏、檄、策、论、说、议、辨、铭、颂、碑、赞、诔等，即皆为其例。这些常用常见的“非文学性散文”文体样式，在一部《全唐文》中乃比比皆是，而作为唐代散文重要组成部分的初唐散文，也自然是这样。所以，卢照邻的“非文学性散文”，亦大抵如此。相对于“四杰”中的其他三人而言，卢照邻“非文学性散文”的文体样式是最少的，即只有对问、书、赞、碑、论诸种，但其之于作法却颇为讲究，如《三国论》《对蜀父老问》等文，即皆为这方面的代表。

《三国论》讲究作法的重点是结构。此文结构所采取的是先“总”后“分”。在“总论”方面，作者乃明确指出，导致东汉末年“东京焚如之祸，关右乱麻之尸”的现象者，关键在于“何(进)公之不明”。而于“分论”中，则以不同人物之不同特点为着眼点，乃于比较中层层深入，分析较为透辟。作者认为，孙权、曹操、刘备虽为三位枭雄，且均善于用人，但三人却又是各不相同的：孙权重在“承父兄之余事”而为，刘备以“宽仁得众”为能事，而“临敌制奇”则为曹操所独擅。此则表明，卢照邻于“三国”一代的历史，乃是相当精熟的，以至于在一篇不足1500字的《三国论》中，言及当时各类人物者，竟有近60人之多。而语言之纯以散行单句而为，则更是为这篇“论”类散文增添了一抹亮色。《对蜀父老问》一文，为卢照邻作于由成都返新都之际。在这篇“非文学性散文”中，作者仿东方朔《答客难》、杨雄《解嘲》、班固《答宾戏》之手法，以“问”与“答”的人物对话形式，将其在长安应举落第的愁绪和盘托出。卢照邻的其他“非文学性散文”，如赞、碑、书等，亦皆具此等特点，读者自可参读之，兹不具举。

---

① 具体参见人民文学出版社版1962年版徐师曾《文体明辨序说》。

总体而言，卢照邻无论是“文学性散文”抑或“非文学性散文”，都是有着鲜明的个性与风采的，而其崇古与复古的文学主张①，则又为其关键所在。这一文学主张表现在对散文的创作上，所呈现出的最直接也是最本质的形式，即是由骈散相兼而进步为以散为主。特别是后者，对于“梁陈旧习”的摒弃与“江佐遗风”的扭转，显然是具有不可替代的作用的。而此，即为卢照邻散文所表现出的最值得注意的文学史意义！

---

① 关于卢照邻崇古与复古的文学主张，具体参见其集中之《驸马都尉乔君集序》《南阳公集序》《乐府杂诗序》三文，此不具述，特此说明。而卢照邻师学《列子》华胥国、《史记》人物列传的实况，又可为之佐证。

读骆宾王散文札记

骆宾王的散文，清编《全唐文》厘为三卷，即卷一九七—卷一九九，凡36篇(3篇赋未计)，陈熙晋《骆临海集笺注》(为便于行文，以下简称《陈笺》)收文数量虽然与之相同，但却将其编为四卷，即卷七——卷十(卷六之赋3篇未计)。陈熙晋之于骆宾王集的笺注，以“殚力搜讨”而为时人与后人所首肯，认为其“最大的成就，就是全书加上了极有价值的笺释”，而使得读者“比较清晰全面地看到宾王的一生和时代的背景”①。虽然如此，陈熙晋之于骆宾王集的笺注，无论是诗歌部分抑或散文部分，都是多有可议之处的。本文拟从骆宾王散文与陈熙晋笺注两方面入手，以“札记”的形式，就其中或大或小之种种问题，择其具有代表性者，略作考察与辨正。

一、《和道士闺情诗启》(卷七)

《陈笺》于此文题下有注云：“《文苑英华》无道士二字，一作学士，非也。秦编修思复曰：按以第二卷代赠诗证之，似即道士李荣也。”②复

① 陈熙晋：《骆临海集笺注·出版说明》，上海古籍出版社1985年影印本，第2页。

② 陈熙晋：《骆临海集笺注》卷七，上海古籍出版社1985年影印本，第220页。

次《文苑英华》卷六五六，其著录是文确作《和闺情诗启》，即题中确无“道士”二字，《陈笺》则据而认为：“一作学士，非也。”实则不的。至若其引“秦编修思复曰”云云，而认为此“道士”即《代女道士王灵妃赠道士李荣》(《陈笺》卷四)一诗中的李荣者，则更误。

按：《陈笺》所言之“秦编修思复曰”，指的是秦思复所注骆宾王集。秦思复(公元1760—1843年)，字近光，一字敦夫，号澹生，今江苏扬州人，曾编校《词学丛书》《词林韵释》等书，并注有十卷本《骆宾王集》。秦思复在所注《骆宾王集》中，即于《和道士闺情诗启》题下提出了“按以第二卷代赠诗证之，似即道士李荣也”的认识。秦思复注《骆宾王集》以何种骆集本为底本，不得而知，但其所提出的这种认识，却是甚为错误的，原因是早于秦注本近千年的《文苑英华》著录骆宾王此文时，其题作《和闺情诗启》，而且，从其中的5处“集作×”之校勘还可知，流行于《文苑英华》之前也即北宋初期之前的唐抄本或者宋刻本《骆宾王集》，其题原本就是无“道士”二字的，否则，《文苑英华》的编者焉有不出校之理？此为其一。其二，检《四库全书》本《骆丞集》卷三，是文之题则作《和学士闺情诗启》，《陈笺》之“一作学士”所指，或即此本《骆丞集》。但据《四库全书总目》卷一四九于《骆丞集四卷》所撰“提要”，可知其中之注乃为“明给事中颜文选所作”，则此四卷本《骆丞集》当为明刊本无疑。明刊本《骆丞集》作《和学士闺情诗启》者，其中之“学士”，实际上与此《启》开首之“学士袁庆隆，奉宣教旨，垂示闺情诗并序”乃甚为吻合，即骆宾王当时所“和”者，应为“学士袁庆隆，奉宣教旨”之“闺情诗并序”。考《隋书·音乐志下》有云：“大业元年，炀帝又诏修《高庙》乐……总付秘书监柳顾言、少府副监何稠、著作郎诸葛颖、秘书郎袁庆隆等，增多开皇乐器，大益乐员，郊庙乐悬，并令新制。”①其中的“秘书郎袁庆隆”，应即《和学士闺情诗启》中之“学士袁庆隆”。

---

① 魏徵等：《隋书》卷十五《音乐下》，中华书局1973年版，第373页。

据骆祥发《骆宾王生年考辨》，骆宾王生于唐高祖武德二年(公元619年)①，由此上推至大业元年(公元605年)，其间仅14年之隔，此则表明，唐初之骆宾王与隋末之袁庆隆为同一时期人，则袁庆隆入唐后由秘书郎而任学士之职者，乃极正常之擢升。如此，骆宾王所"和"之"闺情诗"，即此袁庆隆"奉宣教旨"之"闺情诗"，也就甚为清楚(《文苑英华》卷一五二著录袁庆[隆]《奉和御制月夜观星示百僚诗》一首，可参看)。其三，据《代女道士王灵妃赠道士李荣》这一诗题可知，骆宾王当时所"代"为"和诗"者，乃为一位"女道士"，而所赠者则为"道士李荣"，其显然与《和道士闺情诗启》这一题目不符，要之，其所"和"者，就应为"女道士"而非"道士李荣"。但作如此认识，又与《代女道士王灵妃赠道士李荣》这一诗题所显示者迥不相及，因为据诗题可知，"道士李荣"只是骆宾王赠诗的对象，而非代诗的对象，则其所"和"者非为李荣，即乃甚为清楚。综此三者，是知秦思复之"似即道士李荣也"的认识为误，《陈笺》据而从之者亦误。

又据《骆丞集》可知，骆宾王此文之"和闺情诗启"，所用典皆与"学士""闺情"相关，如"李都尉鸳鸯之辞""班倢妤霜雪之句""平子桂林""伯喈翠鸟""王刘为称首""潘左为先觉""子建之牢笼群彦""士衡之籍甚当时"等，即皆为其例。更有甚者，则是直接以"河朔辞人""洛阳才子"这样的语词而为，与"道士"毫无关联。所以，此文之题应以《四库全书》本《骆丞集》卷三作《和学士闺情诗启》为是，而《全唐文》卷一九八作《和学士闺情诗启》者，又可为之佐证。

二、《上司列太常伯启》(同卷)

是文题中之"司列太常伯"，《四库全书》本《骆丞集》卷三作《上司

---

① 骆祥发：《骆宾王生年考辨》，《唐代文学论丛》1982年2期，第282—295页。

刑太常伯启》，“司列太常伯”与“司刑太常伯”虽然只有一字之差，但区别却颇大。据《旧唐书·职官志一》所载，“司列太常伯”即唐高宗龙朔二年二月改官名前之吏部尚书，而“司刑太常伯”则为刑部尚书，其一“掌天下官吏选授、勋封、考课之政令”，一“掌天下刑法及徒隶、勾覆、关禁之政令”(均见《旧唐书·职官志二》)，二者所司之职责、职能各不相同。《陈笺》据《旧唐书·高宗纪》、同书《刘祥道传》《新唐书·刘祥道传》，认为此《启》中的“司列太常伯”为刘祥道，理由是刘祥道既曾任司列太常伯，又曾任司刑太常伯。《初唐四杰年谱》未及“司刑太常伯”事，但却认为：“‘赤文’云云，用孔子见麟吐图，言‘赤刘当起’事(见《宋书·符瑞志》上)……连同下面的黄石帝师，白星降辅，均暗示此人姓刘。这时姓刘的太常伯只能是刘祥道。刘祥道本年八—十二月为司列太常伯兼右相，则此启必作于(麟德元年)下封禅诏书之后。”①其实，二者均误。

按：复次《旧唐书·高宗纪下》有云：龙朔三年“秋八月癸卯，慧星见于左摄提。戊申，诏百僚极言正谏。命司元太常伯窦德玄、司刑太常伯刘祥道等九人为持节大使，分行天下。”②又，《新唐书·刘祥道传》云：“稍迁司刑太常伯。……麟德元年，拜右相。……坐与上官仪善，罢为司礼太常伯。高宗封泰山，有司请太常卿亚献，光禄卿终献。祥道建言……帝可其仪，以司徒徐王元礼亚献，祥道终献。”③《旧唐书·刘祥道传》又有云：龙朔三年，“俄转司礼太常伯，罢知政事。麟德二年，将有事于泰山，有司依旧礼，皆以太常卿为亚献，光禄卿为终献。祥道驳曰……高宗从其议，竟以司徒徐王元礼为亚献，祥道为终献。事毕，进爵广平郡公。”④合勘此三起材料，可知刘祥道龙朔三年秋八月“稍迁司刑太常伯”，麟德元年因“坐与上官仪善”，而“罢为司礼太常伯”，且

① 张志烈：《初唐四杰年谱》，巴蜀书社1993年版，第91—92页。
② 刘昫等：《旧唐书》卷四《高宗纪下》，中华书局1975年版，第85页。
③ 欧阳修等：《新唐书·刘祥道传》，中华书局1975年版，第4050页。
④ 刘昫等：《旧唐书·刘祥道传》，中华书局1975年版，第2753页。

其从高宗封禅泰山时，所司者即为其司礼太常伯的分内之事。此则表明，刘祥道不曾官司列太常伯之职。因之，《陈笺》所著录此文之题，应以《四库全书》本《骆丞集》卷三作《上司刑太常伯启》为是。

此文之题既应作《上司刑太常伯启》，则骆宾王上此《启》于刘祥道的时间，就必在龙朔三年(公元663年)八月与麟德元年(公元664年)“坐与上官仪善”之间，也即麟德元年十二月之前。考《旧唐书·高宗纪下》于麟德元年内云：“十二月丙戌，杀西台侍郎上官仪。戊子，庶人忠坐与仪交通，赐死。右相、城阳侯刘祥道为司礼太常伯。”上官仪之被杀既在麟德元年十二月，则刘祥道坐与其善而“俄转司礼太常伯”者，就自应在斯时。而此际，即为骆宾王《上司刑太常伯启》作年的最迟时间。

三、《上李少常伯启》(同卷)

此题中之“李少常伯”，《陈笺》先后引《旧唐书·李敬玄传》《旧唐书·李百药传》附《李安期传》之所载，经过比较后认为：“此启当是上敬玄也。”张志烈《初唐四杰年谱》则认为是李百药之子李安期。其理由为：“《旧唐书·李百药传》附《李安期传》：‘永徽中迁中书舍人……龙朔中为司列少常伯，参知军国，有事太山，诏安期为朝觐坛碑文。’按改官名在龙朔二年(662)，而龙朔三年(663)后即为下封禅诏之麟德元年(664)，故此时之李少常伯必为李安期无疑。”①

按：《旧唐书·职官志一》有云：“龙朔二年二月甲子，改百司及官名。……吏部为司列……兵部为司戎……侍郎为少常伯。……总章二年置司列、司戎少常伯各两员。”②据此，知司列少常伯乃始置于总章二年

---

① 张志烈：《初唐四杰年谱》，巴蜀书社1993年版，第92页。

② 刘昫等：《旧唐书》卷四十二《职官一》，中华书局1975年版，第1786—1788页。

（公元 668 年），其时距“下封禅诏之麟德元年（664）”尚有 4 年之隔，即是说，唐高宗“诏安期为朝觐坛碑文”之时，唐廷尚不曾置司列少常伯这一官职，如此，则骆宾王所上启之“李少常伯”非为李安期者，即可肯定。又，《旧唐书·李敬玄传》有云：“总章二年，累转西台侍郎，兼太子右中护、同东西台三品，兼检校司列少常伯。时员外郎张仁祎有时务才，敬玄以曹事委之。”①其中的“同东西台三品”，据杜佑《通典·职官典》可知，其实际上就是同中书门下三品，也即宰相之职。又据《旧唐书·高宗纪下》所载，李敬玄“同中书门下三品”，乃在上元二年（公元 675 年）八月，则其“兼检校司列少常伯”者，就必在是年及其后。又，《旧唐书·裴行俭传》有云：“总章中，迁司列少常伯。咸亨初，官名复旧，与李敬玄为贰，同时典选十余年，甚有能名，时人称为裴、李。……时有后进杨炯、王勃、卢照邻、骆宾王并以文章见称，吏部侍郎李敬玄盛为延誉，引以示裴俭。”②据此，知《陈笺》认为《上李少常伯启》中的“李少常伯”为李敬玄者，甚是，但其作年则应在上元二年及其后。至若《陈笺》与《初唐四杰年谱》均系此文于麟德元年者，则二者皆误乃无疑。

四、《上兖州刺史启》（同卷）

此题中之“兖州刺史”为谁，《陈笺》无只字之注。而关于此《启》之作年，《陈笺》则引《册府元龟》云：“麟德元年诏；‘宜以三年正月，有事于岱宗，其诸州都督刺史，以二年十二月便集岳下，诸王十二月（此处作“十二月”误，具体详下——引者注）集东京，缘边州府襟要之处，

---

① 刘昫等：《旧唐书》卷八十一《李敬玄传》，中华书局 1975 年版，第 2754 页。

② 刘昫等：《旧唐书》卷八十四《裴行俭传》，中华书局 1975 年版，第 2802—2805 页。

不在集限。天下诸州，明扬才俊，或销声幽薮，或藏器下僚，并随岳牧举选。'按启中有幸属日月光华，云霞纷都诸语，疑上于此时也。"《陈笺》之"疑上于此时也"的认识，虽大抵近是，但却有欠精审。

按：复次《册府元龟》，知为《陈笺》所引录的这段文字，乃载于是书卷二八一。但《册府元龟》之所引录，乃是综合唐高宗《举行封禅所司集岳下诏》与《新唐书·高宗纪》之所载而为。《新唐书·高宗纪》于麟德元年七月有云："诏以三年正月有事于泰山。"唐高宗《举行封禅所司集岳下诏》云："宜以三年正月，式遵故实，有事于岱宗，所司详求茂典，以促折衷。其诸州都督刺史，以二年十二月便集岳下，诸王十月集东京，缘边州府襟要之处，不在集限。天下诸州，明扬才俊，或销声幽薮，或藏器下僚，并随岳牧举选。"①骆宾王所上启之兖州刺史，据有关资料可知，其若非章怀太子李贤，就必为邓康王李元裕，而二者相较，又当以李贤为是。章怀太子李贤刺牧兖州，无名氏《大唐雍王墓志铭并序》有载，云："麟德二年，加右卫大将军。其年从驾东封，摄兖州都督。……咸亨三年，改封雍王，食邑万户。上元二年册拜皇太子。……文明元年二月二十日，薨于巴州之别馆，春秋三十有一。"②邓康王李元裕为兖州刺史，两《唐书》本传均载之。如《旧唐书·邓王元裕传》有云："邓王元裕，高祖第十七子也。……高宗时，又历寿、襄二州刺史、兖州都督。麟德二年薨……谥曰康。"③《新唐书·邓康王元裕传》则谓："五为州刺史，迁兖州都督。"据《资治通鉴·唐纪·麟德二年》所载，李元裕卒于麟德二年七月。综而观之，可知李元裕在麟德元年前已刺牧兖州，麟德二年七月卒于兖州治所；而是年十月，章怀太子李贤因唐高宗

① 唐高宗：《举行封禅所司集岳下诏》，《全唐文》卷十二，中华书局1983年影印本，第150页。

② 转引自古今《唐章怀太子李贤墓志铭浅析》一文，载《四川文物》1989年第8期，第32—34页。

③ 刘昫等：《旧唐书》卷六十四《邓王元裕传》，中华书局1975年版，第2433页。

《举行封禅所司集岳下诏》之所令，而与“诸王十月集东京”，旋向“岱宗”进发，待至兖州时，乃“摄兖州都督”。如此，则骆宾王所上启之兖州刺史为李元裕，其时就必在麟德二年七月前；若为李贤，则其时就当在麟德二年十月至麟德三年正月之间。二者孰是？

《陈笺》同卷又有《为齐州父老请陪封禅表》一文，其中有云：“是知道隆光宅，既辑玉于云台；业绍禋宗，必涂金于日观。伏唯陛下乘乾握纪，纂三统之重光；御辨登枢，应千年之累圣。……倘允微诚，许陪大礼，则梦琼余息，玩仙阙以相欢；就木残魂，游岱宗而载躍。”①据引文中之“就木残魂，游岱宗而载躍”云云，可知骆宾王撰写《为齐州父老请陪封禅表》的时间，当在麟德二年冬末岁底之际。又，《旧唐书·高宗纪上》云：“冬十月……将封泰山，发至东都。……十二月丙午，御齐州大厅。乙卯，命有司祭泰山。”同书《高宗纪下》又有云：“麟德三年春正月戊辰朔，车驾至泰山顿。是日亲祀昊天上帝于封祀坛，以高祖、太宗配飨。”②合勘之，则《为齐州父老请陪封禅表》写于麟德二年“十二月丙午”之后，即可肯定。骆宾王是时既在齐州上此表于唐高宗，则其写《上兖州刺史启》就自当在写《为齐州父老请陪封禅表》之稍前，而斯时的兖州都督，乃为章怀太子李贤。

所以，《上兖州刺史启》中之兖州刺史，乃李贤无疑。

五、《上廉察使启》（卷八）

《陈笺》于是文题下注云：“《新唐书·百官志》：龙朔二年，改御史台曰宪台。光宅元年，分左右台，两台岁再发使八人，春曰风俗，秋曰

① 骆宾王：《为齐州父老请陪封禅表》，《骆临海集笺注》卷七，上海古籍出版社1985年影印本，第219—220页。

② 刘昫等：《旧唐书》卷四、卷五《高宗纪上》《高宗纪下》，中华书局1975年版，第87、89页。

廉察，以四十八人条察州县。案光宅系武后纪元，而此启具陈为亲欲仕之意，必上于高宗时。盖武后元年，始分左右台，其设廉察等使，则非始于此时也。”①

按：《陈笺》所引《新唐书·百官志》云云，乃系撮其大意而为，具体则见中华书局1975年版《新唐书》卷四十八《百官志三》，第1237页，此不具引。据《百官志三》之所载，廉察使乃始置于武则天光宅元年（公元684年），《陈笺》因认为“此启具陈为亲欲仕之意，必上于高宗时”，而提出“其设廉察等使，则非始于此时”也即非始于“武后元年”的怀疑。考杜佑《通典》卷二十四《职官六》于御史台有云：“武太后时，改御史台为肃政台，凡置左、右肃政二台。……初置两台，每年春秋发史，春曰风俗，秋曰廉察。令地官尚书韦方质为条例，删定为四十八条，以察州县。载初以后，奉敕乃巡，不每出使也。”②此即《新唐书·百官志三》之所本。由是而观，可知廉察使乃确置于武则天光宅元年。至若《陈笺》认为《上廉察使启》“必上于高宗时”者，亦不的。这是因为，一则廉察使并非始置于唐高宗执政期间（公元649—682年），另则《上廉察使启》之所言，也不是“具陈为亲欲仕之意”。是文有云：“宾王启。每读书，见古人负米之情，捧檄之操，未尝不废书辍卷，流涕伤心。何则？情蓄于中，事符则感；形潜于内，迹应斯通。而悦帝力以栖魂，情欣养素；仰皇华而畅虑，敢用披丹。伏唯某公源控玉轮，激神涛而涵地……既而日远长安，出蓬门而西笑；云飘吴会，遥松浦以南浮。冀尘迹丘中，绝汉机于俗网；承欢膝下，驭潘舆于家园。……公资孝履忠，恕己及物，唯几成务，论道经邦。庶顾兔离箕，动薰风于舜海；从龙润礎，霈甘雨于尧云。则白羽书生，自铭恩于食稻；黄衣童子，将养德于餐

① 骆宾王：《上廉察使启》，《骆临海集笺注》卷八，上海古籍出版社1985年影印本，第262页。

② 杜佑：《通典》卷二十四《职官六》，中华书局1988年版，第660页。

花。拜手回遑，倾心霡深。谨启。”①所言主要为对形势的看法，并无“为亲欲仕之意”，而“冀尘迹丘中，绝汉机于俗网；承欢膝下，驭潘舆于家园”之所云，又尤可证之。

所以，此文之作年，应以光宅元年及其后为是。

六、《答员半千书》(同卷)

《陈笺》于是文题下注云：“临海以江东之籍贯，附稷下之遗甿，与员里居密迩，岑苔之好，有自来矣。以彼异才，方谓坐至云霄，瞬升宰府，而乃八科累应，一饭才充。继臣朔而上书，同子建之求试，仕进之意，无乃太锐乎？详玩此书，始喻以时命，终勉以道德，足为浇兢之药石，……盖其所志，过王杨诸人远矣。”②虽于员有所评，但却未及其生平与此文之作年，且云“与员里居密迩”者，未知从何说起。

按：员半千，今山西临汾人，两《唐书》有传，《新唐书》本传所载其生平事迹，虽较《旧唐书》要具体许多，但却不乏可疑之处，如享年即为其一(说详下)。《全唐诗》卷九十四著录员半千诗3首，《全唐文》卷一六五则收其文3篇，其中，《陈情表》一文颇值得注意。此表所“陈情”的对象为唐高宗，内容则为骆宾王直接希望唐高宗能“收臣才，与臣官”，其急迫的入仕心情，仅此可见一斑。《陈笺》所谓“仕进之意，无乃太锐乎”云云，当是就此而言。对于员半千之“陈情”，《旧唐书·员半千传》略有记载：“咸亨中，上书自陈……书奏，不报。”唐高宗以咸亨纪元凡四年，即公元670—673年，“咸亨中”当为咸亨二年或者咸亨三年。据《新唐书·员半千传》所载，员半千卒于开元九年(公元721

---

① 骆宾王：《上廉察使启》，《骆临海集笺注》卷八，上海古籍出版社1985年影印本，第262—265页。

② 骆宾王：《答员半千书》，《骆临海集笺注》卷八，上海古籍出版社1985年影印本，第279页。

年)后，享年94岁，即以开元九年计，其生年乃在唐太宗贞观二年(公元628年)，以此顺数至咸亨三年(公元672年)，其间凡44年，与《陈情表》之“立身三十有余”颇不相符。据此，乃疑《新唐书·员半千传》之“卒，年九十四”，当为“年八十四”之误。若以《旧唐书·员半千传》之“咸亨中”(咸亨三年)合勘《陈情表》之“三十有余”(34岁)计，则员半千之生年就当在贞观十二年(公元638年)。此生年虽然有欠精准，但却较《新唐书·员半千传》所载可信得多，因为其一则“三十有余”为员半千所自述，另则上书自陈之“咸亨中”乃出自《旧唐书·员半千传》。咸亨三年，骆宾王53岁(以其生年为唐高祖武德二年相推，参见上引《骆宾王生年考辨》)，大员半千19岁。正因为骆宾王大员半千近20岁，故其于《答员半千书》之题中乃直呼其名，于文内则称其为“员生”，并多寓规劝之意。

又《陈情表》之末有云：“嗟乎，露往霜来，岁华不待；山高河广，离合无时。桂树寒花，公子去而忘返；松岩春草，王孙游以不归。”其中的“露往霜来”“桂树寒花”云云，虽系用典，但所表明的季节则为深秋，也即咸亨三年的九月底、十月初之际。据此可知，员半千“咸亨中”上《陈情表》于唐高宗，当是在年咸亨三之春或夏，其因“书奏，不报”，而于秋离京，离京前托张评事“惠书及诗”给骆宾王，骆宾王则答以此书。据《初唐四杰年谱》，咸亨三年的秋天，骆宾王正在长安，则此文之作当为是年是地。

七、《自叙状》(卷九)

《陈笺》于是文题下引《新唐书·骆宾王传》云：“骆宾王……初为道王府属，尝使自言所能，宾王不答。”并引“旧书高祖二十二子传”云：“道王元庆，高祖第十六子也。……后历徐、沁、卫三州刺史。麟德元年薨，谥曰孝。”并于文末说：“临海在麟德以前，髑年绮誉，宜其急于自见，而乃宝此幽贞，斥彼丑行，与魏郑公之杜浇兢，若出一辙。年少布衣，即进而处之古狷者之列，又何恧焉？裴守约以露才抑之，过矣。”①

按：《新唐书·骆宾王传》言“宾王不答”者，乃不确，因为《自叙状》开首之“伏奉恩旨，令通状自叙所能，其本江东布衣也”云云，即可证骆宾王斯时确曾“答”之。据《旧唐书·道王元庆传》所载，李元庆于贞观十年（公元636年）改封道王，麟德元年（公元664年）卒，凡为道王28年。又据此《道王元庆传》可知，在这28年期间，李元庆曾于永徽四年（公元653年）以道王之衔刺牧豫州，之后转牧滑州，并曾“历徐、沁、卫三州刺史”，即其在永徽四年至麟德元年的11年间，曾五任州刺史。由是而观，则骆宾王之“初为道王府属”，就当在贞观十年至永徽四年之间；若在永徽四年或其后，则《新唐书·骆宾王传》就不得言“道王府属”了。虽然，李元庆在五任刺史的11年中仍为道王，但其斯时所任职之地，并不在京师长安的王府中，而是在豫、滑、徐、沁、卫五州的刺史府，这是因为，李元庆的这次以道王之衔外任刺史，并非“遥授”或者“遥领”。

又骆宾王《畴昔篇》有云：“淹留坐帝乡，无事积炎凉。一朝被短褐，六载奉长廊。赋文惭昔马，挚戟慕前扬。挥戈出武帐，荷笔入文昌。”②《陈笺》于此四句注云：“临海初为道王府属，自叙状有于今三年之句，道王薨于麟德元年，当是麟德中对策，始为详正学士，至咸亨初出塞，计麟德二年、乾封二年、总章二年，道王历任刺史，其为府属，

① 骆宾王：《自叙状》，《骆临海集笺注》卷九，上海古籍出版社1985年影印本，第301—304页。

② 骆宾王：《畴昔篇》，陈熙晋《骆临海集笺注》卷五，上海古籍出版社1985年影印本，第162页。

非在京内，故曰六载奉长廊也。"①既然是"非在京内"，就只能称之为"初为刺史府属"了，因为李元庆在任豫州、滑州等五州刺史时，是不可能于州刺史府外另置一座王府的，而杜佑《通典》《旧唐书·职官志》《新唐书·职官志》、王溥《唐会要》等无此之载者，又可为之佐证。虽然，初唐诸王几乎都曾出为州都督或刺史之任(《旧唐书·高祖二十二子传论》)，但朝廷不可能为其在州之治所再建一座王府当可肯定。此为其一。其二，骆宾王《畴昔篇》中的"淹留坐帝乡，无事积炎凉"句表明，骆宾王"一朝被短褐，六载奉长廊"之前，乃是"淹留"于长安而非豫州、滑州等地的，即其是在长安被召入道王府的。合勘此二者，是知骆宾王"初为道王府属"之确时，当是在贞观十年至永徽四年之间，也即在李元庆不曾以道王之衔出牧豫州刺史前。如此，则《陈笺》认为李元庆之卒在麟德元年、"六载奉长廊"之"六载"为骆宾王任"道王府属"时间之认识，就显然是难以令人相信了。这是因为，这一认识所表明的是：(1)骆宾王"初为道王府属"乃在显庆四年(以麟德元年与"六载奉长廊"相推即可知之)；(2)骆宾王之入、出道王府均在李元庆为地方刺史之际与骆宾王之生平真实相去甚远。既如是，《自叙状》中"于今三年"之所指，就自当在贞观十年至永徽四年之间，也即在李元庆不曾外任豫州、滑州等刺史之前，但确时则难以考知。

八、《钓矶应诘文》(卷十)

是文有云："余以三伏晨行，至七里滩，此地即新安江口也，有严子陵钓矶焉。澄潭至清，洞彻见底，往往有群鱼戏，历历如水上行耳。"其中的"七里滩"与"严子陵钓矶"，《陈笺》注云："案滩一作濑，

---

① 陈熙晋：《骆临海集笺注》卷五，上海古籍出版社1985年影印本，第163页。

《元和郡县志》：江南道睦州清溪县，新安江自歙州黟县界流入县，东流入浙江。案清溪，今浙江淳安县。……严光，字子陵，一名遵，会稽余姚人……乃耕于富春山，后人名其钓处为严陵濑焉。"①

按：陈熙晋为今浙江义乌人，于"七里滩"与"严子陵钓矶"之注，并未得其要旨。今作补注如下：《文选》卷二十六谢灵运《七里濑》有云："羁心积秋晨，晨积展游眺。孤客伤逝湍，徒旅苦奔峭。石浅水潺湲，日落山照曜。哀禽相叫啸，遭物悼迁斥。……自睹严子濑，想属任公钓。"李善注引《甘州记》云："桐庐县有七里濑，濑下数里至严陵濑。"②李吉甫《元和郡县志》卷二十五《江南道·睦州·建德县》有云："七里濑，在县东北一十里。"③祝穆《方舆胜览》卷五《建德府》云："七里滩，距州四十余里，与严陵濑相接。谚云：'有风七里，无风七十里。'"又云："钓台，在桐庐西南二十九里，东南二台，各高数百丈。"④《四部丛刊》本《孟浩然集》卷一有《经七里滩》诗，其中有云："湖经洞庭阔，江入新安清。复闻严陵濑，乃在兹湍路。叠嶂数百里，沿回非一趣。彩翠相氛氲，别流乱奔注。钓矶平可坐，苔磴滑难步。"《大清一统志·浙江·严州府》引《旧志》云："七里滩上距严州四十里，又下数里乃至钓台，两山夹峙，水驶如箭。谚云：'有风七里，无风七十里。'言舟行难于牵挽，唯恃风为迟速也。"⑤

---

① 骆宾王：《钓矶应诘文》，陈熙晋《骆临海集笺注》卷十，上海古籍出版社1985年影印本，第369页。

② 萧统：《文选》卷二十六（李善注），中华书局1977年影印本，第379页。

③ 李吉甫：《元和郡县志》卷二十五，中华书局1983年版，第607页。

④ 祝穆：《方舆胜览》卷五，中华书局2003年版，第96、97页。

⑤ 转引自李景白：《孟浩然诗集校注》卷一，巴蜀书社1988年版，第86页。

陈子昂散文述论

被王适称为"此子必为天下文宗"的陈子昂，自青年时代"专精坟典"始，即"尤善属文，雅有相如、子云之风骨"①。此处所言之"文"，虽然是诗、文并举②，但陈子昂精于散文创作则为事实。实际上，陈子昂与初唐其他作家一样，既是诗人，又是散文家，而此，也是初唐别集多为诗文合集的原因所在。初唐散文在体式方面，由于受风行于当时的"《文选》学"的影响，乃应有尽有，如陈子昂散文即为其例。《四库全集》本《陈拾遗集》著录陈子昂散文 110 余篇，凡八卷（赋未计），具体为：卷三 16 篇、卷四 17 篇（以上表）、卷五 7 篇（碑文）、卷六 14 篇（墓志铭）、卷七 38 篇、卷八 7 篇（以上杂著）、卷九 7 篇（书）、卷十 8 篇（书、启）。合计 114 篇。这一具体数量，使得陈子昂在初唐散文界名列第四③。不仅如此，其中的名篇佳作也并非少许，如《谏灵驾入京书》《晖上人房饯齐少府使入京府序》《送吉州杜司户审言序》《为乔补阙论突厥表》等，即多为选家所必选之篇什。此则表明，陈子昂的散文在

① 卢藏用：《陈子昂别传》，《全唐文》卷二三八，中华书局 1983 年影印本，第 2412 页。

② 唐人各类作品中所言之"文"或者"文章"，主要为诗文合称，如韩愈《调张籍》中的"李杜文章在，光焰万丈长"，即为其例。此引文出自卢藏用《陈子昂别传》，故"尤善属文"之"文"亦如是，或有认为其专指散文（含赋）者，似误。

③ 据中华书局 1985 年版《全唐文篇名目录及作者索引》检索可知，初唐时期散文数量超过 100 篇者，凡 5 人，其依序为：唐太宗（274 篇）、苏颋（262 篇）、唐高宗（153 篇）、陈子昂（114 篇）、王勃（103 篇）。

唐代文学史上，也应是占有相当重要之地位的。

一、陈子昂的文学散文

唐代的散文，大而言之，主要可分为两大类别，即“文学性散文”与“非文学性散文”。“文学性散文”的重点，主要在于“文学”二字，即其应具有审美性、抒情性、描写性等文学的基本要素。而所谓“非文学性散文”，则自然是指一些应用性较强或论辩色彩较浓的制、册、诰、策、判、书、疏、论、碑、颂、墓志、偈、铭等，这类散文为唐代散文之大端，一部《唐代墓志汇编》，便全属此类，而《全唐文》也只有约百分之五者属例外。这是二者的区别所在。虽然，在陈子昂生活的初唐前期，已有王勃《滕王阁序》这样的“文学性散文”名篇问世，但数量却极为有限，其中原因，应与“《文选》学”在当时的风行关系密切，因为《文选》卷三十五至卷六十所选收之全部散文，并非为“文学性散文”①。所以，从某种意义上讲，“《文选》学”成为初、盛唐时期的一种风气，对于当时“文学性散文”的创作，应是产生了相当大的负面影响的，而后人所谓“《文选》烂，秀才半”(陆游《老学庵笔记》卷八)云云，又可为之佐证。这一实况表明，唐人研究与习学《文选》，并不是或者说不主要是为了“文学性散文”的创作，而是出于科举考试的需要。正因此，杜甫在《宗武生日》一诗中，即再三叮嘱宗武等人要“精熟《文选》理”②。

值得注意的是，上述《陈拾遗集》中的114篇散文，共有两卷(卷

① 《文选》卷四十五汉武帝《秋风辞》、陶渊明《归去来辞》、卷六十贾谊《吊屈原文》三文，虽具有一定程度的文学色彩，但因缺乏本文所言之文学散文“三要素”，故本文不将其称为“文学性散文”，特此说明。而朱熹《楚辞后语》将此三文皆归类于楚辞者，又可为之佐证。

② 杜甫：《宗武生日》，浦起龙《读杜心解》卷五之三，中华书局1961年版，第759页。

七、卷八)45 篇“杂著”。所谓“杂著”，实际上是一些“杂体”，即唐人所常用的上、祭、誓、状、序、记、答等文体①，以及 3 篇骈体文：《春台引》、《綵树歌》、《山水粉图》。若除此 3 文不计，《陈拾遗集》中的 114 篇散文，实际上是由 12 种文体组成的，即：表、碑、墓志、书、启、上、祭、誓、状、序、记、答。陈子昂集中的这 12 种文体，以上所言之“文学三要素”为依据，则《国殇文》《送吉州杜司户审言序》《晖上人房饯齐少府使入京府序》等作，皆可划归于“文学散文”类。这几篇散文的最大特点，是均具有较强的抒情性、描写性，而审美性也自然寓于其中。对这类散文的写作，于在“乡学”就“专精坟典”、数年后又“经史百家，罔不该览”的陈子昂而言，已经是相当之不易了。

《国殇文》是一篇深受屈原《九歌·国殇》影响的抒情小文。此文前有小序，介绍了“国殇”之所“殇”者，为一批在东征之战中为国捐躯的将士。其云：“丁酉岁三月庚辰，前将军尚书王孝杰，败王师于榆关峡口，吾哀之，故有此作。”全文虽不及 500 字，但却以具有典型性特征的“楚辞体”，将那些“荆吴少年”“韩魏劲卒”当国家有事之际，踊跃出征，奋力杀敌，最后战死沙场的种种壮举，[illegible]写来，令人读后油然而生敬意。全文感情真挚炽烈，节奏鲜明急促，很好地抒发了作者高尚的爱国情怀。所以，本文的“国殇”，实际上是一曲对英雄的礼赞，既慷慨悲昂，又缠绵哀婉，卢藏用认为其具有“《大雅》之怨也”②的认识，乃甚为中的。

陈子昂“文学性散文”中的有些序文，也写得很好。对于“序”，徐师曾《文体明辨序说》的解释为：“按《尔雅》云：‘序，绪也。’字亦作

---

① 《陈拾遗集》卷七有《国殇文》《祃牙文》《禜海文》《吊塞上翁文》4 篇，就其文义言，乃皆为祭文。又，同卷有《为建安王誓众词》一文，实为一篇誓词，《文选》虽无“誓词”一体，但徐师曾《文体明辨序说》则有“誓”，并云：“按誓者，誓众之词也。……古有誓师之词。”特依之而列为一体。

② 卢藏用：《右拾遗陈子昂文集序》，《全唐文》卷二三八，中华书局 1983 年影印本，第 2402 页。

叙。言其善叙事理次第有序若丝之绪也。又谓之大序，则对小序而言也。其为体有二：一曰议论，二曰叙事。……其序事又有正、变二体。其题曰某序，曰序某，字或作序，或作叙，唯作者随意而命之，无异议也。”①所谓“正”体，即今人所说之“前言”或者“写在前面”；而“变”体者，所指则为诗序。但唐人的序还有一种形式，即朋友间临别时的“赠言”，如陈子昂《送吉州杜司户审言序》(《陈拾遗集》卷七)之“序”，即属于此类。序中的“杜司户审言”为诗人杜审言，其因由洛阳丞而赴任吉州司户参军，当时共有 45 人赋诗相送，陈子昂即写了这篇序，以为纪念。此文虽是一篇临别时的“赠言”，但却写得言辞恳切，文情并茂。首先，作者以“嗟夫”开篇，为杜审言遭受贬谪鸣不平：“当用贤之世，贾谊窜于长沙；居好文之朝，崔骃放于辽海。”继之，文章以前代名家作喻，对杜审言的才华予以高度称美：“杜司户炳灵翰林，研几策府。有重名于天下，而独秀于朝端。徐(干)、陈(琳)、应(玚)刘(桢)，不得劘其垒；何(逊)、王(融)、沈(约)谢(朓)，适足靡其旗。”最后，则以丰富的想象力，对离别之情进行了如下渲染：

> 苍龙阏茂，扁舟入吴。告别千秋之亭，回棹五湖之曲。朝廷相送，驻旌盖于城隅；之子孤游，森风帆于天际。白云自出，苍梧渐远。帝台半隐，坐隔丹霄；巴山一望，魂断绿水。于是邀白日，藉青蘋，追潇湘之游，寄洞庭之乐，吴歈楚舞，右琴左壶，将以缓燕客之心，慰越人之思。杜君乃挟琴起舞，抗首高歌：哀皓首而未遇，恐青春之蹉跎。且欲携幽兰，结芳桂，饮石泉以节味，咏商山以终岁②。

这段文字，既具有上所言之文学的诸种要素，又如同一篇精美的游记，

① 徐师曾：《文体明辨序说》，人民文学出版社 1962 年版，第 135 页。

② 陈子昂：《送吉州杜司户审言序》，《陈拾遗集》卷七，《四库唐人别集丛刊》本，上海古籍出版社 1992 年影印本，第 79 页。

将读者带向了水天一色的大自然，因而极具特点。由是而观，可知《送吉州杜司户审言序》一文，不仅具有“文学性散文”的诸种要素，而且在初唐的“文学性散文”中，也是有着相当的代表性的，如将其与张嘉贞《古桥铭并序》、李白《春夜宴从弟桃花园序》、王维《与山中裴迪秀才书》等盛唐“文学性散文”并论，也是毫不逊色的。虽然如此，这段文字所写之“乐”，却是为“悲”(指杜审言遭受打击被贬吉州)服务的，因而其悲更悲。而此，也是这篇“文学性散文”与李白、王维等文的不同之处。

卷七《晖上人房饯齐少府使入京府序》一文，亦属一篇写得很好的“文学性散文”。此文与《送吉州杜司户审言序》一样，也是一篇送人之作，但二者的意趣却大不相同。就题目之所示可知，作者因友人“齐少府使入京”，而写是文以送，时间则在“永淳二年四月孟夏”。文章在对“齐子官于此州”进行了简略介绍后，于“粤以丙丁之日，次于晖公别舍，盖言离也”后的一段文字之写，亦颇具文情并茂的特点。如其有云：

> 岩泉列坐，竹树交筵。吐青蔼于轩窗，栖白云于左右。参差池树，乱山水之清阴；缭绕阶庭，杂峰崖之异势。入禅林而避暑，肃风景于中林。开水殿而追凉，彻氛埃于户外。瑶琴合奏，翠斝时行。谭窈窕于天人，极留连于晷刻。既而欢乐极，良辰征，攀白日而是水回，唱浮云而告别①。

虽以骈文句式结撰，但却极具景物描写之特点，其所着力勾勒的，则是“晖上人房”的环境所在，以及作者对释家者流生活之雅慕，而其与晖上人、齐少府之交谊，即皆寓其中。文末所谓“凡我三人，盍崇不朽之

① 陈子昂：《晖上人房饯齐少府使入京府序》，《陈拾遗集》卷七，《四库唐人别集丛刊》本，上海古籍出版社1992年影印本，第80页。

迹”云云，又可为之佐证。若着眼于影响的角度，《陈拾遗集》中的这类散文，应是与王勃的《滕王阁诗序》《秋日游莲池序》《晚秋游武担山寺序》《秋日饯别序》等，不无关系的。

二、非文学性散文举隅

《陈拾遗集》中的“非文学性散文”，就其数量言，乃数十倍于其“文学性散文”。而且，在上述 12 种文体中，每一种文体都存在着若干篇“非文学性散文”，这一实况表明，陈子昂之“尤善属文”者，主要是表现在“非文学性散文”方面的。而从“文章辨体”的角度审视，陈子昂的这些“非文学性散文”，又大致可分为三种类别，即“书疏类散文”“碑志类散文”“表序类散文”，且特点各具，多有名篇，因而颇受时人与后人重视。

陈子昂的“书疏类散文”，以书为主，启、奏等次之(陈文无疏)。《陈拾遗集》中之《谏灵驾入京书》《谏雅州讨生羌书》《谏用刑书》(卷九)、《与韦五虚已书》《上薛令文章启》(卷十)等文，即皆为此类散文之代表。从总的方面讲，陈子昂的“书疏类散文”，大多具有气势磅礴、纵横恣肆、行文铺张扬厉等特点，如《谏灵驾入京书》一文，即堪称这方面的典范之作。这是一篇气势磅礴、豪气逼人的书类散文，其中写作者规劝武则天和唐睿宗安葬高宗皇帝灵柩于洛阳的一段文字，因具有快语直言、振笔直书等特点，而为武则天大加赞赏，并以“伟晔”称之。如其中有云：

> 且景山崇丽，秀冠群峰，北对嵩邙，西望汝海，居祝融之故地，连太昊之遗墟。帝王图迹，纵横左右，园陵之美，复何加焉。陛下曾未察之，谓其不可；愚臣鄙见，良足尚矣。瀍涧之中，天地交会，北有太行之险，南有宛叶之饶。东压江淮，食湖海之利；西

> 驰崤渑，据关河之宝。以聪明之主，养淳粹之人，天下和平，恭己正南面而已。陛下不思瀍洛之壮观，关陇之荒芜，遂欲弃太山之安，履焦原之险，忘神器之太宝，循曾闵之小节，愚臣暗昧，以为甚也。陛下何不览谏臣之策，采行路之谣，谘谋太后，平章宰辅，协苍生之望，知有所安，天下岂不幸甚。昔者平王迁周，光武都洛，山陵寝庙，不在东京，宗社坟茔，并居西土。然而《春秋》美为始王，《汉书》载为代祖，岂其不愿孝哉？……臣又闻太原蓄钜万之仓，洛口集天下之粟，国家之宝，斯为大矣。今欲舍而不顾，背以长驱，使有识惊嗟，天下失望。倘鼠窃狗盗，万一不图，西入陕州之郊，东犯武牢之镇，盗敖仓一杯之粟，陛下何以遏之？……斯言不徒设也，愿陛下念之①。

文章使用着力铺排的手法，对洛阳之山河形胜予以极力渲染，以反衬背洛入关之危害，目的则是希望武则天不要将唐高宗葬于关中，以免灵柩西还，兴师动众，劳民伤财。卢藏用《陈子昂别传》在言及此文时，曾如是写道："属唐高宗大帝崩于洛阳宫，灵驾将西归，子昂乃献书阙下。时皇上以太后(即武则天——引者注)居摄，览其书而壮之，召见问状。子昂貌寝寡，然言霸大略、君臣之际，甚慷慨焉。上壮其言而未深知也。乃敕曰：'梓州人陈子昂，地藉英灵，文称伟晔，拜台正字。'时洛中传写其书，市肆闾巷，吟讽相属。乃至转相货鬻，飞驰远迩。"②正因为此文曾名动洛中，故两《唐书·陈子昂传》均将其移录之。这种景况，在初、盛唐数以百计的散文作家中，是并不多见的。

在陈子昂的"非文学性散文"中，"碑志类散文"是数量较多的一类。唐代的"碑志类散文"，大而言之，主要包括碑、颂、墓志、铭、偈、

---

① 陈子昂：《谏灵驾入京书》，《陈拾遗集》卷九，《四库唐人别集丛刊》本，上海古籍出版社 1992 年影印本，第 103 页。

② 卢藏用：《陈子昂别传》，《全唐文》卷二三八，中华书局 1983 年影印本，第 2412 页。

祭等样式，其作者既多，名篇佳作亦众。《陈拾遗集》中的此类散文，共有5种样式、33篇文章，其具体为：碑文7篇(卷五)，墓志铭13篇，铭1篇(均卷六)，颂2篇，祭文10篇(均卷七)。这类散文之佳者，主要有《昭夷子赵氏碑》《堂弟孜墓志铭》《燕然军人画像铭》《吊塞上翁文》等。请看以下对《堂弟孜墓志铭》一文之节录：

> 君讳孜，字无怠，其先陈国人也。六代祖太乐，梁大同中为本郡大司马。……皇祖生考元爽，保植先人茂德，降生于君。……君幼孤，天资雄植，黄秀独茂。性严简而尚倜傥之奇，爱廉贞而不拘介独之操。始通诗礼，略观史传，即怀轨物之标，希旷代之业。故言不宿诺，行不苟从。率身克己，服道崇德。闺门穆穆如也，乡党恂恂如也。至乃雄以济义，通以存仁，卓以立事，毅以守节，独断于心，每若由己。实为时辈所高，而莫敢与论也。是以乡里长幼，望风而靡，邦国贤谊，闻名而悦服。方谓拂羽乔木，缅升高云，而遘命大过，栋桡而殒。呜呼，天咎予乎！时年三十五，是岁龙集癸巳……始君伯父，海内之文人也。含纯刚之德，有高代之行。每见君叹曰：'吾家代虽儒术传嗣，然豪英雄秀，济济不泯，常惧后来光烈不象先风。……古人有言，珠玉而瘗，是暴骸于中原。况吾家道尚俭，名训未坠，封树之礼吾敢过焉？是用锡尔瓦木之器，涂刍之灵，尧舜之典，忠孝之经，昭示后代，以安尔形。铭曰……①

唐人的墓志铭，一般由"碑"("志")、"铭"(或"颂")两部分组成，此文亦然。但在"碑"的部分，作者在叙墓志主人"堂弟孜"之事时，却并

① 陈子昂：《堂弟孜墓志铭》，《陈拾遗集》卷六，《四库唐人别集丛刊》本，上海古籍出版社1992年影印本，第64—65页。

没有以“三段式”结构①，而是在勾勒陈孜的世系后，以较大篇幅对其品行、才华予以称道，之后即为“铭曰”(本文未引)。而尤其值得注意的是，文章在称道陈孜品行与才华的同时，还抄引了“始君伯父”的一段评语，以对陈孜之才华等作进一步之肯定。凡此，均重在突出陈孜英年早逝，而惜其早夭。全文用笔流畅，描写形象，风格朴实，且行文几乎全为散体，虽为墓志铭，却有似一篇人物传记。类此者，陈集中尚有《府君有周文林郎陈公墓志文》等。

陈子昂的“表序类散文”也很有特点。这类散文，如上引徐师曾《文体明辨序说》之所言，仅“序”即可分之为议论、叙事两类，而叙事则又有“正体”与“变体”之别，此外，还有“临别赠言”一类。而“表”，其本意为“明也”“标也”，徐师曾《文体明辨序说》认为“古者献言于君，皆称上书”，亦即上表，所谓“但用以陈请而已”。此则表明，“表”作为一种文体，主要是用来“陈请”的。所以，《陈拾遗集》中的两卷表(卷三、卷四)共33篇，乃皆与“陈请”相关，如《为义兴公求拜扫表》《为人陈情表》《谢免罪表》《为建安王献食表》等，即无不如此。其中，又以《为乔补阙论突厥表》一文，尤具“陈请”的典型性。这是一篇“为乔补阙”所作的表文。“乔补阙”即乔知之，陈集另有《度峡口山赠乔补阙知之王二无兢》《西还至散关答乔补阙知之》等诗，纪与其之交游。《为乔补阙论突厥表》是一篇语言质朴、音节铿锵的“表序类散文”，其说理透辟，逻辑严密，虽然引用了不少“秦汉以来事迹”，但却并无古奥艰涩之弊端。如其中有云：

今陛下体上圣之资，开太平之化，匈奴为中国之患，自上代所苦久矣。合天降其灾，以授陛下，万代之业，在于今时，臣请以秦

① 唐人墓志铭一般分为碑(志)文与铭(颂)文两部分，碑文部分则由“三段式”结构而成，“三段式”是指勾勒碑主世系、详述碑主宦历、介绍碑主配偶与子嗣，《堂弟孜墓志铭》一文的碑文部分却并非如此。

> 汉以来事迹证明之，伏愿陛下少留圣听，导绎省察，天下幸甚。臣闻始皇之时，并吞六国，制有天下，按剑叱咤，八荒奔驰，然匈奴强梁，威不能服，牧马河内，以侵边疆。始皇赫然，使蒙恬将四十万众，北筑长城，因以逐胡。取其河南之地七百余里。当时燕齐海岱，嬴粮给费，徭役烦苦，人以不堪。故长城未毕，而闾左之戍已为其患，二世而亡，莫不始于事胡也。至汉兴，高祖受命，率群雄，乘利便，以三十万众窘迫白登，七日被围，仅而获免。自是历吕太后至孝文帝，单于桀敖，益陵汉家。文帝徒以逊词，致献金帛，但求其和善而已，不敢有图。贾谊所以哭之，痛文帝以天下之盛而卑事戎狄，以倒悬天下也。至景帝时，边受其患。于是汉武践祚，以承六代鸿业，属乎文、景玄默之化……于是大命六师，专以伐胡为务，首尾三十余年，中国骚然，大受其弊①。

在这段引文中，作者历数秦汉帝王深受匈奴“以侵边疆”之患，以及种种历史教训，旨在揭示突厥乃大唐重要边患，切不可等闲视之。所谓“匈奴不灭，中国未可安卧”，又可为之佐证。正因此，文末即以“臣请执殳先驱，为士卒启行，横行匈奴之庭，归报陛下”收束全篇，以表明乔知之上这篇“论突厥表”的用意所在。

陈子昂的“非文学性散文”，不仅数量众多，内容丰富，而且在形式方面，还有着一种鲜明的复古印记，这从其骈散相间甚至以散为主的各种体式中，便可见出。而“文学性散文”中之《送吉州杜司户审言序》《晖上人房饯齐少府使入京府序》等文，亦属如此。虽然，《陈拾遗集》中也有如《春台引》《綵树歌》《山水粉图》等骈体文之存在，但其在数量上乃甚微，因而是无以与其数量众多的“非文学性散文”相提并论的。由是而观，陈子昂在唐代古文运动史上属于一位先驱人物者，即乃不言

---

① 陈子昂：《为乔补阙论突厥表》，《陈拾遗集》卷四，《四库唐人别集丛刊》本，上海古籍出版社1992年影印本，第40页。

而喻。正因此，高步瀛《唐宋文举要》即作出了如是论断："韩公以前，文章复古之功，不能不推原伯玉已。"①洵为的论。

三、陈子昂散文的影响

关于陈子昂散文的影响，上引卢藏用《陈子昂别传》载《谏灵驾入京书》为武则天赏识后，"时洛中传写其书，市肆闾巷，吟讽相属。乃至转相货鬻，飞驰远迩"云云，藉之即可见其一斑。据《资治通鉴》卷二〇三所载，唐高宗灵驾西还，在文明元年(公元 684 年)五月，则《谏灵驾入京书》当作于本年五月前。是年，陈子昂 23 岁②。此则表明，23 岁的陈子昂因了这篇《谏灵驾入京书》，而声名大振于东京(洛阳)。所以，赵儋《右拾遗陈公旌德碑》说："由是海内词人，靡然向风，乃谓司马相如、扬子云复起于岷、峨之间矣。"③而在"海内词人，靡然向风"的期间，有一位受陈子昂影响的"词人"是颇值得注意的，此人即后来"掌文学之任凡三十年"的张说。张说之后，在散文创作方面深受陈子昂影响的"词文"，则是被后人称之为"古文运动领袖"的韩愈。陈子昂散文对此二人的影响，文学史家均不曾言及，本文则首次将其关联并论述之。下面先看对张说的影响。

与苏瑰一起被时人称之为"燕许大手笔"《新唐书·苏瑰传》)的张说(公元 667—730 年)，是介于初、盛唐之际的一位具有桥梁作用的著名文学家，两《唐书》有传。《旧唐书·张说传》有云："前后三秉大政，掌

---

① 高步瀛：《唐宋文举要》卷一，上海古籍出版社 1980 年版，第 18 页。

② 此年岁以陈子昂生年相推而获知。关于陈子昂生年，具体参见拙著《唐人生卒年录》之陈子昂条，第 114 页，贵州人民出版社 1989 年版。

③ 此题目为引者据原题所简称，其原题为《大唐剑南东州节度使观察处置等使户部尚书兼梓州刺史兼御史大夫鲜于公为故右拾遗陈公建旌德之碑》，载《四库全书》本《陈拾遗集》附录，第 131—133 页。

文学之任凡三十年。为文俊丽，用思精密，朝廷大手笔，皆特承中旨撰述，天下词人，咸讽诵之。尤长于碑文、墓志，当代无能及者。”①陈子昂是“海内词人，靡然向风”，张说则是“天下词人，咸讽诵之”，初唐与盛唐之际的两大散文作家群体，即因此而形成。初唐时期的“散文作家群体”，主要是指后期以陈子昂为核心的一个散文作家群，成员则有卢藏用、东方虬、宋之问、李峤、杜审言、崔融等，这些人不仅均与陈子昂有诗文交往，而且据中华书局版《全唐文篇名目录及作者索引》可知，其皆有各种体式的散文传世。以崔融（公元 653—706 年）为例，《陈拾遗集》涉及与其交游之作，即有《登蓟城西北楼送崔著作融入都》（卷二）、《送著作佐郎崔融等从梁王东征序》《登蓟城西北楼送崔著作融入都序》（皆卷七）等，这些诗文的存在表明，二人之关系是相当笃密的。不独如此，据《全唐文·崔融集》还可知，崔融现存各类散文 49 篇（赋未计入），其中表则有 39 篇，即较陈子昂多 6 篇，这一实况的存在足以表明，二人的散文均具有以表见长之特点。而卢藏用、宋之问、杜审言等人之散文，亦各有其成就与特点。总体而言，这一散文作家群体，虽然都曾外任或者被贬他乡，但长安为其文学活动之主要地点，则是可以肯定的，因之，陈子昂的“诗文革新”于其产生或多或少之影响，也就自不待言。再如《全唐文》卷二三八著录卢藏用散文一卷，凡 13 篇，为表、疏、书、序、论、碑、祭、文等多种体式所组成，其行文皆属运散入骈，即与陈子昂上述 114 篇散文之行文基本一致，则其受陈子昂“非文学性散文”之影响，也就不言而喻。

以张说为代表的盛唐初期的散文作家群，即“张说散文群体”，据《张燕公集》之所载可知，其成员主要有苏瑰、苏颋、薛稷、郭振、宋璟、席豫、赵冬曦、张嘉贞、韩休、苏晋、徐坚、张九龄、李邕等。需加注意的是，这一作家群体在生卒年或者说在年岁方面，多有与初唐散文作家群相重合的，即如张说本人，陈子昂也只大其 6 岁。也就是说，

① 刘昫等：《旧唐书·张说传》，中华书局 1975 年版，第 3057 页。

当23岁的陈子昂以《谏灵驾入京书》而名振洛阳时，张说已为17岁，越三年，其“弱冠应诏举，对策乙第，授太子校书”①，即开始在长安城里讨生活。以常理揆之，时在长安任太子校书的张说，于陈子昂三年前之“洛中传写其书，市肆闾巷，吟讽相属”云云，理应是有所知晓的，如此，则其成为“靡然向风”中之一分子，并立志于“为文”时有所创获，也就自在情理之中。虽然，陈子昂与张说各自集中并无二人交往之作，但从二人均擅长“非文学性散文”的写作，以及二人年岁大致相等、且多在长安任职这一角度言，年轻时的张说仰慕陈子昂或者以之为师学的对象，应是不无可能的。更何况，二人的“非文学性散文”在行文、用语、风格、气势等方面，有着许多方面之相同或者相似之处，如《贞节君碣》(张说)之于《堂弟孜墓志铭》(陈子昂)，即为其例。这是两篇“碑志类散文”，从内容到形式都具有基本相似之点。其具体为：(1)两篇碑文，均重在对碑主的才华、品行、节操等方面予以称美；(2)在行文方面，都属于骈散相间，且以散为主；(3)结构精巧细密，语言质朴无华。这种相同或相似特点的存在，即成为张说散文受陈子昂散文影响的一个明证。

陈子昂散文对韩愈的影响，也是较为明显的。众所周知，韩愈是中唐著名的散文大家，以大力提倡与推崇“古文”为能事，不仅与柳宗元共同造就了又一个散文作家群体的问世，而且还因之位居“唐宋八大家”之首。韩愈所倡导的“古文”，其实就是一种散行单句、取法先秦两汉文体的散文，其形式多种多样，特点亦甚为鲜明，且名作佳篇，应有尽有。以“碑志类散文”为例，《昌黎先生集》(《四部丛刊》本)中的《贞曜先生墓志铭》《国子助教河东薛君墓志铭》《柳子厚墓志铭》《南阳樊绍述墓志铭》等，即皆为此类散文之佼佼者。陈子昂的碑类散文，如上所举《堂弟孜墓志铭》《府君有周文林郎陈公墓志文》等，由于均对碑主进行了不同程度之肖像描写，有似一篇篇人物传记，而韩愈的《贞曜先生

① 刘昫等：《旧唐书·张说传》，中华书局1975年版，第3049页。

墓志铭》等文，亦属如此，如《柳子厚墓志铭》即为其例。在这篇碑类散文中，作者在“碑”(“志”)的叙事部分中，选取柳宗元“少年英俊”“柳州德政”“以柳易播”等几个生活片断，进行不同程度之描述与刻画，亦有似一篇人物传记。而在风格方面，二者则均具雄健倜傥之特点。正因此，高步瀛《唐宋文举要》在品评陈子昂《堂弟孜墓志铭》一文时，乃认为：“雄健倜傥，韩公先导。”①所言“韩公先导”，即明白地指出陈子昂散文对韩愈散文所产生的影响。又，《唐宋文举要》于韩愈《柳子厚墓志铭》引“韩曰”云：“子厚之丧，昌黎韩退之志其墓，且以书来吊曰：‘哀哉若人之不淑，吾尝评其文，雄深雅健似司马子长。’”②韩愈认为柳宗元散文如司马相如、扬雄一般，具有“雄深雅健”之特点。而上引赵儋《右拾遗陈公旌德碑》则有“乃谓司马相如、扬子云复起于岷、峨之间矣”云云，合勘之，柳宗元之散文受陈子昂散文的影响，亦甚为明显。由是而观，作为中唐“古文运动”领袖的韩愈与柳宗元，在散文革新与创作方面，都曾受到过陈子昂的不同影响，也就甚为清楚。而此，既是一种历史的真实，也是一种文学史的真实！

① 高步瀛：《唐宋文举要》卷一，上海古籍出版社1980年版，第36页。
② 高步瀛：《唐宋文举要》卷三，上海古籍出版社1980年版，第350页。

论张说的碑志类散文

在盛唐前期的散文界，曾历仕武则天、中宗、睿宗、玄宗四朝，并“掌文学之任凡三十年”①的张说(公元667—730年)，以“大手笔”而著称于当时，影响极大。中唐古文家皇甫湜于《谕业》一文中评张说散文云：“燕公之文，如楩木枏枝，缔构大厦，上栋下宇，孕育气象，可以变阴阳而阅寒暑，坐天子而朝群后。”②所评甚高。而《新唐书·苏瑰传》则谓：“(苏瑰)自景龙后，与张说以文章显，称望略等，故时号‘燕许大手笔’。帝爱其文，曰：‘卿所为诏令，别录副本，署臣某撰，腾当留中。’后遂为故事。”③其中的“帝爱其文”一段文字，表明为时人所“号”之“燕许大手笔”，主要是就张说(曾封“燕国公”)、苏瑰(曾封“许国公”)二人的散文而言，而“与张说以文章显”云云，又可为之佐证。据《四库全书》本《张燕公集》可知，张说现存各类散文凡15卷，173篇，其中，碑文墓志类散文(含颂、碣等，为便于行文，以下简称“碑志类散文”)尤为时人与后人所称道。正因此，问世于唐以后的许多散文总集与选集，如姚铉《唐文粹》、龚自珍《唐文目》、高步瀛《唐宋文举要》等，即皆收录了张说数量不等的“碑志类散文”。有鉴于此，本文特首次对张说的这类散文略作观照与论析。

---

① 刘昫等：《旧唐书·张说传》，中华书局1975年版，第3057页。

② 皇甫湜：《谕业》，《全唐文》卷六八七，中华书局1983年影印本，第7035页。

③ 欧阳修等：《新唐书·苏颋传》，中华书局1977年版，第4402页。

一、张说碑类志散文的概貌

在张说现存的173篇散文中，属于“碑志类散文”者，共有8卷(卷十一、卷十八至卷二十四)77篇，其具体为：卷十一9篇、卷十八10篇、卷十九11篇、卷二十8篇、卷二十一6篇、卷二十二10篇、卷二十三15篇、卷二十四8篇。而据中华书局1985年版《全唐文篇名目录及作者索引》又可知，张说“碑志类散文”的这一数量，在初、盛唐散文作家中乃位居第一，即如散文数量较张说为多的唐太宗(274篇)、唐玄宗(903篇)、张九龄(247篇)，也不能与之相比，因为据《全唐文》光盘版之检索可得，此三人的“碑志类散文”，除张九龄 为21篇(说详下)外，唐太宗与唐玄宗均不足20篇。而与张说并称为“燕许大手笔”的苏瑰之子苏颋，其散文数量虽然有262篇之多，但“碑志类散文”却也只有13篇。唐太宗、唐玄宗、苏颋、张九龄的“碑志类散文”是如此，则其他散文作者之此类散文就更不足以并论了。所以，单从数量的角度言，《张燕公集》中的这77篇“碑志类散文”，已遥遥领先于初、盛唐数以百计的散文作者。张说“碑志类散文”之值得文学史家特别关注与重视者，仅此即可窥其一斑。

存在于《张燕公集》中的这77篇“碑志类散文”，虽然主要表现在“碑文”与“墓志”两个方面，但所涉“碑”“墓”之对象却相当广泛，因而其内容也就颇为丰富。若从分类的角度言，则大致可分为如下四类。其具体为：

(一)圣德类。此类散文，有《圣德颂》《上党旧宫述圣颂》《皇帝在潞州祥瑞颂十九首奉敕撰》《起义堂颂》4篇。这类散文所立碑而颂者，主要在于一个“圣”字。

(二)祭祀类。这类散文所涉之对象，由于比较特殊，因而数量也只有4篇，即《大唐祀封禅颂》《后土神祠碑铭》《西岳太华山碑铭》《玄识阁庐墓碑》。而正是因其对象的特殊性，碑文也就显得较为庄重，且不乏汉人遗则，如《后土神祠碑铭》《西岳太华山碑铭》等，写得比较典雅，且寓散于骈，文辞极具隽秀、爽丽之美。

(三)佛寺类。此类散文凡2篇，即《龙门西龛苏合宫等身观世音菩萨像颂》①《唐陈州龙兴寺碑铭》，这一实况表明，张说对佛教与佛教人物涉及不多。对此，《张燕公集》中的整10卷诗又可为之佐证，因为在这10卷诗中，属于佛教诗或者涉佛诗者，只有《书能和尚塔》《襄州景空寺显融上人兰若》《清远江峡山寺》等少许几首，且大多为纪游之作。所以，《唐陈州龙兴寺碑铭》一文之所写，其重点并不在龙兴寺与佛教之关系方面，而是在于陈州刺史韩琦等数人因“邦甸积稔之蓄”而“建立圣寺”的功绩，因之，此《碑铭》实际上是对韩琦等人予以称道的一篇“颂”文。

(四)人物类。这是张说“碑志类散文”之大端，数量既多，质量亦上乘，《旧唐书·张说传》认为张说“为文俊丽，用思精密……尤长于碑文墓志，当代无能及者”云云，所指者即为此类散文。这类散文共有67篇之多，其数量为张九龄同类之作(13篇)的五倍还多，此则表明，作为“大手笔”的张说，是特别擅长于此类散文的撰写的。若以碑主或墓志主人之身份言，则这类散文又可分为以下诸类：

1. 官吏类。这是张说“碑志类散文”的主体部分，其中所涉之对象，既有开府仪同三司王仁皎、赠太尉裴行俭、宰相姚崇、太子少傅苏瑰、中书令韦嗣立等朝廷重臣，又有州都督、刺史、长史、司马，以及县令、县丞、县尉等地方职守，亦有一些妃子、昭容、公主、夫人之类的女性官宦人物。正因为这类散文的人物众多，且其身份各异，故散文数量(62篇)也较其他几类要多出许多。

2. 未官类。这类散文有4篇，即《唐处士张府君墓志》《徐氏子墓

---

① 《龙门西龛苏合宫等身观世音菩萨像颂》一文，就题目之所示可知，主要是对龙门寺之“观世音菩萨像”的称颂，因其对象特殊，难以与其他类契合，故暂归入此类，特此说明。

志》《张氏女墓志》《子曲阿令志铭》①。但需指出的是，此4篇散文中的主人，无论是“处士张府君”，抑或“徐氏子”与“张氏女”，虽然皆不曾为官，但却并非平民，而是出身于官宦之家，其之未入仕者，主要是由于早卒，如《唐处士张府君墓志》中的“张府君”即为其例。是文有云：“君孤绍单门，旁无兄弟，苗而不秀，未仕而卒。道未融于邦国，位未扬于王庭。”所谓“未仕而卒”者，即为早卒，原因是此子在襁褓中即已“衰麻”。

3. 释家类。仅有1篇，即《唐玉泉寺禅师碑》。以此篇散文合勘第二类中之《唐陈州龙兴寺碑铭》一文，可知张说一生，于佛教确属涉之甚微。

以上之分类表明，为时人与后人所称道的张说“碑志类散文”，其实主要指的应是第三类，即人物类中的“官吏类”。这类散文中的主人公，就当时的社会而言，几乎均属于国家栋梁与有用之才，所以，张说在述写这些人物的生平事迹时，所把握之重点，主要表现在三个方面，即勾勒碑主世系、详述碑主宦历、介绍碑主配偶与子嗣。这就是所谓的“三段式”。这种“三段式”结构，详述碑主宦历则乃为全文的重中之重，其所包含者，既有伴随着碑主仕履沉浮的变迁史，也不乏对碑主作春秋笔法般的评价，而对碑主才华的首肯、德政的称颂、功绩的褒扬等，亦皆寓其中。为便于认识，兹节录《贞节君碣》有关文字如下，以为例说。其有云：

神功元年十月乙丑，阳鸿卒于雩都县。友人沛国朱敬则、清河孟乾祚、范阳卢禹等哀鸿抱德没地，继体未识，考行定谥，葬于旧城。鸿字季翔，平恩人也。其先著族右北平郡。大父真阳宰，适兹

① 《张燕公集》卷二十三著录此文，凡15字，因而难以据知“子”之是否为官；若从题目“曲阿令”三字言，似其当为曲阿（今江苏丹阳）令，但这一题目也有脱讹，故暂将其归入“非官类”，特此说明。

乐土，爰定我居，维桑与梓，既重世矣。鸿倜傥其杰，瑰玮博达。贯涉六籍百家之言，其要在霸王大略，奇正大旨，君亲大义，忠孝大节而已。章句之徒，不足视也。尝陋汉史地理志《周礼》职方志，时异虚记，心不厌焉。乃攀恒、岱，浮洞庭，窥河源，践岷、衡，稽四海之风俗，算九州之险易，与赵国贯高图献其议，遇火焚烫，天下状其志而痛其事。养徒闾里，不应宾辟。仪凤中，河北大使薛公举鸿行励贪鄙。天子嘉之，用置于吏，乃尉汲、曲阿，主簿龙门、雩都。夫其屏居十年，一方化德，历佐四邑，诸侯观政。惜乎有大才无贵仕，命也。……①

这里所引录的，是《贞节君碣》的前半部分。《全唐文》著录此文，题作《贞节君墓志》。“贞节君”，即卒于武则天神功元年(公元697年)的平恩人阳鸿。所引录的这段文字，主要由两部分组成：从开始到“既重世矣”，是对阳鸿卒葬、籍贯、世系的简要交待；从“鸿倜傥其杰”到“命也”，为对其才华(学识与著述)、仕履的详加勾勒。二者相比，后者为其重点，乃不言而喻。继之(未为本文所引录者)，则以“送丧”“守城”二事为例，对阳鸿的品行、节操进行了称颂，本文题目之所以称阳鸿为“贞节君”者，其原因即在此。

从张说“碑志类散文”题目所署之类别言，其主要者有八，即：碑、碑铭、神道碑、碣、碣铭、墓志、墓志铭、颂②。张说为阳鸿撰写墓志，之所以用碣而不用碑者，主要是着眼于唐代的制度，对此，《唐六典》卷四乃有专载。其云：

---

① 张说：《贞节君碣》，《张燕公集》卷二十二，《四库唐人文集丛刊》本，上海古籍出版社1992年影印本，第202页。

② 颂作为一种文体，在唐文中主要存在着两种情况，一为可刻石以立者，如颂德碑之类，一为无须立石者，如颂歌、颂文者，本文将其全归入“碑志类散文”者，主要是出于行文上的方便，而于例举者，则以前者为主，特此说明。

碑碣之制，五品已上立碑，螭首龟趺，趺上高不过九尺。七品已上立碣，圭首方趺，趺上高不过四尺。若隐沦道素，孝义著闻，虽不仕亦立碣。凡石人石兽之类，三品已上用六，五品已上用四。凡德政碑及生祠，皆取政绩可称，州为申省，省司勘覆定，奏闻，乃立焉①。

据《贞节君碣》全文可知，综合阳鸿一生，其虽然曾“历佐四邑”，但皆属品阶甚低的一些地方小官，如曲阿尉、雩都主簿等，而不具备“五品已上立碑”的资格，所以，张说乃以碣而为之。此则表明，作为“大手笔”的张说，对于李唐所施行之卒葬制度，乃是相当熟悉的。而由此又可知，《全唐文》著录此文题目作《贞节君墓志》者，乃为错误。

二、张说碑志类散文的特点

据上引《旧唐书·张说传》之所载，可知张说散文的特点，主要在于“为文俊丽，用思精密”，其“碑志类散文”则更是如此，而《传》中之“尤长于碑文墓志，当代无能及者”云云，又可为之佐证。从总的方面讲，张说“碑志类散文”的特点，要而言之，主要表现在四个方面。其具体为：

其一是为文俊丽。张说“碑志类散文”的“为文俊丽”，与李唐前期骈文盛行的大环境密切相关。这一时期的李唐文坛，由于受南北朝文风的影响，骈文演变成了一种极普遍的文章体式，以至于朝廷与民间皆用之。以朝廷为例，从皇帝的御批、制敕、诏令，到文武百官之奏章、表状、书启等，皆与“骈”关系密切，而以骈俪句行文，则又为其之最关键者，如《陈拾遗集》中之表、书、序、碑等各类文体，即无不如此。

---

① 李林甫等：《唐六典》卷四，中华书局 1992 年版，第 119—120 页。

张说虽然后陈子昂6年而生①，且其家庭背景、生活经历、任职概况等也与之大不相同，但在受六朝抑或初唐文风的影响方面，二人却有着惊人的相同性。正因此，二人之于散文的写作，乃大都以“骈”而为。骈文的最大特点，就是讲究对偶、声律、用典、辞藻，注重形式之美，而此，即是构成张说“碑志散文”之“为文俊丽”的一个重要原因。如《齐黄门侍郎卢思道碑》(以下简称《卢思道碑》)有云：

> 徵君之子，禀天灵杰，承家令轨。清明虚受，磊落标奇。言不诡随，行不苟合。游必英俊，门无尘杂。至于求己励学，探道睹奥，思若泉涌，文若春华，精微入虚无，变化合飞动，斯固非学徒竭才，仰钻之所逮也②。

以四字短语为主，寓散于骈，精致而俊美。又如《西岳太华山碑铭》一文，开首即如是写道：“天有四序，星辰辨其分；地有五方，山岳镇其域。阴阳交畅，则品物形矣；精气相射，则神祇著矣。”又《广州都督岭南按察五府经略使宋公遗爱碑颂》(以下简称《宋公遗爱碑颂》)有云：“挫二张之锐，则声怛寰域；折三思之角，则气盖风云。由是极有四星，唯帝之辅；地有五岳，维天之柱。其入宰也，君之股肱；其出守也，人之父母。”这两例均用的是典型的骈俪句式，气度雄浑而典雅，或有称后者为碑文中之上品者，乃不无见地。

其二即用思精密。所谓“用思精密”，主要是指对文章的构思，即构思既要精巧，又要缜密，上引皇甫湜《谕业》之“如梗木楠枝，缔构大厦，上栋下宇，孕育气象”云云，即是对张说散文这方面之称美。对于文章的构思，刘勰《文心雕龙·神思》曾进行过专门讨论，认为：“文之

---

① 关于陈子昂与张说各自的生卒年，具体参见拙著《唐人生卒年录》第102页(张说)、114页(陈子昂)，该书由贵州人民出版社1989年出版。

② 张说：《齐黄门侍郎卢思道碑》，《张燕公集》卷二十一，《四库唐人文集丛刊》本，上海古籍出版社1992年影印本，第182页。

思也，其神远矣。故寂然凝虑，思接千载；悄焉动容，视通万里。吟咏之间，吐纳珠玉之声；眉睫之前，舒卷风云之色：其思理之致乎？故思理为妙，神与物游。”并于“赞曰”中说：“神用象通，情变所孕。物以貌求，心以理应。刻镂声律，萌芽比兴。结虑司契，垂帷制胜。”①《文心雕龙》对有“大手笔”之称的张说而言，自应是早就熟烂于心的，因之，其于“碑志类散文”的写作中注重“结虑司契”，也就势所必然，如《梁国公姚文贞公碑》即是这方面的代表作②。这是一篇专门述写姚崇生平行事的碑文，由“碑”与“铭”两部分组成，前者以叙事为主，后者则重在抒情。在叙事部分，碑文述写了姚崇各个时期之任职，如开首乃写道：“有唐元宰曰梁文贞公者，位为帝之四辅，才为国之六翮，言为代之轨物，行为人之师表。盖维岳降神，应时间出者也。”之后，便是对姚崇世系的简要勾勒。而在姚崇“封梁国公，食赋百室”后，作者则又如是写道：“公性仁恕行，简易虚怀，泛爱而泾渭不离，真率径尽，而应变无穷。”③这种结构，即颇具特点。后部分的“铭曰”，则采用四言句式，对姚崇的政治识见与高贵品格进行了颂扬。全文“事”“情”互关，前后呼应，相辅相成，浑然一体。类此者，尚有《太子少傅苏公神道碑》《赠太尉裴公神道碑》等，兹不一一列举。

其三为崇实黜虚。从以上的分类可知，张说的“碑志类散文”，以人物类的数量为最多，这一实况表明，其此类散文，主要是一种写人的散文。张说这类散文所写之人，一般而言，主要有死人与活人两大类。为死人写碑文或者墓志，相对来说，要较活人好写得多，原因是写活人事实必须清楚确凿，既不可模棱两可，也不能道听途说，若稍涉虚夸与

① 陆侃如、牟世金：《文心雕龙译注》，齐鲁书社2009年版，第377—386页。

② 此碑文题目之全称为《故开府仪同三司上柱国赠扬州刺史大都督梁国公姚文贞公碑奉敕撰》，此简称为《姚文贞公碑》者，主要便于行文，特此说明。

③ 张说：《姚文贞公碑》，《张燕公集》卷十八，《四库唐人文集丛刊》本，上海古籍出版社1992年影印本，第147—148页。

溢美，都将会为时人与后人所诟病。《张燕公集》卷十一《宋公遗爱碑颂》一文，堪称为这方面的代表作。这是一篇专门用来述写宋璟"德政"的碑文，由"碑"与"颂"两部分组成，前者以叙事为主，后者则重在抒情。在叙事部分，碑文主要记述了宋璟于开元四年(公元716年)调任广州刺史后的一系列"德政"，以及广州民众对宋璟离任后的思念之情。为了加深人们对宋璟的认识，碑文还以倒叙的手法，对宋璟刺牧广州之前的诸多行事，如不畏权贵等，也进行了简要介绍，旨在为颂其"遗爱"作铺垫。碑文之于宋璟在广州任上的种种政绩，乃如是写道：

> 至于此邦之长人也，饮食有节，衣服有常，清心而庶务简，正色而群下一。瑟兮僩兮，赫兮喧兮，固以不怒而威，不言而信。虽有文身凿齿，被发儋耳，衣卉面木，巢山馆水，种落异俗而化齐，言语不通而心喻矣。其率人版筑，教人陶瓦，室皆涂塈，昼游则华风可观；家拆茅茨，夜作则灾火不发。栋宇之利也自今始。祖国之舶车，海琛之云萃，物无二价，路有遗金，殊裔胥易其回途，远人咸内我边郡。交易之坦也，有如此。故能言之士，举为美谈。……宋氏世名，公其济美。《诗》所谓"无念尔祖，聿修厥德"，广平有焉①。

宋璟任广州刺史仅一年(具体见两《唐书·宋璟传》《资治通鉴·开元四年》)，不仅使当地民众"饮食有节，衣服有常"，而且还"率人版筑，教人陶瓦"，极大程度地改变了当地人们的生活陋习，从而使得盛唐初期的广州"物无二价，路有遗金"，以至于为一些"能言之士"举作"美谈"。据《新唐书·宋璟传》记载，"广人为璟立遗爱碑"，宋璟上疏辞让，唐玄宗则"有诏许停"，今宋璟集中的《停广州立遗爱碑奏》(《全唐

① 张说：《广州都督岭南按察五府经略使宋公遗爱碑颂》，《张燕公集》卷十一，《四库唐人文集丛刊》本，上海古籍出版社1992年影印本，第88页。

文》卷二〇七）一文，即可证之。为了杜绝阿谀奉承之风，宋璟竟然拒绝“广人”为其立遗爱碑，此则表明，宋璟之严于律己，乃是令人油然而生敬意的。为这样的一位“当代人物”撰写“遗爱碑颂”，不仅对碑主的事迹要从严从实把握，而且在遣词用语等方面，也须格外小心谨慎，否则，即有可能为人所不屑，而《宋公遗爱碑颂》于此二者，均处理得恰到好处。而此，也是龚自珍《唐文目》于张说“碑志类散文”中独选此文的原因之所在。

其四是气度雍容。读张说的“碑志类散文”，无论是“碑”的部分，抑或“铭”（“颂”）的部分，都能使人从中感受到一种雍容雄浑的气度美，皇甫湜所言“变阴阳而阅寒暑，坐天子而朝群后”者，即与此不无关联。而时人称张说为“大手笔”者，其“碑志类散文”表现出的这种气度美，即寓于其中。所谓“大手笔”，是指张说散文笔力雄健，颇具气度，其典出《晋书·王珣传》：“珣梦人以大笔为椽与之，既觉，语人曰：‘此当有大手笔事。’俄而帝崩，哀册谥议，皆珣所草。”①但“大手笔”有时也指好文章、好作品，如《陈书·徐陵传》云：“世祖、高宗之世，国家有大手笔，皆徐陵草之。”张说“碑志类散文”之可称为“大手笔”者，实乃兼此二者而为之，且首推《圣德颂》《开元正历握乾符颂》《起义堂颂》《大唐祀封禅颂》《卢思道碑》《宋公遗爱碑颂》《中书令逍遥公墓志铭》《梁国公姚文贞公碑》《贞节君碣》《鄎国长公主神道碑》等文。如《圣德颂》一文，开首即写得雍容庄重：“太古厥初，遗文阙矣，书祖二典，聿陈五教，唐虞之训，历代宗焉。孰同理而不休，奚同乱而克唑，皇唐之典也。道积四圣，时将百年，泽浸生人，自根流业。……若夫汤颂传于考父，文什著于周公，臣下之志，不可阙也。敢作颂曰。”而“颂曰”部分，全为四言句式，运散入骈，大气包举，真可谓是“上栋下宇，孕育气象”，读而令人激赏不已。其云：

---

① 房玄龄等：《晋书》卷六十五《王珣传》，中华书局 1974 年版，第 1756 页。

天祚皇唐，启我明主。大哉皇帝，与天同矩。天乎盖之，地乎载之。阳和化育，怀生赖之。孝乎唯孝，告成乎天。灵坛神岳，思皇暇焉。皇哉皇哉，胡可舍旃。大君受命，景云来翔。流天泛日，烂漫成章。稽诸瑞典，昔祚轩皇。而今表圣，土德以昌。……遐哉大同，天子之功①。

这是一篇典型的“大手笔”之作。据“大君受命，景云来翔”之所言，此《颂》当撰写于唐睿宗登基之初(“景云”为其年号)，因之，全文所颂之“圣德”，就自然是指唐睿宗之“圣德”了。正因为是替皇帝颂“圣德”，所以，作者乃充满激情而为，对此，仅从上引“颂曰”中的“哉”字之用，如“大哉皇帝”“皇哉皇哉”“遐哉大同”等，即可准确获知。《新唐书·张说传》云：“朝廷大述作必出其手，帝好文辞，有所为必所视草。……为文属思精壮，长于碑志，世所不逮。”以《圣德颂》言之，知其洵非溢美之辞也。

三、张说碑志类散文的影响

张说生当初、盛唐交替之际，而斯时，文学的革新已然在进行之中，这从王勃《上吏部裴侍郎启》《平台秘略论》(《王子安集》卷四、卷十一)与杨炯《王勃集序》(《王子安集》卷首)等文，即略可获知。其中，最具文学史意义者，即为“尤善属文”②的陈子昂对复古主张之提倡。陈子昂的文学革新，重点反映在《陈子昂集》之《与东方左史虬修竹篇序》(卷一)、《喜与马参军相遇醉歌序》(卷二)、《与韦五虚已书》《上薛

---

① 张说：《圣德颂》，《张燕公集》卷十一，《四库唐人文集丛刊》本，上海古籍出版社1992年影印本，第73页。

② 卢藏用：《陈氏别传》，《全唐文》卷二三八，中华书局1983年影印本，第2401页。

令文章启》(均卷十)等文中，虽然以诗歌为主，但于散文也不无涉及，如《与东方左史虬修竹篇序》中的"文章道弊五百年"云云，即为其例。固然，唐人多有将"文章"作为诗歌之代名词者，但将"文章"专指古文或散文者，也并非少许，如王勃《上吏部裴尚书启》即为其例。是文有云："夫文章之道，自古称雄。圣人以开物成务，君子以立言见志，遗雅背驯，孟子不为；劝百讽一，扬雄所耻。"①所以，《与东方左史虬修竹篇序》所言虽主要为诗歌，但"文章道弊"之与散文相关涉者，则还是较为清楚的，对此，《陈子昂集》中的《谏灵驾入京书》等"奏疏类散文"，主要以散体而为者，又可为之佐证。

陈子昂之于"文章道弊"的革新，必然会影响到只小其 6 岁的张说，这从张说为时人称为"大手笔"者，又略可获知。而事实上，"大手笔"本身就是对"文章"革新所获之结果。张说"碑志类散文"于革新所获最大之成功，就是与苏瑰等人一道，力主融散入骈，使传统的散文样式(骈文)在初、盛唐之际发生了很大变化。或有称张说为"骈文大家"者②，实属不的，因为《张燕公集》中所录载之 173 篇散文，无一文是如孔稚圭《北山移文》、王勃《滕王阁序》那样"一骈到底"的，而是运散入骈、骈散相间，如卷一的 5 篇赋，卷十三、卷十四的 34 篇表，卷十六的 11 篇序，即无不如此。张说集中这类最容易成为骈文的赋、表、序尚且如此，则其"碑志类散文"之不能称为骈文，也就自不待言。所以，从总的方面讲，张说的散文虽然具有"骈"的特点，即多用骈俪句式，但却并非为骈文，而张说也不是一位"骈文大家"。这既是历史的真实，也是文学的真实!

张说的近 80 篇"碑志类散文"，以境界开阔、文思精壮、气势雍容有度，而与其"奏疏类散文"平分着"大手笔"秋色。《张燕公集》中的这

---

① 王勃：《上吏部裴侍郎启》，《全唐文》卷一八〇，中华书局 1983 年影印本，第 1829 页。

② 具体参见高文、何法周主编：《唐文选 · 前言》，人民文学出版社 1987 年版，第 13 页。

两类散文，由于是张说散文之最具“大手笔”特色者，而对当时的散文界产生了极大影响，《旧唐书·张说传》载张说“掌文学之任凡三十年”者，即与其“碑志类散文”关系密切。而在初、盛唐之际，受张说“碑志类散文”之影响最大者，当首推张九龄。据《四库全书》本《曲江集》可知，张九龄现存各类散文有近250篇之多，其中，属于“碑志类散文”者则为21篇，具体为：卷一4篇(颂)、卷十七1篇(碣)、卷十八至卷二十16篇(碑文墓志)。在张九龄的这21篇“碑志类散文”中，卷十八《张公(说)墓志铭并序》、卷十九《裴公(光庭)墓志铭并序》等文，就颇具张说同类散文之神韵。张九龄的这类散文，要而言之，大多具有“轻缣素练，实济时用”①的特点，其虽骈散兼为，但却以散为主，因而文辞劲简，语言流畅，具有较强的可读性。又如《龙池圣德颂》一文，也是一篇优秀之作，据王溥《唐会要》卷二十二所载，其为张九龄写于唐玄宗开元二十三年五月五日前后②。《四部丛刊》本《曲江集》卷十五又有《进〈龙池圣德颂〉状》一文，附“御批”云：“卿之词旨，度越前辈，曲成意义，多所发挥。”所谓“度越前辈”者，是就《龙池圣德颂》“度越”张说之同类文而言，因为张说曾为唐睿宗登基时过一篇《圣德颂》(《张燕公集》卷十一)。这则“御批”表明，张九龄的“碑志类散文”，不仅受张说同类散文的影响很明显，而且在“词旨”方面，乃是有过之而无不及的，对此，翁方纲《石洲诗话》卷一之所言，又可为之佐证。其云：“曲江公委婉深秀，远出燕、许诸公之上，阮、陈而后，实推一人，不

① 此之所引乃徐坚评语，据《四库全书总目》卷一四九《曲江集》“提要”而为。“提要”所引之徐坚评语，云出自《新唐书·文艺传》：“《新唐书·文艺传》载徐坚之言，谓其文如轻缣素练，实济时用，而窘边幅。”但《文艺传》并无徐坚之名；又，《旧唐书》卷一〇二、《新唐书·儒学传》下虽有徐坚传，但却并无徐坚评张九龄之此语，以此度之，似《四库全书总日》所引当误。又，中华书局版《张九龄集校注·前言》(第14页)认为此评语的主人为张说者，乃误。

② 王溥：《唐会要》卷二十二有云：“(开元)二十三年五月一日，宗子率月俸，于兴庆宫建龙池圣德颂以纪符命，望令皇太子书、张九龄为文，礼部尚书充检校使，从之。五日，宗子请令宁王宪题额，侍中裴光宪充模勒。”据此，知张九龄《龙兴圣德颂》乃写于是时。

得以初唐论。”①翁方纲在这里所比较者，虽为张九龄与张说之诗，但于二人“碑志类散文”之“词旨”，应是不无涉及与参考价值的。而且，在诗文的复古方面，张九龄之于张说也是有过之而无不及的，故翁方纲于《石洲诗话》“曲江公”一条之后又说：“曲江在唐初，浑然复古，不得以方隅论。”又，《四库全书总目》卷一四九于《曲江集》之“提要”有云：“九龄守正嫉邪，以道匡弼，称开元贤相。而文章高雅，不在燕、许诸人下。”②凡此，均可目之为张九龄“碑志类散文”受张说之影响的一种必然结果。

自张说以后，初、盛唐之际的散文界，涌现出了一大批如张九龄那样擅长碑文墓志写作的散文家，如宋璟、姚崇、阎朝隐、刘宪、梁朱宾、卢藏用、李峤、许景先、严挺之、孙逖、徐坚、李邕、崔湜、裴耀卿等，即皆为其例。这是一个以张说为代表的散文作家群，姑名之为“张说散文群体”。这一群体的成员，不仅受张说之影响，皆撰写了数量不等的“碑志类散文”，而且其中的大部分人还与张说有着某些方面、某种程度之关联，如李邕即为其中之一。李邕是唐初著名《文选》学家李善之子，两《唐书》均有传，有《李北海集》六卷行世。据两《唐书·李邕传》的记载，李邕因“长于碑颂，前后所制凡数百首”，而为“当时文士所重”，且在张说为中书令、尚书右丞相期间，曾在京师任职，则其曾受张说“碑志类散文”之影响，当可论断。但张说之于李邕的为人，却并不甚看好，对此，《旧唐书·李邕传》乃有载：“（开元）十三年，玄宗车驾东封回，邕于汴州谒见，累献词赋，甚称上旨。由是颇自矜炫，自云当居相位。张说为中书令，甚恶之。”③而另一位开元贤相姚崇，于李邕的为人也不甚看好：“中书令姚崇嫉邕险躁，因而构成其罪，左迁括州司马。”（《旧唐书·李邕传》）此则表明，自矜与“险躁”，乃为李邕

① 翁方纲：《石洲诗话》卷一，人民文学出版社1981年版，第27页。

② 永瑢：《四库全书总目》卷一四九《曲江集》“提要”，中华书局1965年影印本，第1279页。

③ 刘昫等：《旧唐书·李邕传》，中华书局1975年版，第5041页。

为人的最大弊端。虽然如此，李邕在长安任职期间，其“碑志类散文”受“掌文学之任凡三十年”的张说之影响，则是可以肯定的。

再如徐坚，也是如此。徐坚，两《唐书》亦有传，《旧唐书》传载卷一〇二，《新唐书》则于《儒学传》下有其名。《旧唐书·徐坚传》有云：“坚又与给事中徐彦伯、定王府参曹刘知几、右补阙张说同修《三教珠英》。……坚独与说构意撰录，以《文思博要》为本，更加《姓氏》《亲族》二部，渐有条流。”①这是徐坚与张说关系密切之确证，则其碑文受张说“碑志类散文”的影响，也就自不待言。而事实也正是如此。如《全唐文》卷二七二录载徐坚《唐故右骁卫大将军上柱国金河郡开国公裴公(索)墓志铭》一文，即可视之为徐坚“碑志类散文”受张说影响的代表作。此文由“碑”“铭”两部分组成，属文爽丽，用思缜密，“碑”主要叙事而兼及抒情，“铭”则重在抒情而寄情于事，二者互为关联，结合紧密，而成为一个整体。在行文方面，作者运散入骈，骈散兼为，朴素而畅达，颇具张说“碑志类散文”之风骨。

张九龄、李邕、徐坚而外，上举其他散文作家亦大抵如此，此不具述。

---

① 刘昫等：《旧唐书·徐坚传》，中华书局1975年版，第3175页。

读张九龄散文札记

作为文学家的张九龄(公元678—740年)，虽有《曲江集》二十卷，但其各类文章却有十五卷之多，此则表明，张九龄是诗人，更是一位散文家。据《四库全书》本《曲江集》(以下所言《曲江集》，皆指此集，不另作说明)统计，张九龄现存各类散文240余篇，这一数量在初、盛唐时期的散文界，乃无可与之相比①。虽然如此，张九龄散文的文学性却较其诗歌要逊色许多，原因是其主要为一些"公文类"散文与墓志铭之类的"古文辞"等，也即其全为"非文学性散文"，而此，即是张九龄散文不为文学史家所重的一个关键性原因。但从文献学的角度审视，张九龄的这类散文，却是极具文献学与历史学价值的，这与陈子昂、张说、王维、杜甫等人的散文乃如出一辙。而且，张九龄的这类散文也是很有研究之必要的，如其"运散入骈"的书写形式，代表着初、盛唐散文的一种发展趋势。本文之于张九龄散文的"辨识"，主要是对《曲江集》中十五卷散文所存在的一些问题，如行政区划、职官名称、任职年代、题文不符，以及具体作年等，皆以条陈之形式，略作考察与辨正。

---

① 据中华书局1985年版《全唐文篇名目录及作者索引》可知，张九龄之前的初、盛唐散文数量最多者，依序为唐太宗(274篇)、唐玄宗(932篇)、苏颋(262篇)，其次则为张九龄(243篇)。但唐太宗与唐玄宗的散文，基本上以制、诏、敕等为主(即主要为"非文学性散文")，而此类文体非一般作者可为，即只有苏颋的散文数量较张九龄为多，故本文此处特以"几无可与之相比"说明之。

一、《敕置十道使》《敕授十道使》

按：《曲江集》卷七著录此二文。宋敏求《唐大诏令集》卷一〇〇著录前文，作《置十道采访使敕》，即题目中有“采访”二字，甚是。这是因为，据文中“其天下诸道，宜依旧逐要便置使，令采访处置”云云①，知题目所言之“敕置十道使”者，实际上是“敕置十道采访使”，所以，此二文均应依《唐大诏令集》作《置十道采访使敕》《授十道采访使敕》，或者作《敕置十道采访使》《敕授十道采访使》。又，此二文题目中的“十道”，乃为“十五道”之误。“道”为唐代重要的行政区划之一，“十道”置于唐太宗贞观元年，“十五道”则置于唐玄宗开元二十一年，对此，杜佑《通典》卷一七二《州郡二》、两《唐书·地理志》均有记载。如《旧唐书·地理志一》云：

> 贞观元年，悉令并省，始于山河形便，分为十道：一曰关内道，二曰河南道，三曰河东道，四曰河北道，五曰山南道，六曰陇右道，七曰淮南道，八曰江南道，九曰剑南道，十曰岭南道。……开元二十一年，分天下为十五道，每道置采访使，检察非法，如汉刺史之职：京畿采访使(理京畿城内)、都畿(理东都城内)、关内(以京官遥领)、河南(理汴州)、河东(理蒲州)、河北(理魏州)、陇右(理鄯州)、山南东道(理襄州)、山南西道(理梁州)、剑南(理益州)、江南东道(理苏州)、江南西道(理洪州)、黔中道(理黔州)、岭南(理广州)。又于边境置节度、经略使，式遏四夷。凡节度使十，经略守捉使三②。

① 张九龄：《敕置十道使》，《曲江集》卷七，《四库唐人文集丛刊》本，上海古籍出版社 1992 年影印本，第 50 页。

② 刘昫：《旧唐书·地理志一》，中华书局 1975 年版，第 1384—1385 页。

《旧唐书·地理志一》之此载，乃是据杜佑《通典》卷一七二《州郡二》而为。同此者，另有《新唐书·百官志·外官》。据以上所引可知，开元二十一年的“十五道”之置，主要是在原“十道”的基础上新增加了京畿道、都畿道、黔中道，并将山南道分为山南东道、山南西道，江南道路分为江南东道、江南西道。《曲江集》之此二文皆作“十道”者，显然是为编集者所误。唐代的“十五道”之置，虽然是在开元二十一年，然于“十五道采访使”之置，则是在翌年春日，也即在开元二十二年二月，且是张九龄奏置所导致，对此，《敕置十(五)道(采访)使》已详言之。而授“十五道采访使”之时间，据《敕授十(五)道(采访)使》之“上柱国卢绚等，任寄已深，声实兼茂”云云，可知亦在开元二十二年二月，盖因《唐大诏令集》卷一一五《遣卢绚等诸道宣慰赈给敕》之末有注云：“开元二十二年二月。”①所以，唐代“敕置十五道采访使 ”与“敕授十五道采访使”，虽为两件史事，但其却均始置于开元二十二年的二月。

二、《敕处分十道朝集使》

按：《曲江集》卷七共有三文之题名为《敕处分十道朝集使》。“朝集使”，主诸道官吏的“考绩之事”，对此，《旧唐书·职官志二·尚书都省》有载。其云：“凡天下朝集使，皆以十月二十五日至京师，十一月一日户部引见讫，于尚书省与群官礼见，然后集于考堂，应考绩之事。元日，陈其贡篚于殿廷。凡京者诸县令，每季一朝。”②《唐大诏令集》卷一〇四著录《敕处分十道朝集使》一文，于文末有注云：“开元十二年三月十三日。”同书同卷又著录《敕处分十道朝集使》一文，并于文末注云：“开元二十一年闰正月一日。”据陈垣《二十史朔闰表》，开元二十一

① 宋敏求：《唐大诏令集》卷一一五《遣卢绚等诸道宣慰赈给敕》，商务印书馆1959年版，第602页。

② 刘昫等：《旧唐书·职官志二》，中华书局1975年版，第1826—1827页。

年闰三月而非闰正月，《唐大诏令集》此载微误。由是而观，可知张九龄曾于开元十二年、开元二十一年两次奉命撰写《敕处分十道朝集使》文。如此，则《敕处分十道朝集使》（“敕十道及朝集使等”）一文的作年，就必在开元二十一年之后。而是时，唐廷所施行的乃为“十五道”行政区划（具体参见杜佑《通典》卷一七二《州郡二》《旧唐书·地理志一》，不具引），所以，此文之题目应为《敕处分十五道朝集使》，而文中之开首语，也应作“敕十五道及朝集使等”。又，此文有“朕临天下二十余载”云云，以此合勘唐玄宗先天元年（公元712年）登基之史实，到开元二十二年至开元二十五年分别为22载、23载、24载、25载，则此文之作必当在这一时期内。若为开元二十五年及其后，唐玄宗于《敕》文内就应称“朕临天下近三十载”，而非为“朕临天下二十余载”了。所以，此文之作年，既不可能是在开元二十一年前，也不可能是在开元二十五年后，而只能是在此之间，但确时难以考知。

三、《贬韩朝宗洪州刺史制》

按：《曲江集》卷七著录此文。韩朝宗，林宝《元和姓纂》卷四述其世系，《新唐书》本传载其生平。韩朝宗贬洪州，乃因荐举南阳令李泳“擅兴赋役”所致，对此，王维《大唐吴兴别驾前荆州大都督府长史山南东道采访使京兆尹韩公墓志铭》（以下简称《韩朝宗墓志铭》）、《新唐书·韩朝宗传》《册府元龟》卷九二九等，均有记载，如王维《韩朝宗墓志铭》之“坐南阳令，贬洪州都督，迁蒲州刺史”云云，即为其例。而韩朝宗被贬洪州的制文，即为张九龄所写之此文，其中有云：

> 朝请大夫、荆州大都督府长史、山南道采访处置等使、上柱国、长山县开国伯韩朝宗，亟登清要……而乃私其所亲，请以为

邑，未盈三载，已至两迁。既殊德举，自速官谤，及令按事，果验非才，伤败实多，骄诬斯甚。举不为党，岂其然欤？事咨于周，则异于是。不能自律，何以正人①？

所言李泳之罪甚详，所贬韩朝宗之理由亦甚充分。但《制》文所言“山南道采访处置等使”，则为“山南东道采访处置等使”之误，因为韩朝宗出任此职时，作为贞观初年所始置之“山南道”，已为新置于开元二十一年的“十五道”所替代，即“山南道”斯时已被一分为二，而成为了山南东道与山南西道，前者理襄阳，后者理梁州，对此，杜佑《通典》卷一七二《州郡二》已言之甚详，可参看，不具引。旧有的“山南道”既已不存在，则韩朝宗所任为“山南东道采访处置等使”，也就不言而喻。

四、《敕碛西支度等使章仇兼琼书》

按：《曲江集》卷十一著录此文。题中之章仇兼琼，两《唐书》无传。据孙逖《授章仇兼琼主客员外郎制》，知章仇兼琼任主客员外郎之前，乃为殿中侍御史②。而《新唐书·吐蕃传》则表明，章仇兼琼开元二十七年前曾以主客员外郎衔，“为益州司马防御副史，俄令知益州长史事”。考两《唐书·孙逖传》，孙逖为中书舍人凡两次共8年，首次在开元二十四年至二十六年，第二次为开元二十九年至天宝五载，章仇兼琼开元二十七年前既已为主客员外郎，则孙逖之《制》授于开元二十五年前后者，当可论断。即是说，章仇兼琼开元二十五年任主客员外郎，二

---

① 张九龄：《贬韩朝宗洪州刺史制》，《曲江集》卷七，《四库唐人文集丛刊》本，上海古籍出版社1992年影印本，第54页。

② 孙逖：《授章仇兼琼主客员外郎制》，《文苑英华》卷三九一，中华书局1966年影印本，第1992页。

十七年则以是职衔“为益州司马防御副史，俄令知益州长史事”①。天宝后，章仇兼琼曾为剑南道节度使，天宝十载卒，谥曰“忠”。而据此文之题目，又知章仇兼琼曾任“支度”之职，但此“支度”却为“度支”之误。“度支”之于李唐一代，有度支郎中与度支员外郎之分，均为户部主管财粮统计与支调之官员，前者为从五品上，后者为正六品下(具体参见《旧唐书・职官志一》)，对此，杜佑《通典》卷二十三《职官五・户部尚书》乃有载。其云：

> 度支郎中一人。汉初，张苍善算，以列侯主计，居相府，令郡国上计者，谓之相计，殆今度支之任。……隋初为度支侍郎，炀帝除“侍”字，武德加“中”字。龙朔二年，改度支为司度，咸亨二年复旧。掌支使国用。开元二十四年三月，户部尚书同中书门下三品李林甫奏……员外郎一人。改置与户部员外郎同②。

同此者，另有《旧唐书・职官志二》、王溥《唐会要》卷五十九等。《敕》文开首既称“敕碛西支度营田使、兼知长行事、殿中御史章仇兼琼”，章仇兼琼斯时所任之“支度使”，似有可能为从五品上阶(《旧唐书・职官志一》)的度支郎中，但从其开元二十五年所任乃为正六品下阶之主客员外郎言，则其于碛西所任亦当为正六品下阶之度支员外郎。而且，就现所存见之关于章仇兼琼宦历的材料审视，也没有发现有称章仇兼琼为“章仇郎中”的，此则表明，其所任“碛西度支使”，当为碛西度支员外郎。

---

① 关于章仇兼琼的生平事迹，另可参见拙著《唐代诗人探赜》第一章第二节《陈子昂死因探究》，贵州人民出版社 2006 年版，第 8—15 页。

② 杜佑：《通典》卷二十三《职官五》，中华书局 1988 年版，第 637 页。

五、《荆州谢上表》

按：《曲江集》卷十三著录此文。《表》有云："伏奉四月十四日制，授臣荆州大都督府长史。"又云："即日戒路，星夜奔驰，属小道所使多，驿马先少，以今月八日至州礼上，诚惶诚恐，顿首顿首，死罪死罪。"前者既云"四月十四日制"，则后者之"今月八日至州礼上"之"今月"，所指为五月当可肯定，也即张九龄"五月八日至州"，未久，便写了此《表》文以"谢上"。考《旧唐书·玄宗纪上》有云："开元二十五年……夏四月……辛酉，监察御史周子谅上书忤旨，摞之殿庭，朝堂决杖死之。甲子，尚书左丞相张九龄以曾荐引子谅，左授荆州长史。"①又，司马光《资治通鉴·唐纪·开元二十五年》内有云："夏四月辛酉，监察御史周子谅弹牛仙客非才，引谶为证。上怒，命左右摞于殿庭，绝而复苏，仍杖之朝堂。流瀼州，至蓝田而死。……甲子，贬九龄荆州长史。"②这一记载，又见《册府元龟》卷九一六。此则表明，张九龄之贬荆州长史，乃在开元二十五年四月"甲子"，也即四月二十日，《表》文作"四月十四日"者，与之异。又，《四部丛刊》本《曲江集》附有《赴荆州长史制》一文，其中有云："金紫光禄大夫、尚书右丞相、上柱国、始兴县开国子张九龄……可行荆州大都督府长史，散官勋封如故。"落款则为"开元二十五年四月二十日"。这一落款表明，张九龄之被贬荆州大都督府长史，是确在开元二十五年四月二十日的，即《荆州谢上表》所言之"四月十四日"乃误。

---

① 刘昫等：《旧唐书·玄宗纪上》，中华书局1975年版，第208页。

② 司马光：《资治通鉴》卷二一四《唐纪》三十，上海古籍出版社1987年影印本，第1454页。

六、《贺上仙公主灵应状》

按：《曲江集》卷十五著录此文。题中之“上仙公主”，为武惠妃所生。武惠妃，《旧唐书》卷五十一《后妃上》《新唐书》卷七十八《后妃上》均有传；上仙公主，《新唐书》卷八十三《诸帝公主·玄宗二十九女》载其名，“蚤卒”。据《旧唐书·后妃上·贞顺皇后武氏》所载，上仙公主生于“开元初”，“襁褓不育”。此《状》文字，与《四部丛刊》本《曲江集》相比，既多优处，也不乏讹误，如其中有云：“不然者何得幼而能悟。”《文苑英华》卷六三六著录此文同。但《四部丛刊》本《曲江集》卷十五著录此文，则作“不然则何得幼而能悟”，就其语气言，《四部丛刊》本乃为正确。《状》又有云：“伏望宣付史馆”，其中“史馆”，核之是文末所附唐玄宗“御批”之“卿亦史官”云云，当以“史官”为宜，如同卷之《贺昭陵徵应状》一文与所附“御批”皆作“史官”者，即可佐证。虽然，史官乃供职于史馆（详王溥《唐会要》卷六十三、卷六十四之《史馆上》《史馆下》），但从划一的角度言，则应以作“史官”为是（《曲江集》中“御批”多有与《集》之文字不符者，此其一例）。又，《文苑英华》卷六三六著录此文，于文末有“谨奏”二字，《四库全书》本、《四部丛刊》本均无，应据之以补，而同卷《贺论三教状》《贺昭陵徵应状》《谢加章绂状》之末皆有“谨奏”二字者，又可为之佐证。

七、《答严给事书》

按：《曲江集》卷十六著录此文。题中之“严给事”，即给事中严挺之，两《唐书》有传。《书》有云：“朝心不开，暮发尽白，行已五十，独不知命哉。是以冒死抗疏，乞归事亲，一则视膳以展下情，二则辞满而无贻忧。”据徐浩《张九龄神道碑》(《全唐文》卷四四〇)，知张九龄生于唐高宗仪凤三年(公元678年)，以此勘之“行已五十”，为唐玄宗开元十五年(公元727年)。此即《书》之作年。《书》又云：“今专典一州，盖幸遇已甚，而平生万事，为寒署所易。”据《曲江集》所附《授洪州刺史制》“开元十五年三月十三日”之落款，知此《书》乃为张九龄“答”于洪州刺史任上，即其作年当在开元十五年三月十三日后。又《曲江集》卷十七《祭洪州城隍神文》有“开元十五年，岁次丁卯，六月壬寅朔，十日辛亥”之载，表明张九龄是时已在洪州刺史任上，则《答》文之作当在此际。而《书》又有云：“仆方请归养，从此告辞，会面无期，所怀当尽，故复略而言之耳。”此之所言，与上所引“是以冒死抗疏，乞归事亲”云云，甚为吻合，表明张九龄在未任洪州刺史前，曾因“乞归事亲”而“冒死抗疏”。《旧唐书·张九龄传》载此云：“无几，(张)说果为(宇文)融所劾，罢知政事，九龄亦改为太常少卿，寻出冀州刺史。九龄以母老在乡，而河北道里辽远，上疏固请换江南一州，望得数承母音耗，优制许之，改为洪州都督。”①以《书》之题目言，可知严挺之曾就此事寄书张九龄，张即作此《书》以答之。严挺之为给事中，据《旧唐书·严挺之传》所载，乃在“迁考功郎中，特敕又令知考功贡举事”之“稍迁给事中”。也就是说，严挺之“稍迁给事中”，实际上是在其“特敕又令知考功贡举事”之稍后。严挺之知贡举，《旧唐书》本传载为“典举二次”，王谠《唐语林》卷八则为：“严挺之三，开元十四年、十五年、十六年。”②，以此为准，则严挺之之“稍迁给事中”，就当在开元十四年(末)或者十五年(初)。若为开元十六年，即与张九龄《书》中之“行已五十”不相符。或有认为严挺之刺牧登州在开元十五年者，实误。

---

① 刘昫等：《旧唐书·张九龄传》，中华书局1975年版，第3098页。
② 王谠：《唐语林》卷八，上海古籍出版社1978年版，第278页。

八、《景龙观山亭集送密县高赞府序》

按：《曲江集》卷十六著录此文。《序》题之“景龙观”，上海书店1999年版何格恩《张九龄诗文事迹系年考》认为：“此序撰作年月无可稽考。《唐会要》卷五景龙观：‘崇仁坊，本申国公高士廉宅，西北方金吾卫，神龙元年并为长宁公主宅。韦庶人败后，遂立为观，仍以中宗年号为名。’观既在西京，则此文必撰于公贬荆州以前。”①为何格恩《张九龄诗文事迹系年考》所引“《唐会要》卷五”之“景龙观”，实际上就是大名鼎鼎的玄真观，且因长宁公主而使然，对此，张彦远《历代名画记》卷三、徐松《唐两京城坊考》卷三均有记载。而且，《唐两京城坊考》卷三于“西京·外郭城”所载“长宁公主宅”的一段文字，较之何《考》所引“《唐会要》卷五景龙观”更为详备。其云：

> （崇仁坊）西南隅，玄真观。半以东，本尚书左仆射、申国公高士廉宅。西北隅，本左金吾卫。神龙元年，并为长宁公主第。东有山池别院，即旧东阳公主亭子，韦庶人败，公主随夫为外官，遂奏请为景龙观，仍以中宗年号为名。初欲出卖，官估木石当两千万，山池仍不为数。天宝十三载，改为玄真观②。

由是而观，可知“景龙观”乃因长宁公主夫妇之“奏请”而得名。长宁公主由于是唐睿宗第四女，故其在两京乃有多处宅第，如长安崇仁坊之礼会院，神龙元年所废之开元观，以及东京洛阳“外郭城”之劝善坊、道

---

① 按复次中华书局1955年影印本《唐会要》卷五，并无何著所引之此段文字，其所载者则为“诸王”与“杂录”两部分，何著所据《唐会要》是否有版本之别，不得而知，特此说明。

② 徐松：《唐两京城坊考》卷三，中华书局1985年版，第152页。

德坊、惠训坊等，皆有其宅，对此，《唐两京城坊考》卷三、卷四、卷五均有记载，不具引。张九龄《序》既言景龙观（玄真观）“东有山池别院，即旧东阳公主亭子”，则其“送密县高赞府”之“景龙观山亭”，就必当为此亭。密县即今河南新密，高赞府因由长安还密县，张九龄在“景龙观山亭”为其饯行，并写此《序》以送，表明二人关系乃相当笃密。又，据《序》中之“高十官雌伏都畿”云云，知这位高赞府乃排行第十①，惜乎其不为岑仲勉《唐人行第录》所录载。而《唐两京城坊考》卷三既明景龙观“本尚书左仆射、申国公高士廉宅”，则这位“高十赞府”当为高士廉后人，否则，张九龄是不可能在“景龙观山亭”送其“出长安之东道”而“向洛阳之南陌”的。

九、《饯宋司马序》《宋使君写真图赞》

按：《曲江集》卷十七著录此二文。前文有云：“宋司马才通命塞，云翼泥蟠。蔡邕朔方，不废琴书之业；贾谊宣室，欲言鬼神之事。”蔡邕与贾谊，一贬朔方，一贬长沙，张九龄以之比“宋司马”，表明宋司马此行之“既而出宿南浦”云云，乃因事贬岭南，其时则在“林鸟将春，惜时物之芳华”的冬十一月前后。后文则有云：“时有族兄曰之望者，亦贾生之谪居。”又以贾谊被贬长沙作喻，则“宋使君”的这位“族兄”宋之望，为一位被贬者已无可怀疑。考林宝《元和姓纂》卷八有云：“宋之望，改名之逊。”此则表明，宋之望即“改名”后的宋之逊。又，张鷟《朝野佥载》卷六云：“宋令文者，有神力。……有三子，长之问，有文誉；次之逊，善书；次之悌，有勇力。”据此，知宋之逊乃宋之问之弟，为宋令文第二子。宋之逊“善书”，《新唐书·宋之问传》乃有专载，云：

---

① “高十官雌伏都畿”一句，于文意欠通，其“官”当衍，要之，此句应以作“高十雌伏官都畿”为是，其或此或彼，兹言及此，以俟淹贯者。

> 父令文，高宗时为东台详正学士。……初，之问父令文，富文辞，且工书，有力绝人，世称三绝。……之问以文章起，其弟之悌以骁勇闻，之逊精草隶，世谓皆得父之一绝①。

对于这一记载，还需补充的是，宋令文还是一位画家，张彦远《历代名画记》卷九《唐朝上》载其名，并云：“书画皆善。”②如此，则宋之逊从乃父处习学书画，而成为一位可“写真”的丹青手，也就自在情理中。而张九龄《序》文之“时有族兄曰之望者……有顾君(顾恺之)画绝，伟公之貌，作为是图”云云，又可为之佐证。这样看来，《序》题中之“宋使君”为宋之逊，也就甚为清楚。又，《文苑英华》卷二六七著录李适、李□、卢藏用、薛稷、马怀素、徐坚、宋之问七人《饯许州宋司马赴任》中之“宋司马”，乃皆为宋之逊。宋之逊此次自长安南下，本为贬谪所致(《朝野佥载》卷六有“诛逆韦之后，之逊等长流岭南”之载)，李适等人《饯》诗之题作“赴任”者，其实是对宋之逊的一种安抚，一种对贬谪者心灵上的慰藉。其时则在景龙二年深秋，待至岭南时，则为“林鸟将春”的冬十一月。据李吉甫《元和郡县图志》卷三十四所载，唐代从长安“取郴州路四千二百一十里”到广州，“取虔州大庾岭五千二百一十里”到广州③。以唐制规定“马日行七十里”计，“取郴州路”之近道也得两月有余(是时大庾岭尚不曾开凿，见《曲江集》卷十七《开凿大庾岭路序》一文)，若算上途中之风雨天与或人或马之病等特殊情况，其到达岭南之时令正与“林鸟相春”相接。所以，此二文中的宋司马与宋之望，乃皆为一人，即宋令文第二子宋之逊。

---

① 欧阳修等：《新唐书·宋之问传》，中华书局1977年版，第5701—5702页。

② 张彦远：《历代名画记》，《四库全书》本，上海古籍出版社1987年影印本，第812册，第348页。

③ 李吉甫：《元和郡县图志》卷三十四，中华书局1983年版，第886页。

后文题中之“宋使君”，或有认为即开元二十七年任广州刺史的宋鼎，其实乃误。理由有二。其一，据计有功《唐诗纪事》卷二十二宋鼎《赠张丞相并序》云：“张丞相与余有孝廉校理之旧，又代余为荆州。余改汉阳，仍兼按使，巡至荆州，故赠之。诗曰……”①（同此者，另有《全唐诗》卷一一三）此则表明，张、宋两家之关系是非同一般的，且宋鼎又曾因张九龄而“改汉阳”，但《宋使君写真图赞》于此却只字未及。其二，据宋鼎《赠张丞相并序》知其曾“改汉阳”外，截止于开元二十七年，其还曾三任刺史与采访使等职。具体为：《册府元龟》卷一二八云：“（开元）二十三年十二月，命十道采访使举良刺史、县令。……潞州刺史宋鼎……等奏上。”②又，李吉甫《元和郡县图志》卷二十一于“随州唐城县”有云：“开元二十四年采访使宋鼎奏置。”据两《唐书·地理志》，随州为山南东道所辖，山南东道理襄州，则宋鼎开元二十四年为襄州刺史即可肯定。又，《册府元龟》卷四十八有云：“（开元）二十七年，以广州刺史持节岭南经略使宋鼎为潞州都督府长史。”合勘之，知宋鼎开元二十三年为潞州刺史，二十四年为襄州刺史，二十五年为汉阳刺史，二十七年前为广州刺史。宋鼎的这一外任概况，与《宋使君写真图赞》载“宋使君”所任职完全相悖。所以，张九龄此《赞》中的“宋使君”其人，不是宋鼎。

十、《故襄州刺史靳公遗爱铭序》

按：《曲江集》卷十九著录此文。《铭》有云：“公名恒，字子济，其先鞭人也。……至于是邦也，政实有素，今也唯行，不违其方，经索其

---

① 宋鼎：《赠张丞相并序》，计有功《唐诗纪事》卷二十二，上海古籍出版社1965年版，第332页。

② 《册府元龟》卷一二八此之所载，其“十道采访使”乃为“十五道采访使”，说详杜佑《通典》卷一七二、《旧唐书·地理志一》。

极。……其如也，一年而政成，其终也，三年而颂兴。”据此，知靳恒牧守襄州乃为三年。《铭》又云：“开元十二年，以理迹尤异，廉使上达，天子嘉之，稍迁陕州刺史。……及闻公之丧，哀可知矣……是以刻石立纪，彼峒阳之陋，坠泪成碑，此岘山之绩。”或有据此，认为靳恒卒于开元十二年，此《铭》之撰亦为是年者，但陈思《宝刻丛编》卷三引《复斋碑录》、无名氏《宝刻类编》卷三、陆增祥《八琼室金石补正》卷五十二，均作开元十一年。二者孰是？考《全唐文》卷二九四王泠然《论荐书》有云：“相公必欲选良宰，若举前仓部员外郎吴太元为洛阳令；必欲举御史中丞，莫若举襄州刺史吴靳。清辇毂之路，非太元不可；任台阁之风，非吴靳不可。仆非吴靳亲友，但以知其贤明，相公有而不知，知而不用，亦其过矣。”①其中所言“吴靳”，岑仲勉《唐集质疑·王泠然上张说书》条，认为乃靳恒之误。其云“此书余定为开元十一年作，可得四证”，其最后一证即为《论荐书》中“必欲举御史中丞，莫若举襄州刺史靳×(岑著所引《论荐书》出自《唐摭言》卷六，故文字与《全唐文》稍异)”云云。并认为：

> 所空一字，“恒”字也，或后来唐宋人避讳而然。曲江集一二《故襄州刺史靳公遗爱铭序》云：“开元十二年，以理迹尤异，廉使上达，天子嘉之，稍迁陕州刺史”，据金石补正五二，石刻实作开元十一年，恒既以十一年迁陕州，而书仍称襄州，当非十二年作②。

岑著以此证合勘前三证(本文未引)，而认为王泠然“上张说书”(即《全唐文》卷二九四《论荐书》)在开元十一年，则张九龄《故襄州刺史靳公遗

① 王泠然：《论荐书》，《全唐文》卷二九四，中华书局1983年影印本，第2982页。

② 岑仲勉：《唐集质疑》，《唐人行第录》附，上海古籍出版社1962年版，第361页。

爱铭序》作于开元十一年，即可肯定。此则表明，《曲江集》此文中的“开元十二年”，当为“开元十一年”之误，而导致此误之原因，当为抄写者或刻工所致。

李邕及其散文考论

李邕是盛唐前期的一位著名散文家，尤以碑、颂、铭一类散文为时人所重。《旧唐书·李邕传》载此云："邕早擅才名，尤长碑颂。虽贬职在外，中朝衣冠及天下寺观，多斋持金帛，往求其文。前后所制，凡数百首，受纳馈遗，亦至钜万。时议以为自古鬻文获财，未有如邕者。"① 仅从"时议以为自古鬻文获财，未有如邕者"即可知，李邕的"碑志类散文"(含神道碑、墓志、颂、铭、碣等，下同)，在当时乃是无人可与之比肩的。又，杜甫《八哀诗·秘书监江夏李邕》有云："长啸宇宙间，高才日陵替。古人不可见，前辈复谁继?"②诗中的"高才"云云，应是就李邕的散文而言，或者主要指的是其散文，而"前辈复谁继"者，表明在杜甫之前的盛唐，已没有李邕这样的散文名家了。李邕是杜甫早期最为笃密的一位交游，且在多方面受其影响③，故其乃于晚年写此诗以为之纪念。杜甫《八哀诗·秘书监江夏李邕》与《旧唐书·李邕传》之于李邕的记载，表明李邕对唐代散文的繁荣与发展，乃是作出了相当大之贡献的。所以，本文特对李邕其人其散文作一具体考察，或可补唐代文学

---

① 刘昫等:《旧唐书·李邕传》，中华书局 1975 年版，第 5043 页。

② 杜甫:《八哀诗·赠秘书监江夏李邕》，《杜诗详注》卷十六，中华书局 1979 年版，第 1394 页。

③ 关于李邕与杜甫的交游及影响，具体参见拙作《二李一杜交游笺识——兼论李邕对杜甫的影响》一文，载《首都师范大学学报》1996 年第 5 期。又收入拙著《杜甫研究新探》上编《杜甫生平新证》，黄山书社 2011 年版，第 90—99 页。

史之阙。

一、李邕生平稽考

李邕(公元675—747年)，两《唐书》有传，《旧唐书》传载《文苑中》，《新唐书》传载《文艺中》，《四库全书》本《李北海集》则将此二传以“附录”的形式编入。李邕历仕武则天、唐中宗、唐少帝、唐睿宗、唐玄宗五朝。对于李邕的仕履之况，李昂《李邕墓志铭并序》、两《唐书·李邕传》等，虽载之较详，但却多有未能系年者。这里以两《唐书·李邕传》、李昂《李邕墓志铭并序》为主要依据，并藉《唐会要》《资治通鉴》《唐代墓志汇编》等材料，将李邕官历之大致次序排列如下：

左拾遗(武则天长安初年)、南和令、富州司户(唐中宗神龙、景龙前后)、殿中侍御史(唐少帝唐隆元年)、户部员外郎(唐睿宗景云元年前后)、舍城丞(唐玄宗开元三年前)、户部郎中(开元三年)、御史中丞(约开元四年)、括州司马(约开元六年)、陈州刺史(开元十三年、十四年)、遵化尉(开元十五年至二十二年)、括州刺史(开元二十三年)、淄州刺史(开元二十七年、二十八年)、滑州刺史(开元二十九年、天宝元年)、汲郡太守(天宝二年前后)、北海太守(天宝四载至六载)。

而未为两《唐书》本传所载而需补充者，则有：开元七年为渝州刺史(《金石萃编》卷七十二)，开元八年至十二年为海州刺史(《宝刻丛编》卷十、卷十二)。

从初任左拾遗的长安初年(公元701年)，到为李林甫所杖杀的天宝六载(公元747年，说详下)，李邕前后任职长达46年之久。据以上之大致排列可知，李邕在这46年的任职中，于开元六年(公元718年)前的17年，其任职地主要是以京师长安为中心的，且任职最高者为正五品上阶的御史中丞(《旧唐书·职官志》一)，而此后的29年，则多为地方职守。高适、李白、杜甫、卢象等人与之交游并唱和于济南历下亭者，即皆在李邕为地方职守期间①。又据《全唐诗》卷三可知，李邕开元二十九年由淄州刺史转牧滑州，于还京复命后的赴任之际，唐玄宗曾赋《送李邕之任滑台》一诗相送。诗云："汉家重东都，宛彼白马津。黎庶既蕃殖，临之劳近臣。远别初首路，今行方及春。课成应第一，良牧尔当仁。"②不仅委以重任，而且还寄予希望，此则表明，唐玄宗之于李邕乃是相当器重的。

两《唐书·李邕传》虽然为李邕生平的主要记载者，但也不乏错误，如生卒年即为其中之一。《旧唐书·李邕传》云："(天宝)五载，奸赃事发。……监察御史……驰往就郡决杀之，时年七十余。"《新唐书·李邕传》则谓："天宝中……李林甫素忌邕，因傅以罪。诏刑部员外郎祁顺之、监察御史……就郡杖杀之，时年七十。"前者言"天宝五载"被杀时"年七十余"，后者则作"天宝"中杖杀时"年七十"，因之，研究者大多取前者的"天宝五载"与后者的"年七十"相推，而认为李邕生于武则天仪凤二年(公元677年)。但如此推算之所得，却与《旧唐书·李邕传》"时年七十余"乃不相符。考李邕《辞官归滑州表》有云："臣今兹六十有七，光阴荏苒，行止攲危。就木之时，不知几日，悬车之岁，只有三年。"③此文之作年，陈思《宝刻丛编》卷五引《集古录目》有《唐淄川令裴大智碑》一文，结衔为"唐滑州刺史李邕撰"，并云："碑以开元二十九年十一月立。"据此，则知此文为李邕写于开元二十九年的滑州任上。以此合勘《表》中所言"臣今兹六十有七"，知李邕之生年乃在上元二年(公元675年)。上引李昂《李邕墓志铭并序》有云："季年理卫州，便人反谤；移青州，又遭所佞，谬旨阴中，以东宫之姻，妄词连之，千里

① 高适、李白、卢象、杜甫等人与李邕在济南历下亭交游并唱和者，具体参见拙作《二李一杜交游笺识——兼论李邕对杜甫的影响》一文。

② 唐玄宗：《送李邕之任滑台》，《全唐诗》卷三，中华书局1965年版，第27页。

③ 李邕：《辞官归滑州表》，《李北海集》卷二，《四库唐人文集丛刊》本，上海古籍出版社1992年影印本，第18页。

狱讯，不得谳报，年七十三，卒于强所。”①又，《旧唐书·玄宗纪》云：“（天宝）六载正月辛巳朔，北海太守李邕、淄川太守裴敦复并以事连……遣使就杀之。”《新唐书·玄宗纪》同。以天宝六载（公元747年）合勘“年七十三”，为上元二年，与李邕于《辞官归滑州表》之所言正相契合。

对于两《唐书·李邕传》所载李邕的籍贯，后人亦多有疑义。《旧唐书·李邕传》云：“李邕，广陵江都人。”《新唐书·李邕传》与此同。但南宋王象之《舆地纪胜》卷六十七却认为：“唐李善，江夏人，淹贯古今，人号曰‘书簏’，为《文选注》，唐文学家，传曹宪以《文选》授江夏李善，则知善为江夏人。李邕，善之子也。……而邕传云‘邕，江都人’，与《李善传》不同，而杜甫《八哀诗》亦有‘江夏李邕’，李白《江夏修静寺》亦有‘我家北海宅’之句，则为江夏人甚明，传江都非是。”②自王象之《舆地纪胜》始，“江夏人”与“江都人”，即成为李邕生平中的一个重要争论点，以至于某些工具书也或作江夏人，或作江都人，令人莫衷一是。

按《舆地纪胜》之说乃误。《旧唐书·李邕传》云：“父善，尝受《文选》于同郡人曹宪。”这一记载表明，李善与曹宪“同郡”。曹宪，两《唐书·儒学上》皆有其传，且明确写为“扬州江都人”，李善既与曹宪“同郡”，则其为江都人已甚明。此为其一。其二，杜甫《八哀诗·赠秘书监江夏李邕》有云：“独步四十年，风听九皋唳。呜呼江夏姿，竟掩宣尼袂。”仇兆鳌注其中的“江夏姿”曰：“《世系表》，后汉会稽太守高阳侯，徙居江夏，遂为江夏李氏。其后元哲居广陵，元哲生善，善生邕。故题曰‘江夏李公’，诗又云‘江夏姿’也。”③仇注所言之“《世系表》”，即《新唐书·宰相世系表》。此《表》于“江夏李氏”有云：“汉酒泉太守

---

① 李昂：《李邕墓志铭并序》，周绍良主编《唐代墓志汇编》，上海古籍出版社1992年版，第1766页。

② 王象之：《舆地纪胜》卷六十七，中华书局2003年版，第2281页。

③ 仇兆鳌：《杜诗详注》卷十六，中华书局1979年版，第1398页。

护次子昭，昭少子就，后晋会稽太守、高阳侯，徙居江夏平春。六世孙式，字景则，东晋侍中。生嶷。嶷生尚，字茂仲。生矩，字茂约，江州刺史。……七世孙元哲。”继之则为：“元哲，徙居广陵。善，兰台郎。邕，字泰和，北海太守。岐、颍。”①由是而观，可知杜甫在《八哀诗·赠秘书监江夏李邕》中对“徙居广陵”后的李元哲之孙李邕仍称“江夏李公”“江夏姿”者，实际上是指李邕虽为“扬州江都人”，但却源出“江夏李氏”。其三，李白《题江夏修静寺》有云：“我家北海宅，作寺南江滨。”据诗题，此诗当写于“江夏”，其实不然，因为据上引《新唐书·宰相世系表》可知，李邕之祖李元哲既“徙居广陵”，则江夏就不可能有“北海宅”存在了，也即因祖辈“徙居广陵”而成为“扬州江都人”的李邕，是断不可又从“扬州江都”回到江夏修了一处“北海宅”以居的。而一部《李北海集》无只字及此者，即可为之证。这样看来，则《题江夏修静寺》就当为《题江都修静寺》之误，而“我家北海宅，作寺南江滨”者，又可为之佐证。“扬州江都”地处长江之北，诗称“作寺南江滨”者，是指“我家北海宅”乃坐落于扬州之长江边。揆之情理，李邕既为“扬州江都人”，则“北海宅”就只能是在扬州而非他地。或有认为李邕故居在“咸宁钟台山”者，实则不的，原因是“咸宁钟台山”并无“南江滨”可言②。

二、李邕散文辑录

对于李邕的散文，上引《旧唐书·李邕传》言其“前后所制，凡数百首”云云，藉之即可窥其端倪。是传并云：“有文集七十卷。其《张韩公行状》《洪州放生池碑》《批韦巨源谥议》，文士推重之。”其中所提到的

---

① 欧阳修等：《新唐书》卷七十二上《宰相世系表》二上，中华书局1977年版，第2596—2597页。

② 对于李邕为江都人而非江夏人，笔者另有专文探讨与考辨，此不具述，特此说明。

“文集七十卷”，晁公武《郡斋读书志》、陈振孙《直斋书录解题》，以及《宋史・艺文志》等均无载，可知当在宋代即已佚亡。现所存见之《李北海集》，凡六卷，为明人曹荃元集辑而成，对此，永瑢《四库全书总目》卷一四九、丁丙《善本书室藏书志》卷二十四均有记载。而《张韩公行状》等文，《四库全书》本《李北海集》则未之载。此本《李北海集》收李邕各类散文凡 5 卷，计 38 题 39 篇①，其中，第六卷附录所收之《贺赦表六首》，彭叔夏《文苑英华辨证》认为乃李林甫所作，即其实际只有 32 篇。存在于《李北海集》中的这一散文数量，与《旧唐书・李邕传》所言之“凡数百首”者，不啻天壤之别，此则表明，李邕散文的佚失之众，已为不争之事实。

为还李邕散文之“旧貌”，兹就读书所得，将辑录之有关散文篇名开列如次，以供参考。不过需加说明的是，由于文献的不同，所录载之李邕散文的篇名亦不尽相同，以《李北海集》为例，卷四有《石室记》一文，但《全唐文》卷二六二却收有《端州石室记》《崧台石室记》二文，经比对，《李北海集》之《石室记》即《端州石室记》，故以下只于《崧台石室记》辑录之。又如《旧唐书・李邕传》所载《批韦巨源谥议》一文，《唐会要》卷七十九作《驳韦巨源谥议》，《全唐文》卷二六一则作《又驳韦巨源谥议》，三者之篇名虽各不相同，其实为一。如此之类甚多，采用或参考本辑录者，可据所标注之出处自行比对之，此恕不专作校勘，亦特此说明。所辑录李邕散文之篇名，具体为：

1.《东林寺碑》(陈舜俞《庐山记》卷五、王昶《金石萃编》卷七十八、《全唐文》卷二六四)。

2.《灵岩寺碑并序》(毕沅、阮元《山左金石志》卷十二、《全唐文》卷二六三)。

3.《李秀残碑》(王昶《金石萃编》卷八十五、《全唐文》卷二六五)。

---

① 《四库全书》本《李北海集》所收 38 题 39 篇散文中，《谢敕书及彩绫表》为一题二首，为便于行文，以下以 1 题 1 篇计，即《李北海集》共收各类散文 38 篇，特此说明。

4.《麓山寺碑》(王昶《金石萃编》卷七十八、《全唐文》卷二六二)。

5.《唐右武卫大将军李思训碑》(陈思《宝刻丛编》卷十引《集古录目》《全唐文》卷二六五)。

6.《唐开元寺碑》(陈思《宝刻丛编》卷一引《集古录目》)。

7.《唐淄州令裴大智碑》(陈思《宝刻丛编》卷五引《集古录目》)。

8.《唐东山爱同寺怀道阇梨碑》(陈思《宝刻丛编》卷十九引《集古录目》)。

9.《秦望山法华寺碑并序》(陆增祥《八琼室金石补正》卷五十五、王昶《金石萃编》卷七十一、《全唐文》卷二六二)。

10.《唐有道先生叶国重碑》(阮元等《两浙金石志》卷二、《全唐文》卷二六二)。

11.《唐赠歙州刺史叶慧明碑》(阮元等《两浙金石志》卷二、《全唐文》卷二六二)。

12.《□□□府别驾上柱国任府君神道碑并序》(《唐文拾遗》卷十六)。

13.《麓山寺碑阴》(《唐文拾遗》卷十六)。

14.《大照禅师塔铭》(《全唐文》卷二六二)。

15.《国清寺碑并序》(《全唐文》卷二六二)。

16.《中大夫上柱国鄂州刺史卢府君神道碑》(王昶《金石萃编》卷八十五、《全唐文》卷二六五)。

17.《唐故逸人窦居士神道碑》(王昶《金石萃编》卷八十七、《全唐文》卷二六五)。

18.《唐东京福唐观邓天师碣》(《全唐文》卷二六五)。

19.《驳韦巨源谥议》(《唐会要》卷七十九、《全唐文》卷二六一)。

20.《辞上滑州刺史陈情表》(《文苑英华》卷六〇一)。

21.《崧台石室记》(《全唐文》卷二六二)。

22.《滑州大厅铭》(《全唐文》卷二六二)。

23.《晴热帖》(《全唐文》卷二六二)。

24.《藤偈》(《全唐文》卷二六二)。

25.《久别帖》(《唐文拾遗》卷十六)。

26.《比无近书帖》(《唐文拾遗》卷十六)。

27.《吏部三弟帖》(《唐文拾遗》卷十六)。

28.《胜和帖》(《唐文拾遗》卷十六)。

29.《濮王帖》(《唐文拾遗》卷十六)。

30.《唐狄梁公生祠记》(赵明诚《金石录》卷五)。

31.《唐六公咏》(赵明诚《金石录》卷五)。

32.《唐龙兴寺碑》(赵明诚《金石录》卷六)。

33.《唐普照王寺碑》(赵明诚《金石录》卷六)。

34.《唐怀道律师碑》(赵明诚《金石录》卷六)。

35.《唐许王素节碑》(赵明诚《金石录》卷六)。

36.《唐张嘉贞后碑》(赵明诚《金石录》卷六)。

37.《唐益州大千秋观碑》(赵明诚《金石录》卷六)。

38.《唐淄州开元寺碑》(赵明诚《金石录》卷六)。

39.《唐龙兴寺净土院碑》(赵明诚《金石录》卷六)。

40.《唐监察御史李希倩碑》(赵明诚《金石录》卷七)。

41.《唐陈留郡太守徐恽碑》(赵明诚《金石录》卷七)。

42.《唐徐峤之碑》(赵明诚《金石录》卷七)。

43.《唐内常侍陈叔文碑》(赵明诚《金石录》卷七)。

44.《唐少林寺戒坛铭》(王昶《金石萃编》卷七十)。

45.《有唐通议大夫守太子宾客赠尚书左仆射崔公(沔)墓志》(周绍良等《唐代墓志汇编》大历〇六〇)。

46.《张韩公行状》(《旧唐书》卷一九〇《文苑传·李邕传》)。

47.《洪州放生池碑》(《旧唐书》卷一九〇《文苑传·李邕传》)。

48.《王化清游石室新记》(陆增祥《八琼室金石补正》卷五十三)。

以上所辑录李邕之各类散文 48 篇(有部分属“有目无篇”者),加上《李北海集》中之 32 篇,共为整 80 篇,这一数量虽较《旧唐书·李邕传》所言“凡数百首”仍差距甚远，但藉之可窥李邕散文之大概，则是可以肯定的。

三、李邕散文述论

综观李邕现所存见之80篇散文，可知“碑志类散文”乃为其大端，而此，与《旧唐书·李邕传》言其“尤长碑颂”者，甚为吻合。《李北海集》中的“碑志类散文”，共有15篇，其依序为：《兖州曲阜县孔子庙碑》《嵩岳寺碑》《五台山清凉山寺碑》《泗州临淮县普光王寺碑》（以上卷三）、《大相国寺碑》《大云寺禅院碑》《郑州大云寺碑》《楚州淮阴县婆罗树碑》《越州华岩寺钟铭》（以上卷四）、《唐赠太子少保刘知柔神道碑》《左羽林大将军臧公神道碑》（以上卷五）、《赠安州都督王仁宗神道碑》《长安县尉赠陇州刺史王府君神道碑》《桂林长史程府君神道碑》《羽林大将军臧公墓志铭》（以上卷六）。以此合勘上所辑录之34篇（均为“碑志类散文”），合计为49篇。

就李邕“碑志类散文”所述写的对象言，这49篇散文大致可分为三类，即佛寺类、人物类、其他类，其数量则依序为25篇①、18篇、6篇。这三类“碑志类散文”及各自之数量表明，李邕一生与佛教的关系乃是相当笃密的，则其思想行为与诗文创作受此之影响者，也就自不待言。李邕25篇佛寺类碑文之数，在整个初、盛唐时期，不仅无人能与之相比，而且还是佛教在当时繁荣昌盛的一种见证，因而是颇具释家之认识价值的。李邕这类专写佛寺的散文，一般而言，大多具有佛境开阔、格局宏大、思致深邃、“上栋下宇，孕育气象”②等特点。如《五台

---

① “佛寺类”散文中的25篇之量，包含2篇“人物类”的释家碑铭，即《唐怀道律师碑》《大照禅师塔铭》，特此说明。

② 此为皇甫湜《谕业》评价张说散文语，此系借用，特此说明。皇甫湜《谕业》载《全唐文》卷六八七，中华书局1983年影印本，第7035页。

山清凉寺碑》有云："上尊王之分，护大千也，甘露以洒之，慈云以覆之，香风以熏之，惠日以暖之。忽恍乎无相之体，通洞乎有形之类。演正法，降毒龙，在清凉之山苑。经行之地，其山也。"①这一引文所言，虽然还不曾进入"寺"的正题，但却已具有了相当的释家趣味，而所谓"无相""有形""正法""毒龙"等，又可为之佐证。又如《大云寺禅院碑》开首即云："天也地也，摄生之谓玄造；日也月也，容光之谓神初。"②虽然只有区区二十字，却已将"天""地""日""月"互为关联，并以"摄生之谓玄造""容光之谓神初"二句，托出了作者对宇宙的认识，语虽简而意旨深，耐人咀嚼。仅就这两例言，李邕的崇佛之举措与佛学之修为，藉之皆可窥其一斑。

在专以人物为述写对象的18篇散文中，"官吏类"则为其大端，这与具有"大手笔"之称的张说的同类散文相比，乃如出一辙。而此类散文，即因此而成为初、盛唐"碑志类散文"的正宗。唐人的"碑志类散文"，总体而言，虽特点各具，但"三段论"则为其关键所在。所谓"三段论"，是指作者于人物类碑文中，以"勾勒碑主世系""详述碑主宦历""介绍碑主配偶与子嗣"为主要述写对象，这种"缔构"之所谋，在被时人称为"燕许大手笔"的张说、苏瑰碑文中是如此，于李邕的同类之作中也是这样。如《李北海集》卷五《唐赠太子太保刘知柔神道碑》一文，即是这方面的一篇代表作。此文主要由"碑"与"词"③两部分组成，"碑"主要在于叙事，"词"侧重于抒情，二者合之，则为一篇前后呼应、

① 李邕：《五台山清凉寺碑》，《李北海集》，《四库唐人文集丛刊》本，上海古籍出版社1992年影印本，第24页。

② 李邕：《大云寺禅院碑》，《李北海集》，《四库唐人文集丛刊》本，上海古籍出版社1992年影印本，第29页。

③ 唐人的"碑志类散文"，主要由"碑"与"铭"两部分构成，且"铭"几乎全为四言韵语，但《李北海集》中的此类散文，则全部由"碑"与"词"组成，且"词"或三言，或五言，或七言，并多用"兮"字关联其间，颇具"楚辞体"之特点。这种形式的"碑志类散文"，既可视之为李邕"尤长碑颂"的与众不同，更可看作是其对"碑志类散文"的一种文体革新。

意脉连贯的碑志之文。在叙事部分的“三段论”中，李邕乃以议论开篇：“邕闻古之常铨，今之大宝，或藉地因势，或经德自身，或经纶图工，或词学时秀，或贵盛终极，或等祀老成，或广孝闻家，或纳忠贤国。有一于是，则百斯庆，书于牍，大其闻，矧乃总集高曾，备致昆弟，悉数以周称，同原而合流。息女择于贤夫，盾子训于良冶，首止光宠，出入震耀，若此表里者矣。”①之后，则是“府君姓刘氏，讳知柔，字某，彭城人也”云云，以引出“其先府君”等之简要世系。这样的安排，在于“府君”还未出场，作者即为颂其德、赞其行预设了伏笔，故其后便是对碑主的种种赞美之辞，如“典学为海，懿文为林，镇重为山，幽静为谷，情淡事约，言遣理深”等。这种夹叙夹议笔法之运用，不仅使叙事兼有抒情的成分，而且也增强了文章的气势，让较为枯燥乏味的“碑志类散文”充溢着一定的文学气息，实堪称道。而值得注意的是，在李邕的人物类碑文中，还有一类是非官吏人物，而且叙事与抒情并重，读来也饶有趣味，如《唐故逸人窦居士神道碑》一文，即颇具代表性。窦居士其人，“讳天生，字自然，扶风人也”，李邕在为其撰写这篇“神道碑”时，亦以夹叙夹议而为。窦居士虽无职官可言，但神道碑却自“居士幼而神秀，长而恬和”始，即对其才学与品行进行了点赞，尤其是对其“五辟未就”“隐几盘石”的逸人风范，乃大加称道，认为其“有膏者不煮，有爪者不博，才不同也”②。从某种程度言，对窦居士“五辟未就”的赞赏有加，所反映的则是李邕思想的另一个方面③。

李邕其他类别的碑志散文，也别具特点，如《兖州曲阜县孔子庙碑》《唐有道先生叶国重碑》《唐东京福唐观邓天师碣》《滑州大厅铭》等，

---

① 李邕：《唐赠太子少保刘知柔神道碑》，《李北海集》，《四库唐人文集丛刊》本，上海古籍出版社 1992 年影印本，第 35 页。又，《全唐文》卷二六四录载是文，文字多与此异，如“藉地”作“籍地”“盾子”作“允子”等，兹不具举。

② 李邕：《唐故逸人窦居士神道碑》，《金石萃编》卷八十七，中国书店 1985 年影印本，第 5 页。

③ 关于李邕的思想，可具体参见拙作《二李一杜交游笺识——兼论李邕对杜甫的影响》一文，此不具述，特此说明。

都是这方面的一些代表作。《兖州曲阜县孔子庙碑》虽然是写对孔子庙的重修，但于“夫子卓立，灿然有章”大加称颂；《唐有道先生叶国重碑》(《全唐文》卷二六二作《叶有道碑》)与《唐东京福唐观邓天师碣》二文，均重在表彰两位道士之于道教的贡献，且要言不烦，恰到好处。而《滑州大厅铭》一文，则以 32 字之篇幅，将滑州刺史厅之结构与建造，写得大气包举，境界开阔，全文匠心独运，读之而令人击节不已。

除了“尤长碑颂”外，李邕的一些非“碑颂”类散文，也多有上品与佳构，如《谏郑普特思以方技得幸疏》《驳韦巨源谥议》二文，即属此类。《谏郑普思以方技得幸疏》(《李北海集》卷二)一文，《旧唐书·李邕传》全文引录，为李邕早期散文的代表作之一。题目中的郑普思，为一“多行诡惑，妄说妖祥”的方技者，《旧唐书·李邕传》借李邕之口而称其为“妖人”，故后人多有以《谏妖人郑普思为秘书监书》为题者，如《唐文选》即如是。称郑普思为“妖人”、其说为“妖祥”，表明了李邕对于“方伎”之流的极度厌恶，因而才特地向唐中宗奏上此疏，反对授郑普思秘书监之职。《疏》中有云：

> 陛下今若以普思有奇术，可生久治之道，则爽鸠氏久应得之，永有天下，非陛下今日可得而求；若以思普可致仙方，则秦皇、汉武久应得之，永有天下，亦非陛下今日可得而求；若以思普可致佛法，则汉明、梁武久应得之，永有天下，亦非陛下今日可得而求；若以思普可致鬼道，则墨翟、干宝各献于至尊矣，而二主得之，永有天下，亦非陛下今日可得而求。此皆事涉虚妄，历代无效，臣愚不愿陛下复行之于明时①。

文章以排比句的形式，反复申说郑普思之流的不可相信，并对历史上帝

① 李邕：《谏郑普思以方技得幸疏》，《李北海集》卷二，《四库唐人文集丛刊》本，上海古籍出版社 1992 年影印本，第 19—20 页。

王们的一些"求仙访道"活动进行了直接否定，以希望"陛下"(唐中宗)能将郑思普赶出长安。全文说理透彻，逻辑严密，语言平直而朴实，确属一篇优秀之作。

《驳韦巨源谥议》也是李邕早期散文的代表作。如上所言，《全唐文》卷二六一著录此文，乃作《又驳韦巨源谥议》，一个"又"字的存在，表明李邕此前乃有《驳韦巨源谥议》一文①。韦巨源，两《唐书》有传，曾因依附武三思为而宰相，其死后，太常博士李处直奏议将韦巨源"谥曰'昭'"，时任户部员外郎的李邕因极力反对，而写了这篇《又驳韦巨源谥议》以奏上。最后的结果，则是李邕虽"列陈其恶，不见用，然世皆直邕"(《新唐书·李邕传》)，"而论者是之"(《旧唐书·李邕传》)。《又驳》一文虽不足700字，但却写得义正辞严，极具辩驳的力度。文章以议论开篇，并以"呜呼"二字将韦巨源之"恶"相关联，怒而斥之。认为：

> 巨源尝未斯察，而乃闻义不从，与恶相济，蓄网上之志，协群凶之谋，苟容圣朝，贪昧厚禄，自以宰臣之贵，不从朝而责者，固鬼得而诛之也。彼则匹夫之微，未受命而行刑者，固人得而诛之也。幽明之愤，断焉可知；天地之心，自此而见矣②。

继之，则历数了韦巨源不可饶恕的四大罪恶，认为"巨源长于宗华，仕于累代，作万国之相，处具瞻之地，蔽日月之层辉，负邱山之重责，今乃妄加褒述，安能分谤者哉"。文章层层递进，力度感强烈，而作者为官严正与嫉恶如仇之至性至情，亦皆寓其中。

---

① 《新唐书·韦巨源传》云："初，巨源与安石迭为宰相，时人以为情不相协，故邕以此称之。(李)处直仍固请依前谥为定。邕又驳曰……。"依此，知李邕之于韦巨源乃有两次之"驳"，则《全唐文》卷二六一著录此文题作"又驳"者，甚是。

② 李邕：《又驳韦巨源谥议》，《全唐文》卷二六一，中华书局1983年影印本，第2655页。

在李邕的上述散文中，有一些可读性较强的“书疏类散文”(含书、疏、启、状等)，也是值得注意的，如其早期之《进喜雪诗表》《谢赐游曲江宴表》等。这类散文的特点，大多是篇幅短小，文字清新而无典故之用，且具有一定的描写性与可读性。立足于唐代“文学性散文”(不包括骈文)发展的角度审视，盛唐之际虽有李白《春夜宴从弟桃花园序》、王维《山中与裴秀才书》等名篇的问世，但从总的方面讲，其数量既少，成就亦无以与“碑志类散文”等并论。正因此，李邕的这类散文，与之前或同时的陈子昂《送吉州杜司户审言序》、张嘉贞《石桥铭并序》等，即成为盛唐“文学性散文”发展的一曲前奏。即是说，盛唐“文学散文”的发展，虽然要较“碑志类散文”等缓慢许多，但在李邕生活的前期，已然开始破土而萌，则为不可争辩的事实，而李邕的《谢赐游曲江宴表》等文，即为这种破土而萌的表征之一。

关于王维的三篇散文

王维的散文，虽有赵殿成等为之笺注，但需重笺、稽考者却非在少许，如本文所“札记”之《责躬荐弟表》《谢弟缙新授左散骑常侍状》(以下简称《谢弟缙常侍状》)、《大唐吴兴别驾前荆州大都督府长史山南东道采访使京兆尹韩公墓志铭》(以下简称《韩朝宗墓志铭》)三文，即皆可为之例。《责躬荐弟表》与《谢弟缙常侍状》二文，因均与王缙相涉，且作年又相前后，而成为王维散文中的“姊妹篇”，但其之所言，却多有与史实不相契合者，以至于让人怀疑其是否出自王维手笔。二文真实的情况又究竟如何，则不得而知。《韩朝宗墓志铭》一文，则就其之文献价值与有关问题，略作勾勒，以便于把握与认识。

一、《责躬荐弟表》

此文之题目作“责躬”者，显然是受了曹植的影响，因为曹植曾写过一首四言体的《责躬诗》①，以自陈己过。而王维写此《责躬荐弟表》，除了自陈己过外，还“荐弟”以代己任，比曹植的“责躬”又更进了一层，则不言而喻。为便于认识，兹抄录其要者如次：

---

① 曹植：《责躬诗》，《先秦汉魏晋南北朝诗·魏诗》卷七，中华书局1983年版，第446页。

> 臣维稽首言：臣年老力衰，心昏眼暗，自料涯分，其能几何？久窃天官，每惭尸素，顷又没于逆贼，不能杀身，负国偷生，以至今日。陛下矜其愚弱，托病被囚，不赐疵瑕，累迁省阁，昭洗罪累，免负恶名，在于微臣，百生万足。昔在贼地，泣血自思，一日得见圣朝，即愿出家修道。及奉明主，伏恋仁恩，贪冒官荣，荏苒岁月，不知止足，尚忝簪裾，始愿屡违，私心自咎。……臣弟蜀州刺史缙，太原五年，抚养百姓，尽心为国，竭力守城，臣即陷贼中，苟且延命，臣忠不如弟，一也。缙前后历任，所在著声，臣忝职其多，曾无裨益，臣政不如弟，二也。臣顷负累，系在三司，缙上表祈哀，请代臣罪，臣之于缙，一无忧邻，臣义不如弟，三也。缙之判策，屡登甲科，众推才名，素在臣上，臣小言浅学，不足谓文，臣才不如弟，四也。缙言不忤物，行不上人，植性谦和，执心平直，臣无度量，实自空疏，臣德不如弟，五也。臣之五短，弟之五长，加以有功，又能为政，顾臣谬官华省，而弟远守方州，外愧妨贤，内渐比义，痛心疾首，以日为年。臣又逼近悬车，朝暮入地……不胜私情恳迫之至①。

其中“责躬荐弟”之最重要者，即为王维所列举之“臣之五短，弟之五长”云云。而值得注意的是，“一也”所言之“臣弟蜀州刺史缙，太原五年……竭力守城，臣即陷贼中，苟且延命”一段文字，乃与史实严重相悖。其具体如下：

首先是“臣弟蜀州刺史缙”的问题。王维之弟王缙是否为蜀州刺史，这是历代杜诗研究者争论甚为激烈的一个问题。王缙刺牧蜀州与否，为什么会与历代杜诗研究者相关联呢？这是因为，杜甫在“飘泊西南”时期，曾于成都写过一首《和裴迪登新津寺寄王侍郎》诗，其题下有原注

---

① 王维：《责躬荐弟表》，赵殿成《王右丞集笺注》卷十七，上海古籍出版社1961年版，第317—318页。

云："王时为蜀牧。"这位牧蜀的"王侍郎"，注家蔡梦弼认为"乃王维之弟缙也"(《千家注杜诗》卷八)。王缙曾为蜀州刺史，即因蔡梦弼此注而始。但后世注杜诗者如钱谦益等人，却皆对"臣弟蜀州刺史缙"之说进行了否定，即认为王缙"时为蜀牧"云云，乃纯属子虚乌有之辞，而未可据信。其实际的情况如何？请先看以下的几家注释：

钱谦益《钱注杜诗》卷十一云："王侍郎，旧注以为王缙。考缙传未尝牧蜀，注家因裴迪而附会也，今削去。"①

仇兆鳌《杜诗详注》卷九引《杜诗博议》云："《王维传》有缙为蜀州刺史，迁散骑常侍一节，与《缙传》不合。吴缜《纠缪》谓缙未尝历蜀州刺史及常侍，为说甚辩。今考《旧书》，缙为凤翔尹，先加工部侍郎，后除常侍。缜云并未尝为常侍，似失考。而由蜀州迁常侍，则断乎不可信。"②

朱鹤龄《杜工部诗集辑注》卷七云："原注：王时牧蜀。《英华》注：即王蜀州。……蔡曰：王侍郎，王维弟缙也。裴迪尝从维游辋川，后从缙剑外。按：《旧唐书》：王缙尝为工部侍郎、左散骑常侍，迁兵部。不言出外，其自蜀州刺史召入，为左散骑常侍。《新史》特附见《王维传》，而不著其年月。考《旧史》，维卒于乾元三年七月，临终，以缙在凤翔，索书与别。又维《集》有《为弟缙谢除散骑常侍表》，盖缙在凤翔，或自蜀州召还朝，《谢表》正作于贬还之日。至上元元年，缙官京师久矣。梦弼所云，恐因裴迪附会，若王侍郎果为缙，则自注不应云'王时牧蜀'也。"《杜诗博议》：《王维传》有缙为蜀州刺史，迁散骑常侍一节，与《缙传》不合。吴缜《纠

① 钱谦益：《钱注杜诗》卷十一，上海古籍出版社1958年版，第379页。
② 仇兆鳌：《杜诗详注》卷九，中华书局1979年版，第764页。

> 缪》谓：缙未尝历蜀州及常侍，其可疑者三，为说甚辨。……蔡注之谬甚明。”①

所引诸家之注表明，钱谦益、潘柽章、仇兆鳌、朱鹤龄等人，是均认为王缙“未尝历蜀州”的，特别是潘柽章《杜诗博议》引史学家吴缜之《新唐书纠缪》，更是认为蔡梦弼的“王侍郎”为“王维弟缙也”之说，“其可疑者三”而“为说甚辨”。所以，潘柽章乃藉之以明确指出：“蔡注之谬甚明”。正是因为潘柽章《杜诗博议》对王缙“未尝历蜀州”辨之甚力，故其即先后为仇兆鳌《杜诗详注》、朱鹤龄《杜工部诗集辑注》所引录。由是而观，可知杜甫《和裴迪登新津寺寄王侍郎》诗题中的“王侍郎”，确非王维之弟王缙。换言之，从钱谦益、潘柽章、吴缜等人的辩驳可知，王缙是不曾任蜀州刺史之职的。

其次是关于“蜀州刺史厅壁记”的问题。这其实是紧承“臣弟蜀州刺史缙”的，因为其所关涉者，仍然是王缙是否刺牧蜀州的问题，但有材料却对此进行了肯定，如计有功《唐诗纪事》即为其一。该书卷四十八著录皇甫澈《四相诗》一组，并有序云：“蜀州刺史厅壁记，居相位者前后四公，谟明弼谐，迁转历此，顾已无取，忝迹于斯，景行遗烈，嗟叹之不足也。谨述其行事，咏其体美，庶将来君子，知朝之德云尔。”②被皇甫澈所称之“四公”（或“四相”），其依次为：张柬之、钟绍京、李岘、王缙。皇甫澈于唐德宗贞元十四年（公元798年）为蜀州刺史（见《唐诗纪事》卷四十八“皇甫澈”条），其时据杜甫写《和裴迪登新津寺寄王侍郎》诗的唐肃宗上元元年（公元760年）③，仅为38年之隔，则其据“壁记”认为王缙尝为蜀州者，应是可以相信的。其实则不然。这是因为，据两《唐书·肃宗纪》《资治通鉴·唐纪》《册府元龟》等可知，李岘

① 朱鹤龄：《杜工部诗集辑注》卷七，河北大学出版社2009年版，第292页。

② 计有功：《唐诗纪事》卷四十八，上海古籍出版社1965年版，第735页。

③ 杜甫：《和裴迪登新津寺寄王侍郎》诗作年为上元二年者，参见仇兆鳌《杜诗详注》卷九，中华书局1979年版，第763页。

为蜀州刺史，乃在乾元二年(公元759年)，而杜甫《和裴迪登新津寺寄王侍郎》诗则表明王缙牧蜀(此承蔡梦弼说“王侍郎”即王缙)是在上元元年，即王缙乃继李岘而为蜀州刺史。但作如此认识，却又与高适任蜀州刺史的时间大相冲突，因为据闻一多《少陵先生年谱会笺》、周勋初《高适年谱》可知，高适之为蜀州刺史，乃在上元元年至二年。正因此，郁贤皓《唐刺史考》即将王缙刺蜀的时间前移，即其在无任何材料支撑的情况下乃定为“约乾元中”①，而认为王缙刺蜀是在李岘之前。但郁《考》殊不知如此一来，其不仅与皇甫澈《四相诗并序》所言“四相”之次序相违背(王缙本在李岘之后，郁《考》则使之在李岘之前)，而且也与王维《责躬荐弟表》中的“臣弟蜀州刺史缙，太原五年”一段文字严重不符。之所以会如此，皇甫澈的《四相诗》及其并序则为其关键所在，即是说，皇甫澈《四相诗》及其并序也是大有问题而不可相信的。

王缙之为太原尹(太原在唐为府，所置之守为尹)，据《旧唐书·代宗纪》可知，乃在大历三年(公元768年)八月至大历五年(公元770年)四月之间。其于大历三年八月内云：“庚午，河东节度使、检校左仆射、太原尹、同中书门下平章事辛京云卒。……齐国公王缙兼太原尹、北京留守，充河东军节度。”又于大历五年四月内云：“庚申，宰臣太原尹王缙入朝。”又于大历五年七月内云：“以浙东观察使、越州刺史、御史大夫薛兼训为检校工部尚书、太原尹、北都留守，充河东节度使。”②合勘此三者，可知王缙代辛京云为太原尹于大历三年八月，薛谦训又代王缙为太原尹于大历五年四月。如此，则王缙之刺牧太原尚不及两年，这一时间与王维《责躬荐弟表》之“太原五年”云云乃大违其背。王缙为王维胞弟，王维“责躬”的目的在于将王缙荐之于朝廷，其又怎么可能不知乃弟牧守太原的时间而将其写为“五年”呢？且经过多方面的核校可知，此“五年”并不存在版本方面的问题。而此，只是问题的一个方

① 郁贤皓：《唐刺史考》，江苏古籍出版社1987年版，第2614页。

② 刘昫等：《旧唐书·代宗纪》，中华书局1975年版，第290页、296页、297页。

面。问题的另一个方面则是，《旧唐书 · 代宗纪》明载王缙始为太原尹在大历三年八月，且是替代已卒之辛京云而为，但《责躬荐弟表》却说王缙刺牧太原时曾“竭力守城”，而王维则是“即陷贼中”。按王维“即陷贼中”，是指其为安禄山叛军所俘而受伪职，其时在唐玄宗天宝十五载，对此，《旧唐书 · 王维传》乃有专门之载。其云：

> 禄山陷两都，玄宗出幸，维扈从不及，为贼所得。维服药取痢，伪称瘖疾。禄山素怜之，遣人迎至洛阳，拘于普施寺，迫以伪署。禄山宴其徒于凝碧宫，其乐工皆梨园弟子、教坊工人。维闻之悲恻，潜为诗曰……贼平，陷贼官三等定罪①。

同此者，另有《新唐书 · 王维传》。这一记载表明，王维之“即陷贼中”，是在天宝十五载(公元 756 年)六月，其时距王缙始牧太原的大历三年(公元 768 年)八月，为整 8 年之隔。是时，不仅两京早已收复，而且降伪官员皆已被处理。此则表明，王维《责躬荐弟表》中的“臣弟蜀州刺史缙，太原五年”一段文字之所述，与《旧唐书 · 代宗纪》、两《唐书 · 王维传》之所载，是明显不相符合的。

以上考述表明，王维《责躬荐弟表》所言之“弟蜀州刺史缙”与“太原五年”云云，乃与史实完全不相符，若是表为王维所写，是断不至于有此问题之存在的。

二、《谢弟缙常侍状》

《谢弟缙常侍状》的全称为《谢弟缙新授左散骑常侍状》。仅就其题目言，即可知此文与王缙之关系是相当密切的。此文甚短，连同落款也

① 刘昫等：《旧唐书 · 王维传》，中华书局 1975 年版，第 5052 页。

只有150字左右。为便于认识，将其全文抄录如次：

> 右臣之兄弟，皆迫桑榆，每至一别，恐难相见。非躬之节，诚不顾家；临老之年，实悲远道。陛下均平布政，中外递迁，尚录前劳，仍收旧齿。使备顾问，载珥貂蝉，趋侍玉墀，从容琐闼。不材之木，跗萼联芳；断行之雁，飞鸣接翼。自天之命，特出宸衷；涂地之心，难酬圣造。不胜戴荷踊跃之至。
>
> 上元二年五月四日，通议大夫守尚书右丞臣王维状进①。

这篇小文所存在的问题，主要在文末"通议大夫守尚书右丞臣王维状进"之落款，而这一落款的关键，则又在"通议大夫守尚书右丞"中的一个"守"字。这是因为，据《旧唐书·职官志一》可知，"通议大夫"（散官）与"尚书右丞"（职事官），皆为"正第四品下阶"（即同品阶），因之，这个"守"字的存在，便与唐代职官所署之规定严重不符。换言之，唐制规定，职事官与散品为同一品阶，二者合署时是不能用"守"字关联的②。对此，《旧唐书·职官志一》亦有极明确之记载。其云：

> 凡九品已上职事，皆带散官，谓之本品。职事则随才录用，或从闲入剧，或去为就卑，迁徙出入，参差不定。……《贞观令》，以职事高者为守，职事卑者为行，仍各带散位。其欠一阶，依旧为兼，与当阶者，皆解散官③。

其中所提到的《贞观令》，为李唐最早也是最重要的一部"国家法典"，

① 赵殿成：《王右丞集笺注》卷十八，上海古籍出版社1961年版，第326页。

② 若用"守"者，必须是职事官的品阶高于散官，对此，岑仲勉《依唐代官制说明张曲江集附录诰命的错误》一文已言之甚详，可参看，此不具引。岑文载《金石论丛》，上海古籍出版社1981年版，第460—475页。

③ 刘昫等：《旧唐书·职官志一》，中华书局1975年版，第1785页。

其权威性乃是毋庸置疑的。《贞观令》既明文规定“以职事高者为守，职事卑者为行”，这在当时显然是为各级各类官员所必须遵守者，时为尚书右丞的王维，自然也是不能例外的。

还值得注意的是，《贞观令》的这一职官所署规定，曾为唐玄宗开元年间李林甫等人所编之《唐六典》全盘接受。该书卷二“吏部尚书一人”内有云：

> 凡同事联事及勾检之官，皆不得注大功已上亲。凡皇亲及诸军功，兼注员外官。凡注官阶卑而似高则曰“守”，阶高而似卑则曰“行”①。

《唐六典》是李唐时期又一部重要的“国家法典”。对于《贞观令》《唐六典》这两部“法典”的明文规定，时任通议大夫、尚书右丞的王维，理应是非常熟悉而坚决执行的(特别是对《唐六典》之所载)，其又岂可于落款中使之成为“通议大夫守尚书右丞臣王维状进”呢？而且，这种情况的出现，也不可能是曾经任过宰相的王缙在编乃弟之集时所误，因为从王维集版本的角度言，截至于目前，无任何研究者曾发现过有关这方面的信息。所以，“通议大夫守尚书右丞臣王维状进”中的这个“守”字，即成为《谢弟缙新授左散骑常侍状》一文中最大的一个疑点。

此文的疑点之二，是文章题目之所示与系尾年月之间所存在的时间矛盾。此文题目既为“谢弟缙新授左散骑常侍状”，而落款时间又为“上元二年五月四日”，合勘之，知王缙之“新授左散骑常侍”，乃在上元二年五月前后。但出自王维《谢弟缙新授左散骑常侍状》一文的这一“新授”时间，不仅与两《唐书·王缙传》之所载迥不相及，而且也与两《唐书·王维传》之所载大相违背，故而，其之所言不可相信，也就甚为清楚。如《旧唐书·王缙传》有云：“缙寻人拜国子祭酒，改凤翔尹、秦陇

---

① 李林甫等撰：《唐六典》，中华书局1992年版，第28页。

防御史，历工部侍郎、左散骑常侍。”①据此，知王缙之任左散骑常侍，乃在“改凤翔尹、秦陇防御史”之后。王缙任凤翔尹的具体时间，《旧唐书·王维传》则有载：

临终之际，以缙在凤翔，忽索笔作别缙书，又与平生亲故作别书数幅，多敦厉朋友奉佛修心之旨，舍笔而绝②。

《新唐书·王维传》所载同此。王维的“临终之际”，实际上指的是其卒年，传统的说法，王维卒于“上元初”(《新唐书·王维传》)，清人赵殿成《王右丞集笺注·右丞年谱》则将其考订为具体的上元二年(公元761年)，若以赵《谱》之所考为准，则王缙刺牧凤翔的时间，就只能是在上元二年。而此，与《旧唐书·王缙传》载王缙任散骑常侍在牧守凤翔之前者，实则大相径庭。由是而观，可知《谢弟缙新授左散骑常侍状》一文的落款时间(即“上元二年五月四日”)，也是靠不住的③。此文如果确为王维所撰写，且内容又是为其胞弟新授职后所上之“谢状”，以常理揆之，应该是不可能存在着如许问题的。其中之原因何在？又是否因王维而成此讹误？凡此种种，则皆以俟淹贯者。

三、《韩朝宗墓志铭》

赵殿成笺注王维集，虽然用力甚勤，成就可观，但也存在着不少问题，如其不知当时有宋蜀刻本《王摩诘文集》传世者，即为其例，正因

---

① 刘昫等：《旧唐书·王缙传》，中华书局1975年版，第3416页。

② 刘昫等：《旧唐书·王维传》，中华书局1975年版，第5053页。

③ 关于王维：《谢弟缙新授左散骑常侍状》一文所存在之疑点，另参见拙著《王维新考论》第一章第二节、第四章第四节(第17—30页，第216—217页)，该书由黄山书社2008年出版。

此，一部《王右丞集笺注》乃未及宋本王集只字。此则表明，作为注家的赵殿成，所见之文献是极为有限的。而正是这一原因，导致了《韩朝宗墓志铭》这样的长文也未能为《王右丞集笺注》所收录。至若其于笺注中对史实的勾勒，对有关典籍的考释等，则更是问题多多。凡此，均属赵殿成笺注王维集之最大遗憾。

《韩朝宗墓志铭》首见于宋蜀刻本《王摩诘文集》，《全唐文》卷三二七亦著录之。《墓志铭》的主人韩朝宗，两《唐书》有传，以“喜识拔后进”(《新唐书·韩朝宗传》)而知名当时，故李白《与韩荆州书》乃有“生不用封万户侯，但愿一识韩荆州”之誉。而据王士源《孟浩然集序》所载，韩朝宗曾欲荐孟浩然于朝廷，因为孟所拒而未果，虽然如此，孟浩然集中却多有纪与韩朝宗交游之作①。王维与韩朝宗之交游，则仅见于这篇《墓志铭》。据《韩朝宗墓志铭》所载，韩朝宗自“文以经国，举甲科，试右拾遗”始，直至于“除许州刺史”前，乃皆任职于长安，其时则在景云二年(公元710年)至开元二十年(公元732年)前②。而斯时，王维虽在长安，却属在家闲居而无职任，故其当不得与韩朝宗相识。之后，韩朝宗为“荆州大都督府长史、山南采访使”，并“坐南阳令，贬洪州都督，迁蒲州刺史”，乃皆属外任。以此度之，知二人之交往，当在天宝元年后之长安。是时，王维在长安任左补阙、侍御史等职，而韩朝宗则被“征为京兆尹”。《新唐书·韩朝宗传》云：“天宝初，召为京兆尹。”《新旧书·玄宗纪》则于天宝元年内谓：“京兆尹韩朝宗又分渭水入自金光门。”二者之所载，均属明证。又据《旧唐书·王鉷传》，知韩朝

---

① 据《四库全书》本《孟浩然集》可知，孟集中纪与韩朝宗交游之诗，主要有《韩大侯东斋会岳上人诸学士》《送韩使君除洪府都督》《和于判官登万山亭因赠洪府都督韩公》，以及《卢明府九日岘山宴袁使君张郎中崔员外》诗，其中，后诗题中的“袁使君”为韩使君之误，对此，拙作《孟浩然年谱》乃有详考，可参看。该《年谱》载《孟浩然新论》，武汉大学出版社2017年4月出版。

② 据《韩朝宗墓志》所载，韩朝宗“除许州刺史”后，所任即为“荆州大都督府长史、山南采访使”，其时乃在开元二十一年(《资治通鉴·唐纪》)，如此，其刺牧许州就自当在开元二十年前后。

宗在天宝三年因长安令“柳升贿败”而“自高平太守贬为吴兴别驾”，天宝九载乃卒于吴兴官舍(《韩朝宗墓志铭》)。合勘之，王维与韩朝宗在长安之交往，前后当有三年左右。

韩朝宗虽以“喜识拔后进”而为时人所称，但王维却未将此等“令人景慕”(李白《与韩荆州书》)之事载入《韩朝宗墓志铭》中，原因则当与韩朝宗之多次被贬有关。韩朝宗之所以多次被贬，几乎皆与其之“喜识拔后进”相关，也即其所“识拔”之“后进”，并非皆为崔宗之、严武之类的有用之才(《新唐书·韩朝宗传》)，而多有平庸者与贪腐之流，如南阳令李泳即为其一。对此，王维于《韩朝宗墓志铭》中乃如是写道：“除许州刺史，荆州大都督府长史、山南采访使，坐南阳令，贬洪州都督，迁蒲州刺史。”所谓“坐南阳令”，是指韩朝宗所举之南阳令李泳，因属“私其所亲”，以致“果验非才，伤败实多，骄诬斯甚”，而又“擅兴赋役”，最终为有司所严惩，韩朝宗即因此“坐举非人”而贬洪州。对此，张九龄《曲江集》卷七《贬韩朝宗洪州刺史制》《新唐书·韩朝宗传》《册府元龟》卷九二九，均有记载，读者自可参读，此不具引。韩朝宗的第二次“坐举非人”之贬，是因其所举长安令柳升“以贿败”所致，对此，《旧唐书·王鉷传》乃有载：“(天宝)三载，长安令柳升以贿败。初，韩朝宗为京兆尹，引升为县令。”①而《韩朝宗墓志铭》之“又坐长安令有罪”云云，所指即此。而且，这一次对韩朝宗的处理，乃唐玄宗亲自下诏而为。《全唐文》著录唐玄宗《贬韩朝宗吴兴郡别驾员外诏》一文云：“高平郡太守、上柱国、长山县开国伯韩朝宗，顷承荣奖，擢在神京，辄荐凶人，超登赤县，末彰贪秽，大获赃私。举非允当，已有比周之责，使之交易，更涉嫌疑之地，颇招物议，实紊朝章，宜从贬黜，用申惩戒，可吴兴郡别驾员外置。”②大约正是因为唐玄宗亲自下诏处理，《旧唐书》即未为韩朝宗立传，而仅于《韩思复传》之末附有“子朝宗，天

① 刘昫等：《旧唐书·王鉷传》，中华书局1975年版，第3229页。

② 唐玄宗：《贬韩朝宗吴兴郡别驾员外诏》，《全唐文》卷三十二，中华书局1983年影印本，第355页。

宝初京兆尹”9 字。

王维于《韩朝宗墓志铭》中详载韩朝宗“坐举非人”者，实为其政治识见的一种具体表现，目的则诚如张九龄《贬韩朝宗洪州刺史制》之所言，旨在使“凡今刺史，宜以为戒”。王维之一生感恩李氏朝廷者，仅此即可见其一斑。《韩朝宗墓志铭》之于韩朝宗生平的记载，还可起到对《新唐书》等有关错误予以订正的作用。如《新唐书·韩朝宗传》有云：“出为高平太守。始，开元末，海内无事，讹言兵当兴，衣冠为避世计，朝宗庐终南山，为长安尉霍仙奇所发，玄宗怒，使侍御史王铁讯之，贬吴兴别驾，卒。”①这一记载表明，韩朝宗“贬吴兴别驾”，乃是因“庐终南山”而“为长安尉霍仙奇所发”的结果，其所言为误者，乃甚为清楚。因为据《韩朝宗墓志铭》可知，“朝宗庐终南山，为长安尉霍仙奇所发”者，是指“顷坐营谷口别业”，所贬则为高平太守；而其“贬吴兴别驾”者，则属“又坐长安令有罪”所致。这本是两起事件，且贬地也各不相同，但《新唐书·韩朝宗传》却将其混为一谈，若非《韩朝宗墓志铭》的存在，读者于此是很难发现的。仅此即可表明，《韩朝宗墓志铭》之文献价值，乃是不可低估的。

但《韩朝宗墓志铭》也有与史实相违背者，如所言“山南采访使”即为其例。《韩朝宗墓志铭》涉此云：“除许州刺史，荆州大都督府长史、山南采访使，坐南阳令，贬洪州都督。”其中的“山南采访使”，乃为“山南东道采访使”之误。这是因为，“山南道”为唐十道行政区划之一的道名，“山南东道”为唐十五道行政区划之一的道名，前者置于唐太宗贞观初年，后者则置于唐玄宗开元二十一年。对此，杜佑《通典》卷一七二《州郡二》乃有详载，其云：“贞观初，并省州县，始于山河形便，分为十道：一曰关内道，二曰河南道，三曰河东道，四曰河北道，五曰山南道，六曰陇右道，七曰淮南道，八曰江南道，九曰剑南道，十曰岭南道。……开元二十一年，分为十五道，置采访使，以检察非法：京畿

① 欧阳修等：《新唐书·韩朝传》，中华书局 1977 年版，第 4273 页。

(理西京城内)、都畿(理东都)、关内(多以京官遥领)、河南(理陈留郡)、河东(理河东郡)、河北(理魏郡)、陇右(理西平郡)、山南东(理襄阳郡)、山南西(理汉中郡)、剑南(理蜀郡)、淮南(理广陵郡)、江南东(理吴郡)、江南西(理章郡)、黔中(理黔中郡)、岭南(理南海郡)。"①其中的开元二十一年，为十五道区划所置时间，而十五道采访使之置，则在开元二十二年二月②。同此者，另有《旧唐书·地理志一》《新唐书》卷四十九下《百官志》之"外官"。据此可知，开元二十一年的十五道行政区划之所置，主要是在原十道的基础上扩充而成。王维《韩朝宗墓志铭》撰于"天宝十载十月二十四日"后，其时，十五道已颁行天下近20年，则《韩朝宗墓志铭》作"山南采访使"者，显然是与史实不相符合的③。

《韩朝宗墓志铭》之所以会出现这一错误，揣度之，当为王维误记所致，而《新唐书·韩朝传》作"开元二十二年，初置十道采访使"者，又可为之佐证。

---

① 杜佑：《通典》卷一七二《州郡二》，中华书局1988年版，第4478—4479页。

② 唐代十五道采访使之置，乃在开元二十二年二月十九日，具体参见《唐大诏令集》卷一〇〇张九龄《置十道采访使敕》，商务印书馆1959年版，第509页。但张九龄《置十道采访使敕》则为《置十五道采访使敕》之误，特此说明。

③ 据上引杜佑《通典·州郡二》之载可知，《新唐书·韩朝传》之"开元二十二年，初置十道采访使"，《册府元龟》卷一六二、卷九二九之韩朝宗为"山南道采访使"者，乃皆误。

王维“与裴迪书”辨识

在王维现存的69篇散文中①，最具文学特质者，当首推《山中与裴秀才迪书》一文，而且，此文是王维以“山中人”身份所写的第一文，也是唯一的一文。全文虽不足200字，却将王维“还山”“因归途夜中见闻”，以及“回忆昔日同游之乐”，并“招其明春来游并寄书”等情事②，一一写来，饶有情致与意趣。而其中的景物描写，尤具特点，如写作者“夜登华子岗”之所见，写辋川在“当待春中”时之勃勃生机等，皆优雅清丽、声色互关，充满着诗情画意。正因此，这篇小文即成为文选家之所必选，如高步瀛《唐宋文举要》，高文、何法周《唐文选》等，即皆收有此文。但着眼于文献学的角度，此文也不乏问题，如题目所涉裴迪其人之宦历，文中“感配寺”与“感化寺”之孰是孰非，以及王维写作此文的具体时间等，皆有重新讨论之必要。所以，本文特就这些问题作一具体考释。

---

① 此处所言王维现存散文69篇，是指赵殿成《王右丞集笺注》卷十六至卷二十七所收之各类文体之文（含赋1篇）而言，即卷二十八之“论画三首”未计其内，特此说明。

② 所引文皆高步瀛评语，具体见《唐宋文举要》甲编卷一，上海古籍出版社1980年版，第55—56页。

一、裴迪与蜀州刺史之任

裴迪是王维最相知的诗友之一。据赵殿成《王右丞集笺注》可知，王维纪与裴迪交游之作，除这篇散文外，另有诗30余首，其数量之多，王维所有交游均无可与之相比。这些诗具体为：《赠裴迪》《赠裴十迪》《辋川闲居赠裴秀才迪》《登裴迪秀才小台作》《春日与裴迪过新昌里访吕逸人不遇》《酌酒与裴迪》《答裴迪》《闻裴秀才迪吟诗因戏赠》《口号又示裴迪》《黎拾遗昕裴秀才见过秋夜对雨之作》《菩提寺裴迪来相看说……口号诵示裴迪》，以及"与裴迪闲暇各赋绝句"①即《辋川集》20首②。其中，言及裴迪为"秀才"者，凡4诗，即《辋川闲居赠裴秀才迪》《登裴迪秀才小台作》《闻裴秀才迪吟诗因戏赠》《黎拾遗昕裴秀才见过秋夜对雨之作》。王维既称裴迪为"秀才"，则这4首诗与《山中与裴迪秀才书》为前后之作，当可论断。

《山中与裴秀才迪书》一文，实际上是王维写给裴迪的一封信。在这封信中，王维既称裴迪为"秀才"，即表明裴迪此前曾"预进士科考"，因为据王定保《唐摭言》卷一所载可知，进士"通称谓之'秀才'"，"得第谓之'前进士'"③。又，徐松《登科记考·凡例》第四条云："唐之秀才科罢于永徽，孝廉科停于建中。中叶以还，则以秀才为进士之称，孝廉为明经之号。……唯进士得第则止。"第六条有云："举进士未第者曰进士，曰举进士，得者曰进士第，曰前进士。"④综而观之，可知裴迪

---

① 王维：《辋川集并序》，赵殿成《王右丞集笺注》卷十三，上海古籍出版社1961年版，第241页。

② 裴迪：《辋川集二十首》，《全唐诗》卷一二九，中华书局1963年版，第1312—1314页。

③ 王定保：《唐摭言》卷一《述进士下篇》，上海古籍出版社1978年版，第3页。

④ 徐松：《登科记考》卷首《凡例》第四条，中华书局1984年版，第3—6页。

"预进士科考"之结果，实际上与孟浩然之"应进士举"相同，即"不第"。没有"得第"的裴迪，大约因了其"关中人"(《唐诗品汇·诗人爵里详节》)的地理优势，而有机会与王维交游于终南山一时。而此前，裴迪亦与孟浩然相过从，对此，《四库全书》本《孟浩然集》卷一《从张丞相游纪南城猎戏赠裴迪张参军》诗，即为其例。孟浩然此诗写于开元二十五年冬之荆州①，其当时与裴迪均在张九龄荆州幕府任从事，可见，二人之交往在开元末期乃甚明。开元二十七年，孟浩然离张九龄幕府还襄阳，翌年春，张九龄"请拜扫南归"(徐浩《张九龄碑》)，则裴迪之离荆府北还关中者，当即在是时。孟浩然与裴迪虽然均未"得第"，且二人又曾因张九龄而过从于荆州一时，但王维在诗中称孟浩然为"孟六"、称裴迪为"秀才"的实况，表明其于裴迪的关系是较之孟浩然更为笃密的。

未曾"得第"的裴迪，其后又是否仕途顺畅呢？对此，计有功《唐诗纪事》乃略有所载："迪初与王维、(崔)兴宗俱居终南。天宝后，为蜀州刺史，与杜甫友善。"②其中所言"天宝后，为蜀州刺史，与杜甫友善"云云，即引起了后人的众说纷纭。所谓"与杜甫友善"，指的是杜甫集中《和裴迪登新津寺寄王侍郎》《和裴迪登蜀州东亭送客逢早梅相忆见赠》《暮登四安寺钟楼寄裴十迪》三诗，其中，《和裴迪登新津寺寄王侍郎》题下有原注云："王时为蜀牧。"诗题中的"王侍郎"，注家多猜测为王维之弟王缙。如蔡梦弼注云："王侍郎乃王维之弟缙也，维有别业在辋川，裴迪从之游，迪从缙来蜀，缙守蜀州，盖在高适之后，见《千家注杜诗》卷八，是刺蜀州者乃王缙，非裴迪也，纪事似误。"③既猜测"王侍郎"为王缙，又认为裴迪不曾牧蜀。但郁贤皓《唐刺史考》则于《剑

---

① 关于此诗之作年，具体参见拙著《孟浩然研究》第一章第四节，甘肃人民出版社2002年版，第30页。

② 计有功：《唐诗纪事》卷十六，上海古籍出版社1965年版，第240页。

③ 转引自高步瀛《唐宋文举要》甲编卷一，上海古籍出版社1980年版，第55页。

南道·蜀州》内，既署裴迪(系年为"天宝中")之名，又署王缙(系年为"约乾元中")之名，即认为裴迪、王缙均曾刺牧蜀州①。郁《考》的依据，前者即《唐诗纪事》卷十六之所载，后者则为王维《责躬荐弟表》《新唐书·王维传》、皇甫湜《赋四相诗并序》。而《全唐诗》编者为裴迪所撰之小传，则先于郁《考》之前对裴迪刺蜀进行了肯定，其云："裴迪，关中人。初与王维、崔兴宗居终南，同倡和。天宝后，为蜀州刺史，与杜甫、李颀友善，尝为尚书省郎。"②这篇小传，既是对计有功《唐诗纪事》说的承袭，又为郁《考》之所考提供了一份佐证。

但值得注意的是，针对蔡梦弼"刺蜀州者乃王缙，非裴迪也"之说，钱谦益《钱注杜诗》卷十一于注"王侍郎"条则认为："王侍郎，旧注以为王缙。考缙传未尝牧蜀，注家因裴迪而附会也。"③在这里，钱谦益明确指出，王缙"未尝牧蜀"。同钱说者，另有仇兆鳌《杜诗详注》引《杜诗博议》云："《王维传》有缙为蜀州刺史，迁散骑常侍一节，与《缙传》不合。吴缜《纠缪》谓缙未尝历蜀州刺史及常侍，为说甚辩。今考《旧书》，缙为凤翔尹，先加工部侍郎，后除常侍。缜云并未尝为常侍，似失考。而由蜀州迁常侍，则断乎不可信。"④以吴缜的《新唐书纠缪》为依据，认为王缙"由蜀州迁常侍，则断乎不可信"，这实际上是对王缙"未尝历蜀州刺史"的进一步肯定。虽然如此，但裴迪是否刺牧蜀州，钱谦益《钱注杜诗》、潘柽章《杜诗博议》、吴缜《新唐书纠缪》、仇兆鳌《杜诗详注》等，乃均无只字言及。这一实况所反映的是，钱谦益等人对于计有功《唐诗纪事》中的裴迪为"蜀州刺史"之载，乃是并不认可的。

那么，时在蜀川一带的裴迪，又是否确如《唐诗纪事》所言曾为"蜀州刺史"呢？为了准确地回答这一问题，还是考察一下杜甫诗之所写。

---

① 郁贤皓：《唐刺史考》，江苏古籍出版社1987年版，第2613—2614页。
② 《全唐诗》卷一二九，中华书局1960年版，第1311页。
③ 钱谦益：《钱注杜诗》卷十一，上海古籍出版社1958年版，第379页。
④ 仇兆鳌：《杜诗详注》卷九，中华书局1979年版，第764页。

如上所述，杜甫集中共有三诗纪与裴迪之交游，第一首(以作年先后为序，下同)《和裴迪登新津寺寄王侍郎》云：

何恨倚山木，吟诗秋叶黄。蝉声集古寺，鸟影渡寒塘。风物悲游子，登临忆侍郎。老夫食佛日，随意宿僧房①。

诗中“风物悲游子”之“游子”，所指显然为裴迪。裴迪是时既为“游子”，则其不曾为“蜀州刺史”，当可论断。第二首《和裴迪登蜀州东亭送客逢早梅相忆见寄》诗云：

东阁官梅动诗兴，还如何逊在扬州。此诗对雪遥相忆，送客逢春可自由。幸不折来伤岁暮，若为看去乱乡愁。江边一树垂垂发，朝夕催人自白头②。

杜甫在诗中将裴迪于“东阁”看“官梅”，比作当年之“何逊在扬州”，则裴迪写是诗时不为“蜀州刺史”，亦可遽断之③，而“朝夕催人自白头”一句又可为之佐证。第三首《暮登四安寺钟楼寄裴十迪》诗云：

暮倚高楼对雪峰，僧来不语自鸣钟。孤城返照红将敛，近市浮烟翠且重。多病独愁常阒绝，故人相见未从客。知君苦思缘诗瘦，

---

① 杜甫：《和裴迪登新津寺寄王侍郎》，浦起龙《读杜心解》卷三之二，中华书局1961年版，第409页。

② 杜甫：《和裴迪登蜀州东亭送客逢早梅相忆见寄》，浦起龙《读杜心解》卷四之一，中华书局1961年版，第619页。

③ 据李延寿《梁书·何逊传》《南史·何承天传》附《何逊传》可知，何逊在扬州时乃官“南平王大司马记室”，杜甫于诗中既将裴迪与之相比，则裴迪是时有可能乃任职于蜀州刺史府，但绝非刺史之职，否则，诗中所用何逊扬州之典即无解。而且，全诗也无只字言及裴迪刺牧蜀州事。

太向交游万事慵①。

浦起龙认为，此诗为杜甫"于寺中期裴不至而作"(《读杜心解》卷四之一)。就诗的最后两句言，裴迪是时仍不曾官蜀州刺史，则是可肯定的。

综勘以上之笺释可知，现存杜甫集中与裴迪相关的三首蜀川诗，是均不能证实裴迪曾为"蜀州刺史"的，则计有功《唐诗纪事》所载为误，乃自不待言。如此，《全唐诗》裴迪小传、郁贤皓《唐刺史考》皆从《唐诗纪事》之说者，亦误可知。

二、关于"感配寺"与"感化寺"

《山中与裴秀才迪书》之全文为：

近腊月下，景气和畅，故山殊可过。足下方温经，猥不敢相烦，辄便往山中，憩感配寺，与山僧饭讫而去。北涉玄灞，清月映郭。夜登华子岗，辋水沦涟，与月上下。寒山远火，明灭林外。深巷寒犬，吠声如豹。村墟夜舂，得与疏钟相间。此时独坐，僮仆静默，多思昔曩，携手赋诗，步仄径，临清流也。当待春中，草木蔓发，春山可望，轻鲦出水，白鸥矫翼，露湿青皋，麦陇朝雊，斯之不远，傥能从我游乎？非子天机清妙者，岂能以此不急之务相邀。然是中有深趣矣。无忽。因驮黄檗人往，不一一。山中人王维白②。

---

① 杜甫：《暮登四安寺钟楼寄裴四迪》，浦起龙《读杜心解》卷四之一，中华书局1961年版，第619页。

② 王维：《山中与裴秀才书》，赵殿成《王右丞集笺注》卷十八，上海古籍出版社1961年版，第332页。

在此文中，王维明确记述了其“辄便往山中，憩感配寺，与山僧饭讫而去”之行止。其中为王维所憩息之“感配寺”，高文、何法周主编之《唐文选》认为当作“化感寺”。并认为，王维集中所言之“感配寺”“感化寺”，与“化感寺”实为一寺。其理由则为：

> 王维集中有《过感化寺昙兴上人山院》《游感化寺》诗。《文苑英华》感化寺皆作化感寺。《旧唐书·方伎·神秀传》附《义福传》云，义福初止蓝田化感寺。疑集之感配寺、感化寺皆为化感寺之误①。

《唐文选》之“疑集之感配寺、感化寺皆为化感寺之误”者，主要是认为王维《山中与裴秀才迪书》之“感配寺”，乃与其集中《过感化寺昙兴上人山院》《游感化寺》二诗中之“感化寺”皆为一寺，也即认为“感配寺”“感化寺”“化感寺”，三者实一。

《唐文选》的上述认识，其实是参考赵殿成《王右丞集笺注》卷七《过感化寺昙兴上人山院》一诗之注释而又自为的。赵《注》于《过感化寺昙兴上人山院》题下有注云：“感化寺，《文苑英华》作化感寺。”并于“感化寺”注云：“按刘昫《唐书·方伎传》，感化寺在蓝田。”②虽然如此，赵《注》却并没有认为“感配寺”即“感化寺”，也没有认为“感化寺”为“化感寺”之误，此则表明，赵殿成对此之笺注，所持态度乃是相当审慎的。而后于《唐文选》《王右丞集笺注》的陈铁民《王维集校注》，所注《过感化寺昙兴上人山院》之“感化寺”，虽大抵与赵《注》相同，但其却与《唐文选》一样，即认为《山中与裴秀才迪书》中之“感配寺”与《过感化寺昙兴上人山院》《游感化寺》中的“感化寺”，乃为同一寺。也就是

---

① 高文、何法周主编：《唐文选》，人民文学出版社 1987 年版，第 258 页。

② 按赵《注》此所引之《旧唐书·方伎传》，经与中华书局 1973 年版《旧唐书·方伎传》核对，不合，中华书局 1973 年版《旧唐书》卷一九一《方伎传》第 5111 页为“初止蓝田化感寺”，即为化感寺而非“感化寺”。

说，《唐文选》《王维集校注》对于王维这一文二诗中的“感配寺”与“感化寺”之认识，乃是完全相同的，即均认为其为一寺而非二寺。《唐文选》与《王维集校注》的这种认识，由于均属推论所致，故其是难以令人认可的。

按，王维《过感化寺昙兴上人山院》一诗，系与裴迪同游蓝田之作，《全唐诗》卷一二九著录裴迪此诗，其题作《游感化寺昙兴上人山院》，二诗一出自王维本集，一出自《全唐诗》，来源不同而均作“感化寺”的实况，似表明《文苑英华》之“作化感寺”者，当是另有他因的。退一步说，即使《文苑英华》之“作化感寺”为正确，但其也是不能作证《山中与裴秀才迪书》之“感配寺”为“感化寺”(或“化感寺”)之误的，因为王维在其诗文中并无只字及此。又，比勘宋蜀刻本《王摩诘文集》之《山中与裴秀才迪书》一文，其中的“便往山中，憩感配寺，与山僧饭讫而去”云云，与赵殿成《王右丞集笺注》卷十八之所著录全同，则“感配寺”非为“感化寺”(或“化感寺”)之误者，又可获得版本上的有力支撑。此则表明，王维《山中与裴秀才迪书》中的“感配寺”，与其集中的《过感化寺昙兴上人山院》《游感化寺》(宋蜀刻本《王摩诘文集》作《游化感寺》)之“感化寺”(或“化感寺”)，实为二寺，而非如《唐文选》等所言为一寺。至若二诗中之“感化寺”，《旧唐书·方伎传》《文苑英华》均作“化感寺”者，极有可能为板刻或抄写者所误(此指将“化感寺”刻成或抄成“感化寺”)，而与《山中与裴秀才迪书》之“感配寺”毫无关联。所以，赵殿成《王右丞集笺注》所著录《山中与裴秀才迪书》一文中之“感配寺”，乃不误。

其实，在唐代的终南山或者蓝田，并非只有一座佛寺，如《长安志》卷十六之“清源寺在(蓝田)县南辋谷内”云云，即为其例。对于这座清源寺，李肇《唐国史补》乃有载：“王维……得宋之问辋川别业，山水胜绝，今清源寺是也。”①而《旧唐书》卷一九一《方伎传》之“初止蓝田化感寺”云云，又表明蓝田是确有一座化感寺的。而此二寺，与《山中与

① 李肇：《唐国史补》卷上，上海古籍出版社1957年版，第16页。

裴秀才迪书》所言之“感配寺”，乃是各不相干的。王维捐辋川别业以为清源寺，事在其母逝世后，对此，其集中《请施庄为寺表》已有载，兹不赘。关于感化寺(或化感寺)，据王维集中之《游感化寺昙兴上人山院》《游感化寺》二诗，知其乃在辋川谷内，所谓“野花丛发好，谷鸟一声幽”(前诗)、“谷静唯松响，山深无鸟声”(后诗)，即可证之。而感配寺则不然。据《山中与裴秀才迪书》之所写，知感配寺虽在“山中”，却是“北涉玄灞”(“北”一作“比”)的，即其离灞水非远。此则表明，感配寺与感化寺所在之地理位置，乃是具有极明显之区别的。而此，即成为二寺非一寺的又一个原因。

三、关于“与裴迪书”的作年

对于《山中与裴秀才迪书》一文的写作时间，涉之者皆属笼统而言，如《唐文选》认为是“王维晚年从蓝田山中的辋川别业写给裴迪的一封信”，《王维集校注》则将其编于“天宝三载之后、安史之乱以前”者，即皆为其例。综合王维一生的宦历考察，可知《唐文选》所持之“晚年”说，虽然并非错误，但总使人感觉到不够精审与确切；而《王维集校注》的“天宝三载之后、安史之乱以前”说，虽然也属于“晚年”的范畴，但却为错误，原因是《山中与裴秀才迪书》一文的实际作年，乃是在安史战乱之后，也即唐肃宗执政期间。

按，王维于天宝三载以后，从总的方面讲，主要是在长安的“上班族”中讨生活，而很少有时间与机会外出活动①。据拙著《王维新考论》之所考，王维天宝三年(公元 744 年)至天宝十五载(公元 756 年)在长安的宦历，可知者大致为：天宝三载前为左补阙，天宝三载、天宝四载

① 旧说认为王维在天宝四载曾出使榆林、新城二郡，其实为误，具体参见拙著《王维新考论》第四章第二节于王维《新秦郡松树歌》《榆林郡歌》二诗之系年考辨，第 181—182 页，该书由黄山书社 2008 年出版。

为侍御史，天宝五载、六载、七载为库部员外郎，天宝八载、九载、十载为库部郎中，十一载、十二载为文部郎中，天宝十三载、十四载、十五载(六月前)为给事中。这一宦历或有需补充、完善者，但藉之可知的是，在天宝三载至天宝十五载的13年中，王维确属供职于长安。如此，则王维之于“山中”写《山中与裴秀才迪书》一文，并邀约裴迪至辋川与之游者，就必在此之后。

如上所言，王维集中纪与裴迪交游之作，诗与文合计共有30余篇(其实为32篇，诗31篇，文1篇)之多，但这些诗文在写作方面呈现出一个共同的特点，即其大都为王维写于同一时期。或有将其系年于天宝九载至十一载者，理由则是王维母亲卒于天宝九载，王维于此三年间因守丧辋川别业，而有上述之作。但这种认识，实则为误。请看《旧唐书·王维传》对此之记载：

> 晚年长斋，不衣文采，得宋之问蓝田别墅，在辋口，辋口周于舍下，别涨竹洲花坞，与道友裴迪浮舟往来，弹琴赋诗，啸咏终日。尝聚其田园所为诗，号《辋川集》①。

王维“晚年长斋”，既与其奉佛相关，又表明其母斯时已卒，而“不衣文采”又可为之佐证。所谓“不衣文采”，乃是相对于《汉书·食货志上》之“衣必文采”而言，也即为“身衣素服”的另一种说法。固然，奉佛者也是“不衣文采”的，但据杜佑《通典》卷八十四、卷八十七、卷八十九等之所载可知，其乃为古代的一种“凶礼”，也即死者亲属“不衣文采”于死者所行之礼。这样看来，则王维母亲之卒不在天宝九载，其服丧期不在天宝九载至十一载期间，也就甚为清楚。其实，王维母亲不卒于天宝九载，王维服母丧不在天宝九载至十一载，拙著《王维新考论》第六章第一节乃有详考，读者自参看，此不具述。

---

① 刘昫：《旧唐书》卷一九〇下《王维传》，中华书局1975年版，第5052页。

正因为王维母亲之卒不在天宝九载，王维服母丧也不在天宝九载至十一载，故而，拙著《王维新考论》第四章第三节《王维诗歌系年考辨》（下），即将王维的《辋川集二十首》，以及《赠裴迪》《赠裴十迪》《辋川闲居赠裴秀才迪》等诗，乃皆改系于"唐肃宗上元二年及其后"。对此，上举杜甫《暮登四安寺钟楼寄裴十迪》一诗，又可佐证之。仇兆鳌《杜诗详注》卷九系此诗于上元二年（公元 761 年），而诗题又明言为"寄裴十迪"，则表明裴迪当时已从蜀州还长安。如此，则王维与裴迪"浮舟往来，弹琴赋诗，啸咏终日"者，即在是时。《辋川闲居赠裴秀才迪》等诗既写于上元二年或其后，而《山中与裴秀才迪书》又为其先后之作，则其作年亦为是时，也就不言而喻。

李白散文中的典故运用

据中华书局1977年版王琦笺注本《李太白全集》可知，作为诗人的李白，现存各类散文四卷，共58篇，其数量之多，为盛唐诗人所少有。其具体为：表书9篇(卷二十六)、序文20篇(卷二十七)、记颂赞20篇(卷二十八)、铭碑祭文9篇(卷二十九)。这58篇散文，着眼于初、盛唐散文的分类概貌，大致可分为"表序类散文""书疏类散文"①"碑铭类散文""杂记类散文"②四类。其中，最具代表性者，为"表序类散文"(23篇)与"书疏类散文"(6篇)，这是因为，李白散文的名篇，如《与韩荆州书》《春夜宴从弟桃花园序》等，乃皆在此两类散文中。

李白的诗歌，除了天马行空的风格与清新俊逸的语言外，还有一个很重要的特点，就是多用典与善用典，而其散文也属如此。所以，本文特以《李太白全集》中的"表序类散文"与"书疏类散文"为主，对李白散文的用典实况，首次作一具体观照与论析。之所以选择这两类散文为观照的对象，是因为其中的典故之用，主要与李白本人密切相关，而"碑铭类散文"与"杂记类散文"之用典，则大多是与他人关系密切。虽然如

---

① 这里的"书疏类散文"，是就初、盛唐"非文学性散文"的大致分类而言，并不表明李白的散文中存在着"疏"类散文，特此说明。

② 唐人散文中的"颂"，主要有两种情况，一种与碑文相类，如张说《宋公遗爱碑公颂》；一种与赞文相似，如李白《赵公西侯新亭颂》，而李白散文之"颂"，除后者外，尚有前者，如《崇明寺佛顶尊胜陀罗幢颂》即是。为便于认识，本文特将《李太白全集》卷二十八中的这两种"颂"文，皆归类于"杂记类散文"，特此说明。

此，以下在进行用典的“喻今”性之例说时，也曾涉及“碑铭类散文”与“杂记类散文”之用典(仅有两例)，这是需要加以说明的。

一、大量运用历史人物典故

李白在散文中最爱用的典故，是属于事典范畴的人物典，即与历史人物相关的典故，而此，也是人们在读李白散文时，会遇到各种历史人物的原因所在。其实，李白散文中的这一用典实况，与其诗歌乃是大相关联的，或者说是受其影响的一种必然结果。李白诗歌中的人物典，特别是一些深有影响的历史人物，如从上古时期到汉魏六朝的舜尧、吕尚、巢由、张良、韩信、诸葛亮、谢安、谢灵运等，乃应有尽有，对此，我们只要对《古风五十九首》《猛虎行》《梁园吟》《行路难》《鞠歌行》等诗略作浏览，即可准确获知。而李白散文中之历史人物，亦大抵如此。所以，大量“嵌入”历史人物，即形成李白散文创作的一个鲜明特点。为便于认识，先对其“书疏类散文”之人物典的实况，略作检视。

在李白的六篇“书疏类散文”中，《代寿山答孟少府移文书》《上安州李长史书》《与韩荆州书》是颇值注意的，因为此三文皆为李白写于“酒饮安陆，蹉跎十年”期间，即皆属其早期之作。据不完全统计，这三篇“书疏类散文”所用之历史人物典，或者说因典故而涉及的历史人物，凡 49 人(此指首次出现者，重复则未计，下同，不另注)。这种用典实况，在唐代散文史上是并不多见的。其具体如下：

(一)《代寿山答孟少府移文书》。依序为：随侯(“产随侯之明珠”)、卞和(“蓄卞氏之光”)、庄子(“且达人庄生”)、吕尚(“昔太公大贤”)、傅说(“傅说明德”)、周文王(“佐周文”)、武丁(“赞武丁”)、巢父、许由(“巢由以来”)、管仲、晏子(“申管晏之谈”)、范蠡、张良(“然后与陶朱、留侯浮五湖”)。共 13 人，其时代由上古而西汉。

（二）《上安州李长史书》。依序为：桓彝（“历洛可笑人也”）、有若、孔子（“则有若似于仲尼”）、纪信、刘邦（“纪信似于高祖”）、刘牢之、何无忌（“牢之似于无忌”）、宋玉、屈原（“宋玉似于屈原”）、离娄（“乏离朱之明”）、王戎（“昧王戎之视”）、阮籍（“青白其眼”）、齐庄公（“抗庄公之轮”）、徐邈（“昔徐邈缘醉而赏”）、曹操（“魏王却以为赏”）、无盐（“无盐因丑而获”）、齐宣王（“齐君待之愈厚”）、宁越（“幸容宁越之辜”）、王安期（“深荷王公之德”）、陆机（“陆机作太康之杰士”）、曹植（“曹植为建康之雄才”）、嵇康（“何图叔夜潦倒”）、祢衡（“正平猖狂”）、廉颇（“敢昧负荆，请罪门下”）、魏绛（“如能伏剑结缨”）。共25人，其时代由商周、春秋而六朝。

（三）《与韩荆州书》。依序为：周公（“岂不以周公之风”）、毛遂（“三千宾客中有毛遂”）、钟嵘（“学究天人”）、袁虎（“日试万言，骑马可待”）、王允（“王子师为豫州”）、荀爽（“未下车即辟荀慈明”）、孔融（“又辟孔文举”）、山涛（“山涛作冀州”）、尧、舜（“且人非舜尧”）、薛烛、卞和（“长价于薛、卞之门”）。共11人。其时代由上古而汉魏。

再看“表序类散文”。鉴于此类散文的数量之多，以及能更好地对其用典之认识，兹举其中之六文以为例。此六文即：《为宋中丞请都金陵表》《暮春江夏送张祖监丞之东都序》《江夏送倩公归汉东序》《饯李副使藏用移军广陵序》《秋夜于安府送孟赞府兄还都序》《春夜宴从弟桃花园序》。这6篇“表序类散文”，据粗略统计，共用典29处，即所涉历史人物29人。其具体如下：

（一）《为宋中丞请都金陵表》。具体为：周太王（“昔有周太王之兴”）、浑敦、少皋、穷奇、饕餮（“四凶及虞乃云”）、王莽（“莽亦为灾”）、商武王、盘庚（“汤及盘庚，五迁其邑”）。共8人，其时代由上古而汉。

（二）《暮春江夏送张祖监丞之东都序》。具体为：刘表（“刘表不用于祢衡”)、贺循、张翰(“贺循喜逢于张翰”)。共3人①，其时代为汉晋之际。

(三)《江夏送倩公归汉东序》。具体为：谢安(“谢安四十”)、桓温(“桓公累征”)、汤惠休(“即惠休上人”)、江淹、鲍照(“与江、鲍往复”)、季布(“已舍季布”)、贾谊(“当征贾谊”)。共7人，其时代由汉而六朝。

(四)《饯李副使藏用移军广陵序》。具体为：彭越(“所以彭越醢于前”)、韩信(“韩信诛于后”)、项籍(“蒙轮扛鼎之士”)、刘章(“社稷虽定于刘章”)、李广(“封侯未施于李广”)、荆轲(“歌酣易水之风”)。共6人，其时代由秦而汉。

(五)《秋夜于安府送孟赞府兄还都序》。具体为：孔明(“孔明观书”)、李少君(“少君读《易》”)。共2人，其时代乃汉魏之际。

(六)《春夜宴从弟桃花园序》。具体为：谢惠连(“皆为惠连”)、谢灵运(“独惭康乐”)、石崇(“罚依金谷酒数”)。共3人，其时代由晋而宋。

以上所例举的9篇散文，共有事典78处，也即涉及了78位历史人物，几乎平均每篇用典9处，其用典的密度之大，仅此即可窥其一斑。这9篇散文所用之78处典故，不仅揭示了李白对孔子等历史人物的精熟程度，而且也是其博览群书的一种必然反映。李白博览群书，历来不曾引起研究者的注意，实则通过对其诗文典故的考释，即略可获知。而考察典故的出处，又是最可靠的方法之一，以下所言78处典故的出处，又可为之佐证。

据统计，上述9篇散文78处典故的出处，所涉之载籍，除去重复者外，共有26种，且其时代由上古而南朝。其即：无名氏《尚书》、庄周《庄子》、左丘明《左传》、无名氏《战国策》、刘向《新序》、刘向《说

---

① 《暮春江夏送张祖监丞之东都序》所用人物典凡5处(即涉及历史人物为5人)，其中“刘表不用于祢衡”之祢衡，《上安州李长史书》已用之，故此不录；又张翰之典，本文虽两用之，但为避免重复，故只录第一典，特此说明。

苑》、王逸《楚辞章句》、韩婴《韩诗外传》、刘安《淮南子》、司马迁《史记》、班固《汉书》、陈寿《三国志》、佚名《魏略》、佚名《汉武帝外传》、孔安国《尚书传》、范晔《后汉书》、沈约《宋书》、刘义庆《世说新语》、刘孝标《世说注》、皇甫谧《高士传》、萧统《文选》、习凿齿《襄阳耆旧传》、赵岐《孟子注》、钟嵘《诗品》、袁康等《越绝书》①、姚思廉《梁书》。在这26种著作中，典故出处之最多者，依序为司马迁《史记》(25次)、班固《汉书》(16次)、范晔《后汉书》(12次)。其次则为《左传》《宋书》《三国志》等。此则表明，各种各类的历史文献，乃为青少年时期李白之最爱。而此，与其自称“五岁诵六甲，十岁观百家，轩辕以来，颇得闻矣”②云云，又正可互为印证。此则表明，李白所谓“轩辕以来，颇得闻矣”，是并非为一句大话或者虚言的。

二、以古喻今的用典意旨

李白之善于以历史人物为典故者，如上所言，虽然与其对“轩辕以来”的博文强记大相关联，但更重要的则是其欲藉之以为“今”的创作宗旨，也即欲藉历史人物以表达其对情感的抒发与宣泄，如《暮春江夏送张祖监丞之东都序》中之“刘表不用于祢衡”一典，即属如此。此文写于开元二十三年的暮春。此之稍前，李白由安陆至襄阳，欲求荐于山南东道采访使韩朝宗，不果而去，待至江夏，恰逢友人张祖监丞之东都，写是序以相送，并于其中借“刘表不用于祢衡”的典故，将在襄阳碰壁之

---

① 关于《越绝书》的作者，历来多有争议，永瑢《四库全书总目》认为是汉朝的袁康与陈平，暂从之，特此说明。

② 李白：《上安州裴长史书》，《李太白全集》卷二十六，中华书局1977年版，第1243页。

事，发泄无余①。据《后汉书·祢衡传》所载，祢衡避乱荆州时，往依荆州刺史刘表，刘表“先服其才名，甚宾礼之，文章言议，非衡不定”，“后复侮慢于表，表耻，不能容”，乃送江夏黄祖，黄祖则“遂令杀之”②。李白将韩朝宗不荐己之实况，乃喻比当年刘表之不用祢衡，且二事又均发生于襄阳，其之贴切精确自不待言，“喻今”的意旨之强，亦甚为明白。

李白散文中的典故，除了大量的历史人物之典外，还存在着各种类型的事典与语典，如《奉饯十七翁二十四翁寻桃花源序》中之“三坟、五典，散为寒灰”云云，即为事典之属，因为其之所指，乃秦始皇“焚书坑儒”之历史事实。又如《金陵与诸贤送权二序》开首有云：“斯高柄秦，嬴世不二；三杰伏草，与汉并出；莽夷朱晖，耿邓乃起。”这里共涉及了三起历史事实：(1)因李斯、赵高而导致“嬴世不二”；(2)刘邦在张良、萧何、韩信三人的帮助下，而得以“与汉并出”；(3)王莽因邓禹等人而篡汉成功。而值得注意的是，这一事典又与人物典颇具关联，原因是其乃由“斯高”“三杰”“耿邓”7位历史人物所构成，这种用典实况，在李白散文的全部人物典中，也是并不多见的。李白散文中的典故之语数以百计，如《与韩荆州书》中的“尘秽视听”“雕虫小技”“青萍结缘”，《春于姑熟送赵四流炎方序》之“黄绶作尉”“泥蟠当涂”等，皆为其例。尽管如此，但李白散文中的各类典故之用，“喻今”则为其最大的目的。而且，李白散文中人物典的“喻今”性，又因所涉人物生平行事、文化背景方面的不同，而使得“喻今”的确指性也不尽相同。为便于对此等特点之认识，下面兹以“表序类散文”与“书疏类散文”中的29篇散文为重点，对其略作例说与剖析。

(一)以为楷模而崇敬。李白的理想与抱负，既因时间的变迁而不

① 以上所言，具体参见拙著《孟浩然研究》第二章第二节，甘肃人民出版社2001年出版，第57—65页。

② 范晔：《后汉书》卷八十《祢衡传》，岳麓书社1994年版，第1155—1156页。

同，也因现实原因而产生差异，如出川之前与赐金还山后，安史乱前与长流夜郎后等，便皆可为例。因之，李白于散文中对于一些历史人物的态度，也就自然是因此而产生着变化的，如"孔子典"即颇具典型性。从总的方面讲，李白之于孔子虽有同情，并曾藉以自嘲①，但更多的则是尊崇与追慕，这从《古风》其一之所述，即略可获知："我志在删述，垂辉映千春。希圣如有立，绝笔于获麟。"而李白散文中的孔子，亦属如此："礼乐大坏，仲尼不作，王道其昏乎?"②又如："仲尼大圣也，宰中都而四方取则；子贱，大贤也，宰单父，人到于今而思之。"③这两例之所言，都是李白自称应如孔子那样，肩负起删诗修史与礼乐建设的文化重任，而此，也是其于文中称孔子为"仲尼大圣"的原因所在。不独如此，李白还曾引孔子之语以为其散文所用，如《上安陆裴长史书》即有云："孔子曰：'畏天命，畏大人，畏圣人之言。'过此三者，鬼神不害。"这一引语表明，对于《论语》等与孔子相关的一系列著作，在"酒隐安陆"前的李白，乃是早就了然于胸而又熟烂于心的。由是而观，可知在文化事业方面欲以孔子为楷模者，乃李白所表现之最高理想。尽管如此，但李白也自知其"才亚孔墨"(《送戴十五归衡岳序》)，因而是否能担当此重任，则不得而知。但从"希圣如有立"之"如"而言，李白最终之于"志在删述"者，是没有获得成功的。

(二)借以自况而明志。李白散文中属于这方面的有关历史人物的典故之用，多与其政治理想相关联，如《代寿山答孟少府移文书》中之"申管晏之谈，谋帝王之术"，便为其例。在此文中，李白借"管晏典"，明确地表明了其政治理想，即要如管仲与晏子那样"谋帝王之术"，其

---

① 李白在《庐山谣寄卢侍御虚舟》一诗中虽有"凤歌笑孔丘"之句，实则是其以孔子自喻而嘲之，而不得认为是对孔子的大不敬。

② 李白：《崇明寺佛顶尊胜陀罗尼幢颂》，《李太白全集》卷二十八，中华书局1977年版，第1306页。

③ 李白：《武昌宰韩君去思颂碑》，《李太白全集》卷二十九，中华书局1977年版，第1375页。

言下之意，是在向世人表明：我李白是极具辅弼之才的！这既是一种自况，更是一种自信。又如上引《金陵与诸贤送权十一序》有云："三杰伏草，与汉并出。"所谓"三杰"，是指张良、韩信、萧何三人，本皆属"伏草"之徒，但因佐刘邦兴汉而名垂千古，李白于此文中用此"三杰典"者，既意在喻言权十一之志向，但更兼自诩与自况。而且，在此"三杰"中，最为李白所关注者，即为"留侯"张良，这从《送张秀才谒高中丞序》之"余时系浔阳狱中，正读《留侯传》"云云，即略可获知。身系狱中而仍读《留侯传》，则李白之于张良的倾慕，仅此即可见其一斑。对管仲、晏子、张良、韩信等人物典之用，所反映的实际上是李白欲如诸人一样建奇功、立大业的雄心壮志，即以"非常之才作非常之事"的理想人生。或有认为李白在其诗文中爱说"大话"者，但就"余时系浔阳狱中，正读《留侯传》"的这一夫子自道而言，所谓"大话"云云，是应作重新考虑的。

（三）功成身退的榜样。李白虽然自青年时代起，就"心雄万夫"（《与韩荆州书》），有着"四方之志"（《上安州裴长史书》），但不图功成后在朝廷中占有一席地位，而是欲如《代寿山答孟少府移文书》一文之所言，"与陶朱、留侯，浮五湖，戏沧州"。在这里，李白又一次运用了"留侯"张良之典，不独如此，与之并列的还有"陶朱"范蠡之典。范蠡与张良，一辅佐越王灭吴，一匡扶刘邦兴汉，均建有奇功，但二人在功成后又都急流勇退，所以，李白于《代寿山答孟少府移文书》中乃如是写道："事君之道成，荣亲之义毕，然后与陶朱、留侯，浮五湖，戏沧州，不足为难矣。"由是而观，可知李白在此文中所用之"留侯典"，与上举《金陵与诸贤送权十一序》之"留侯典"，在"喻今"的确指性方面，乃是有着惊人的相似性的。而在范蠡、张良之前，被李白在《古风》其十称之为"齐国倜傥生，鲁连特高妙"的鲁仲连，也是一位功成身退的典范人物，所以，李白在《奉饯十七翁二十四翁寻桃花源序》一文中，即乃如是写道："绮皓不得不遁入南山同，鲁连不得不蹈于东海。"据《史记》卷八十二《鲁仲连传》所载，鲁仲连助齐国攻下聊城，齐王欲封其爵位，鲁仲连得知后，乃连夜潜逃于海边，并隐居终生，李白说

“鲁连不得不蹈于东海”者，所指即此。鲁仲连、范蠡、张良之后的谢安，也是一位功成身退者。据《晋书》卷七十九《谢安传》所载，谢安在淝水之战后，不为功名利禄所囿，而是于“放情丘壑”中讨生活，因之，李白对谢安功成身退的所作所为，也是相当倾慕的，故而在《江夏送倩公归江东序》一文中，乃如是认为：“所愿归东山，寸心于此足。”

(四)不同流俗以自比。巢父与许由，是上古时期的两位高士。但李白在诗中对这两位高士，却极少赞许之辞，典型者如《笑歌行》：“巢由洗耳有何益，夷齐饿死终无成。君爱身后名，我爱眼前酒。”然其于“表序类散文”中用此二人之典者，却又多所夸耀与赞许，并且还将之自比，以为鞭策，这是颇值得注意的。如上举《代寿山答孟少府移文书》之“不屈己，不干人，巢由己来，一人而已”，即为其例。这是对巢父、许由二人的正面称颂，而“一人而已”，则是李白以之自比后之所云。又《冬夜随州紫阳先餐霞楼送元演隐仙城山序》有云：“出则以平交王侯，遁则以俯视巢许。”也是对巢父、许由二人之“遁”的称颂。又《为宋中丞自荐表》有云：“怀经济之才，抗巢由之节。”在这里，李白不仅称颂巢父、许由二人，而且还要“抗巢由之节”，即要以其之节而自况。这几篇《序》文的作年，据詹锳《李白诗文系年》所考，知其分别在李白的中年与晚年，则斯时李白之不同流俗而又傲世独立之形象，于此诸文中即乃呼之欲出。其实，就一部《李太白全集》之所载而言，李白一生在为人、行事方面不同于流俗者，乃比比皆是，因之，其以巢父、许由自比者，也就自在情理之中。此则表明，李白之于《笑歌行》中嘲笑“巢由洗耳有何益”者，当是以之相喻而自嘲的，而其后的“君爱身后名，我爱眼前酒”两句，又可为之佐证。

三、若如己出的用典技巧

李白诗歌之善用典故，特别是善用人物典故，拙作《古人任其差遣的佳例》一文①，已对其进行了多角度之探讨，认为其最大的特点，在于无论事典语典，也无论明用暗用，均若如己出，了无痕迹。而李白散文之用典，亦如是，对此，上举《暮春江夏送张祖监丞之东都序》中之“刘表不用于祢衡”一典，已略可窥其端倪。

一般而言，李白散文中的人物典，多以明用为主，如《代寿山答孟少府移文书》一文之“蓄卞氏之光”“且达人庄生”“昔太公大贤”“傅说明德”“佐周文”“赞武丁”“巢由以来”“申管晏之谈”“然后与陶朱、留侯浮五湖”等，即皆为明用之典范。这些典故所涉之历史人物，又有着两个较为鲜明之特点，其一是其生平行事大多为人们所熟悉，如卞氏(和)、庄生(周)、太公(吕尚)等；其二为典故的喻义较为明白，即读者一看便知其所以然，而无需去引经据典地进行笺解。而正是因了此二者，李白散文中的历史人物之典故，即皆若己之所出，如《春夜宴从弟桃花园序》之“群季俊秀，皆为惠连；吾人咏歌，独惭康乐”，即可为例。前句以谢惠连喻“群季”，言诸从弟皆聪敏过人；后句为李白的自谦之辞，认为“咏歌”不如谢灵运而深感惭愧。这里虽然连用了“惠连”“康乐”二典，且皆出自《宋书·谢惠连传》，但行文却相当流畅，并给人以清鲜、自然之审美愉悦。《序》末的“如诗不成，罚依金谷酒数”一典，则更具特点。此典的关键人物为西晋石崇。据《晋书·石崇传》与石崇《金谷诗序》所载，石崇在洛阳建有一座金谷别馆。一日，石崇为迎宴某友人，乃与众贤“昼夜游宴”，“遂各赋诗，以叙中怀，或不能者，罚诗三斗”，石崇则为之序，此序即著名的《金谷诗序》②。李白序中的“罚依金谷酒数”云云，所指即此。此典之用，既挥洒自如，又自然贴切，且喻意亦甚明，堪称典范。又如《送黄钟之鄱阳谒张使君序》有云：“鄱阳张公，朝野荣望，爱客接士，即原、尝、春、陵之亚焉。”其中的“原、尝、

① 具体参见拙著《李白研究新探》中篇《李白作品索解》，黄山书社 2013 年版，第 180—186 页。

② 石崇：《金谷诗序》，《全上古三代秦汉三国六朝文·全晋文》卷三十三，中华书局 1958 年影印本，第 1651 页。

春、陵”，为四位历史人物，即被后人称为“战国四公子”的平原君（赵国赵胜）、孟尝君（齐国田文）、春申君（楚国黄歇）、信陵君（魏国魏无忌），李白以之喻比“鄱阳张公”者，是对“张公”之“爱客接士”风范的高度称许。此典之用，虽集四位历史人物于一体，不仅毫无板滞晦涩之感，而且还成为了李白驾驶典故能力的一种具体反映。而或此或彼，均为李白散文擅长用典的一种见证。

除了明典之外，李白散文也不乏暗典之用。所谓“暗典”，即典故暗用，亦即刘勰《文心雕龙·事类》所云“虽引古事，而莫取旧辞”之谓也。暗典之用，讲究的是了无痕迹，如《上安州裴长史书》所用者，即如是。此《序》有云：“西入秦海，一观国风，永辞君侯，黄鹄举矣。何王公大人之门，不可以弹长剑乎？”这两句各用一典，且均为暗典，前者属“田饶事鲁哀公”典，后者为“冯谖客孟尝君”典。“田饶事鲁哀公”者，典出《韩诗外传》卷二第二十三章。其中有云：“田饶事鲁哀公而不见察，谓哀公曰：‘臣将去君，黄鹄举矣。’哀公曰：‘何谓也？’田饶曰：‘君独不见夫鸡乎？头戴冠者纹也，足傅距者武也，敌在前敢斗者勇也，见食相呼者仁也，守夜不失时者信也。鸡虽有此五德，君犹日沦而食之者何也？则以其所从来者近也。夫黄鹄一举千里，止君园池，食君鱼鳖，啄君黍粱，无此五德者，犹贵之者何也？以其所从来者远也。故臣将去君，黄鹄举矣。’”①田饶事鲁哀公，而鲁哀公却“不见察”，田饶则欲去之，此即“臣将去君，黄鹄举矣”之谓也。李白在《上安州裴长史书》中用“田饶典”者，乃喻已之若不为裴长史所用，亦将如田饶而去，这便是此典暗用的核心之所在。“冯谖客孟尝君”典，出自《战国策·齐策四》，其喻意与“田饶事鲁哀公”典又有所不同。此外，如《上安州李长史书》之“历洛可笑人也”（桓彝事），《与韩荆州书》中之“学究天人”（用钟嵘典）、“日试万言，骑马可待”（用袁虎典）等，亦皆为暗典之

① 韩婴：《韩诗外传集释》卷二，许维遹校释，中华书局1980年版，第60—61页。

属，读者自可参悟之，恕不赘述。

从技巧性的角度言，李白散文中的人物典，用得最多的当为人名省称典莫属。所谓“人名省称典”，其重点在“省称”二字上，如上举《送黄钟之鄱阳谒张使君序》之“原、尝、春、陵”者，即为具有典型性的一例。这是因为，《序》文中所言之“原、尝、春、陵”，本指战国时期的四位历史人物(说详上)，李白在《送黄钟之鄱阳谒张使君序》中出于行文计，而将其简称为“原、尝、春、陵”。这种人名省称典的运用，于唐人诗文中乃比比皆是，且应有尽有，时间则由初唐而晚唐，如王勃著名的《滕王阁序》之“杨意不逢”“钟期相遇”二典，即属此类。此二典中的“杨意”“钟期”，所指实为杨得意与钟子期，但因骈文对偶的关系，王勃乃将其省称为“杨意”与“钟期”。类似的例子，在李白诗文中亦甚多。以李白散文为例，除《送黄钟之鄱阳谒张使君序》一文外，《上安州李长史书》之“牢之似于无忌”，《奉饯十七翁二十四翁寻桃花源序》之“鲁连不得不蹈于东海”，《春夜宴从弟桃花园序》之“皆为惠连”“独惭康乐”，《秋夜于安府送孟赞府兄还都序》之“少君读《易》”等，所用者即皆为人名省称典，因为“牢之”“无忌”“鲁连”“惠连”“康乐”“少君”，乃依序为刘牢之、何无忌、鲁仲连、谢惠连、谢灵运、李少君之姓名省称。总体而言，李白散文虽以散行单句为主，但骈句也并非少许，而骈句由于对偶的关系或者字数之限制，故李白在人物典的运用方面，即多以人名省称典而为，以上之例举，即有助于对此之认识。

还值得注意的是，李白于散文中所用之人物典，也多有属于人物同姓典者。所谓“人物同姓典”，主要是指作者在赞、送、赠别某友人时，所用典故人物之姓，乃与友人之姓互为吻合，而使之具有一种亲近感与亲切感。如《奉饯十七翁二十四翁寻桃花源序》有云：“二翁耽老氏之言，继少卿之作，文以述大雅，道以通至精。”此《序》题中的“十七翁”与“二十四翁”，虽然未署姓氏，但其既出自李白笔下，且李白又称之为“翁”，则其自然与李白为本家无疑，也即二人分别应为“李十七翁”“李二十四翁”。李白所送者既为李姓，故文中所用之人物典(“老氏”

“少卿”)，即皆乃与之同姓。据《史记・老子列传》所载，老子“姓李氏，名耳”，所谓“老氏”者，即老子李耳；而“少卿”则为西汉李陵(字少卿)，《文选》卷二十九著录其组诗《与苏武三首》。以李耳、李陵之事喻比“二李翁”，自然会其感到亲切。所以，清人王琦笺在注此二典时，乃云：“李氏之言，少卿之作，俱切李氏事用。”①仅就此之笺注而言，可知琦对于李白散文中的这种人物同姓典之用，乃是早就了然于胸的。

① 王琦注：《李太白全集》卷二十九，中华书局1977年版，第1258页。

梁肃及其散文面面观

梁肃是中唐前期的一位著名散文家，其一生著述，“有文集三十卷”，在当时被誉为“学者之师式”①，尤以“论赞碑颂，能言贤者之事，不能言小人之称”②，而为时人与后人所称道。传世的梁肃文集，其名虽有《梁肃集》(《新唐书·艺文志》)与《梁补阙集》(陈震孙《直斋书录解题》)之别，但或此或彼，均不曾为《四库全书》《四部丛刊》所收入，这种实况对于梁肃作品的传布，显然是极其不利的。大约正是因此，梁肃的散文及其文学成就、文学思想等，亦多不为文学史家所重视，这从近年来所出版的几种《中国文学史》无梁肃之章节者③，即略可获知。有鉴于此，本文特着眼于三个方面，对梁肃其人其文作一具体透视，或可补诸文学史之阙。

一、梁肃散文群体一瞥

在唐代文学家中，有两类是颇值得注意的，一为有诗无文者，如孟

---

① 崔元翰：《右补阙翰林学士梁君墓志》，《全唐文》卷五二三，中华书局1966年影印本，第5322页。

② 崔恭：《唐右补阙梁肃文集序》，《全唐文》卷四八〇，中华书局1983年影印本，第4903页。

③ 此处所言之“《中国文学史》教材”，主要指游国恩等编《中国文学史》、中国科学院文学研究所编《中国文学史》、袁行霈主编《中国文学史》，特此说明。

浩然；一为有文无诗者，如梁肃。这两类文学家，于诗于文虽均只专擅一途，但却在各自的领域多所建树，如孟浩然的五言诗，“天下称其尽美”①，而梁肃的散文，则如上所言，乃被时人称誉为“学者之师式”。梁肃散文之所以能成为“学者之师式”，关键在于其具有烹炼百家之特点，对此，崔元翰《右补阙翰林学士梁君墓志》已曾言之：“傲遗乎万物，贯极乎六极，旁罗乎百氏，考太史公之实录，又考老庄道家之言，皆睹其奥而观其妙，立德玩词以为文。”②所谓“皆睹其奥而观其妙”者，实则是指集众家之长以为已用。但需指出的是，梁肃所集之“众家”，主要为“百氏”“太史公”“老”“庄”“道”等，也即主要是以秦汉散文为师学对象的。而此，也是梁肃散文不同于“时文”(骈文)的原因所在。在如此文学思想的指导下进行散文创作，则时间愈长，“奥”“妙”就愈富，其自然就会成为一种“师式”。既为“师式”，习学者必多，故久而久之，一个以梁肃为代表的散文作家群体，即于斯时应运而生。对此，本文姑且称之为“梁肃散文群体”。这一作家群体中的散文家，除了代表人物梁肃外，据现有资料可知，其主要者还有崔元翰、崔恭、权德舆、崔宏礼、陆贽、李翰、韩愈、李观、李绛、崔群、李翱等十数人。下面兹就此略作考察。

(一)崔元翰、崔恭、权德舆。据上引崔元翰《右补阙翰林学士梁君墓志》所载，梁肃生于唐玄宗天宝十二载(公元753年)，卒于唐德宗贞元九年(公元793年)，亨年41岁。梁肃卒后，除崔元翰(公元729—795年)为其撰写《墓志》外，权德舆(公元759—818年)还写了《祭梁补阙文》一文，崔恭则为其编集“三十卷”，并撰《唐右补阙梁肃文集序》附于卷首。崔恭其人，两《唐书》无传，计有功《唐诗纪事》卷五十九张洪(弘)靖《山亭怀古》下有其“和诗”一首，所署为“节度副使检校右散骑

① 王士源：《孟浩然集序》，《四库唐人文集丛刊》本，上海古籍出版社1992年影印本，第2页。

② 崔元翰：《右补阙翰林学士梁君墓志》，《全唐文》卷五二三，中华书局1966年影印本，第5323页。

常侍”，并云：“终纷州刺史。”据《旧唐书·宪宗纪下》，张弘靖牧守太原，乃在元和十一年至十四年(公元816—819年)，则崔恭为太原“节度副使”即在是时。又，赵明诚《金石录》卷九《唐元浩和尚灵塔碑》下有注云：“崔恭撰并正书，元和十四年十一月。”以此推之，又知崔恭之“终纷州刺史”，当在元和末(公元820年)或者长庆初(公元821年)。另据《唐右补阙梁肃文集序》中之“抠衣捧席，与余同焉”“余之仰止，未尽其善”“公遗孤殁后而生”可知，崔恭与梁肃曾过从一时。此则表明，梁肃生前与崔元翰、权德舆、崔恭三人，乃均具交谊。又，《权载之集》卷二十三有《唐故尚书比部郎中博陵崔君(元翰)文集序》一文，表明权德舆与崔元翰(名鹏，以字行，见《新唐书》本传)私交甚笃；而据《新唐书·宰相世系表二下》“崔氏第三房”之所载，又知崔恭与崔元翰乃从兄弟关系，合勘之，权德舆与崔元翰兄弟皆具交谊者，即乃无疑。

(二)孟郊、崔宏礼、陆贽。李观《上梁补阙荐孟郊崔宏礼书》一文有云：“今有孟郊者、有崔宏礼者，俱在举场……孟之诗，五言高处，在古无上，其有平处，下顾两谢。崔之文，鸿健宏深，度中文质，言之他时，必得老成；言之今日，粲然出伦。……今辄以二子之文布之下风，执事岂以为党乎？”①孟郊(公元751—814年)虽以诗称，但《全唐文》著录其《上常州卢使君书》《赞维摩诘》等文，表明其亦工于文。崔宏礼生平事迹不详。据李观此文之“崔之文，鸿健宏深，度中文质”云云，可知其颇工于文。在此文中，李观既希望梁肃视孟郊、崔宏礼“为党”，则其为梁肃散文群体中之成员，当可论断。以此度之，《孟东野诗集》卷六《古意赠梁补阙》一诗，当写于是时。是诗云：“曲木忌日影，谗人畏贤明。自然照烛间，不受邪佞轻。不有百炼火，孰知寸金精。金铅正同炉，愿分精与粗。”颇具自荐之意。又，《旧唐书·陆贽传》有云：“(贞元)七年，罢学士，正拜兵部侍郎，知贡举。时崔元翰、梁肃文艺

① 李观：《上梁补阙荐孟郊崔宏礼书》，《全唐文》卷五四三，中华书局1966年影印本，第5420页。

冠时，贽输心于肃，肃与元翰推荐艺实之士，居台省清近者十余人。”①则梁肃与陆贽亦颇具交谊。

(三)李观、韩愈、李绛、崔群、李翱。王定保《唐摭言》卷七“知己”有云：“贞元中，李元宾、韩愈、李绛、崔群同年进士。先是四君子定交久矣，其游梁补阙之门；居三载，肃未之面，而四贤造肃多矣，靡不偕行。肃异之，一日延接。观等俱以文学为肃所称，复奖以交游之道。然肃素有人伦之鉴。观、愈等既去，复止绛、群曰：‘公等文行相契，他日皆振大名；然二君子位极人臣，勉旃！勉旃！’后二贤果如所卜。”②又，王溥《唐会要》卷七十六云：“贞元七年(此处“七年”为“八年”之误，说详下)，兵部侍郎陆贽权知贡举，时崔元翰、梁肃推荐艺实之士，升第之日，虽众望不惬，然一岁选士，才十四、五，数年之内，居台省者十余人。”③徐松《登科记考》卷十三系此事于贞元八年，并列李观、韩愈、李绛、崔群等人之名。胡大浚《梁肃年谱》则于贞元八年内说：“在京居官。佐陆贽知贡举，推荐李观、韩愈、李绛、崔群等及第，皆一时名士。”④又，李翱《感知己赋序》有云：“贞元九年，翱始就州府之贡举人事，其九月，执文章一通谒于右补阙安定梁君。是时梁君之誉塞天下，属词求进之士奉文章造梁君门下者，盖无虚日。梁君知人之过也，亦既相见，遂于翱有相知之道焉。”⑤关于梁肃荐引崔群、韩愈等人之事，顾炎武《日知录》、姜宸英《湛园札记》等皆有记载，此不具引。

(四)李翰与其他不知名者。梁肃《补阙李君前集序》有云：“君名翰，赵郡赞皇人也。天姿朗秀，率性聪达，博涉经籍，其文尤工。……

---

① 刘昫等：《旧唐书·陆贽传》，中华书局1975年版，第3800页。

② 王定保：《唐摭言》卷七，上海古籍出版社1978年版，第81页。

③ 王溥：《唐会要》卷七十六，中华书局1953年影印本，第1384页。

④ 胡大浚：《梁肃年谱》，《梁肃文集》附录一，甘肃人民出版社2000年版，第257页。

⑤ 李翱：《感知己赋并序》，《全唐文》卷六三四，中华书局1966年影印本，第6397页。

暇日尝以所述作三十卷，目为前集，命予序之。君与予实有伯喈、仲宣之义，故书于篇。”①则梁肃与李翰颇具交谊甚明。又，韩愈《与祠部陆员外书》云：“往者陆相公(贽)司贡士，考文章甚详，愈时也幸在得中，而未知陆之得人也。其后一、二年，所与及第者皆赫然有声，原其所以，亦由梁补阙肃、王郎中礎佐之。梁举八人无有失者，其余则皆王与谋焉。……梁与王举人如此之当也，至今以为美谈。”②其中的“梁举八人”，如果包括上所言之李观、韩愈、李绛、崔群、李翱五人，则还另有三人未知其名。若以梁肃序文(一卷，31篇，详下)中所涉之人名言，则与其交游之散文家就更多了，为省篇幅，兹罢论。

以上的简略考察表明，崔元翰、崔恭、权德舆、韩愈、李绛、李翰等人，作为唐代散文史上的一批著名散文家，其于中唐前期均与“誉塞天下”“文艺冠时”的梁肃关系密切，上引崔元翰《右补阙翰林学士梁君墓志》所言“学者之师式”云云，“学”者当为这些人莫属，也即这些人在当时皆属以梁肃散文为师学对象的一批“学者”。又，梁肃《祭独孤常州文》有“门生安定梁肃”云云，《常州刺史独孤及集后序》有“门下士安定梁肃”云云，合勘之，知梁肃曾一度师从于独孤及③。按独孤及为大历前后的一位著名散文家，《新唐书》《唐才子传》均有其传。《新唐书》本传载其以“长于议论”著称，且“有集二十卷行于代”(梁肃《独孤集行状》)。由独孤及而梁肃，再由梁肃而崔元翰、崔恭、权德舆、崔宏礼、陆贽、李翰，以及韩愈、李观、李绛、崔群、李翱等，中唐散文发展脉

---

① 梁肃：《补阙李君前集序》，《梁肃文集》卷二，甘肃人民出版社2000年版，第41—42页。

② 韩愈：《与祠部陆员外书》，《全唐文》卷五五三，中华书局1966年影印本，第5597页。

③ 或有认为独孤及为当时散文作家群的代表，其成员有“梁肃、朱巨川、高参、崔元翰、陈京、唐次、齐抗等人”者，持此说者其实只言及了中唐前期散文群体的一个方面，因为在独孤及死后(公元777年)的近20年间，执当时文坛牛耳者即梁肃，因之，这些散文作家自然会聚集在梁肃周围，所谓“学者之师式”者，即足可对此证实之。更何况，当时年轻一辈的韩愈等人，还曾游学梁肃门下，并为其所荐引。所以，“梁肃散文群体”之存在于当时文坛，乃为一种文学史事实。

络之大端，即因此而得以较清晰之凸显。从总的方面讲，梁肃的散文成就与影响，虽然不能与后来的韩愈等人相比，但其为这一作家群体中之最具关键性人物者，则乃不言而喻。

二、梁肃散文分类概观

据胡大浚《梁肃年谱》所载，梁肃死后未久，崔恭即将其各类散文编成三十卷本的《梁肃集》，以流传当时，但至宋，则只有二十卷本的《梁肃集》或《梁补阙集》行于世。而待至明季，二十卷本的《梁肃集》又演变成了《梁肃集十卷》，入清之后，则只有小云谷抄本《梁补阙集》二卷行世，其收文 93 篇，较《全唐文·梁肃集》(六卷)少 11 篇。目前大陆学界最为完备之梁肃集，为胡大浚等整理校点、甘肃人民出版社 2000 年出版的《梁肃文集》。该书凡六卷，收梁肃各类散文 102 篇(赋未计)，并附有《梁肃集编年目录》《梁肃年谱》与《梁肃研究资料汇编》，极有利于对梁肃其人其文的认识与研究。本文以下对梁肃散文之论述，即是据此《梁肃集》而为，特此说明。

《梁肃集》中的 102 篇散文，依序由议、序、记、论、赞、箴、铭、碑、碣、墓志、墓志铭、行状、祭文等体式所组成，以初、盛唐散文之品类言，其大致可分为"议论类散文""碑志类散文""表序类散文""记赞类散文"四类。据崔恭《唐右补阙梁肃文集序》所载，梁肃散文最为时人所称道 者，乃为"论赞碑颂"，也即"议论类散文"、"碑志类散文"与"记赞类散文"，原因则是其"能言贤者之事，不能言小人之称"。崔恭为梁肃生前好友，所言定当不污。此则表明，"贤者"与"小人"在梁肃的散文中，乃是有着极清楚之认识的。正因此，其于"论赞碑颂"散文中，即于"贤者"大加表彰与称颂，于"小人"则极度憎恨，如卷一《代太常答苏端驳杨绾谥议》一文，即堪称这方面的代表作。此文题目中的杨绾，为唐代宗时宰相，两《唐书》有传。据两《唐书·杨绾传》所载，杨绾卒后，“太常初谥曰‘文贞’”，但却遭到了有宰相常衮“阴助”的比部郎中苏端的坚决反对，理由是杨绾曾为“日贪冒”的元载荐为国子祭酒，即认为杨绾与为朝廷所“伏诛”的元载关系密切，而不可“谥以尊名”。针对苏端所持之理由，梁肃即写了这篇“驳议”之文以奏请朝廷。全文的驳议，词严义正，喻比恰当，极具逻辑力量。如其中有云：

> 杨文贞体淳素之质，协时中之德，爰自下列，到于宰司。秉心不渝，动必由道；与夫立功立事，开物济众，不可同日语矣。而清俭厉俗，明哲保身，曰文与贞，在我唯允。秉公议者，其谁曰不然？今奉符谓公与元载交游，尝为载荐引，载之咎恶，悉归于公；斯乃昧于观行定谥之议，且非君子成人之美也。请区而评之。……且圣无全能，才不必备。以郑公(魏)徵立言正色，耻君不如尧舜，其节大矣，而昧于知人；许公(苏)瓌固执遗诏，廷沮邪计，其志明矣，终不能守。故《春秋》为贤者讳过，《传》称“不以一眚掩大德”，《语》曰“无求备于一人”，盖二公所以为文贞也。若曰百行所归，九德咸事，如周公之文，宣父之宣，然后拟议，则千古莫嗣，而谥典绝矣，安在一二苏、魏足为定制乎①？

在这段引文中，梁肃既对杨绾之“贤”予以赞许，又指出不能因其“与元载交游，尝为载荐引”，而不可为之谥，并以魏徵、苏瓌之被谥为“文贞”为例，反复辩说。据《新唐书·杨绾传》所载，杨绾最终为唐代宗下诏“谥曰文简”，苏端则被贬巴州员外司马，这一实况表明，梁肃的这篇“驳议”之文，在当时是起到了相当大的作用的。正因此，高步瀛《唐宋文举要》即特地将其选录，并于文末引“《渊鉴》评云”云：“义以典而

---

① 梁肃：《代太常答苏端驳杨绾谥议》，《梁肃文集》卷一，甘肃人民出版社2000年版，第16页。

能确，词以恕而能公。持此核人，可以论世不爽矣。”①所言堪称的论。

梁肃的“碑志类散文”，为《梁肃集》中散文之大端，这与有“大手笔”之称的张说散文乃如出一辙。据《四库全书》本《张燕公集》可知，张说现存散文 173 篇，“碑志类散文”则有 77 篇，而《梁肃集》中的“碑志类散文”共有三卷 43 篇，若以其 102 篇之散文总数计，二者的比例实乃旗鼓相当。此则表明，作为盛唐初期与中唐前期两大散文群体代表人物的张说与梁肃，均具有擅长“碑志类散文”的特点。若说得通俗一点，就是二人都喜欢为人写碑文或者墓志铭。梁肃的此类散文，据崔恭《唐右补阙梁肃文集序》之所载，有一个极值得注意的特点，即其乃重在写人，所谓“能言贤者之事”者，即有助于窥此一二。而正是因了这一特点的存在，《梁肃集》中的碑文或者墓志铭，几乎都是将人物的事迹(含德行等，下同)重点而待，而很少有将笔墨放在人物的世系或者子嗣方面的，这种写法，虽然仍属初、盛唐之际墓志散文的“三段式”(指世系、宦历、妻室子嗣)，但却已有了很大的突破，重点则是使人物的事迹更为突出，行文也更为简洁。如《越公长史李公(锋)墓志铭》一文，凡 760 字，除去世系部分 140 字、铭文部分 78 字外，中间正文部分的 540 字，所写者全为墓志铭主人的事迹，如“永泰末”李锋率部平定“妖贼杀郡将以叛”者，即为其例。其中，又以对李锋“单骑往安其民”壮举的述写，乃尤值称道。其有云：

> 本使东适于会稽，与公俱东。永泰末，妖贼杀郡将以叛，其帅败亡，贼党诈服，公以单骑往安其民，一旦收隐匿者三十人，杀之以徇。三衢之人，道路相庆，人到于今称之②。

---

① 高步瀛：《唐宋文举要》，甲编卷一，上海古籍出版社 1982 年版，第 133 页。

② 梁肃：《越公长史李公(锋)墓志铭》，《梁肃文集》卷五，甘肃人民出版社 2000 年版，第 157 页。

不仅有故事、有情节，而且还有细节描写，则李锋之勇之谋，藉此即可窥其大概。又如《安定梁公(慎初)墓志铭并序》一文，以梁慎初于“天宝末”协助“西平王哥舒翰之守潼关”为例，对“博涉史书”的梁慎初之谋略大加称道。而在《给事中刘公(迥)墓专铭》一文中，则以专节的形式，对刘迥之德之行进行了述写，以旨在突出刘迥的“贞方端肃，居敬行简”之与众不同。凡此种种，均足以表明，重在写人，乃为梁肃“碑志类散文”之最明显的特点。由重在写墓志主人的官历到重在写人，是唐代“碑志类散文”的一次重要蜕变，而梁肃则以其不断的艺术实践，于这一蜕变中作出了无可替代的贡献。

梁肃的“记赞类散文”，亦颇具出手不凡之特点。以“记”类散文为例，《梁肃集》中之《吴县令厅壁记》《通爱敬陂水门记》《昆山县学记》《李晋陵茅亭记》等文，即颇具有代表性。《吴县令厅壁记》一文，在介绍吴县地理位置之重要、物产之富庶外，主要对“范阳卢公”自太原祁县调任吴县后之德政，进行了如下的重点述写：

> 公外宽内明，敬事而信，政本于仁，饰身以纹。下车三年，阖境之大，安土乐义，而不知字乐之所从来，盖平之以和也。士君子立身，论道之通塞，不论位之升降。吴县下，畿服一等，公俯而为之，抑选部为官择人，而公履道从政，所由然也。予知公者，敢录其实，书于东序，以播其令闻①。

则“范阳卢公”之于吴县“政本于仁”的所作所为，即得以较清晰之展现。《通爱敬陂水门记》一文，所记者为扬州牧杜亚在任期间疏通“爱敬陂水门”之事，以重在表彰其“通水庸、致人利”的为民实绩。对于杜亚此举，《新唐书·地理志》于“扬州广陵郡”内亦有记载：“江都，望。……

① 梁肃：《吴县令厅壁记》，《梁肃文集》卷三，甘肃人民出版社2000年版，第82页。

有爱敬陂水门，贞元四年，节度使杜亚自江都西循蜀岗之右，引陂趋城隅以通漕，溉夹陂田。”①其之所据者，当为梁肃的这篇《通爱敬陂水门记》。《昆山县学记》一文，则主要记载了县令王纲在昆山兴办“县学”之事，并在文末乃如是写道：“昔崔瑗有《南阳文学志》，王粲有《荆州文学志》，皆表儒训，以著不朽。遂继其流为《县学记》，俾来者知我邑经艺文教之所以兴。”仅就此三文言，可知梁肃散文中之“记”，乃是融记述性与表彰性于一体的，因而具有很强的社会现实性。为崔恭《唐右补阙梁肃文集序》所称道的“赞”类散文，却又是另外一番景象，即其几乎全与佛教相关（只有《四皓赞》一文例外），其所反映的，则是梁肃思想的又一个方面。而正是由于梁肃写这些“赞”类散文时，乃是“心在一乘”，故而其“叙释氏时最为精博”（崔恭《梁肃文集序》）。

与上述三类散文相比，《梁肃集》中的31篇“表序类散文”②，也是颇值得注意的。这31篇散文就其所序之属性言，又大致可分为三类，即书序、诗序、送人之序，其中，又以后者数量为多（18篇），且特点独具。《梁肃集》中的书序与诗序，主要有《丞相邺侯李泌文集序》《秘书监包府君集序》《常州刺史独孤及集后序》《补阙李君前集序》《周公墓下诗序》《游云门寺诗序》等。这种“序”类散文，从总的方面讲，虽系对他人作品的首肯或者褒扬，但也在一定程度上反映出了梁肃的审美观念，以及其对文学发展的认识、文学现象蜕变的看法等，如《常州刺史独孤及集后序》中之“唐兴，接前代浇醨之后，承文章颠坠之运”云云，即为其例。送人之序，又有称之为“临别赠言”者，其所反映的，则是送者与被送者之间的互为关怀与亲密情谊，如《奉送泉州席使君赴任序》一文，即属此类。此《序》题中的“席使君”，即席相，河北安定人，其为

① 欧阳修等：《新唐书·地理志》五，中华书局1977年版，第1052页。

② 《梁肃集》中并无“表”类散文，此称其为“表序类散文”者，主要是就唐代散文的分类而言，特此说明。

泉州刺史，欧阳詹《泉州人名录》、清道光刻本《晋江县志》卷三十四均有载①。《序》在述写了席相“三十余年”之“辗转禄仕”的辛酸窘况外，于文末笔锋一转，乃如是写道：“七月之吉，火云在天，征车徂东，瞻望不及，所当慎者，残暑而已，岂以远道为戒哉？掺袂如之何！序以道意。”既叮嘱席相到泉州后要注意南方的“残暑”，又对其此行予以鼓励，认为岂可“以远道为戒哉”？则梁肃之于席相的关怀之情，已溢于言表。其他如《送谢舍人赴朝廷序》《奉送刘侍御赴上都序》《送韦十六进士及第后东归序》《送元锡赴举序》等，亦大多与此类似，恕不具举。

三、梁肃与韩柳古散文

大约在梁肃死后不到20年，也即公元810年前后，一个规模较“梁肃散文群体”更大、成就更卓著、影响更深远的散文作家群体，乃应运而生，这就是以韩愈、柳宗元为代表的“元和散文群体”。是时，韩愈40岁左右，而柳宗元还不到40岁。据上引王定保《唐摭言》卷七、徐松《登科记考》卷十三所载，韩愈在贞元八年进士及第的“三载”前，也即贞元五年(公元789年)，曾与李观、李绛、崔群同游于梁肃门下，是年，韩愈21岁。且据《梁肃年谱》所载，韩愈等贞观八年之中第，亦与梁肃的荐引关系密切。此则表明，韩愈之于梁肃，乃是具有相当交谊的，而两《唐书·韩愈传》之载，又可为之佐证。如《旧唐书·韩愈传》有云：“大历贞元之间，文字多尚古学，效扬雄、董仲舒之述作，而独孤及、梁肃最称渊奥，儒林推重。愈从其徒游，锐意钻仰，欲自振于一代。”②韩愈既尊崇梁肃，而又“从其徒游，锐意钻仰”，则以其为代表

① 席相为泉州刺史，欧阳詹(公元755—800年)《泉州人名录·刺史》、道光《晋江县志》均有记载，且后者载为贞元七年。欧阳詹与梁肃同时，与韩愈亦颇具交游，所载当可据信。

② 刘昫等：《旧唐书·韩愈传》，中华书局1975年版，第4195页。

的“中唐古文运动”之受梁肃其人其文的影响，也就自不待言，至于“中唐古文运动”的另一代表人物柳宗元，虽然无材料可证其与梁肃有过交往，但其父与梁肃为友、并受梁肃影响则为事实。《柳宗元集》卷十二《先君古表阴先友记》一文有云：“梁肃，安定人，最能为文，以补阙修史。侍皇太子，卒，赠礼部郎中。”①其中的“最能为文”，所反映的即是柳宗元对梁肃的景仰与称许。如此，则柳宗元以梁肃之文为“师式”者，也自在情理之中。这样看来，可知韩愈与柳宗元在散文创作等方面，曾受到过梁肃不同程度之影响，乃是可以肯定的，而其中，又以韩愈所受影响最为明显。所以，从这一角度进行审视，韩、柳“古文运动”之兴起发展，均是与梁肃关系密切的。

众所周知，韩柳“古文运动”最明确、最核心的主张，就是“文以载道”，即认为“道”为主、“文”为次，“道”是用来充实“文”的内容的。这其实是对“道”在散文中的重点强调。故而，韩愈于《欧阳生哀辞》一文中，即乃认为：“愈之为古文，岂独其句读不类于今者邪？思古人而不得学，学古道则欲兼通其辞。通其辞者，本志乎古道者也。”②而值得注意的是，梁肃之于“道”也是非常重视的，不独如此，他还首次将“道”“气”“辞”进行了关联性的认识，并使之成为韩愈“文气说”之先导。如《补阙李君前集序》有云：“故文本于道，失道则博之以气，气不足则饰之以辞；盖道能兼气，气能兼辞，辞不当则文斯败矣。”③在以“道”为核心的前提下，把“气”提升到决定“文”之成败的高度进行认识，韩愈之前，梁肃当为第一人。在这里，梁肃认为，“道”是散文家的思想内核，“气”为散文家的情感所在，“辞”则为散文家传道的一种

① 柳宗元：《先君石表阴先友记》，《柳宗元集》卷十二，中华书局19版，第301页。

② 韩愈：《欧阳生哀辞》，《全唐文》卷五六七，中华书局1966年影印本，第5740页。

③ 梁肃：《补阙李君前集序》，《梁肃文集》卷二，甘肃人民出版社2000年版，第41页。

工具，因之，“道”于散文家而言，乃是位居第一的。在此文中，梁肃还认为，李华、萧士颍、贾至、独孤及等人之文，由于对“道”有着较为充分之认识，“故其道益炽”；而“补阙李君”前集之文，则在“气”“辞”两方面均较优秀，故使之有“弛骛古今之际，高步天地之间”的特点。而韩愈、柳宗元虽然主张“文以载道”，韩愈并藉之以提出了著名的“文气说”，实则二人之于“道”“气”“辞”均颇为注重，如柳宗元《报崔黯秀才论为文书》之“道假辞而明，辞假书而传”云云，即可为证。由是而观，可知韩、柳二人所言之“道”之“气”，或者之“辞”，乃是与受梁肃文学思想之影响不无关系的。

上引崔元翰《右补阙翰林学士梁君墓志》有云：“旁罗乎百氏，考太史公之实录，又考老庄道家之言。”其虽然指的是梁肃散文博采众家之长，但实则寓含的是其对秦汉散文传统的推崇，而秦汉散文之于唐人而言，即乃“古文”之谓。相对于流行当时的“时文”，以“散行单句”为主的“古文”，自然就会深受散文家之青睐与雅好，这从李华、萧颖士、独孤及等人之散文均属“古文”范畴者，即略可获知。而梁肃散文亦如是。《梁肃集》所收 102 篇散文，无论是议、序、记、论、铭，抑或碑、碣、墓志铭等，均为清一色的“散行单句”，而无丝毫骈偶气息者(赞除外，但赞之并序均为“古文”)，又可为之佐证。当时“学者”之所以以梁肃散文为“师式”，这应该说也是一个很重要的原因。韩、柳二人虽然为“古文运动”的倡导者，力主向秦汉散文的优良传统学习，并曾身体力行，创作了很多优秀“古文”，但梁肃所提倡的“旁罗乎百氏，考太史公之实录，又考老庄道家之言”之主张，着眼于韩愈曾游其门下、柳宗元“先君”曾与梁肃极具交往关系，则其于二人也是不无影响的。虽然如此，将韩愈集中的散文与梁肃集中之散文相比较，则韩愈“古文”又明显之不如梁肃“古文”，原因是韩愈集中的散文有不少是属于“时文”范畴的，典型者如《进学解》一文，即为其例。但值得注意的是，这种“古文”中的“时文”情况，在“梁肃散文群体”中却并不存在。这既是唐代散文史的真实，也是一种文学史的真实。

梁肃散文对于韩、柳散文的影响，还表现在写人方面。梁肃在散文中写人，因具有“能言贤者之事，不能言小人之称”的特点，极大程度地改变了“论赞碑颂”的原有面目(具体详上)，而多为时人所称道。这实际上是一种贡献。梁肃表现在散文创作中的这种贡献，无论是就“古文”抑或“时文”而言，又都称得上是一种文学革新。无独有偶，韩愈与柳宗元的散文，不仅皆以写人为主，而且还推出了诸多佳构，并为后人所称颂与赞扬。以韩愈为例，其集中的《贞曜先生墓志铭》《试大理评事王君墓志铭》《唐故监察御史卫府君墓志铭》《柳子厚墓志铭》《南阳樊绍述墓志铭》等文，就堪称“碑颂类散文”的代表作。如《试大理评事王君墓志铭》一文有云：

> 初，处士将嫁其女，懲曰：“吾以龃龉穷，一女，怜之，必嫁官人，不以与凡子。”君曰：“吾求妇氏久矣，唯此翁可人意，且闻其女贤，不可以失。”即漫谓媒妪：“吾明经及第，且选，即官人，侯翁女幸嫁，若能令翁我，请进百金为妪谢。”诺，许白翁。翁曰：“诚官人耶？取文书来。”君计穷吐实。……以女许王氏。生三子，一女二男。①

这段文字之所写，旨在证实墓志铭主人王适生前之“奇”，其不仅有细节描写，而且还颇具小说意趣。着眼于韩愈之于梁肃的“从其徒游”关系，以及梁肃在当时“最称渊奥”、为“儒林推重”的文坛地位审视，韩愈的这类散文受梁肃“师式”的影响，也是自在情理之中的。虽然如此，但韩愈“论赞碑颂”散文在写人方面，却又明显地高于梁文，则乃不争之事实。

---

① 韩愈：《试大理评事王君墓志铭》，《全唐文》卷五六六，中华书局 1966 年影印本，第 5712 页。

唐宋散文概述

一、唐宋散文的概况

唐宋散文，是中国散文史上的又一座高峰。而为后人所称道的“唐宋八大家”的散文，或如行云流水，或似大江狂澜，或清新流畅，或婉曲周折，风格各异而各具特色。《文章精义》所谓“韩如潮、柳如泉、欧如澜、苏如海”的评价，颇中其的。

至于晚唐的小品文与南宋的爱国散文，则更是盛开在这个时期散文园地中的两束奇葩，其既鲜艳夺目，又光彩照人，且作家之多，作品成就之高，是直可与“八大家”抗衡而平分唐宋散文秋色的。

隋末唐初，充斥整个文坛的仍是一片“靡靡之音”，诗歌如此，散文也是如此。隋文帝登台执政，虽然也曾力主改革，并采用政治手段，将李谔的《上隋高祖革文章书》颁示天下，但终因积重难返，收效甚微。作为一代君主，隋文帝杨坚的措施虽未能扭转当时的浮华文风，但对于文学改革却称得上是一位有功之臣。而其子杨广则不然，他不仅弑父自立，而且还变本加厉地承袭齐梁文风，终日沉溺于淫歌狂舞之中。

隋灭唐兴。李氏统治集团虽于政治、军事、经济等方面有所改革，但因这个时期应诏奉和之风的盛行，故整个初唐文坛仍“承陈隋风流，浮靡相矜”（《新唐书·文艺传》上）。如“初唐四杰”之一者王勃的《滕王阁序》一文，虽然被后世评论家称誉为“海内惊瞻”“牢笼百态”“气象恢宏”，但究其形式，仍是步齐梁后尘而未出其藩篱，实为一篇典型的四六骈文。

历唐三百年，真正使散文革新取得卓越成就者，是产生于中唐永贞、元和(805—820)期间的古文运动。而韩愈、柳宗元则是这场运动的领袖。这是一场导致中国古代文学大革新的运动。这场运动从酝酿到结束，前后共经历了二百年左右的历史。首先是王通、王绩倡导于前，继而是陈子昂、李华、肖颖士、元结、独孤及、柳冕诸人响应其中，最后则为韩愈、柳宗元所完成。这些人前赴后继，遥相接应，组成了一支庞大的文学革新队伍，并提出了一系列的理论主张。经过他们的努力，唐代散文在中唐终于彻底摒弃了六朝浮华的文风，继承和发扬了先秦、两汉散文的优良传统，从而出现了符合“文道合一”“惟陈言务去”理论指导的新散文。

宋代散文和唐代一样，也是经历了一场文学革新而雄踞于中国古代文坛的。它的革新，是在继承韩柳古文运动成果的基础上进行的，从而使古文运动真正深入生活的各个领域，形成一种平易畅达、从容婉转的新风格。

北宋初期，文坛主要承袭五代“秉笔多艳冶”(王禹偁《五哀诗》)的余风，并受西昆体诗风的影响甚为明显。为改变这种倾向，王禹偁与柳开提出了文学复古的主张。柳开认为“古文者……在于古其理，高其意，随言短长，应变作制，同古人之行事”(《应责》)。而王禹偁则提倡“句之易道，义之易晓”的平实散文文风。和王、柳遥相呼应的有穆修、姚铉诸人。但他们的提倡文学复古，虽然对当时的“浮华”文风有所冲击，终因势力单薄而未能成功。

约三十年后，欧阳修继起变革，掀起了大规模的文学改革运动，文学史称“北宋诗文革新”，他把改革文风提到应符合社会“风化”而让人们“为明道理”的高度上来认识，这是难能可贵的。他还主张“文简而意深”“简而有法”的平易自然文风，反对趋奇尚险。

欧阳修的诗文革新主张，是对充斥当时文坛各种形式和体裁进行全面改革，这较之韩柳单方面在散文上进行复古，更具有积极的社会现实意义。因此，与他同时的很多文学大家诸如范仲淹、晏殊、尹洙、苏舜钦、梅尧臣、曾巩、王安石等人，都积极予以支持并加入其革新的行列。稍后的"三苏"以及以黄庭坚为首的"苏门四学士"，也都十分推崇欧阳修，并对他的作品表示钦佩。

由于欧阳修的不懈努力，以及当时众多名作家的支持，北宋诗文革新运动取得很大的成就，从而使韩文也大行于世，达到了"天下学者非韩不学"的盛况。文风的转变，使当时文坛的天空晴朗明亮，并有力地推动了文学的向前发展。

唐宋散文，经过韩柳、欧阳修领导的两场大的革新运动的推动，蓓蕾绽开、硕果频出，他们既双峰并峙，又各有千秋，互为辉映，蔚为大观。

唐代散文一方面继承了先秦、两汉的优良传统，一方面又开拓了新的题材领域。如韩愈大量论说佳作的出现，柳宗元诸多山水与寓言散文的推出，都具有较高的思想性和艺术性。但韩柳古文运动的本身，因强调载孔孟之道与"惟陈言务去""词必己出"，而又具有它内在的局限，故一经推出，就露出弊端，如皇甫湜认为"词高则出众，出众则奇"，即为其例。唐代散文还讲究新奇险怪的字眼和句法，以致使散文创作走上生僻艰涩的道路。

宋代散文在继承韩柳古文运动成果之时，只是选取了"文无难易"(韩愈《答刘正夫书》)中"易"的一面，故他们追求的是"文从字顺"与"词达而已"。这与"词必己出"大相径庭。因此，宋代散文明白晓畅，平易近人，较之唐代散文是更接近人民大众与社会的。此外，加上宋代散文在创作的领域中，题材较之唐文更为宽广，也更容易表达作者思想，故后人评价很高，如金人王若虚认为："散文至宋始是真文字。"(《文辩》四)

但宋代散文"长于议论而欠弘丽"(张戒《岁寒堂诗话》卷上)，确为其不足之处。作家虽力主韩愈“易”的一面而有所创新，但其平易之风格，却常常流为冗长和粗率；议论过多而削弱了文章的艺术性。同时作家们的创作所受封建社会思想的局限(如理学的盛行)和儒、释、道思想的消极影响，也是明显的。这是明、清评论家对宋文毁誉参半的主要原因。

尽管唐宋散文各有缺陷，但它们不愧为我国文学遗产中璀璨夺目的艺术瑰宝，特别是韩柳古文运动与欧阳修诗文革新运动，对推动中国散文的蓬勃发展是有着不可磨灭的功绩的。

二、唐代散文鸟瞰

唐代散文是中国散文史上的第三座丰碑，它的发展大致可分为三个阶段：初盛唐散文、韩柳古文运动、晚唐小品文。

(一)初、盛唐散文

初、盛唐是指唐高祖武德元年(公元618年)至唐代宗大历元年(公元766年)近一百五十年的历史而言的。这一时期(特别是盛唐)是唐诗的黄金时代，在散文创作上，也取得了较为可喜的成就。这一时期的散文作家，据《全唐文》目录所载，共有千余人之多，而其中以魏徵、陈子昂、张说、萧颖士、李白、李岩、李华、贾至、元结、独孤及、柳冕等人尤为著名。在这些作家中，开元、天宝之际的萧颖士、李华、元结、独孤及等人又在陈子昂诗文复古运动的影响下，研习经典，以儒家为依归，直接开启了韩柳的古文运动。其中，萧颖士以为“平生属文，格不近俗，几所拟议，必希古文”(《赠韦司业书》)，李华则“非夫子之旨不书”，而成为“文章中兴”(独孤及《赵郡李公中集序》)的开拓者。元结从创作实践出发，力变排偶为散体，多为记叙山水园亭和表现愤世嫉俗之作，具有很强的现实主义精神。独孤及强调"先道德而后文学"，特别推崇两汉文章。柳冕力主"文道合一"，旗帜更是鲜明，他认为"君子之儒，必有其道，有其道必有其文，道不及文则德胜，文不及道则气衰"(《答荆南裴尚书论文书》)。由于他们的努力，开元、天宝之际的盛唐散文达到了应有的高度，但他们在创作实践中都还未能彻底摆脱骈文家的积习，不同程度地带有骈文的痕迹。

魏徵(公元580—643年)字玄成，馆陶(今属河北)人，后迁居相州内黄(今河南省)。少尝出家为道士。后随李密降唐，拜太子洗马。唐太宗时官谏议大夫、秘书监、检校侍中等职。贞观三年，诏修梁、陈、北齐、周、隋五史，十五年后五史成，合称《五代纪传》。由是擢封郑国公，任太子太师。谥曰"文贞"。魏徵在历史上以能犯颜直谏著称，陈谏二百余事，为太宗所敬畏。他曾建议唐太宗广开言路，认为"兼听则明，偏信则暗"。魏徵病逝后，唐太宗给予高度评价："人以铜为镜，可以正衣冠；以古为镜，可以见兴替；以人为镜，可以知得失。魏徵没，朕亡一镜矣。"魏徵不仅是一位政治家，同时也是著名的史学家、诗人与散文作家。其文大多是一些规谏唐太宗的奏章，但却写得言简意赅，气势充沛而又情真意切。如《十渐不克终疏》《谏太宗十思疏》等，一气呵成，酣畅饱满，论证鞭辟入里，催人猛醒。今天读之，仍然熠熠生辉，给人以教益。

陈子昂(公元659—702年)是中国文学史上改革的旗手。他的散文，主要是一些奏章、墓志铭及序文。这些文章，论述精辟，结构谨严，语言简洁，思想性也较强，如《修竹篇序》《谏用刑书》《堂弟孜墓志铭》《谏政理书》《谢免罪表》《薛大夫山亭宴序》等，都是一些优秀的散文作品。它们或承先秦遗风，论说精当，词锋犀利；或言恳词切，爽朗遒劲；或构思精巧，情文并茂，如他的《薛大夫山亭宴序》中有一段描述景物的文字，写得十分优美：

披翠微而列坐。左对青山，俯盘石而开襟；右临澄水，斟绿

> 酒，弄清弦。索皓月而按歌，追凉风而解带。谈高趣逸，体静心闭，神眇眇而临云，思飘飘而遇物。林轩寂寞，星汉纵横，思欲垂汗漫而群游……

这段文字有景有情，情景融合，浑然一体，但它与王勃的《滕王阁序》一样，仍未脱出骈文的藩篱。柳宗元以前的山水散文，大抵如此。

李华(公元715—766年)字遐叔，赵郡赞皇(今河北赞皇县)人。开元二十三年进士，天宝二年中鸿学博词科。天宝十一载，拜监察御史。安禄山陷长安，为乱军所俘；伪授凤阁舍人。上元中，召为左补阙司封员外郎，称疾不拜，后客隐山阳。有《李遐叔文集》。李华是开元、天宝之际著名的古文章家。他以毕生的精力，从事散文写作，并以师古为己任，故独孤及评其文说"大抵以《五经》为泉源"，是十分精当的。其散文题材，与他同时期的作家十分近似，多书表奏章及墓志序跋，但也有一些抒发自己怀才不遇的感慨与山水之作。这些散文。或笔调哀婉，或感情真挚，或回环往复，如《吊古战场文》《与表弟卢复书》《吊亡友张五兄文》等。论说文在李华的散文中，也占有很大比例，并且不乏优秀之作，如《质文论》《三贤论》《正交论》《卜论》等，都为后人所称道。其中，《三贤论》颇负盛名。文章气势充沛，颇具先秦诸子散文之风。《卜论》是一篇特别值得一提的文章。作者通过对所谓"麟凤龟龙谓之四灵"的龟进行论说，认为"灵""脱其肉，钻其骸，精气复于无物，而贞悔发于焦朽"，还安能产生其灵？此外，李华还写了不少传记散文，如《李夫人传》《李岘传》等。这些散文，大多叙写传主的生平事迹，间或插入少许精当之至的评述和赞誉之词，虽乏文采，但亦言简意赅，明白晓畅。

贾至(公元718—772年)字幼邻(一说字幼几)，河南洛阳人。开元中进士及第，约在天宝元年授单父尉。安史之乱初，从玄宗幸蜀，拜起居中书舍人，知制诰。肃宗朝，贬岳州司马。宝应初，召复故官，迁尚书左丞，转礼部侍郎，待制集贤院。大历初，迁兵部。累封信都县伯，卒谥曰“文”。原有集三十五卷，今已佚。其作品《全唐诗》收诗一卷，《全唐文》存文三卷。贾至是盛唐时期最为著名的古文作家之一，独孤及在《祭贾尚书文》中称其“六义炳焉，自兄中兴，大名全才，仪刑百工”。梁肃在《补阙李君前集序》中对贾至也十分推崇：

> 唐有天下几二百载，而文章三变。初则广汉陈子昂以风雅革浮侈，次则燕国张公说以宏茂广波澜，天宝已还，则李员外(华)、萧功曹(颖士)、贾常侍(至)、独孤常州(及)，比肩而出，故其道益炽。

贾至的散文，就其内容而言，十有其九为应制文，思想性虽不足论，但其行文，颇类秦汉语气。其山水之作如《沔州秋兴亭记》，亦颇有情味。他在《工部侍郎李公(适)集序》中评价李适的文章说：“言近而兴深，语细而讽大”，借这十个字来评价贾至自己的散文，也是比较恰当的。

总之，初、盛唐时期的散文革新运动，从力量集结、理论主张到写作实践方面，都为韩柳集团的古文运动作出了可贵的尝试，奠定了一定的基础。但仍嫌其复古有余而创新不足，而韩柳则深通复变之道，较好地解决了复古与创新的关系。

(二)韩柳古文运动及散文创作

古文概念，是韩愈在《师说》等文中提出来的。他把自己所写的那种上继先秦两汉文体的文章称为古文。古文是和骈文相对立的。它的特征是散行单句，不拘格式，而骈文讲究排偶、辞藻、音律和典故。在唐德宗贞元期间，由于韩愈的大力提倡，许多人都聚集于韩愈门下，一时“韩门弟子”甚众，他们互相支持，彼此呼应，组成了一个新的文学阵容，大力从事古文的宣传和写作。到了唐宪宗元和时期，又得到另一散文大家柳宗元的支持，古文的业绩更著，影响更大。从贞元到元和的二三十年间，古文逐渐压倒了骈文，成为当时文坛的主要风尚，这就是文学史上所谓的古文运动。

古文运动之所以能在中唐这个特定的历史时期得以发展和成功，除了作家们的不懈努力这个主观原因外，还在于中唐客观的现实社会条件。开元、天宝以降，李华、独孤及、梁肃等人的复古思潮，与安史之乱后的现实大相关联。而八年的安史之乱，使唐帝国由盛而衰，贞元、元和时期苟安的“太平”与“中兴”，虽然得到了暂时的安定，而这时又盛行着佛道二教，这就给当时的社会带来了新的矛盾。以韩愈为代表的文学复古主义者，正是利用这种社会矛盾打着反佛道兴儒教的旗帜出现在社会上的，在当时具有一定的进步意义，因而也能很快得到众多知识分子的拥护。

要宣传和反映自己的政治主张和儒家思想，就得用文字表述，而六朝以来“饰其辞而遣其意”的骈文，虽然在初盛唐时期已为一批作家所冲击，但终因未能动其根本而仍有很大市场。彻底反对骈文，提倡古文，这任务便历史地落到韩愈肩上。他在《答李秀才书》中说：“愈之所志于古者，不惟其词之好，好其道焉尔。”在《题欧阳生哀辞后》一文中对“道”与“辞”的关系亦说得非常清楚：“思古人而不得见，学古道则兼通其辞；通其辞者，本志乎古道者也。”柳宗元在《答韦中立论师道书》中说：“文者以明道。”这“道”便是孔孟思想，便是儒家学说。然而他们对儒道进行了清理，提出了许多反传统观念的新解，以文章内容的变革带动形式的变革；另一方面，韩愈又提出“惟陈言之务去”(《答李翊书》)，即“词必己出”，创新语言。由此可见，古文至韩柳始成，关键在于他们对道的内涵所作的变革，使载道的古文从敷显仁义、发明功德的典谟誓诰之文，一变而为讽世刺时、言志追怀的感激怨怼之作，从而促成了散文体裁和语言艺术的全面革新，形成了既宜于实用、又便于进行艺术创作的新文体，解决了在文学领域内与骈文争优势的根本问题，并促进了唐传奇的创作。

韩愈(公元768—824年)的散文内容丰富，形式多种多样。就体裁而言，大致可分为杂文、应用文、叙事文三大类。

韩愈散文的杂文体裁，与先秦诸子散文的“杂说”有一定继承关系。韩愈的杂文即谓“杂著”“杂说”。这类文章不仅发挥了散文的战斗性功能，而且不少作品还达到了思想艺术完美的统一。其中如《杂说》《获麟解》《原道》《原毁》《师说》《本政》《守戒》《争臣论》《送穷文》等篇章，或指斥时弊，揭露社会，或宣传儒家政治主张，或抒发怀才不遇的悲愤，都具有一定的社会现实意义在艺术上，这些文章也大多说理透辟、结构严谨，感情充沛，文笔犀利，寓意委曲深致、构思精巧缜密。如著名的《师说》，作者以正反两方面论述了从师之道，并以独特的见解“弟子不必不如师，师不必贤于弟子”“闻道有先后，术业有专攻”，打破了封建传统的师道观念，行文曲折变化而又流畅明快。《杂说·四》以马喻人，寄寓了自己的不平，文章波澜起伏，很有气势，为历代评论家所推崇。这类文章，形式活泼，气势磅礴，汪洋恣肆，最能代表韩愈散文的特色。

韩愈的应用文，往往借题发挥，感慨议论，或庄或谐，因事而异。如被苏东坡称为唐代第一篇文章的《送李愿归盘谷序》，作者采用对比的手法，假借隐士之嘴，对“人之称士大夫者”，作了淋漓尽致的刻画和揭露，使中唐官场中的种种丑相毕现，让人读之啼笑皆非。《祭十二郎文》，是因事而异的佳品，作者在这篇文章中，打破了传统祭文的固定格套，以自由的散体(此类文章多为固定的四言句式)形式，追忆幼时与次兄韩介之子(即“十二郎”，因其排行十二，故名)共同患难的深厚情谊，慨叹“少者殁而长者存”。文章表面上平平淡淡，而实际上正是作者极度悲伤时的哀悼。全文基调悲哀，文笔曲折入微，字字句句，凄楚动人，前人评其为“祭文中千年绝调”，绝非溢美之词。

书信体散文是韩愈应用文的又一品种，它大多简短流畅，词达意豁。《与于襄阳(頔)书》《应科目时与人书》，以及《三上宰相书》等，或析理透彻，笔势刚健；或语气委婉，感情凄怆；或跌宕曲折，富于变化；或情辞恳切，不卑不亢。碑志文章，在初盛唐时期就名家迭出。

《柳子厚墓志铭》一文，就是韩愈此类文章中的名篇之一。文章既赞扬了柳宗元的文学成就，及其关心社会疾苦，舍己为人的美德，又表达了自己对柳宗元的惋惜和哀悼。全文自然流畅，感情真挚，有着一种感人的力量。

叙事与记人，在文学作品中往往是联在一起的。韩愈的记叙文，写事记人，或采用细节描写，或通过人物的语言、行动去进行勾勒，语言简洁，感情饱满，具有很高的文学性。《张中丞传后叙》是一篇颇受人们喜爱的记叙文典范。文章写张巡、许远、南霁云抵抗安史叛军、坚守睢阳的事迹，绘声绘色。其中尤以南霁云向贺兰进明求援一段为最佳，作者在不到两百字的篇幅里，用断指、射塔两个细节性动作，生动地刻画了南霁云的形象。着墨不多，但一个忠勇坚贞的英雄形象呼之欲出。

韩愈以写人为主的记叙文，是对司马迁传记散文的发展。此类作品，在他的集中也有一定的数量，而且质量极高，如《毛颖传》《圬者王承福传》等，记事写人，波澜迭起，形象鲜明。《毛颖传》确是一篇别具一格的妙文。毛颖就是毛笔，《毛颖传》即毛笔的传记。该文首先讲毛颖的家世、生平，接着写毛颖进入秦始皇的宫廷、毛颖的才能和加官晋爵、毛颖的失宠和晚年。毛颖因有非凡的才能，又善随人意，得到皇帝宠爱，竟作到中书令一品大官。这里用毛颖官拜中书令来讽刺官职太滥、才德和官职不相称。最后写毛颖老了，脱了帽子，脑袋秃了，写起字来也很不合意。皇帝笑他；“中书君老而秃，不任吾用。吾尝谓君中书，君今不中书耶?”于是，毛颖被罢了官，回到管城。“吾尝谓君中书，君今不中书邪”，显然是讽刺那些当中书令之类大官的人不能称职，名为“中书”，可是实际“不中书”，有名而无实。文章的结尾还发议论，说：秦灭诸侯毛颖有功，可是“赏不酬劳，以老见疏，秦真少思哉!”这是借秦始皇来骂那些刻薄寡情、负恩忘义的君王们。文笔高古、锋利而活泼，别有一种风格。

总之，韩愈的散文题材广泛，形式活泼；感情充沛，说理透辟；语言新颖流畅，风格雄浑奔放。但有少数篇章过于追求新奇古奥，读之佶屈聱牙，晦涩难懂。

柳宗元(公元773—819年)是中国散文史上杰出的散文大家，他以毕生的精力从事着散文的革新与创作，并取得了卓越的成就。他的散文创作，可分为以下两个阶段：

1. 贞元时期。这个时期柳宗元主要生活在长安，为施展自己的政治抱负而不懈努力，重要作品不多，成就也不大。

2. 元和以后。王叔文等人推行的革新运动失败后，柳宗元一直被贬在外至死，长期的贬谪生活，使他有机会接近人民，了解社会，从而丰富了他的散文创作。《柳河东集》中大量散文的名篇佳作，都产生于这个时期。因此可以说，元和以后是柳宗元从事散文创作的黄金时代。

柳宗元的散文，从内容上大致可以分为三类：寓言讽刺小品、传记散文、山水游记。

中国的寓言，就其发展而言，其高潮的阶段除先秦外，就数唐代了，而历唐三百年，寓言创作的主要成就及其贡献，则非韩柳莫属，其中又以柳宗元尤为著名。柳宗元的寓言小品，文章短小警策，含意深远，表现了作者杰出的讽刺才能。著名的《三戒》，借麋、驴、鼠三种动物的故事，讽刺了统治阶级种种丑恶的面目：或恃宠而骄，或盲目自大，或徒有其表。如《临江之麋》，写麋得主人的宠爱，连犬都惧之三分。但三年以后，当麋离开主人外出时，犬则联合起来“共杀食之”。文章尖锐地讽刺了那些依仗权贵而得意忘形的小人。《黔之驴》嘲讽小人的外强中干，《永某氏之鼠》将“饱食而无祸”的人喻为鼠，具有很高的讽刺艺术。《蝜蝂传》也是一篇佳作，它以寓言的笔调，对那些贪得无厌者进行了讽刺，也十分尖锐。

寓言之外，柳宗元的杂文也富于讽刺艺术特色。《捕蛇者说》以赋税与毒蛇相比，并结合蒋氏三代的经历，有力地揭露了封建剥削之残酷。这篇文章在刻画人物上也很成功。作者在写蒋氏时，只用“貌若甚戚”“汪然出涕”八个字，就深入揭示了其内心的矛盾和痛苦：蒋氏宁可死于毒蛇而不愿承担赋税。足见苛政猛于虎。

柳宗元寓言讽刺小品的讽刺艺术及现实主义精神，于此已见一斑。

传记文学源起于先秦诸子散文，至司马迁《史记》已是独树一帜，而韩愈、柳宗元则又加以发扬光大。柳宗元的传记散文，大多取材于生活在封建社会底层的一些小人物，他们备受统治者的剥削与侮辱，而作者则对这些人进行热情的讴歌，并大力赞颂他们的勤劳、机智、勇敢而不畏强暴。另一方面，作者利用替传主作传的机会，对统治阶级的种种丑恶行径进行了无情的揭露，这较之司马迁的人物传记，又有着更进一层的社会现实意义。《种树郭橐驼传》是一篇揭示了一个有着重大意义的社会主题的名作。全文以描写人物为中心，深刻剖析了封建弊政的祸害，表达了人民的思想和愿望，人物形象鲜明，语言简练明畅。文章道理讲得很深刻、生动，但又不是抽象说理，而是把整个事理融化在郭橐驼这个人物的故事之中，借题发挥，使人从事实的逻辑中引出应有的结论，从而讽刺了统治者政令烦多对人民所造成的无穷干扰和奴役。《段大尉逸事状》《童区寄传》二文，也是优秀的传记散文之作。前者具体描写了段秀实的沉着机智，不畏强暴的优秀品质及英雄形象；后者塑造了少年区寄的勇敢、机智，人物形象真实、饱满。两篇文章采用不同的角度，或正面或侧面地揭露了当时社会的罪恶。这些文章，不仅具有较强的思想性，而且在艺术上也具有一定的创新。

山水文学是中国散文史上的一束奇葩，它早在南北朝时就已含苞待放，开元、天宝盛唐时期的元结，则以大量的山水园亭作品使其蓓蕾绽开，至柳宗元更是溢彩流芳，自成一体，蔚为壮观。柳宗元是继郦道元之后摹写山水的又一位优秀作家。他的作品与郦道元相比所不同的是，其于景物描写之中，往往渗透着自己的痛苦感受。著名的《永州八记》（实际上有九篇），不仅是柳宗元山水散文的代表，同时也是中国山水散文的骄子。在这些文章中，作者不仅用清新优美的文笔，描绘了湘西南自然山水的种种形态，使其各具个性，而且还寄寓了作者在政治上遭受迫害的激愤之情。如《至小丘西小石潭记》一文，作者对游鱼与潭水进行了这样的描绘：

潭中鱼可百许头，皆若空游无所依。日光下澈，影布石上，佁然不动，俶而远逝，往来翕忽，似与游者相乐。

虚实相间，以实托虚，用虚衬实，寥寥数笔，小石潭清澈明净的潭水与游鱼的形态，便如图画般呈现出来，生动细微，精美异常，充分体现了实中写虚、以少胜多的美学原则。

(三)晚唐小品文

中唐以后，古文运动渐趋衰落，其原因是韩柳散文的继承者如李翱、皇甫湜、孙樵等人，片面地发展韩愈“创新”的主张。这些作家对中唐以后的散文复古虽然也有着一定的贡献，他们的作品也不乏优秀之作，但因他们一味地追求奇异怪僻，使得散文的道路越走越窄，以至每况愈下。同时，这个时期社会矛盾日益加剧，统治阶级已意识到孔孟之道难以挽救唐王朝日益衰败的危运；而士大夫在享受灯红酒绿的物质生活之余，又逐渐趋向形式华美的骈文创作。于是，古文运动便以流产宣告结束，而代之继起的是放出奇异光彩的小品文。

晚唐小品文的出现，是在柳宗元寓言小品的传统上发展起来的，它们正如鲁迅所说：“是一塌糊涂的泥塘里的光彩和锋芒。”这些“泥塘里的光彩和锋芒”，如投枪匕首，揭露了统治阶级内部的种种丑行和矛盾，为中国散文史树起了又一面光辉的旗帜。

这个时期优秀的小品作家有杜牧、皮日休、罗隐、陆龟蒙等人。

杜牧(公元803—853年)既是晚唐优秀的诗人，也是一位颇有成就的散文家。他主张形式为内容服务，认为文章应“以意为主，以气为辅，以辞采章句为兵卫”(《答庄光书》)。《阿房宫赋》是杜牧散文的代表作。文章借秦始皇建阿房宫这一历史题材，运用赋的传统表现手法，把统治者穷奢极欲的罪行与人民所遭受的剥削、繁重徭役紧密联系起来，对唐敬宗大兴土木之风进行了有力讽刺，并揭示了国家应以民为本的重大主题。它发扬了汉赋寄托讽喻的优点，又摈弃了汉大赋堆砌奇字、词藻的弊病；既有魏晋抒情小赋的清新风格，又有比魏晋小赋更为丰富的内容。前人赞赏说“古今之赋，此为第一”。明代徐师曾在《文体明辨》中将赋分为古赋、徘赋、律赋、文赋四体，而当代学者王力则推崇《阿房宫赋》“开了文赋的先声”。此外，杜牧的一些书启、表状、墓志铭等应用文，也不乏佳作。传记散文如《燕将谈忠传》《张保家皋郑年传》《沈传师状》等，也具有一定特色。

皮日休(公元834?—883年)字逸力，后改字袭美，湖北竟陵人。出身贫寒，三十四岁时以榜末登进士第，四十五岁左右时参加黄巢义军，约五年后卒，有《皮子文薮》十卷行世。皮日休的散文成就大于诗歌，风格宗韩，笔锋锐利，多采取托古讽今的表现手法，猛烈地抨击了封建政治和道德的腐朽与虚伪。他认为，封建的统治是建立在对人民的剥削和屠杀的基础之上的。因此，他的《原谤》《读司马法》《鹿门隐书》等文，不仅具有强烈的斗争思想，而且还鲜明地反映了黄巢大起义前夕农民激烈的反抗情绪。如他在《读司马法》一文中这样写道：“古之取天下也以民心，今之取天下也以民命。”寥寥十八字，深刻揭露了历代所谓开国之君的凶残面目，《鹿门隐书》亦是如此：

古之杀人也，怒；今之杀人也，笑。古之置吏也，将以逐盗；今之置吏也，将以为盗。

古之官人也，以天下为己累，故己忧之；今之官人也，以己为天下累，故人忧之。

鲁迅在《小品文的危机》中，称皮日休和陆龟蒙小品文“没有忘记天下，正是一塌糊涂的泥塘里的光彩和锋芒”，是颇有见地的。

罗隐(公元833—909年)也是晚唐优秀的散文作家之一。他的《谗书》五卷，“几乎全部是抗争和愤激之作”(《小品文的危机》)，罗隐自己也认为是“所以警当世而戒将来”的(《谗书重序》)。他收在《谗书》中的一些小品文，如《叙二狂生》《梅先生碑》《三闾大夫意》等篇，大多以嘲弄的口吻，于嬉笑怒骂中成文。《荆巫》《越妇言》两篇，也颇具特色。前者以小喻大，指出国家政治腐败与人民遭受祸灾之根本原因，是统治者因私害公。后者就朱买臣妻自杀的故事，尽情地嘲讽了那些尸位素餐而又富贵骄人的统治者。这些文章，大多显示了作者对现实强烈的批评精神与杰出的讽刺艺术才能。最能见出罗隐小品文本色的是《英雄之言》。作者在这篇只有一百六十三字的文章中，通过刘邦、项羽的两句所谓“英雄之言”，深刻揭露了那些以“英雄”自诩的帝王的强盗本质。“当如此也”“可取代之”八字是“英雄”们借救人民生灵涂炭之名，行满足个人私欲之实的真实写照。他们与强盗实在没有两样！文章短小精悍，锋芒毕露，一针见血，闪耀着强烈的现实主义光辉。

陆龟蒙(？—881年)字鲁望，自号江湖散人，甫里先生，吴郡(今江苏苏州市)人，一说为长兴(今浙江)人。举进士不第，以隐居终生。有《笠泽丛书》四卷，补遗一卷、《甫里集》十九卷等多种著作。陆龟蒙工诗善文，与皮日休齐名，世称“皮陆”。《笠泽丛书》是他的小品文专集，多为愤世嫉俗之词，具有很强的讽刺力量。如《野庙碑》《记稻鼠》《招野龙对》《治家事言》《蚕赋》《祀灶解》等篇，或用寓言、譬喻，借物寄讽；或以历史故事，托古刺今，文笔犀利，讽刺尖刻，揭露无余。寓言小品《招野龙对》取材于《左传》昭公二十九中所记之古代传说，作者把倾心依附于统治阶级的士人，比作被豢养的龙，再借野龙对“家龙”的答对，进行了轻蔑的嘲讽。文章冷隽而锐利，颇具庄子文风。《野庙碑》是一篇碑文，作者别出心裁，独运匠心，借土木之神的传谕，对统治者进行了辛辣深刻的讽刺。

总的看来，唐代骈文与散文的斗争一直没停止过。骈文发端于秦汉，形成于魏晋，至南北朝大盛，尤以南朝为最。“骈”字是两马并驾的意思，它与散句单行的散文(古文)相对立。骈文讲究对偶，强调声律，句式整齐(“骈四俪六”)，词藻华丽，多用典故，注重形式美。但注重形式美并不等于形式主义。恰恰相反，这是符合文艺自身发展规律的。骈文兴盛的初期，也出现过不少优秀作品，不过后来走上片面追求形式的道路，因此唐代许多散文家，包括古文运动的倡导者韩柳在内，他们反对的只是骈文的末流，并非一味排斥骈文这种文体。而经过骈、散长期斗争，骈文本身也发生了变化。这样便出现了以散为主，散中有骈，骈散交融、合流的情况，亦时见优秀之作。可见，唐代骈、散之间既互相对立、互相斗争又互相影响、互相补充，那种把“骈文”视为形式主义、唯美主义的代名词的看法，是值得商榷的。

三、宋代散文透视

宋代散文，是中国散文发展史上的又一座丰碑。历两宋三百年的历史，散文创作表现在这个时期，较之唐代更为活跃，一流散文大家也更多。由于历史的原因，这个时期爱国主义散文篇章，也应运而生，并独树一帜。

(一)北宋散文革新运动与散文创作

北宋散文革新，是与诗歌的革新同步进行的，故文学史家们一般称其为“诗文革新”。北宋散文革新，是散文史上继韩柳古文运动之后的又一次大规模的反形式唯美主义的文学运动。它是在宋初复古运动的基础上开展起来的，其规模和成就都可与韩柳古文运动媲美。入宋伊始，文坛上杨亿、刘筠等人仍如晚唐五代之旧，以致雕琢浮艳之风甚盛，骈俪对偶，无病呻吟之作泛滥。而以柳开、穆修为代表的一派作家，则力主反对这种倾向，并积极致力于对韩柳古文的宣传和提倡，开欧阳修散文改革的先声。

柳开(公元947—1000年)、穆修(公元977—1032年)，都以不遗余力推行韩柳古文而名噪当时。他们尊韩柳为宗师，以恢复其文其道为己任。但是，二人在散文创作实践上的成就却不甚高，故影响亦不大。和柳开、穆修同时讨伐宋初颓靡文风而提倡复古的还有王禹偁(公元954—1001年)，字元之，因其晚年贬居黄州，所以人称王黄州。有《小畜集》《小畜外集》传世。王禹偁的散文，颇多优秀之作，如《唐河店妪传》《录海人书》《待漏院记》《黄冈竹楼记》等文，或托讽寄怀，或记人叙事，大多清丽简淡，自然清新，短小精悍，形象生动，颇富文学意味。其中尤以《黄冈竹楼记》最值得称道。作者在这篇文章中，以婉转的笔调，描绘竹楼的景致以及登楼赏玩的种种乐趣，并借以抒发自己谪居黄州的情怀，表露出他官场失意而寄情山水，既安逸自乐而又凄楚悲凉的复杂感情。全文多用排句，间或用韵，具有很强的艺术感染力。王禹偁之后，姚铉(公元968—1020年)也是极力提倡复古的一位散文作家。柳、穆、王、姚诸人，以恢复韩柳古文而活跃于当时的文坛，对宋代散文的发展是有贡献的，他们的行动，对欧阳修的诗文革新起到了一定的作用。

欧阳修(公元1007—1072年)字希文，江西吉安人。是宋代古文运动的杰出领袖。他在文学史上提倡复古，反对西昆体，这与他在政治上和范仲淹等对保守派的斗争，是互相呼应、紧密联系的。欧阳修自中举后，还与尹洙等人一反当时的风尚，提倡写作平实朴素的古文。这位宋代文坛的泰斗，其文大多犀利尖锐，直言说论，无所顾忌，有见解，有气魄。范仲淹(公元989—1052年)，庆历元年应巴陵郡守之邀请，写下了著名的《岳阳楼记》。全文语言简洁、形象生动；骈散结合，波澜起伏。有《范文正公全集》行世。尹洙(公元1002—1047年)字师鲁，河南洛阳人。他是与欧、范一道提倡古文的重要作家。有《河南集》。范仲淹在为《河南集》写序时，对尹洙的文学成就进行了高度评价："洛阳尹师鲁，少有高识……力为古文……其文谨严，辞约而理精，章奏疏议，大见风采，士林方耸慕焉，速得欧阳永叔，从而大振之，由是天下之文一变，而其深有功于道。"尹洙死后，欧阳修曾为之撰写墓志铭，称“师鲁为文章，简而有法”(《尹师鲁墓志铭》)。

欧阳修正是上继韩愈、柳宗元，近承柳开、穆修、王禹偁等，又得同人范仲淹、尹洙、石介(公元1005—1045年)等的启发和帮助，再加上梅尧臣、苏舜钦、苏轼、曾巩、王安石等人的有力支持，才使他的诗文革新取得成功的。经过三十多年的努力，欧阳修终于使自己的散文，在北宋乃至中国文学史上，独树一帜，奠定了一代文风，并成为“唐宋八大家”中的一位重要作家。

政论文是欧阳修的主要文体之一。他的政治观点，文学观点，以及为人之道等，都在这一类文章中得以体现。如《朋党论》《五代史伶官传序》《与高司谏书》《纵囚论》等，或高屋建瓴，大气凛然；或抑扬动荡，以理服人；或文笔犀利，言词激烈。著名的《五代史伶官传序》，曾被清人沈德潜评为“抑扬顿挫，得《史记》神髓，《五代史》中，第一篇文章”。文章通过后唐李存勖盛衰的典型事例，说明了人事的作用，并表明了作者对国家兴亡的朴素唯物主义见解。全文叙事说理，紧密结合，具有很强的艺术效果。《朋党论》气度从容不迫，逻辑清晰严密，心平气和而又颇具锋芒。这两篇文章，最能代表欧阳修政论散文的风格和特色。

抒情散文，是欧阳修散文中的又一朵奇葩，作者在这些文章中，往往善以极简练的笔墨去写人、记事、写景，而且抒情的气氛十分浓烈。《秋声赋》《醉翁亭记》《丰乐亭记》等文，都是一些脍炙人口的佳作。《醉翁亭记》以精炼生动的语言，描绘了“太守”与游客在醉翁亭中开怀畅饮的欢乐情景，以及亭外四周变化多姿的自然风光。其笔触明丽天然，画卷内涵深邃而意境优美。透过这些绘声绘色的描写，作者那隐藏在内心深处的抑郁之情，以及他希望能保持这种官民同乐的美好愿望，都被凸显出来。全篇行文流畅，骈散结合，长短错落，于疏朗中见紧凑，活泼中显严谨，文情荡漾，余味无穷。《秋声赋》更负盛名。全文想象丰富，设譬多方，辞采绚丽，语言圆转流畅，音调和谐铿锵，熔抒情、写景、议论、叙事于一炉，却又不落斧斤痕迹。文章由秋风的来临，联想到万物的凋零，继而又联想到人生的易老，从而借秋抒发出作者对世事艰难，人生道路坎坷的种种感慨。千百年来，它不知引起了多少读者的共鸣。清代刘熙载《艺概》说："太史公文，韩得其雄，欧得其逸……逸则善于纡徐，故引绪乃觇入妙。"《秋声赋》正是以纡徐委婉，清逸深致而体现出欧阳修散文的这种艺术风格的。

曾巩(公元1019—1083年)的散文，雍容平和，委婉稳重，含蓄典雅，谨严周详而自成一体，甚为欧阳修所赏识。《宋史·曾巩传》说："曾巩立言于欧阳修、王安石间，纡徐而不烦，简奥而不晦，卓然自成一家。"《南丰文稿》中的《战国策目录序》《墨池记》《寄欧阳舍人书》《赠黎安二生序》等文，最能见出他散文的特色。《墨池记》于山水散文中另辟蹊径而自成一格。全文短警而饶有余味。作者根据一件细小的趣闻轶事，既叙写墨池之处所、形状和来历，又指出"天成"乃勤学苦练的结果。文章即事生情，严谨而平纯；记叙简明，说理醇正，既引人深思，又给人策励。曾巩的散文，正因为有他独特的风格和特点，才博得了朱善的仿效，清代桐城派的推崇。

王安石(公元1021—1086年)是中国十一世纪杰出的改革家，其文学成就也十分卓越。他的散文，同曾巩一样，众体兼备，尤以论说文饮誉古今。《读孟尝君传》不足百字，文章却一波三折，跌宕生姿。吴北江说："此文乃短篇中之极则，雄迈英爽，跌宕变化，故能尺幅中具有万里波涛之势。"《上人书》对文学的见解和主张，阐述得颇为精致。他认为：文学是为政治服务的，故必须对社会有实用价值；而文章的内容和形式是统一的，但形式应服务于内容。《答司马谏议书》辩驳理足气盛，坚强有力而不盛气凌人，为书信体议论文的典范。

总的说来，王安石议论文无论长篇短章，都结构严谨，析理透辟，义正词严，理直气壮。而抒情散文则随笔挥洒，曲尽其妙。著名的《游褒禅山记》，融说理与抒情于一体，结构严谨，叙事生动，把具体事物的描写与抽象的说理结合得非常自然，恰到好处。作者借游褒禅山的感受，说明了人要有不随俗，不畏艰难的精神，才能有所谓"非常之观"。

用笔曲折巧妙，寓意颇深，耐人寻味。王安石的创作实践是与他的理论主张相一致的。他提倡文贵致用(《上人书》)，要“有补于世”。因此，他的文章在推行政治变法与文学改革中都起到良好的作用。

(二)“三苏”散文

继欧阳修之后领导北宋散文革新运动并取得完全胜利的是苏轼。“他的理论主张为散文发展开辟了广阔的天地；他的创作实践，体现了北宋散文的最高成就。”(《宋文选·前言》)

苏轼(公元1036—1101年)是北宋文学史乃至整个中国文学史上一位杰出的文学家。他的诗、词、散文都体现了北宋文学的最高成就。他的散文，历来与韩愈、柳宗元、欧阳修并称。他说“欧阳忠公言，文章如精金美玉，市有定价”；他认为“辞至于能达，则文不可胜用矣”。因此，他的各类文章，大多“如行云流水，初无定质，但常行于所当行，常止于所不可不止。文理自然，姿态横生”(《答谢民师书》)。

政论与史论，是苏轼论说文中的两支劲旅，大多雄辩滔滔，气势纵横，具有先秦诸子散文的遗风。《留侯论》《平王论》《商鞅论》《晁错论》《贾谊论》等文，说理透辟，见解独到，写作上随机生发，翻空出奇，一气呵成，深得庄子散文的精髓。他十分喜爱《庄子》，少年读其书，曾感慨地说：“吾昔有见于口，口不能言，今见庄子，得吾心矣。”(苏辙《东坡先生墓志铭》)“得吾心矣”四字，正道出了作者与庄子思想的密切联系。而策论二十五篇中的《教战守策》，则明显地受到了孟子的影响。这篇文章写于苏轼早年试制之时，内容切中时弊而又卓具远见，全文气势奔腾澎湃，波澜起伏，逻辑严密，与孟了的散文在风格上如同出一辙。

札记、杂说等杂文，其风格又另具特色，它们大多是作者随笔挥洒而成，极富情趣。如《答李端叔书》写谪居后心境，亲切自然；《韩干画马赞》用笔简练而又想象奇特；《记承天寺夜游》全文八十五字，却对月夜的景色作了美妙的描绘；《传神记》记僧惟真画曾鲁公象，于眉后加三纹，形象逼真，说明了细节的重要性。这类文章，大多篇幅短小，夹叙夹议，或表现出作者坦率的胸怀，或阐述他对人生与艺术的真知灼见，具有强烈的感情色彩。

游记在苏轼散文中也占有一定的比例。《石钟山记》《喜雨亭记》《放鹤亭记》《超然亭记》《凌虎台记》等文，或用轻松的笔调含蓄地表达了作者的见解，或反映了作者对生活与理想的执着追求，大多文笔多姿，耐人寻味。其中《石钟山记》脍炙人口，千百年来盛传不衰。文章描写作者对石钟山命名之缘由表示怀疑，继而深入实地考察，最后真相大白。文笔流畅，意境新奇，首尾呼应，丝丝入扣，说理与写景融为一体，是一篇优美的说理抒情游记散文。

苏轼的散文赋，成就也很高。赋作为一种文体，兴起于战国，盛行于汉代，由骚体赋最后发展到散文赋，标志着赋在其史的王国里不断发生新陈代谢的变化。而苏轼的《前赤壁赋》与《后赤壁赋》，则代表着散文赋的最高成就，具有很高的艺术价值与美学价值。这两篇赋都写于元丰五年(公元1082年)的黄州。黄州有赤壁，但其并非三国时期赤壁大战的赤壁，它原名赤鼻山，因苏轼这两篇赋而得名。《前赤壁赋》通过泛舟江上，扣弦而歌和主客答问三个段落，以从乐到悲，转悲为喜的感情变化为线索，非常真实地写出了作者谪居黄州希图从苦闷中求取解脱的思想。文章构思精巧，笔致凝练，既有情景交融的境界，又有辞理并胜的风韵，表现了作者卓越的艺术天才。《后赤壁赋》虽然基调低沉，但在景物描写上却十分成功。文中对不同季节的山水变化及悬岩、峭壁、怪石、枯木的传神描绘，给人以逼真的感觉。

苏轼的父亲苏洵(公元1009—1066年)，在北宋散文史上也颇负盛名，卓有成就。苏洵字明允，年轻时就才华横溢，故欧阳修十分推崇他的文章。著有《嘉祐集》。苏洵在政治上主张抗辽，对大地主的土地兼并和政治特权也有所不满。文章雄奇刚劲，犀利而流畅，颇具战国纵横家的色彩。其散文的主要成就是政论文。《权书》十篇，阐述战争的策略与评论具体的历史人物和事件，具有一定的积极意义和思想性。《六国论》冠《权书》十篇之首，最为世人所称颂。文章借六国割地事秦之历史，讽刺北宋王朝对辽及西夏的屈辱政策，表现了作者的爱国思想。全文气势充沛，说理透辟，借古伤今，淋漓沉痛。苏洵的书信体散文也写得很好。《上欧阳内翰书》，感情强烈，章法严谨，用笔婉曲而周折，世人评价很高。

苏辙(公元 1039—1112 年)字子由，晚号颖滨遗老。与父亲苏洵、兄长苏轼，合称“三苏”。其文也以政论文见长。他也写过一篇《六国论》，但文章角度与其父不同。他的《六国论》以六国的灭亡立论，从正反两方面反复论述韩、魏的向背在七国争雄中所占有的关键地位。议论纵横，语言明快。《上枢密韩太尉书》比《六国论》更负名气。这虽是一篇书信体散文，但文章的中心所论却是“文”与“气”。文章继承和发展了孟子“养气”说与曹丕“文气”说，明确提出“文者气之所形”，见解独到。全文一气呵成，层层照应，疏荡而有奇气。《黄州快哉亭记》，是苏辙写景散文的名作。其中描绘江水景象的一段文字，笔势雄健，波澜起伏而又富于变化，给人以烟波满目之感。《武昌九曲亭记》情兴心思，俱入佳处，也是一篇佳作。这两篇文章，都融写景、抒情、议论于一体，很能代表宋代散文的特色。

(三)南宋散文的爱国之声

靖康之变，赵宋王朝迁都杭州，得以苟延残喘，这就是历史上的南宋。表现在南宋历史舞台上的全部政治，是主战派与主和派的斗争；而这个时期的文学作品，则充满着强烈的爱国主义激情。诗、词如此，散文亦然。它们共同把文学史上的爱国主义传统，向前推进了一大步。

这个时期的散文作家，大多是主战一派，并且是战斗在抗金第一线的，他们一方面与金人浴血奋战，一方面又与主和派作殊死的斗争，同时也写下了很多充满爱国热情的散文，如宗泽的《乞毋割地与金人疏》，李纲的《议国是》，陈亮的《上高宗第一书》，胡诠的《戊午上高宗封事)，岳飞的《论马》，虞允文的《论今日可战之机有九疏》等文，慷慨激昂，义正词严，理直气壮。它们是作者们炽烈胸怀的自我表现，有着一股激励人心，鼓舞斗志的力量，闪耀着爱国主义光辉。

宗泽(公元 1059—1128 年)字汝霖，婺州义乌(今浙江义乌县)人。曾任东京留守，知开封府。他是南北宋交替之际的抗金名将。为收复失地，曾向宋高宗连上二十余疏，其正确主张均被宋高宗拒绝，忧愤成疾而卒。有《宗忠简集》传世。其散文成就，主要表现在大量的奏章、疏表等应用文上，或辞激情切，犀利气壮；或论说精辟，富于逻辑力量。《乞毋割地与金人疏》便是其代表作之一。

李纲(公元 1083—1140 年)字伯纪，邵武(今福建邵武县)人，是北宋末、南宋初主张抗金的一位名相。金人南侵攻汴京，他曾与几位老将主持了京师保卫战。赵构临安即位，起用他为宰相以稳定局势，由于主和派的干扰，他的抗金主张终未能实现。著有《梁溪先生文集》。同宗泽一样，李纲的散文也主要是一些奏疏，如《论水疏》《上高宗十议札子》等。《上高宗十议札子》由十篇奏议组成，因每篇之名都有一个“议”字，故称“十议札子”。这十篇文章，陈说了作者的政治主张，及自己对赵宋王朝的忠诚，客观上符合当时人民的要求和愿望，逻辑严密，言辞明畅，具有较强的说服力。

李清照既是介于南北宋交替之际的著名词人，同时也是一位优秀的散文作家。其现存散文五篇(包括一篇赋)，大多文笔简洁洗练，感情强烈。著名的《金石录后序》，在介绍了《金石录》的内容与成书过程的同时，还回忆了她婚后数十年间的种种忧患得失，特别是对丈夫赵明诚悼念的一段文字，文笔曲折周详，叙事、抒情都十分生动真切。《词论》一篇，开中国词学批评之先声，具有较高的文献价值。

岳飞(公元 1103—1141 年)生活在南宋初期民族矛盾极其尖锐的时代，故他的诗、词、散文，都充满了抗金复国的坚强决心与激烈昂扬的感情。有《金陀粹编》行世。岳飞的《论马》是一篇优秀的小品文。文章短小精悍，寓意深刻而富有生活气息。《五岳调盟记》也很有名。全文只一百三十字，但字里行间，充满了作者高度的爱国主义思想，文章语言流畅，气势充沛，激情昂扬，给人以鼓舞。

胡诠(公元1102—1180年)是南宋优秀的散文作家之一。他的作品足以追踪北宋诸大家而又能代表自己时代的特点。胡诠字邦衡，号清庵，庐陵芗城(今江西吉安县)人。胡诠一生多在朝廷为京官，职位显要，其《戊午上高宗封事》最为著名，以至金人"募其书千金"，影响颇大。全文从力主反对降金，以"愿斩三人(王伦、秦桧、孙近)头，竿之藁街"，"羁留金使"等内容直谏宋高宗，充分表现了作者高昂的爱国精神。《上孝宗论兵书》《上孝宗封事》等文，也都有其特点。

陈亮(公元1143—1194年)以擅长政论文而饮誉南宋文坛。陈亮字同甫，号龙川，婺州永康(今浙江永康县)人。陈亮是南宋著名的朴素唯物主义思想家、军事理论家和文学家，一生坎坷，几入监狱。宋光宗绍熙四年(公元1193年)始登进士第，得任建康府佥判，未至官而卒。有《龙川文集》，叶适为之序。陈亮认为："大凡论不必作好语言，意与理胜则文字自然超众。"(《书作论法后》)正因为如此，所以他的文章(主要是政论文)表现了"堂堂之阵，正正之旗"的风格和特点。《中兴五论》，是陈亮的优秀政论文之一。这"五论"是指《中兴论》《论开诚之道》《论执要之道》《论励臣之道》《论正体之道》。其中《中兴论》尤为著名。文章结合当时的实际，着重阐述了"中兴"的用兵之道，及"人谋"与用兵的关系，含有朴素的辩证法思想，具有说理透辟，气势雄浑，语言明快等特点。

被《四库全书提要》称为"在南宋卓然为一大宗"的唯物主义思想家叶适(公元1150—1223年)，和陈亮一样，也以其政论散文而名噪当时。叶适字正则，号水心居士，温州永嘉(今浙江永嘉县)人。十八岁中进士，在朝廷或地方为官，后退归故里，以著书立说终生。有《水心先生文集》传世。在创作理论上，叶适坚持从实践中认识事物，从分析比较中得出结论，他认为"为文不能关教事，虽工无益也"(《赠薛子长》)，比较注重文章的社会作用，具有进步意义。他的散文，正是在“关教事”思想的支配下产生的，故大多从实际着眼，通过比较，提出见解，加以分析，文风严谨而又踏实。《上孝宗皇帝札子》是叶适应用文中最有代表性的一篇，文章既反映了他的爱国感情和意志，同时也表现了他欲改革时弊的精神。此外，他的许多杂记体小品和书序，也写得很有特色，如《播芳集序》，从客观实际出发，反对那种对作家及其作品求全责备，要求样样纯美的形而上学观点。其中说：“夫作文之难，固本于人才之不能纯美；然亦在夫纂集者之不能去取抉择，兼收备载，所以致议者之纷纷也。”所言甚是。

著名爱国词人辛弃疾，也是南宋时期的一位散文大师。刘克庄在《辛稼轩集序》中评其散文说：“文墨议论，尤英伟磊落……笔势浩荡，智略辐凑，有《权书》《衡论》之风。”评价准确。著名的《美芹十论》，是其论说文的代表作。前三篇详细地分析了北方女真族内部尖锐的矛盾，以及当地人民对他们的怨恨；后七篇则阐述了作者自己的政治主张，完成祖国统一大业的具体规划。这十篇文章，文笔酣畅淋漓，论辩逻辑严密，诚如刘克庄所言，足以与苏洵《权书》十篇媲美。但就其爱国思想及所表现的作者的军事才干而言，则又是苏文所不及的。其他如《九议》《论盗贼札子》等文，或分析敌我形势，或陈述胸臆，或力主防、战，均表现了作者对抗金复国的坚定态度与明确认识。

文天祥是一位紧承杜甫现实主义文风而进行创作的作家，他的诗歌与散文，均因起兵抗元而发生了显著的转变。著有《文山先生全集》。《指南录后序》与《正气歌序》，代表着文天祥散文的最高成就。前者表现了作者坚强不屈、百折不挠的民族气节和艰苦奋斗的崇高爱国品质；后者则显示了他坚毅顽强的斗争意志与视死如归的大无畏精神。两篇文章，语言流畅、气势沛然，思想性与艺术性都达到了相当的高度。

应该看到，南宋散文，由于受到理学大盛之风的影响，因而不如北宋之切实凌厉。但由于南宋本是多事的偏安小朝廷，一些中下层人士，尤其是那些“壮怀激烈”的爱国者，将忧愤之气化作文字，因而仍不乏回肠荡气之作。正是这些作家作品，共同奏出了中国散文史上爱国散文的最强音，为宋代文学增添了无限光彩。

（注：本篇原为作者于1986年为高校分体文学史教材《中国古代文学》“第三编散文”所写，该书由延边大学出版社于1988年出版，1994年修订再版。本次收入，为保持原貌，仅改正了有关错别字与误用的标点符号，并就部分段落进行了适当调整，特此说明）

附录

唐代科举制度概说

科举考试，作为封建社会取士的一种制度，肇始于隋朝，确定并兴盛于唐代。科举制度的产生，是对魏晋以来以选举为主取士的察举制的一种挑战和冲击，又因其给大量的寒人庶士提供了入仕机会，故颇受当时士人们的欢迎。历唐三百年，很多出身寒微而又无达官贵人作靠山者，都因科举考试而成为当时政治舞台上的著名人物，如“出身寒族”而成为唐太宗李世民之宰相的李义府，就是因科举而成名的。

但是，科举及第也并非易事，这是因为，科举制度不仅名目繁多，程序森严，而且录取标准也极高。唐代的科举制度，就科目性质而言，有文、武科之分；就开科时间言，有岁举和制举之别；就考试方法而言，既有初试、复试，又有口试、笔试；就考试内容而言，则有文、经、答、试等项。本文兹就上述内容，作一概略性述说，或有助于对唐代典章制度等内容作进一步之了解。

一

在整个唐代科举制度中，文科比例既大，又至为重要，而从其开考时间上进行考察，则岁举又被视为“常科”。所谓“常科”，是指开科时间一般每年进行一次，故称岁举。岁举也有两年或者两年以上举行一次的，但那是因朝廷有“事”，或者天灾等特殊情况而缓考和暂停，不在正常程序之列。

参加岁举的考生，大致来源于两条渠道：一是从皇家国子监所辖之六学的在籍生中选拔，一是由地方州、县长官将在家自学的士人择优发送。被选拔或选送者，前者称为“生徒”，后者名曰“乡贡”，集中后统谓之“贡生”。

需要附带说明一下的是，国子监所辖六学（国子学、太学、四门学、律学、书学、算学），在招生时具有较为严格的规定，其具体情况，《新唐书·选举志》上有专门记载：“国子学收文、武三品以上官员之子孙”，太学“从五品以上子孙、职事官五品期亲若三品曾孙及勋官三品以上有封之子为之”，但年龄有硬性规定，限制在“十四以上，十九以下”。书学、四门学、律学、算学招收七至九品低级官吏子弟及“普通人之通其学者”。在这四类专业中，律学的入学年龄控制在“十八以上，二十五以下”，其他三类专业则可适当放宽。按照常规，习书学者须报考明书科，习算学者须报考明算科，习律学者则应报考明律科，但唐王朝为了广开才路，打破常规，“凡众科有能兼学，则加超奖，不在常限”（引见《通志略·选举》）。即成绩优异者也可选报它科。

据《新唐书·选举志》、明人胡震亨《唐音癸签》卷十八、清人徐松《登科记考·凡例》等文献的记载，在京六学之“生徒”，须十月送尚书省集中，“乡贡”则每年七月动身赴京，十月二十五日集户部（尚书省下属机构），然后两类考生在尚书省统一填写详细履历表格，并请京官出具保结，再由户部审阅按验。待一切考前手续办理完备后，于翌年正月到礼部参加考试，放榜则在二月，中榜者名单送吏部备案。

另据《唐会要》卷七十六记载，在京六学及地方州县在选拔考生时，除成绩优秀列为主要条件外，还须进行政治审查，凡道德品质败坏而“虽薄有辞艺”者，不得申送。此外，凡被选拔参加考试而不应试者，及参加考试非本人者，唐律规定“一人徒一年，二人加一等”，对于情节严重者，要处三年的徒刑。若选拔官徇私舞弊，则以降职进行处分：“选官乖于举状，以故不称职者，减一等。”

岁举考试的科目，主要有秀才、进士、明经、明法、明书、明算六科。各科的考试方法、内容均不相同，其录取标准也各异。据《新唐书·选举志》上记载：秀才科“试方略策五道，以文理粗通为上上、上中、上下、中上，凡四等为及第”。明经科“先帖文，然后口试，经问大义十条，答时务策三道，亦为四等”。进士科“试时务策五道，帖一大经，经、策全通为甲第；策通四、帖过四以上为乙等”。明法科“试律七条，令三条，全通为甲等，通八为乙等”。书学科“先口试，通，乃墨试《说文》《字林》二十条，通十八为第”。算学科则“录大义本条为问答，明数造术，详明述理，然后为通。试《九章》三条、《海岛》《孙子》《五曹》《张丘》《建夏》《侯阳》《周髀》《五经算》各一条，十通六，《记遗》《三等数》帖读十得九，为第。试《缀术》《辑古》录大义为问答者，明数造术，详明术理，无注者合数造术，不失义理，然后为通。《缀术》七条、《辑古》三条，十通六，《记遗》《三等数》帖读十得九，为第。落经者，虽通六，不第”①。

在六科中，难度最大、等第最高的是秀才科。因其主要内容是考试方略策，而方略策在当时又往往为考生所最惮忌，所以参加此科应试者极少。此外，据《通典》卷十五所载，贞观中，凡地方官举荐参加秀才科应试而未及第者，举荐者要受到处分。因此，此科选拔者不敢选，应试者又害怕试，后来到高宗时终于被废止。明法、明书、明算三科因专业性太强，故应试者也不多。最受贡生们欢迎的是明经、进士二科，原因是其难度既没有秀才科大，内容又没有明书等三科专，而及第者经复试合格后所授之职，用今天的话，又大多安排在中央与地方从事行政工作。但明经科与进士科又有所区别，其主要标志是进士科中榜的考生，往往比明经科留在皇帝身边担任各种重要职务的机会要多得多。因此，参加进士科考试的贡生，又比明经科为多，《唐摭言》所谓“三十老明

---

① 欧阳修、宋祁：《新唐书》卷四十四《选举志》上，中华书局1975年版，第1161—1162页。

经，五十少进士”①的谚语，就是对这种情况的真实描述。

两科区别既如上，其考试程序亦有别：进士科“试三场，先杂文，次帖经，次再口试”；明经科“亦试三场，先杂文，次口试，次答策三道”②。所谓“杂文”，就是指考生当场按考题内容写作诗、赋各一篇。而“帖试”就是帖经，又称作“文”。据《通典》所载：“帖经者，以纠习经掩其两端，中间开一行纸为帖，凡帖三字，随时增损，可否不一。或得四得五得六为通。”“答策”即策问，亦称“答”。策问是指应试者当场回答主考官所出之各种方略和时务问题。在时间安排上，先进士科后明经科，但明经科的具体时间则史无明载，很有可能是在进士科放榜后进行。

岁举考场上的情况，亦有诸多种类。按照一般常规，每场考试都在白天举行，但也有夜试的场规。《白居易集》卷六十对此有记载：“礼部进士例：许用书策，兼得通宵。得通宵则思虑必周；用书籍则文字不错。”③此段文字不但告知我们唐代科举“通宵”考试的情况，还道出了“例许用书策”的又一种考试新法。所谓“例许用书策”，就是考试时允许看书。《唐会要》卷七十六对此亦有记载：“大国选士，但务得才，经籍在兹，请恣寻检。”不过应该指出的是，这些“在兹”“经籍”，大多是经主考官员们同意后放置的一些必要书策，而并非是指考生能随意携带书籍进入考场。此外，也不搞“试卷密封”。对试卷进行密封，是防止考生串通考官作弊的一种应防措施，据《新唐书·选举志》下的记载，武则天前早已行之，至武则天执政时则予以废止。其云：“初，试选人皆糊名(即对试卷进行密封)，令学士考刺，武后以为非委任之方，罢之。”宋人洪迈在《容斋四笔》卷五中对此也有所载：“唐世科举之柄，专

---

① 王定保：《唐摭言》卷一“散序进士”，上海古籍出版社 1978 年版，第 5 页。

② 徐松：《登科记考·凡例》(上册)，中华书局 1984 年版，第 5 页。

③ 白居易：《论重考试进士事宜状》，《白居易集》卷六十，中华书局 1979 年版，第 1266 页。

付之主司，仍不糊名。”

即便如此，进士、明经二科能及第的考生，每年也是极有限的，《通典》卷十五云：“其进士大抵千人得第者百一、二，明经倍之，得第者十一、二。”按照唐朝惯例，凡及第者，均得在慈恩寺塔自书姓名于上，谓之“雁塔题名”。并还要大宴于曲江亭，谓之“曲江会”。及第者虽荣耀无比，但并非等于马上就可做官，因为他们还须在吏部参加“宏词”“拔萃”两科的复试。“宏词”“拔萃”两科的复试均分四项内容进行，即身、言、书、判。身指体检，言即试口才，书为试书法，判则乃试公文写作。这四项全部达标合格者，还得“守选三年”，才能补授九品之类的小官。所谓守选三年，就是在家等候三年，对此，《蔡宽夫诗话·唐制举情形》、胡震亨《唐音癸签·诂笺三》均有记载，兹不见引。而其补授又分为两种：一为在皇家图书馆担任古籍整理与抄录工作，意在让其继续读书以丰富知识；一为到地方出任县一级的副职，意在让其在实际工作中以锻炼治政之才干。此段时间为试用期，其年限有一年、二年、三年、五年乃至八年之不等。试用期满，再行由朝廷正式诏命任职。那些不合格者，须等三年后再行考试，如果仍不合格，则要经过三试、四试，直到完全达标为止。唐人所称之“前进士”，就是指的这些复试落榜者。但也有不经过复试或者复试不合格者即授其官职的，其所走之途径乃非正当门路，兹不述。

制举又称“制科”或“特科”。其开考时间、科目与录取人数，均无常规，完全由皇帝的诏令决定，而且大多由皇帝亲自策试或由宰相监视之。

二

唐代制举大约始于唐太宗贞观中期。据《新唐书·太宗纪》记载，唐太宗在以贞观纪年的二十多年里，就先后举行了四次制举。制举因由皇帝亲自策试，其科目也就比岁举要多，但究竟有多少，谁也无法说清。宋人王应麟在《玉海》中说有五十九种，清人徐松在《登科记考·凡例》里认为有一百余科。其中至为重要的是贤良方正、吏职清白、孝弟谦让、穿杨附技、经明行修、文擅词场、精通经史、才可百里、爕理阴阳、怀能抱器等。参加制科应试者，可考一科，也可连试数科；"制科尤有一人连中数科者、员半千、陆元方、崔融、阳桥连中八科，张鷟连中七科，裴守真连中六科，李怀远、孙逖连中四科"①。

至武则天朝，则始创殿试。《通典》卷十五云：武则天载初元年二月，"策问贡人于洛成殿，数日方了，殿前试人自此始"。殿试的出现，与制举一样，标志着皇帝对科举的愈加重视，而在其应试中及第者，则较之岁举及第更为荣耀。

殿试与制举相比较，其区别在于：(1)殿试的地点是"殿陛"内，而制举的地点或在长安，或在洛阳，或在京洛之外的其他地方；(2)殿试由皇帝亲自主考问策，而制举则可由宰臣代之。二者的相同表现在两方面，其一是布衣与官吏均可参加；其二是录取者待遇均从优，已仕者原官升擢，未仕者优厚授职。

唐代也举行武举。武举始设于武则天长安二年，它是专为习武者入仕所开创，考试内容纯以武艺相试而不附文考。《新唐书·选举志》载云："其外，又有武举，盖其起于武后之时，长安二年，始置武举。其制有长垛、马射、平射、筒射，又有马枪、翘关、负重、身材之选。翘关，长丈六尺，径三寸半，几十举后，手持关距，出处无过一尺。负重者，负米五斛，行二十步，皆为中第。"如上所述，武举科目明确，其开考时间，一般较制举及殿试为固定，但与岁举相比，则又弗如，实际上，它是介于岁举和制举(包括殿举)之间的一种科举考试制度。据《登科记考·凡例》记载，制举中也有武举，其科目有武艺超绝、韬晦奇才等。

---

① 徐松：《登科记考·凡例》(上册)，中华书局1984年版，第3页。

武举的产生，不仅丰富了唐代科举制度，而且在广开才路中又辟出了一块新的领域，颇值称道。

无论是文举、武举，抑或制举、殿试，都有其一整套较为完整的方案和体系，上面的述说，只是就其大概而勾勒之。还应该加以提及的是，唐代的科举制度是在逐渐发展中而日趋完备的，每个皇帝在执政中又作了许多增削，如前面所提到的秀才科在高宗永徽年间被废止，但唐“中叶以还，则以秀才为进士之称，孝廉为明经之号”。又“第明经者，仍得举进士”，而“第进士者，亦得举明经”。在及第后复试时，“登宏词者得试拔萃，得拔萃者得试宏词，且得再举”，等等，均说明了这一点，不可以“一视同仁”而观之。

无可否认，科举制度在中国封建社会中叶的出现，乃属顺应历史潮流而诞生的一种新生事物。但是，在一千多年的历史长河中，却遭到了不少封建文人的反对。仅在唐代宗宝应二年，朝臣们围绕科举制度是有功还是有过进行了一场大的争辩，反对者其势之猛，大有立即取缔之势。据《旧唐书》卷一一九《杨绾传》记载，时任礼部侍郎的杨绾曾直接上疏代宗，认为应该马上停止以科举取士。原文云：“近炀帝始置进士之科，当时犹试策而已。至高祖朝(应为“高宗朝”)，刘思立为考功员外郎，又奏进士加杂文，明经填帖，从此积弊，浸转成俗，幼能就学，皆颂当代之诗，长而博文，不越诸家之集，递相党羽，用致虚声。……并近有道举亦非建国之体，望请进士、明经并停。”代宗当即诏廷臣集议，李栖筠、贾至、严武等人均站出来支持杨绾；代宗又召集一批翰林学士商议，他们的回答是：“废之恐失其业。”(《新唐书·选举志》上)于是代宗才作出决定：“乃治明经、进士与孝廉兼行。”这样，反对派才不得不按诏行事。后来至唐武宗即位，宰相李德裕又亲自出面加以干涉，武宗说：“向闻杨虞卿兄弟用比贵势；妨平进之路……有司不识朕意，不放子弟台却过矣，但取实艺可也。”(详见《新唐书·选举志》上)以上表明，科举制度之于唐，是经历了“几番风雨”的。

今天，我们从唯物史观的角度去考察唐代的科举制度，认为它至少有以下几个方面值得注重和肯定：

(一)较之汉魏六朝时期的选举制，其更能“不拘一格降人才”。据《新唐书·选举志》所载，制举乃“随其人主临时所欲”，意即考试的科目和内容，皇帝或者宰臣是因考生所习之专业，所持之专才而定，这种因人而施考的方式，灵活性既大，人才亦随时可得。

(二)对繁荣唐代文学、艺术、科学，以及加强法律、军队等方面的建设，都起到了相应的积极作用。对于这一点，我们从上面所述说之岁举中的六科已能明显看出。试杂文有助于诗、赋的繁荣，试书法则可推动这一传统艺术的发展。而从明算科所考试的内容看，数学、几何、物理等自然科学，李唐王朝也是十分重视的。明法科与武举的设置，对法律专业人才的培养及军事将才的选拔，也都具有不可估量的作用。所有这一切，无不成为大唐帝国强盛的一个重要因素。

(三)激励了一大批青年知识分子刻苦攻读，奋发向上的进取精神，从而造成了一种良好的社会风气。唐代的年轻人，大多对理想以热切追求，他们胸怀大志，才情四溢，富有积极进取的精神。在未入仕前，他们透过科举考试，看到了人生的希望之光，所以，他们便很自然地意识到奋发攻读是实现理想所迈出的第一步。而随之产生的是一股强劲的社会好学之风，被文学史家们称誉的“盛唐气象”，就是因这股风而形成的。

但是，我们也不得不承认，科举制度之于唐代，也是有其较大之弊端的。然而，这弊端的出现和产生，并不在于科举制度的本身，而是由其施行者所导致，用一句现在时髦的话来说，就是属于管理科学上的问题。柳宗元在《封建论》中品评封建制之得失时，曾经这样说过：“故封建非圣人意也，势也。”接着又说：“咎在人怨，非郡邑之制失也。”对于科举制度，正应作如是观。因为只有如此，才能给科举制度作出公正之历史评价。

辛文房《唐才子传》考略

元季辛文房《唐才子传》，以对唐代诗人生平材料之旁收博采著称，故历来被治唐文史者视为手头必备之书。然细检是书，发现其于所撰各诗人小传，不仅附会颇多，而且错讹参半，以至巨误时有，此诚如《四库全书总目》之所云："谬误牴牾，往往杂见。"斯又不能不谓其旁收博采之失也。又加之此书自元以来，民间坊刻翻印者甚多，而各种版本又校勘非精，故往往给使用者诸多不便之处。如上海古典文学社采用日本天瀑山人《佚存丛书》中的十卷足本重印的《唐才子传》，其卷三《道人灵一》内，在列举当时"名既隐僻，事且微冥"的四十五位诗僧中，有书法家怀素其人，而勘之清光绪年间遵义黎庶昌珂昌版影印日本五山版《唐才子传》，其怀素却作怀楚，据考，怀楚为是①。由此可见，此书既有重新考订之必要，亦须对其版本源流作一梳理性的整理工作，本文即拟在此基础上作些史料性的勾勒与稽考，不妥之处，识者匡之。

一、版本源流述说

辛文房其人，生卒年与里贯均无确考。其生平事迹，陆友仁《研北

---

① 具体参见拙作《关于怀素生平中的几个问题》一文，载《青海民族学院学报》1989年第1期。

杂志》卷下略有所载："辛文房良史，西域人……并能称诗。"其诗集名《披沙诗集》，早已亡佚(见马祖常《石田文集》卷二)，仅苏天爵《国朝文类》分别在卷四与卷八收其诗二首。《唐才子传》一书，是辛文房现存最为完备的一部著作。其成书年代，据辛氏自序中之"元大德甲辰春"，知在公元一三〇四年春。此则表明，是书在元代即有刻本。这部刻本，即所谓"元椠"，藏书界多称之为"大德本"。"大德本"流传至明初，坊间多有翻刻，且颇为完善。《四库全书总目》卷五十八云："考杨士奇《东里集》有是书跋，是明初尚有完佚。"此刻本今不传，本文姑以"明完本"称之。杨士奇跋，是我们现今所能见到的第一篇评价《唐才子传》的文章。其有云：

> 《唐才子传》，西域辛文房著，总三百九十七人，皆有诗名当时。其见于《唐书》者共有百人。盖行事不关大体，不足为劝戒者不录，作史之体也。而读其诗欲知其人，于辛氏所录，宜有所取。然唐以诗取士，三百年间以诗名者，当不止于辛氏所录，如郭元振、张九龄、李邕之徒，显于时矣，而犹遣之，况在下者乎？而辛氏所录者，又间杂以臆说，观者当择之。

按杨士奇《明史》有传，生于元至正二十五年乙巳，卒于明正统九年甲子，其所购之《唐才子传》"完帙"刻本，距"大德本"之刊行，至少也有八十年时间，非"元椠"可断。钱大昕《补元史艺文志》卷二载有辛文房《唐才子传》十卷，或杨氏所跋之"完帙"本。永乐六年，大学士解缙奉命编撰《永乐大典》，其著录《唐才子传》者，所据亦当为"明完本"。"永乐大典本"的刊行，是否即取代了"明完本"，因资料无征，难以稽考。但从清乾隆三十七年永瑢领衔编撰之《四库全书》可知，是时不仅"明完本"早亡，就是"永乐大典本"也几乎失传。《四库全书总目·史部·传记类》云：

> 《唐才子传》八卷(永乐大典本)……是书原本凡十卷，总三百九十七人。下至妓女，女道士之类，亦皆载入。……《永乐大典·目录》于“传”字韵内载其全书。然幸其各韵之内，尚杂引其文，今随条摭拾，裒辑编次，共得二百四十三人，又附传者四十四人，共二百八十七人，仅依次订正，厘为八卷。

由是，《唐才子传》之“大德本”，几经翻刻与周折，终于在清代得以基本保存，但《四库全书》又分别有武英殿本、浙本、广东本诸种，其中，浙本据殿本重刻，并校正了殿本的不少错误；广东本以浙本为底本重刻，个别字句又据殿本加以校改。则广东本所著录之《唐才子传》，又为是书“四库本”之最完善者。

“大德本”一方面在明初为坊间翻刻，一方面又流传于日本。流传日本者又为其学人书商争相翻刻，传世而又精审者有“五山版”，“五山版”现有日本汲古书院影印的内阁文库藏本，此即所谓“五山本”。19世纪初，日本著名藏书家林衡(号天瀑山人)辑刊《佚存丛书》时据“五山本”将《唐才子传》重刻，于是，“天瀑本”遂诞生(国内多称“佚存本”)。此本前附林氏跋云：

> 《唐才子传》十卷，元辛文房撰。坊刻颇多舛讹。有称“五山版”，第数百年前物，审其版校，盖得元椠而翻刻之，字画精整，纰缪极少。间存其本，世称罕遘。余家旧藏一部，今据此以订坊本之误云。按《四库全书总目》著录《唐才子传》八卷……则彼之所存，已非完帙。……独幸皇国有传本，安得不珍而传之乎？壬戌首春念六日，天瀑识。①

据此跋，知“佚存本”翻刻“五山版”，时在公元1802年，其仅晚“四库

① 据中州古籍出版社1987年版《唐才子传》之“附录”转引。

本”之成书二十年。又据是跋可知，林衡在翻印“五山版”时，已见到并认真校勘了“四库本”，这说明，“佚存本”在当时乃是一部较为完善的刻本。

最早将“五山本”在国内进行翻刻者，是遵义著名学者黎庶昌。黎氏据清光绪年间湖北宜都学人杨守敬从日本善意轩旧藏中所访之“五山本”，以珂罗版加以影印，成为国内现存元刊本之始祖。《增订四库简明目录标准·续录》及范希曾《书目答问补正》二书，均对黎氏影本予以赞誉和肯定。但是，在黎氏影印“五山本”约百年前，浙江萧山学人陆芝荣，已将“佚存本”在国内进行了首次翻刻。陆芝荣是在清仁宗嘉庆乙丑年得到《佚存丛书》刻本的，并在友人王宗炎的劝慰下，重加校勘而刻之于所居三间草堂，时人即据以称之为“三间草堂本”，此本前有王宗炎、汪继培二人序。王序云：

> 同邑陆君芝荣，得日本所刻《佚存丛书》中有是帙(指《唐才子传》——笔者注)，犹为当日完本。……宗炎故略论之以为序，而劝陆君重加校勘，……用广其传焉。

汪继培序云：

> 右辛文房《唐才子传》十卷，同邑陆君芝荣据日本《佚存丛书》重雕，复以四库馆所辑《永乐大典》本校定文字，别有考异，至精审矣。

“三间草堂本”的刊行，使由“大德本”所产生的两大系统《唐才子传》刻本，首次得以合二为一，其功甚丰。而陆芝荣的《唐才子传考异》，对“佚存本”中的156位诗人进行了分卷校勘，更使“三间草堂本”平添了几分春色。

在陆芝荣翻刻“佚存本”的二十四年后，金山人钱熙祚于道光十九年刊刻的《指海丛书》，又据“佚存本”予以再刻，其刻本世称“指海本”。“指海本”前附钱氏跋以述其原委，但从跋中可知，钱氏翻刻“佚存本”时，尚未见到“三间草堂本”。“指海本”有“校识”一卷，附小序云：

> 清道光十九年己亥，金山钱熙祚锡之刊《唐才子传》于《指海》第八集内，以日本天瀑山人活字印本为底本，又用《四库全书》本勘过，识其异同。

钱熙祚的“校识”，1957年上海古典文学出版社重印“佚存本”时，将其附于卷之末，是书由是便成为了今通行的“沪本”。

同治元年壬戌，广东富商伍崇曜辑刊《粤雅堂丛书》，其于第二十八集内亦据林衡刻本，复刻《唐才子传》。伍氏于复刻中虽撰跋文，却无以卒读，故“沪本”在《叙录》内于“指海本”钱熙祚跋末加编者按云：“《粤雅堂丛书》亦收有《唐才子传》，同系以天瀑复刻。是本之后，有同治壬戌伍本崇曜跋文，共两叶，曾检《粤雅堂丛书》三部，皆失去首叶，甚为可讶，由是不能录其跋文。附志于此，以待求访。”又，1924年商务印书馆曾据“佚存本”进行过重印，流传甚广。同年，苏州文学山房用木活字排印《江氏聚珍版丛书》时，亦据“佚存本”予以重印。

“佚存本”与“五山本”的返流中国，综上述计有陆芝荣、钱熙祚、伍崇曜、黎庶昌四家进行翻刻，以及商务印书馆、苏州文学山房、上海古典文学社予以影印与重印。此外，元刊本流存于日本者尚有另一系统，即所谓“正保本”。“正保本”系指日本上村二郎刻于正保四年的一种刊本，内有日文旁注，其底本则乃为杨士奇所跋之“明完本”。此刻本为清末著名藏书家丁丙收藏，丁卒后，后人将其藏书售与江南图书馆，现藏南京图书馆。丁丙《善本书室藏书志》述其云：

> 《唐才子传》十卷，日本刊本。……《四库》从《永乐大典》采

辑，厘为八卷。此则东流刊本，尚属完帙，厥后萧山王宗炎以陆芝荣校汪继培勘者雕于三间草堂，即是本耳。

按丁氏云"王宗炎以陆芝荣校汪继培勘者雕于三间草堂"当误。上引汪继培"三间草堂本"跋，有"同邑陆君芝荣据日本《佚存丛书》重雕"句，可证翻刻者为陆之荣而非王宗炎。另外，"三间草堂"为陆芝荣居室名，"佚存本"雕于其间即陆芝荣家内，也可佐证翻刻者不是王宗炎，丁氏此说，疑未见三间草堂真本而致误。又据前引"三间草堂本"王宗炎序可知，"三间草堂本"翻刻所用的底本乃为"佚存本"，而丁氏却云为"正保本"，更误。除上述诸刻本外，陆心源亦曾收藏过"佚存本"完帙，"沪本"于《叙录》内引《皕宋楼藏书志》云："《唐才子传》十卷，东洋刊本，(元)西域辛文房撰，自曰：魏帝著论……有元大德甲辰春引。"是本今不复见。

近年，江苏、中州等古籍出版社，以及中华书局又分别出版了《唐才子传》周本淳校本、舒宝璋校注本、傅璇琮校笺本等诸种，舒本据"沪本"校注而成，周本则以"佚存本"为底本(实际上与"泸本"同)，并分别参校了"三间草堂"诸本。又据周本注释，知南京图书馆另藏有江苏长洲人王韬"读杜草堂本"，王韬并附跋云："《唐才子传》曾刻于《佚存丛书》，此其别行本也，顾镌刻未精耳。"则"佚存本"之又一刻本也。傅本以黎氏影本作底本，用"五山本""正保本""佚存本""海本"作校本，并对书中所有传主的生平进行了较全面的考释笺证，是迄今为止的《唐才子传》之最佳读本。

综上所述，知《唐才子传》自"大德本"刊行后，即派生出两大系统，一在国内因"四库本"而得以保存，一于日本赖"佚存本"而得以流传，两大系统又于清仁宗嘉庆十年乙丑因陆芝荣雕刻"三间草堂本"互为汇合。此后至今，虽屡有翻刻印行，无不出其间。

兹以下图示其源流如次：

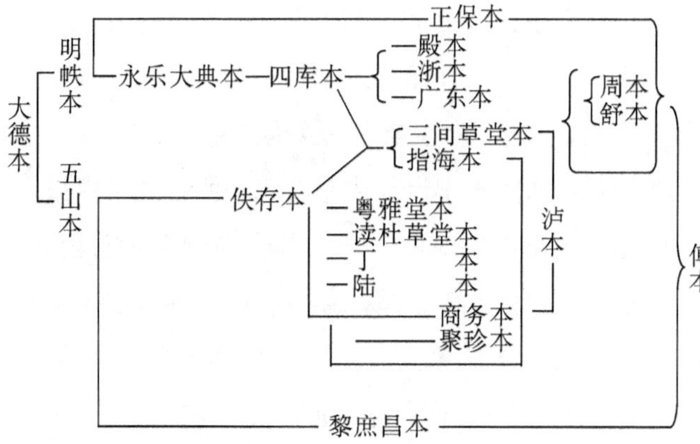

二、传主生平辨订

(一)刘希夷之死

卷一《刘希夷传》云："希夷，字廷芝(一作延芝、挺之)，颍川人。……又吟曰：'年年岁岁花相似，岁岁年年人不同。'……宋之问喜爱后一联(即此联——笔者注)，知其未传于人，恳求之，许而竟不与，之问怒其诳己，使奴以土壤压杀于别舍，时未及三十，人悉怜之。"

这段文字，提出了两个问题：(1)宋之问使奴压杀刘希夷于别舍；(2)刘卒时年未及三十。按，据辛氏所云刘希夷"上元二年郑益榜进士，时年二十五"推算，知希夷生于唐高宗李治永徽二年(651)，以此合勘"未及三十"，则其卒年当在永隆元年(680)。考《全唐诗》卷八十二著录刘希夷《夜集张湮所居》诗一首，题中张湮，行五(说见岑仲勉《唐人行第录》)。《唐诗纪事》卷二十云："张湮官到刑部员外郎，善草隶，工丹书，与王维、李颀等为诗酒丹青之友，尤善画山水。"张颜远《历代名画记》所载与此同。除王维、李欣外，孟浩然，韩翃亦与张湮相过从，其集中均有记与之交游之作可证。则张湮既与上述诸人相交往，而这些诗人的生活年代，又大多在开元、天宝乃至大历初期，张湮为开、天之际人当无疑。既如是，希夷《夜集张湮所居》诗之最迟系年，也只能在永隆元年，然是时张湮尚未出世。由是看来，所谓刘希夷被宋之向之奴压杀之说，显为辛氏所误。对此，宋人魏泰在《临汉隐居诗话》中曾予以质疑："韦绚集刘禹锡之言为《嘉话录》，载刘希夷诗云：'年年岁岁花相似，岁岁年年人不同。'希夷之舅宋之问爱此句，欲夺之，希夷不与。之问怒，以土囊(《才子传》作"壤")压杀希夷。世谓之问末节贬死，乃刘生之报也。吾观之问集中，尽有好句，而希夷之句，殊无可采，不知何至压杀而夺之，真枉死也。"①可惜魏氏的辩驳，仅从二人之诗句好坏着手，故未能探出其"真谛"之所在。

如前所述，希夷既与张湮相交游，则其卒年当在开元间，而宋之问乃卒于先天元年前后，所谓"压死"之说是不足信的。其实，《全唐诗》卷八十一刘希夷诗中有多首诗表明他年近花甲尚健在人世，如《故园置酒》中有"旧里从青草，新知尽白头"；《览镜》中有"白发今如此，人生能几时"等，而《代悲白头翁》中的"应怜半死白头翁"，虽吟他人，亦是自况。因此，从这些诗句可推知，刘希夷之卒当在开元初期，而是时，他既能与张湮相交游，又断然不得为宋之问所压杀。因此，辛氏所云"时年未及三十"之说，应是无法成立的。

(二)常无名榜进士及其他

同卷《张子容传》云："子容，襄阳人，开元元年常无名榜进士，仕为乐城令。"《唐诗纪事》卷二十三云："子容乃先天二年进士。"先天二年即开元元年，辛氏所云当本《纪事》可知。然徐松《登科记考》卷五，以

---

① 魏泰：《临汉隐居诗话》，《历代诗话》本，中华书局1981年版。

常衮《叔父故礼部员外郎墓志铭》中之“既冠，进士及第。其年拔萃登科”为据，订子容进士为景云三年，即先天元年。徐氏又云：“拔萃科即是年之手笔俊拔超越流辈科也。”按手笔俊拔超越流辈科在先天二年，徐氏所云为误。《唐会要》卷七十六：“先天二年，手笔俊拔超越流辈科，杜昱……常无名……及第。”据此，知常无名为状元确在先天二年。但辛氏于同卷《王湾传》又云：“湾，开元十一年常无名榜进士。”又同卷《刘慎虚传》云：“慎虚，嵩山人。……开元十一年徐征榜进士。”而卷二《刘长卿传》又云：“长卿字文房，河间人。……天元二十一年徐征榜及第。”按《极玄集》刘长卿名下注云：“开元二十一年进士。”未及徐征榜。

辛氏所述如此矛盾，孰是？复次常衮《叔父故礼部员外郎(无名)墓志铭》(《文苑英华》卷九四二)，有云：“征贤良，举秀才，一门擅科半于天下，既冠，进士擢第。其年拔萃合科，补益州新都尉。开元十年举文藻宏丽，遂上陈皇王之盛，下借周汉之谕……与孙逖同入第二名。……以天宝十三年十二月二十日甍于西京宣赐里之私第，享年五十有六。”《旧唐书·文苑传》孙逖本传云：“孙逖开元十年应制，登文藻宏丽科。”

由上可知：常无名先以拔萃登科，继于开元十年举文藻宏丽科，辛氏据《唐诗纪事》云张子容于先天二年登常无名榜进士，良是。但辛氏认为王湾开元十一年为常无名榜进士者，则误。因据明季徐应秋《玉芝堂谈荟》，知开元十一年状元为源少良。而值得注意的是，辛氏在卷一《崔颢传》云：“开元十一年源少良下及进士第。”把源少良误为是年知贡举，则又误，据现有材料可知，源少良平生未曾官礼部侍郎(岑仲勉《郎官石柱题名新考订·礼部员外郎》内无其名)。考陈振孙《直斋书录解题》卷十九：“《崔颢集》一卷。唐司勋员外郎崔颢撰，开元十年进士。”以此知崔颢与常无名同年参加文藻宏丽应制。又据傅璇琮《唐代诗人丛考·王湾考》，知王湾登进士必在开元五年前，而刘长卿登进士则于天宝元年后(详参同书《刘长卿事迹考辨》)。由此可揣知，辛氏云王湾开元十一年常元名榜进士之“十一”二字，应为“元”字之误，即王湾成进士在开元元年，与张子容同年。

上述开元十一年状元既为源少良，那么，辛氏所云刘慎虚“开元十一年徐征榜进士”，就又成谬误。徐征为状元，据《玉芝堂谈荟》，知事在开元二十年(《登科记考》据《唐才子传》载刘长卿“开元二十一年徐征榜及第”，以订徐征为状元在开元二十一年，当误)，则刘长卿登第亦应在是年，而不是开元十一年。《唐诗纪事》载刘慎虚为开元二十一年进士，微误。又王昌龄有《送刘慎虚归取宏词解》诗，表明刘慎虚登进士后，曾应制举。王昌龄是诗，作于开元二十二年任校书郎时，揣度之，刘慎虚“取宏词解”后，参加博学宏词科的考试，似在开元二十二年春。

总括上考，知常无榜先天二年为状元，十年后再应文藻宏丽科；张子容、王湾先天二年登常无名榜进士；源少良开元十一年为状元，徐征开元二十年为状元；刘慎虚开元二十年登徐征榜进士，两年后再应博学宏词科；刘长卿天宝元年左右登进士第(此从傅说)。

又《张子容传》云：“后值乱离，流寓江表，尝送内兄李录事归故里云：‘十年多难与君同，几处移家逐转蓬。白首相逢征战后，青春已过乱离中。行人杳杳看西日，归马萧萧向北风。汉水楚云千万里，天涯此别恨无穷。’”对于是诗，我在《孟浩然年谱》(载《荆门大学学报》1987 年第 2 期)中，曾指出其风格与子容现存诗作不类，属伪作，今检读《全唐诗》，知乃为刘长卿诗，辛氏误。

(三)丘丹与丘为

卷二《王维传》云：“日与文士丘丹、裴迪、崔兴宗游览赋诗，琴樽自乐。”然卷五《韦应物传》目录下附丘丹，于文中却无只字述及。

丘丹其人，《全唐诗》卷三〇七小传云：“丘丹，苏州嘉兴人。诸暨令，历尚书郎。隐临平山，与韦应物、鲍防、吕谓诸牧守往还。存诗十一首。”其《经湛长史草堂序》云：“无锡县郊七里，有惠山寺，即宋司徒长史湛茂之别墅也。旧名历山……贞元六年，岁在庚午，检校尚书户部员外郎兼侍御史丘丹志。”据此可知，贞元六年，丘丹尚在长安任职。又据《忆江南·四月》《状江南·季冬》二诗，知其与谢良辅、鲍防等人在江南曾相识过从，此即《唐诗纪事》卷四十七所载之内容。又据岑仲勉《金石论丛》之《郎官石柱题名新著录》，知丘丹曾官祠部员外郎。按丘丹与王维的唱和之作，《全唐诗》王维诗集及赵殿成《王右丞集笺注》均无载。又，检读王维诗集，其中有《送丘为往唐州》《送丘为落第还江东》《留别丘为》诸诗，表明“日与”游览赋诗者为丘为而非丘丹，辛氏未及细检王维诗，误将丘为当作丘丹者，实谬之甚。

按丘丹与丘为乃从兄弟关系。据《新唐书·艺文志》四所述，知丘为先后曾官主客郎中、司勋郎中、太子右庶子等，“卒年九十六”。《全唐诗》载丘为《冬至下寄舍弟时应赴入京》云：“他乡至下心，昨夜阶前雪。终日读书仍少孤，家贫兄弟未当途。适远才过宿舂料，相随唯一平头奴。男儿出门事四海，立身事业文章在。……江南驿使不曾断，迎前为尔非春衣。”诗题中之“舍弟”，当为丘丹。据《登科记考》卷二，丘为登天宝二载刘单榜进士，则是诗之作年在此前可知。

（四）“诗家夫子”与“诗家天子”

同卷《王昌龄传》云：“昌龄工诗，缜密而思清。时称‘诗家夫子王江宁’，盖尝为江宁令（当为“丞”之误）。与文士王之涣、辛渐交友至深，皆出模范，其名重如此。”

按此处的“诗家夫子”当为“诗家天子”之误。辛氏在“称”前用一“时”字，表明在唐时就有人称王昌龄为“诗家夫子”。经考察，唐人称王昌龄实为“诗家天子”而不是“诗家夫子”。

检读刘克庄《后村诗话·新集》卷三有云：“唐人《琉璃堂图》以王昌龄为诗家天子，其尊之如此。”《琉璃堂图》的全称为《琉璃堂墨客图》，著诗人三十一位，托名陈子昂撰(陈子昂卒在王昌龄之前，撰者非子昂已无需辨)。陈振孙《直斋录书解题》卷二十二云：“《琉璃堂墨客图》一卷，不著名氏。”但此图系唐人所作，则是毫无疑问的。晚唐诗人张乔《题上元许棠所任王昌龄厅》(《全唐诗》卷六三九)诗云：“琉璃堂里当时客，久绝吟声继后尘。”又清人宋荦《漫堂说诗》云：“三唐久绝，并堪不朽。太白、龙标，绝伦逸群，龙标更有‘诗天子’之号。杨升庵云：‘龙标绝句无一篇不佳。’良然。”

以上所举，均可证王昌龄在唐确被时人称为“诗家天子”而不是“诗家夫子”。但除辛氏外，也还有误将“诗家天子”作“诗家夫子”的，如宋初林逋《赠张绘密教九题·诗将》(见《林和靖先生诗集》卷一)即是一例。其在“昌龄合按行”下注云：“《琉璃堂图》以王昌龄为诗夫子。”勘之前考，此当为林氏所误记。又据林诗，知《琉璃堂墨客图》在宋已有多种刻本，林氏所见之，与刘克庄见之为异便是证明。

(五)鲍防里贯与“鲍谢”之“谢”

卷三《鲍防传》云：“防字子慎，天宝十二载杨儇榜进士，襄阳人也。”辛氏此说所本，乃出自《旧唐书·鲍防传》：“鲍防，襄州人。”《新唐书·鲍防传》亦同：“鲍防字子慎，襄州襄阳人。”

按，鲍防非襄阳人而是洛阳人。《文苑英华》卷八九六著录穆员《工部尚书鲍防碑》云：“公讳防字子慎，河南洛阳人。”是碑并述鲍防卒于贞元六年秋八月之私第。这是鲍防为洛阳人的确证，惜辛氏未读此《碑》文，仅承两《唐书》而成其误。又《唐才子传校笺·鲍防》以穆员《碑》中之“中州兵兴，全德违难。辞永王，去来瑱，为李光弼所致”诸语为据，认为“鲍防避乱归乡，相继为李璘、来瑱所辟，因有‘辞永王，去来瑱’之举。……据此，其籍贯似当从《姓纂》及《新书》作襄州襄阳人。”此说似不的。上引穆员《碑》文，《全唐文》与《文苑英华》同，唯岑仲勉《读全唐诗札记》云："按防卒于贞元六年，见全文七八三穆员所为碑。"核校岑氏《读全唐文札记》序言末所附之"附记"，知其所据之《全唐文》乃"为广雅翻本"。穆员其人，两《唐书》有传，《唐才子传·鲍防传》云："贞元元年，策贤良方正，得穆员、柳公绰等，皆位至台鼎，世美其知人，时比岁旱，质对'汉故事'，'免三公'，'烹宏羊'。权近独孤俪欲下按治。防曰：'使上闻所未闻，不亦善乎？'置质高第。"由此可见，穆员不仅为鲍防所器重，而且二人交游十分密切，其对鲍防之籍贯自然要比后于他的林宝清楚得多，因此，《元和姓纂》之说实不可信，而两《唐书》所载鲍防之籍贯又都本之林氏《元和姓纂》，故成其误。

《鲍防传》又云："与谢良为友，时亦称'鲍谢'云。"按"谢良"当脱一字。检《新唐书·鲍防传》，作谢良弼："防……与中书舍人谢良弼友善，时号'鲍谢'云。"《全唐诗》鲍防小传与此同。但胡震亨《唐音癸签》却作谢良辅，该书卷二十八"谈丛"四云："唐人一时齐名者，有……鲍、谢。"注云："防、良辅。"考《唐诗纪事》卷四十七，内录谢良辅与鲍防、丘丹、严维等唱和之二诗：《忆长安十二咏》《状江南十二咏》。此则表明谢良辅与鲍防过从甚密。但据顾况《礼部员外郎陶氏集序》，又知鲍防与二谢均相交甚笃，且二人皆曾官中书舍人。又《唐诗纪事》同卷"丘丹"名下，亦录有二谢与严维、吕谓等人联句之作，则"鲍谢"之"谢"实为良辅。考良辅现存作品，除上举《唐诗纪事》所录之诗与联句外，《全唐诗》三〇七还录其诗四首。《全唐文》另收其赋三篇。另《李太白全集》卷二十有《与谢良辅游泾川陵岩寺》一首，表明谢良辅与李白亦有交往。又据徐松《登科记考》卷八，知谢良辅与钱起同年登第，均赋《豹舄赋》，则其与钱起亦相过从可知。而谢良弼之作，仅上举《唐诗纪事》卷四十七"丘丹"名内有一联句而已，其交游皆乃大历间一般诗人，而这些人与良辅亦相交往，借此，知胡震亨所言乃为可信，即"鲍谢"所指为鲍防与谢良辅。

(六)刘禹锡"中山人"说

卷五《刘禹锡传》云："禹锡，字梦得，中山人。贞元十年进士，又中博学宏词科，工文章。"

按，刘禹锡实为洛阳人，辛氏此说，乃本之刘禹锡《子刘子自传》："其先汉景帝贾夫人子胜，封中山，谥曰靖，子孙因封为中山人也。七代祖亮……遇迁都洛阳，为北部都昌里人。世为儒而仕。坟墓在洛阳北山，其后地狭不可依，乃葬荥阳之檀山原。……父讳绪，亦以儒学，天宝末应进士，遂及大乱，举族东迁。"这篇自传说得很清楚：刘禹锡乃汉中山靖王刘胜之后裔，即其之郡望为中山。唐人十分重郡望，故刘有此述，辛氏未细究，竟以郡望作里贯，实误。又刘禹锡《汝州上后谢宰相状》云："家本荥上，籍占洛阳。"又其《上杜司徒书》云："小人祖先壤树，在京索间。瘠田可耕，陋室未毁。"京水与索水，均在今荥县内，《通典》卷一七七于荥阳县云："又有京水，索水。"刘禹锡著名的《陋室铭》即写于此，或认为写于和州者，误。

对于刘禹锡的籍贯，《旧唐书》刘禹锡传又云为彭城人。今学术界亦有人据白居易《刘白唱和集序》中之"彭城刘梦得"，权德舆《送刘秀才登科序》中之"彭城刘禹锡，实首是科"等辨其为彭城人者。按据《旧唐书·宰相世系表》(一上)，知刘姓有彭城刘氏与河南刘氏之分，而彭城刘氏始祖乃为战国人刘清："……生明，明生远，远生阳，十世孙，战国时获于魏，遂为魏大夫。秦灭魏，徒大梁，生清，徙居沛。"河南刘氏则"本出匈奴之族。汉高祖以宗女妻冒顿，其俗贵者皆从母姓，因改为刘氏。"《旧唐书》载刘禹锡为彭城人者，当是以白居易、权德舆二序成其说，或本之彭城刘氏之说。按前面已指出，唐人十分重郡望，如清人卢文弨《抱集堂文集》卷十五《武周珍川荣德县丞梁师亮墓志铭》一文中对此曾有专述："唐人重族望，作史者往往亦相沿袭，称王曰太原，称许曰高阳，不知以地著为断，后之地理志人物者，更无从考核矣。"

勘之上考，知辛文房、白居易、权德舆诸人，均犯了以郡望代里贯之错误。而刘禹锡一方面在其诗之中再三表明自己的籍贯为洛阳，一方面又任白居易等人将自己的籍贯以郡望易之，并在《自传》中称作中山人者，实属不的。

（七）戴叔伦登第

同卷《戴叔伦传》云："叔伦，字幼公，润州金坛人。……贞元十六年陈权榜进士。"清徐松《登科记考》同。

按戴叔伦卒于贞元五年六月，有权德舆《朝散大夫容州刺史载公墓志铭》（《文苑英华》卷九五二）一文可证。"维贞元五年夏四月，容州刺史、经略使、侍御史、谯县男戴公至部之三月，以疾受代，回车瓯骆。六月甲申，次于清远峡而薨，春秋五十八。"戴叔伦既卒于贞元五年，他又如何在死后十一年的贞元十六年为"陈权榜进士"呢？辛氏在撰写戴叔伦传时因不曾读到权《碑》，而成此巨误，徐氏考叔伦登科之年虽读是文而未细究，以袭承辛氏之说而再误。

《唐才子传校笺》疏误

由中华书局出版的《唐才子传校笺》四册，体现了新中国成立以来学术界对《唐才子传》一书研究的最高水平，为全面系统地研究唐代文学提供了诸多可靠的依据。但是，其中也不乏错误之处，有的甚至较为严重。现就管见所及，特作若干订正如次，以供参考。

(一)吴筠(第一册卷一)

原文：……吴筠于开元、天宝时未曾有吴越之游……由此，则无论开元、天宝，吴筠皆未有与李白在越中交酬之可能，更无可能于天宝初荐李白于玄宗。(第151页)

按：这段笺证乃据郁贤皓《吴筠荐李白说辨疑》一文而为之，误。关于郁文对吴筠荐李白的否定说，李生龙《李白究竟与吴筠有无交往》(载《李白研究论丛》第二辑)，拙作《李白交游二考·李白与吴筠交游补正》(载《祁连学刊》1990年《李白研究专号》)已力辨其非。兹辑二文要点如次以供参考。

吴筠一生两次被召入京，第一次为天宝元年，时吴筠在剡越；第二次为天宝十三载，时吴筠在嵩山。吴筠开元末年的吴越之游，始程于南阳，经建业、毗陵而至剡越，这有其集中的《建业怀古》《登北固山望海》诸作可证。天宝元年被召入京，吴筠乃取道长江而至江陵，然后途经襄阳、洛阳至长安，这有他的《经羊角哀墓作》《缑氏庙》诸诗可证。

羊角哀墓在今湖北荆门市境与江陵的交接处，诗中的“祇召出江国”证实了此行乃为被召入京。天宝元年李白亦正在剡越一带，吴筠入京，白以《凤笙歌送别》一诗替他饯行，其中的“仙人十五爱吹笙”，即权德舆《吴尊师集序》中的“生年十五，笃志于道”的绝好注脚，而“玉京迢迢几千里”，所指即由入京的里程。所以，《旧唐书·李白传》载吴筠荐李白说乃为可信之事实。

(二)李昂(同册同卷)

原文：按《全唐文》卷三〇二李昂小传谓：“昂，开元时仓部员外郎，迁考功郎中，终吏部尚书。”昂曾以考功员外郎知贡举，《全唐文》云开元时任仓部员外郎，未知何据；如曾任仓外，则即《新唐书·宰相世系表》之都水使者睐子，出赵郡李氏东祖房。(第161页)

按：以考功员外郎知贡举之李昂，非系出赵郡李氏，此笺证乃误。又《全唐文·李昂小传》乃将赵郡李昂与陇西李昂合而为一，笺证者未知，是其致误之因也。赵郡李昂，《芒洛遗文·赵郡李方□志》有记载：“参军生都水使君讳睐，都水生仓部员外郎讳昂，即公(李思谅)之大父也。”陇西李昂所官者为考功员外郎，《全唐文》作“考功郎中”，乃将李昂所官者考功员外、吏部郎中二职合称而又省去“员外”“吏部”致误。《芒洛遗文·李昊志》云：“烈考左羽林卫长上令终。……府君郎羽林第二子也，与季弟考功员外、吏部郎中昂，幼差肩学诗，寻比延入仕。考功以文词著称。”此即明证。李昊为陇西李氏，则“以文词著称”的李昂非赵郡李氏甚明。

(三)崔国辅(同册卷二)

1. 原文：按国辅于开元十三年登进士第，此后数年间曾任山阴尉。孟浩然曾于开元十八、十九年间游吴越，《孟浩然集》卷三有《宿永嘉江

寄山阴崔国辅少府》诗……永嘉即今浙江省温州市。则孟浩然赴永嘉时闻讯崔国辅正由山阴尉奉使北上。(第230页)

按：此段笺证有二误：(1)崔国辅进士及第在开元十四年，此作“十三”者当为笔误。(2)孟浩然开元十八、十九年不曾游吴越，《宿永嘉江寄山阴崔国离开辅少府》的作年亦非为是时。按孟浩然一生曾三入长安，第一次在开元十一年，第二次在开元十六年，第三次在开元二十年。其第三次至长安后，乃于开元二十一年的秋天才由长安至洛阳，孟集中有《秦中苦雨思归赠袁左丞贺侍郎》诗，题中的“秦中苦雨”，表明其作地不仅在长安，而且其作年乃在久雨之年。《旧唐书·玄宗纪》开元十六年云：“九月丙午，以久雨，降死罪从流，徒以下原之。”又开元二十一年云：“是岁，关中久雨害稼，京师饥，诏出太仓米二万石给之。”孟浩然开元十一年入京在是年十一月，开元十六年的入京乃在岁底，故《秦中苦雨》诗必作于开元二十一年“久雨害稼”的秋天。既如是，则孟浩然开元十八、十九年游吴越说即乃不的之辞，《宿永嘉江寄山阴崔国辅少府》不作于斯时也就颇为清楚。是诗有云：“君使入京华。”所指为崔国辅开元二十三年应牧宰举入京事，而非如笺证者所言为开元十九年的“奉使北上”。与《宿》诗同时作的《江上寄山阴崔少府国辅》一诗有云：“春堤杨柳发，忆与故人期。”所谓“忆与故人期”之“期”，是指开元二十一年秋孟浩然“自洛之越”经山阴与崔国辅过从后的订约。按孟浩然一生三游剡越，唯开元二十三年的下江东游吴越乃在春，故此二诗之作年均为开元二十三年。关于孟浩然三次游吴越之概况，详见本文对孟浩然传的考订(亦可参见拙作《孟浩然研究》《李白求是录》《唐代诗人探赜》三书中关于孟浩然、李白、崔国辅生平行事的考察，此不具述)。

2. 原文：按，国辅贬谪竟陵后，其行踪即不可考，其生卒年亦不可知。(第235页)

按：崔国辅的卒年，闻一多《唐诗大系》、清乾隆版《竟陵县志》均载作天宝十四载，误。考崔集中有《九日》诗云：“江边枫落菊花黄，少长登高一望乡。九日陶家虽载酒，三年梦客已沾裳。”崔国辅因坐王铁事贬竟陵司马，始于天宝十一载夏，越三年为天宝十四载夏，诗中所谓“三年梦客”即指此。此诗既作于重阳节，而竟陵又非在长江边，故“江边”之指，当为江陵。这就是说，崔国辅在天宝十四载夏于竟陵司马的任期满后，即来到了古城荆州，其时为秋。又崔集中有《题豫章馆》一诗，其有云：“云留西北客。”从地理的方位考察，竟陵与江陵均在豫章之西北，则此五字表明崔国辅届时已由江陵到了豫章。崔国辅在江陵为秋，而是诗的开首为“杨柳映春江”，时令极合。这是崔国辅天宝十五载春尚健在人世之证。又李白有《送崔度还吴》诗，于题下自注云：“度，故人礼部员外国辅之子也。”崔度既“还吴”，则国辅斯时当是由豫章至其子崔度所居地吴郡，而豫章至吴郡又甚近，合勘之，知崔国辅离竟陵后，乃于江陵顺江东下途径豫章以至吴郡（另可参见拙作《崔国辅考略》一文）。

（四）綦毋潜（同册同卷）

1. 原文：又《元和姓纂》卷二云：“开元右拾遗綦毋潜，虞州人。”……维又有《送綦毋校书弃官还江东》诗，“江东”疑即潜之故乡；古或以“江东”指三国吴之统治地区，唐虔州正在古江东区域之内，故潜之里贯似当以作“虔州”为是。（第244页）

按：笺证者据王维诗疑綦毋潜故里为“江东”本属正确，但因囿于《元和姓纂》的记载而将维诗曲解之，则不的。其实，《元和姓纂》的记载是错误的。考王昌龄有《东京府县诸公与綦毋潜李颀相送至白马寺宿》一诗，明嘉靖十九年朱警辑《唐百家诗·王昌龄诗三卷》，嘉靖三十三年黄氏浮玉山房刊黄贯曾辑《唐二十六家·王昌龄诗二卷》，以及明铜活字本《王昌龄集二卷》三种刊本，均作《同府县诸公送綦毋潜李颀至白马寺》。《全唐诗》王昌龄集亦作如是注。则是诗为王昌龄在洛阳白马寺送綦毋潜、李颀所作可知。诗云：“南风开长廊，夏夜如凉秋。江月照吴县，西归梦中游。”据此，知綦毋潜此行乃偕李颀自洛阳还吴县，而王维诗又明载綦毋潜故里在“江东”，合勘之，则吴县即綦毋潜之里贯乃可论断。

2. 原文：《唐诗纪事》卷二十亦云：“开元中，由宜寿尉入集贤院待制，迁右拾遗。”按，宜寿即盩厔，在今陕西省周至县。”李颀《寄綦毋三》叙及潜登第后为宜寿尉事，诗云：“新加大邑绶仍黄，近与单车去洛阳。”宜寿为畿县，故曰“大邑”；“绶仍黄”，指县尉之职；“去洛阳”，谓释褐后离洛阳赴任。开元十四年进士试在洛阳举行，故潜登第释褐后非自长安而由洛阳赴职。(第 245 页)

按：此段笺释虽详，但大误，即綦毋潜任宜寿尉非在开元十四年的进士登第之时。考《旧唐书·地理志》(一)有盩厔县，云：“天宝元年，改为宜寿县。至德二年三月十八日，复盩厔。”此条材料可证，綦毋潜为宜寿尉必在天宝元年之后。考李颀《送綦毋潜三谒房给事》(《全唐诗》卷一三二)有云：“晚景南路别，炎云中伏初。此行傥不遂，归食芦洲鱼。”诗题中的“房给事”为房琯，其为给事中事在天宝五载正月，《旧唐书·房琯传》有明载。据《通鉴·唐纪》，又知房琯天宝六载正月贬为宜春太守，则綦毋潜谒房琯必在天宝五载的夏天之“炎云中伏初”无疑。以此合勘李颀的那首《寄綦毋三》，可知綦毋潜此次投谒房琯成功，故其为宜寿尉的确切时间应即天宝五载。

3. 原文：按前已述及，潜自校书郎弃官还江东在天宝元、二、三载，则所谓“兵乱”云云，乃辛氏臆测之词。(第 249 页)

按：《唐才子传》云“后见兵乱，官况日恶，挂冠归隐江东”云云，不误，笺证者因不明綦毋潜生平，认为“乃辛氏臆测之词”则反误。按綦毋潜一生有两次挂冠辞官之举，第一次为天宝二年，第二次为天宝十二载，《唐才子传》所载“后见兵乱”即指天宝十二载这一次。所谓“兵乱”，是指天宝十二载四月邢縡在长安以兵作乱事件，两《唐书·玄宗纪》《通鉴·唐纪》均有记载。熊笃《天宝文学编年史》对此有详考，认为《唐才子传》的“兵乱”云云亦正指此事。綦毋潜两次辞官归江东，王维均有诗相送，第一次为《送綦毋校书弃官归江东》，时令在秋，诗中“日暮澄江空”可证；第二次即《别綦毋潜》，时令为冬，诗中“潼关雪中启”述之甚明。然值得指出的是，《唐才子传》的这段记载，乃将綦毋潜的两次归江东混同之则是错误的。

(五)李秀兰(同册同卷)

原文：按刘长卿有赠李季兰诗二首：《送李校书赴浙东幕府》……又《送李校书适越谒杜中丞》……此二诗皆送李季兰赴浙东幕府。……当在上元二年或宝应元年春，时长卿已由岭外贬地放还，流连于吴越等地，乃与季兰交往。(第328页)

按：刘长卿此二诗是否为送李季兰所作，尚属可疑。《送李校书赴浙东幕府》云：“芸香辞乱事，梅吹听军声。”其中第一句的“乱”一作“校”，即“芸香辞校事”，甚是。据这两句诗，知刘诗所送之“校书”其人，此行乃始自京师，“芸香”指仲春之月(见《艺文类聚》卷八十一引《礼记·月令》)，则其成行即在斯时。后句为刘长卿的想象之辞，谓“校书”到达浙东幕府应在“梅吹”之际。这十字紧承第一联的“方从大夫后，南去会稽时”，表明“校书”的始程地非在吴越一带而是长安，则刘诗之作地亦在长安可论断。刘长卿何时晋京？据傅璇琮《唐代诗人丛考·刘长卿事迹考辨》，知乃在“天宝中”与袁用分“朋头”之前后。若刘诗所送之“校书”果如笺证者所言为李季兰，则表明这位“风尘女子”在“天宝中”即已被召入京，这似乎与《唐才子传》所载时间不谋而合，其实不然。请看余嘉锡《四库提要辨证》卷二十四对此之质疑，其云：“其入宫之时，恐不在天宝年间，何者？仲武选诗，终于大历暮年，于季兰已有迟暮之叹，俊姬之称，则其年齿盖已五六十岁。由此上数至天宝十五载，凡二十有五年，季兰之被召或又在其前，正是年华未老，丰容盛腴之时，而其诗云……绝不似三十许人口吻……《唐才子传》以为天宝间，传闻之误耳。”是刘长卿在长安所送之“校书”非李季兰甚明。另一首《送李校书适越谒杜中丞》，其作年固然可订在上元二年杜鸿渐镇越之际，而是时李季兰亦正寓居吴兴，但季兰生平是否供校书一职，不仅史无明载，而且也不见唐宋时期的任何资料记载，且笺证者亦未考得，故不能认为这位“校书”就是李季兰。

(六)孟浩然(同册同卷)

1. 原文：据王《序》所述卒年及享年推算，浩然四十岁，时为开元十六年。是年冬，自襄阳入京应举。《赴京途中遇雪》云……又《长安早春》云……放榜落第后，曾在长安稍作淹留。(第364页)

按：笺证者认为浩然开元十六年冬入京虽无大误(具体应为是年十月)，但将《赴京途中遇雪》诗系为是年途中作则乃不的。这是因为，据两《唐书·玄宗纪》《唐会要》《通鉴·唐纪》诸材料可知，开元十六年的春、冬均无雪之记载。其实，此诗为孟浩然开元十一年首次晋京所写。《旧唐书·玄宗纪》云：开元十一年十一月，“自京师至于山东、淮南大雪，平地三尺余。”这是开元十年至开元十七年的八年中，京秦地区唯一下的一场大雪，孟诗所述者即为是次晋京之“遇雪”。孟浩然是次入京，乃因张说之荐，《唐诗纪事》对此有明确记载：“明皇以张说之荐召浩然，令诵所作。”而《赴京途中遇雪》原作《赴命途中逢雪》，题意正与《唐诗纪事》相扣，乃更为明白。同样的情况，笺证者还将《南阳北阻雪》一诗作为孟浩然开元十七年自京还襄阳之根据，亦误，盖因《旧唐书·玄宗纪》明载“是冬无雪”，所以，《笺证》的开元十八年正二月为孟浩然抵襄阳的时间之说，也是错误的。

2. 原文：浩然四十岁游京师以前可补述之重要行事有：开元十二至十四年间，久滞洛阳，以求出仕之门路，结果一无所获，因于十四年夏秋之际，“自洛之越”，滞留近三年。(第366页)

按：《笺证》是说乃据陈贻焮《唐诗论丛·孟浩然事迹考》、陈铁民《关于孟浩然生平事迹的几个问题》而为之，亦大误。按孟浩然一生下江东而游吴越者凡三次，其时间分别为：(1)开元十四年夏至十六年春；(2)开元二十一年秋至二十二年夏；(3)开元二十三年春。

其具体概况为：

开元十四年的第一次吴越之游。孟集中有《题终南翠微寺空上人房》诗，云："缅怀赤城标，更忆临海峤。"诗中"赤城""海峤'，俱为越剡名胜。诗题点明"终南"，说明此诗的作地在长安，而此前孟浩然是到过一次吴越的。又其《久滞越中》诗云："未能忘魏阙，空此滞秦稽。两见夏云起，再闻春鸟啼。"第一句表明，孟浩然"久滞越中"时，乃在他入京之后；"两见"与"再闻"两句则表明他此行滞越凡三个年头。据此合勘孟之生平与行踪，知"未能忘魏阙"所指为其开元十一年的晋京，"题终南翠微寺"为开元十六年二次入京之所作，而以开元十六年逆数三个年头，则其"久滞越中"乃始于开元十四年甚明。换言之，这两首诗所述孟浩然的行踪为：开元十一年晋京后的开元十四年前夏游吴越，滞留三个年头，是为"两见夏云起，再闻春鸟啼"，于十六年春自越返襄，岁底二次晋京后题诗终南山翠微寺。

再看开元二十一年秋的"自洛之越"。如本文对崔国辅条的考订所述，孟浩然的《秦中苦雨思归》与两《唐书·玄宗纪》诸材料记载开元二十一年秋长安"久雨害稼"的史实表明，孟浩然此次出京乃在开元二十一年的秋天，这又有《初出关旅亭夜坐怀王大校书》一诗可为内证。诗云："烛至萤光灭，荷枯雨滴闻。"诗题中的"王大校书"为王昌龄，开元二十一年正在长安任校书之职。"荷枯雨滴闻"五字所写，正与《秦中苦雨思归》的时令、天气状况一致，则孟之"自络之越"始于是年秋是十分清楚的。若孟浩然之"自洛之越"为开元十二至十四年，则乃与上述史实完全相悖。

孟浩然的第三次吴越之游，即为应崔国辅之邀约下江东的那一次。届时，李白在江夏曾赋《黄鹤楼送孟浩然之广陵》替其饯行。关于李白是诗的作年，历来有开元十六年前、开元十六年乃至开元二十五年诸说，其实皆误，拙作《李白与孟浩然交游考异》(署名靖华，《唐代文学研究年鉴》1989、1990 年合辑本对其结论作了详细介绍）已详辨其非。按李白与孟浩然初识于开元十四年夏之“维扬”，而是年至开元十六年的夏天，孟浩然又一直“久滞”越中，李白何能在江夏赋诗相送，又何能称其为“故人”呢？开元二十五年，孟浩然在张九龄的荆州大长史幕府，哪里有“烟花三月下维扬”之可能呢？凡此种种，均表明未弄清楚李、孟双方各自的行踪，是导致是诗系年众说纷纭的主要原因。关于孟浩然开元二十三年第三次下江东而与崔国辅爽约之史实，另可参见马茂元《晚照楼论文集》中《唐诗札丛·崔国辅里贯仁履及其绝句诗》一文。

3. 原文：浩然第二次赴长安，当在开元二十一年。此次长安之行返抵襄阳之时间，则大抵在开元二十二年或二十三年仲夏。（第 372 页）

按：笺证者是说乃据谭优学《唐诗人行年考·孟浩然行止考实》而为，亦误。对于谭文，拙作《孟浩然入京新考》曾予专辨。按孟浩然之《秦中苦雨思归》诗既证实开元二十一年秋天其尚在长安，是年又怎么会有晋京之举呢？此为其一。另据《唐会要》诸材料可知，韩朝宗为山南东道采访使固然在开元二十一年，但唐玄宗下诏令命五品以上地方官员荐举一人之史实，乃在开元二十三年春，两《唐书》对此均有明确记载。王士源《孟浩然集序》虽然记载了韩朝宗荐孟浩然之事实，但较之《新唐书·孟浩然传》的记载为略。据新传，知韩荐孟，孟“毕席不赴”的地点在襄阳而非长安，以此证之孟的行年，知其记载是可靠的。这就是说，开元二十三年虽有韩朝宗荐孟浩然之事实，但其最终却未能成行。

（七）李白（同册同卷）

原文：（《唐才子传》）此段乃录《新传》原文。云：“……少与鲁中诸生孔巢父、韩准、裴政、张叔明、陶沔等隐于徂徕山，酣歌纵酒，时号竹溪六逸。”（第 384 页）

按：李白与孔巢父等隐于徂徕山号为“竹溪六逸”之说，乃为后人杜撰，不可相信。对此，张昕《李白寓家东鲁时间存疑》(载《李白研究论丛》第二辑)一文，已有详考，其要点为：据《新唐书·宰相世系表》《金石录》卷十《唐孔岑父碑》，以及《宝刻丛编》卷五引《集古录目》，韩愈为孔巢父兄孔岑父二子戣，三子戡所撰写的两篇碑文诸材料可知，孔岑父生于开元十三年，而作为其胞弟的孔巢父即以小孔岑父一岁计算，到开元二十六年李白举家东鲁时只有 10 岁，而李白为 36 岁，二人如此年龄上的差异，同隐徂徕山“酣歌纵酒”显然是不可能的。所以，《旧唐书》所载此诗的材料来源，若非附会所致，即为道听途说的小说家之言。

(八)张继(同册卷三)

1. 原文：继终于检校祠部员外郎……继之卒在大历末年。(第 508 页)

按：此《笺证》乃据傅璇琮《唐代诗人丛考·张继考》为之，误。傅《考》所据，为《新唐书·艺文志》，而《艺文志》的记载是靠不住的。《中兴间气集》孙毓修校本于戴叔伦评语有云：“叙伦之为人，温雅善举止，无贤与无不肖，见皆尽心。在租庸幕下数年，文□靡怠，吏部尚书刘公与祠部员外郎张继书，博访选材，曰：辑对宾客如叔伦者，一见倾心。”文中的“吏部尚书刘公”即刘晏。刘晏以吏部尚书衔致书张继“博访选材”而于戴叔伦“一见倾心”，史无明载。考《新唐书·戴叔伦传》云：“刘晏管盐铁，表主运湖南，至云安，杨子琳反，驰客劫之曰：‘归我金币，可缓死。’叙伦曰：‘身可杀，财不可夺。’乃舍之。”云安即夔州。《通鉴·唐纪》云：“大历四年……二月，……子琳遂杀夔州别驾张忠，据其城。”据此，知戴叔伦督运“金币”于云安被劫，事在大历四年，而刘晏致书张继“博访选材”得叙伦而“一见倾心”，自当在大历四年之前。检两《唐书·代宗纪》《宰相表》及刘晏本传，知其一生两任吏部尚书，第一次为广德元年正月，第二次为大历元年正月。又据上述材料，知刘晏曾两次负责转运、租庸与盐铁之事，首次所“领”为东都、河南、江淮诸地，第二次则为湖南、荆南、山南东道一线。另据《旧唐书·地理志》，云安为山南东道所辖，而叔伦之督运“金币”被劫又在大历四年，合勘之，知刘晏以吏部尚书衔致函张继乃在大历元年至大历四年间，则张继为“检校调部员外郎”即在此段时间。《艺文志》载为“大历末”者，显误。

2. 原文：……继有《洪州送邹绍先充河南祖庸判官》诗，刘长卿有《毗陵送邹绍先赴河南充判官》诗，刘约在大历四、五年间在毗陵写此诗，可证继于大历四、五年间已在洪州任职，并未入内侍。（第508页）

按：此《笺证》亦据《张继考》为之，大误。据刘长卿与张继的这两首诗，认为邹绍先赴任河南在大历四、五年是可从的，但傅《考》却于一极为关键处予以疏忽，这就是张继与刘长卿同赋诗送一人，张继的诗题作“洪州”，而刘长卿的诗题则为“毗陵”。按邹绍先此行的始程地在毗陵，与洪州无涉，这有皇甫冉的同题诗《送邹判官赴河南》可证，傅《考》未引是诗，以致成误。皇甫冉大历初的行踪，据《唐代诗人丛考·皇甫冉皇甫曾考》，知其大历三年秋尚在京洛一带，其后即“奉使江表，因省家至丹阳”，未久，“不幸短命”家中。冉之是诗表明，大历四、五年其不仅健在人世，而且曾与刘长卿在毗陵同赋诗送邹绍先河南赴任。而值得注意的是，张继集中有《春夜皇甫冉宅欢宴》一诗，证实皇甫冉“省家至丹阳”后，其亦曾至毗陵与冉过从一时，诗题点明“春夜”，则若非大历四年即为大历五年可断之。既然大历四、五年皇甫冉、刘长卿、邹绍先、张继四人均在毗陵，即可证傅《考》从《全唐诗》注将张继诗作《洪州送邹绍先充河南租庸判官》乃误。而《唐诗纪事》《文苑英华》《唐诗品汇》诸本著录张继是诗无“洪州”二字者，又可佐证《全唐诗》之“注”是颇为错误的。张继是诗既写于毗陵，则傅《考》与《唐才子传》之笺证者据其认为张继大历四、五年在洪州供职之说，也就无法成立了。

(九)张登(第二册卷五)

原文：又登为殿中侍御史董赋江南，当在贞元十七年前后。刘禹锡有《扬州春夜李端公益张侍御登段侍御平仲密县李少府畅秘书张正字复元同会于水馆对酒联句追刻烛击铜钵故事…… 以志其事》诗……由贞元十七年至元和二年，恰为六年。……由是推测，登当卒于元和三年，或稍后。(第375页)

按：此段《笺证》乃据卞孝萱《刘禹锡年谱》而为之，所笺张登董赋江南的时间，刘禹锡《扬州春夜》诗的作年，张登卒年三事，全部为误。考《册府元龟》卷七〇〇云："张登为漳州刺史，贞元十七年死于州狱。"此为三者俱误之确证。又权德舆《唐故漳州刺史张君(登)集序》(《全唐文》卷四九三)云："伏守海郡，追随终身。"所述与《册府元龟》合。权《序》又云："以荐延改河南士曹椽，满岁，计相表为殿中诗御史，董赋江南。无何，授漳州刺史，居七年，坐公事受劾，吏议侵诬，胸臆约结，感染不起。……君子孤宣犹，以于建中初同为丹阳公从事，奉持遗文，拜泣见托，开卷三复，追怀旧故。"现既知张登卒于贞元十七年，此《序》又载张登刺漳州"居七年"，推之可知，张登始牧漳州乃在贞元十年，则其以殿中侍御史董赋江南在贞元十年前乃可论断。又中唐所谓"计相"，为度支盐铁使之别称。"表"张登为殿中侍御史而董赋江南的这位"计相"为谁？考《旧唐书·德宗纪》贞元八年夏四月至贞元十年十月之所载，知此期的"计相"为张滂，则"表"张登的"计相"为张滂无疑。而张登届时所任士曹掾的河南府，正为张滂所"主之"的范围，此则亦可佐证之。贞元十年十一月，"诸道盐铁转运使张滂为卫尉卿，以浙西观察使王纬为诸道盐铁转运使。"据此，张登的"无何授漳州刺史"当在贞元十年十一月前后可知。也就是说，张登在扬州与刘禹锡等的"对酒联句"，只能发生在贞元八年四月至贞元十年十一月之间，而其中有"春夜"可言者又只有贞元九年，则刘禹锡《扬州春夜》诗的作年必在贞元九年无疑。

刘诗作于是年，还可从诗题中的“段侍御平仲”的行踪得到印证。段平仲其人，两《唐书》有传。《旧唐书》本传云：“登进士第，杜佑、李复相继镇淮南，皆表平仲为掌书记。复移镇华州、滑州，仍为从事。”按杜佑镇淮南，据《旧唐书·德宗纪》，知事在贞元五年十二月，则段平仲至扬州当在是时。又《旧唐书·李复传》云：“会华州节度李元谅卒，以复为华州刺史……贞元十年，郑、滑节度使李融卒，军中清乱，以复检校兵部尚书，兼滑州刺史。”另据同书《德宗纪》《李元谅传》，知李元谅卒于贞元九年十一月，李融卒于贞元十年二月。合勘以上材料，知李复以淮南节度使转牧华州当在贞元九年的十二月，两个月后李融卒，又由华转牧滑州。据此，知段平仲离扬州的时间乃在贞元九年十二月，则其在扬州的时间，为贞元五年十二月至贞元九年十二月之间乃无疑。贞元八年四月，张登始至扬州，贞元九年十二月，段平仲离开扬州，二人的这一行踪是刘禹锡《扬州春夜》诗作于贞元九年春的最有力证据。

(十)马戴(同册卷七)

原文：马戴又有《府试观开元皇帝东封图》诗，据《新唐书》卷五《玄宗本纪》…… 玄宗东封自与兖州关系最大，可能此即系州府试之题。……故戴屡言“海边”“海上”。戴似应为兖海人。(第335页)

按：此《笺证》全为推测之辞，不的，盖是诗是否为马戴所作，尚可怀疑。这是因为：(1)马戴集中另有一首府试诗，题作《府试水始冰》，若上诗亦为马戴诗，岂不马戴参加了两次府试？(2)马戴在《赠祠部令狐郎中》诗中述及他至长安应试时是“小儒新从海边来”，而《府试观开元皇帝东封图》则有“鲁叟望悠哉”句，按照唐制，只有府试通过了的考生才能至京师应试，马戴府试的年龄(“鲁叟”)怎么能比省试还要大得多呢？可见，“鲁叟”与“小儒”根本不是一人。据此，知《笺证》的兖海说是大有问题的。

按马戴的里贯为台州，马戴的下列诗作可直接提供内证。《赠越客》云："故国波涛隔，明时已久留。献书双阙晚，看月五陵秋。南棹何时返，长江忆共游。"据"看月五陵秋"五字，知这诗写于京秦，而"故国波涛隔"与"南棹何时返"两句表明，马戴的故里乃在"波涛隔"的南方。《中秋夜坐有怀》云："心悬赤城峤。""赤城峤"为赤城与临海峤的合称，二者均为台州名胜，亦正是地处南方而与长安波涛相隔。又《江行留别》云："余将何所往，海峤拟营家。"所谓"海峤拟营家"，就是指马戴将归耕于故里的临海峤。其《长安书怀》又有云："关中成客久，海上老诸亲。谷口田应废，乡山草又春。"《秋思》二首其一云："田园无岁计，寒近忆樵渔。"《下第别令孤员外》云："旧交多得路，别业远仍贫。便欲辞知己，归耕海上春。"从这些诗句中，均可见出马戴的里贯既非兖海，亦非另几种说法中的江苏曲阳、河北沧州等，而只有台州，才能与其关联，其中，"归耕海上春"五字，又是"海峤拟营家"的绝好注脚。

(十一)杜荀鹤(第四册卷九)

原文：而乐史《太平寰宇记》卷一〇五池州下及其《洞微志》均云"杜荀鹤字彦之"。(第262页)

按：此《笺证》为笺证者不明《洞微志》一书的作者所致。《洞微志》一书非乐史所撰，其作者为钱希白。阮阅《诗话总龟》附于卷首的《集一百诗话总目》第52种即《洞徽志》，署名钱希白撰。钱希白即钱易。《直斋书录解题》卷七云：《南部新书》十卷，翰林学士钱易希白撰。"又同书卷十一著录《洞徽志》三卷，云："学士钱易希白撰。"注云：《文献通考》作十卷。"检《郡斋读书志》亦作十卷，可见，是书在宋即有几种刊本行世。

《孟浩然襄阳诗译注》序

在中国古代诗人中，与北方籍诗人王维共同开创了“盛唐山水田园诗派”的襄阳诗人孟浩然，是中国文学史上第一位大力创作山水田园诗的诗人。从山水文学发展史的角度进行审视，曾不为“五斗米”折腰的陶渊明，是第一位致力于田园诗创作的诗人，而与陶渊明同时的谢灵运，是第一位致力于山水诗创作的诗人，孟浩然则是集二者于一身而又进行大力创作的第一位诗人。即孟浩然是既创作山水诗又创作田园诗，并使之合而为一的一位诗人。换言之，自孟浩然始，文学史上才有了“山水田园诗”这一称谓。所以，从这一意义上讲，陶渊明、谢灵运、孟浩然三人，可以说是中国文学史上山水田园诗的开拓者与奠基人。因为有了这三人的不断艺术实践，才使得一部中国文学史更加光彩夺目，才使得在中国诗的国度里有了“山水田园诗派”这一文学流派。

其实，孟浩然对于中国文学史的贡献，并非仅仅在于此，而是表现在多个方面。比如，孟浩然是中国文学史上第一位大量创作近体诗的诗人，并在艺术上给诗仙李白、诗圣杜甫以影响。又如，孟浩然是中国文学史上第一位以诗歌进行干谒的诗人，其此举为开辟唐诗的题材作出了应有的贡献，从而使干谒诗成为了唐诗艺苑中的一个新品种，并可与送别诗、纪游诗、边塞诗等互为媲美。再如，孟浩然还是中国文学史上以诗歌全方位宣传、歌颂、赞美自己故乡——襄阳的第一位诗人。凡此等等，都表明了作为诗人的孟浩然，对于中国古代文学的贡献之大与影响之深。

而作为中国七世纪时期的一位知识分子，孟浩然还以其非凡的文学才华，赢得了唐玄宗亲下诏书征召的无比荣耀。对此，宋人计有功《唐诗纪事》卷二十三已曾记载：“明皇以张说之荐，召浩然。”而孟浩然集中则有《赴命途中逢雪》一诗与此相扣合，诗题中的“赴命”，即“应诏”的意思，孟浩然因“应诏进京”，于“途中逢雪”，所以才写了这首五言律诗以纪其行。孟浩然以布衣的身份而为唐玄宗所征召之事，在当时不仅是一条轰动全国的重要新闻，而且还给广大未仕的知识分子以极大鼓舞和影响。长期生活在远离京城的孟浩然，自然也因此而成为了一位“明星”级人物。正因此，陶翰在《送孟大入蜀序》一文中说：“孟浩然……始游西秦，京师词人皆叹其旷绝也。观其匠思幽妙，振言孤绝，信诗伯矣，不然者何以有声于江楚间？”所谓“有声于江楚间”，即指孟浩然因诗名而被征召事。而李白在《赠孟浩然》一诗的开首亦写道：“吾爱孟夫子，风流天下闻。”李白诗中的“风流天下闻”之“风流”，指的即是孟浩然的被征召入京。不仅如此，孟浩然还因此而成为了李白追慕与学习的榜样。二十年后的天宝元年，在吴筠与玉真公主等人的荐举下，唐玄宗派使者持诏书到安徽南陵专征李白进京，使李白的这一夙愿终于得以实现。在唐代数以千计的诗人中，能享受皇帝征召的这种“国士恩”之待遇者，只有孟浩然与李白。因此，他们的被征召，既成为了当时中国知识分子的楷模，又为家乡人民赢得了无限荣光。

而在市场经济条件下的今天，孟浩然也为其家乡赢得了无限的荣誉，其中最典型的例子，就是在香港所举行的“我最喜欢的十首唐诗”评选活动中，孟浩然的《春晓》不仅被入选其中，而且排序第四。至于海内外对孟浩然其人其诗之研究，就更是热闹非凡了。首先是中国孟浩然研究学会的成立暨全国首届孟浩然学术研讨会的召开，之后是孟浩然国际学术讨论会的举行。这两次盛会，不仅聚集了大批的海内外学术精英于孟浩然故里——襄阳共商孟浩然研究的大计，而且还让更多的学者专注于对孟浩然的研究，从而推动了孟浩然研究的向前发展。正因此，新西兰坎特伯雷大学亚洲研究系的陈珏博士，曾于 2005 年 3 月 4 日，不远万里打越洋电话向我求购拙著《孟浩然研究》一书。而日本国的一位汉学家，为了购得拙著《孟浩然研究》，跑遍了上海的各大书店，最终则是在复旦大学查屏球教授处复印一册以归。所有这一切，都反映了不同地域、不同国别的人们，对于孟浩然这位著名诗人的接受、研究与喜爱。而其所体现的是，作为诗人的孟浩然，不仅无愧于其家乡人民，更是无愧于整个华夏民族！

为了让孟浩然的事迹广为人们所知晓，为了让孟浩然的诗歌广为人们所诵读，并能让其走进孟浩然故里的千家万户，孟浩然故乡襄阳人杨立武君，于教学之余，历寒暑三载，数易其稿，终于撰成了这本十余万言的《孟浩然襄阳诗译注》。今年七月，杨君携其书稿以求序于我，时我正从海南开会回来，见其书稿，甚为欣慰，当即同意在审读完书稿后，为其撰写一篇序文。我之所以同意的原因，主要在于迄今为止，国内尚没有一种这样的孟诗选本问世。因此，此书出版后，无论是对于欲研究孟浩然的田园诗或山水诗的学者而言，抑或于想了解唐代襄阳的历史、文化、宗教以及自然景观的普通读者以论，都是具有较为理想之参考价值的。全书共选收孟浩然"襄阳诗"七十五首，举凡孟浩然在襄阳的田园诗、山水诗、交游诗等，都被收入其中，真可谓是一册在手，"孟浩然与襄阳"便了然在胸。

本书除孟浩然诗歌的原文外，另由"韵译""注释""赏析"三部分组成，这种安排与结构，也是很有特点的，而且据我所知，对于孟浩然诗歌的"韵译"，自古迄今可以说基本上无人去作。本书的"韵译"部分，全部采用的是七言句式，且很多译文的韵脚，用的都是孟浩然诗歌的原韵字，这种作法极便于读者阅读与把握。从中国翻译史的角度讲，翻译主要可分为"中文译"与"外文译"两大类，但无论哪一类，都是属于再创作的范畴的，也即写作学上的"二度创作"。而七十五首诗的二度创作，即构成了本书的一大亮点，且其语言流畅，文风朴实，这对于普及孟浩然诗歌而言，显然是极受读者欢迎的。

本书的"注释"与"赏析"，也是很有特色的。就"注释"来说，作者力求在准确、简洁的同时，尽量对有关语词与典故的出处进行交代，以便读者从中对原作品的诗意有更进一步的理解。而置于“注释”开首的“题释”，更为读者从诗题上获取该诗的信息提供了方便。还值得一提的是，全书将七十五首诗按其所涉襄阳的地名、名胜、名物等内容，将其分为二十七个类别，如“岘山、岘潭”“万山、万山潭”“南山”“西山”“望楚山”“涧南园、南亭”等，并于每一类诗的开首，对这些“类目”均进行了一一介绍。这种介绍，实际上涉及了其“类目”的历史沿革、构成因素等问题，为读者了解和认识历史上襄阳的自然景观与人文景观，提供了很大的便利。比如于“岘山”条对“三岘”(岘首、中岘、上岘)的介绍，于“万山”条对万山别名的介绍等，就都很有特点，这些介绍，即使是地地道道的襄阳人，也未必就能知晓其中的所以然。

作品赏析，从鉴赏学的角度讲，除了能培养与提高读者的艺术欣赏水平外，还具有引导读者如何读的功能。本书的“赏析”部分，一般来说，大多具有言简意赅、切中肯綮等特点，因而能起到帮助读者较为准确把握作品意蕴的作用，这对于领悟孟浩然诗意的精妙处，提高孟浩然诗歌的普及度，都是颇具助益的。

总体来说，本书深入浅出，雅俗共赏，作者的这一努力，为使孟浩然诗歌从高雅的学术殿堂走向社会大众，迈出了值得肯定的一步。因此，我们有理由相信，本书的出版，一定会得到广大读者的青睐与喜爱。

2006年11月13日于古隆中求是斋

(《孟浩然襄阳诗译注》一书，由团结出版社2007年6月出版)

郁贤皓《李白丛考》商榷综述

二十世纪末期的20年，是李白研究史上的一个黄金时代。在这一时期中，李白研究界不仅推出了众多有分量的研究成果，而且质疑、商榷之风也盛行不衰，而后者则使本来就风起云涌的李白研究，显得更为波澜壮阔、充满活力而蔚为壮观。这对于李白研究的推动，显然是具有不可低估的学术意义的。在众多的被质疑与商榷之作中，陕西人民出版社出版的郁贤皓《李白丛考》一书，乃最具代表性与典型性。这是一本诚如《序》者孙望先生所言，有着“较多的是发前人之所未发的独创的新见”的李白论文集，全书共由十三篇论文组成，可以说基本上“为李白生平勾勒了一个新的轮廓”。但尽管如此，研究者们却对其中的诸多观点与结论，进行了大量的质疑与商榷，从而形成了二十世纪末期李白研究中一道亮丽的风景线。据不完全统计，直接以专文的形式对《李白丛考》进行考辨、质疑、商榷、订正者，约有30篇文章之多；若将间接者并计，则有文章50篇左右。这是一个极为引人注目的数据。这些商榷类文章的发表，既是李白研究在当时“百家争鸣”的一个重要标志，又使存在于李白研究中的某些问题得以更进一步明确与清晰，而或此或彼，于全面、系统、准确、翔实地研究李白其人其作，均是大有助益的。《李白丛考》对李白生平交游的考证为其研究的主要对象，故其涉及交游的文章，乃有近10篇之多。其次是李白的行踪。《李白丛考》中的行踪考文章，虽然明显的少于交游考，但其不少交游考文章却涉及了行踪考。针对《李白丛考》中这些关于李白交游与行踪文章的各种结论，研究者们几乎全部对其进行了质疑与辩驳。着眼于回顾与总结的角度，本文特对《李白丛考》的“商榷研究”这一研究中的研究，分别从十个方面作一简要综述，以供参考。

（一）李白与孟浩然

《李白丛考》在《李白与孟浩然交游考》一文中，将李白与孟浩然二人的交游概况进行了梳理。认为二人一生凡过从四次，即：开元十五年始识于襄阳，开元十六年春二会于江夏，开元二十二年在襄阳第三次交往，开元二十七年再会于襄阳。并认为，李白集中著名的《黄鹤楼送孟浩然之广陵》一诗，即写于开元十六年春二人分别于江夏之际。针对《李白丛考》此文之说，靖华《李白与孟浩然交游考异》（载《荆门大学学报》1987 年第 1 期）一文，认为“其诸多论点与提法”，均“未敢苟同”，因而对李、孟二人交游的时、次进行了重新考察。该文认为，李白与孟浩然一生虽相会四次，但其时、地却分别为：开元十三年前后之维扬，开元二十一年之长安，开元二十三年早春之襄阳，开元二十三年暮春之江夏。《黄鹤楼送孟浩然之广陵》一诗，系李白开元二十三年暮春写于江夏，斯时，孟浩然因与崔国辅在山阴有约而经江夏再游越剡，李白乃在黄鹤楼以诗送之。该文发表后，其结论曾为《唐代文学研究年鉴》1989 年辑《李白研究》进行了大面积摘介。不同意《李白丛考》是文之结论者，另有刘武璋《李白与孟浩然的交游》（载《李白在安陆》，华中师范大学出版社 1986 年出版）、王辉斌《孟浩然与李白交游索考》（载《襄樊学院学报》2001 年第 3 期）等文。

（二）李白与卫尉张卿

卫尉张卿是李白开元年间的一位重要交游。此卫尉张卿是谁？《李白丛考》在《李白与张垍交游新证》一文中，以张九龄集中的《张说墓志铭并序》一文为据，认为其乃张说次子、尚宁亲公主的张垍。对于《李白丛考》的这一考证结果，李清渊《李白赠卫尉张卿话别考》(载《文学遗产》1992 年第 6 期)一文，认为其“确有不少疑点，既未能确证‘卫尉张卿’即张垍，也未能确证这两首诗(指李白《玉真公主别馆苦雨赠卫尉张卿二首》——笔者注)必为李白开元十八年寓居终南山玉真公主别馆时所作”。由是，李文对《丛考》是文提出的“卫尉张卿即张垍说”进行了全面质疑。文章认为，《李白丛考》“认定李白所言‘卫尉张卿’是当时在正员卫尉卿任者不仅缺乏依据，而且与其所考张垍在开元年间实为员外卫尉卿，天宝初他很可能还有此官衔不合。”并最后下结论说：“总之，李白诗中‘卫尉张卿’究竟是谁的问题迄今尚未真正解决，疑指张垍可备一说，若谓当即张垍，并据《张说墓志》作年推断诗必作于开元十九年，则皆欠允妥。”对于李文的质疑，毛水清在《唐代文学研究年鉴》1993、1994 年合辑之“李白研究”中进行了肯定，认为“李文论证周详严密，虽未得出正面结论，但许多问题的提出有助于研究的深入”。李文发表半年后，《丛考》作者在《南京师大学报》1993 年第 2 期上则发表了《李白诗中‘卫尉张卿’续考》一文，在这篇文章中，作者认为“卫尉卿”有可能是指尚玉真公主的张倜。如此，则《李白丛考》中的《李白与张垍交游新证》一文，不仅完全不具备学术价值，而且还应从《李白丛考》中予以剔除。

(三)李白与吴筠

据《旧唐书·李白传》的记载，李白天宝元年的奉诏入京，乃“吴筠荐之于朝”的结果。针对是说，《李白丛考》之《吴筠荐李白说辨疑》一文，乃进行了考辨，认为《旧唐书·吴筠传》所载吴筠的生平，“与吴筠自己的诗文和同时代文的记载，出入极大”，因而作结论说：“《旧唐书·李白传》的这个记载决不能信以为据。”即其认为在李白的生平事迹中，根本不存在着“筠荐之于朝”的史况。李生龙发表于《李白研究论丛》第二辑上的《李白与吴筠究竟有无交往》(该文又载《祁连学刊》1989年《李白研究专辑》)一文，则对《李白丛考》的“吴筠未荐李白”说，提出了质疑与辩驳。李文共由三个部分构成。文章首先从五个方面对《旧唐书·吴筠传》与权德舆《吴尊师传》进行了比勘，认为二者所载吴筠生平，可“互相发明，互相补正”；继而对“吴筠有无可能与李白同隐剡中并推荐李白”的问题进行了具体考察；最后对“李白与吴筠诗风之异同”进行了比较。从而认为：“李白和吴筠是有过交往的”，“《丛考》之说是不足以推翻《旧唐书》的”。王辉斌《李白交游二考·李白与吴筠交游补说》(载《李白求是录》上编，又载《祁连学刊》1990年《李白研究专辑》)一文，在赞同李文提出的“吴筠与李白同居翰林，完全是有可能”的前提下，对李白与吴筠开元末同游剡中的事实进行了“补说”，以证实李白的奉诏入京，确与吴筠关系密切。许嘉甫《吴筠荐李白说征补》(《临沂师专学报》1995年第4期)一文，则分别从“关于吴筠的出处”“关于李白的赠诗”两个方面，对《旧唐书》所载吴筠荐李白入朝的事实，进行了再次补证。许文首先对吴筠生平进行了重新考察，接着将李白集中现存的四首纪与吴筠交往之作，进行了具体笺释，最后认为：“李白与吴筠开元末偕隐剡中，天宝初，吴筠应征赴阙，荐李白入朝，与筠俱待诏翰林。”同时还指出，清人王琦“疑当时吴筠荐之于先”云云，“所言极是”。

(四)李白与崔侍御

李白集中有十一首诗记载了李白与崔侍御的交往关系，旧说或认为崔侍御为崔宗之。《李白丛考》之《李白诗中崔侍御考辨》一文，认为这位与李白交往关系密切的崔侍御，非为崔宗之，而是曾被“贬湘阴”的“逐臣”崔成甫。李从军《李白考异录·李白诗中崔侍御辨识》，着眼于《李白丛考》的“崔成甫”说，从“可疑者二”“不能者三”五个方面入手，认为李白诗中的“崔侍御”，“既不是崔宗之，也不是崔成甫”。并指出：

“《李白丛考》说李白酬崔侍御诗有十一首，但仅引了十首，还有一首很重要的诗始终未提，那首诗便是《闻李太尉大举秦兵百万出征东南懦夫请缨冀申一割之用半道病还留别金陵崔侍御十九韵》。”《李白丛考》之所以“始终未提”此诗，是因为“此诗清楚地表明了崔侍御绝不可能是崔成甫”这一事实。此诗作年为宝应元年即公元 762 年，而《卫尉少卿崔公墓志》则明载崔成甫卒于乾元元年即公元 758 年，斯时，崔成甫既已去世 4 年，“他断然不能死而复生与李白交游”。《李白丛考》为了强成己说，有意不引《留别金陵崔侍御十九韵》之举，显然是削弱了其自身的学术性的。此外，在《李白诗中崔侍御考辨》一文中，《李白丛考》作者认为崔宗之卒于天宝十载三月的说法，也为诸多研究者所质疑，如《李白在安陆》所载陈建平《崔宗之卒年议》一文，即为其一。陈文认为，《全唐文》著录崔祐甫《齐昭公崔府君集序》中的“迁本司郎中，时文国礼，十年三月，终于右司郎中”之“十年三月”，应以《文苑英华》所载该文作“十年三入”为是。并指出“三入”一辞。系唐人叙仕历者所习用，《李白丛考》作者因不谙此，而错误地认为崔宗之卒在天宝十三载，实乃不的。质疑《李白丛考》是说者，尚有张昕《“酒中八仙”交游考略》（载《李白在安陆》）等文。

（五）李白与元丹丘

元丹丘也是李白一生中的重要交游之一。《李白丛考》于《李白与元丹交游考》一文中，不仅对元丹丘的生平进行了考察，而且还考证了李白与元丹丘的交往概况。《李白丛考》认为，“李白二十岁左右在蜀中就与元丹丘结识”，在安陆“李白称元丹丘为‘故交’”，开元二十二年二人相会于嵩山，之后不久李白与元丹丘、元演一起到随州“去为紫阳宾”；“天宝初李白与元丹丘都由玉真公主推荐而进京”，天宝三载后元丹丘隐山东东蒙山，未久“离东蒙回长安”，李白写《西岳云台歌送丹丘子》

诗相送；天宝九载前后，元丹丘隐唐州石门山，“李白曾到石门山访元丹丘，有《寻高凤石门山中元丹丘》诗纪其事”；安史乱后，元丹丘隐当涂横望山，“李白暮年曾去看望过他”，并写《下途归石门旧居》诗与其分别。王辉斌《李白史迹考索·李白与元丹丘交游详考》，不同意《丛考》上述的意见。该文将李白与元丹丘的交游，划分为四个阶段，其具体为：开元十四年的秋冬，二人初识于颍阳，直至开元十七年止，中间凡四个年头，此为第一阶段；开元十八年前后，李白与元丹丘先后入长安，十九年春末夏初在咸阳分别，二十一年秋末冬初又相逢洛阳，四年两相聚，此为第二阶段；开元二十二年至开元二十五年，为李、元交往史上的第三个阶段，时间凡三年，相会者二次，拒邀者一次；天宝初二人再次相聚于京城长安，未久元丹丘出京游江东，李白亦“江东访元丹”，天宝六载，元丹丘西归华山，李白赋诗相送，此为第四个阶段。此后，二人不复相见。又，上举李生龙等文认为，《李白丛考》认为《下途归石门旧居》一诗系李白纪与元丹丘相分别者，乃误，因为其所纪者实为吴筠故也。

（六）李白与刘长卿

《李白丛考》在《刘长卿别李白事迹小考》一文中，提出了李白与大历诗人刘长卿在上元元年春相会于余干的说法，认为刘长卿集中的《将赴南巴至余干别李十二》一诗，即写于是时。乔长阜《李白遇刘长卿说献疑》（《中国李白研究》1992、1993 年集）一文着眼于两个方面，对《李白丛考》之说进行了质疑，其一是李白有无可能在刘长卿“将赴南巴”时与其余干相遇，其二为刘诗中的“李十二”是否为李白。文章经过考证后认为：“刘长卿《将赴南巴至余干别李十二》诗的‘李十二’，不过是与李白行第相同而已，其实并不是李白。李白与‘将赴南巴’的刘长卿相遇于余干的说法是不能成立的。”

(七)李白与李叔卿

李白集中有《同族弟金城尉叔卿烛照山水壁画歌》一诗，纪与李叔卿之交往关系。《李白丛考》之《李白交游杂考·李叔卿》，于考察李叔卿简要生平事迹的同时，认为《同族弟金城尉叔卿烛照山水壁画歌》一诗乃系李白"作于长安"，即其认为李白在天宝初年供奉翰林时于长安与李叔卿相识，并互为交往。张昕《李白同李叔卿交游考辨》(载《李白在安陆》一文，针对《李白丛考》的结论进行了商榷。文章认为，李白在天宝元年于长安"没有同李叔卿交往的条件"，因此《李白丛考》的结论为误，乃不言而喻。张文通过具体的考察后，认为是诗系李白作于唐玄宗开元二十一年，"李白同李叔卿的交往当在开元年间李白出长安回安陆的途中"。

(八)关于"东涉溟海"

《李白丛考》在《李白出蜀年代考》一文中，不仅将李白出蜀的时间考订为开元十二年秋，而且还认为，李白此行出蜀的"东涉授海"，曾"从广陵出发向会稽"，到达过今浙江省天台山一带，并写了《天台晓望》《早望海霞边》等诗。王辉斌发表于《成都大学学报》1988 年第 4 期上的《李白东涉溟海未至剡中考辨》一文，则对《李白丛考》的是说进行了专题性商榷。王文由两部分组成。在第一部分中，王文对《李白丛考》认为李白"东涉滨海"曾至剡中的全部证据(主要李为李白诗)进行了考辨，指出这些作品皆非为李白此行写于剡中的产物，因而不能用以作证李白"东涉溟海"时曾到过剡中及天台山一带。王文的第二部分，主要着眼于李白出蜀的思想等内容进行了考察，认为《李白丛考》提出的"李白东涉溟海曾至剡中的说法，是完全靠不住的"。所以，王文从总体上认为，詹锳《李白诗文系年》、郭沫若《李杜年表》等，皆系李白"东涉溟海”的此行所至“乃在广陵一线”，是符合李白行踪的历史真实而甚为正确的”。该文发表后，曾为中国人大《中国古代、近代文学研究》1988年第12期全文转载。

（九）一入长安问题

两入长安及有关交游考辨，在稗山、郭沫若等著述的基础上，提出了李白一入长安在开元十八年的夏秋之交，于开元二十年夏五月离开长安取道黄河东下的已说。杨栩生《李白生平研究匡补》中篇《李白首次入京求仕长安之始末》，对《李白丛考》的这一结论进行了辩驳。杨著认为，《李白丛考》“以‘离居在咸阳，三见秦草绿’（此系李白《以诗代书答元丹丘》诗句——笔者注）为惟一的依据，显得证据不充分，何况对于‘三见秦草绿’的理解，论者也见仁见智”。因而认为《李白丛考》之说乃误。另，对于《李白丛考》对“三见秦草绿”的错误理解，王辉斌《李白求是录》中之《李白初游太原时间考辨》《〈蜀道难〉探索》二文，亦分别进行了商榷，认为《李白丛考》之说乃是不能成立的，其正确者应为开元十九年、开元二十年、开元二十一年这三年的“秦草绿”，即为这三年的春天。其原因在于，李白此行入京自安陆始程的时间乃为开元十八年夏天。即是说，李白在开元十八年的春天，于安陆是无法见到长安地区的“秦草绿”的。所以，王著认为，李白一入长安时，在京待了四个年头整三年，即其开元十八年秋入京，开元二十一年秋出京，至翌年春还长安。

（十）关于《秋下荆门》的作年

《李白丛考》在《李白出蜀年代考》一文中，认为李白出蜀的时间为开元十二年秋，证据则为李白的《秋下荆门》一诗。《丛考》认为，此诗唐写本作《初下荆门》，正是李白初出蜀至荆门的产物，并说诗中“入剡中”三字是李白“出蜀时的预定计划。”对于《丛考》的这一认识，王辉斌《李白东涉溟海未至剡中考辨》一文对其进行了辩驳。文章说，李白《初下荆门》中的“初”，并不是“首次或者第一次”的意思，而是“与刘禹锡《初至长安》之“初”意同。”刘禹锡此诗，据卞孝萱先生《刘禹锡年谱》，乃写于大和二年五至长安之时”，所以其不能作为李白开元十二年秋出蜀的证据。并据沈德潜《唐诗别裁》对《秋下荆门》的笺释，认为其作年在天宝年末。此外，李清渊《李白辩证丛稿·李白“中年”游吴越辨》一文，针对《丛考》的是说亦进行了质疑，认为李白《秋下荆门》中的“入剡中”，并非李白出蜀时的所谓“预定计划”，原因是：“预定计划”说有违“李白出蜀的初衷”。另值一提的是，李清渊《李白辩证丛稿》一书所收22篇文章，几乎有半数对《李白丛考》中的种种说法进行了质疑与商榷，对此，读者可参读之。

以上的简要综述，虽然着眼的是《李白丛考》的十个方面，实则可归纳为两大类，即一为交游，一为行踪。而二者相比，交游的比例又较行踪为甚。《李白丛考》作为二十世纪80年代初期问世的一份李白研究成果，于“文革”结束未久的当时，在学术界曾产生过一定的影响。但随着时间的推移与研究者学术水平的提高，《李白丛考》中的诸多问题也随之被发现与被揭露，而此，即是众多研究者对其进行质疑与商榷的原因之所在。这一众所质疑与辨误的事实表明，《丛考》的作者在撰写其中所收十三篇论文时，既未对所引用材料进行检验，也不曾持审慎态度以待，故而才有如此之多的错误存在。前人所谓“前修未密，后出转精”者，上述李白研究界对《李白丛考》之“商榷研究”，即足可证实之。这种情况使我们有理由相信，新时期的李白研究将会在“商榷研究”学风的推动下，取得一大批“转精”的优秀成果，而使“当代李白研究史”在二十一世纪更加光辉灿烂。

后　　记

我去年(2016 年)70 岁(虚岁)，今年(2017 年)又 70 岁(实岁)，为了表示纪念，特以之前出版的《孟浩然新论》(2017 年 4 月)，与这本《唐代诗文论集》合而为之。在《孟浩然新论》的《后记》中，我曾这样写道："今年刚好是我的七十寿辰之年，姑以此书之出版，以为志庆。"这里的"七十寿辰"之所指，乃为实岁，也即足岁之谓。而 2016 年 8 月由黄山书社出版的《王辉斌学术研讨会论文集》之封面、衬页、出版说明、编后记所言之"华诞七十年"云云，所指则皆为虚岁。以虚岁记年岁(享年)，是一种典型的"历史纪龄法"，即人们平常所说的古人某某年为多少岁，或者说某人享年多少岁者，所指乃皆为虚岁，如孟浩然享年 52 岁、李白享年 62 岁等，其中之"52 岁"与"62 岁"，就都属于虚岁。所以，当我的 70 岁到来之际，我既在虚岁之年(2016 年)、也在实岁之年(2017 年)进行了双重纪念，原因是在我的人生之旅中，不可能还有一次 70 岁的纪念之年。

说来也巧，我之于学术研究的始年，乃在 1977 年(具体参见《道是无情却有情——我与古代文学研究三十年》、《咬定青山不放松——我与文学史研究打通关》二文，前者载吉林文史出版社 2007 年版《先唐诗人考论》附录四，第 348—365 页；后者载 2012 年黄山书社版《王辉斌学记》之《治学自述录》，第 21—34 页)，待至 2016 年，已有 40 个年头，也即 40 春秋；而于 2017 年，则为 40 周年。而前者，便是《王辉斌学术研讨会论文集》之封面、衬页上皆署有"王辉斌教授治学四十年"字样的原因之所在。即是说，其中的“四十年”所指，乃为虚数而非实数。而待至2017年，则我之治学已为整40年了。此则表明，若除去前30年不论，我从事学术研究之时间，乃是与我后40年的年岁同步的。正因此，《王辉斌学术研讨会论文集》之封面、衬页上，才有了“王辉斌教授治学四十年、华诞七十年纪念文集”之署，其虽属副标题，但纪念意义却是甚为明显的。

40年在人生的旅途中并非短暂，更何况我的这40年是在游心书海、沉潜学术中度过的，所以，我对自1977年以来的这40年之所作所为，感觉乃特别之好。因为我在这40年中，除出版了25种专著外，还于全国160多种学术刊物上发表了420多篇论文，并参加了各种各样的学术会议近100次之多。但更为重要的则是，我所开创的“文学史研究打通关”(始于1993年，具体参见《咬定青山不放松——我与文学史研究打通关》一文)，不仅自己对自己交出了一份满意的答卷，而且还获得了学术界较为普遍的认可，对此，收入《王辉斌学术研讨会论文集》中之张安祖《难能可贵的“打通”——王辉斌教授学术研究一瞥》、吴振华《王辉斌先生“打通关”的学术意义——兼及“王辉斌研究模式”的形成》等文，即略可窥获之。而当我的《咬定青山不放松——我与文学史研究打通关》一文为2017年2月22日的“尔雅国学报”刊出后，一位与我素不相识的读者“无位真人”，则于文末的“写留言”处，写下了如此一段文字：

> 王先生这种治学思路和方法，对当下学界一般研究者而言，无疑具有很重要的鼓舞与引导意义。其视界之开阔，气象之恢宏，成果之丰硕，均源于对中国古代文学的挚爱与浓烈兴趣。其扎实、严谨、执着与专一，都是我们学界后进学习的精神。这种研究，意味着学者旷日持久的坚守，心无旁骛的沉潜，耐住寂寞，戒除浮躁，时时刻刻，念兹在兹。这是真正学者的治学态度，更是自强不息、

志在高远者的生命境界。向王先生致敬！

之所以将其抄录于此，因为这也是一种纪念。

70 岁与 40 年，对于我的人生之旅而言，虽然均具同等之地位，但二者相较，后者则又尤为重要。这是因为，在现有的物质条件与医学条件下，一个人是可以轻轻松松地活到 70 岁的，但一个人要 40 年如一日地从事学术研究，且于“文学史研究打通关”中自由驰骋，却是很难为之的。正因此，我对这 40 年的治学之路，以及于其间所获之种种，乃是倍加珍视的。对于后者，如上所言，我虽然已有了近 1000 万言的著作，但其是否能成为“三不朽”中之一“朽”者，则只有让历史去进行检验与评判了。虽然如此，在我年届 70 岁之际，回首已走过的这 40 年学术历程，内心还是充满了自信的，因为在茫茫学海中，能在学术开拓与学术成果方面与我相提并论者，实在是并不多见的。

2017 年 6 月 15 日于古隆中求是斋